Den femte kvinnan

Böcker i serien om Kurt Wallander:
Mördare utan ansikte 1991
Hundarna i Riga 1992
Den vita lejoninnan 1993
Mannen som log 1994
Villospår 1995
Den femte kvinnan 1996
Steget efter 1997
Brandvägg 1998
Pyramiden 1999

Övriga böcker av Henning Mankell på Ordfront förlag:
Fångvårdskolonin som försvann 1979, 1997
Dödsbrickan 1980
En seglares död 1981
Daisy Sisters 1982
Älskade syster 1983
Sagan om Isidor 1984
Leopardens öga 1990
Comédia infantil 1995
Berättelse på tidens strand 1998
Bergsprängaren 2 uppl. 1998
Daisy Sisters (pocket) 1999

På andra förlag
Bergsprängaren 1973
Sandmålaren 1974
Vettvillingen 1977
Apelsinträdet 1983
Hunden som sprang mot en stjärna 1990
Skuggorna växer i skymningen 1991
Katten som älskade regn 1992
Eldens hemlighet 1995
Pojken som sov med snö i sin säng 1996
Resan till världens ände 1998
I sand och i lera 1999

Henning Mankell

Den femte
kvinnan

O

ORDFRONT FÖRLAG

Stockholm 1999

Henning Mankell: Den femte kvinnan
Ordfront förlag, Box 17506, 11891 Stockholm
www.ordfront.se forlaget@ordfront.se

© Henning Mankell 1996
Omslagsbild: Mikael Eriksson
Grafisk form & typografi: Christer Hellmark
Sjunde tryckningen
Satt med Monotype Sabon (Postscript)
Tryck: Svenska Tryckcentralen AB, Avesta 1999

ISBN 91-7324-627-1

>>Jag såg Gud i drömmen och han hade två ansikten. Ett som var lent och milt som en mors ansikte och det andra som liknade Satans ansikte.<<

UR *Imamens fall* AV NAWAL EL SAADAWI

>>Spindelnätet väver med kärlek och omsorg sin spindel.<<

OKÄNT AFRIKANSKT URSPRUNG

Algeriet–Sverige

maj–augusti 1993

Prolog

Den natt de hade kommit för att utföra sitt heliga uppdrag hade allting varit mycket stilla.

Han som hette Farid och var den yngste av de fyra männen hade efteråt tänkt att inte ens hundarna hade gett något ljud ifrån sig. De hade varit inneslutna av den ljumma natten, och vinden som kom strykande i svaga stråk från öknen hade nästan inte varit märkbar. De hade väntat sedan mörkrets inbrott. Bilen som hade fört dem den långa vägen från Alger och mötesplatsen vid Dar Aziza hade varit gammal med dålig fjädring. Två gånger hade de tvingats avbryta resan. Första gången för att laga en punktering på vänster bakhjul. De hade då inte ens tillryggalagt halva vägen. Farid som aldrig tidigare hade varit utanför huvudstaden hade suttit i skuggan av ett stenblock intill vägen och förundrat betraktat landskapets dramatiska skiftningar. Däcket, vars gummibeläggning var sprucken och sliten, hade gått sönder strax norr om Bou Saada. Det hade tagit lång tid att få loss de rostiga muttrarna och montera det nya hjulet. Farid hade förstått av de andras lågmälda samtal att de skulle bli försenade och att de därför inte skulle ha tid att stanna för att äta. Sedan hade resan fortsatt. Strax utanför El Qued hade motorn stannat. Först efter mer än en timme hade de lyckats lokalisera och hjälpligt laga felet. Deras ledare som var en blek man i trettioårsåldern, med mörkt skägg och sådana brinnande ögon som bara de som levde med Profetens kallelse kunde ha, drev med ilskna väsanden på chauffören som svettades över den heta motorn. Farid kände inte till hans namn. Av säkerhetsskäl visste han inte vem han var eller varifrån han kommit.

Han visste inte heller vad de två andra männen hette.

Han kände bara till sitt eget namn.

De hade sedan fortsatt, mörkret hade redan varit över dem, och de hade bara haft vatten att dricka, ingenting att äta.

När de äntligen kommit fram till El Qued hade natten alltså varit mycket stilla. De hade stannat nånstans djupt inne i gatulabyrinten i närheten av en marknad. Så fort de hade stigit ur försvann bilen. Någonstans ifrån hade det sedan lösgjort sig en femte man ur skuggorna och han hade lotsat dem vidare.

Det var först då, när de skyndade genom mörkret längs okända gator, som Farid på allvar hade börjat tänka på vad som snart skulle ske. Med handen kunde han känna kniven med den lätt böjda eggen som han hade i ett fodral, djupt nere i en av kaftanens fickor.

Det hade varit hans bror, Rachid Ben Mehidi, som först talat med honom om utlänningarna. Under de ljumma kvällarna hade de suttit på taket till deras fars hus och sett ut över de glimmande ljusen i Alger. Farid hade redan då vetat att Rachid Ben Mehidi var djupt engagerad i kampen för att förvandla deras land till en islamitisk stat som inte följde några andra lagar än de som föreskrevs av Profeten. Nu talade han varje kväll med Farid om vikten av att utlänningarna drevs ut ur landet. Till en början hade Farid känt sig smickrad över att hans bror tog sig tid att diskutera politik med honom. Även om han till en början inte hade förstått allt han sa. Det var först senare som han insåg att Rachid hade ett helt annat skäl för att offra så mycket tid på honom. Han ville att Farid själv skulle vara med och driva ut de främmande ur landet.

Det hade skett för mer än ett år sen. Och nu, när Farid följde de andra svartklädda männen genom de mörka och trånga gatorna där den varma nattluften tycktes stå alldeles orörlig, var han på väg att uppfylla Rachids önskan. Utlänningarna skulle drivas bort. Men de skulle inte eskorteras till hamnarna eller till flygplatserna. De skulle dödas. De som ännu inte hade kommit till landet skulle då föredra att stanna där de var.

Ditt uppdrag är heligt, hade Rachid ständigt upprepat. *Profeten kommer att bli nöjd. Din framtid kommer att vara mycket ljus när vi har förvandlat det här landet enligt hans önskan.*

Farid kände på kniven i fickan. Den hade han fått av Rachid kvällen innan, då de tog farväl av varandra på taket. Den hade ett vackert skaft av elfenben.

De stannade när de kom till utkanten av staden. Gatorna öppnade sig mot ett torg. Stjärnhimlen över deras huvuden var mycket klar. De stod i skuggan intill ett avlångt murat hus med nerfällda jalusier framför stängda butiker. På andra sidan gatan låg en stor stenvilla bakom ett högt järnstaket. Mannen som hade fört dem dit försvann ljudlöst i skuggorna. Åter var de bara fyra. Allting var mycket stilla. Farid hade aldrig upplevt något sådant tidigare. I Alger var det aldrig så tyst. Under de nitton år han hittills hade levt hade han aldrig befunnit sig i samma tystnad som nu.

Inte ens hundarna, tänkte han. Inte ens hundarna som finns här i mörkret kan jag höra.

Det lyste i några fönster i villan på andra sidan gatan. En buss med trasiga och flackande strålkastare kom slamrande längs gatan. Sedan var det åter tyst.

Ett av ljusen i fönstren slocknade. Farid försökte beräkna tiden. Kanske hade de nu väntat en halvtimme. Han var mycket hungrig eftersom han inte hade ätit någonting sedan tidigt på morgonen. Vattnet de hade haft i de två flaskorna var nu också slut. Men han ville inte be om mer. Mannen som ledde dem skulle bli upprörd. De skulle utföra ett heligt uppdrag, och han frågade efter vatten.

Ännu ett ljus slocknade. Strax därefter det sista. Huset på andra sidan gatan var nu mörkt. De fortsatte att vänta. Sedan gjorde ledaren ett tecken och de skyndade över gatan. Vid grinden satt en gammal vakt och sov. Han hade en träpåk i handen. Ledaren sparkade till honom med ena foten. När vakten vaknade såg Farid hur ledaren höll en kniv tätt intill hans ansikte och viskade någonting i hans öra. Trots att gatljuset var dåligt kunde Farid se hur rädslan lyste i den gamle vaktens ögon. Sedan reste han sig och haltade därifrån på stela ben. Det gnisslade svagt i grinden när de öppnade och gled in i trädgården. Det doftade starkt av jasmin, och av någon kryddört som Farid kände igen men som han inte mindes namnet på. Allt var fortfarande mycket stilla. På en skylt som satt intill den höga porten till huset fanns en text: *De Kristna Systrarnas Orden*. Farid försökte tänka efter vad det kunde betyda. I samma ögonblick kände han en hand på sin axel. Han spratt till. Det var ledaren som rörde vid honom. För första gången talade han, lågt, så att inte ens nattvinden kunde höra vad som blev sagt.

– Vi är fyra, sa han. Inne i huset finns också fyra människor. Dom sover en och en i olika rum. Dom ligger på varsin sida av en korridor. Dom är gamla och dom kommer inte att göra motstånd.

Farid såg på de två andra männen som stod vid hans sida. De var några år äldre än han själv. Plötsligt var Farid säker på att de hade varit med om det här tidigare. Det var bara han själv som var ny. Ändå kände han ingen oro. Rachid hade lovat honom att det han gjorde var för Profetens skull.

Ledaren såg på honom, som om han hade följt hans tankar.

– I det här huset bor fyra kvinnor, sa han sedan. Dom är alla utlänningar som har vägrat att frivilligt lämna vårt land. Därför har dom valt att dö. Dessutom är dom kristna.

Jag ska döda en kvinna, tänkte Farid hastigt. Det hade Rachid inte sagt något om.

Till det kunde det bara finnas en enda förklaring.

Det betydde ingenting. Det gjorde ingen skillnad.

Sedan gick de in i huset. Ytterporten hade ett lås som enkelt gick att dyrka upp med ett knivblad. Inne i dunklet där det var mycket varmt eftersom luften stod alldeles stilla tände de ficklampor och sökte sig försiktigt uppför den breda trappa som gick genom huset. I korridoren på övervåningen hängde en ensam glödlampa i taket. Fortfarande var allting mycket tyst. Fyra stängda dörrar låg framför dem. De hade tagit upp knivarna. Ledaren pekade på dörrarna och nickade. Farid visste att han nu inte fick tveka. Rachid hade sagt att allt måste gå mycket fort. Han skulle undvika att se på ögonen. Han skulle bara se på halsen och sedan skulle han skära, hårt och bestämt.

Efteråt kunde han heller inte minnas mycket av det som hade hänt. Kvinnan som legat i sängen med ett vitt lakan över sig hade kanske haft grått hår. Han hade sett henne oskarpt eftersom ljuset som föll in från gatan var mycket blekt. I samma ögonblick som han drog undan lakanet hade hon vaknat. Men hon hade aldrig hunnit skrika, aldrig hunnit förstå vad som hände, innan han med ett enda snitt skar halsen av henne och hastigt tog ett steg bakåt för att inte få blodet över sig. Sedan hade han vänt sig om och återvänt till korridoren. Det hela hade gått på mindre än en halv minut. Någonstans inom honom hade sekunderna tickat. De skulle just lämna korridoren när en av männen ropade till med låg röst. Ett ögonblick stelnade ledaren till, som om han inte visste vad han skulle göra.

Det fanns en kvinna till i ett av rummen. En femte kvinna.

Hon skulle inte ha funnits där. Hon var en främmande. Kanske hon bara var på besök.

Men hon var också utlänning. Det hade mannen som upptäckt henne kunnat se.

Ledaren gick in i rummet. Farid som stod bakom honom såg att kvinnan hade krupit ihop i sängen. Hennes rädsla gjorde honom illamående. I den andra sängen låg en kvinna död. Det vita lakanet var indränkt med blod.

Sedan drog ledaren fram sin kniv ur fickan och skar halsen även av den femte kvinnan.

Efteråt lämnade de huset lika osynligt som de hade kommit. Någonstans i mörkret väntade bilen på dem. När gryningen kom hade de redan lagt El Qued och de fem döda kvinnorna långt bakom sig.

Det var i maj 1993.

Brevet kom till Ystad den 19 augusti.

Eftersom det var poststämplat i Algeriet och alltså måste vara från hennes mor hade hon väntat med att öppna det. Hon ville ha lugn och ro när hon läste det. På det tjocka kuvertet kunde hon känna att det var ett brev med många sidor. Hon hade heller inte hört ifrån sin mor på mer än tre månader. Säkert hade hon mycket hon nu ville berätta. Hon hade låtit brevet ligga på bordet i vardagsrummet och vänta ända till kvällen. En vag undran fanns inom henne. Varför hade hennes mor denna gång skrivit namn och adress på maskin? Men hon tänkte att svaret säkert fanns i brevet. Först när klockan var närmare midnatt hade hon öppnat dörren till balkongen och satt sig i vilstolen som knappt fick plats mellan alla hennes blomkrukor. Det var en vacker och varm augustikväll. Kanske en av de sista detta år. Hösten fanns redan där ute, osynligt väntande. Hon öppnade kuvertet och började läsa.

Först efteråt, när hon hade läst brevet till slut och lagt det ifrån sig, började hon gråta.

Hon visste då också att brevet måste ha skrivits av en kvinna. Det var inte bara den vackra handstilen som övertygade henne. Det var också något med ordvalet, hur den okända kvinnan trevande och försiktigt sökte sig fram för att så skonsamt som möjligt berätta om allt det ohyggliga som hade hänt.

Men det fanns ingenting skonsamt. Där fanns bara det som hade hänt. Ingenting annat.

Kvinnan som skrivit brevet hette Françoise Bertrand och var polis. Utan att det alldeles klart framgick var hon antagligen verksam som brottsutredare vid den centrala algeriska mordkommissionen. Det var i den egenskapen hon hade kommit i kontakt med de händelser som utspelat sig en natt i maj i staden El Qued, sydväst om Alger.

Till det yttre var sammanhanget klart och överskådligt och alldeles förfärande. Fyra nunnor, med franskt medborgarskap, hade blivit mördade av okända män. Med säkerhet tillhörde de de fundamentalister som beslutat sig för att driva bort alla utländska medborgare ur landet. Staten skulle försvagas för att sedan förgöra sig själv. I tomrummet som uppstod skulle den fundamentalistiska staten upprättas. De fyra nunnorna hade fått halsarna avskurna, det hade inte funnits några spår av förövarna, bara blod, överallt tjockt och stelnat blod.

Men där hade också funnits denna femte kvinna, en svensk turist som flera gånger hade förnyat sitt uppehållstillstånd i landet och av en tillfällighet gjort ett besök hos nunnorna den natten de okända männen hade kommit med sina knivar. I hennes pass som legat i en handväska hade de kunnat se att hon hetat Anna Ander, att hon varit 66 år gammal och att hon vistats legalt på turistvisum i landet. Där hade också funnits en flygbiljett med öppen hemresa. Eftersom det var illa nog med de fyra dödade nunnorna och eftersom Anna Ander tycktes ha varit på resa ensam hade mordutredarna efter politiska påtryckningar beslutat sig för att inte låtsas om denna femte kvinna. Hon hade helt enkelt inte funnits där under den ödesdigra natten. Hennes säng hade varit tom. Istället hade man låtit henne omkomma i en bilolycka och sedan begravas som namnlös och okänd i en omärkt grav. Alla hennes tillhörigheter hade städats undan, alla spår efter henne hade plånats ut. Och det var här Françoise Bertrand hade kommit in i bilden. *Hon hade en tidig morgon kallats in till sin chef*, skrev hon i det långa brevet, *och fått besked om att genast resa till El Qued*. Kvinnan var då redan begravd. Françoise Bertrands uppgift var att städa undan de sista resterna av eventuella spår och sedan förstöra hennes pass och andra tillhörigheter.

Anna Ander skulle aldrig ha anlänt till eller vistats i Algeriet. Hon skulle ha upphört att existera som en algerisk angelägenhet, struken ur alla register. Det var då som Françoise Bertrand hade hittat en väska som de slarviga mordutredarna aldrig hade upptäckt. Den hade stått bakom ett klädskåp. Eller kanske den hade legat ovanpå det höga skåpet och sedan fallit ner, det hade hon inte kunnat avgöra. Men där hade funnits brev som Anna Ander skrivit, eller åtminstone påbörjat, och de hade varit riktade till hennes dotter som bodde i en stad som hette Ystad i det fjärran Sverige. Françoise Bertrand bad om ursäkt för att hon hade läst dessa privata papper. Hon hade tagit hjälp av en försupen svensk konstnär som hon kände i Alger, och han hade översatt för henne, utan att ana vad det egentligen handlade om. Hon hade skrivit ner översättningar av breven och en bild hade efter hand blivit tydlig. Redan då hade hon lidit av svåra samvetskval över det som hade hänt med denna, den femte kvinnan. Inte bara för att hon så brutalt hade blivit mördad i Algeriet, det land Françoise älskade så högt, men som var så sårat och sargat av inre motsättningar. Hon hade försökt förklara vad som hände i hennes land och hon hade också berättat något om sig själv. Att hennes far varit född i Frankrike men kommit till Algeriet som barn med sina föräldrar. Där hade han vuxit upp, där hade han sedan gift sig med en algeriska och Françoise, som var det äldsta av barnen de fick, hade länge haft en känsla av att hon hade sitt ena ben i Frankrike och det andra i Algeriet. Men nu tvekade hon inte längre. Algeriet var hennes hemland. Och det var därför hon plågades så svårt av de motsättningar som höll på att slita landet i stycken. Det var också därför hon inte ville medverka till att kränka sig själv och sitt land ytterligare genom att skaffa undan denna kvinna, att dränka sanningen i en uppdiktad bilolycka och sedan inte ens ta ansvaret för att Anna Ander faktiskt hade varit i hennes land. Françoise Bertrand hade drabbats av sömnlöshet, skrev hon. Till sist hade hon bestämt sig för att skriva till den döda kvinnans okända dotter och berätta sanningen. Den lojalitet hon kände mot poliskåren tvingade hon sig att tränga undan. Hon bad om att hennes namn inte skulle avslöjas. *Det är sanningen jag skriver,* slutade hon det långa brevet. *Kanske gör jag fel som berättar det som har hänt. Men kunde jag annat? Jag fann en väska med brev som en kvinna skrivit till sin dotter. Jag berättar nu om hur de har kommit i min ägo och jag sänder dem bara vidare.*

I brevet hade Françoise Bertrand skickat med de oavslutade breven.

Där låg också Anna Anders pass.

Men hennes dotter hade inte läst breven. Hon hade bara lagt dem på balkonggolvet och hon hade gråtit länge. Först i gryningen reste hon sig och gick in i köket. Länge satt hon orörlig vid köksbordet. Hennes huvud var alldeles tomt. Men sedan började hon att tänka. Allting tycktes henne plötsligt enkelt. Hon insåg att hon i alla dessa år hade gått omkring och väntat. Hon hade tidigare inte förstått det. Vare sig att hon väntat eller på vad. Nu visste hon. Hon hade ett uppdrag och hon behövde inte vänta längre med att genomföra det. Tiden hade mognat. Hennes mor var borta. En dörr hade slagits upp på vid gavel.

Hon reste sig och hämtade asken med de sönderklippta papperslapparna och den stora loggboken som låg i en låda under sängen i hennes sovrum. Hon bredde ut lapparna på bordet framför sig. Hon visste att det var exakt 43 stycken. På en enda av dem fanns ett svart kryss. Sedan började hon vika upp lapparna, en efter en.

Krysset fanns på den 27:e lappen. Hon slog upp loggboken och följde raden med namn tills hon hade nått den 27:e kolumnen. Hon betraktade namnet som hon själv hade skrivit där och såg långsamt ett ansikte framträda.

Sedan slog hon igen boken och la tillbaka papperslapparna i asken.

Hennes mor var död.

Någon tvekan fanns inte längre hos henne. Inte heller någon återvändo.

Hon skulle ge sig själv ett år. Till att bearbeta sorgen, till att göra alla förberedelser. Men inte mer.

Ännu en gång gick hon ut på balkongen. Rökte en cigarett och såg ut över staden som nu hade vaknat. Ett regnväder höll på att dra in från havet.

Strax efter sju gick hon och la sig.

Det var på morgonen den 20 augusti 1993.

Skåne

21 september–11 oktober 1994

I.

Strax efter klockan tio på kvällen blev han äntligen färdig med dikten.

De sista stroferna hade varit svåra att skriva och tagit honom lång tid. Han hade eftersträvat ett svårmodigt uttryck som samtidigt skulle vara vackert. Flera försök hade han avbrutit och kastat i papperskorgen. Han hade två gånger varit mycket nära att helt ge upp. Men nu låg dikten framför honom på bordet. Hans sorgesång över mellanspetten som höll på att försvinna från Sverige och som inte varit synlig i landet sedan tidigt på 1980-talet. Ännu en fågel som var på väg att trängas undan av människan.

Han reste sig från skrivbordet och sträckte på ryggen. För varje år som gick blev det allt svårare för honom att längre stunder sitta lutad över sina skriverier.

En gammal man som jag ska inte längre skriva dikter, hade han tänkt. *När man är 78 år har ens tankar knappast värde längre för någon annan än en själv.* Samtidigt visste han att det var fel. Det var bara i västvärlden man såg med överseende eller föraktfullt medlidande på gamla människor. I andra kulturer respekterades ålderdomen som den avklarnade visdomens tid. Och dikter skulle han fortsätta att skriva så länge han levde. Så länge han orkade lyfta en penna och hans huvud var lika klart som nu. Någonting annat kunde han inte. Inte nu längre. En gång i tiden hade han varit en duktig bilförsäljare. Så skicklig att han blivit andra bilhandlare överlägsen. Han hade med rätta rykte om sig att ha hårda nypor i förhandlingar och affärer. Och visst hade han sålt bilar. Han hade under de goda åren haft filialer både i Tomelilla och Sjöbo. En tillräckligt stor förmögenhet hade han byggt upp för att ha råd att leva som han gjorde.

Ändå var det dikterna som betydde något. Allt annat var flyktig nödvändighet. Verserna som låg där på bordet gav honom en tillfredsställelse han knappast annars kände.

Han drog för gardinerna så att de täckte de stora fönstren ut mot åkrarna som buktade sig mjukt ner mot havet som fanns någonstans bortom horisonten. Sedan gick han fram till bokhyllan. Nio diktsamlingar hade han gett ut under sitt liv. Där stod dom, sida vid sida. Ingen av dem hade sålt annat än i små upplagor. Trehundra exemplar, kanske ibland lite mer. De som blivit över låg i kartonger nere i källaren. Men han hade inte förvisat dem dit. De var fortfarande hans stolthet. Han hade dock för länge sedan bestämt sig för att han en dag skulle bränna dem. Bära ut kartongerna på gårdsplanen och sätta till en tändsticka. Den dag han fick sin dödsdom, av en läkare eller genom sin egen föraning om att livet snart var slut, skulle han göra sig av med de tunna häften som ingen velat köpa. Ingen skulle få lov att kasta dem på sophögen.

Han betraktade böckerna som stod där i hyllan. I hela sitt liv hade han läst poesi. Mycket hade han lärt sig utantill. Han hade heller inga illusioner. Hans dikter var inte de bästa som skrivits. Men de var knappast heller de sämsta. I var och en av diktsamlingarna hade kommit till med ungefär fem års mellanrum allt sedan slutet på 1940-talet fanns enskilda strofer som kunde mäta sig med vad som helst. Men han hade varit bilhandlare i sitt liv, inte poet. Hans dikter hade inte blivit anmälda på kultursidorna. Han hade inte uppburit några litterära belöningar. Han hade dessutom låtit trycka sina böcker på egen bekostnad. Den första diktsamling han ställt samman hade han skickat till de stora förlagen i Stockholm. Den hade omsider kommit tillbaka med korthuggna refuseringar på färdigtryckta lappar. En förlagsredaktör hade dock gjort sig mödan att göra en personlig kommentar och meddelat att ingen människa orkade läsa dikter som inte tycktes handla om annat än fåglar. *Sädesärlans själsliv intresserar inte*, hade han skrivit.

Efter det hade han slutat att vända sig till förlagen. Han hade bekostat sin utgivning själv. Enkla omslag, svart text mot vit botten. Ingenting påkostat. Orden mellan pärmarna var vad som betydde någonting. Många hade trots allt genom åren läst hans dikter. Många hade också uttalat sig uppskattande.

Och nu hade han skrivit en ny. Om mellanspetten, den vackra fågeln som inte längre var synlig i Sverige.

Fågelpoeten, tänkte han.

Nästan allt jag skrivit har handlat om fåglar. Om vingslag, brus i natten, ensamma lockrop någonstans i fjärran. I fåglarnas värld har jag anat livets allra innersta hemligheter.

Han gick tillbaka till skrivbordet och tog upp papret. Den sista strofen hade till slut blivit lyckad. Han lät papret falla mot bordsskivan. Det högg till i hans rygg när han fortsatte att gå genom det stora rummet. Höll han på att bli sjuk? Varje dag lyssnade han efter tecken på att hans kropp hade börjat överge honom. I hela sitt liv hade han varit vältränad. Han hade aldrig rökt, varit måttlig med att både äta och dricka. Det hade gett honom en god hälsa. Men han var snart 80 år. Slutet på hans utmätta tid kom allt närmare. Han gick ut i köket och hällde upp en kopp kaffe från bryggaren som alltid stod på. Dikten som han skrivit färdig fyllde honom med både vemod och glädje.

Ålderns höst, tänkte han. *Ett namn som passar väl. Allt jag skriver kan vara det sista. Och det är september. Det är höst. Både i kalendern och i mitt liv.*

Han tog med sig kaffekoppen tillbaka in i vardagsrummet. Försiktigt satte han sig i en av de bruna läderfåtöljer som följt honom i mer än 40 år. Han hade köpt dem för att fira sin triumf när han fått agenturen för Volkswagen i södra Sverige. På ett litet bord intill armstödet stod fotografiet av Werner, den schäfer han saknade mest av alla de hundar som följt honom genom livet. Att bli gammal var att bli ensam. Människor som fyllt ens liv dog bort. Till slut försvann även hundarna in bland skuggorna. Snart var det bara han själv som fanns kvar. Vid en viss punkt i livet var alla människor ensamma i världen. Om den tanken hade han nyligen försökt skriva en dikt. Men han hade aldrig lyckats. Kanske skulle han försöka nu igen när han blivit färdig med sin sorgesång över mellanspetten? Men det var fåglar han kunde skriva om. Inte människor. Fåglar gick att förstå. Människor var oftast obegripliga. Hade han någonsin ens förstått sig själv? Att skriva dikter om det han inte förstod skulle vara som att göra intrång på ett förbjudet område.

Han slöt ögonen och påminde sig plötsligt 10 000-kronorsfrågan under det sena 1950-talet, eller kanske var det början av 1960-talet. Tevebilden hade den gången fortfarande varit svartvit. En ung man hade ställt upp i ämnet Fåglar. En ung man som varit skelögd och haft vattenkammat hår. Han hade klarat alla frågor och fått sin check på den med dåtidens mått ofantliga summan 10 000 kronor.

Själv hade han inte suttit i tevestudion, i den ljudisolerade buren med hörlurar över öronen. Han hade befunnit sig i just den här läderfåtöljen. Men också han hade kunnat alla svar. Han hade inte ens behövt föreställa sig att han begärde extra betänketid. Men några 10 000 kronor hade han inte fått. Ingen kände till hans stora kunskaper om fåglar. Han hade fortsatt att skriva sina dikter istället.

Han spratt till ur sina drömmerier. Ett ljud hade fångat hans uppmärksamhet. Han lyssnade ut i det dunkla rummet. Var det någon som rörde sig ute på gårdsplanen?

Han slog undan tanken. Det var bara som han inbillade sig. Att bli gammal innebar bland mycket annat att man blev ängslig. Han hade goda lås i sina dörrar. Ett hagelgevär förvarade han i sovrummet på övervåningen, en pistol hade han liggande lättillgänglig i en kökslåda. Om några inkräktare kom till hans ensligt belägna gård strax norr om Ystad skulle han kunna försvara sig. Han skulle inte heller tveka att göra det.

Han reste sig ur stolen. Det högg till i ryggen igen. Smärtan kom och gick i vågor. Han ställde ifrån sig kaffekoppen på diskbänken och såg på sitt armbandsur. Strax elva. Det var dags att gå ut. Han kisade mot termometern utanför köksfönstret och såg att det var sju plusgrader. Lufttrycket var stigande. En svag vind från sydväst drog fram över Skåne. Alla förhållanden var idealiska, tänkte han. I natt skulle sträcken gå mot söder. Långflygarna skulle på osynliga vingar dra förbi över hans huvud i tusental på tusental. Han skulle inte kunna se dem. Men han skulle känna dem därute i mörkret, högt ovanför sitt huvud. I mer än femtio år hade han tillbringat ett oräkneligt antal höstnätter ute i markerna, bara för att få uppleva känslan av att nattsträckarna fanns någonstans där ovanför honom.

Det är en hel himmel som flyttar, hade han ofta tänkt.

Hela symfoniorkestrar av tysta sångfåglar som ger sig av inför den annalkande vintern och styr mot varmare länder. Djupt i deras gener ligger driften att ge sig av. Och deras oöverträffade förmåga att navigera efter stjärnor och magnetfält leder dem alltid rätt. De söker de lämpliga vindarna, de har byggt upp sina fettlager, de kan hålla sig i luften timme efter timme.

En hel himmel, vibrerande av vingar, ger sig ut på sin årligen återkommande pilgrimsfärd. Fågelsträcken mot Mekka.

Vad är en människa mot en nattsträckare? En ensam gammal man, bunden till jorden? Och där, högt ovanför, en hel himmel som ger sig iväg?

Han hade ofta tänkt att det var som att begå en helig handling. Hans egen höstliga högmässa, att stå där i mörkret och känna hur flyttfåglarna gav sig av. Och sedan när våren kom fanns han där för att ta emot dem igen.

Nattsträcken var hans religion.

Han gick ut i tamburen och blev stående med ena handen på rockhängaren. Sedan gick han tillbaka in i vardagsrummet och drog på sig den tröja som låg på en pall vid skrivbordet.

Att bli gammal innebar bland alla andra plågor att man också började frysa fortare.

Ännu en gång betraktade han dikten som låg där färdigskriven på bordet. Sorgesången över mellanspetten. Den hade blivit som han velat till slut. Kanske han ändå skulle leva tillräckligt länge för att få ihop nog många dikter till en tionde och sista samling med poesi? En titel kunde han redan föreställa sig.

Högmässa om natten.

Han återvände till tamburen, satte på sig jackan och drog en keps djupt ner i pannan. Sedan öppnade han ytterdörren. Höstluften var fylld av lukten från den våta leran. Han stängde dörren bakom sig och lät ögonen vänja sig vid mörkret. Trädgården låg öde. På avstånd anade han ett återsken från ljusen i Ystad. Annars bodde han så långt från närmaste granne att det bara var mörker som omgav honom. Stjärnhimlen var nästan alldeles bar. Enstaka moln skymtade vid horisonten.

Det var en natt när sträcken skulle dra förbi ovanför hans huvud.

Han började gå. Gården där han bodde var gammal, med tre längor. Den fjärde hade brunnit någon gång i början av seklet. Kullerstenen på gårdsplanen hade han behållit. Han hade lagt ner stora pengar på att göra en grundlig och ständigt pågående renovering av sin gård. När han dog skulle han skänka alltsammans till Kulturen i Lund. Han hade aldrig varit gift, hade aldrig fått några barn. Han hade sålt bilar och blivit förmögen. Han hade haft hundar. Och sedan hade fåglarna funnits där ovanför hans huvud.

Jag ångrar ingenting, tänkte han, medan han följde stigen som ledde honom ner till det torn han själv byggt och där han brukade stå och spana efter nattfåglarna. Jag ångrar ingenting eftersom det saknar mening att ångra sig.

Det var en vacker septembernatt.

Ändå var där någonting som gjorde honom orolig.

Han stannade på stigen och lyssnade. Men allt som hördes var det svaga bruset från vinden. Han fortsatte att gå. Kanske var det smärtan som oroade honom? De plötsliga huggen i ryggen? Oron var något som hade sin källa inom honom.

Han stannade igen och vände sig om. Där fanns ingenting. Han var ensam. Stigen sluttade neråt. Sedan skulle han komma till en kulle. Just framför kullen fanns ett brett dike där han hade lagt ut en spång. Högst upp på kullen stod sedan hans torn. Från husets ytterdörr var det exakt 247 meter. Han undrade hur många gånger han hade gått längs stigen. Han kände varje sväng, varje fördjupning. Ändå gick han långsamt och försiktigt. Han ville inte riskera att ramla och bryta ett ben. Skeletten på gamla blev sköra. Det visste han. Hamnade han på sjukhus för ett lårbensbrott skulle han dö, eftersom han inte skulle stå ut med att ligga overksam i en sjukhussäng. Han skulle börja grubbla över sitt liv. Och då skulle ingenting kunna rädda honom.

Han stannade plötsligt. En uggla hoade. Någonstans i närheten brast en gren. Ljudet hade kommit från skogsdungen som låg bortom kullen där han hade sitt torn. Han stod orörlig med alla sinnen på helspänn. Ugglan hoade igen. Sedan var det åter tyst. Han muttrade missnöjt för sig själv när han fortsatte.

Gammal och ängslig, tänkte han. Spökrädd och mörkrädd.

Nu kunde han se tornet. En svart skugga som avtecknade sig mot natthimlen. Om tjugo meter skulle han vara framme vid spången som ledde över det djupa diket. Han fortsatte att gå. Ugglan hördes inte mer. En kattuggla, tänkte han.

Alldeles bestämt var det en kattuggla.

Plötsligt tvärstannade han. Han hade då kommit fram till spången som ledde över diket.

Det var någonting med tornet på kullen. Någonting var annorlunda. Han kisade för att urskilja detaljer i mörkret. Han kunde inte avgöra vad det var. Men någonting hade förändrats.

Jag inbillar mig, tänkte han. Allt är som vanligt. Tornet jag byggde för tio år sedan har inte förändrats. Det är mina ögon som har blivit grumliga. Ingenting annat. Han tog ytterligare ett steg så att han kom ut på spången och kände träplankorna under fötterna. Han fortsatte att betrakta tornet.

Det stämmer inte, tänkte han. Hade jag inte vetat bättre kunde jag ha trott att det blivit en meter högre sedan igår kväll. Eller att det hela är en dröm. Att jag ser mig själv stå där uppe i tornet.

I samma ögonblick han tänkte tanken insåg han att det var sant. Det stod någon uppe i tornet. En orörlig skugga. Ett hastigt stråk av rädsla drog förbi inom honom, som en ensam vindpust. Sedan blev han arg. Någon gjorde intrång på hans marker, besteg hans torn utan att först ha frågat honom om lov. Antagligen var det en tjuvjägare, på spaning efter något av de rådjur som brukade röra sig kring skogsdungen på andra sidan kullen. Att det skulle vara någon annan fågelskådare hade han svårt att föreställa sig.

Han ropade till skuggan i tornet. Inget svar, ingen rörelse. Åter blev han osäker. Det måste vara hans ögon som var grumliga och som bedrog honom.

Han ropade ännu en gång utan att få svar. Sedan började han gå längs spången.

När plankorna knäcktes föll han handlöst. Diket var över två meter djupt. Han föll framåt och hann aldrig sträcka ut armarna för att ta emot sig.

Sedan kände han en stingande smärta. Den kom från ingenstans och skar rätt igenom honom. Det var som om någon höll glödande järn mot olika punkter på hans kropp. Smärtan var så stark att han inte ens förmådde skrika. Strax innan han dog insåg han att han aldrig hade kommit till botten av diket. Han hade blivit hängande i sin egen smärta.

Det sista han tänkte på var nattfåglarna som sträckte någonstans långt ovanför honom.

Himlen som rörde sig mot söder.

En sista gång försökte han ta sig loss ur smärtan.

Sedan var allting över.

Klockan var tjugo minuter över elva, kvällen den 21 september 1994.

Just den natten flög stora flockar av taltrastar och rödvingetrastar söderut.

De kom norrifrån och låg på en sydvästlig linje rakt över Falsterbo, på väg mot värmen som väntade dem, långt borta.

*

När allt var stilla gick hon försiktigt nerför torntrappan. Hon lyste i diket med sin ficklampa. Mannen som hette Holger Eriksson var död.

Hon släckte lampan och stod stilla i mörkret.

Sedan gick hon hastigt därifrån.

2.

Strax efter klockan fem på måndagsmorgonen den 26 september vaknade Kurt Wallander i sin säng i lägenheten på Mariagatan i centrala Ystad.

Det första han gjorde när han slagit upp ögonen var att se på sina händer. De var bruna. Han lutade sig bakåt mot kudden igen och lyssnade på höstregnet som trummade mot fönstret i sovrummet. En känsla av välbehag intog honom vid minnet av den resa som två dagar innan hade nått sitt slut på Kastrup. En hel vecka hade han tillbringat med sin far i Rom. Det hade varit mycket varmt och han hade blivit brun. På eftermiddagarna, när värmen var som starkast, hade de letat reda på någon bänk i Villa Borghese där hans far hade kunnat sitta i skuggan medan han själv tog av sig skjortan och blundade mot solen. Det hade varit den enda kontrovers de hade haft under hela resan, att hans far omöjligt kunde förstå hur han kunde vara så fåfäng att han ägnade tid åt att bli solbränd. Men det hade varit en obetydlig kontrovers, nästan som om den bara hade uppstått för att de skulle få perspektiv på sin resa.

Den lyckliga resan, tänkte Wallander där han låg i sängen. Vi reste till Rom, min far och jag, och det gick bra. Det gick bättre än jag någonsin kunde ha föreställt mig eller hoppats på.

Han såg på klockan som stod på bordet intill sängen. Han skulle återgå i tjänst denna morgon. Men han hade inte bråttom. Han kunde stanna kvar i sängen länge än. Han lutade sig över den tidningshög han bläddrat i kvällen innan. Han började läsa om resultatet av riksdagsvalet. Eftersom han befunnit sig i Rom på valdagen hade han poströstat. Nu kunde han konstatera att socialdemokraterna hade fått drygt 45 procent av rösterna. Men vad skulle det egentligen komma att betyda? Innebar det några förändringar?

Han lät tidningen falla mot golvet. I tankarna återvände han istället ännu en gång till Rom.

De hade bott på ett billigt hotell i närheten av Campo dei Fiori. Från en takterrass rakt ovanför deras två rum hade de haft en vid och vacker utsikt över hela staden. Där hade de druckit sitt morgonkaffe och planerat vad de skulle göra under dagen. Det hade aldrig uppstått några diskussioner. Wallanders far hade hela tiden vetat vad det var han ville se. Wallander hade ibland oroat sig för att han ville för mycket, att han inte skulle orka. Hela tiden hade han också letat efter tecken på att hans far var förvirrad eller frånvarande. Sjukdomen fanns där smygande, det visste de båda två. Sjukdomen med det egendomliga namnet, Alzheimers sjukdom. Men under hela denna vecka, den lyckliga resans vecka, hade fadern varit på ett strålande humör. Wallander kunde känna en klump i halsen över att resan redan tillhörde det förflutna, hade blivit något som redan var förbi, och nu endast återstod som ett minne. De skulle aldrig återvända till Rom, det var denna enda gång de hade gjort resan, han och hans snart åttioårige far.

Där hade funnits ögonblick av stor närhet mellan dem. För första gången på nästan 40 år.

Wallander tänkte på den upptäckt han hade gjort, att de var mycket lika varandra, mycket mer än han tidigare velat inse. Inte minst var de båda utpräglade morgonmänniskor. När Wallander hade informerat sin far om att hotellet inte serverade någon frukost före klockan sju hade han genast protesterat. Han hade tagit med sig Wallander ner i receptionen och på en blandning av skånska, vissa engelska ord, möjligen också något tyskt, och inte minst med ett antal osammanhängande italienska glosor, lyckats klargöra att han ville ha *breakfast presto*. Inte *tardi*. Absolut inte *tardi*. Av någon anledning hade han också flera gånger sagt *passaggio a livello* när han talade om behovet av att hotellet tidigarelade frukostserveringen minst en timme, till klockan sex, den tidpunkt vid vilken de antingen skulle få sitt kaffe eller skulle se sig tvingade att söka efter ett annat hotell. *Passaggio a livello*, sa hans far, och personalen i receptionen hade betraktat honom med förvåning men också med respekt.

De hade naturligtvis fått sin frukost klockan sex. Wallander hade senare sett i sin italienska ordbok att *passaggio a livello* betydde järnvägskorsning. Han antog att hans far hade blandat ihop det med någonting annat. Men han anade inte vad och han var vis nog att inte heller fråga.

Wallander lyssnade på regnet. Resan till Rom, en enda kort vecka, som i minnet var som en oändlig och omtumlande upplevelse. Hans far hade inte bara varit bestämd över vid vilken tid han ville ha sitt morgonkaffe. Han hade också självklart och självmedvetet lotsat sin son genom staden och han hade vetat vad det var han ville se. Ingenting hade varit på måfå, Wallander hade förstått att hans far hade planerat denna resa i hela sitt liv. Det var en vallfart, en pilgrimsfärd som han hade fått lov att delta i. Han ingick som en beståndsdel i faderns resa, en osynlig men ständigt närvarande tjänare. Det fanns en hemlig innebörd i resan som han aldrig helt skulle kunna förstå. Hans far hade rest till Rom för att se något som han redan innan tycktes ha upplevt i sitt inre.

Den tredje dagen hade de besökt Sixtinska kapellet. I nästan en hel timme hade Wallanders far stått och betraktat det tak som Michelangelo hade målat. Det hade varit som att se en gammal människa rikta en ordlös bön direkt mot himlen. Wallander själv hade snart fått ont i nacken och tvingats ge upp. Han hade förstått att han såg något som var mycket vackert. Men han insåg att hans far såg så oändligt mycket mer. Ett kort ögonblick hade han hädiskt undrat om hans far möjligen letade efter en tjäder eller en solnedgång i den väldiga takfresken. Men han hade ångrat sin tanke. Det var inget tvivel om att hans far, så hötorgsmålare han var, stod och såg på en mästares verk med andakt och inlevelse.

Wallander slog upp ögonen. Regnet trummade.

Det var samma kväll, deras tredje i den gemensamma romerska tideräkningen, som han hade fått en känsla av att hans far förberedde någonting som han ville behålla som sin egen hemlighet. Varifrån känslan hade kommit visste han inte. De hade ätit middag på Via Veneto, alldeles för dyrt hade Wallander tyckt, men hans far envisades med att de hade råd. De gjorde sin första och sista gemensamma resa till Rom. Då skulle de också ha råd att äta ordentligt. Sedan hade de långsamt vandrat hem genom staden. Kvällen hade varit ljum, överallt hade de varit omgivna av människor och Wallanders far hade talat om takfresken i Sixtinska kapellet. Två gånger hade de gått fel innan de kommit tillbaka till hotellet. Wallanders far omgavs med stor respekt efter sitt frukostuppror och de hade fått sina nycklar, åtföljda av artiga buganden och gått trappan upp. I korridoren sa de godnatt och stängde dörrarna. Wallander hade lagt sig och lyssnat på ljuden som trängde in från gatan. Kanske hade han tänkt på Baiba, kanske hade han bara varit på väg att somna.

Men plötsligt hade han varit klarvaken igen. Något hade gjort honom orolig. Efter en stund hade han satt på sig sin morgonrock och gått ner i receptionen. Allt hade varit mycket stilla. Nattportieren hade suttit och sett på en liten lågmäld teve i rummet bakom receptionen. Wallander hade köpt en flaska mineralvatten. Receptionisten var en ung man som nattarbetade för att finansiera sina teologistudier. Det hade han berättat redan när Wallander första gången varit nere i receptionen för att köpa vatten. Han hade mörkt vågigt hår, var född i Padua, hette Mario och talade utmärkt engelska. Wallander hade stått med vattenflaskan i handen när han plötsligt hade hört sig själv be den unge nattportieren att gå upp till hans rum och väcka honom om hans far visade sig nere i receptionen under natten, och kanske också lämnade hotellet. Receptionisten hade betraktat honom, kanske hade han varit förvånad, kanske hade han redan arbetat så länge att inga nattliga önskningar från hotellgäster längre kunde överraska honom. Han hade nickat och sagt, javisst, om gamle herr Wallander gick ut på natten, så skulle han genast knacka på dörren till rum 32.

Det var den sjätte natten det hände. Den dagen hade de strövat omkring på Forum Romanum och även gjort ett besök i Galleria Doria Pamphili. På kvällen hade de gått igenom de mörka underjordiska gångar som ledde fram till Spanska trappan från Villa Borghese och ätit en middag där Wallander hade häpnat när han fått se räkningen. Det var en av deras sista kvällar, den lyckliga resan, som redan nu aldrig skulle kunna bli annat än just lycklig, närmade sig slutet. Wallanders far visade samma obrutna energi och nyfikenhet som hela tiden dittills. De hade gått genom staden och stannat till vid ett café för att dricka en kopp kaffe och skåla i ett glas grappa. På hotellet hade de fått sina nycklar, kvällen hade varit lika varm som alla andra kvällar denna septembervecka, och Wallander hade somnat så fort han hade lagt sig.

Klockan var halv två när knackningen kom.

Först hade han inte vetat var han var. Men när han yrvaken hade rusat upp och öppnat dörren hade nattportieren stått där och han hade på sin utmärkta engelska förklarat att den gamle herre som var *signor* Wallanders far just hade lämnat hotellet. Wallander hade kastat på sig kläderna. När han kommit ut på gatan hade han sett sin far vandra iväg med målmedvetna steg på andra sidan gatan. Wallander hade följt honom på avstånd, han hade tänkt att han nu för första gången i sitt liv skuggade sin egen far, och insett att hans föraningar hade varit riktiga. I början hade Wallander varit osäker på åt vilket håll de var på väg. Sedan, när gatorna hade börjat smalna, insåg han att de var på väg mot Spanska trappan. Fortfarande höll han avståndet till sin far. Och sedan, i den varma romerska natten, såg han honom klättra uppför alla de många stegen i den spanska trappan, ända upp till kyrkan med de två tornen. Där hade hans far satt sig, han hade skymtat som en svart prick högt däruppe, och Wallander hade hållit sig dold i skuggorna. Hans far hade stannat där i nästan en timme. Sedan hade han rest sig och återvänt nerför trappan igen. Wallander hade fortsatt att skugga honom, det hade varit det mest hemlighetsfulla uppdrag han någonsin hade utfört, och de hade snart befunnit sig vid Fontana di Trevi, där hans far dock inte kastade en slant över axeln utan bara betraktade vattnet som sprutade i den stora fontänen. Hans ansikte hade då varit så upplyst av en gatlykta att Wallander hade anat ett blänk i hans ögon.

Sedan hade de återvänt till hotellet.

Nästa dag hade de suttit i Alitalias plan mot Köpenhamn, Wallanders far med fönsterplats, på samma sätt som på resan ner, och Wallander hade sett på sina händer att han hade blivit brun. Först på färjan tillbaka mot Limhamn hade Wallander frågat om hans far var nöjd med resan. Denne hade nickat, mumlat något ohörbart, och Wallander visste att mer entusiasm än så kunde han inte begära. Gertrud hade väntat på dem i Limhamn och kört dem hem. De hade släppt av Wallander i Ystad och senare på kvällen, när han ringde och frågade om allt var som det skulle, hade Gertrud svarat att hans far redan satt ute i sin ateljé och målade sitt ständigt återkommande motiv, solnedgången över ett orörligt, vindstilla landskap.

Wallander steg upp ur sängen och gick ut i köket. Klockan var halv sex. Han kokade kaffe. *Varför gick han ut i natten? Varför satt han där i trappan? Vad var det som blänkte i hans ögon vid fontänen?*

Han hade inga svar. Men han hade fått se en hastig skymt av sin fars hemliga inre landskap. Han hade också haft vett nog att stanna kvar utanför det osynliga staketet. Han skulle heller aldrig någonsin komma att fråga honom om hans ensamma promenad genom Rom den där natten.

Medan kaffet kokade gick Wallander ut i badrummet. Han noterade belåtet att han såg frisk och energisk ut. Solen hade blekt hans hår. Kanske hade all spagetti gjort att han gått upp i vikt. Men han lät badrumsvågen vara. Han kände sig utvilad. Det var det viktigaste. Han var glad över att resan verkligen hade blivit av.

Känslan av att han snart, om bara någon timme, skulle bli polis igen vållade honom inget obehag. Ofta när han haft semester hade han haft svårt att återvända till sitt arbete. Inte minst under de senaste åren hade hans olust varit mycket stor. Han hade i perioder också burit på allvarliga tankar om att sluta som polis och söka sig till en annan arbetsplats, kanske som säkerhetsansvarig på något företag. Men det var polis han var. Insikten hade mognat långsamt men oåterkalleligt. Någonting annat skulle han aldrig komma att bli.

Medan han duschade tänkte han tillbaka på de händelser som inträffat några månader tidigare, under den varma sommaren och det för Sverige så lyckosamma världsmästerskapet i fotboll. Fortfarande tänkte han med vånda på den hopplösa jakten på en seriemördare som till slut visade sig vara en sinnesförvirrad pojke på bara 14 år. Under veckan i Rom hade alla tankar på sommarens uppskakande händelser varit som bortflugna ur hans medvetande. Nu kom de tillbaka. En vecka i Rom förändrade ingenting. Det var samma värld han nu skulle återvända till.

Han blev sittande vid köksbordet tills klockan hade passerat sju. Regnet trummade oavbrutet. Den italienska värmen var redan som ett avlägset minne. Hösten hade kommit till Skåne.

När klockan blev halv åtta lämnade han sin lägenhet och tog bilen upp till polishuset. Hans kollega Martinsson kom samtidigt och ställde sin bil intill. De hälsade hastigt i regnet och skyndade mot polishusets entré.

– Hur gick resan? frågade Martinsson. Välkommen tillbaka, förresten.

– Min far var mycket nöjd, svarade Wallander.

– Och du själv?

– Det var en fin resa. Och varmt.

De gick in. Ebba som varit Ystadspolisens receptionist i över trettio år hälsade honom med ett stort leende.

– Kan man bli så brun i Italien i september? sa hon förvånat.

– Ja, svarade Wallander. Om man vistas i solen.

De gick genom korridoren. Wallander tänkte att han borde ha köpt med sig någonting till Ebba. Han irriterades över sin tanklöshet.

– Här är allting lugnt, sa Martinsson. Inga allvarligare saker. Nästan ingenting alls.

– Man kanske kan hoppas på en lugn höst, svarade Wallander tveksamt.

Martinsson försvann för att hämta kaffe. Wallander öppnade dörren till sitt kontor. Allting var som han hade lämnat det. Bordet var tomt. Han hängde av sig jackan och öppnade fönstret på glänt. I en korg för inkommande post hade någon lagt ett antal promemorior från Rikspolisstyrelsen. Han drog till sig den översta men lät den oläst falla mot bordet.

Han tänkte på den komplicerade utredning om bilsmuggling mellan Sverige och de forna öststaterna som han nu hade hållit på med i snart ett år. Om det inte hade hänt något särskilt under hans borta-varo var det den utredningen han skulle fortsätta med.

Han undrade om han skulle bli tvungen att ägna tid åt den ända tills han om ungefär femton år gick i pension.

När klockan blivit kvart över åtta reste han sig och gick till mötes-rummet. Halv nio samlades kriminalpoliserna i Ystad för en genom-gång av det arbete som förelåg för veckan. Han gick runt i konfe-rensrummet och hälsade. Alla beundrade hans solbränna. Sedan slog han sig ner på sin vanliga plats. Han märkte att stämningen var som den brukade en måndagsmorgon under hösten, grå och trött, lite frånvarande. Han undrade hastigt hur många måndagsmorgnar han tillbringat i detta rum. Eftersom deras nya chef Lisa Holgersson var i Stockholm höll Hansson i mötet. Martinsson hade rätt. Inte mycket hade inträffat under den vecka som Wallander varit borta.

– Jag antar att jag får återgå till mina utsmugglade bilar, sa Wal-lander och försökte inte dölja sin uppgivenhet.

– Om du inte vill ägna dig åt ett inbrott, sa Hansson uppmunt-rande. I en blomsteraffär.

Wallander betraktade honom förvånat.

– Inbrott i en blomsterhandel? Vad stal dom då? Tulpaner?

– Ingenting så vitt vi har kunnat se, sa Svedberg och kliade sig på flinten.

I samma ögonblick öppnades dörren och Ann-Britt Höglund skyndade in. Eftersom hennes man var resemontör och alltid tycktes befinna sig på resa i något avlägset land ingen ens hade hört talas om, var hon ensam med två barn. Hennes morgnar var kaotiska och hon kom ofta för sent till deras möten. Ann-Britt Höglund hade nu varit vid Ystadspolisen i drygt ett år. Hon var deras yngsta kriminal-polis. Till en början hade några av de äldre poliserna, bland andra Svedberg och Hansson, öppet demonstrerat sitt ogillande över att ha fått en kvinnlig kollega. Men Wallander som mycket tidigt hade insett att hon hade stor fallenhet för polisyrket hade tagit henne i försvar. Ingen kommenterade längre att hon ofta var försenad. Åt-minstone inte när han var i närheten. Hon satte sig vid ena långsidan på bordet och nickade glatt mot Wallander, som om hon blivit över-raskad över att han faktiskt hade kommit tillbaka.

– Vi talar om blomsterhandeln, sa Hansson när hon hade satt sig. Vi tänkte att Kurt kanske kunde titta på det.

– Inbrottet skedde i torsdags natt, sa hon. Expediten som arbetar där upptäckte det när hon kom på fredagsmorgonen. Tjuvarna hade tagit sig in genom ett fönster på baksidan av huset.

– Vad hade blivit stulet? frågade Wallander.

– Ingenting.

Wallander grimaserade.

– Vad menas med det? Ingenting?

Ann-Britt Höglund ryckte på axlarna.

– Ingenting betyder ingenting.

– Det fanns blodfläckar på golvet, sa Svedberg. Och ägaren är bortrest.

– Det hela låter mycket märkligt, sa Wallander. Kan det verkligen vara nåt att ägna så mycket tid åt?

– Det hela *är* underligt, sa Ann-Britt Höglund. Om det är värt att ägna tid åt kan jag inte svara på.

Wallander tänkte hastigt att han ändå skulle slippa att genast börja gräva i den tröstlösa utredningen över alla de bilar som i en stadig ström smugglades ut ur landet. Han skulle ge sig själv en dag att vänja sig vid att han inte längre befann sig i Rom.

– Jag kan ju titta på det, sa han.

– Det är jag som håller i det, sa Ann-Britt Höglund. Blomsterhandeln ligger nere i stan.

Mötet tog slut. Regnet fortsatte. Wallander gick och hämtade sin jacka. De for i hans bil ner mot centrum.

– Hur var resan? frågade hon när de stannade vid ett stoppljus utanför sjukhuset.

– Jag har sett Sixtinska kapellet, svarade Wallander medan han stirrade ut i regnet. Och jag har upplevt att min far varit på gott humör under en hel lång vecka.

– Det låter som en bra resa, sa hon.

Ljuset slog om och de fortsatte. Hon lotsade honom eftersom han var osäker på var blomsteraffären låg.

– Hur är det här då? frågade Wallander.

– På en vecka förändras ingenting, svarade hon. Det har varit lugnt.

– Och vår nya chef?

– Hon är i Stockholm och diskuterar alla nya förslag till nerskärningar. Hon kommer nog att bli bra. Minst lika bra som Björk.

Wallander kastade en hastig blick på henne.

– Jag trodde aldrig du tyckte om honom?

– Han gjorde så gott han kunde. Vad kan man egentligen mer begära?

– Ingenting, sa Wallander. Absolut ingenting.

33

De stannade på Västra Vallgatan, i hörnet av Pottmakargränd. Blomsterhandeln hette Cymbia. Skylten vajade i den byiga vinden. De blev sittande i bilen. Ann-Britt Höglund gav honom några papper i en plastficka. Wallander kastade en blick på dem medan han lyssnade.

– Ägaren till affären heter Gösta Runfeldt. Han är bortrest. Biträdet kom till affären strax före nio på fredagsmorgonen. Hon upptäckte att ett fönster på baksidan var sönderslaget. Det låg glassplitter både utanför på marken och innanför fönstret. På golvet inne i affären fanns det blodspår. Ingenting tycktes ha blivit stulet. Några pengar förvarades inte heller i affären om natten. Hon ringde till polisen klockan tre minuter över nio. Strax efter tio kom jag dit. Det var som hon sa. Ett sönderslaget fönster. Blodfläckar på golvet. Ingenting stulet. Lite underligt, det hela.

Wallander tänkte efter.

– Inte ens en enstaka blomma? frågade han.

– Biträdet påstod det.

– Kan man verkligen minnas det exakta antalet blommor man har i varje vas?

Han räckte tillbaka de papper han fått.

– Vi kan ju fråga henne, sa Ann-Britt Höglund. Affären är öppen.

När Wallander öppnade dörren pinglade en gammaldags klocka. Dofterna inne i affären påminde honom om trädgårdarna i Rom. Det fanns inga kunder. Från ett inre rum kom en kvinna i femtioårsåldern. Hon nickade när hon fick syn på dem.

– Jag har tagit med en kollega, sa Ann-Britt Höglund.

Wallander hälsade.

– Jag har läst om dig i tidningarna, sa kvinnan.

– Jag hoppas det inte har varit något negativt, sa Wallander.

– O nej, svarade kvinnan. Bara vänliga ord.

Wallander hade sett i de papper som Ann-Britt Höglund gett honom i bilen att kvinnan som arbetade i affären hette Vanja Andersson och att hon var 53 år gammal.

Wallander rörde sig långsamt runt i affären. Av gammal och ingrodd vana såg han sig noga för var han satte fötterna. Den fuktiga blomdoften fortsatte att fylla honom med minnesbilder. Han gick in bakom disken och stannade vid en bakdörr vars övre halva bestod av ett glasfönster. Fönsterkittet var nytt. Det var här tjuven eller tjuvarna hade tagit sig in. Wallander betraktade golvet som var lagt av hopsvetsade plastplattor.

– Jag antar att det var här det fanns blod, sa han.

– Nej, svarade Ann-Britt Höglund. Blodfläckarna fanns inne i affären.

Wallander rynkade förvånat pannan. Sedan följde han efter henne tillbaka in bland blommorna. Ann-Britt Höglund ställde sig mitt på golvet.

– Här, sa hon. Precis här.

– Men ingenting borta vid det trasiga fönstret?

– Ingenting. Förstår du nu varför jag tycker det hela är underligt? Varför är det blod här? Men inte vid fönstret? Om vi nu utgår ifrån att det är den som slagit sönder fönstret som skurit sig?

– Vem skulle det annars vara? sa Wallander.

– Det är just det. Vem skulle det annars vara?

Wallander gick runt i affären en gång till. Han försökte föreställa sig händelseförloppet. Någon hade krossat rutan och tagit sig in i affären. Mitt på butiksgolvet hade det funnits blod. Ingenting hade blivit stulet.

Varje brott följde någon sorts planmässighet eller förnuft. Frånsett de rena vansinnesdåden. Det visste han av mångårig erfarenhet. Men ingen begick vansinnesdådet att bryta sig in i en blomsteraffär för att inte stjäla någonting, tänkte Wallander.

Det hängde helt enkelt inte ihop.

– Jag antar att det var blod som hade droppat, sa han.

Till hans förvåning skakade Ann-Britt Höglund på huvudet.

– Det var en liten pöl, sa hon. Inga droppar.

Wallander funderade. Men han sa ingenting. Han hade ingenting att säga. Sedan vände han sig till biträdet som stod i bakgrunden och väntade.

– Ingenting hade alltså blivit stulet?

– Ingenting.

– Inte ens några blommor?

– Inte som jag kunde se.

– Vet du verkligen exakt hur många blommor du har i affären vid varje enskilt tillfälle?

– Ja.

Svaret hade kommit fort och bestämt. Wallander nickade.

– Har du nån förklaring till det här inbrottet?

– Nej.

– Det är inte du som äger affären?

– Han heter Gösta Runfeldt. Jag arbetar åt honom.

– Om jag förstod saken rätt är han bortrest? Har du varit i kontakt med honom?

– Det går inte.

Wallander betraktade henne uppmärksamt.

– Varför går inte det?

– Han är på orkidésafari i Afrika.

Wallander övervägde hastigt vad han hade hört.

– Kan du säga nåt mer? Orkidésafari?

– Gösta är en passionerad orkidémänniska, sa Vanja Andersson. Han vet allt om orkidéer. Han reser runt i världen och ser på alla arter som finns. Han håller på att skriva en bok om orkidéernas historia. Just nu är han i Afrika. Jag vet inte var. Jag vet bara att han kommer hem på onsdag i nästa vecka.

Wallander nickade.

– Vi får väl prata med honom när han kommer tillbaka, sa Wallander. Kanske du kan be honom att han hör av sig till oss på polisen?

Vanja Andersson lovade att framföra beskedet. En kund kom in i affären. Ann-Britt Höglund och Wallander steg ut i regnet. De satte sig i bilen. Wallander väntade med att starta motorn.

– Man kan naturligtvis tänka sig en tjuv som begår ett misstag, sa han. En tjuv som krossar fel fönster. Det ligger en databutik precis intill.

– Men blodpölen?

Wallander ryckte på axlarna.

–Tjuven kanske inte märkte att han skar sig. Han har stått med armen hängande och sett sig runt. Blodet har droppat. Och blod som droppar på samma ställe bildar förr eller senare en pöl.

Hon nickade. Wallander startade motorn.

– Det blir ett försäkringsärende, sa Wallander. Ingenting annat.

De återvände till polishuset genom regnet.

Klockan hade blivit elva.

Måndagen den 26 september 1994.

I Wallanders huvud hade resan till Rom redan börjat glida undan som en långsamt borttonande hägring.

3

Tisdagen den 27 september fortsatte regnet att falla över Skåne. Meteorologerna hade förutspått att den varma sommaren skulle följas av en regnig höst. Hittills hade ingenting inträffat som motsade deras prognoser.

Kvällen innan, när Wallander hade kommit hem från sin första arbetsdag efter Italienresan och lagat till en slarvig måltid som han sedan högst motvilligt hade tvingat i sig, hade han gjort flera försök att få tag på sin dotter Linda som bodde i Stockholm. Dörren till balkongen hade han då ställt upp eftersom det hade blivit ett kort uppehåll i det envisa regnandet. Han märkte att han blev irriterad över att Linda själv inte hade hört av sig och frågat hur resan hade varit. Han försökte intala sig, dock utan att lyckas särskilt väl, att det berodde på att hon hade mycket att göra. Just denna höst kombinerade hon studier på en privat teaterskola med arbete som servitris på en lunchrestaurang på Kungsholmen.

Vid elvatiden ringde han också till Baiba i Riga. Då hade det åter börjat regna och blåsa. Redan märkte han att det blivit svårt att minnas de varma dagarna i Rom.

Men hade han gjort något annat i Rom än att njuta av värmen och tjäna som resesällskap åt sin far så var det att han hade tänkt på Baiba. När de under sommaren, bara några månader innan, hade gjort sin danska resa, och Wallander hade varit utsliten och nerstämd efter den plågsamma jakten på den 14-årige mördaren, hade han en av de sista dagarna frågat om hon ville gifta sig med honom. Hon hade svarat undvikande, utan att nödvändigtvis stänga alla dörrar runt sig själv. Hon försökte inte heller dölja orsakerna till sin tvekan. De hade gått längs den oändliga stranden vid Skagen där de två haven möttes, och där Wallander för övrigt många år tidigare hade vandrat också med sin förra hustru Mona, och även vid ett senare tillfälle, när han varit deprimerad och allvarligt övervägt att sluta som polis. Kvällarna hade varit nästan tropiska i sin värme. Någonstans anade de att ett fotbolls-VM band människor vid sina teveapparater och gjorde stränderna ovanligt öde. De strövade där, plockade stenar och snäckskal, och Baiba sa att hon tvekade om hon ännu en gång i sitt liv kunde tänka sig att leva tillsammans med en polis.

Hennes tidigare man, den lettiske polismajoren Karlis, hade blivit mördad 1992. Det var då Wallander hade träffat henne under en förvirrad och overklig tid i Riga. I Rom hade Wallander ställt sig frågan om han själv egentligen och innerst inne verkligen ville gifta sig ännu en gång i sitt liv. Var det överhuvudtaget nödvändigt att gifta sig? Att binda sig med komplicerade och formella band som knappast ens längre hade någon giltighet i den tid som var hans? Han hade levt i ett långt äktenskap med Lindas mor. När hon en dag för fem år sedan plötsligt hade konfronterat honom med det faktum att hon ville skiljas hade han varit alldeles oförstående. Det var först nu som han både trodde sig kunna förstå och åtminstone delvis kanske också acceptera orsakerna till att hon hade velat börja ett nytt liv utan honom. Han kunde nu inse varför det hade gått som det måste gå. Han kunde överblicka sin del i det hela, till och med erkänna att han genom sin ständiga frånvaro och sitt ökande ointresse för det som var viktigt i hennes liv bar den tyngsta delen av skulden. Om man nu kunde tala om skuld. En bit av vägen gick man bredvid varandra. Sedan kunde vägarna skiljas, så långsamt och omärkligt att det först när det redan var för sent stod klart vad som hade hänt. Och då var man redan utom synhåll för varandra.

På detta hade han tänkt mycket under dagarna i Rom. Och han hade till slut kommit fram till att han verkligen ville gifta sig med Baiba. Han ville att hon skulle flytta till Ystad. Och han hade också bestämt sig för att han nu skulle bryta upp och byta bort sin lägenhet på Mariagatan mot ett eget hus. Någonstans strax utanför staden. Med en uppvuxen trädgård. Ett billigt hus, men ändå i ett sådant skick att han kunde klara alla nödvändiga reparationer själv. Han hade också funderat på om han skulle skaffa sig den hund han så länge gått och drömt om.

Om allt detta talade han med Baiba denna måndagskväll när det åter hade börjat regna över Ystad. Det var som en fortsättning på det samtal han hade gått och haft i sitt huvud i Rom. Även då hade han talat med henne, trots att hon inte varit närvarande. Vid några tillfällen hade han börjat prata högt för sig själv. Det hade naturligtvis inte undgått hans far som trampat fram i värmen vid hans sida. Fadern hade spydigt men inte alldeles ovänligt frågat vem av de två som egentligen höll på att bli gammal och själsligt förvirrad.

Hon svarade genast när han ringde. Han kunde höra att hon lät glad. Han berättade om resan och efteråt upprepade han sin fråga från sommaren. Ett kort ögonblick vandrade tystnaden fram och tillbaka mellan Riga och Ystad. Sedan sa hon att hon också hade tänkt. Hennes tveksamhet fanns kvar, den hade inte minskat, men heller inte ökat.

– Kom hit, sa Wallander. Det här kan vi inte tala om över en telefonledning.

– Ja, svarade hon. Jag kommer.

De hade inte bestämt när. Om det skulle de talas vid senare. Hon hade sitt arbete vid Rigas universitet. Hennes ledigheter måste alltid planeras lång tid i förväg. Men när Wallander hade lagt på telefonluren tyckte han sig känna en visshet om att han nu var på väg in i en ny fas av sitt liv. Hon skulle komma. Han skulle gifta om sig.

Den natten dröjde det länge innan han somnade. Flera gånger steg han upp ur sängen, ställde sig vid köksfönstret och såg ut i regnet. Han tänkte att han skulle komma att sakna gatlyktan som svajade därute, ensam i vinden.

Trots att han fått för lite sömn var han tidigt uppe på tisdagsmorgonen. Redan strax efter sju parkerade han sin bil utanför polishuset och skyndade genom regnet och blåsten. När han kom in i sitt rum hade han bestämt sig för att genast gripa fatt i det omfattande materialet kring bilstölderna. Ju längre han sköt på det, desto större skulle olusten och den bristande inspirationen komma att tynga honom. Han hängde sin jacka över besöksstolen för att den skulle torka. Sedan lyfte han ner den nästan halvmeterhöga stapel med utredningsmaterial som låg på en hylla. Han hade just börjat organisera pärmarna när det knackade på dörren. Wallander kunde höra att det var Martinsson. Han ropade åt honom att komma in.

– När du är borta är jag alltid först här på mornarna, sa Martinsson. Nu förvandlas jag till andreman igen.

– Jag har längtat efter mina bilar, svarade Wallander och pekade på pärmarna som fyllde skrivbordet.

Martinsson hade ett papper i handen.

– Jag glömde ge dig det här igår, sa han. Det var Lisa Holgersson som ville att du skulle se på det.

– Vad är det?

– Läs själv. Du vet att folk anser att vi poliser ska uttala oss om både det ena och det andra.

– Är det ett remissyttrande?

– Ungefär.

Wallander såg undrande på Martinsson som sällan gav svävande svar. För några år sedan hade Martinsson varit aktiv för folkpartiet och sannolikt närt drömmar om en politisk karriär. Såvitt Wallander nu visste hade den drömmen stilla falnat i samma takt som hela partiet krympt samman. Han bestämde sig för att inte kommentera hur det gått för partiet i valet veckan innan.

Martinsson gick. Wallander satte sig i sin stol och läste igenom pappret han fått. När han hade läst det två gånger var han arg. Han kunde inte minnas när han senast varit så upprörd. Han gick ut i korridoren och steg in i Svedbergs rum där dörren som vanligt stod på glänt.

– Har du sett det här? frågade Wallander och viftade med Martinssons papper.

Svedberg skakade på huvudet.

– Vad är det?

– Det är från en nybildad organisation som vill höra om polisen har nåt att invända mot deras namn.

– Och det är?

– Dom har tänkt kalla sig Yxans Vänner.

Svedberg betraktade Wallander oförstående.

– Yxans Vänner?

– Yxans Vänner. Och nu undrar dom – med tanke på vad som hände här i somras – om namnet eventuellt kan misstolkas. Den här organisationen har nämligen inte till syfte att ge sig ut och skalpera folk.

– Vad ska dom göra då?

– Om jag förstår saken rätt är det en sorts hembygdsförening som vill försöka skapa ett museum för gamla handverktyg.

– Det låter väl bra? Varför är du så förbannad?

– Därför att dom anser att polisen har tid med att uttala sig om såna saker. Personligen kan jag tycka att Yxans Vänner kanske är ett underligt namn på en hembygdsförening. Men som polis blir jag upprörd för att vi ska behöva ägna tid åt sånt här.

– Säg det till chefen.

– Det tänker jag göra också.

– Fast hon kommer nog inte att hålla med dig. Nu ska vi alla bli närpoliser igen.

Wallander insåg att Svedberg med stor sannolikhet hade rätt. Under alla de år han hade varit polis hade poliskåren genomgått oändliga och genomgripande förändringar. Inte minst hade det gällt det alltid komplicerade förhållandet till den otydliga och hotande skugga som kallades »allmänheten«. Denna allmänhet som hängde som en mara över rikspolisstyrelsen såväl som över den enskilde polismannen kännetecknades av en enda sak: trolöshet. Det senaste försöket att tillfredsställa denna allmänhet var nu att förvandla hela den svenska poliskåren till en riksomfattande närpolis. Riktigt hur det skulle gå till var det ingen som visste. Rikspolischefen hade på alla portar han kommit åt spikat upp sina teser om hur viktigt det var att polisen *syntes*. Men eftersom ingen någonsin hade hört talas om att polisen varit osynlig så kunde man heller inte förstå hur denna nya liturgi skulle följas. Fotpatrullerade gjorde man redan. Numera cyklade poliserna också runt i små hurtiga minikommandon. Rikspolischefen talade förmodligen om en andlig synlighet. Därav kom det sig att man alltså återigen hade dammat av närpolisprojektet. Närpolis lät vänligt, som en mjuk kudde under huvudet. Men riktigt hur det skulle kombineras med det faktum att brottsligheten i Sverige blev allt grövre och våldsammare var det ingen som riktigt kunde förklara. Dock ingick det med all säkerhet i denna nya strategi att man skulle ägna tid åt att uttala sig om det lämpliga i att en nybildad hembygdsorganisation kallade sig för Yxans Vänner.

Wallander lämnade rummet och hämtade en kopp kaffe. Sedan stängde han in sig på sitt rum och började tränga in i det stora utredningsmaterialet på nytt. Till en början hade han svårt att koncentrera sig. Tankarna på samtalet med Baiba kvällen innan gjorde sig hela tiden påminda. Men han tvingade sig att bli polis igen. Efter några timmar hade han gjort ett återtåg genom utredningen och nått till den punkt där han lagt den ifrån sig innan han reste till Italien. Han ringde upp en kriminalpolis i Göteborg som han samarbetade med. Tillsammans talade de igenom några av beröringspunkterna. När samtalet var över hade klockan redan blivit tolv. Wallander märkte att han var hungrig. Det regnade fortfarande. Han gick ut till sin bil, for ner till centrum och åt på en av lunchrestaurangerna. Klockan ett var han tillbaka på polishuset igen. Han hade just satt sig i sin stol när telefonen ringde. Det var Ebba ute i receptionen.

– Du har besök, sa hon.

– Vem då?

– En man som heter Tyrén. Han vill tala med dig.

– Vad då om?

– Nån som kanske har försvunnit.

– Finns det ingen annan som kan ta det?

– Han säger att han absolut vill tala med dig.

Wallander betraktade de uppslagna pärmarna på skrivbordet. Ingenting i dem var så brådskande att han inte kunde ta emot en anmälan om ett försvinnande.

– Skicka in honom, sa han och la på luren.

Han öppnade dörren och började flytta undan pärmarna från skrivbordet. När han lyfte blicken stod en man i dörren. Wallander hade aldrig sett honom tidigare. Han var klädd i en overall som berättade att han arbetade för OK. När han steg in i rummet kände Wallander en lukt av olja och bensin.

Wallander tog i hand och bad honom sätta sig ner. Mannen var i femtioårsåldern, hade grått tunt hår och var orakad. Han presenterade sig som Sven Tyrén.

– Du ville tala med mig, sa Wallander.

– Jag har förstått det så att du är en bra polis, sa Sven Tyrén. Hans skånska tydde på att han urspungligen kom från västra Skåne, Wallanders egna hemtrakter.

– Dom flesta poliser är bra, svarade Wallander.

Svaret från Sven Tyrén överraskade honom.

– Det där vet du inte är sant, sa Sven Tyrén. Jag har suttit inne för både det ena och det andra i mina dar. Och jag har träffat många poliser som rent ut sagt har varit för jävliga.

Hans ord hade kommit med ett sådant eftertryck att Wallander kom av sig. Han bestämde sig för att låta diskussionen falla.

– Jag antar att det inte var för att säga det som du kom hit, sa han istället. Det var nåt om ett försvinnande?

Sven Tyrén rullade sin OK-keps mellan fingrarna.

– I alla fall är det underligt, sa han.

Wallander hade letat reda på ett kollegieblock i en låda och bläddrat fram en tom sida.

– Vi kanske ska ta det från början, sa han. Vem är det som kanske har försvunnit? Vad är det som är underligt?

– Holger Eriksson.

– Vem är det?

– En kund.

– Jag gissar att du har en bensinstation.

Sven Tyrén skakade avvärjande på huvudet.

– Jag kör ut eldningsolja, sa han. Jag har distriktet norr om Ystad. Holger Eriksson bor mellan Högestad och Lödinge. Han ringde till kontoret och sa att tanken började bli tom. Vi kom överens om leverans på torsdag morgon. Men när jag kom dit var det ingen hemma.

Wallander antecknade.

– Du talar om förra torsdagen?

– Den 22:a.

– Och när ringde han?

– På måndagen.

Wallander tänkte efter.

– Det kan inte ha blivit nåt missförstånd om tidpunkten?

– Jag har kört ut olja åt Holger Eriksson i mer än tio år. Det har aldrig blivit nåt missförstånd förut.

– Vad hände då? När du upptäckte att han inte var hemma?

– Hans oljeintag är låst så jag for därifrån. Jag la en lapp i hans brevlåda.

– Vad hände sen?

– Ingenting.

Wallander la ifrån sig pennan.

– När man kör ut olja som jag lägger man märke till folks vanor, fortsatte Sven Tyrén. Jag kunde inte släppa det där med Holger Eriksson. Det stämde inte att han skulle vara bortrest. Så jag for ut dit igår eftermiddag igen. Efter jobbet. Med min egen bil. Lappen låg kvar i brevlådan. Under all annan post som kommit sen i torsdags. Jag gick in på gården och ringde på dörren. Ingen var hemma. Bilen stod i garaget.

– Bor han ensam?

– Holger Eriksson är inte gift. Han har blivit förmögen på att sälja bilar. Dessutom skriver han dikter. Jag fick en bok av honom en gång.

Plötsligt påminde Wallander sig att han vid ett besök i Ystads Bokhandel hade sett namnet Holger Eriksson på en hylla där det stod litteratur av olika bygdeförfattare. Han hade letat efter något han kunde ge till Svedberg på hans 40-årsdag.

– Det var en sak till som inte stämde, sa Sven Tyrén. Dörren var olåst. Jag tänkte att han kanske var sjuk. Han är ändå nästan 80 år gammal. Jag gick in i huset. Men det var tomt. Fast kaffebryggaren stod på i köket. Det luktade. Kaffet hade bränt fast, det hade kokat torrt. Det var då jag bestämde mig för att komma hit. Det är nånting som inte stämmer.

Wallander insåg att Sven Tyréns oro var alldeles äkta. Av erfarenhet visste han dock att de flesta försvinnanden löste sig av sig själva. Det var mycket sällan något allvarligt hade hänt.

– Har han inga grannar? frågade Wallander.

– Gården ligger ensligt.

– Vad tror du det är som kan ha hänt?

Sven Tyréns svar kom mycket fort och bestämt.

– Jag tror han är död. Jag tror nån har slagit ihjäl honom.

43

Wallander sa ingenting. Han väntade på en fortsättning. Men det kom ingen.

– Varför tror du det?

– Det stämmer inte, sa Sven Tyrén. Han hade beställt olja. Han var alltid hemma när jag kom. Han skulle inte ha lämnat kaffebryggaren på. Han skulle inte ha gått ut utan att låsa dörren. Även om han så bara tog en kort promenad på sina ägor.

– Fick du ett intryck av att det hade varit inbrott i huset?

– Allt verkade som vanligt. Utom det där med kaffebryggaren.

– Du har alltså varit inne hos honom tidigare?

– Varje gång jag kom med olja. Han brukade bjuda på kaffe. Och läsa några av sina dikter. Eftersom han nog var en rätt ensam person tror jag att han såg fram mot mina besök.

Wallander tänkte efter.

– Du sa att du trodde han var död. Men du sa också att du trodde att nån hade slagit ihjäl honom. Varför skulle nån ha gjort det? Hade han fiender?

– Inte som jag vet.

– Men han var förmögen?

– Ja.

– Hur vet du det?

– Det vet alla.

Wallander lät frågan falla.

– Vi ska titta på det, sa han. Det finns säkert en naturlig förklaring till att han är borta. Det brukar det göra.

Wallander skrev upp adressen. Till hans förvåning hette gården »Avskildheten«.

Wallander följde Sven Tyrén ut till receptionen.

– Jag är säker på att nånting har hänt, sa Sven Tyrén till avsked. Det stämmer inte att han inte är hemma när jag kommer med olja.

– Jag ska höra av mig, sa Wallander.

I samma ögonblick kom Hansson in i receptionen.

– Vem fan är det som blockerar hela infarten med en tankbil? sa han ilsket.

– Det är jag, sa Sven Tyrén lugnt. Och jag ska åka nu.

– Vem var det? frågade Hansson när Tyrén hade försvunnit.

– Han ville anmäla ett försvinnande, svarade Wallander. Har du hört talas om en författare som heter Holger Eriksson?

– En författare?

– Eller en bilhandlare.

– Vilket är det?

44

– Han lär ha varit båda delarna. Och enligt den här tankbils-chauffören har han försvunnit.

De gick och hämtade kaffe.

– Allvarligt? frågade Hansson.

– Han med tankbilen verkade i alla fall bekymrad.

– Jag tyckte jag kände igen honom, sa Hansson.

Wallander hade stor respekt för Hanssons minne. När han själv hade förlorat ett namn var det oftast till Hansson han gick för att få hjälp.

– Han hette Sven Tyrén, sa Wallander. Han sa att han hade suttit inne för både det ena och det andra.

Hansson letade i minnet.

– Jag tror han har varit inblandad i några misshandelshistorier, sa han efter en stund. För ganska många år sen.

Wallander lyssnade fundersamt.

– Jag tror jag åker ut till Erikssons gård, sa han sedan. Jag ska skriva in honom på rutinerna för anmälda försvunna.

Wallander gick in på sitt kontor, hämtade jackan och stoppade adressen till »Avskildheten« i fickan. Egentligen borde han ha börjat med att fylla i den föreskrivna blanketten där en person som var anmäld försvunnen skulle registreras. Men han lät det tills vidare bero. Klockan var halv tre när han lämnade polishuset. Det kraftiga regnet hade avtagit och övergått till ett strilande duggregn. Han huttrade när han gick till sin bil. Wallander körde norrut och hade inga svårigheter att leta sig fram till gården. Som namnet sa låg den mycket ensligt, högt uppe på en kulle. De bruna åkrarna sluttade mot havet som han dock inte kunde se. En flock med råkor skränade i ett träd. Wallander lyfte på locket till brevlådan. Den var tom. Han antog att det var Sven Tyrén som hade tagit in posten. Wallander gick in på den kullerstensbelagda gårdsplanen. Allt var mycket väl-skött. Han blev stående och lyssnade på stillheten. Gården bestod av tre längor. En gång hade den varit en hel fyrkant. Antingen hade en länga blivit riven eller så hade den brunnit. Wallander beundrade det halmtäckta taket. Sven Tyrén hade haft rätt. Den som hade råd att hålla sig med ett sådant tak var en förmögen man. Wallander gick fram till dörren och ringde på. Sedan knackade han. Han öppnade dörren och steg in. Lyssnade. Posten låg på en pall intill ett paraplyställ. På väggen hängde flera kikare. Ett av fodralen var öppet och tomt. Wallander gick långsamt igenom huset. Det luktade fortfarande från den kaffebryggare som bränt torrt. Vid ett skrivbord i det stora vardagsrummet i två plan och med takbjälkarna synliga stannade Wallander och betraktade ett papper som låg på den bruna bordsytan. Eftersom ljuset var dåligt tog han det i nypan och gick fram till ett fönster.

Det var en dikt om en fågel. En hackspett.

Längst ner stod skrivet ett datum. *21 september 1994. Klockan 22.12.*

Just den kvällen hade Wallander och hans far varit och ätit på en restaurang i närheten av Piazza del Popolo.

När han stod i det tysta huset var det som en avlägsen och overklig dröm.

Wallander la tillbaka pappret på skrivbordet. *Klockan tio på onsdagskvällen skrev han en dikt och angav till och med ett klockslag. Dagen efter ska Sven Tyrén leverera olja. Och då är han borta. Med dörren olåst.*

Slagen av en tanke gick Wallander ut och letade reda på oljetanken. Mätaren visade att tanken var nästan tom.

Wallander gick tillbaka in i huset igen. Han satte sig på en gammal pinnstol och såg sig runt.

Något sa honom att Sven Tyrén hade rätt.

Holger Eriksson var verkligen försvunnen. Han var inte bara borta.

Efter en stund reste sig Wallander och letade igenom flera väggskåp innan han hittade ett par reservnycklar. Han låste och lämnade huset. Regnet hade åter tilltagit. Strax före fem var han tillbaka i Ystad igen. Han fyllde i en blankett där Holger Eriksson anmäldes som försvunnen. Tidigt dagen efter skulle de börja leta efter honom på allvar.

Wallander for hem. På vägen stannade han och köpte en pizza. Sedan satt han vid sin teve och åt. Fortfarande hade Linda inte ringt. Strax efter elva gick han och la sig och somnade nästan genast.

Klockan fyra på onsdagsmorgonen rycktes han brått upp ur sömnen av att han behövde kräkas. Han kom bara halvvägs till toaletten. Samtidigt märkte han att han hade diarré. Han hade blivit magsjuk. Om det var pizzan eller en maginfluensa han kanske burit med sig från Italien kunde han inte avgöra. Vid sjutiden på morgonen var han så utmattad att han ringde till polishuset för att tala om att han inte skulle komma den dagen. Han fick tag på Martinsson.

– Du vet förstås vad som har hänt? sa Martinsson.

– Jag vet bara att jag spyr och skiter, svarade Wallander.

– En färja har sjunkit i natt, fortsatte Martinsson. Nånstans utanför Tallinn. Hundratals människor har visst dött. Och dom flesta är svenskar. Det lär ha varit en hel del polisanställda med på färjan.

Wallander märkte att han höll på att kräkas igen. Men han höll sig kvar vid telefonen.

– Poliser från Ystad? frågade han oroligt.

– Inte från oss. Men det är fruktansvärt det som har hänt.

Wallander hade svårt att tro det Martinsson sa. Flera hundra människor döda i en fartygskatastrof? Sådant hände inte. I alla fall inte i närheten av Sverige.

– Jag tror inte jag kan prata mer, sa han. Jag måste spy igen. Men det ligger ett papper på mitt bord om en man som heter Holger Eriksson. Han har försvunnit. Nån av er får ta tag i saken.

Han kastade på telefonluren och hann precis in på toaletten innan han kräktes på nytt. När han efteråt var på väg till sängen ringde telefonen igen.

Den här gången var det Mona. Hans frånskilda hustru. Han blev genast orolig. Hon ringde aldrig till honom annat än när det var något med Linda.

– Jag har talat med Linda, sa hon. Hon var inte med på färjan.

Det tog ett ögonblick innan Wallander förstod vad hon menade.

– Du menar färjan som sjönk?

– Vad skulle jag annars ha menat? När hundratals människor dör i en olycka så ringer i alla fall jag till min dotter och hör efter att hon mår bra.

– Du har naturligtvis rätt, sa Wallander. Du får ursäkta om jag förstår lite långsamt. Men jag är sjuk. Jag kräks. Jag har maginfluensa. Kanske vi kan talas vid en annan dag?

– Jag ville bara att du inte skulle vara orolig, sa hon.

Samtalet tog slut. Wallander återvände till sängen.

Ett kort ögonblick tänkte han på Holger Eriksson. Och den färjekatastrof som tycktes ha inträffat under natten.

Han hade feber. Snart sov han.

Ungefär samtidigt upphörde regnet.

4.

Redan efter några timmar hade han börjat gnaga på repen.

Känslan av att han höll på att bli galen hade också funnits där hela tiden. Han kunde inte se, någonting täckte hans ögon och gjorde världen mörk. Han kunde heller inte höra. Något som stoppats in i hans öron pressade mot trumhinnorna. Ljuden fanns där. Men de kom inifrån. Ett inre brus som ville tränga sig ut, inte tvärtom. Det som plågade honom mest var ändå att han inte kunde röra sig. Det var det som höll på att göra honom galen. Trots att han låg ner, helt utsträckt på rygg, hade han hela tiden känslan av att han föll. Ett svindlande fall, utan ände. Kanske var det bara en hallucination, en yttre bild för det faktum att han föll sönder inifrån. Galenskapen höll på att dela upp hans kropp och hans medvetande i delar som inte längre hängde samman.

Ändå försökte han hålla sig fast vid verkligheten. Han tvingade sig desperat att tänka. Förnuft och förmåga att till det yttersta bibehålla sitt lugn skulle kanske ge honom förklaringen till vad som hade hänt. *Varför kunde han inte röra sig? Var befann han sig? Och varför?*

In i det längsta hade han också försökt bekämpa paniken och den smygande galenskapen genom att tvinga sig att hålla kontroll över tiden. Han räknade minuter och timmar, tvingade sig att hålla fast vid en omöjlig rutin, som inte hade någon början och heller inte något slut. Eftersom ljuset inte skiftade – det var hela tiden lika mörkt, och han hade vaknat upp där han låg, fjättrad på rygg – och han inte hade något minne av en förflyttning, fanns det ingen början. Han kunde ha varit född där han låg.

Det var i den upplevelsen galenskapen hade sin upprinnelse. Under de korta ögonblick han lyckades hålla paniken ifrån sig och tänka klart försökte han klamra sig fast vid allt som ändå tycktes ha med verkligheten att göra.

Det fanns någonting han kunde utgå ifrån.

Det han låg på. Det var inte inbillning. Han visste att han låg på rygg och att det han låg på var hårt.

Skjortan hade glidit upp strax ovanför vänstra höften och hans hud vilade direkt mot underlaget. Ytan var skrovlig. Han kände att han hade skrapat upp skinnet när han försökte röra sig. Han låg på ett cementgolv. Varför låg han där? Hur hade han hamnat där? Han återgick till den sista normala utgångspunkt han haft, innan det plötsliga mörkret hade kastat sig över honom. Men redan där började allting bli oklart. Han visste vad som hade hänt. Men ändå inte. Och det var när han började tvivla på vad som var inbillning och vad som verkligen hade inträffat som paniken kom över honom. Då kunde han börja gråta. Kort, häftigt, men han slutade lika fort, eftersom ingen ändå kunde höra honom. Han hade aldrig gråtit när ingen hörde honom. Det fanns människor som bara grät när de var utom hörhåll för andra. Men han var inte en av dem.

Egentligen var det det enda han var helt säker på. Att ingen kunde höra honom. Var han än befann sig, var än detta skräckens cementgolv var gjutet, om det så svävade fritt i ett för honom alldeles okänt universum, så fanns det ingen i närheten. Ingen som kunde höra honom.

Bortom det smygande vansinnet fanns de enda hållpunkter han hade kvar. Allt annat var taget ifrån honom, inte bara hans identitet utan också hans byxor. *Det hade varit kvällen innan han skulle resa till Nairobi. Klockan hade varit närmare midnatt, han hade stängt väskan, och satt sig i stolen vid skrivbordet för att en sista gång gå igenom sina färdhandlingar. Fortfarande kunde han se allting mycket klart framför sig. Utan att han då hade vetat om det hade han alltså befunnit sig i ett dödens väntrum som en okänd människa hade förberett åt honom. Passet hade legat till vänster på skrivbordet. I handen hade han haft flygbiljetterna. I knät hade plastfickan med dollarsedlarna, kreditkorten och resecheckarna legat och väntat på att han skulle kontrollera också dem. Telefonen hade ringt. Han hade lagt allting ifrån sig, lyft på luren och svarat.*

Eftersom det var den sista levande röst han hade hört höll han fast vid den med alla de krafter han hade. Det var den sista förbindelselänken till den verklighet som fortfarande höll galenskapen på avstånd.

Det hade varit en vacker röst, mycket mjuk och behaglig, och han visste genast att det var en främmande kvinna han hade talat med. En kvinna han aldrig hade träffat tidigare i sitt liv.

Hon hade bett att få köpa rosor. Först hade hon bett om ursäkt för att hon ringde och störde så sent på kvällen. Men hon var i stort behov av dessa rosor. Hon hade aldrig sagt varför. Men han hade genast trott henne. Ingen människa kunde tänkas ljuga om ett behov av rosor. Han kunde inte påminna sig att han hade frågat vare sig henne eller sig själv vad som hade hänt, varför hon plötsligt hade upptäckt att hon inte hade de rosor hon behövde, trots att det var sent på kvällen och inga blomsteraffärer längre var öppna.

Men han hade inte tvekat. Han bodde i närheten av sin affär, det var ännu inte så sent att han hade gått och lagt sig. Det skulle ta honom högst tio minuter att hjälpa henne.

När han nu låg i mörkret och tänkte tillbaka hade han insett att här fanns en punkt som han inte kunde förklara. *Han hade hela tiden vetat att hon som ringde fanns någonstans i närheten. Det fanns ett skäl, okänt vilket, som gjorde att hon hade ringt just till honom.*

Vem var hon? Vad hade hänt efteråt?

Han hade satt på sig sin rock och gått ner på gatan. Nycklarna till affären hade han haft i handen. Det var vindstilla, en kylig doft slog upp emot honom när han gick längs den våta gatan. Det hade regnat tidigare under kvällen, ett häftigt skyfall som försvunnit lika hastigt som det hade kommit. Han hade stannat utanför dörren till affären, den som ledde ut mot gatan. Han kunde minnas att han hade låst upp och gått in. Sedan hade världen exploderat.

Hur många gånger han i tankarna hade gått längs gatan, när paniken för ett ögonblick minskat, en vilopunkt i den konstanta och gungande smärtan, kunde han inte längre avgöra. Det måste ha funnits någon där. *Jag väntade att det skulle stå en kvinna utanför affären. Men där stod ingen. Jag kunde ha vänt och gått hem. Jag kunde blivit ilsken över att någon utsatt mig för ett dåligt skämt. Men jag låste upp affären eftersom jag visste att hon skulle komma. Hon sa att hon verkligen behövde rosorna.*

Ingen ljuger om rosor.

Gatan hade varit öde. Det visste han med säkerhet. En enda detalj i bilden oroade honom. Någonstans hade det stått en bil parkerad. Med påslagna ljus. När han hade vänt sig mot dörren för att leta efter nyckelhålet och låsa upp hade bilen funnits där bakom honom. Med strålkastarna tända. Och sedan hade världen alltså gått under i ett skarpt vitt ljussken.

Det fanns bara en förklaring och den gjorde honom hysterisk av skräck. Han måste ha blivit överfallen. Bakom honom i skuggorna hade funnits någon han inte hade sett. Men en kvinna som ringer en kväll och vädjar om rosor?

Längre kom han inte. Där upphörde allt som var begripligt och möjligt att omfatta med förnuft. Och det var då som han med en våldsam ansträngning lyckades vrida upp de bundna händerna mot munnen så att han kunde börja tugga på repen. Till en början rev och slet han i repen, som om han hade varit ett hungrigt rovdjur som kastat sig över ett kadaver. Nästan genast hade han bitit av en tand i vänster underkäke. Smärtan hade först varit våldsam för att sedan lika hastigt försvinna. När han åter hade börjat gnaga på repen – och han hade alltså tänkt på sig själv som ett fångat djur som gnagde av sitt eget ben för att komma undan – hade han gjort det långsamt.

Att gnaga på de torra och hårda repen var som en tröstande hand. Om han inte kunde göra sig fri så kunde han ändå gnaga galenskapen ifrån sig. Han kunde tugga på repen och samtidigt tänka någorlunda klart. Han hade blivit överfallen. Han hölls fången, liggande på ett golv. Två gånger per dag, eller kanske var det per natt, hördes ett skrapande ljud intill honom. En hand med handske på spärrade upp hans mun och hällde i honom vatten. Aldrig något annat, lagom kallt. Handen som grep honom om käkarna var mer bestämd än hårdhänt. Efteråt stacks ett sugrör in i hans mun. Han sög i sig en ljummen soppa och sedan blev han åter lämnad ensam i mörkret och tystnaden.

Han hade blivit överfallen, han var fjättrad. Under honom ett cementgolv. Någon höll liv i honom. Han tänkte att han redan nu hade legat där i en vecka. Han hade försökt förstå varför. Ett misstag måste ha blivit begånget. Men vilket misstag? Varför skulle en människa ligga fjättrad i mörkret på ett cementgolv? Någonstans anade han i sitt huvud att galenskapen hade sin utgångspunkt i en insikt han helt enkelt inte vågade släppa fram. Det var inget misstag. Det ohyggliga som hände honom var ämnat just för honom, inte för någon annan, och hur skulle det egentligen sluta? Mardrömmen kanske skulle pågå i evighet, och han visste inte varför.

Två gånger om dagen eller natten fick han vatten och mat. Två gånger drogs han också med fötterna längs golvet tills han kom till ett hål i golvet. Han hade inga byxor på sig, de hade försvunnit. Där fanns bara skjortan och han drogs tillbaka till samma läge där han legat tidigare när han var färdig. Något att torka sig med hade han inte. Dessutom var händerna bundna. Han märkte att det luktade runt honom.

Orenlighet. Men också parfym.

Var det en människa som fanns i hans närhet? Kvinnan som ville köpa rosor? Eller bara ett par händer med handskar? Händer som drog honom till hålet i golvet. Och en svag, nästan omärklig doft av parfym, som hängde kvar efter måltiderna och toalettbesöken. Någonstans måste händerna och parfymen komma ifrån.

Naturligtvis hade han försökt tala till händerna. Någonstans måste det finnas en mun. Och öron. Vem som än hade gjort detta mot honom måste också kunna lyssna till det han hade att säga. Varje gång han kände händerna mot sitt ansikte och sina axlar hade han på olika sätt försökt tala. Han hade vädjat, han hade varit rasande, han hade försökt vara sin egen försvarsadvokat och tala lugnt och överlagt.

Det fanns en rätt, hade han hävdat, ömsom snyftande, ömsom ursinnigt. *En rätt som även den fjättrade människan besitter. Rätten att få veta varför man har blivit alldeles rättslös. Berövar man en människa den rätten har universum inte längre någon mening.*

Han hade inte ens begärt att få bli fri. Han ville bara till en början få veta varför han var fängslad. Ingenting annat. Men åtminstone det.

Han hade inte fått några svar. Händerna hade ingen kropp, ingen mun, inga öron. Till sist hade han rutit och skrikit i yttersta förtvivlan. Men inte ens en reaktion i händerna hade varit märkbar. Bara sugröret i munnen. Och den svaga doften av en stark och frän parfym.

Han anade sin undergång. Det enda som höll honom kvar var hans envisa tuggande på repen. Fortfarande, efter en tid som måste ha varit minst en vecka lång, hade han knappt lyckats gnaga sig igenom repens hårda yta. Men det var ändå här han kunde föreställa sig sin enda tänkbara räddning. Han överlevde genom att gnaga. Om ännu en vecka skulle han ha återvänt från den resa han nu skulle ha befunnit sig i mitten av, om han inte gått ner till affären för att hämta ett fång med rosor. Han skulle ha befunnit sig djupt inne i en kenyansk orkidéskog och hans medvetande skulle ha varit uppfyllt av de skönaste dofter. Om en vecka var han väntad tillbaka. Och när han inte kom skulle Vanja Andersson börja undra. Om hon inte redan gjorde det. Det var en möjlighet till han inte kunde bortse ifrån. Resebyrån borde ha kontroll över sina kunder. Han hade betalat sin biljett men han hade aldrig infunnit sig på Kastrup. Någon måste sakna honom. Vanja Andersson och resebyrån var hans enda möjligheter till räddning. Under tiden skulle han gnaga på repen för att inte alldeles mista förståndet. Det som fortfarande fanns kvar.

Han visste att han befann sig i helvetet. Men inte varför.

Rädslan fanns i hans tänder som högg mot de hårda repen. Rädslan och den enda tänkbara räddningen.

Han fortsatte att gnaga.

Däremellan grät han. Drabbades av kramper. Men han fortsatte likafullt att gnaga.

Hon hade arrangerat rummet som en offerplats.

Ingen kunde ana hemligheten. Ingen som inte visste. Och vissheten var hon ensam om att bära.

En gång hade rummet bestått av många små rum. Med låga tak, dystra väggar, endast upplysta av det försiktiga ljus som sipprade genom fönstergluggarna, djupt infattade i de tjocka murarna. Så hade det sett ut när hon första gången hade varit där. I alla fall i hennes tidigaste minnen. Hon kunde fortfarande återkalla sommaren. Det var sista gången hon hade sett sin mormor. Tidigt på hösten var hon borta. Men den sommaren satt hon ännu i skuggan av äppelträden och hon var själv förvandlad till en skugga. Hon var nästan nittio år och hade cancer. Orörlig satt hon genom den sista sommaren, oåtkomlig för världen, och barnbarnen hade fått tillsägelse om att inte störa henne. Inte skrika i hennes närhet, bara närma sig henne om och när hon kallade på dem.

En gång hade mormor lyft sin hand och vinkat henne till sig. Hon hade närmat sig med ängslan. Ålderdomen var farlig, där fanns sjukdomar och död, mörka gravar och fruktan. Men hennes mormor hade bara sett på henne med sitt milda leende som cancern.aldrig lyckades fräta sönder. Kanske hade hon sagt någonting, hon kunde inte minnas om och i så fall vad. Men hennes mormor hade funnits där och det hade varit en lycklig sommar. Det måste ha varit 1952 eller 1953. En oändligt avlägsen tid. Katastroferna hade fortfarande varit långt borta.

Den gången hade rummen varit små. Det var först när hon själv hade övertagit huset i slutet på 1960-talet som hon startade den stora förvandlingen. Hon var inte ensam om att slå bort alla de innerväggar som kunde offras utan risk för att huset skulle störta samman. Hon hade haft hjälp av några av sina kusiner, unga män som ville visa sina krafter. Men hon hade också själv slagit med släggan så att hela huset skakat och murbruket rasat. Ur dammet hade sedan detta stora rum stigit fram och det enda hon hade låtit vara kvar var den stora bakugnen som nu tronade som en egendomlig klippa mitt i rummet. Alla som den gången, efter den stora förvandlingen, steg in i hennes hus hade förundrade blivit stående och sett hur vackert det hade blivit. Det var det gamla huset men ändå något helt annat. Ljuset flödade in från de nyupphuggna fönstren. Om hon begärde dunkel så slog hon igen fönsterluckor av massiv ek som hon låtit tillverka och fästa på utsidan av huset. Hon hade tagit fram de gamla golven och låtit taket vara öppet mot det översta bjälklaget.

Någon hade sagt att det påminde om en kyrksal.

Efter det hade hon själv också börjat betrakta rummet som sin privata helgedom. När hon var ensam där befann hon sig i centrum av världen. Hon kunde då känna att hon var alldeles lugn, långt från de faror som annars hotade.

Det hade funnits tider när hon sällan besökte sin katedral. Tidtabellen i hennes liv hade alltid växlat. Vid flera tillfällen hade hon också ställt sig frågan om hon inte borde göra sig av med huset. Alltför många minnen hade släggorna aldrig kunnat rå på. Men hon kunde inte lämna rummet med den stora ruvande bakugnen, den vita klippan som hon behållit men låtit mura igen. Den hade blivit en del av henne. Ibland såg hon den som den sista skans hon hade att försvara i sitt liv.

Sedan hade brevet kommit från Alger.

Efter det hade allting förändrats.

Hon tänkte aldrig mer på att lämna sitt hus.

Onsdagen den 28 september kom hon till Vollsjö strax efter klockan tre på eftermiddagen. Hon hade kört från Hässleholm och innan hon for till sitt hus som låg i utkanten av samhället stannade hon vid affären och handlade. Hon visste vad hon skulle ha. Det enda hon tvekade över var om hon behövde fylla på sitt lager med sugrör. För säkerhets skull la hon ner ett extra paket. Expediten nickade åt henne. Hon log tillbaka och sa några ord om vädret. Sedan talade de om den fruktansvärda färjeolyckan. Hon betalade och for vidare. Hennes närmaste grannar var inte där. De tillbringade bara en kort sommarmånad i Vollsjö. De var tyskar, bodde i Hamburg och kom aldrig upp till Skåne annat än i juli. Då hälsade de på varandra men hade i övrigt ingen kontakt.

Hon låste upp ytterdörren. Inne i tamburen stod hon alldeles stilla och lyssnade. Hon gick in i det stora rummet och stod orörlig intill bakugnen. Allting var tyst. Precis så tyst som hon ville att världen skulle vara.

Han som låg där nere i bakugnen kunde inte höra henne. Hon visste att han levde men hon behövde inte störas av att höra hans andetag. Inte heller av att han grät.

Hon tänkte att hon hade följt en hemlig ingivelse som gjort att hon hamnat vid detta oväntade slutmål. Till att börja med när hon bestämde sig för att behålla huset. Inte sälja det och sätta in pengarna på banken. Och sedan när hon lät den gamla bakugnen vara kvar. Det var först efteråt, när brevet från Alger hade kommit och när hon hade insett vad hon måste göra, som bakugnen hade uppenbarat sin egentliga innebörd.

Hon avbröts i sina tankar av larmet på armbandsuret. Om en timme skulle hennes gäster komma. Innan dess skulle hon ha hunnit ge mannen som låg nere i bakugnen hans mat. Han hade legat där i fem dagar nu. Snart skulle han vara så försvagad att han inte kunde göra motstånd längre. Hon tog upp sin tidtabell ur handväskan och såg att hon hade ledigt från nästa söndag eftermiddag till tisdag morgon. Då fick det ske. Då skulle hon ta ut honom och berätta för honom vad som hade hänt.

På vilket sätt hon sedan skulle döda honom hade hon ännu inte bestämt. Det fanns olika möjligheter. Men hon hade fortfarande tid. Hon skulle tänka igenom det han hade gjort och då skulle hon också förstå på vilket sätt han måste dö.

Hon gick ut i köket och värmde soppan. Eftersom hon var noga med hygienen hade hon diskat den tillslutna plastmuggen som hon använde när hon matade honom. I en annan mugg hällde hon vatten. Varje dag hade hon minskat den mängd hon gav honom. Han skulle inte få mer än vad som var nödvändigt för att hålla liv i honom. När hon hade förberett måltiden satte hon på sig ett par plasthandskar, stänkte några droppar parfym bakom öronen och gick in i rummet där bakugnen fanns. På baksidan fanns en lucka som var dold bakom några lösa stenar. Det var snarare som en nästan meterlång tub som hon försiktigt kunde dra ut. Innan hon hade lagt honom därinne hade hon ställt in en kraftig högtalare och skjutit in luckan. Hon hade spelat musik med full styrka. Men ingenting hade trängt ut.

Hon lutade sig fram så att hon kunde se honom. När hon la sin hand på hans ena ben rörde han sig inte. Ett kort ögonblick fruktade hon att han hade dött. Sedan hörde hon hur han flämtade. *Han är svag,* tänkte hon. *Snart är väntetiden över.*

När hon hade gett honom hans mat, låtit honom använda hålet och sedan lagt honom på plats igen, sköt hon för luckan. Efter att ha diskat och gjort i ordning i köket satte hon sig vid bordet och drack en kopp kaffe. Ur sin väska tog hon fram sin personaltidning och bläddrade långsamt igenom den. Enligt den nya lönetabellen skulle hon få 174 kronor mer i månaden retroaktivt från första juli. Hon såg på klockan igen. Det gick sällan mer än tio minuter utan att hon kastade en blick på den. Den var en del av hennes identitet. Hennes liv och hennes arbete hölls ihop av noggrant utarbetade tidsplaner. Ingenting gjorde henne heller så ont som när tidtabellerna inte kunde hållas. Då hjälpte inga förklaringar. Hon kände det ändå alltid som ett personligt ansvar. Hon visste att flera av hennes kollegor skrattade åt henne, bakom hennes rygg. Det smärtade henne. Men hon sa aldrig någonting. Tystnaden var en del av henne. Av själva hennes urverk. Även om det inte alltid hade varit så.

Hon kunde minnas sin egen röst. När hon var barn. Den var stark. Men inte skärande. Stumheten hade kommit sedan. När hon hade sett allt blod. Och hennes mor som höll på att dö. Hon hade inte skrikit den gången. Hon hade gömt sig i sin egen tystnad. Där hade hon kunnat göra sig osynlig.

Det var då det hände. När hennes mor låg på ett bord och gråtande och blödande berövade henne den syster hon så länge hade väntat på.

Hon såg på klockan igen. Snart skulle de komma. Det var onsdag, deras möteskväll. Helst av allt skulle hon alltid velat ha det på onsdagarna. Det hade gett en större regelbundenhet. Men hennes arbetsschema tillät det inte. Hon visste också att hon aldrig heller skulle kunna påverka det.

Hon hade ställt fram fem stolar. Fler än så ville hon inte ha samlade hos sig på en och samma gång. Då kunde närheten gå förlorad. Det var svårt nog ändå. Att skapa så stor förtrolighet att dessa tysta kvinnor vågade börja tala. Hon gick in i sovrummet och började ta av sig sin uniform. För varje plagg som hon la ifrån sig mumlade hon en bön. Och hon mindes tillbaka. *Det var hennes mor som hade berättat för henne om Antonio. Den man hon en gång i sin ungdom, långt före andra världskriget, hade träffat på ett tåg mellan Köln och München. De hade inte hittat några sittplatser utan råkat bli sammanträngda ute i den rökiga korridoren. Ljusen från båtarna på Rhen hade glimmat förbi utanför de smutsiga fönstren, de hade rest om natten, och Antonio hade berättat att han skulle bli präst i katolska kyrkan. Han hade sagt att mässan började redan när prästerna bytte kläder. Den heliga ritualen hade en öppning som innebar att prästerna gick igenom en reningsprocedur. För varje plagg de tog av eller satte på sig hade de en bön. För varje klädesplagg kom de ett steg närmare sin heliga uppgift.*

Hon hade efteråt aldrig kunnat glömma sin mors minne av mötet med Antonio i tågkorridoren. Och nu, när hon själv hade insett att också hon var en prästinna, en människa som gett sig själv det stora uppdraget att förkunna att rättvisan var helig, hade även hon börjat se på sitt byte av klädsel som något mer än en enkel växling av klädesplagg. Men de böner hon bad ingick inte i något samtal med Gud. I en kaotisk och orimlig värld var Gud det orimligaste av allt. Världens avtryck var en frånvarande Gud. Bönerna riktade hon mot sig själv. Mot den hon varit som barn. Innan allt hade rasat samman för henne. Innan hennes mor hade berövat henne det hon mest av allt hade önskat. Innan de dystra männen hade tornat upp sig framför henne med blickar som liknade ringlande, hotfulla ormar.

Hon bytte om och bad sig tillbaka till sin egen barndom. Uniformen la hon på sängen. Sedan klädde hon sig i mjuka tyger med milda färger. Något hände inom henne. Det var som om hennes hud förvandlades, återvände även den till att bli en del av barnet.

Sist av allt satte hon på sig peruken och glasögonen. Den sista bönen tonade bort inom henne. *Rida, rida ranka, hästen har inget namn, inget namn, inget namn...*

Den första bilen bromsade in på gårdsplanen, kunde hon höra. Hon betraktade sitt ansikte i den stora spegeln. *Det var inte Törnrosa som hade vaknat ur sin mardröm. Det var Askungen.*

Hon var klar. Nu var hon en annan. Hon la in sin uniform i en plastpåse, slätade till sängöverkastet, och lämnade sedan rummet. Även om ingen utom hon själv skulle gå in där låste hon dörren och kände sedan på handtaget.

Strax före klockan sex hade de samlats. Men en av kvinnorna hade uteblivit. En av de andra kunde berätta att hon hade körts till sjukhuset kvällen innan eftersom hon hade fått värkar. Det var två veckor för tidigt. Men barnet kanske redan nu hade kommit.

Hon bestämde sig genast för att besöka henne på sjukhuset dagen efter. Hon ville se henne. Hon ville se hennes ansikte efter allt vad hon hade gått igenom.

Sedan lyssnade hon på deras historier. Då och då gjorde hon en åtbörd som om hon skrev ner någonting i det anteckningsblock hon höll i ena handen. Men hon skrev bara siffror. Hon skapade hela tiden tidtabeller. Siffror, klockslag, avstånd. Det var en lek som alltid följde henne, en lek som alltmer hade blivit till en besvärjelse. Hon behövde inte anteckna någonting för att minnas. Alla ord som kom från de förskrämda rösterna, all den vånda som de nu vågade ge uttryck för satte sig fast i hennes medvetande. Hon kunde se hur någonting lättade hos var och en. Kanske bara för ögonblicket. Men vad var livet annat än ögonblick? *Tidtabellen igen. Klockslag som möttes, tog över från varandra. Livet var som*

en pendel. Den slog sina slag mellan smärta och lindring. Utan av-
brott, alltid.

Hon satt så att hon kunde se den stora ugnen bakom kvinnorna. Ljuset var nerskruvat och dämpat. Rummet vilade i ett milt dunkel. Hon föreställde sig ljuset som kvinnligt. Ugnen var som en klippa, orörlig, stum, mitt i ett öde hav.

De samtalade i ett par timmar. Efteråt drack de te i hennes kök. Alla visste när de skulle mötas nästa gång. Ingen behövde någonsin tveka om de tidpunkter hon gav dem.

Klockan var halv nio när hon följde dem ut. Hon tog dem i hand, tog emot deras tacksamhet. När den sista bilen hade försvunnit gick hon tillbaka in i huset. I sovrummet bytte hon sina kläder, peruken och glasögonen. Hon tog plastpåsen med uniformen och lämnade rummet. I köket diskade hon tekopparna. Sedan släckte hon alla ljus och tog sin handväska.

Ett kort ögonblick stod hon stilla i dunklet intill ugnen. Allt var mycket tyst.

Sedan lämnade hon huset. Det duggregnade. Hon satte sig i bilen och for mot Ystad.

Före midnatt låg hon i sin säng och sov.

5.

När Wallander vaknade på torsdagsmorgonen kände han sig utvilad. Magbesvären hade nu upphört. Han steg upp strax efter sex och såg på termometern utanför köksfönstret att det var plus fem grader. Tunga moln täckte himlen. Gatorna var våta. Men det regnade inte. Han kom till polishuset strax efter sju. Morgonstillheten rådde fortfarande. När han gick genom korridoren mot sitt rum undrade han om de hade lyckats leta reda på Holger Eriksson. Han hängde av sig jackan och satte sig i sin stol. På hans bord låg några telefonlappar. Ebba påminde honom om att han hade avtalat tid hos en optiker just denna dag. Det hade han glömt. Samtidigt insåg han att det var ett oundvikligt besök han hade framför sig. Han behövde läsglasögon. Satt han alltför länge lutad över sina papper fick han huvudvärk och bokstäverna började flyta ihop och bli oklara. Han skulle snart fylla 47 år. Det gick inte att komma ifrån. Åldern gjorde sig påmind. På en annan lapp såg han att Per Åkeson ville ha kontakt med honom. Eftersom Åkeson var morgontidig ringde han genast upp honom på åklagarmyndigheten som var inrymd i en annan del av polishuset. Han fick besked om att Åkeson var i Malmö hela dagen. Wallander la lappen åt sidan och gick och hämtade en kopp kaffe. Sedan lutade han sig bakåt i sin stol och försökte formulera en strategi för hur han skulle gå vidare med den bilsmuggling han borde göra någonting åt. I all organiserad brottslighet fanns oftast en svag punkt, ett led som kunde knäckas om det belastades tillräckligt hårt. Skulle polisen ha det minsta hopp om att komma åt smugglarna så måste de koncentrera sig på att hitta just den punkten.

Han blev avbruten i sina tankar av att telefonen ringde. Det var Lisa Holgersson, deras nya chef, som önskade honom välkommen hem.

– Hur var resan? frågade hon.

– Mycket lyckad, svarade Wallander.

– Man upptäcker sina föräldrar på nytt, sa hon.

– Och dom i sin tur kanske får en annan syn på sina barn, sa Wallander.

Hon ursäktade sig hastigt. Wallander hörde hur någon kom in i hennes rum och sa någonting. Han tänkte att Björk aldrig skulle ha frågat om hur hans resa hade varit. Sen återkom hon i luren.

– Jag har varit i Stockholm några dagar, sa hon. Och det var mindre roligt.

– Vad har de hittat på nu?

– Jag tänker på Estonia. Alla dom poliser som dog.

Wallander satt tyst. Han borde ha tänkt det själv.

– Jag tror du förstår vilken stämning som rådde, fortsatte hon. Hur skulle vi kunna sitta där och diskutera olika samordnings-problem mellan rikskriminalen och landets polisdistrikt?

– Vi står nog lika fattiga inför döden som alla andra, sa Wallander. Även om det kanske inte borde vara så. Eftersom vi har sett så mycket. Vi tror att vi är vana. Men det är vi inte.

– En färja sjunker en blåsig natt och plötsligt blir döden synlig i Sverige igen, sa hon. Efter att den blivit alltmer undangömd och för-nekad.

– Du har säkert rätt. Även om jag inte har tänkt på det så.

Han hörde hur hon harklade sig i luren. Efter ett kort ögonblick återkom hon igen.

– Vi diskuterade samordningsproblem, sa hon. Och den ständiga frågan om vad vi ska prioritera.

– Jag tycker vi ska gripa brottslingar, sa Wallander. Och föra dom till domstol och se till att vi har tillräckligt underlag för att få dom dömda.

– Om det hade varit så enkelt, suckade hon.

– Jag är glad att jag inte är chef, sa Wallander.

– Jag undrar ibland själv, sa hon och lät fortsättningen bli häng-ande i luften. Wallander trodde att hon skulle avsluta samtalet men hon återkom.

– Jag lovade att du skulle komma upp till Polishögskolan i början av december, sa hon. Dom vill att du föreläser om den utredning vi hade här i somras. Om jag har förstått saken rätt är det eleverna själ-va som har begärt det.

Wallander blev förskräckt.

– Jag kan inte, sa han. Jag klarar inte att stå inför en grupp män-niskor och låtsas som om jag undervisar. Nån annan kan ta det. Martinsson är bra på att prata. Han skulle bli politiker en gång.

– Jag lovade att du skulle komma, sa hon och skrattade. Det går säkert bra.

– Jag lägger mig sjuk, svarade Wallander.

– Det är långt till december, sa hon. Vi kan prata mer om det här senare. Jag ville egentligen bara höra hur resan hade varit. Nu vet jag att den var lyckad.

– Och här är allting lugnt, sa Wallander. Vi har ett försvinnande bara. Men det har dom andra tagit sig an.

– Försvinnande?

Wallander redogjorde kort för sitt samtal under tisdagen med Sven Tyrén och hans oro över att Holger Eriksson inte hade varit hemma och tagit emot sin eldningsolja.

– Hur ofta är det egentligen något allvarligt som har hänt? frågade hon efteråt. När människor försvinner? Vad säger statistiken?

– Vad den säger vet jag inte, svarade Wallander. Men däremot vet jag att det mycket sällan har inträffat ett brott eller ens en olycka. När det gäller gamla och senila människor kan dom ha gått vilse. När det gäller ungdomar är det mest föräldrauppror eller äventyrslust som ligger bakom. Det är mycket sällan det har hänt nåt allvarligt.

Wallander mindes senast det hade hänt. Han tänkte med olust på den kvinnliga fastighetsmäklare som försvunnit och sedan hittats mördad, nerstoppad i en brunn. Det hade hänt några år tidigare och tillhörde hans obehagligaste upplevelser som polis.

De avslutade samtalet. Wallander var fast besluten att inte åka till Polishögskolan och hålla några föreläsningar. Det var naturligtvis smickrande att han blivit ombedd. Men olusten var starkare. Han trodde också att han skulle kunna övertala Martinsson att göra det i hans ställe.

Han återgick till att tänka på bilsmugglarna. Letade i huvudet efter den punkt där de skulle kunna bryta sönder organisationen. Strax efter åtta gick han och hämtade mera kaffe. Eftersom han kände sig hungrig tog han också med sig några skorpor. Magen tycktes inte längre vara i olag. Han hade just satt sig när Martinsson knackade på dörren och steg in.

– Mår du bättre? frågade han.

– Jag mår bra, sa Wallander. Hur går det med Holger Eriksson? Martinsson betraktade honom oförstående.

– Vem?

– Holger Eriksson? Mannen som jag skrev en rapport om och som kan ha försvunnit? Som jag talade med dig om i telefon?

Martinsson skakade på huvudet.

– När sa du det?

– Igår morse. När jag var sjuk, sa Wallander.

– Det uppfattade jag nog aldrig. Jag var ju rätt upprörd av färjeolyckan.

Wallander reste sig ur stolen.

– Har Hansson kommit? frågade han. Vi måste ta itu med det här genast.

– Jag såg honom i korridoren, svarade Martinsson.

De gick till hans rum. Hansson satt och betraktade en skraplott när de kom in. Sedan rev han sönder den och lät bitarna falla ner i papperskorgen.

– Holger Eriksson, sa Wallander. Mannen som kanske har försvunnit. Kommer du ihåg tankbilen som blockerade infarten till polishuset? I tisdags?

Hansson nickade.

– Mannen som hette Sven Tyrén, fortsatte Wallander. Som du kunde minnas hade varit inblandad i några misshandelshistorier?

– Jag minns, sa Hansson.

Wallander hade svårt att dölja sin otålighet.

– Han hade alltså kommit hit för att anmäla en person som försvunnen. Jag for ut till gården där Holger Eriksson bor och varifrån han kan antas ha blivit borta. Jag skrev en rapport om det. Sen ringde jag hit i går morse när jag var sjuk och gav besked om att ni skulle ta er an saken. Jag bedömde den som allvarlig.

– Det har nog blivit liggande, sa Martinsson. Jag får ta på mig ansvaret.

Wallander insåg att han inte kunde bli arg.

– Sånt här får egentligen inte ske, sa han. Men vi kan ju säga att det berodde på olyckliga omständigheter. Jag åker ut till gården en gång till. Om han inte är där så får vi börja leta efter honom. Jag hoppas att vi inte hittar honom död nånstans. Med tanke på att det har gått ett helt dygn i onödan.

– Ska vi kalla in till skallgång? frågade Martinsson.

– Inte än, sa Wallander. Jag åker dit först. Men jag hör av mig.

Wallander gick till sitt kontor och letade i telefonkatalogen reda på telefonnumret till OK. En flicka svarade vid första signalen. Wallander presenterade sig och sa att han behövde ha kontakt med Sven Tyrén.

– Han är ute och levererar, sa flickan. Men han har telefon i hytten.

Wallander skrev ner numret i marginalen på ett av Rikspolisstyrelsens PM. Sedan ringde han. Det skrapade i luren när Sven Tyrén svarade.

– Jag tror du kan ha rätt, sa Wallander. Att Holger Eriksson har försvunnit.

– Visst fan har jag rätt, svarade Tyrén. Ska det ta så lång tid att komma underfund med det?

Wallander svarade inte på frågan.

– Är det nåt mer som du borde tala om för mig? frågade han istället.

– Vad skulle det vara?

– Det vet du bäst själv. Har han inga anhöriga han besöker? Gör han aldrig några resor? Vem känner honom bäst? Allt som kan ge en rimlig förklaring till att han är borta.

– Det finns ingen rimlig förklaring, svarade Tyrén. Det har jag redan sagt. Det var därför jag gick till polisen.

Wallander tänkte efter. Det fanns ingen orsak till att Sven Tyrén inte skulle tala sanning. Hans oro var alldeles tydligt äkta.

– Var är du? frågade Wallander.

– Jag är på väg från Malmö, svarade Tyrén. Jag har varit på terminalen och fyllt på olja.

– Jag far upp till Erikssons gård, sa Wallander. Kan du åka förbi?

– Jag kommer, svarade Tyrén. Inom en timme är jag där. Jag ska bara lasta av lite olja på ett vårdhem först. Man vill ju inte att dom gamla ska frysa. Eller hur?

Wallander avslutade samtalet. Sedan lämnade han polishuset. Det hade börjat duggregna.

Han kände sig illa till mods när han lämnade Ystad. Hade han inte blivit magsjuk hade missförståndet aldrig uppstått.

Han var nu också övertygad om att Sven Tyréns oro inte hade varit obefogad. Det hade han innerst inne vetat redan i tisdags. Och nu var det torsdag. Och ingenting hade hänt.

När han kom fram till Holger Erikssons gård hade regnet tilltagit. Han satte på sig gummistövlarna som han förvarade i bagageluckan. När han öppnade brevlådan såg han att där fanns en tidning och några brev. Han gick in på gården och ringde på dörren. Sedan låste han upp med reservnycklarna. Han försökte känna efter om någon hade varit där. Men allt var som när han hade lämnat det. Kikarfodralet på väggen i tamburen var fortfarande tomt. Det ensamma pappret låg på skrivbordet. Wallander gick ut på gården igen. Ett ögonblick stod han stilla och betraktade tankfullt en tom hundgård. Någonstans ute på en åker väsnades en flock kråkor. En död hare, tänkte han frånvarande. Sedan gick han till sin bil och hämtade en ficklampa. Metodiskt började han leta igenom hela huset. Överallt hade Holger Eriksson hållit god ordning. Wallander stod länge och beundrade en gammal välputsad och blänkande Harley-Davidson som stod i en del av en länga som var ett kombinerat garage och verkstad. Samtidigt hörde han en lastbil närma sig på vägen. Han gick ut och mötte Sven Tyrén. Wallander skakade på huvudet när Tyrén hade klättrat ner ur förarhytten och såg på honom.

– Han är inte här, sa Wallander.

De gick in i huset. Wallander tog med Tyrén ut i köket. I en av jackfickorna hittade han några ihopvikta papper. Däremot ingen penna. Han hämtade den som låg på skrivbordet bredvid dikten om den mellanstora hackspetten.

– Jag har inget mer att säga, sa Sven Tyrén avvisande. Vore det inte bättre om ni började leta efter honom?

– Man har alltid mer att säga än vad man tror, sa Wallander och dolde inte att han blev irriterad av Tyréns attityd.

– Vad är det jag inte vet att jag vet?

–Talade du själv med honom när han beställde olja?

– Han ringde till kontoret. Vi har en flicka där. Det är hon som skriver ut följesedlarna till mig. Hon vet alltid var jag befinner mig. Jag talar med henne i telefon flera gånger om dagen.

– Och han var som vanligt när han ringde?

– Det får du nästan fråga henne om.

– Det ska jag också, sa Wallander. Vad heter hon?

– Rut. Rut Eriksson.

Wallander skrev.

– Jag stannade till här en dag i början av augusti, sa Tyrén. Det var senaste gången jag träffade honom. Och då var han som vanligt. Han bjöd på kaffe och läste ett par nyskrivna dikter. Dessutom var han en bra historieberättare. Men det var grovt.

– Vad menar du med det? Grovt?

– Det var nästan så jag började rodna.

Wallander stirrade på honom. Sedan märkte han plötsligt att han satt och tänkte på sin far som också kunde berätta grova historier.

– Du hade aldrig intryck av att han höll på att bli senil?

– Han var lika klar i huvudet som du och jag tillsammans.

Wallander betraktade Tyrén medan han försökte bestämma sig för om han hade blivit utsatt för en förolämpning eller inte. Sedan lät han det bero.

– Hade Holger Eriksson inga släktingar?

– Han var aldrig gift. Han hade inga barn. Ingen väninna. Inte som jag känner till.

– Andra släktingar?

– Han talade aldrig om några. Han hade bestämt sig för att det var nån organisation i Lund som skulle ärva alla hans tillgångar.

– Vilken organisation?

Tyrén ryckte på axlarna.

– Nån hembygdsförening. Inte vet jag.

Wallander tänkte med obehag på Yxans Vänner. Sedan antog han att Holger Eriksson hade tänkt låta Kulturen i Lund ärva hans gård. Han noterade i sina papper.

– Vet du om han ägde nånting annat?

– Vad skulle det ha varit?

– Kanske en annan gård? En fastighet i stan? Kanske en lägenhet?

Tyrén tänkte efter innan han svarade.

– Nej, sa han sedan. Det var den här gården. Resten finns på banken. Handelsbanken.

– Hur vet du det?

– Hans oljefakturor betalades över Handelsbanken.

Wallander nickade. Han vek ihop sina papper. Han hade ingenting mer att fråga om. Han var nu övertygad om att någonting hade hänt Holger Eriksson.

– Jag kommer att höra av mig, sa Wallander och reste sig.

– Vad händer nu?

– Polisen har sina rutiner, svarade Wallander.

De kom ut på gården.

– Jag stannar gärna och hjälper till att leta, sa Tyrén.

– Helst inte, svarade Wallander. Vi föredrar att göra det här på vårt eget sätt.

Sven Tyrén protesterade inte. Han klättrade upp i sin tankbil och visade stor körskicklighet när han vände på det lilla utrymme som fanns tillgängligt. Wallander såg bilen försvinna. Sedan ställde han sig i utkanten av åkrarna och tittade mot en skogsdunge som skymtade långt borta. Kråkflocken fortsatte att väsnas. Wallander tog upp telefonen ur fickan och ringde till polishuset. Han bad att få tala med Martinsson.

– Hur går det? frågade Martinsson.

– Vi får börja med skallgång, svarade Wallander. Hansson fick adressen. Jag vill att vi startar så fort som möjligt. Börja med att ta hit ett par hundpatruller.

Wallander skulle just avsluta samtalet när Martinsson höll honom kvar.

– Det var en sak till, sa han. Jag gick in i datorn och såg efter om

65

vi hade nånting på Holger Eriksson. Bara som en rutinkontroll. Och det hade vi.

Wallander tryckte telefonluren hårdare mot örat. Samtidigt flyttade han sig så att han blev stående under ett träd till skydd mot regnet.

– Vad då? frågade han.

– För ungefär ett år sen anmälde han att han hade haft inbrott i huset. Stämmer det förresten att gården heter »Avskildheten«?

– Det stämmer, sa Wallander. Fortsätt!

– Hans anmälan blev registrerad den 19 oktober 1993. Det var Svedberg som tog hand om ärendet. Men när jag frågade honom hade han naturligtvis glömt det för länge sen.

– Vad hände? frågade Wallander.

– Holger Erikssons inbrottsanmälan var lite underlig, sa Martinsson tveksamt.

– Hur då underlig? frågade Wallander otåligt.

– Ingenting hade blivit stulet. Men han var ändå säker på att nån hade brutit sig in i huset.

– Vad hände sen?

– Ingenting. Det hela avskrevs. Vi skickade aldrig ens ut nån eftersom ingenting var borta. Men anmälan finns här. Och den gjordes av Holger Eriksson.

– Det låter märkligt, sa Wallander. Vi får titta närmare på det där senare. Se till att hundpatrullerna kommer så fort som möjligt.

Martinsson skrattade till i telefonen.

– Är det ingenting som slår dig med Erikssons anmälan? frågade han.

– Vad då?

– Att det är andra gången inom loppet av några få dagar vi talar om inbrott där ingenting har blivit stulet.

Wallander insåg att Martinsson hade rätt. Ingenting hade heller blivit stulet från blomsteraffären på Västra Vallgatan.

– Där upphör alla likheter, sa Wallander.

– Ägaren av blomsterhandeln är också försvunnen, invände Martinsson.

– Nej, svarade Wallander. Han är på resa i Kenya. Han har inte försvunnit. Det verkar däremot Holger Eriksson ha gjort.

Wallander avslutade samtalet och stoppade telefonen i fickan. Han drog jackan tätare omkring sig. Han återvände till garaget och fortsatte att leta. Vad han sökte efter visste han inte riktigt. Ingenting skulle ske på allvar förrän hundpatrullerna hade kommit. Se-

66

dan skulle de organisera skallgången och börja tala med olika grannar. Efter en stund avbröt han sig och gick tillbaka in i huset. I köket drack han ett glas vatten. Det högg till i rören när han öppnade kranen. Ännu ett tecken på att ingen varit inne i huset på några dagar. Medan han tömde glaset betraktade han frånvarande kråkorna som väsnades långt borta. Han ställde ifrån sig glaset och gick ut igen. Det regnade ihållande. Kråkorna väsnades. Plötsligt stannade Wallander. Han tänkte på det tomma kikarfodralet som hängde på väggen strax innanför ytterdörren. Han såg på kråkflocken. Strax bortom den, på kullen, stod ett torn. Han stod alldeles orörlig och försökte tänka. Sedan började han långsamt gå längs åkerkanten. Leran klumpade sig under stövlarna. Han upptäckte att det gick en stig rakt genom åkern. Han följde den med blicken och såg att den ledde till kullen med tornet. Han bedömde avståndet till ett par hundra meter. Han började gå längs stigen. Leran var hårdare där. Den fastnade inte under stövlarna. Kråkorna dök mot åkern, försvann och flög upp igen. Wallander tänkte att där måste finnas en sänka eller ett dike. Han fortsatte. Tornet blev tydligare. Han antog att det användes vid jakt på harar eller rådjur. Nedanför kullen på motsatta sidan fanns ett skogsparti. Förmodligen hörde också det till Holger Erikssons ägor. Sedan såg han att det var ett dike som låg framför honom. Några grova plankor tycktes ha rasat ner. Kråkorna väsnades allt mer ju närmare han kom. Sedan flög de upp, alla på en gång och försvann. Wallander fortsatte fram till diket och såg ner.

Han hajade till och tog ett steg bakåt. Han blev genast illamående.

Efteråt skulle han säga att det var bland det värsta han någonsin hade sett. Och han hade under sina år som polis tvingats se mycket han helst velat slippa.

Men när han stod där och regnet rann innanför jackan och skjortan förstod han först inte vad det var han stirrade på. Det var någonting främmande och overkligt han hade framför sig. Något som han aldrig tidigare hade varit i närheten av.

Det enda som var fullständigt klart var att det i diket fanns en död människa.

Försiktigt böjde han sig ner på huk. Han märkte att han fick tvinga sig att se. Diket var djupt, minst två meter. Ett antal skarpa pålar var nerslagna i dikets botten. På dessa pålar hängde en man. De blodiga pålarna med sina spjutliknande spetsar hade på några ställen trängt igenom kroppen. Mannen låg framstupa. Han hängde på pålarna. Kråkorna hade angripit hans nacke. Wallander reste sig upp. Han märkte att benen skakade. Någonstans långt borta kunde han höra bilar som närmade sig. Han antog att det var de första hundpatrullerna.

Han tog ett steg tillbaka. Pålarna tycktes vara av bambu. Som grova metspön, med sylvassa spetsar. Sedan betraktade han plankorna som hade rasat ner i diket. Eftersom stigen fortsatte på andra sidan måste de ha utgjort en spång. Varför hade de brustit? Det var grova plank som kunde tåla stor belastning. Dessutom var diket inte mer än två meter brett.

När han hörde en hund skälla vände han sig om och gick tillbaka mot gården. Han mådde nu mycket illa. Dessutom var han rädd. En sak var att han hade upptäckt en människa som blivit mördad. Men sättet på vilket det hade skett? *Någon hade stuckit ner skarpslipade pålar i diket. Mannen hade blivit spetsad.*

Han stannade på stigen och drog efter andan.

Minnesbilder från sommaren irrade förbi i hans huvud. Höll det på att hända igen? Fanns det inga gränser för vad som kunde ske i det här landet? Vem spetsar en gammal man på pålar i ett dike?

Han fortsatte att gå. Två poliser med hundar väntade utanför huset. Han kunde också se att Ann-Britt Höglund och Hansson var där.

Båda bar regnjackor med uppfällda huvor.

När han kom fram till slutet av stigen och steg in på den kullerstenslagda gårdsplanen kunde de genast se på honom att någonting hade hänt.

Wallander torkade vätan ur ansiktet och sa som det var. Han märkte att hans röst var ostadig. Han vände sig om och pekade ner mot kråkflocken som genast hade återvänt när han lämnat diket.

– Han ligger där nere, sa han. Han är död. Det är mord. Begär full utryckning.

De väntade på att han skulle säga någonting mer.

Men det gjorde han inte.

6.

När mörkret föll på torsdagskvällen den 29 september hade poliserna fått upp ett regnskydd ovanför den plats i diket där den döde Holger Eriksson hängde, spetsad på nio kraftiga bambupålar. Den blodblandade sörja som låg på bottnen av diket hade skottats upp. Det makabra arbetet och det envisa regnandet gjorde mordplatsen till en av de dystraste och mest motbjudande Wallander och hans kollegor någonsin upplevt. Leran kladdade och fastnade under deras stövlar, de snubblade över elkablar som ringlade genom leran och det starka ljuset från strålkastarna som riggats upp förstärkte intrycket av overklighet och olust. De hade då också fått tag på Sven Tyrén som kunnat identifiera mannen som hängde på pålarna. Det var Holger Eriksson. Om det behövde det inte råda några tvivel. Sökandet efter den försvunne hade tagit slut innan det ens hade börjat. Tyrén hade varit märkligt samlad, som om han egentligen inte hade varit medveten om vad det var han såg framför sig. Han hade sedan oroligt rört sig utanför avspärrningarna i flera timmar, utan att säga ett ord, innan Wallander plötsligt upptäckte att han hade försvunnit.

Wallander hade känt sig som en fångad och genomblöt råtta där nere i diket. Han hade sett på sina närmaste medarbetare att de bara med största svårighet stod ut med det de höll på med. Både Svedberg och Hansson hade vid olika tillfällen tvingats lämna diket på grund av akut illamående. Men Ann-Britt Höglund, som han helst av allt hade velat skicka hem redan tidigt under kvällen, tycktes egendomligt oanfäktad av det hon höll på med. Lisa Holgersson hade kommit ut så fort Wallander hade hittat kroppen. Hon hade organiserat den svårhanterliga mordplatsen så att folk inte i onödan halkade och ramlade på varandra. Vid ett tillfälle hade en ung polisaspirant snubblat i leran och fallit ner i diket. Han hade skadat ena handen på en av pålarna och tvingats få skadan omsedd av den läkare som just försökte bestämma sig för hur de skulle få loss liket. Wallander hade råkat se hur polisaspiranten halkade och i en hastig glimt anat hur det måste ha gått till när Holger Eriksson fallit och blivit spetsad. Nästan det första han själv hade gjort tillsammans med Nyberg, som var deras tekniker, var att undersöka de grova plankorna.

Sven Tyrén hade kunnat bekräfta att de legat som en spång över diket. Det var Holger Eriksson som själv hade lagt dem där. En gång hade Tyrén fått följa med honom bort till tornet på kullen. Wallander hade förstått att Holger Eriksson var en passionerad fågelskådare. Det var inget jakttorn utan ett utsiktstorn som stod där. Kikaren som tillhörde det tomma fodralet hade de hittat hängande runt Holger Erikssons hals. Det hade inte tagit Sven Nyberg många minuter att konstatera att plankorna blivit igenomsågade tills deras bärförmåga blivit nästan obefintlig. Wallander hade efter den informationen klättrat upp ur diket och gått undan för att tänka. Han hade försökt se ett händelseförlopp framför sig. Men han hade inte lyckats. Det var först när Nyberg hade konstaterat att kikaren hade nattsikte som Wallander tyckte sig börja ana hur det hela hade gått till. Samtidigt hade han svårt att komma överens med sin egen föreställning. Om han hade rätt hade de framför sig en mordplats som förberetts och planerats med en så kuslig och brutal perfektion att det nästan föreföll osannolikt.

Sent på kvällen började de arbetet med att ta bort Holger Erikssons kropp ur diket. Tillsammans med läkaren och Lisa Holgersson hade de tvingats ta ställning till om de skulle gräva loss pålarna, såga av dem eller välja det nästan outhärdliga alternativet att dra loss kroppen.

De hade valt det sista, på Wallanders inrådan. Han och hans medarbetare behövde se mordplatsen exakt som den varit innan Holger Eriksson trampat på plankorna och fallit mot sin död. Wallander hade känt sig tvingad att själv delta i detta olustiga slutspel där Holger Eriksson drogs loss och sedan fördes bort. Klockan hade passerat midnatt innan de var färdiga, regnet hade minskat utan att visa tecken på att det skulle upphöra, och det enda som hade hörts var en elektrisk generator och ljudet från stövelklädda ben som klafsade i leran.

Efteråt hade det uppstått ett ögonblick av overksamhet. Ingenting hände. Någon hade kommit med kaffe. Trötta ansikten lyste spöklikt i det vita ljuset. Wallander tänkte att han måste samla sig till en översikt. Vad hade egentligen hänt? Hur skulle de komma vidare? Alla var nu utmattade och det var redan mitt i natten. De var illa berörda, blöta och hungriga. Martinsson stod med en telefon tryckt till örat. Wallander undrade frånvarande om han talade med sin ständigt lika oroliga fru. Men när han avslutat samtalet och stoppat tillbaka telefonen i fickan kunde han upplysa om att en jourhavande meteorolog någonstans hade lovat att regnet skulle upphöra under natten. I samma ögonblick bestämde sig Wallander för att det bästa de nu kunde göra var att vänta till gryningen. De hade ännu inte börjat jaga någon tänkbar mördare, de letade fortfarande efter några utgångspunkter som de kunde samlas kring. De hundpatruller som kommit till platsen för att börja söka efter Holger Eriksson hade inte fått upp några spår. Vid ett tillfälle under kvällen hade Wallander och Nyberg varit uppe i tornet. Men de hade varken kunnat se eller hitta någonting som ledde dem vidare. Eftersom Lisa Holgersson fortfarande var kvar vände sig Wallander till henne.

– Vi kommer ingenstans just nu, sa han. Jag föreslår att vi återsamlas här i gryningen. Det bästa vi kan göra är att vila.

Ingen hade något att invända. Alla ville komma därifrån. Alla utom Sven Nyberg. Wallander visste att han skulle stanna kvar. Han skulle fortsätta sitt arbete under natten och han skulle vara kvar där när de återvände. När de andra hade börjat röra sig upp mot bilarna som stod vid gården dröjde Wallander sig kvar.

– Vad tror du? frågade han.

– Jag tror ingenting, svarade Sven Nyberg. Annat än att jag aldrig i mitt liv har sett nåt som påminner om det här.

Wallander nickade stumt. Han hade heller aldrig varit med om nåt liknande.

De stod och såg ner i diket. Plastduken var uppvikt.

– Vad är det egentligen vi står och ser på? sa Wallander.

– En kopia av en asiatisk rovdjursfälla, svarade Nyberg. Som också har använts i krig.

Wallander nickade.

– Sån här kraftig bambu växer inte i Sverige, fortsatte Nyberg. Vi importerar det som metspön och som inredningsmaterial.

– Dessutom finns det inga rovdjur i Skåne, sa Wallander tankfullt. Och det pågår heller inget krig. Vad är det alltså vi just nu står och ser på?

– Nånting som inte hör hemma här, sa Nyberg. Nånting som inte stämmer. Nånting som gör mig rädd.

Wallander betraktade honom uppmärksamt. Det var sällan Nyberg var så mångordig. Att han dessutom gav uttryck för både personlig olust och rädsla var direkt ovanligt.

– Arbeta inte för länge, sa han till avsked.

Nyberg svarade inte.

Wallander klättrade över avspärrningarna, nickade åt de poliser som skulle bevaka brottsplatsen under natten och fortsatte upp mot gården. Någonstans mitt på stigen hade Lisa Holgersson stannat för att invänta honom. Hon hade en ficklampa i handen.

– Vi har journalister där uppe, sa hon. Vad kan vi egentligen säga?

– Inte mycket, svarade Wallander.

– Vi kan inte ens ge dom Holger Erikssons namn, sa hon.

Wallander tänkte efter innan han svarade.

– Jag tror vi kan det, sa han sedan. Jag tar ansvar för att den där tankbilschauffören faktiskt vet vad han talar om. Att Holger Eriksson inte hade några släktingar. Om vi inte har nån som ska få dödsbudet kan vi lika gärna släppa ut hans namn. Det kan hjälpa oss.

De fortsatte att gå. Långt bakom dem lyste strålkastarna spökligt.

– Kan vi säga nåt mer? frågade hon.

– Att det är mord, svarade Wallander. Det kan vi i alla fall fastslå med bestämdhet. Men vi har inget motiv, inga spår efter nån gärningsman.

– Har du bildat dig nån uppfattning?

Wallander märkte hur trött han var. Varje tanke, varje ord han måste uttala vållade honom en nästan oöverstiglig ansträngning.

– Jag har inte sett nånting annat än vad du har sett, sa han. Men allt är välplanerat. Holger Eriksson har vandrat rakt in i en fälla som har slagit igen. Det gör att man utan större besvär kan dra åtminstone tre slutsatser.

De stannade igen. Regnet hade nu minskat betydligt.

– För det första kan vi utgå från att den som gjorde det här kände Holger Eriksson och åtminstone en del av hans vanor, började Wallander. För det andra att gärningsmannen verkligen hade bestämt sig för att ta livet av honom.

Wallander gjorde en ansats att börja gå igen.

– Du sa att vi vet tre saker?

Wallander betraktade hennes bleka ansikte i ljuset från ficklampan. Han undrade oklart hur han själv såg ut. Hade den bruna färgen från Italien regnat bort under natten?

– Gärningsmannen ville inte bara ta livet av Holger Eriksson, sa han. Han ville honom också ont. Holger Eriksson kan ha hängt på dom där pålarna ganska länge innan han fick lov att dö. Ingen har hört honom. Bara kråkorna. Hur länge han plågades kanske läkarna kan tala om för oss så småningom.

Lisa Holgersson grimaserade av obehag.

– Vem gör nånting sånt här? frågade hon medan de gick vidare.

– Jag vet inte, sa Wallander. Jag vet bara att jag mår illa.

När de kom upp till kanten av åkern stod två frusna journalister och en fotograf och väntade på dem. Wallander nickade. Han kände dem alla från tidigare. Han såg på Lisa Holgersson som skakade på huvudet. Wallander berättade så kortfattat som möjligt om vad som hade hänt. När de ville ställa frågor lyfte han avvärjande på handen. Journalisterna försvann.

– Du är en kriminalpolis med gott rykte, sa Lisa Holgersson. I somras fick jag klart för mig vilken kapacitet du har. Det finns inte ett polisdistrikt i Sverige som inte skulle vilja ha dig bland sin personal.

De hade stannat vid hennes bil. Wallander insåg att hon menade allt hon sa. Men han var för trött för att orka ta det till sig.

– Lägg upp det här som du anser bäst, fortsatte hon. Säg till hur du vill ha det så ska jag ordna det.

Wallander nickade.

– Vi får se om några timmar, sa han. Just nu behöver vi sova, både du och jag.

När Wallander kom hem till Mariagatan var klockan närmare två. Han gjorde några smörgåsar och åt dem vid köksbordet. Sedan la han sig ovanpå sängen i sovrummet. Väckarklockan hade han satt att ringa strax efter fem.

Klockan sju, i den gråa gryningen, var de åter samlade. Meteorologen hade haft rätt. Det hade slutat regna. Istället hade det åter börjat blåsa och blivit kallare. De poliser som varit kvar under natten hade tillsammans med Nyberg varit tvungna att skapa provisoriska fästen för att plastduken som täckte brottsplatsen inte skulle blåsa bort. När det sedan plötsligt slutade regna hade Nyberg fått ett raseriutbrott mot de nyckfulla vädergudarna. Eftersom det knappast verkade troligt att det genast skulle komma ett nytt regnväder hade de tagit bort plasttaket igen. Det gjorde att Nyberg och de andra teknikerna nu arbetade nere i diket, helt oskyddade mot den bitande vinden.

Wallander hade i bilen på väg mot Erikssons gård försökt tänka efter hur de skulle lägga upp utredningsarbetet. De visste ingenting om Holger Eriksson. Det faktum att han var förmögen kunde naturligtvis utgöra ett tänkbart motiv. Men Wallander var redan från första stund tveksam. De vassa bambupålarna i diket talade ett annat språk. Han kunde inte tyda det, han visste inte vartåt det pekade, men han oroade sig redan över att de skulle stå inför något de inte hade normala förutsättningar att förstå.

Som vanligt när han kände sig osäker återvände han i tankarna till Rydberg, den gamle polisman som en gång hade varit hans lärare och utan vars kunskaper han misstänkte att han själv skulle ha varit en ytterst slätstruken brottsutredare. Rydberg hade dött i cancer för snart fyra år sen. Wallander rös vid påminnelsen om hur fort tiden hade gått. Sedan ställde han sig i tankarna frågan vad Rydberg skulle ha gjort. *Tålamod*, tänkte han. *Rydberg skulle ha gått rakt på kärnan i sin Bergspredikan. Han skulle ha sagt åt mig att nu gällde regeln om tålamodet mer än någonsin.*

De inrättade ett provisoriskt spaningshögkvarter i Erikssons hus. Wallander försökte formulera de viktigaste uppgifterna och se till att de fördelades så effektivt som möjligt.

I den tidiga morgontimmen, när alla var trötta och glåmiga, försökte Wallander sig på den omöjliga uppgiften att göra en sammanfattning.

Egentligen hade han bara en enda sak att säga: De hade ingenting att utgå ifrån.

– Vi vet mycket lite, började han. En tankbilschaufför som heter Sven Tyrén anmäler nåt som han misstänker vara ett försvinnande. Det skedde i tisdags. Med utgångspunkt i vad Sven Tyrén har sagt och med tanke på dateringen av dikten kan vi utgå från att mordet har skett någon gång efter klockan tio på onsdagskvällen förra veckan. Exakt när kan vi inte svara på. Men det har i alla fall inte skett tidigare. Vi får avvakta vad den rättsmedicinska undersökningen kan ge oss.

Wallander gjorde en paus. Ingen hade något att fråga om. Svedberg snöt sig. Hans ögon var blanka. Wallander tänkte att han nog hade feber och borde ligga hemma i sin säng. Samtidigt visste både Svedberg och han själv att de nu behövde alla krafter som fanns tillgängliga.

– Om Holger Eriksson vet vi inte mycket, fortsatte Wallander. En före detta bilhandlare. Förmögen, ogift, inga barn. Han var nån sorts bygdepoet och dessutom tydligen intresserad av fåglar.

– Lite mer än så kanske vi vet ändå, avbröt Hansson. Holger Eriksson var en känd person. Åtminstone här i trakten och mest för tio, tjugo år sen. Man kanske kan säga att han hade ett rykte som en hästhandlare i bilar. Hårda nypor. Tålde inte fackföreningar. Tjänade grova pengar. Indragen i skattetvister och misstänkt för en hel del olagligheter. Men han blev aldrig fälld, om jag nu minns rätt.

– Du menar med andra ord att han kan ha haft fiender, sa Wallander.

– Det kan vi nog vara ganska säkra på. Men därmed inte sagt att dom skulle vara beredda att begå mord. Framförallt inte på det sätt som har skett.

74

Wallander bestämde sig för att vänta med att gå in på de spetsiga pålarna och den avsågade spången. Han ville ta sakerna i tur och ordning. Inte minst för att hålla reda på alla detaljer i sitt eget trötta huvud. Även det var något som Rydberg ofta hade påmint honom om. *En brottsutredning är en sorts byggarbetsplats. Allt måste göras i rätt ordning för att det ska fungera.*

– Att kartlägga Holger Eriksson och hans liv är det första som måste ske, sa Wallander. Men innan vi delar upp arbetet mellan oss vill jag försöka ge en bild av hur jag tror det har gått till.

De satt runt det stora runda köksbordet. På avstånd kunde de genom fönstren se avspärrningarna och det vita plastskynket som flaxade i vinden. Nyberg stod som en gulklädd fågelskrämma i leran och viftade med armarna. Wallander kunde för sitt inre höra hans trötta och irriterade röst. Men han visste att Nyberg var skicklig och noggrann. Viftade han med armarna hade han skäl till det.

Wallander märkte hur uppmärksamheten gradvis skärptes. Han hade varit med om det många gånger tidigare. Just i det ögonblicket började spaningsgruppen spåra.

– Jag tror det har gått till så här, började Wallander, och nu talade han långsamt och valde orden med omsorg. Nån gång efter klockan tio på onsdagskvällen, eller kanske först tidigt på torsdagsmorgonen, lämnar Holger Eriksson huset. Han låter dörren vara olåst eftersom han har för avsikt att snart komma tillbaka. Dessutom lämnar han inte sina ägor. Han har en kikare med sig. Nyberg har konstaterat att den har nattsikte. Han har gått stigen ner mot diket där han har haft en spång utlagd. Förmodligen har han varit på väg mot tornet på den lilla kullen på andra sidan diket. Holger Eriksson är intresserad av fåglar. Just nu, i september och oktober, sträcker flyttfåglarna söderut. Jag vet inte mycket om hur det går till och i vilken ordning dom ger sig av. Men att dom flesta och kanske största sträcken flyger ut och navigerar om nätterna har jag hört talas om. Det kan förklara nattkikaren och tidpunkten. Om det nu alltså inte har skett på morgonen. Han har gått ut på spången som har knäckts rakt av, eftersom plankorna har blivit nästan helt genomsågade på förhand. Han faller rakt ner i diket, framstupa, och spetsas på pålarna. Där dör han. Om han har ropat på hjälp är det ingen som har hört honom. Huset ligger som ni redan har noterat mycket ensligt. Gården heter inte »Avskildheten« för ingenting.

Han hällde upp kaffe från en av polisens termosar innan han fortsatte.

– Så tror jag det har gått till, sa han. Det reser betydligt fler frågor än det ger oss svar. Men det är här vi måste börja. Vi har att göra med ett välplanerat mord. Brutalt och ohyggligt. Vi har inget uppenbart eller ens tänkbart motiv och heller inga avgörande spår att gå efter.

Det blev tyst. Wallander lät blicken vandra runt bordet.

Till slut var det Ann-Britt Höglund som bröt stillheten.

– En sak till är viktig. Den som har gjort det här har inte haft några ambitioner att dölja sitt dåd.

Wallander nickade. Han hade tänkt komma tillbaka till just den punkten.

– Jag tror det finns en risk att det är mer än så, sa han. Om vi ser på den här bestialiska fällan kan man tolka den som en ren demonstration i ohygglighet.

– Har vi fått en galning till att leta efter? sa Svedberg.

Alla runt bordet visste vad han menade. Sommaren var ännu inte avlägsen.

– Vi kan inte bortse från den risken, sa Wallander. Vi kan överhuvudtaget inte bortse från nånting alls.

– Det är som en björngrop, sa Hansson. Eller nånting man har sett i nån gammal krigsfilm från Asien. Det är en egendomlig kombination. En björngrop och en fågelskådare.

– Eller bilhandlare, insköt Martinsson som suttit tyst.

– Eller poet, sa Ann-Britt Höglund. Vi har mycket att välja på.

Klockan hade blivit halv åtta. Mötet var över. Tills vidare skulle de använda sig av Holger Erikssons kök när de behövde samlas. Svedberg for iväg för att ha ett ordentligt samtal med Sven Tyrén och den flicka på oljebolaget som tagit emot Holger Erikssons beställning. Ann-Britt Höglund skulle se till att alla grannar i trakten blev kontaktade och intervjuade. Wallander påminde sig posten i brevlådan och bad henne också tala med lantbrevbäraren. Hansson skulle ta hjälp av någon av Nybergs tekniker och gå igenom huset, medan Lisa Holgersson och Martinsson gemensamt skulle organisera alla övriga insatser.

Spaningshjulet hade börjat rulla.

Wallander satte på sig jackan och gick genom blåsten ner mot diket där plastskynket flaxade. Sönderrivna moln jagade fram över himlen. Han hukade i vinden. Plötsligt hörde han det karaktäristiska ljudet av sträckande gäss. Han stannade och såg upp mot himlen. Det tog en stund innan han upptäckte fåglarna. Det var ett litet sträck som gick högt uppe, strax under molnen, i sydvästlig riktning. Han gissade att de som alla andra flyttfåglar över Skåne skulle lämna landet vid Falsterbonäset.

Wallander blev tankfull stående och betraktade fåglarna. Han tänkte på dikten som legat på bordet. Sedan fortsatte han att gå. Han insåg att hans oro hela tiden ökade.

Det var någonting i hela den brutala handlingen som gjorde honom uppskakad. Det kunde vara ett utslag av förblindat hat eller galenskap. Men det kunde också ligga beräkning och kyla bakom mordet. Vad som skrämde honom mest kunde han inte avgöra.

Nyberg och hans tekniker hade börjat dra upp de blodiga pålarna ur leran när Wallander kom fram till diket. Varje påle rullades in i en plastduk och bars bort till en väntande bil. Nyberg hade lerfläckar i ansiktet och rörde sig knyckigt och tungt nere i diket.

Wallander tänkte att han stod och såg ner i en grav.

– Hur går det? frågade han och försökte låta uppmuntrande.

Nyberg muttrade något ohörbart till svar. Wallander bestämde sig för att det var lämpligast att tills vidare spara alla frågor. Nyberg var lättretad och lynnig och drog sig aldrig för att börja gräla med vem som helst. Det allmänna omdömet på Ystads polishus var att Nyberg inte skulle tveka för ett ögonblick att börja ryta åt rikspolischefen om han fann minsta anledning till det.

Polisen hade byggt en provisorisk bro över diket. Wallander gick bort mot kullen på andra sidan. Den byiga vinden rev i hans jacka. Han betraktade tornet som var ungefär tre meter högt. Det var byggt av samma sorts plank som Holger Eriksson använt till sin spång. En trappstege var vinklad ut från tornet. Wallander klättrade upp. Plattformen var inte större än en dryg kvadratmeter. Vinden piskade honom i ansiktet. Trots att han bara befann sig tre meter ovanför kullen förändrades hela landskapsbilden. Han skymtade Nyberg nere i diket. På avstånd såg han Erikssons gård. Han satte sig på huk och började syna plattformen. Plötsligt ångrade han att han överhuvudtaget hade bestigit tornet innan Nyberg var färdig med sina undersökningar och klättrade hastigt ner igen. Sedan försökte han ställa sig så han fick lä intill tornet. Han kände att han var mycket trött. Något stack också djupare än så. Han försökte bestämma vad känslan hade för namn. Nedslagenhet? Så kort hade glädjen varit. Resan till Italien. Hans personliga beslut att skaffa sig ett hus, kanske också en hund. Och Baiba som skulle komma.

Men så ligger en gammal man spetsad i ett dike och världen börjar åter glida under hans fötter.

Han undrade hur länge till han skulle orka.

Han tvingade sig att mota undan de dystra tankarna. De måste så fort som möjligt hitta den som hade skapat denna makabra dödsfälla åt Holger Eriksson. Wallander hasade försiktigt nerför kullen. På avstånd kunde han se Martinsson komma gående längs stigen. Som vanligt hade han bråttom. Wallander gick honom till mötes. Han kände sig fortfarande trevande och osäker. Hur skulle han angripa utredningen? Han letade efter en första ingång. Men han tyckte inte att han hittade någon.

Sedan såg han på Martinssons ansikte att något hade hänt.

– Vad är det? frågade han.

– Du ska ringa till nån som heter Vanja Andersson.

Wallander var tvungen att leta i minnet innan han kom ihåg. Blomsterhandeln på Västra Vallgatan.

– Det får vänta, sa han förvånat. Inte fan har vi tid med det nu?

– Jag är inte så säker på det, sa Martinsson och verkade närmast illa berörd över att behöva säga emot honom.

– Varför inte?

– Det verkar som om den där ägaren till blomsterhandeln aldrig reste till Nairobi. Gösta Runfeldt.

Wallander förstod fortfarande inte vad Martinsson talade om.

– Hon hade tydligen ringt till resebyrån för att fråga om den exakta tidpunkten när han skulle komma tillbaka. Då fick hon veta det.

– Vad fick hon veta?

– Att Gösta Runfeldt aldrig hade kommit till Kastrup. Han hade aldrig rest till Afrika. Trots att han hade löst ut sin biljett.

Wallander stirrade på Martinsson.

– Det betyder alltså att det är en person till som tycks ha försvunnit, sa Martinsson osäkert.

Wallander svarade inte.

Klockan hade hunnit bli nio på fredagsmorgonen den 30 september.

7.

Det tog två timmar för Wallander att inse att Martinsson verkligen hade haft rätt. På vägen in mot Ystad, efter det att han bestämt sig för att besöka Vanja Andersson ensam, kom han också ihåg något som hade blivit sagt redan tidigare, att det även fanns en annan likhet mellan de båda fallen. Holger Eriksson hade ett år tidigare anmält ett inbrott till Ystadspolisen, där ingenting hade blivit stulet. Och Gösta Runfeldt hade haft inbrott i sin affär där ingenting heller tycktes ha försvunnit. Wallander körde mot Ystad med en växande bävan inom sig. Mordet på Holger Eriksson var mer än nog. Det behövdes inte ännu ett försvinnande. I alla fall inte ett som visade sig ha ett samband med Holger Eriksson. De behövde inget ytterligare dike med spetsade pålar. Wallander körde alldeles för fort, som om han försökte lämna tanken bakom sig, tanken på att han ännu en gång i sitt liv var på väg rakt in i en mardröm. Då och då trampade han hårt på bromsen, som om han gav bilen och inte sig själv order att ta det lugnt och börja tänka förnuftigt. Vad fanns det egentligen som talade för att Gösta Runfeldt verkligen var försvunnen? Det kunde existera en rimlig förklaring. Det som hade hänt med Holger Eriksson hände egentligen aldrig. Och det hände framförallt inte två gånger. I alla fall inte i Skåne och definitivt inte i Ystad. Det måste finnas en förklaring och den skulle Vanja Andersson ge honom.

Men Wallander lyckades aldrig övertyga sig själv. Innan han for till blomsterhandeln på Västra Vallgatan stannade han vid polishuset. Han hittade Ann-Britt Höglund i korridoren och drog med henne in i matrummet där några trötta trafikpoliser satt och halvsov över sina lunchpaket. De hämtade kaffe och satte sig vid ett bord. Wallander berättade om det telefonsamtal Martinsson hade fått och hennes reaktion var som hans egen. Misstro. Det måste vara en ren tillfällighet. Men Wallander bad Ann-Britt Höglund att leta fram en kopia på den inbrottsanmälan Holger Eriksson hade gjort året innan. Han ville också att hon skulle se om det existerade något annat samband mellan Holger Eriksson och Gösta Runfeldt. Fanns det så borde man rätt lätt kunna hitta det i datorerna. Han visste att hon hade mycket annat att göra. Men det var viktigt att det blev gjort genast. Det var för att *städa innan gäster-*

na kom. Han hörde själv hur misslyckat bildspråket var. Han förstod överhuvudtaget inte var det hade kommit ifrån. Hon såg undrande på honom och väntade på en fortsättning. Men den kom aldrig.

– Vi får skynda oss, sa han bara. Ju mindre energi vi behöver använda på att konstatera att det inte finns några samband, desto bättre är det.

Han hade bråttom och var på väg att resa sig från bordet. Men hon höll honom kvar med en fråga.

– Vem kan ha gjort det? frågade hon.

Wallander sjönk tillbaka på stolen. Han såg de blodiga pålarna framför sig. En outhärdlig bild.

– Jag vet inte, sa han. Det är så sadistiskt och makabert att jag inte kan föreställa mig några normala motiv. Om det nu finns såna för att ta livet av en människa.

– Det finns det, svarade hon bestämt. Både du och jag har känt ursinne nog att föreställa oss någon död. För en del finns inte den normala spärren. Dom dödar.

– Det som gör mig rädd är att det måste ha varit så välplanerat, fortsatte Wallander. Den som har gjort det här har tagit tid på sig. Han har också känt till Holger Erikssons vanor in i detalj. Han har förmodligen kartlagt honom.

– Kanske det finns en ingång just där, sa hon. Holger Eriksson tycks inte ha haft några närmare vänner. Men den som har dödat honom måste ändå ha funnits i hans närhet. På något sätt. Han måste i alla fall ha varit där ute vid diket. Han har sågat i plankor. Han måste ha kommit dit och han måste ha tagit sig därifrån. Nån kan ha sett honom. Eller en bil som inte riktigt hör till där ute. Folk håller ett öga på det som sker. Landsbygdens folk är som djuren i skogen. Dom iakttar oss. Men vi upptäcker inte dom.

Wallander nickade frånvarande. Han lyssnade inte så koncentrerat som han borde.

– Vi får tala vidare sen, sa han. Jag åker till blomsterhandeln nu.

– Jag ska se vad jag kan hitta, svarade hon.

De skildes i dörren till matrummet. På väg ut från polishuset ropade Ebba på honom och sa att hans pappa hade ringt.

– Sen, svarade Wallander avvärjande. Inte nu.

– Det är förfärligt det som har hänt, sa Ebba. Wallander tänkte att det var som om hon nästan personligen beklagade en sorg han hade utsatts för.

– Jag köpte en bil av honom en gång, sa hon. En PV444.

Det tog ett ögonblick innan Wallander förstod att hon syftade på Holger Eriksson.

– Kan du köra bil? frågade han sedan förvånat. Jag visste inte ens att du hade körkort?

– Jag har kört prickfritt i 39 år, svarade Ebba. Och PV-n har jag kvar.

Wallander insåg att han under alla år då och då hade sett en svart och mycket välskött PV på polisens parkeringsplats utan att han någonsin hade reflekterat över vems den kunde ha varit.

– Jag hoppas du gjorde en bra affär, sa han.

– Holger Eriksson gjorde en bra affär, svarade hon bestämt. Jag betalade alldeles för mycket för bilen. Men eftersom jag har skött den under alla år så har nog jag i slutändan blivit den som tjänat mest. Den räknas som veteranbil numera.

– Jag måste gå, sa Wallander. Men nån gång ska du få bjuda mig på en åktur.

– Glöm inte att ringa din far, sa hon.

Wallander stannade i steget och tänkte efter. Sedan bestämde han sig.

– Ring honom, sa han till Ebba. Gör mig den tjänsten. Ring och förklara vad jag håller på med. Säg åt honom att jag ska höra av mig så fort jag kan. Jag antar att det inte var nåt överhängande?

– Han ville bara prata om Italien, sa hon.

Wallander nickade.

– Vi ska tala om Italien, sa han. Men inte just nu. Hälsa honom det.

Wallander for raka vägen till Västra Vallgatan. Han parkerade slarvigt halvvägs upp på den smala trottoaren och gick in i affären. Det var några kunder där. Han gav tecken till Vanja Andersson att han kunde vänta. Efter ungefär tio minuter var affären tom. Vanja Andersson textade en lapp som hon tejpade fast på glasrutan på ytterdörren och låste. De gick in i det lilla trånga kontorsrummet som fanns på baksidan. Blomdoften gjorde att Wallander nästan kände sig yr. Eftersom han som vanligt inte hade något att skriva på drog han till sig en hög med blomsterkort och började göra anteckningar på baksidorna. En klocka hängde på väggen. Fem minuter i elva.

– Låt oss ta det från början, sa Wallander. Du ringde till resebyrån. Varför gjorde du det?

Han kunde se på henne att hon var förvirrad och orolig. På bordet låg dessutom Ystads Allehanda med ett stort uppslag om mordet på Holger Eriksson. Det vet hon i alla fall inte, tänkte Wallander. Att jag är här och hoppas slippa upptäcka att det finns ett samband mellan Holger Eriksson och Gösta Runfeldt.

– Gösta hade skrivit upp på en lapp när han skulle komma tillbaka, började hon. Jag måste ha förlagt den. Hur jag än letade så hittade jag den inte. Då ringde jag till resebyrån. Dom sa att han skulle ha åkt den 23:e, men att han aldrig dök upp på Kastrup.

– Vad heter resebyrån?

– Specialresor. Den ligger i Malmö.

– Vem var det du talade med?

– Hon hette Anita Lagergren.

Wallander skrev.

– När var det du ringde?

Hon gav honom klockslaget.

– Och vad hade Anita Lagergren mer att berätta?

– Gösta hade aldrig rest. Han hade aldrig kommit till incheckningen på Kastrup. De hade ringt det telefonnummer han hade uppgett. Men ingen hade svarat. Planet hade fått gå utan honom.

– Och sen gjorde dom ingenting mer?

– Anita Lagergren sa att dom hade skickat ett brev där dom förklarade att Gösta inte kunde räkna med att få tillbaka nånting av reskostnaderna.

Wallander märkte att hon höll på att säga något mer. Men att hon stoppade sig själv.

– Du tänkte nåt, sa han vänligt.

– Resan var väldigt dyr, sa hon. Anita Lagergren nämnde priset.

– Vad kostade den?

– Nästan 30 000 kronor. För fjorton dagar.

Wallander höll med. Resan var verkligen mycket dyr. Själv skulle han aldrig i sitt liv kunna reflektera över att göra en sådan resa. Tillsammans hade han och hans far gjort av med ungefär en tredjedel av det beloppet under sin vecka i Rom.

– Jag förstår det inte, sa hon plötsligt. Gösta skulle aldrig göra så här.

Wallander följde hennes spår.

– Hur länge har du arbetat för honom?

– I nästan elva år.

– Och det har gått bra?

– Gösta är snäll. Han älskar verkligen blommor. Inte bara orkidéer.

– Vi kommer tillbaka till dom senare. Hur vill du beskriva honom?

Hon tänkte efter.

– Snäll och vanlig, sa hon. Lite egen. En enstöring.

Wallander tänkte med obehag att det var en beskrivning som sannolikt också hade kunnat passa in på Holger Eriksson. Frånsett antydningarna om att Holger Eriksson knappast hade varit en snäll människa.

– Han var inte gift?

– Han var änkeman.

– Hade han barn?

– Två stycken. Dom är gifta och har egna barn. Ingen av dom bor här i Skåne.

– Hur gammal är Gösta Runfeldt?

– 49 år.

Wallander betraktade sina anteckningar.

– Änkeman, sa han. Då måste hustrun ha varit ganska ung när hon dog. Var det en olycka?

– Jag vet inte så noga. Han talade aldrig om det. Men jag tror att hon drunknade.

Wallander lät frågan falla. Tids nog skulle de gå igenom allt i detalj. Om det visade sig bli nödvändigt. Vilket minst av allt var något han hoppades på.

Wallander la ifrån sig pennan på bordet. Blomdoften var mycket stark.

– Du måste ha tänkt, sa han. Du måste ha funderat dom här timmarna på två saker. Dels varför han inte har rest till Afrika. Dels var han befinner sig istället för i Nairobi.

Hon nickade. Wallander upptäckte plötsligt att hon hade tårar i ögonen.

– Det måste ha hänt nånting, sa hon. Så fort jag hade talat med resebyrån gick jag till hans lägenhet. Den ligger strax här intill. Jag har nyckel dit. Jag skulle vattna hans blommor. Sen jag trodde att han hade rest har jag varit där två gånger. Lagt upp posten på bordet. Nu gick jag tillbaka dit igen. Men han var inte där. Han har inte varit där heller.

– Hur vet du det?

– Det skulle jag ha märkt.

– Vad tror du det är som har hänt?

– Jag vet inte. Han gladde sig åt den här resan. I vinter skulle han skriva färdig sin bok om orkidéer.

Wallander märkte att hans egen oro hela tiden ökade. En varningsklocka hade börjat ticka inom honom. Han kände igen de ljudlösa alarmen som ibland löstes ut.

Han samlade ihop blomsterkorten där han hade gjort sina anteckningar.

– Jag behöver se på hans lägenhet, sa han. Och du ska öppna af-fären igen. Jag tror säkert att allt har en naturlig förklaring.

Hon sökte en bekräftelse i hans ansikte på att han verkligen menade det han sa. Men Wallander insåg att hon knappast kunde hitta någon.

Han fick nycklarna till lägenheten. Den låg på samma gata, ett kvarter närmare centrum.

– Jag lämnar in dom när jag är klar, sa han.

När han kom ut på gatan höll ett äldre par på att med stort besvär ta sig förbi hans slarvigt parkerade bil. De såg uppfordrande på honom. Men han låtsades som ingenting och gick bara därifrån.

Lägenheten låg på andra våningen i ett hus som Wallander antog var byggt vid sekelskiftet. Det fanns hiss. Men Wallander tog trapporna. Några år innan hade han funderat på att försöka byta till sig en lägenhet i ett liknande hus. Nu kunde han inte förstå den tanken längre. Skulle han göra sig av med Mariagatan så måste det bli mot ett hus med trädgård. Där Baiba skulle bo. Och kanske också en hund. Han låste upp och steg in i lägenheten. Han undrade hastigt hur många gånger i sitt liv han hade beträtt den främmande mark som okända människors bostäder utgjorde. Han stannade alldeles innanför dörren och stod orörlig. Varje lägenhet hade sin karaktär. Wallander hade under årens lopp tränat upp sin vana att lyssna efter avtryck av de människor som levde där. Långsamt gick han igenom lägenheten. Det var det första steget, oftast det viktigaste. Det första intrycket. Som han sedan skulle återvända till. Här bodde en man som hette Gösta Runfeldt och som en tidig morgon inte hade befunnit sig där han skulle, på Kastrups flygplats. Wallander tänkte på det Vanja Andersson hade sagt. Om Gösta Runfeldts glädje inför resan. Han kände hur hans oro nu var mycket stark.

Efter att ha gått igenom de fyra rummen och köket stannade Wallander mitt på golvet i vardagsrummet. Det var en stor och ljus lägenhet. Han hade fått en oklar känsla av att den var möblerad med ointresse. Det enda rum som hade en personlighet var arbetsrummet. Där rådde ett ombonat kaos. Böcker, papper, blomlitografier, kartor. Ett överbelamrat arbetsbord. En avstängd dator. I en fönsterkarm några fotografier. Barn och barnbarn. Ett foto av Gösta Runfeldt någonstans i ett asiatiskt landskap, omgiven av jätteorkidéer. På baksidan stod skrivet med bläck att det var taget i Burma 1972. Gösta Runfeldt log mot den okända fotografen. Ett vänligt leende från en brunbränd man. Färgerna hade blekts. Men inte Gösta

Runfeldts leende. Wallander ställde tillbaka fotografiet och betraktade en världskarta som hängde på väggen. Han letade med viss möda reda på var Burma låg. Sedan satte han sig i skrivbordsstolen. Gösta Runfeldt skulle ge sig ut på en resa. Men han kom aldrig i väg. Åtminstone inte till Nairobi med Specialresors charter. Wallander lämnade stolen och gick in i sovrummet. Sängen var bäddad. En smal enmanssäng. På nattygsbordet låg en bokstapel. Wallander såg på titlarna. Böcker om blommor. Det enda som skilde ut sig var en bok som handlade om den internationella valutahandeln. Wallander la tillbaka boken. Det var någonting annat han letade efter. Han böjde sig och tittade under sängen. Ingenting. Han öppnade garderobsdörrarna. På en hylla högst upp i garderoben låg två resväskor. Han hävde sig på tå och lyfte ner dem. Båda var tomma. Sedan gick han ut i köket och hämtade en stol. Han tittade på den översta hyllan. Nu hittade han vad han sökte efter. I en ensam mans lägenhet är det mycket sällan alldeles fritt från damm. Gösta Runfeldts lägenhet utgjorde inget undantag. Dammkanten var mycket tydlig. Det hade funnits ytterligare en resväska där. Eftersom de andra två som han redan plockat ner var gamla och den ena dessutom hade ett trasigt lås föreställde sig Wallander att det var den tredje väskan som han hade använt. Om han hade rest. Om den inte fanns någon annanstans i lägenheten. Han hängde av sig jackan på en stolskarm och öppnade alla de skåp och förvaringsutrymmen där en väska kunde tänkas befinna sig. Han hittade ingenting. Sen återvände han till arbetsrummet. Hade Gösta Runfeldt rest så måste han ha tagit sitt pass med sig. Han letade igenom skrivbordslådorna som var olåsta. I en av dem låg ett gammalt herbarium. Wallander slog upp det. *Gösta Runfeldt 1955.* Redan under sin skoltid hade han pressat växter. Wallander betraktade en 40 år gammal blåklint. Den blå färgen fanns fortfarande kvar, åtminstone som ett bleknat minne. Själv hade Wallander aldrig pressat några växter. Han letade vidare. Något pass kunde han inte hitta. Han rynkade pannan. En resväska var borta. Dessutom passet. Några biljetter hade han inte heller hittat. Han lämnade arbetsrummet och satte sig i en fåtölj i vardagsrummet. Att byta stol kunde ibland hjälpa honom att formulera sina tankar. Mycket talade för att Gösta Runfeldt verkligen hade lämnat lägenheten. Med sitt pass, biljetter och en packad väska.

Han gick vidare i tankarna. Kunde någonting ha hänt på vägen till Köpenhamn? Kunde han ha ramlat i vattnet från någon av båtarna? I så fall borde väskan ha funnits kvar. Han plockade fram ett av blomsterkorten han hade i fickan. På ett av dem hade han noterat telefonnumret till butiken. Han gick ut i köket och ringde. Genom fönstret kunde han se den höga silobyggnaden i Ystads hamn. Där bortom en av Polenfärjorna som var på väg ut förbi stenpiren. Vanja Andersson svarade.

– Jag är kvar i lägenheten, sa han. Jag har ett par frågor. Berättade han om hur han skulle resa till Köpenhamn?

Hennes svar kom fort och bestämt.

– Han reste alltid över Limhamn och Dragör.

Då visste han det.

– Jag har en fråga till, fortsatte han. Vet du hur många resväskor han ägde?

– Nej, sa hon. Hur skulle jag kunna veta det?

Wallander insåg att han borde ställa frågan på ett annat sätt.

– Hur såg hans väska ut? undrade han. Den kanske du har sett nån gång?

– Han hade sällan mycket bagage, svarade hon. Han kunde konsten att resa. Han hade en axelremsväska och en större väska med utfällbara hjul.

– Vilken färg hade den? frågade Wallander.

– Den var svart.

– Är du säker på det?

– Ja, sa hon. Jag är säker. Några gånger har jag mött honom efter hans resor. På järnvägsstationen eller på Sturup. Gösta kastade aldrig nånting i onödan. Hade han tvingats köpa en ny väska hade jag vetat om det. Då hade han beklagat sig över att den var så dyr. Han kunde vara snål ibland.

Men resan till Nairobi kostade 30 000 kronor, tänkte Wallander. Och de pengarna kastades bort. Vilket knappast hände frivilligt.

Han kände hur olusten blev allt starkare. Han avslutade samtalet och sa att han skulle komma till affären med nycklarna inom en halvtimme.

Först när han la på luren insåg han att hon förmodligen stängde affären under lunchtiden. Sedan tänkte han på vad hon hade sagt. En svart resväska. De två som han hade hittat inne i sovrummets garderob var gråa. Någon axelremsväska hade han heller inte sett till. Dessutom visste han nu att Gösta Runfeldt reste ut i världen via Limhamn. Han ställde sig vid fönstret och såg ut över hustaken. Polenfärjan var borta.

Det stämmer inte, tänkte han. Gösta Runfeldt har inte försvunnit frivilligt. Det kan ha skett en olycka. Men inte heller det är säkert.

För att genast få svar på en av de mest avgörande frågorna ringde han nummerbyrån och fick numret till färjelinjen som trafikerade Limhamn och Dragör. Han hade tur och fick genast tala med den person som hade ansvar för det som blev bortglömt och samlades in på färjorna. Mannen talade danska. Wallander förklarade vem han var och frågade om den svarta väskan. Han angav datum. Sedan väntade han. Det dröjde några minuter innan dansken som hade presenterat sig som Mogensen kom tillbaka.

– Ingenting, sa han.

Wallander försökte tänka. Sedan sa han som det var.

– Händer det att folk försvinner från era båtar? Att folk ramlar över bord?

– Mycket sällan, svarade Mogensen. Wallander fick en känsla av att han var övertygande.

– Men det händer?

– Det sker i all båttrafik, sa Mogensen. Folk tar livet av sig. Folk är berusade. Vissa är galna och ska balansera på relingen. Men det händer mycket sällan.

– Har du nån statistik på om dom människor som ramlar över bord blir återfunna? Drunknade eller levande?

– Jag har ingen statistik, svarade Mogensen. Men man hör ju. Dom flesta driver i land. Döda. Några fastnar i fisknät. Andra blir borta för gott. Men dom är inte många.

Wallander hade inget mer att fråga om. Han tackade för hjälpen och avslutade samtalet.

Han visste ingenting säkert. Men ändå var han nu övertygad. Gösta Runfeldt hade aldrig rest till Köpenhamn. Han hade packat sin väska, tagit sitt pass och sin biljett och lämnat lägenheten.

Sedan hade han försvunnit.

Wallander tänkte på blodpölen inne i blomsterhandeln. Vad betydde den? Kanske de hade tänkt alldeles fel? Det kunde mycket väl vara så att inbrottet inte hade varit något misstag.

Han gick runt i lägenheten. Försökte förstå. Klockan närmade sig kvart över tolv. Telefonen i köket ringde. Den första signalen gjorde att han hajade till. Sedan gick han hastigt och svarade. Det var Hansson som ringde utifrån mordplatsen.

– Jag hörde av Martinsson att Runfeldt försvunnit, sa han. Hur går det?

– Han är i alla fall inte här, svarade Wallander.

– Har du bildat dig nån uppfattning?

– Nej. Men jag tror han hade för avsikt att resa. Nånting kom emellan.

87

– Tror du att det finns ett samband? Med Holger Eriksson?

Wallander tänkte efter. Vad trodde han egentligen? Han visste inte. Det var också vad han svarade.

– Vi kan inte bortse från den möjligheten, sa han bara. Vi kan inte bortse från nånting.

Sedan bytte han ämne och frågade om det hade hänt någonting. Men Hansson hade inga nyheter att komma med. När samtalet var över gick Wallander långsamt igenom lägenheten ytterligare en gång. Han hade en känsla av att det var något där som han borde lägga märke till. Till sist gav han upp. Han bläddrade igenom posten ute i tamburen. Där fanns brevet från resebyrån. En elräkning. Dessutom hade det kommit ett paket från ett postorderföretag i Borås. Paketet skulle lösas ut mot postförskott. Wallander stoppade avin i fickan.

Vanja Andersson väntade på honom i affären när han kom med nycklarna. Han bad henne höra av sig om hon kom på något som hon trodde kunde vara viktigt.

Sedan for han upp till polishuset. Han lämnade avin till Ebba och bad henne se till att paketet blev hämtat.

Klockan ett stängde han dörren till sitt kontorsrum.

Han var hungrig.

Oron var dock större. Han kände igen känslan. Han visste vad den betydde.

Han tvivlade på att de någonsin skulle återfinna Gösta Runfeldt i livet.

8.

Vid midnatt kunde Ylva Brink äntligen sätta sig ner för att dricka en kopp kaffe. Hon var en av de två barnmorskor som arbetade natten mellan den 30 september och den 1 oktober på Ystads BB. Hennes kollega som hette Lena Söderström befann sig inne i ett rum där en kvinna just hade börjat få krystvärkar. Det hade hittills varit en arbetsam natt, utan dramatik, men med en ständig ström av arbetsuppgifter som måste utföras.

De var underbemannade. Två barnmorskor och två sköterskor skulle ensamma klara av alla nattens arbetsuppgifter. I bakgrunden fanns en läkare som de kunde tillkalla om det uppstod allvarliga blödningar eller andra komplikationer. Men det hade varit värre, tänkte Ylva Brink när hon satte sig i soffan med kaffekoppen i handen. Några år tidigare hade hon varit ensam barnmorska under de långa nätterna. Det hade vid några tillfällen lett till besvärliga situationer när hon inte kunnat vara på två ställen samtidigt. Det var då de hade lyckats tala förnuft med sjukhusledningen och fått igenom sitt krav på att det alltid skulle vara minst två barnmorskor i tjänst under nätterna.

Kontoret där hon befann sig låg mitt i den stora avdelningen. Glasväggarna gjorde att hon kunde se vad som skedde utanför rummet. Under dagtid var det ständig rörelse i korridorerna. Men nu på natten var allting annorlunda. Hon tyckte om att arbeta på nätterna. Många av hennes kollegor skulle helst av allt ha velat slippa det. De hade familjer, de fick inte tillräckligt med sömn på dagen. Men Ylva Brink, som hade vuxna barn och en man som var maskinchef på en oljetanker som gick i kontraktsfart mellan hamnar i Mellanöstern och Asien, hade ingenting emot nätterna. För henne var det rogivande att arbeta när andra sov.

Hon drack med välbehag av kaffet och tog en bit sockerkaka från ett fat på bordet. En av sköterskorna kom in och satte sig, strax efter också den andra. En radio stod på svagt i ett hörn. De började prata om hösten, om det envisa regnandet. En av sköterskorna hade hört av sin mor som kunde spå väder att det skulle bli en lång och kall vinter. Ylva Brink tänkte tillbaka på de gånger Skåne hade snöat in. Det hände inte ofta. Men när det hände kunde det uppstå dramatiska situationer för kvinnor som skulle föda men inte kunde ta sig till sjukhuset. Hon mindes en gång hon suttit och frusit i en iskall traktor som letade sig fram genom snöyran och drivorna till en avsides belägen gård norr om staden. Kvinnan hade haft starka blödningar. Det var enda gången under alla de år hon arbetat som barnmorska hon på verkligt allvar varit rädd för att förlora en kvinna. Och det var någonting som inte fick hända. Sverige var ett land där kvinnor som födde barn helt enkelt inte kunde dö.

Men ännu var det höst. Rönnbärens tid. Ylva Brink som kom uppifrån landet kunde ibland sakna de melankoliska norrländska skogarna. Hon hade aldrig vant sig vid att leva i det skånska landskapet där vinden härskade oinskränkt. Men hennes man hade varit den starkare. Han var född i Trelleborg och kunde inte tänka sig att bo annat än i Skåne. När han någon enstaka gång hade tid att vara hemma.

Hon avbröts i sina tankar av att Lena Söderström kom in i rummet. Hon var drygt trettio år gammal. Hon kunde vara min dotter, hade Ylva tänkt. Jag är precis dubbelt så gammal. 62 år.

– Hon föder nog inte förrän i morgon bitti, sa Lena Söderström. Vi hinner gå hem.

– Det blir lugnt i natt, sa Ylva. Sov en stund om du är trött.

Nätterna kunde vara långa. Att sova femton minuter, kanske en halvtimme, kunde innebära stor skillnad. Den akuta tröttheten försvann. Men Ylva sov aldrig. Efter det att hon hade fyllt 55 hade hon märkt att hennes sömnbehov gradvis hade minskat. Hon hade tänkt att det var en påminnelse om att livet var både kort och ändligt. Det borde alltså inte sovas bort i onödan.

En sköterska skymtade hastigt förbi ute i korridoren. Lena Söderström drack te. De två sköterskorna satt lutade över ett korsord. Klockan var nitton minuter över tolv. Redan oktober, tänkte Ylva. Hösten djupnar. Snart kommer vintern. I december har Harry semester. En månad. Då ska vi bygga om i köket. Inte för att det behövs. Men för att han ska ha någonting att göra. Semestern är inte Harrys tid. Det är rastlöshetens tid. Det ringde från ett rum. En av sköterskorna reste sig och gick. Efter några minuter kom hon tillbaka.

– Maria på rum tre har huvudvärk, sa hon och satte sig vid korsordet igen. Ylva drack sitt kaffe. Hon märkte plötsligt att hon satt och tänkte på något utan att hon visste vad det var. Sedan kom hon på det.

Sköterskan som hade gått förbi ute i korridoren.

Plötsligt var det någonting som inte stämde. Hade inte alla som arbetade på avdelningen varit här inne på kontoret? Det hade inte heller ringt på klockan från akutintaget.

Hon skakade på huvudet åt sina egna tankar. Hon måste ha inbillat sig.

Men samtidigt visste hon att hon inte hade gjort det. En sköterska som inte borde ha funnits hade gått förbi där ute i korridoren.

– Vem var det som gick förbi? frågade hon sakta.

De betraktade henne undrande.

– Vem? sa Lena Söderström.

– Det gick en sjuksköterska förbi här ute i korridoren för några minuter sen. När vi satt här.

De kunde fortfarande inte förstå vad hon menade. Hon förstod det inte heller själv. Det ringde på klockan igen. Ylva ställde hastigt ifrån sig koppen.

– Jag kan ta det, sa hon.

Det var kvinnan i rum nummer två som mådde illa. Hon skulle föda sitt tredje barn. Ylva hade sina misstankar om att barnet inte hade varit särskilt väl planerat. När hon hade gett kvinnan något att dricka gick hon ut i korridoren. Hon såg sig runt. Dörrarna var stängda. Men det hade varit en sköterska som gått förbi. Det var inte något som hon hade inbillat sig. Plötsligt kände hon sig illa till mods. Det var något som inte stämde. Hon stod stilla i korridoren och lyssnade. Från kontoret hördes den nerskruvade radion. Hon gick tillbaka igen och tog sin kaffekopp.

– Det var ingenting, sa hon.

I samma ögonblick gick den främmande sköterskan förbi ute i korridoren. Den här gången såg också Lena Söderström henne. Allt gick mycket fort. De hörde dörren ut till den stora huvudkorridoren slå igen.

– Vem var det? sa Lena Söderström.

Ylva Brink skakade på huvudet. De två korsordslösande sköterskorna hade sett upp från tidningen.

– Vem talar ni om? frågade en av dem.

– Sköterskan som gick förbi.

Hon som satt med pennan i handen och fyllde i korsordet började skratta.

– Vi är ju här, sa hon. Båda två.

Ylva reste sig hastigt. När hon drog upp dörren till den yttre korridoren, som förband BB-avdelningen med resten av sjukhuset, var den tom. Hon lyssnade. Långt borta kunde hon höra en dörr slå igen. Hon återvände till uppehållsrummet. Skakade på huvudet. Hon hade inte sett någon.

– Vad gör en sköterska från en annan avdelning här? sa Lena Söderström. Utan att ens hälsa?

Ylva Brink visste inte. Däremot insåg hon att det inte hade varit inbillning.

– Låt oss titta in i alla rum, sa hon. Och se att allt är som det ska. Lena Söderström betraktade henne forskande.

– Vad skulle inte vara som det borde?

– För säkerhets skull, sa Ylva Brink. Ingenting annat.

De gick in i rummen. Allt var som det skulle. Klockan ett fick en kvinna blödningar. Resten av natten var fylld med arbete. Klockan sju, efter avrapporteringen, gick Ylva Brink hem. Hon bodde i en villa strax intill sjukhuset. När hon kom hem började hon åter tänka på den främmande sjuksköterskan som skymtat i korridoren. Plötsligt var hon säker på att det inte hade varit en sjuksköterska. Även om hon hade haft arbetskläder. En sjuksköterska hade helt enkelt inte gått in på BB om natten, särskilt inte utan att hälsa och säga vad hon gjorde där.

Ylva Brink tänkte vidare. Hon märkte att nattens händelse gjorde henne orolig. Kvinnan måste ha haft ett ärende. Hon hade varit där i tio minuter. Sedan hade hon försvunnit igen. Tio minuter. Hon hade varit inne i ett rum och hon hade besökt någon. Vem? Och varför? Hon la sig och försökte sova, men kunde inte. Den främmande kvinnan från natten gick oavbrutet omkring i hennes huvud. Klockan elva gav hon upp. Hon lämnade sängen och kokade kaffe. Tänkte att hon borde prata med någon. Jag har en kusin som är polis. Han kan i alla fall tala om för mig om jag oroar mig i onödan. Hon tog telefonen och slog hans hemnummer. Hans röst på telefonsvararen gav besked om att han var i tjänst. Eftersom det inte var långt till polishuset bestämde hon sig för att ta en promenad. Sönderslitna moln jagade fram över himlen. Hon tänkte att polisen kanske inte tog emot besök på lördagar. Dessutom hade hon sett i tidningarna om det förfärliga som tycktes ha hänt utanför Lödinge. En bilhandlare som blivit mördad och slängd i ett dike. Polisen kanske inte hade tid med henne. Inte ens hennes kusin.

Hon gick in i receptionen och frågade om inspektör Svedberg var inne. Det var han. Men han var strängt upptagen.

– Hälsa från Ylva, sa hon. Jag är hans kusin.

Några minuter senare kom Svedberg ut och hämtade henne. Eftersom han var släktkär och tyckte bra om sin kusin kunde han inte låta bli att ge henne några minuter. De satte sig i hans rum. Han hade hämtat kaffe. Sedan berättade hon om nattens händelser. Efteråt sa Svedberg att det naturligtvis var underligt. Men knappast någonting att bry sig om. Med det lät hon sig nöja. Hon hade tre lediga dagar framför sig och hade snart glömt sköterskan som passerat genom BB natten mellan den 30 september och den 1 oktober.

Sent på fredagskvällen hade Wallander samlat sina trötta medarbetare till ett spaningsmöte på polishuset. De hade stängt dörrarna klockan tio och mötet hade sen dragit ut långt över midnatt. Han hade börjat med att grundligt tala om det faktum att de nu hade ytterligare en försvunnen person att bekymra sig för. Martinsson och Ann-Britt Höglund hade hunnit göra en ytlig kontroll i de register som fanns tillgängliga. Resultatet var hittills negativt. Det fanns ingenting hos polisen som tydde på ett samband mellan Holger Eriksson och Gösta Runfeldt. Vanja Andersson hade heller inte kunnat påminna sig att Gösta Runfeldt någonsin talat om Holger Eriksson. Wallander hade klargjort att det enda de kunde göra var att arbeta förutsättningslöst. Gösta Runfeldt kunde dyka upp när som helst och ha en rimlig förklaring till sitt försvinnande. Men de kunde inte bortse från att det fanns tecken som var illavarslande. Wallander bad Ann-Britt Höglund ta ansvar för arbetet kring Gösta Runfeldt. Men det innebar inte att hon kopplades bort från mordet på Holger Eriksson. Wallander, som ofta var motståndare till att de begärde förstärkningar i komplicerade brottsutredningar, hade den här gången en känsla av att de kanske borde ha det redan från början. Det hade han också sagt till Hansson. De hade kommit överens om att avvakta med att ta upp frågan till i början på nästa vecka. Det kunde trots allt hända att de fick ett genombrott i spaningsarbetet tidigare än väntat.

De satt kring mötesbordet och gick igenom vad de hade kunnat uträtta hittills. Som vanligt hade Wallander börjat med att fråga om det var någon som hade något avgörande att redovisa. Han lät blicken vandra runt bordet. Alla skakade på huvudet. Nyberg snöt sig ljudlöst vid bordsänden där han som vanligt satt för sig själv. Det var också till honom Wallander gav ordet först.

– Ingenting än så länge, sa Nyberg. Ni har själva sett det ni har sett. Plankorna är nersågade till sin brytpunkt. Han har fallit och spetsats. Vi har inte hittat nånting i diket. Var bambustängerna kommer ifrån vet vi inte än.

– Och tornet? frågade Wallander.

– Vi har inte hittat nånting, sa Nyberg. Men vi är naturligtvis långt ifrån färdiga. Det vore förstås till hjälp om du kunde tala om vad vi ska leta efter.

– Jag vet inte, sa Wallander. Men den som har gjort det här måste ha kommit nånstans ifrån. Vi har stigen från Holger Erikssons hus. Runtom är det åkrar. Och bakom kullen en skogsdunge.

– Det finns en traktorväg till skogsdungen, sa Ann-Britt Höglund. Med bilspår. Men ingen av grannarna tycks ha lagt märke till något ovanligt.

– Tydligen var det så att Holger Eriksson ägde mycket mark, insköt Svedberg. Jag talade med en lantbrukare som hette Lundberg. Han hade sålt av mer än 50 hektar till Eriksson för tio år sen. Eftersom det var hans mark fanns det inga skäl för andra att vistas där. Och det betyder att det är få som haft möjlighet till insyn.

– Vi har fortfarande många vi ska tala med, sa Martinsson medan han bläddrade i sina papper. Jag har för övrigt haft kontakt med rättsläkarstationen i Lund. Dom tror att dom kan ha nåt att säga på måndag morgon.

Wallander gjorde en anteckning. Sedan vände han sig till Nyberg igen.

– Hur går det med Erikssons hus? frågade han.

– Du kan inte få allting gjort samtidigt, svarade Nyberg avvisande. Vi har stått ute i den där sörjan eftersom det kan börja regna snart igen. Jag tror att vi kan börja med huset i morgon bitti.

– Det låter bra, svarade Wallander vänligt. Minst av allt ville han råka ut för att Nyberg blev arg. Det kunde skapa en dålig stämning som påverkade hela mötet. Samtidigt kunde han inte komma ifrån att Nybergs ständiga lynnighet irriterade honom. Han såg också att Lisa Holgersson som satt vid mitten på ena långsidan av bordet hade noterat Nybergs vresiga svar.

De fortsatte sin genomgång. De befann sig fortfarande i en inledande fas av spaningsarbetet. Wallander hade ofta tänkt att det var som ett röjningsarbete. Men de gick försiktigt fram. Så länge de inte hade några spår att gå efter var allting lika viktigt. Det var först när vissa saker förefoll mindre betydelsefulla än andra som de på allvar skulle börja följa ett eller flera spår.

När klockan hade passerat midnatt och närmade sig ett insåg Wallander att de fortfarande trevade sig fram. Samtalen med Rut Eriksson och Sven Tyrén hade inte fört dem vidare. Holger Eriksson hade gjort sin beställning av eldningsolja. Fyra kubikmeter. Ingenting hade varit underligt eller oroväckande. Den gåtfulla in-

brottsanmälan han gjort året innan förblev oförklarad. Kartlägg-
ningen av Holger Erikssons liv och hur han varit som människa
hade knappast uppnått annat än styrfart. Fortfarande drogs de
framåt av den bogserbåt som utgjordes av en brottsutrednings
mest elementära rutiner. Spaningsarbetet hade ännu inte börjat
leva sitt eget liv. De fakta de hade att utgå från var få. Någon gång
efter klockan tio på onsdagskvällen den 21 september hade Eriks-
son gått ut med en kikare runt halsen. Då hade dödsfällan varit
klar. Han hade stigit ut på spången och fallit rakt ner i döden.

När ingen hade något mer att säga försökte Wallander göra en
sammanfattning. Under hela mötet hade han suttit med en känsla av
att ha sett något ute på mordplatsen som borde föranleda en tolk-
ning. Han hade sett något han inte kunde tyda. *Sättet*, tänkte han.
*Det är något med de här pålarna. En mördare använder ett språk
som han väljer medvetet. Varför spetsar han en människa? Varför
gör han sig besväret?*

Tills vidare höll han dock sina tankar för sig själv. De var fortfa-
rande alltför oklara för att kunna läggas fram för de andra.

Han hällde upp ett glas mineralvatten och sköt undan de papper
han hade framför sig.

– Vi letar fortfarande efter en ingång, började han. Det vi har är
ett mord som inte liknar nånting annat. Det kan tyda på att motivet
och gärningsmannen är något vi heller aldrig har mött tidigare. På
sätt och vis påminner det om den situation vi befann oss i under den
gångna sommaren. Det som gjorde att vi löste det fallet var att vi
inte stirrade oss blinda på nånting. Det får vi inte göra nu heller.

Sedan vände han sig direkt till Lisa Holgersson.

– Vi måste arbeta hårt, sa han. Det är redan lördag. Det kan inte
hjälpas. Alla fortsätter i dag och i morgon med det dom har för hän-
der. Vi kan inte vänta till på måndag.

Lisa Holgersson nickade. Hon gjorde inga invändningar.

De bröt upp från mötet. Alla var trötta. Lisa Holgersson dröjde
sig dock kvar liksom Ann-Britt Höglund. Snart var de ensamma i
mötesrummet. Wallander tänkte att kvinnorna nu för en gångs skull
var i majoritet i hans värld.

– Per Åkeson ville gärna ha kontakt med dig, sa Lisa Holgersson.

Wallander insåg att han hade glömt att ringa. Han skakade upp-
givet på huvudet åt sig själv.

– Jag ska ringa honom i morgon, sa han.

Lisa Holgersson hade satt på sig sin kappa. Men Wallander märk-
te att det fortfarande var något hon ville säga.

– Finns det egentligen nåt som talar mot att det här mordet är utfört av en galen människa? frågade hon. Att spetsa en människa på pålar. Det är för mig rena medeltiden.

– Inte nödvändigtvis, invände Wallander. Pålgravar användes under andra världskriget. Bestialitet och galenskap går dessutom inte alltid hand i hand.

Lisa Holgersson verkade inte nöjd med hans svar. Hon lutade sig mot dörrposten och betraktade honom.

– Jag blir ändå inte övertygad. Kanske vi kunde använda oss av den där rättspsykologen som var här i somras? Om jag förstod dig rätt hade ni stor nytta av honom.

Wallander kunde inte förneka att Mats Ekholm hade haft betydelse för den lyckosamma utredningen. Han hade hjälpt dem att söka sig fram till en tänkbar profil av gärningsmannen. Ännu tyckte Wallander dock det var för tidigt att kalla in honom igen. Han var överhuvudtaget rädd för att dra paralleller.

– Kanske, sa han tvekande. Men jag tror att vi väntar lite med det.

Hon såg forskande på honom.

– Du är inte rädd för att det ska hända igen? En ny grav med spetsiga pålar?

– Nej.

– Gösta Runfeldt? Det andra försvinnandet?

Wallander var plötsligt osäker på om han talade mot bättre vetande. Men han skakade på huvudet. Han trodde inte att det skulle upprepas. Eller var det bara så att han hoppades?

Han visste inte.

– Mordet på Holger Eriksson måste ha krävt stora förberedelser, sa han. Nånting som man gör en enda gång. Som dessutom bygger på att vissa mycket speciella förutsättningar existerar. Till exempel ett tillräckligt djupt dike. Dessutom en spång. Och ett tilltänkt mordoffer som går ut på kvällarna eller i gryningen för att se på fåglar. Jag är medveten om att det är jag själv som har kopplat ihop Gösta Runfeldts försvinnande med det som hänt i Lödinge. Men det är mest av försiktighetsskäl. Om jag ska stå i ledningen för den här utredningen måste jag använda både livrem och hängslen.

Hon reagerade med förvåning på hans bildspråk. Ann-Britt Höglund fnissade i bakgrunden. Sedan nickade Lisa Holgersson.

– Jag tror jag förstår vad du menar, sa hon. Men tänk på det där med Ekholm.

– Det ska jag göra, sa Wallander. Jag utesluter inte att du kan ha

rätt. Men jag tror det är för tidigt. Utfallet av insatsen hänger ofta
ihop med när den sätts in.

Lisa Holgersson nickade och knäppte kappan.

– Ni behöver också sova, sa hon. Stanna inte för länge.

– Hängslen och livrem, sa Ann-Britt Höglund när de blivit en-
samma. Har du lärt dig det av Rydberg?

Wallander blev inte sårad. Han ryckte bara på axlarna och börja-
de samla ihop sina papper.

– Nåt måste man hitta på själv, sa han. Kommer du ihåg när du
kom hit? Du sa att du trodde att jag hade mycket jag kunde lära dig.
Nu kanske du inser hur fel du hade?

Hon hade satt sig på bordet och betraktade sina naglar. Wallan-
der tänkte att hon var blek och trött och sannerligen inte vacker.
Men duktig. Något så sällsynt som en hängiven polis. Däri liknade
de varandra.

Han lät pappershögen falla mot bordet och sjönk ner i sin stol.

– Berätta vad du ser, sa han.

– Nåt som gör mig rädd, svarade hon.

– Varför?

– Brutaliteten. Beräkningen. Dessutom har vi inget motiv.

– Holger Eriksson var rik. Alla vittnar om att han var en hård-
hänt affärsman. Han kan ha haft fiender.

– Det förklarar inte att han måste spetsas på pålar.

– Hat kan förblinda. På samma sätt som avundsjuka. Eller svart-
sjuka.

Hon skakade på huvudet.

– När jag kom dit fick jag en känsla av att det var nåt mer än en
gammal man som hade blivit mördad, sa hon. Jag kan inte förklara
det tydligare än så. Men känslan var där. Och den var stark.

Wallander vaknade till ur tröttheten. Han insåg att hon sagt nå-
got viktigt. Något som på ett oklart sätt rörde vid tankar som hade
föresvävat honom själv.

– Fortsätt, sa han bara. Tänk vidare!

– Det är inte så mycket mer. Mannen var död. Ingen som såg det
skulle glömma hur det hade gått till. Det var ett mord. Men det var
också något annat.

– Varje mördare talar sitt språk, sa Wallander. Är det så du me-
nar?

– Ungefär.

– Du menar att han ville säga oss nånting?

– Kanske.

97

En kod, tänkte Wallander. Som vi ännu inte kan knäcka.

– Du kan ha rätt, sa han.

De satt tysta. Sedan reste sig Wallander tungt ur stolen och fortsatte att samla ihop sina papper. Han upptäckte något som inte tillhörde honom.

– Är det här ditt? frågade han.

Hon kastade en blick på pappret.

– Det är Svedbergs stil.

Wallander försökte tyda det som stod skrivet med blyerts. Det var nånting om BB. Om en okänd kvinna.

– Vad fan är det här? sa han. Ska Svedberg ha barn? Han är ju inte ens gift? Har han överhuvudtaget sällskap med nån?

Hon tog pappret ur hans hand och läste igenom det.

– Det är tydligen någon som har rapporterat att en okänd kvinna vandrar omkring på BB utklädd till sjuksköterska, sa hon och räckte tillbaka pappret.

– Vi ska utreda det när vi får tid, svarade Wallander ironiskt. Han tänkte slänga pappret i papperskorgen men ångrade sig. Han skulle ge det till Svedberg dagen efter.

De skildes ute i korridoren.

– Vem passar dina barn? frågade han. Är din man hemma?

– Han är i Mali, svarade hon.

Wallander visste inte var Mali låg. Men han frågade inte.

Hon försvann ut från det tomma polishuset. Wallander la in pappret på sitt bord och tog sin jacka. På väg ut till receptionen stannade han till vid sambandscentralen där en ensam polis satt och läste en tidning.

– Ingen som har ringt om Lödinge? frågade han.

– Ingenting.

Wallander fortsatte ut till sin bil. Det blåste. Han tänkte att han aldrig fått svar på hur Ann-Britt Höglund löste sina barnpassningsproblem. Han letade länge i sina fickor innan han hittade bilnycklarna. Sedan for han hem. Trots att han var mycket trött blev han sittande i sin soffa och tänkte igenom det som hade hänt under dagen. Mest av allt grubblade han över det som Ann-Britt Höglund hade sagt just innan de skildes. Att mordet på Holger Eriksson var något mer. Något annat.

Men kunde ett mord vara mer än ett mord?

Klockan var närmare tre när han gick och la sig. Innan han somnade tänkte han att han dagen efter måste ringa både till sin far och Linda.

Han vaknade med ett ryck när klockan var sex. Han hade drömt någonting. Holger Eriksson hade varit levande. Han hade stått på träspången som ledde över diket. Just när den brast vaknade Wallander. Han tvingade sig upp ur sängen. Ute hade det åter börjat regna. I köket upptäckte han att kaffet var slut. Istället letade han reda på ett par huvudvärkstabletter och satt sedan länge vid bordet med huvudet lutat i ena handen.

Kvart över sju kom han till polishuset. På vägen till sitt kontor hämtade han en mugg med kaffe.

När han öppnade dörren upptäckte han något han inte sett kvällen innan. På stolen intill fönstret stod ett paket. Först när han såg närmare på det mindes han avin han plockat till sig i Gösta Runfeldts lägenhet. Ebba hade alltså sett till att det blivit hämtat. Han hängde av sig jackan och började öppna paketet. Hastigt undrade han om han egentligen hade rätt att göra det. Han vecklade upp omslagspappret och betraktade innehållet med rynkad panna.

Dörren till kontoret stod öppen. Martinsson gick förbi.

Wallander ropade på honom.

Martinsson blev stående i dörren.

– Kom in, sa Wallander. Kom in och se på det här.

9.

De stod lutade över Gösta Runfeldts kartong.

För Wallander verkade det hela bara vara ett antal sladdar, kopplingsreläer och svarta miniatyrdosor som han inte kunde avgöra vad de skulle användas till. Men för Martinsson var det uppenbart vad det var Gösta Runfeldt hade beställt och som polisen tills vidare hade betalat för.

– Det här är en avancerad utrustning för avlyssning, sa han och tog upp en av dosorna.

Wallander betraktade honom skeptiskt.

– Kan man verkligen köpa komplicerad elektronisk utrustning via ett postorderföretag i Borås? sa han.

– Du kan köpa precis vad som helst via postorder, svarade Martinsson. Den tiden är förbi när postorderföretagen sysslade med att sälja sekunda varor. Sånt kanske finns fortfarande. Men det här är ordentliga saker. Om det är helt lagligt bör vi dock undersöka. Importen av såna här saker är hårt reglerad.

De packade upp kartongen på Wallanders skrivbord. Det visade sig att där inte bara fanns utrustning för att avlyssna samtal. Till deras oförställda häpnad hittade de även en förpackning som innehöll en magnetpensel och järnfilspån. Det kunde bara betyda en enda sak. Att Runfeldt hade för avsikt att säkra fingeravtryck.

– Hur ska man tolka det här? sa Wallander.

Martinsson skakade på huvudet.

– Det verkar mycket märkligt, sa han.

– Vad ska en blomsterhandlare med en avlyssningsutrustning till? Ska han spionera på konkurrerande tulpanhandlare?

– Fingeravtrycken är ännu mer underligt.

Wallander rynkade pannan. Han förstod det inte alls. Utrustningen hade varit dyr. Den var med säkerhet tekniskt kvalificerad. Wallander litade på Martinssons omdöme. Företaget som hade levererat innehållet hette Secur och hade en adress på Getängsvägen i Borås.

– Låt oss ringa dit och höra om Gösta Runfeldt har handlat andra saker också, sa Wallander.

– Jag misstänker att dom inte är särskilt villiga att lämna ut sina kunduppgifter, svarade Martinsson. Dessutom är det tidigt en lördagsmorgon.

– Dom har ordertelefon dygnet runt, sa Wallander och pekade på den följesedel som legat överst i kartongen.

– Det är nog bara en telefonsvarare, sa Martinsson. Jag har köpt trädgårdsredskap över ett postorderföretag i Borås. Jag vet hur det går till. Det sitter inga telefonister där dygnet runt, om man tror det.

Wallander betraktade en av de små mikrofonerna.

– Är det här verkligen lagligt? Du har rätt i att vi måste få svar på det.

– Jag tror jag kan ge besked redan nu, sa Martinsson. Jag har några sammanfattningar på mitt rum som handlar om just det här.

Han försvann ut i korridoren och kom snart tillbaka. I handen hade han då några tunna häften.

– Rikspolisstyrelsens informationsenhet, sa han. Mycket av vad dom ger ut är riktigt bra.

– Jag läser så ofta jag hinner, sa Wallander. Men ibland undrar jag om dom inte ger ut alldeles för mycket.

– Här har vi nånting som heter »Buggning som straffprocessuellt tvångsmedel«, sa Martinsson och la det ena häftet på skrivbordet. Men det kanske inte är det vi är intresserade av i första hand. Däremot det här: »Promemoria angående avlyssningsutrustning«.

Martinsson bläddrade. Stannade upp och läste.

– Enligt svensk lag är det olagligt att inneha, sälja och föra in avlyssningsutrustning, sa han. Vilket rimligtvis borde innebära att det också är förbjudet att tillverka den.

– Det betyder att vi ska be våra kollegor i Borås att ta itu med det där postorderföretaget, sa Wallander. Det innebär att dom sysslar med olaglig försäljning. Och olaglig import.

– Postorderföretag är normalt mycket seriösa, sa Martinsson. Jag misstänker att det här är ett ruttet äpple som branschen själv gärna skulle bli av med.

–Ta kontakt med Borås, sa Wallander. Gör det så fort som möjligt.

Han tänkte tillbaka på sitt besök i Gösta Runfeldts lägenhet. Han hade inte sett någon teknisk utrustning av den här typen när han gått igenom skrivbordslådorna och garderoberna.

– Jag tror vi ska be Nyberg titta på det här, sa han. Tills vidare nöjer vi oss med det. Men jag tycker det verkar underligt.

Martinsson höll med. Inte heller han kunde förstå vad en orkidéälskare behövde avlyssningsutrustning till. Wallander stoppade tillbaka innehållet i lådan.

– Jag åker ut till Lödinge, sa han.

– Själv har jag spårat en försäljare som sålde bilar för Holger Eriksson i mer än tjugo år, sa Martinsson. Jag ska träffa honom ute i Svarte om en halvtimme. Han om nån bör kunna ge oss en bild av vem Holger Eriksson var.

De skildes åt ute i receptionen. Wallander hade Runfeldts elektroniska låda under armen. Han stannade till hos Ebba.

– Vad sa min far? frågade han.

– Han bad mig hälsa att du förstås bara skulle ringa om du hade tid.

Wallander blev genast misstänksam.

– Lät han ironisk?

Ebba såg allvarligt på honom.

– Din far är en mycket vänlig man. Han har stor respekt för ditt arbete.

Wallander som visste att sanningen var en helt annan skakade bara på huvudet. Ebba pekade på kartongen.

– Jag har betalat det där av egna medel, sa hon. Det finns ju inga handkassor hos polisen nuförtiden.

– Lämna in räkningen till mig, sa Wallander. Räcker det om du får pengarna på måndag?

Ebba lät sig nöja. Wallander lämnade polishuset. Det hade slutat regna och molntäcket hade nu spruckit upp. Det skulle bli en klar och vacker höstdag. Wallander ställde in kartongen i baksätet och lämnade Ystad. Nu när solen sken var landskapet mindre betryckande. För ett ögonblick kunde han också känna sig mindre orolig. Mordet på Holger Eriksson tornade upp sig som en mardröm. Men kanske det ändå trots allt hade en någorlunda rimlig förklaring. Att Gösta Runfeldt också tycktes ha försvunnit behövde inte innebära att något allvarligt hade hänt. Även om Wallander inte alls kunde förstå varför han hade beställt avlyssningsapparatur, kunde det också paradoxalt nog tas som intäkt för att Gösta Runfeldt var i livet. Tanken hade föresvävat Wallander att Runfeldt kunde ha tagit livet av sig. Men han hade avfärdat ingivelsen. Den glädje som Vanja Andersson hade talat om förebådade knappast ett dramatiskt försvinnande med efterföljande självmord. Wallander körde genom det klara höstlandskapet och tänkte att han ibland hade alltför lätt att börja ge efter för sina inre demoner.

Han svängde in vid Holger Erikssons gård och parkerade. En man som Wallander kände igen som journalist vid Arbetet kom emot honom. Wallander hade Runfeldts låda under armen. De hälsade på varandra. Journalisten nickade mot lådan.

– Kommer du bärande på lösningen?

– Ingenting sånt.

– Ärligt talat. Hur går det?

– Det blir en presskonferens på måndag. Innan dess har vi inte så mycket att säga.

– Men han blev spetsad på skarpslipade stålrör?

Wallander såg förvånat på honom.

– Vem har sagt det?

– En av dina kollegor.

Wallander hade svårt att tro att det kunde vara sant.

– Det måste vara ett missförstånd. Det var inga stålrör.

– Men han blev spetsad?

– Det är riktigt.

– Det låter som en tortyrkammare nergrävd i en skånsk åker?

– Det är inte mina ord.

– Vad är dina ord?

– Att det blir en presskonferens på måndag.

Journalisten skakade på huvudet.

– Nånting måste du kunna ge mig.

– Vi befinner oss bara i början av utredningen. Vi kan konstatera att ett mord har blivit begånget. Men vi har inga spår att gå efter.

– Ingenting?

– Tills vidare väljer jag att inte säga mer.

Journalisten lät sig motvilligt nöja. Wallander visste att han skulle skriva som han hade sagt. Det var en av de få journalister som aldrig hade förvanskat något av det Wallander hade uttalat.

Han gick in på kullerstensgården. På avstånd flaxade det övergivna plastskynket nere vid diket. Avspärrningsbanden var fortfarande kvar. En polisman skymtade strax intill tornet. Wallander tänkte att de säkert kunde dra in bevakningen. Just när han kom fram till huset öppnades dörren. Det var Nyberg som stod där med plastfodral på skorna.

– Jag såg dig genom fönstret, sa han.

Wallander märkte genast att Nyberg var på gott humör. Det bådade gott inför dagens arbete.

– Jag kommer med en låda till dig, sa Wallander och steg in. Jag vill att du ska titta på det här.

– Har det med Holger Eriksson att göra?

– Med Runfeldt. Blomsterhandlaren.

Wallander ställde ner kartongen på skrivbordet. Nyberg sköt den ensamma dikten åt sidan för att ge plats och packade upp innehållet.

Hans kommentarer var samma som Martinssons. Det var verkligen en avlyssningsutrustning. Och den var avancerad. Nyberg satte på sig sina glasögon och letade reda på stämpeln med tillverkningslandet.

– Det står Singapore, sa han. Men det är sannolikt tillverkat någon helt annanstans.

– Var?

– USA eller Israel.

– Varför står det då Singapore?

– En del av de här tillverkningsföretagen har en yttre profil som är den lägsta tänkbara. Det är företag som på olika sätt är en del av den internationella vapenindustrin. Och dom avslöjar inga hemligheter för varandra i onödan. Dom tekniska komponenterna tillverkas på olika håll i världen. Sammansättningen sker nån annanstans. Ytterligare ett land kan få bidra med ursprungsstämpeln.

Wallander pekade på utrustningen.

– Vad kan man göra med det här?

– Du kan avlyssna en lägenhet. Eller en bil.

Wallander skakade uppgivet på huvudet.

– Gösta Runfeldt är blomsterhandlare, sa han. Vad ska han med det här till?

– Leta reda på honom och fråga, svarade Nyberg.

De la tillbaka innehållet i lådan. Nyberg snöt sig. Wallander märkte att han var svårt förkyld.

– Försök ta det lite lugnt, sa han. Du måste sova nån gång.

– Det var den där jävla leran, sa Nyberg. Jag blir sjuk av att stå ute i regnet. Jag begriper inte att det ska vara så omöjligt att konstruera ett mobilt regnskydd som fungerar även under skånska väderförhållanden.

– Skriv om det i Svensk Polis, föreslog Wallander.

– Hur skulle jag ha tid med det?

Frågan blev lämnad obesvarad. De gick genom huset.

– Jag har inte hittat nåt anmärkningsvärt, sa Nyberg. I alla fall inte än. Men huset har många vinklar och vrår.

– Jag stannar en stund, sa Wallander. Jag behöver se mig omkring.

Nyberg återvände till sina tekniker. Wallander satte sig intill fönstret. En solstråle värmde hans hand. Fortfarande var han brun.

Han såg sig om i det stora rummet. Han tänkte på dikten. Vem skriver egentligen dikter om en hackspett? Han hämtade papperet och läste det Holger Eriksson hade skrivit ännu en gång. Han insåg att det fanns formuleringar som var vackra. Själv hade Wallander möjligen skrivit i kvinnliga klasskamraters poesiböcker när han var ung. Men han hade aldrig läst poesi. Linda hade klagat över att det aldrig funnits böcker i det hem där hon hade vuxit upp. Wallander hade inte kunnat säga emot henne. Han lät blicken vandra längs väggarna. *En förmögen bilhandlare. Nästan 80 år gammal. Som skriver dikter. Och intresserar sig för fåglar. Tillräckligt mycket för att gå ut sent på kvällen och stirra mot sträckande osynliga nattfåglar. Eller tidigt i gryningen.* Blicken vandrade. Solstrålen fortsatte att värma hans vänstra hand. Plötsligt påminde han sig något som hade stått i den inbrottsanmälan de hade grävt fram ur arkivet. *Enligt Eriksson har ytterdörren brutits upp medelst en kofot eller liknande. Enligt Eriksson har dock ingenting kunnat konstateras ha blivit stulet.* Det hade också stått något mer. Wallander letade i minnet. Sedan kom han på vad det var. *Kassaskåpet hade varit orört.* Han reste sig och gick in till Nyberg som befann sig i ett av husets sovrum. Wallander stannade i dörren.

– Har du sett till nåt kassaskåp? frågade han.

– Nej.

– Det ska finnas, sa Wallander. Låt oss leta reda på det.

Nyberg stod på knä intill sängen. När han reste sig såg Wallander att han hade satt på sig knäskydd.

– Är du säker på det? frågade Nyberg. Jag borde ha upptäckt det.

– Ja, svarade Wallander. Det finns ett kassaskåp.

De letade metodiskt igenom huset. Det tog dem en halvtimme att hitta rätt. Det var en av Nybergs medhjälpare som upptäckte det bakom en ugnslucka i ett serveringsutrymme i köket. Luckan var svängbar. Kassaskåpet var inmurat i väggen. Det hade kombinationslås.

– Jag tror jag vet var kombinationen finns, sa Nyberg. Holger Eriksson var nog ändå rädd för att minnet kunde bli dåligt på gamla dar.

Wallander följde med Nyberg tillbaka till skrivbordet. I en av lådorna hade Nyberg tidigare hittat en liten ask med en sifferrad på ett papper. När de prövade den på kassaskåpet slogs spärren ifrån. Nyberg steg åt sidan så Wallander kunde öppna.

Wallander tittade in i skåpet. Sedan hajade han till. Han tog ett steg bakåt och trampade Nyberg på tårna.

– Vad är det? frågade Nyberg.

Wallander nickade åt honom att se själv. Nyberg stack fram huvudet. Även han hajade till. Dock inte lika kraftigt som Wallander hade gjort.

– Det ser ut som ett människohuvud, sa Nyberg.

Han vände sig till en av sina medhjälpare som hade bleknat när han hört vad som blivit sagt. Nyberg bad honom hämta en ficklampa. Medan de väntade stod de orörliga. Wallander märkte att han kände sig yr. Han tog ett par djupa andetag. Nyberg betraktade honom frågande. Sedan kom ficklampan. Nyberg lyste in i skåpet. Det stod verkligen ett huvud inne i kassaskåpet, avskuret mitt på halsen. Ögonen var öppna. Men det var inget vanligt huvud. Det var krympt och torkat. Om det var en apa eller en människa kunde varken Nyberg eller Wallander avgöra. Frånsett huvudet fanns där bara några almanackor och anteckningsböcker. I samma ögonblick kom Ann-Britt Höglund in i rummet. Av den spända uppmärksamheten förstod hon att någonting hade hänt. Hon frågade inte vad utan stod kvar i bakgrunden.

– Ska vi ta hit fotografen? frågade Nyberg.

– Det räcker om du tar ett par bilder, svarade Wallander. Det viktigaste är att vi får ut det ur skåpet.

Sedan vände han sig till Ann-Britt Höglund.

– Det är ett huvud därinne, sa han. Ett krympt människohuvud. Eller kanske det är en apa.

Hon böjde sig fram och såg efter. Wallander noterade att hon inte hajade till. För att ge Nyberg och hans medarbetare plats att arbeta gick de ut ur serveringsrummet. Wallander märkte att han hade blivit svettig.

– Ett kassaskåp med ett huvud, sa hon. Krympt eller inte, apa eller inte. Hur tolkar vi det?

– Holger Eriksson måste ha varit en betydligt mer komplicerad människa än vad vi har kunnat föreställa oss, sa Wallander.

De väntade på att Nyberg och hans medarbetare skulle tömma kassaskåpet. Klockan var nio. Wallander berättade om försändelsen från postorderföretaget i Borås. Ann-Britt Höglund såg igenom lådan och frågade sig vad det kunde betyda. De bestämde att någon skulle gå igenom Gösta Runfeldts lägenhet mer metodiskt än vad Wallander hade haft tid att göra. Det bästa vore om Nyberg kunde avstå någon av sina medarbetare. Ann-Britt Höglund ringde polishuset och fick veta att den danska polisen som blivit kontaktad inte kunnat rapportera om någon manskropp som drivit iland de senaste dagarna. Inte heller Malmöpolisen eller Sjöräddningen hade informationer om ilandflutna lik. Halv tio kom Nyberg bärande på huvudet och de övriga föremål han hade funnit i kassaskåpet. Wallander makade på dikten om hackspetten. Nyberg ställde ner huvudet.

I kassaskåpet hade alltså dessutom också funnits några gamla alma-
nackor, en anteckningsbok och en ask med en medalj. Men det var
det torkade och förkrympta huvudet som tog all deras uppmärk-
samhet. I dagsljuset rådde det inte längre något tvivel. Det var ett
människohuvud. Ett svart huvud. Kanske ett barn. Eller åtminstone
en ung människa. När Nyberg betraktade det genom ett förstorings-
glas kunde han se att det hade gått mal i huden. Wallander grimase-
rade av obehag när Nyberg lutade sig tätt intill huvudet och luktade
på det.

– Vem kan tänkas veta nånting om förkrympta huvuden? sa Wal-
lander.

– Etnografiska museet, svarade Nyberg. Fast det heter visst Fol-
kens museum nuförtiden. Rikspolisstyrelsen har gett ut en liten
skrift som faktiskt är alldeles utmärkt. Där står var man kan inhäm-
ta kunskaper om de mest sällsamma företeelser.

– Då kontaktar vi dom, sa Wallander. Det vore bra om vi kunde
hitta nån som kan svara på frågor redan nu under helgen.

Nyberg började emballera huvudet i en plastpåse. Wallander och
Ann-Britt Höglund satte sig vid bordet och började gå igenom de
andra föremålen. Medaljen som vilade mot en liten sidenkudde var
utländsk. Den hade en inskription på franska. Ingen av dom förstod
ordalydelsen. Wallander visste att det inte skulle vara lönt att fråga
Nyberg. Hans engelska var dålig, hans franska säkert obefintlig.
Sedan började de gå igenom böckerna. Almanackorna var från de
första åren av 1960-talet. På försättsbladen kunde de tyda ett namn:
Harald Berggren. Wallander såg frågande på Ann-Britt Höglund.
Hon skakade på huvudet. Namnet hade inte dykt upp i utredningen
hittills. De fanns få anteckningar i almanackorna. Några klockslag.
Initialer. På ett ställe stod bokstäverna *HE.* Det var den 10 februari
1960. Mer än trettio år tillbaka i tiden.

Sedan började Wallander bläddra i anteckningsboken. Den var
däremot fullskriven. Han förstod att det var en dagbok. Första an-
teckningen var gjord i november 1960. Den sista i juli 1961. Stilen var
mycket liten och svårläst. Han påminde sig att han naturligtvis hade
glömt att besöka den optiker han hade haft tid hos. Han lånade ett
förstoringsglas av Nyberg. Bläddrade. Läste en rad här och där.

– Det handlar om Belgiska Kongo, sa han. Nån som har varit där
under ett krig. Som soldat.

– Holger Eriksson eller Harald Berggren?

– Harald Berggren. Vem det nu är.

Sedan la han ifrån sig boken. Han insåg att den kunde vara viktig och att han måste läsa den grundligt. De såg på varandra. Wallander visste att de tänkte på samma sak.

– Ett förkrympt människohuvud, sa han. Och en dagbok som handlar om ett krig i Afrika.

– En pålgrav, sa Ann-Britt Höglund. Ett minne om ett krig. I min föreställningsvärld hör förkrympta människohuvuden och spetsade människor ihop.

– I min med, sa Wallander. Frågan är om vi kanske trots allt har hittat nånting att gå efter.

– Vem är Harald Berggren?

– Det är nåt av det första vi borde försöka ta reda på.

Wallander påminde sig att Martinsson förmodligen just nu befann sig på besök hos en person i Svarte som hade känt Holger Eriksson i många år. Han bad Ann-Britt Höglund att ringa honom på hans mobiltelefon. Från och med nu skulle namnet Harald Berggren nämnas och efterforskas i alla tänkbara sammanhang. Hon slog numret. Väntade. Sedan skakade hon på huvudet.

– Han har inte telefonen påslagen, sa hon.

Wallander blev irriterad.

– Hur ska vi kunna bedriva ett spaningsarbete om vi gör oss oanträffbara?

Han visste att han själv ofta syndade mot regeln om tillgänglighet. Han var sannolikt den som var svårast att få tag på. Åtminstone i perioder. Men hon sa ingenting.

– Jag ska leta reda på honom, sa hon och reste sig.

– Harald Berggren, sa Wallander. Namnet är viktigt. Det gäller alla.

– Jag ska se till att det kommer ut, svarade hon.

När han blivit ensam i rummet tände han skrivbordslampan. Han skulle just öppna dagboken när han upptäckte att något var instucket innanför läderpärmen. Försiktigt lirkade han fram ett fotografi. Det var svartvitt, tummat och fläckat. Ena hörnet var avrivet. Fotografiet föreställde tre män som poserade för en okänd fotograf. Männen var unga, de skrattade mot fotografen, och de var klädda i någon sorts uniformer. Wallander påminde sig det fotografi han sett i Gösta Runfeldts lägenhet, när han stått någonstans i ett tropiskt landskap, omgiven av jätteorkidéer. Inte heller här var landskapet svenskt. Han studerade fotografiet genom förstoringsglaset. Solen måste ha stått högt på himlen när bilden togs. Det fanns inga skuggor i den. Männen var brunbrända. Skjortorna var uppknäppta, armarna uppkavlade. Vid deras ben stod gevär. De lutade sig mot en egendomligt formad sten.

Bakom stenen skymtade ett öppet landskap som saknade konturer. Marken bestod av krossat grus eller sand. Han betraktade ansiktena. Männen var mellan tjugo och tjugofem år. Han vände på fotografiet. Ingenting. Han föreställde sig att fotografiet var taget ungefär samtidigt som dagboken blivit skriven. Tidigt 1960-tal. Om inte annat så kunde männens frisyrer tyda på det. Ingen var långhårig. Åldern gjorde att han också kunde utesluta Holger Eriksson. 1960 hade han varit mellan 40 och 50 år gammal.

Wallander la ifrån sig fotografiet och öppnade en av skrivbordslådorna. Han påminde sig att han tidigare hade sett några lösa passfotografier i ett kuvert. Han placerade ett av fotografierna av Holger Eriksson på bordet. Det var taget relativt nyligen. På baksidan stod årtalet 1989 skrivet med blyerts. Holger Eriksson 73 år gammal. Han betraktade ansiktet. Den spetsiga näsan, de tunna läpparna. Han försökte tänka bort rynkorna och se ett yngre ansikte. Sedan återvände han till fotografiet med de tre poserande männen. Han studerade deras ansikten, ett efter ett. Mannen som stod längst till vänster hade vissa drag som påminde om Holger Eriksson. Wallander lutade sig bakåt i stolen och slöt ögonen. *Holger Eriksson ligger död i ett dike. I hans kassaskåp finner vi ett förkrympt människohuvud, en dagbok och ett fotografi.* Plötsligt satte sig Wallander upp i stolen med öppna ögon. Han tänkte på det inbrott som Holger Eriksson hade anmält året innan. *Kassaskåpet hade varit orört.* Antag, tänkte Wallander, att den som begick inbrottet hade lika svårt som vi att hitta det dolda skåpet. Antag vidare att innehållet den gången var samma som nu. Och att det var just det som tjuven var ute efter. Han misslyckas och gör tydligen inte heller om försöket. Däremot dör Holger Eriksson ett år senare.

Han insåg att tankarna åtminstone delvis hängde ihop. Men där fanns en punkt som på ett avgörande sätt motsade hans försök att hitta ett samband mellan de olika händelserna. När Holger Eriksson var död skulle hans kassaskåp förr eller senare hittas. Det måste tjuven ha varit medveten om. Om inte annat så av den eller de personer som kom för att ta över dödsboet.

Ändå fanns där någonting. Ett spår.

Han betraktade fotografiet ännu en gång. Männen log. De hade visat samma leende i 30 år. Han undrade hastigt om fotografen kunde ha varit Holger Eriksson. Men Holger Eriksson hade med framgång sålt bilar i Ystad, Tomelilla och Sjöbo. Han hade inte deltagit i något avlägset afrikanskt krig. Eller hade han det? De kände fortfarande bara till en bråkdel av Holger Erikssons liv.

Wallander betraktade tankfullt dagboken som låg framför honom. Han stoppade fotografiet i jackfickan, tog boken och gick in till Nyberg som höll på att göra en teknisk undersökning av badrummet.

– Jag tar med mig dagboken, sa han. Almanackorna lämnar jag kvar.

– Ger det nåt? frågade Nyberg.

– Jag tror det, svarade Wallander. Om någon söker mig så träffas jag hemma.

När han kom ut på gårdsplanen kunde han se att några poliser höll på att ta ner avspärrningsbanden vid diket. Regnskyddet var redan borta.

En timme senare hade han satt sig vid köksbordet. Långsamt började han läsa dagboken.

Den första anteckningen var från den 20 november 1960.

10.

Det tog Wallander nästan sex timmar att läsa Harald Berggrens dagbok från pärm till pärm. Då hade han också vid flera tillfällen blivit avbruten. Telefonen hade ringt gång på gång. Strax efter fyra på eftermiddagen hade Ann-Britt Höglund också kommit på ett hastigt besök. Men Wallander hade hela tiden försökt göra avbrotten korta. Dagboken var något av det mest fascinerande men också mest skrämmande som han någonsin hade kommit i närheten av. Den berättade om några år i en människas liv och för Wallander var det som att stiga in i en helt främmande värld. Trots att Harald Berggren, vem han nu än var, inte kunde beskrivas som en språkets mästare – tvärtom så uttryckte han sig ofta sentimentalt eller med en osäkerhet som ibland övergick i hjälplöshet – hade innehållet, hans upplevelser, en bärkraft som hela tiden var starkare än de språkligt trånga passager han trängde sig fram igenom. Wallander anade att dagboken var viktig för att de skulle kunna bryta igenom och förstå det som hade hänt Holger Eriksson. Men samtidigt höjdes där hela tiden ett varnande finger inom honom. Det kunde också vara en väg som ledde dem alldeles fel, bort från lösningen. Wallander visste att de flesta sanningar var både väntade och oväntade på en och samma gång. Det gällde bara att veta hur sambanden skulle tolkas. En brottsutredning liknade dessutom aldrig någon annan, åtminstone inte på djupet, när de på allvar började tränga igenom den ytliga likhetens skal.

Harald Berggrens dagbok var en krigsjournal. Under läsningen hade Wallander kunnat identifiera de två andra männen på fotografiet. Vem som var vem hade han dock inte lyckats avgöra när han hade nått till slutet av boken. Men Harald Berggren omgavs på bilden av en irländare, Terry O'Banion, och en fransman, Simon Marchand. Det hade tagits av en man vars nationalitet var okänd men som kallades Raul. De hade tillsammans under ett drygt år deltagit i ett afrikanskt krig och de hade alla varit legosoldater. I början av dagboken beskriver Harald Berggren hur han någonstans i Stockholm har hört om ett café i Bryssel där kontakter kunde knytas med den dunkla värld som var legosoldaternas. Han noterar att han har hört det redan på nyåret 1958. Vad som några år senare driver honom dit skriver han ingenting om. Harald Berggren kliver in i sin egen dagbok från ingenstans. Han har inget förflutet, inga föräldrar, ingen bakgrund. I dagboken uppträder han på en tom scen. Det enda som framgår är att han är 23 år och förtvivlad över att Hitler förlorat det krig som slutat femton år tidigare.

Wallander stannade upp vid den punkten. Harald Berggren använder just det ordet, *förtvivlad*. Wallander läste meningen gång på gång. *Det förtvivlade nederlag som Hitler utsattes för av sina svekfulla generaler*. Wallander försökte förstå. Att Harald Berggren använde ordet *förtvivlad* berättade något avgörande om honom. Gav han uttryck för en politisk övertygelse? Eller var han överspänd och förvirrad? Wallander kunde inte hitta några ledtrådar som gjorde det möjligt för honom att avgöra vilket. Harald Berggren kommenterar det heller inte vidare. 1960, i juni lämnar han Sverige med tåg och stannar en dag i Köpenhamn för att gå på Tivoli. Där dansar han i den ljumma sommarkvällen med någon som heter Irene. Han noterar att hon är *söt men alldeles för lång*. Nästa dag är han i Hamburg. Dagen efter, den 12 juni 1960, befinner han sig i Bryssel. Efter ungefär en månad har han uppnått sitt mål, att få ett kontrakt som legosoldat. Han noterar stolt att han nu uppbär sold och ska gå ut i krig. För Wallander framstår hans känsloläge som om han nu är i närheten av sina drömmars mål. Allt detta har han sedan skrivit ner i dagboken vid ett senare tillfälle, under ett datum långt efteråt, den 20 november 1960. I denna första och dessutom dagbokens längsta anteckning gör han ett sammandrag av de händelser som har fört honom till den plats där han nu är. Och då är han i Afrika. När Wallander stötte på platsen, Omerutu, reste han sig och letade reda på sin gamla skolatlas som låg längst ner i en kartong långt inne i en garderob. Men naturligtvis fanns inte Omerutu utsatt. Han lät dock den gamla kartan ligga uppslagen på köksbordet medan han fortsatte att läsa dagboken. Tillsammans med Terry O'Banion och Simon Marchand ingår Harald Berggren i en stridande enhet som enbart består av legosoldater. Deras ledare, om vilken Harald Berggren dagboken igenom är mycket förtegen, är en kanadensare som aldrig kallas något annat än Sam. Harald Berggren tycks inte heller intressera sig särskilt mycket för vad kriget egentligen handlar om. Wallander hade själv ytterst vaga föreställningar om kriget i det som den gången, och även på Wallanders gamla karta, kallades för Belgiska Kongo. Harald Berggren tycks inte ha några behov av att rättfärdiga sin närvaro som betald soldat. Han noterar bara att de slåss för friheten. Men vems frihet? Det framgår aldrig. Han noterar vid flera tillfällen, bland annat den 11 december 1960 och den 19 januari 1961, att han inte kommer att tveka att använda sitt vapen om han hamnar i en stridssituation där svenska FN-soldater kunde vara inblandade och stå emot honom. Dessutom noterar Harald Berggren noga varje gång han får sin lön. Han för miniatyrräkenskaper sista dagen i varje månad. Hur mycket han har fått utbetalat, hur mycket han har gjort av med och hur mycket han har ackumulerat. Han noterar också belåtet varje krigsbyte han lyckas lägga beslag på. I ett sällsynt obehagligt avsnitt av dagboken, där legosoldaterna har kommit till en övergiven och nedbränd plantage, beskriver han hur de halvruttna liken, omgivna av svarta flugsvärmar, fortfarande ligger kvar inne i huset. Plantageägaren och hans hustru, två belgare, ligger döda i sina sängar. De har fått armar och ben avhuggna. Stanken var förfärande. Men legosoldaterna letade ändå igenom huset och fann ett antal diamanter och guldsmycken som en libanesisk juvelerare senare värderade till mer än 20 000 kronor. Harald Berggren noterar då att kriget rättfärdigas av att förtjänsten är bra. I en personlig reflexion som inte har någon motsvarighet på andra ställen i dagboken ställer Harald Berggren sig frågan huruvida han skulle ha kunnat uppnå samma välstånd om han stannat kvar i Sverige och livnärt sig som bilreparatör. Hans svar är nekande. Med ett sådant liv hade han aldrig kunnat komma sig upp. Han fortsätter med stor iver att delta i sitt krig.

Frånsett besattheten av att tjäna pengar och föra exakta räkenskaper är Harald Berggren också grundlig när han gör ett annat bokslut.

Harald Berggren dödar människor i sitt afrikanska krig. Han noterar tidpunkt och antal. Vid de tillfällen där det är möjligt antecknar han också om han efteråt har haft möjlighet att komma i närheten av dem han har dödat. Han noterar om det är en man eller kvinna eller ett barn. Han konstaterar också kyligt var de skott han har avlossat har träffat dem han har dödat. Wallander läste dessa regelbundet återkommande partier med växande obehag och vrede. Harald Berggren har ingenting i detta krig att göra. Han uppbär lön för att döda. Vem som betalar honom är oklart. Och de han dödar är sällan soldater, sällan män i uniform. Legosoldaterna gör räder mot olika byar som har bedömts stå emot den frihet de antas slåss för att bevara. De mördar och plundrar och drar sig sedan tillbaka. De utgör en mordpatrull, de är alla européer och de betraktar knappast de människor som de dödar som likställda varelser. Harald Berggren döljer inte att han ser på de svarta med förakt. Han noterar förtjust att de *springer som förvirrade getter när vi närmar oss. Men kulor flyger fortare än människor hoppar och skuttar.* Vid de raderna var det nära att Wallander hade kastat dagboken i väggen. Men han tvingade sig att läsa vidare efter att ha tagit en paus och baddat sina irriterade ögon. Då, om någonsin, önskade han att han redan varit hos en optiker och fått de glasögon han behövde. Wallander noterar att Harald Berggren, under förutsättning att han inte ljuger i sin dagbok, i genomsnitt dödar tio personer i månaden. Efter sju månaders krig blir han sjuk och transporteras med ett flygplan till ett sjukhus i Léopoldville. Han har fått amöbadysenteri och är tydligen mycket dålig under flera veckor. Dagboksanteckningarna upphör då helt. Men när han tas in på sjukhuset har han redan dödat mer än femtio människor i detta krig han utkämpar istället för att vara bilmekaniker i Sverige. När han tillfrisknat återvänder han till sitt kompani igen. En månad senare är de i Omerutu. De ställer sig framför en sten, som inte är en sten utan en termitstack, och den okände Raul tar bilden på honom själv, Terry O'Banion och Simon Marchand. Wallander ställde sig vid köksfönstret med fotografiet. Han hade aldrig sett en termitstack i verkliga livet. Men han förstod att det var just den här bilden som dagboken handlade om. Han återvände till läsningen. Tre veckor senare råkar de ut för ett bakhåll och Terry O'Banion blir dödad. De tvingas retirera utan att kunna organisera återtåget. Det blir en panisk flykt. Wallander försöker spåra fruktan hos Harald Berggren. Han är övertygad om att den finns där. Men Harald Berggren döljer den. Han noterar bara att de begraver de döda inne i bushen och markerar deras gravar med enkla träkors. Kriget går vidare. Vid ett tillfälle skjuter de till måls på en apflock. Vid ett annat tillfälle samlar de krokodilägg vid en flodstrand. Hans besparingar är nu uppe i nästan 30 000 kronor.

Men sedan, sommaren 1961, är allting plötsligt över. Slutet på dagboken kommer oväntat. Wallander tänkte att det måste ha varit så även för Harald Berggren. Han måste ha föreställt sig att detta egendomliga djungelkrig skulle vara för evigt. I de sista anteckningarna beskriver han hur de brådstörtat lämnar landet om natten, i ett nersläckt transportplan vars ena motor börjar hacka strax efter att de har lyft från den landningsbana de själva har röjt ute i bushen. Dagboken slutar tvärt, som om Harald Berggren har tröttnat, eller inte längre har något att säga. Den upphör där uppe i transportplanet, om natten, och Wallander fick inte ens veta vart planet var på väg. Harald Berggren flyger genom den afrikanska natten, motorljudet tonar bort, och han finns inte mer.

Klockan hade blivit fem på eftermiddagen. Wallander sträckte på ryggen och gick ut på balkongen. En molnskärm var på väg in från havet. Det skulle bli regn igen. Han tänkte på det han hade läst. Varför hade dagboken legat inne i Holger Erikssons kassaskåp tillsammans med ett förkrympt människohuvud? Om Harald Berggren fortfarande fanns i livet skulle han idag vara drygt 50 år gammal. Wallander märkte att han frös där ute på balkongen. Han gick in och stängde dörren. Sedan satte han sig i soffan. Ögonen värkte. Vem hade Harald Berggren skrivit dagboken för? Sig själv eller någon annan?

Det var också någonting som fattades.

Wallander hade ännu inte kommit på vad det var. En ung man skriver dagbok från ett avläzset krig i Afrika. Ofta är det han beskriver mycket detaljrikt, även om det samtidigt också är begränsat. Men någonting fattas hela tiden. Något som Wallander inte heller hade kunnat läsa mellan raderna.

Det var först när Ann-Britt Höglund ringde på dörren för andra gången som han kom på vad det var. Han såg henne i dörren och visste plötsligt vad det var som fattades i det Harald Berggren skrivit. I dagboken hade han trätt in i en värld helt igenom dominerad av män. De kvinnor Harald Berggren skriver om är antingen döda eller befinner sig på en skuttande flykt. Frånsett Irene som han träffat på Tivoli i Köpenhamn. Hon som varit söt men alldeles för lång. I övrigt nämner han inga kvinnor. Han skriver om permissioner i olika städer i Kongo, om hur han druckit sig berusad och hamnat i slagsmål. Men det finns inga kvinnor. Bara Irene.

Wallander kunde inte komma ifrån att det måste ha betydelse. Harald Berggren är en ung man när han reser till Afrika. Kriget är ett äventyr. I en ung mans värld ingår kvinnor som en viktig beståndsdel i äventyret.

Han började undra. Men tills vidare höll han dock tankarna för sig själv.

Ann-Britt Höglund kom för att berätta att hon hade gått igenom Gösta Runfeldts lägenhet tillsammans med en av Nybergs tekniker. Resultatet var negativt. De hade inte hittat någonting som kunde förklara varför han hade köpt en avlyssningsutrustning.

– Gösta Runfeldts värld består av orkidéer, sa hon. Jag får ett intryck av en vänlig och passionerad änkeman.

– Hans hustru lär ha drunknat, sa Wallander.

– Hon var mycket vacker, sa Ann-Britt Höglund. Jag såg deras bröllopsfotografi.

– Vi kanske borde ta reda på vad som hände, sa Wallander. Vad det lider.

– Martinsson och Svedberg håller på att ta kontakt med hans barn, sa hon. Men frågan är om vi inte måste börja se det här som ett försvinnande vi ska ta allvarligt på.

Wallander hade redan talat med Martinsson i telefon. Han hade varit i kontakt med Gösta Runfeldts dotter. Hon hade ställt sig helt oförstående till att deras far skulle ha försvunnit frivilligt. Hon hade blivit mycket orolig. Hon hade vetat om att han skulle resa till Nairobi och förutsatt att han varit där.

Wallander var överens. Från och med nu var Gösta Runfeldts försvinnande en viktig angelägenhet för polisen.

– Det är för mycket som inte stämmer, sa han. Svedberg skulle ringa när han hade fått tag på sonen. Han var visst ute på ett lantställe nånstans i Hälsingland där det inte fanns telefon.

De bestämde att de skulle ha ett spaningsmöte tidigt på söndagseftermiddagen. Ann-Britt Höglund lovade att organisera det hela. Sedan berättade Wallander för henne om innehållet i dagboken. Han tog god tid på sig och försökte vara utförlig. Att berätta för henne var att samtidigt göra en sammanfattning för sig själv.

– Harald Berggren, sa hon när han tystnat. Kan det vara han?

– Han har i alla fall tidigare i sitt liv regelbundet och mot betalning begått grymheter, sa Wallander. Dagboken är naturligtvis förfärande läsning. Kanske han idag lever ett liv där han är rädd för att innehållet ska avslöjas?

– Vi måste med andra ord leta reda på honom, sa hon. Det första vi gör. Frågan är bara var vi ska börja söka.

Wallander nickade.

– Dagboken låg i Erikssons kassaskåp. Tills vidare är det här det tydligaste spår vi har. Även om vi inte får glömma att leta vidare förutsättningslöst.

– Du vet att det är omöjligt, sa hon förvånat. När vi hittar ett spår är ingenting längre utan förutsättningar.

– Det är mest en påminnelse, svarade han undvikande. Om att vi trots allt kan ta fel.

Hon skulle just gå när telefonen ringde. Det var Svedberg som hade fått tag på Gösta Runfeldts son.

– Han blev mycket upprörd, sa Svedberg. Han ville genast kasta sig på ett flygplan och komma hit.

– När hade han senast haft kontakt med sin far?

– Några dagar innan han reste till Nairobi. Eller skulle ha rest, kanske jag bör säga. Allt hade varit som vanligt. Enligt sonen gladde sig fadern alltid inför sina resor.

Wallander nickade.

– Då vet vi det, sa han.

Sedan räckte han telefonluren till Ann-Britt Höglund som avtalade tid för ett spaningsmöte dagen efter. Först när hon redan hade hunnit lägga på luren påminde sig Wallander att han hade ett papper som tillhörde Svedberg. Med anteckningar om en kvinna som betett sig underligt på Ystads BB.

Ann-Britt Höglund skyndade hem till sina barn. När Wallander blivit ensam ringde han till sin far. De bestämde att han skulle komma ut tidigt på söndagsmorgonen. De fotografier som Wallanders far hade tagit med sin ålderdomliga kamera var nu färdiga.

Resten av lördagskvällen ägnade Wallander åt att göra en sammanfattning av mordet på Holger Eriksson. Parallellt gick han i huvudet igenom Gösta Runfeldts försvinnande. Han var orolig och rastlös och hade svårt att koncentrera sig.

Föraningen om att de fortfarande bara rörde sig i utkanterna av något mycket stort växte sig hela tiden starkare.

Oron lämnade honom inte i fred.

När klockan blivit nio på kvällen var han så trött att han inte orkade tänka längre. Han sköt sitt kollegieblock åt sidan och ringde till Linda. Signalerna gick ut i ett tomrum. Hon var inte hemma. Han satte på sig en av sina tjockare jackor och gick in till stadens centrum. Där åt han på den kinesiska restaurangen som låg vid torget. Det var för ovanlighetens skull mycket gäster där. Han påminde sig att det var lördagskväll. Han unnade sig en karaff vin och fick genast huvudvärk. När han efteråt gick hem hade det åter börjat regna.

Under natten drömde han om Harald Berggrens dagbok. Han befann sig i ett stort mörker, det var mycket varmt, och någonstans i det kompakta mörkret pekade Harald Berggren med ett vapen emot honom.

Han vaknade tidigt.

Regnet hade då upphört. Åter hade det klarnat.

Kvart över sju satte han sig i sin bil och for ut för att hälsa på sin far i Löderup. I morgonljuset var landskapets konturer skarpa och klara. Wallander tänkte att han skulle försöka locka sin far och Gertrud med sig ner till stranden. Snart skulle det vara så kallt att det inte längre var möjligt.

Han tänkte med olust på drömmen han hade haft. Medan han körde tänkte han också att de under spaningsmötet på eftermiddagen måste börja göra en tidtabell för i vilken ordning de behövde få svar på olika frågor. Att lokalisera Harald Berggren var viktigt. Inte minst om det visade sig att de följde ett spår som inte ledde någonstans.

När han svängde in på gårdsplanen till faderns hus stod denne på trappan för att ta emot honom. De hade inte sett varandra sedan de skildes åt efter resan till Rom. De gick in i köket där Gertrud hade ställt fram frukost. Tillsammans såg de igenom bilderna som fadern hade tagit. Många av dom var oskarpa. I några fall hade motivet delvis hamnat utanför bildkanten. Men eftersom hans far var både nöjd och stolt nickade Wallander bara berömmande.

Det fanns en bild som skilde sig från de andra. Den hade tagits av en kypare deras sista kväll i Rom. De har just avslutat sin måltid. Wallander och hans far har makat ihop sig. En halvdrucken flaska rött vin står på den vita duken. Båda ler rakt mot kameran.

Ett kort ögonblick flimrade det blekta fotografiet från Harald Berggrens dagbok förbi i Wallanders huvud. Men han stötte bort den. Just nu ville han se på sig själv och sin far. Han insåg att bilden en gång för alla fastslog det han hade upptäckt under resan.

De liknade varandra till utseendet. De var till och med mycket lika varandra.

– Jag skulle gärna vilja ha en kopia av den här bilden, sa Wallander.

– Det har jag redan ordnat, svarade hans far belåtet. Sedan sköt han över ett kuvert med bilden.

När de hade ätit frukost gick de över till hans fars ateljé. Han höll just på att slutföra arbetet med ett landskap som innehöll en tjäder. Fågeln var alltid det sista han målade.

– Hur många tavlor har du målat i ditt liv? frågade Wallander.

– Det undrar du varje gång du kommer hit, svarade fadern. Hur skulle jag kunna hålla reda på det? Vad skulle det tjäna till? Huvudsaken är att dom har blivit lika. Varenda en.

Wallander hade för länge sedan förstått att det bara fanns en tänkbar förklaring till att hans far ständigt målade samma motiv. Det var hans sätt att besvärja allt som förändrades runt honom. I hans tavlor behärskade han till och med solens gång. Den fanns där, orörlig, fastlåst, alltid på samma höjd över skogsåsarna.

– Det var en fin resa, sa Wallander medan han betraktade sin far som höll på att blanda färg.

– Jag sa ju att det skulle bli det, svarade fadern. Utan den hade du gått i graven utan att ha besökt Sixtinska kapellet.

Wallander övervägde hastigt om han nu skulle fråga sin far om den ensamma vandring han hade företagit en av de sista nätterna. Men han lät det bero. Det var en hemlighet som inte angick någon annan än honom själv.

Wallander föreslog att de skulle åka ner till havet. Till hans förvåning sa hans far genast ja. Men när de frågade Gertrud föredrog hon att vara kvar hemma. Strax efter tio satte de sig i Wallanders bil och for ner till Sandhammaren. Det var nästan vindstilla. De gick ut på stranden. Hans far tog tag i hans arm när de skulle passera den sista klinten. Sedan bredde havet ut sig framför dem. Stranden var nästan öde. Långt borta såg de några människor leka med en hund. Det var allt.

– Det är vackert, sa hans far.

Wallander betraktade honom i smyg. Det var som om resan till Rom i grunden hade förändrat hans humör. Kanske det skulle visa sig att den också hade en positiv inverkan på den smygande sjukdom läkarna hade konstaterat att hans far led av. Men han insåg också att han själv aldrig helt skulle förstå vad den hade betytt för fadern. Det hade varit hans livs resa och Wallander hade fått ynnesten att följa med honom.

Rom hade varit hans Mekka.

De tog en långsam promenad längs stranden. Wallander tänkte att det kanske nu skulle vara möjligt att börja tala med honom om tider som varit. Men det var ingen brådska.

Plötsligt stannade hans far mitt i steget.

– Vad är det? frågade Wallander.

– Jag har mått illa några dagar, svarade han. Men det går snart över.

– Vill du att vi ska åka tillbaka?

– Jag sa att det snart går över.

Wallander märkte att hans far höll på att falla tillbaka i sin gamla ovana att svara vresigt på hans frågor. Därför sa han ingenting mer.

De fortsatte promenaden. Ett sträck med flyttfåglar drog förbi mot väster över deras huvuden. Först när de hade varit på stranden i mer än två timmar tyckte hans far att de hade fått nog. Wallander som hade glömt tiden insåg att han nu måste skynda sig för att inte komma för sent till mötet på polishuset.

När han hade lämnat sin far i Löderup återvände han till Ystad med en känsla av lättnad. Även om hans far aldrig skulle kunna undgå sin smygande sjukdom, hade resan till Rom uppenbarligen betytt mycket för honom. Kanske de nu äntligen kunde nå tillbaka till den kontakt som gått förlorad den gång för så många år sedan då Wallander bestämde sig för att bli polis? Hans far hade aldrig accepterat hans yrkesval. Men han hade heller aldrig lyckats förklara vad han hade haft emot det. På vägen tillbaka tänkte Wallander att han nu äntligen kanske skulle kunna få svar på den fråga han ägnat alltför mycket tid av sitt liv åt att grubbla över.

Klockan halv tre stängde de dörrarna till mötesrummet. Även Lisa Holgersson hade infunnit sig. När Wallander såg henne kom han ihåg att han fortfarande inte hade ringt till Per Åkeson. För att inte glömma det ytterligare en gång gjorde han en minnesanteckning i sitt kollegieblock.

Sedan berättade han om fyndet av det förkrympta huvudet och Harald Berggrens dagbok. När han hade slutat rådde stor enighet om att detta verkligen var något som liknade ett spår. Efter att de hade fördelat olika uppdrag emellan sig övergick Wallander till att tala om Gösta Runfeldt.

– Från och med nu måste vi utgå från att nåt har hänt Gösta Runfeldt, sa han. Vi kan inte utesluta vare sig en olycka eller ett brott. Naturligtvis kvarstår hela tiden möjligheten av att det trots allt är ett frivilligt försvinnande. Däremot tror jag vi kan bortse från att det skulle existera något samband mellan Holger Eriksson och Gösta Runfeldt. Samma sak gäller här. Det kan finnas. Men det är alltså knappast troligt. Ingenting talar för det.

Wallander ville avsluta mötet så fort som möjligt. Trots allt var det söndag. Han visste att alla hans medarbetare la ner de krafter de hade på att lösa sina uppgifter. Men han visste också att det bästa sättet att arbeta ibland var detsamma som att vila. De timmar han hade tillbringat hos sin far på förmiddagen hade gett honom förnyade krafter. När han lämnade polishuset strax efter klockan fyra kände han sig mera utvilad än på flera dagar. Oron inom honom hade också för ett ögonblick dämpats.

Hittade de väl Harald Berggren så var det mycket som talade för att de också hade hittat lösningen. Mordet var för utstuderat för att inte ha en alldeles speciell gärningsman.

Harald Berggren kunde vara just den gärningsmannen.

På vägen till Mariagatan stannade Wallander och handlade i en söndagsöppen butik. Han kunde inte heller motstå impulsen att hyra en videofilm. Det var en klassiker, »Dimmornas bro«. Den hade han sett på bio i Malmö tillsammans med Mona, någon gång i början av deras äktenskap. Men han hade bara ett vagt minne av vad den handlade om.

Han befann sig mitt i filmen när Linda ringde. När han hörde att det var hon sa han att han skulle ringa upp. Han stängde av filmen och satte sig i köket. Sedan pratade de i nästan en halvtimme med varandra. Inte med ett ord lät hon ana att hon var skuldmedveten över att inte ha hört av sig till honom tidigare. Inte heller han sa något om det. Han visste att de liknade varandra. Båda kunde vara tankspridda, men också koncentrerade om det förelåg en uppgift som måste lösas. Hon berättade att allt stod väl till, att hon serverade på lunchrestaurangen på Kungsholmen och att hon ägnade sig åt lektioner på en teaterskola. Han frågade inte hur hon tyckte att det gick. Han hade en bestämd känsla av att hon var tillräckligt tveksam beträffande sin förmåga ändå.

Just innan de skulle avsluta samtalet berättade han om sin förmiddag på stranden.

– Det verkar som om ni har haft en fin dag, sa hon.

– Ja, svarade Wallander. Det känns som om nånting har förändrats.

När de hade avslutat samtalet gick Wallander ut på balkongen. Fortfarande var det nästan alldeles vindstilla. Det var sällan det inträffade i Skåne.

För ett ögonblick var all oro borta. Nu skulle han sova. I morgon skulle han gripa fatt i arbetet på nytt.

När han släckte i köket såg han dagboken igen.

Wallander undrade var Harald Berggren befann sig i just det ögonblicket.

11.

När Wallander vaknade på måndagsmorgonen den 3 oktober gjorde han det med en känsla av att han genast borde ha ett förnyat samtal med Sven Tyrén. Om han hade drömt sig fram till den insikten kunde han inte avgöra. Men han var säker. Därför väntade han inte heller tills han hade kommit till polishuset. Medan han väntade på att kaffet skulle bli klart ringde han nummerbyrån och fick Sven Tyréns privata telefonnummer. Det var Sven Tyréns hustru som svarade. Hennes man hade redan åkt. Wallander fick hans mobilnummer. Det raspade och skrapade i ledningarna när Sven Tyrén svarade. I bakgrunden kunde Wallander höra det dova motorljudet från tankbilen. Sven Tyrén sa att han befann sig på vägen utanför Högestad. Han hade två leveranser att göra innan han skulle in till terminalen i Malmö. Wallander bad honom att komma till polishuset så fort som möjligt. När Sven Tyrén frågade om de hade fått tag på den som hade dödat Holger Eriksson sa Wallander att det inte gällde någonting annat än ett rutinsamtal. De befann sig fortfarande bara i inledningsfasen av utredningsarbetet, förklarade han. De skulle nog ta den som hade dödat Holger Eriksson. Det kunde gå fort. Men det kunde också visa sig bli tidsödande. Sven Tyrén lovade att vara på polishuset vid niotiden.

– Parkera helst inte utanför entrén, sa Wallander. Det kan ställa till oreda.

Sven Tyrén mumlade något ohörbart till svar.

Kvart över sju kom Wallander till polishuset. Just utanför glasdörrarna ångrade han sig och gick till vänster, mot åklagarmyndigheten som hade sin egen ingång. Han visste att den person han ville träffa brukade vara lika morgontidig som han själv. När han knackade på dörren fanns där också någon som bad honom komma in.

Per Åkeson satt bakom sitt ständigt lika överbelamrade skrivbord. Hela rummet var ett kaos av papper och pärmar. Men skenet bedrog. Per Åkeson var en utomordentligt effektiv och ordningsam åklagare som Wallander tyckte om att samarbeta med. De hade känt varandra länge och hade under åren utvecklat en relation till varandra som sträckte sig långt bortom det rent yrkesmässiga. Det hände att de delade privata förtroenden, sökte varandras hjälp eller råd. Ändå fanns där en osynlig gräns mellan dem som de aldrig överträdde. Riktigt nära vänner skulle de aldrig kunna bli. Till det var de för olika. Per Åkeson nickade glatt när Wallander steg in i rummet. Han reste sig och gjorde plats i en stol där det stod en kartong med handlingar till ett mål som skulle upp i tingsrätten samma dag. Wallander satte sig ner. Per Åkeson gjorde sig onåbar på telefonen.

– Jag har väntat att du skulle höra av dig, sa han. Tack för kortet, förresten.

Wallander hade glömt att han hade skickat ett vykort från Rom till Per Åkeson. Såvitt han kunde påminna sig hade det varit ett motiv från Forum Romanum.

– Det var en lyckad resa, sa han. Både för min far och för mig själv.

– Jag har aldrig varit i Rom, sa Per Åkeson. Hur är det talesättet går? Att man ska se Rom och sedan dö? Eller är det Neapel?

Wallander skakade på huvudet. Han visste inte.

– Jag hade hoppats på en lugn höst, sa han. Och så kommer man hem och hittar en gammal man som blivit spetsad i ett dike.

Per Åkeson grimaserade.

– Jag har sett några av era fotografier, sa han. Och Lisa Holgersson har berättat. Har ni nåt att gå efter?

– Kanske, svarade Wallander och berättade kortfattat om fyndet i Holger Erikssons kassaskåp. Han visste att Per Åkeson hade respekt för hans förmåga att leda en polisundersökning. Det var mycket sällan han var oenig med Wallander i hans slutsatser eller om hur han la upp spaningsarbetet.

– Det låter naturligtvis som rena galenskapen att man sätter spetsiga bambustolpar i ett dike, sa Per Åkeson. Men vi lever å andra sidan i en tid där skillnaden mellan vanvett och normalitet blir allt svårare att urskilja.

– Hur går det med Uganda? frågade Wallander.

– Jag antar att du menar Sudan, sa Per Åkeson.

Wallander visste att Per Åkeson hade sökt en tjänst vid FN:s flyktingkommissariat. Han ville bort från Ystad en period. Se någonting annat innan det blev för sent. Per Åkeson var några år äldre än han själv. Han hade redan fyllt 50.

– Sudan, sa Wallander. Har du talat med din hustru?

Per Åkeson nickade.

– Jag tog mod till mig häromveckan. Det visade sig att hon var betydligt mer förstående än vad jag kunde ha hoppats på. Jag fick en bestämd känsla av att hon gärna skulle se mig borta från huset ett tag. Jag väntar fortfarande på besked. Men jag skulle nog bli förvånad om jag inte fick det. Jag har som du vet mina försänkningar.

Wallander hade under åren lärt sig att Per Åkeson hade en sällsynt högt utvecklad förmåga att skaffa sig underhandsupplysningar. Hur han bar sig åt hade Wallander ingen aning om. Men Åkeson var alltid väl informerad om vad som exempelvis diskuterades i riksdagens olika utskott eller i rikspolisstyrelsens mest interna och slutna sammanhang.

– Om allt går som det ska så försvinner jag på nyåret, sa han. Jag blir borta minst två år.

– Vi får hoppas att vi har löst det här med Holger Eriksson innan dess. Har du några direktiv som du vill ge mig?

– Det är snarast du som får komma med önskemål om du har några.

Wallander tänkte efter innan han svarade.

– Inte än, sa han. Lisa Holgersson har talat om att vi borde kalla in Mats Ekholm igen. Kommer du ihåg honom från i somras? Han med dom psykologiska profilerna? Som jagar galningar genom att försöka katalogisera dom? Jag tror för övrigt att han är mycket duktig.

Per Åkeson mindes honom mycket väl.

– Jag tror ändå att vi ska vänta, fortsatte Wallander. Jag är nämligen inte alls säker på att vi har att göra med en sinnessjuk person.

– Om du anser att vi ska vänta så gör vi det, sa Per Åkeson och reste sig. Han pekade på kartongen.

– Jag har ett sällsynt rörigt mål idag, ursäktade han sig. Jag måste förbereda mig.

Wallander gjorde sig klar att gå.

– Vad är det egentligen du ska göra i Sudan? frågade han. Behöver flyktingar verkligen svensk rättshjälp?

– Flyktingar behöver all den hjälp dom kan få, svarade Per Åkeson och följde Wallander ut i receptionen. Det gäller inte bara i Sverige.

– Jag var i Stockholm några dagar när du befann dig i Rom, sa han plötsligt. Jag träffade Anette Brolin av en tillfällighet. Hon bad mig hälsa till alla här nere. Men speciellt till dig.

Wallander betraktade honom tvivlande. Men han sa ingenting. Några år tidigare hade Anette Brolin vikarierat för Per Åkesson. Trots att hon var gift hade Wallander gjort ett personligt närmande som inte slutat alltför väl. Det var något han helst av allt ville glömma.

Han lämnade åklagarmyndigheten. Det blåste en byig vind. Himlen var grå. Wallander gissade att det var högst åtta plusgrader. I porten till polishuset stötte han ihop med Svedberg som var på väg ut. Han påminde sig att han hade ett papper som tillhörde honom.

– Jag fick av misstag med mig några av dina anteckningar efter ett möte häromdagen, sa han.

Svedberg verkade oförstående.

– Jag har inte märkt att jag saknar nånting?

– Det var några anteckningar om en kvinna som betett sig underligt på BB.

– Det kan du slänga, sa Svedberg. Det var bara nån som hade sett ett spöke.

– Du får slänga det själv, sa Wallander. Jag lägger in det på ditt bord.

– Vi fortsätter att tala med folk i trakten kring Erikssons gård, sa Svedberg. Jag ska också sätta mig ner med lantbrevbäraren.

Wallander nickade. De gick åt varsitt håll.

När Wallander kommit in på sitt kontor hade han redan glömt Svedbergs papper. Han tog fram Harald Berggrens dagbok som han hade i jackans innerficka och la den i en skrivbordslåda. Fotografiet av de tre männen som poserade vid termitstacken lät han ligga på bordet. Medan han väntade på Sven Tyrén läste han hastigt igenom en del papper som de andra i spaningsgruppen hade lagt in till honom. Kvart i nio gick han och hämtade kaffe. Ann-Britt Höglund passerade och berättade att Gösta Runfeldts försvinnande nu hade registrerats och formellt behandlades som ett brådskande ärende.

– Jag har talat med en granne till Runfeldt, sa hon. En gymnasielärare som verkade väldigt förtroendeingivande. Han påstod att han hade hört Runfeldt i lägenheten på tisdagskvällen. Men inte efter det.

– Vilket tyder på att det ändå är då han har gett sig av, sa Wallander. Men inte till Nairobi.

– Jag frågade den där grannen om han hade märkt nåt speciellt med Runfeldt, sa hon. Men han tycks ha varit en tillbakadragen man med regelbundna och diskreta vanor. Artig men ingenting mer. Dessutom var det sällsynt att han fick besök. Det enda anmärkningsvärda var att Runfeldt emellanåt kom hem väldigt sent på nätterna. Den här läraren bor i lägenheten under Runfeldt. Och huset är mycket lyhört. Jag tror man kan lita på det han säger.

Wallander blev stående med kaffemuggen i handen och tänkte på det hon hade sagt.

– Vi måste förstå oss på innehållet i den där lådan, sa han. Det vore bra om nån kunde ringa till postorderföretaget redan idag. Dessutom hoppas jag att kollegorna i Borås har fått besked. Vad hette företaget? Secur? Nyberg vet. Vi måste få reda på om Runfeldt har köpt andra saker där tidigare. Han måste ju ha gjort beställningen för att använda sig av det i något sammanhang.

– Avlyssningsutrustning, sa hon. Fingeravtryck? Vem är intresserad? Vem använder såna saker?

– Vi gör det.

– Men vem mer?

Wallander insåg att hon på tänkte någonting speciellt.

– En avlyssningsutrustning kan naturligtvis användas av människor som är ute i obehöriga syften.

– Jag tänkte mest på fingeravtrycken.

Wallander nickade. Nu förstod han.

– En privatspanare, sa han. En privatdetektiv. Tanken har flugit genom mitt huvud också. Men Gösta Runfeldt är en blomsterhandlare som ägnar sitt liv åt orkidéer.

– Det var bara ett infall, sa hon. Jag ska kontakta det där postorderföretaget själv.

Wallander återvände till sitt rum. Telefonen ringde. Det var Ebba. Sven Tyrén befann sig i polishusets reception.

– Han har väl inte ställt tankbilen utanför? frågade Wallander. Då blir Hansson galen.

– Här står ingen bil, sa Ebba. Kommer du och hämtar honom? Dessutom ville Martinsson tala med dig.

– Var är han?

– På sitt rum skulle jag tro.

– Be Sven Tyrén vänta några minuter medan jag pratar med Martinsson.

Martinsson satt i telefon när Wallander steg in i hans rum. Han avslutade hastigt samtalet. Wallander antog att det var hans hustru som hade ringt. Hon talade med Martinsson ett otal gånger varje dag. Ingen visste om vad.

– Jag har varit i kontakt med rättsläkarstationen i Lund, sa han. Dom har en del preliminära resultat att redovisa. Problemet är att dom har svårigheter att tala om det vi helst av allt vill veta.

– När han dog?

Martinsson nickade.

– Ingen av dom där bambupålarna har gått rakt igenom hjärtat. Inte heller nån pulsåder är perforerad. Det betyder att han kan ha hängt där ganska länge innan han dog. Den avgörande dödsorsaken kan beskrivas som att han drunknade.

– Vad menas med det? frågade Wallander förvånat. Han hängde ju i ett dike? Där kan han väl inte drunkna?

– Läkaren jag talade med var full av obehagliga detaljer, sa Martinsson. Han sa att lungorna hade varit så fulla av blod att Holger Eriksson vid en viss tidpunkt inte kunde andas längre. Ungefär som om han hade drunknat.

– Vi måste få veta när han dog, sa Wallander. Ring upp dom igen. Nånting måste dom kunna säga.

– Jag ska se till att du får pappren när dom kommer.

– Det tror jag när jag ser dom. Så mycket som förläggs på det här stället.

Det hade inte varit hans mening att kritisera Martinsson. När Wallander befann sig ute i korridoren insåg han att hans ord kunde ha blivit missförstådda. Men då var det redan för sent att göra någonting åt det. Han fortsatte ut i receptionen och hämtade Sven Tyrén som satt i en plastsoffa och stirrade i golvet. Han var orakad och hade blodsprängda ögon. Lukten av olja och bensin var mycket stark. De gick till Wallanders rum.

– Varför har ni inte tagit den som dödade Holger? frågade Sven Tyrén.

Wallander märkte att han på nytt blev irriterad över Tyréns attityd.

– Om du kan tala om för mig här och nu vem det är så ska jag personligen åka och hämta honom, sa han.

– Jag är inte polis.

– Det behöver du inte tala om för mig. Hade du varit polis hade du inte ställt en så dum fråga.

Wallander höjde avvärjande ena handen när Tyrén öppnade munnen för att protestera.

– Just nu är det jag som ställer frågorna, sa han.

– Är jag misstänkt för nånting?

– Ingenting. Men frågorna kommer från mig. Och du ska svara på det jag frågar om. Ingenting annat.

Sven Tyrén ryckte på axlarna. Wallander hade plötsligt fått en känsla av att han var på sin vakt. Wallander märkte hur alla hans polisiära instinkter skärptes. Hans första fråga var den enda han hade förberett.

– Harald Berggren, sa han. Säger det namnet dig nånting?

Sven Tyrén betraktade honom.

– Jag känner ingen som heter Harald Berggren. Borde jag göra det?

– Är du säker på det?

– Ja.

–Tänk efter!

– Jag behöver inte tänka efter. Är jag säker så är jag.

Wallander sköt över fotografiet och pekade. Sven Tyrén böjde sig framåt.

– Se efter om du känner igen nån av dom människor som finns på bilden. Titta noga. Ta tid på dig.

Sven Tyrén tog fotografiet mellan sina oljiga fingrar. Han betraktade det länge. Wallander hade vagt börjat hoppas när han la tillbaka det på bordet.

– Jag har aldrig sett nån av dom tidigare.

– Du tittade länge. Trodde du att du kände igen nån?

– Jag tyckte du sa att jag skulle ta god tid på mig? Vilka är dom? Var är det taget nånstans?

– Är du säker?

– Jag har aldrig sett dom tidigare.

Wallander insåg att Tyrén talade sanning.

– Det där fotografiet föreställer tre legosoldater, sa han. Det är taget i Afrika för drygt trettio år sen.

– Främlingslegionen?

– Inte precis. Men nästan. Soldater som slåss för den som betalar bäst.

– Man måste ju leva.

Wallander såg undrande på honom. Men han lät bli att fråga vad Tyrén egentligen hade menat med sin kommentar.

– Har du hört talas om att Holger Eriksson eventuellt har haft kontakter med legosoldater?

– Holger Eriksson sålde bilar. Det trodde jag att du hade begripit.

– Holger Eriksson skrev dessutom dikter och tittade på fåglar, sa Wallander och dolde inte att han var irriterad. Har du eller har du inte hört Holger Eriksson tala om legosoldater? Eller om krig i Afrika?

Sven Tyrén stirrade på honom.

– Varför måste poliser vara så otrevliga? frågade han.

– Därför att vi inte alltid håller på med så trevliga saker, svarade Wallander. Från och med nu vill jag att du enbart svarar på mina frågor. Ingenting annat. Inga personliga kommentarer som inte har med saken att göra.

– Vad händer om jag inte gör det?

Wallander tänkte att han var på väg att begå tjänstefel. Men han brydde sig inte om det. Det var någonting hos den man som satt på andra sidan skrivbordet som han tyckte oreserverat illa om.

– Då kommer jag att kalla in dig till samtal varenda dag den närmaste tiden. Och jag kommer att begära hos åklagaren att få göra husrannsakan hemma hos dig.

– Vad tror du att du skulle hitta där?

– Det hör inte hit. Men har du förstått vad som gäller?

Wallander insåg att han löpte en stor risk. Sven Tyrén kunde genomskåda honom. Men tydligen föredrog han att göra som Wallander hade sagt.

– Holger var en fredlig människa. Även om han kunde vara hård när det gällde affärer. Men några legosoldater har han aldrig talat om. Även om han säkert kunde ha gjort det.

– Vad menar du med det? Att han säkert kunde ha gjort det?

– Legosoldater slåss väl mot revolutionärer och kommunister? Och Holger var konservativ kan man nog säga. Minst sagt.

– Hur då konservativ?

– Han tyckte att hela samhällsutvecklingen var åt helvete. Han tyckte man skulle återinföra spöstraff och hänga dom som begick mord. Hade han fått bestämma så hade den som tog död på honom fått ett rep runt halsen.

– Och det här talade han med dig om?

– Det talade han med alla om. Han stod för sina åsikter.

– Hade han kontakt med någon konservativ organisation?

– Hur ska jag kunna veta det?

– Vet du det ena kanske du vet det andra. Svara på frågan!

– Jag vet inte.

– Inga nynazister?

– Vet inte.

– Var han nazist själv?

– Jag vet inget om dom. Han tyckte samhället höll på att gå åt helvete. Han såg ingen skillnad på sossar och kommunister. Folkpartiet var nog det mest radikala han kunde acceptera.

Wallander övervägde för ett ögonblick det Tyrén hade sagt. Det både fördjupade och förändrade den bild Wallander hittills hade haft av Holger Eriksson. Han hade tydligen varit en sällsynt sammansatt och motsägelsefull människa. Poet och ultrakonservativ, fågelskådare och förespråkare för dödsstraff. Wallander erinrade sig dikten på skrivbordet. Där Holger Eriksson sörjde över att en fågel höll på att försvinna från landet. Men grova brottslingar skulle man hänga.

– Talade han nånsin med dig om att han hade några fiender?

– Det har du redan frågat om.

– Jag vet. Men nu frågar jag igen.

– Han sa det aldrig öppet. Men nog låste han dörrarna om sig på natten.

– Varför det?

– Därför att han hade fiender.

– Men du vet inte vilka?

– Nej.

– Sa han varför han hade fiender?

– Han sa aldrig att han hade några fiender. Det är det jag som säger. Hur många gånger ska jag behöva upprepa det?

Wallander höjde varnande handen.

– Om det passar mig kan jag ställa samma fråga varje dag de närmaste fem åren. Inga fiender? Men han låste om sig på natten?

– Ja.

– Hur vet du det?

– Han sa det. Hur fan skulle jag annars kunna veta det? Jag åkte inte dit och kände på hans dörr om natten! I Sverige idag kan man inte lita på nån. Så sa han.

Wallander bestämde sig för att tills vidare avbryta samtalet med Sven Tyrén. Tids nog skulle han återkomma. Han hade också en bestämd känsla av att Tyrén visste mer än vad han gav uttryck för. Men Wallander ville gå varsamt fram. Om han skrämde in Tyrén i ett hörn skulle han få stora besvär att locka fram honom igen.

– Jag tror vi nöjer oss med det här tills vidare, sa Wallander.

– Tills vidare? Betyder det att jag måste komma tillbaka hit igen? När ska jag få tid att sköta mitt jobb?

– Vi hör av oss. Tack för att du kom, sa Wallander och reste sig. Han sträckte fram handen.

Vänligheten överraskade Tyrén. Han hade ett kraftigt handslag, kände Wallander.

– Jag tror att du hittar ut själv, sa han.

När Tyrén hade försvunnit ringde Wallander in till Hansson. Han hade tur att genast få tag på honom.

– Sven Tyrén, sa han. Tankbilschauffören. Som du trodde hade varit inblandad i några misshandelshistorier? Minns du?

– Jag minns.

– Se efter vad du kan hitta om honom.

– Är det bråttom?

– Inte mer än nåt annat. Men inte heller mindre.

Hansson lovade att ta sig an saken.

Klockan hade blivit tio. Wallander hämtade kaffe. Sedan skrev han ner ett referat av sitt samtal med Sven Tyrén. Nästa gång spaningsgruppen samlades skulle de ta en grundlig diskussion kring det som kommit fram under samtalet. Wallander var övertygad om att det var viktigt.

När han var färdig med sin sammanfattning och slog igen kollegieblocket upptäckte han det papper med blyertsanteckningar som han vid flera tillfällen glömt att lämna tillbaka till Svedberg. Nu skulle han få det gjort innan han tog itu med någonting annat. Han tog pappret och lämnade rummet. Ute i korridoren hörde han hur hans telefon började ringa. Han tvekade ett kort ögonblick. Sedan gick han tillbaka och lyfte luren.

Det var Gertrud. Hon grät.

– Du måste komma, snyftade hon.

Wallander blev alldeles kall.

– Vad är det som har hänt? frågade han.

– Din far är död. Han ligger där ute bland sina tavlor.

Klockan hade blivit kvart över tio, måndagen den 3 oktober 1994.

12.

Kurt Wallanders far blev begravd på Nya Kyrkogården i Ystad den 11 oktober. Det var en dag med jagande vindar och kraftiga regnskurar som då och då avbröts av att solen lyste. Då, en vecka efter det att Wallander fått dödsbudskapet över telefonen, hade han fortfarande svårt att förstå vad som hade hänt. Förnekandet hade funnits där redan från det ögonblick han hade lagt på telefonluren. Det var en omöjlig tanke att hans far skulle dö. Inte nu, strax efter resan till Rom. Inte nu när de hade återfunnit något av den gemenskap som gått förlorad så många år tidigare. Wallander hade lämnat polishuset utan att tala med någon. Han var övertygad om att Gertrud hade tagit fel. Men när han hade kommit fram till Löderup och sprungit in i ateljén där det alltid luktade terpentin, hade han omedelbart förstått att det var som Gertrud hade sagt. Hans far hade legat framstupa över en av de tavlor han varit i färd med att måla. I dödsögonblicket hade han slutit ögonen och krampaktigt hållit fast vid den pensel med vilken han just målat små stänk av vitt i tjädertuppen. Wallander hade förstått att han hade hållit på att avsluta den tavla han arbetat med dagen innan, när de gått den långa promenaden på stranden vid Sandhammaren. Döden hade kommit plötsligt. Gertrud kunde efteråt, när hon hade lugnat sig så pass att hon kunde tala sammanhängande igen, förklara att han hade ätit frukost som vanligt. Allt hade varit som vanligt. Vid halv sjutiden hade han gått ut i ateljén. När han inte kom in i köket vid tiotiden för att dricka kaffe som han brukade hade hon gått ut för att påminna honom. Då var han redan död. Wallander hade tänkt att oavsett när döden kommer så kommer den och stör. Döden kommer olämpligt, antingen den innebär att en kopp förmiddagskaffe inte blir drucken, eller något annat.

De hade väntat på ambulansen. Hon hade stått och hållit honom hårt i armen. Wallander hade varit alldeles tom invärtes. Han hade inte kunnat känna någon sorg. Han hade inte kunnat känna någonting alls, annat än en oklar föreställning om att det var orättvist. Sin döde far kunde han knappast beklaga. Men han kunde sörja för egen del, den enda sorg som är möjlig. Sedan hade ambulansen kommit. Wallander hade känt den som körde bilen. Han hette Prytz och han hade genast förstått att det var Wallanders far de skulle hämta.

– Han var inte sjuk, sa Wallander. Igår var vi ute och gick på stranden. Då klagade han över illamående. Ingenting annat.

– Det var nog ett slaganfall, svarade Prytz med förståelse i rösten. Det kan se så ut.

Det var också vad läkarna efteråt sa till Wallander. Allting hade gått mycket fort. Hans far hade knappast hunnit bli medveten om att han dog. Ett blodkärl hade spruckit i hans hjärna och han var död innan huvudet slog mot den ännu oavslutade tavlan. För Gertrud var sorgen och chocken uppblandad med lättnad över att det hade gått mycket fort. Att han nu också skulle slippa tyna bort i ett förvirrat ingenmansland.

Wallander tänkte helt andra tankar. Hans far hade varit ensam när han dog. Ingen skulle behöva vara ensam när den sista stunden var inne. Han kände dåligt samvete för att han inte reagerat på det faktum att fadern hade mått illa. Det var något som kunde förebåda en hjärtattack eller ett slaganfall. Men det värsta var ändå att det hade skett vid alldeles fel tidpunkt. Trots att han var 80 år var det för tidigt. Det skulle ha skett senare. Inte nu. Inte på det här sättet. När Wallander hade stått där ute i ateljén hade han försökt skaka liv i sin far. Men där fanns ingenting han kunde göra. Tjädern skulle aldrig bli färdigmålad.

Men mitt i det kaos, både ett yttre och ett inre, som döden alltid medför, hade Wallander också bibehållit sin förmåga att handla lugnt och rationellt. Gertrud hade följt med ambulansen. Wallander hade återvänt in i ateljén, stått där i tystnaden och terpentindoften, och han hade gråtit vid tanken på att fadern inte skulle ha velat lämna tjädern utan att den blivit färdig. Som en gest av samförstånd om livets och dödens osynliga gräns tog Wallander penseln och fyllde i de två vita punkter i tjäderns fjäderskrud som ännu fattades. Det var första gången i sitt liv som han med en pensel vidrörde någon av sin fars tavlor. Sedan gjorde han ren penseln och ställde den bland de andra i en gammal syltkruka. Han förstod inte vad som hade hänt, han anade inte vad det skulle betyda för honom själv. Han visste inte ens hur han skulle bete sig för att sörja.

Han gick in i huset och ringde till Ebba. Hon blev rörd och olycklig och Wallander fick svårt att tala. Till sist bad han henne bara att säga till de andra vad som hade hänt. De skulle fortsätta som vanligt utan honom. Det var nog om de höll honom informerad när det eventuellt skedde något avgörande i utredningen. Han skulle inte komma tillbaka till arbetet mer den dagen. Hur det blev under morgondagen visste han inte än. Sedan ringde han sin syster Kristina och gav henne dödsbudet. De talade länge med varandra. På Wallander verkade det som om hon på ett helt annat sätt än han själv hade förberett sig på möjligheten att fadern plötsligt kunde avlida. Hon skulle hjälpa honom att lokalisera Linda eftersom han inte hade telefonnumret till den lunchrestaurang där hon arbetade. Efteråt ringde han till Mona. Hon arbetade på en damfrisering i Malmö som han inte riktigt visste namnet på. Men en vänlig operatris på nummerbyrån kunde hjälpa honom till rätta när han sa vad det gällde. Han hörde att hon blev förvånad när han ringde. Genast hade hon fruktat att det hade hänt Linda någonting. När Wallander berättade att det var hans far som hade dött hade han märkt att hon i alla fall delvis hade upplevt en lättnad. Det hade gjort honom upprörd. Men han sa ingenting. Han visste att Mona och hans far hade kommit bra överens. Att hon oroade sig för Linda var naturligt. Han påminde sig den morgon Estonia hade sjunkit.

– Jag förstår hur du har det, sa hon. Det här ögonblicket har du fruktat i hela ditt liv.

– Vi hade så mycket att tala om, svarade han. Nu när vi äntligen hittat tillbaka igen. Och nu är det för sent.

– Det är alltid för sent, sa hon.

Hon lovade att komma till begravningen och hjälpa till om han behövde det. Efteråt, när samtalet var över, kände han en förfärande tomhet inom sig. Han slog numret till Baiba i Riga. Men hon svarade inte. Han ringde gång på gång. Men hon var inte där.

Efteråt gick han tillbaka ut i ateljén. Han satte sig på den gamla sparkstötting där han brukade sitta, alltid med en kaffekopp i handen. Det trummade försiktigt mot taket. Åter hade det börjat regna. Wallander märkte att han höll sin egen dödsfruktan i händerna. Ateljén var redan förvandlad till ett gravvalv. Han reste sig hastigt och gick ut därifrån. Tillbaka till köket. Telefonen ringde. Det var Linda. Hon grät. Wallander började också gråta. Hon ville komma hem så fort som möjligt. Wallander undrade om han skulle ringa och prata med den man som hon arbetade för. Men Linda hade redan talat med ägaren. Hon skulle fara ut till Arlanda och försöka komma med ett flyg samma eftermiddag. Han lovade att möta henne. Men hon sa åt honom att stanna hos Gertrud. Hon skulle ta sig till Ystad och Löderup själv.

Den kvällen var de sedan samlade i huset i Löderup. Wallander märkte att Gertrud var mycket lugn. Tillsammans började de tala om begravningen. Wallander ställde sig tveksam till om hans far egentligen ville ha en präst som officiant. Men Gertrud var den som bestämde. Det var hon som var hans änka.

– Han talade aldrig om döden, sa hon. Om han fruktade den eller inte kan jag inte svara på. Inte heller talade han om var han ville bli begravd. Men en präst vill jag ha.

De kom överens om att det skulle bli Nya Kyrkogården i Ystad. En enkel begravning. Fadern hade inte haft många vänner. Linda sa att hon ville läsa en dikt, Wallander lovade att han inte skulle hålla något tal, och de enades om att »Härlig är jorden« var den psalm de skulle sjunga gemensamt.

Dagen efter kom Kristina. Hon bodde ute hos Gertrud medan Linda var inne hos Wallander i Ystad. Det blev en vecka då döden förde dem samman. Kristina sa att nu när fadern hade gått bort var det de som stod näst i tur. Wallander kände hela tiden hur hans egen dödsfruktan ökade. Men han talade inte om den. Inte med någon. Inte med Linda, inte heller med sin syster. Kanske han en gång skulle kunna göra det med Baiba. Hon hade reagerat med starka känslor när han till slut fått tag på henne för att berätta vad som hade hänt. De hade talat med varandra i nästan en timme. Hon hade berättat om sina känslor när hennes egen far hade gått bort tio år tidigare, och hon hade också talat om vad hon känt när hennes man Karlis hade blivit mördad. Efteråt hade Wallander känt sig lättad. Hon fanns och hon skulle inte försvinna.

Samma dag dödsannonsen hade varit införd i Ystads Allehanda ringde Sten Widén från sin hästgård utanför Skurup. Det var något år sedan Wallander senast hade talat med honom. En gång hade de varit nära vänner. De hade delat ett operaintresse och närt stora gemensamma drömmar inför framtiden. Sten Widén hade en vacker röst. Wallander skulle bli hans impressario. Men allt hade förändrats den dag Sten Widéns far plötsligt avled och han hade blivit tvungen att överta gården där de tränade galopphästar. Wallander hade blivit polis och deras umgänge hade långsamt tunnats ut. Men Sten Widén ringde och beklagade sorgen. Efter samtalet undrade Wallander om han egentligen någonsin hade träffat hans far. Men han hade känt tacksamhet för att Sten Widén hade ringt. Trots allt hade det funnits någon utanför den närmaste familjen som inte hade glömt bort honom.

Mitt i allt detta tvingade Wallander sig också att fortsätta att vara polis. Redan dagen efter dödsfallet, tisdagen den 4 oktober, återvände han till polishuset. Han hade tillbringat en sömnlös natt i lägenheten. Linda hade sovit i sitt gamla rum. Mona hade dessutom kommit på besök och haft middag med sig för att, som hon sa, få dem att tänka på något annat för en stund. Wallander hade för första gången sedan den uppslitande skilsmässan för fem år sedan kunnat konstatera att äktenskapet nu också var definitivt över för hans egen del. Alltför länge hade han vädjat till henne att komma tillbaka, och drömt orealistiska drömmar om att allting en gång skulle bli som det varit innan. Men det fanns ingen väg tillbaka. Och nu var det Baiba som stod honom nära. Det goda hade faderns död medfört att han nu inte längre tvekade om att det liv han en gång levt med Mona var över.

Att han sov dåligt under denna vecka fram till begravningen var kanske inte så underligt. Men på sina kollegor gav han intryck av att vara precis som vanligt. De hade beklagat sorgen och han hade tackat. Sedan hade han genast gått över till den pågående utredningen. Lisa Holgersson hade tagit honom åt sidan ute i korridoren och föreslagit att han skulle ta ledigt några dagar. Men han hade avvisat hennes erbjudande. De timmar per dag han arbetade kände han att sorgen efter fadern ändå lättade.

Om det berodde på att Wallander inte fanns där och hela tiden drev på spaningsarbetet är svårt att fastställa. Men faktum är att utredningen rörde sig mycket långsamt under veckan fram till begravningen. Den andra sak de koncentrerade sig på, och som hela tiden skuggade mordet på Holger Eriksson, var Gösta Runfeldts försvinnande. Ingen förstod vad som hade hänt. Han hade gått upp i rök. Ingen av poliserna trodde längre att det fanns en naturlig förklaring till hans försvinnande. De hade å andra sidan inte lyckats hitta någonting som tydde på ett samband mellan Holger Eriksson och Gösta Runfeldt. Det enda som tycktes vara alldeles klart när det gällde Runfeldt var att hans stora intresse i livet var orkidéer.

– Vi borde undersöka vad som hände när hans hustru drunknade, sa Wallander vid ett av de spaningsmöten han deltog i under begravningsveckan. Ann-Britt Höglund lovade att ta sig an den saken.

– Postorderföretaget i Borås? frågade Wallander sedan. Vad har hänt med dom? Vad säger kollegorna?

– Dom tog tag i det med en gång, svarade Svedberg. Det var tydligen inte första gången det där företaget har sysslat med olaglig införsel av avlyssningsutrustning. Enligt Boråspolisen har företaget dykt upp och försvunnit för att sen visa sig igen under nytt namn och ny adress. Ibland också med andra ägare. Om jag har förstått saken rätt har dom redan gjort ett tillslag där. Men vi väntar på en skriftlig rapport.

– Det viktigaste för oss är att få veta om Gösta Runfeldt har gjort inköp hos dem tidigare, sa Wallander. Resten behöver vi inte bry oss om just nu.

– Deras kundregister tycks ha varit mycket ofullständigt. Men Boråspolisen har tydligen hittat förbjuden och mycket avancerad utrustning i affärslokalerna. Om jag ska tolka dom rätt borde Runfeldt i det närmaste ha kunnat vara spion.

Wallander begrundade för ett ögonblick det Svedberg just hade sagt.

– Varför inte? sa han sen. Vi kan inte utesluta nånting. Han måste ju ha haft ett syfte med att köpa den här utrustningen.

De tog alltså Gösta Runfeldts försvinnande på största allvar. Men annars var de helt koncentrerade på jakten efter den eller dom som hade mördat Holger Eriksson. De letade efter Harald Berggren utan att finna det minsta spår efter honom. Museet i Stockholm hade kunnat ge besked om att det förkrympta huvudet som de hittat tillsammans med dagboken i Holger Erikssons kassaskåp med stor sannolikhet kom från Kongo eller nuvarande Zaire och att det var ett människohuvud. Så långt stämde det. Men vem var denne Harald Berggren? De hade redan talat med många människor som känt Holger Eriksson under olika perioder av hans liv. Men ingen hade någonsin hört talas om Berggren. Ingen hade heller hört talas om att Holger Eriksson skulle haft kontakt med den underjordiska värld där legosoldater rörde sig som skygga råttor och skrev sina kontrakt med djävulens olika budbärare. Till slut var det Wallander som kom med den tanke som gjorde att utredningen började röra sig igen.

– Det finns mycket som är konstigt kring Holger Eriksson, hade han sagt. Inte minst det faktum att det inte existerar en enda kvinna i hans närhet. Ingenstans eller någon gång. Det gör att jag har börjat undra om det kan finnas en homosexuell koppling mellan Holger Eriksson och den man som heter Harald Berggren. I hans dagbok finns heller inga kvinnor.

Det blev tyst i mötesrummet. Ingen tycktes ha övervägt den möjlighet Wallander nu la fram för dem.

– Det låter lite egendomligt att homosexuella män skulle välja en så manlig verksamhet som att bli soldat, invände Ann-Britt Höglund.

– Inte alls, svarade Wallander. Det är inte ovanligt att homosexuella män blir soldater. Det kan vara för att dölja sin läggning. Eller av andra skäl.

Martinsson satt och studerade fotografiet av de tre männen vid termitstacken.

– Man kan få en känsla av att du har rätt, sa han. De här männen har något feminint över sig.

– Vad då? frågade Ann-Britt Höglund nyfiket.

– Jag vet inte, sa Martinsson. Kanske deras sätt att luta sig mot termitstacken. Håret.

– Det lönar sig inte att vi sitter här och gissar, avbröt Wallander. Jag bara pekar på ytterligare en möjlighet. Vi får ha den i minnet lika mycket som allting annat.

– Vi letar med andra ord efter en homosexuell legosoldat, sa Martinsson dystert. Var hittar man en sån?

– Det är precis vad vi inte gör, sa Wallander. Men vi får värdera den här möjligheten jämsides med det övriga materialet

– Ingen jag har talat med har ens antytt möjligheten av att Holger Eriksson skulle ha varit homosexuell, sa Hansson som hittills suttit tyst.

– Det är knappast nåt man talar öppet om, sa Wallander. I alla fall inte män av en äldre generation. Om Holger Eriksson varit homosexuell så har han varit det under perioder när man idkade utpressning mot människor med den läggningen i det här landet.

– Du menar alltså att vi ska börja fråga folk om Holger Eriksson kan ha varit homosexuell? sa Svedberg som heller inte hade sagt mycket under mötet.

– Hur ni går fram får ni själva avgöra, sa Wallander. Jag vet alltså inte ens om det är riktigt. Men vi kan inte bortse från möjligheten.

Efteråt skulle Wallander mycket tydligt kunna se att det var i det här ögonblicket utredningen gick in i en annan fas. Det var som om alla fick klart för sig att det inte fanns någonting som var enkelt och lättåtkomligt i mordet på Holger Eriksson. De hade att göra med en eller flera förslagna gärningsmän, och de kunde nu misstänka att motivet för mordet låg dolt i det förflutna. Ett förflutet väl skyddat från insyn. De fortsatte med det mödosamma grundarbetet. De kartlade allt som var möjligt att komma åt när det gällde Holger Erikssons liv. Svedberg satt till och med under några utdragna nätter och läste noga och långsamt igenom de nio diktsamlingar som Holger Eriksson låtit ge ut. Till slut hade Svedberg trott att han höll på att bli tokig av alla de själsliga komplikationer som alldeles uppenbart existerade i fåglarnas värld. Men något mer om Holger Eriksson tyckte han sig inte förstå. Martinsson tog med sig sin dotter Terese till Falsterbonäset en blåsig eftermiddag och gick runt och talade med olika fågelskådare som stod med spända nackar och stirrade mot de gråa molnen. Det enda han tyckte sig få ut av besöket, frånsett samvaron med sin dotter, som hade visat intresse för att bli medlem av Fältbiologerna, var att den natt Holger Eriksson hade blivit mördad, hade stora flockar av rödvingetrastar lämnat Sverige. Martinsson konfererade senare med Svedberg som påstod att det inte fanns några dikter om rödvingetrastar i någon av de nio böckerna.

– Däremot finns det tre långa poem om enkelbeckasiner, sa Svedberg tveksamt. Finns det nåt som heter dubbelbeckasin?

Martinsson visste inte. Och utredningen gick vidare.

Till slut kom äntligen begravningsdagen. De skulle mötas vid Krematoriet. Några dagar innan hade Wallander till sin förvåning fått veta att det var en kvinnlig präst som skulle officiera. Dessutom var det inte vilken präst som helst. Han hade mött henne vid ett minnesvärt tillfälle under den gångna sommaren. Efteråt skulle han vara glad för att det blivit hon. Hennes ord var enkla och hon hemföll aldrig åt det storslagna eller patetiska. Hon hade dagen innan ringt honom och frågat om hans far hade varit religiös. Wallander hade svarat nekande. Istället hade han berättat för henne om hans måleri. Och deras resa till Rom. Begravningen blev mindre outhärdlig än vad Wallander hade fruktat. Kistan var av brunt trä och hade en enkel dekoration av rosor. Den som allra starkast visade sina känslor öppet var Linda. Ingen tvivlade heller på att hennes sorg var äkta. Hon var kanske den som mest av alla saknade den man som nu var död.

Efter ceremonin for de ut till Löderup. Nu när begravningen var över kände Wallander lättnad. Hur hans reaktioner skulle bli senare visste han inte. Fortfarande var det som om han egentligen inte förstod vad som hade hänt. Han hade tänkt att han tillhörde en generation som var sällsynt dåligt förberedd på att döden alltid fanns i deras närhet. I hans eget fall förstärktes känslan av det egendomliga i detta faktum att han så ofta i sitt arbete som polis befattade sig med döda människor. Men han själv hade nu visat sig vara lika oskyddad som någon annan. Han tänkte på det samtal han hade haft med Lisa Holgersson en vecka tidigare.

På kvällen satt han och Linda länge uppe och talade med varandra. Hon skulle åka till Stockholm tidigt på morgonen dagen efter. Wallander undrade försiktigt om hon trodde att hon skulle hälsa på honom mera sällan, nu när hennes farfar var borta. Men hon lovade istället att hon skulle komma oftare. Och Wallander lovade i sin tur att han inte skulle glömma bort Gertrud.

När Wallander den kvällen gick till sängs kände han att han nu omedelbart måste återvända till sitt arbete igen. Med full kraft. I en vecka hade han varit borta. Först när han hade fått faderns plötsliga död på avstånd kunde han kanske börja förstå vad den innebar. För att få detta avstånd måste han arbeta. Någon annan väg fanns inte.

Jag fick aldrig veta varför han inte ville att jag skulle bli polis, tänkte han innan han somnade. Och nu är det för sent. Nu får jag aldrig veta det.

Om det finns en andevärld, vilket jag i och för sig betvivlar, så kan min far och Rydberg börja umgås. Även om de träffades mycket sällan medan de levde så tror jag att de nu skulle kunna hitta mycket gemensamt att tala om.

*

Hon hade gjort en noggrann och detaljerad tidtabell för Gösta Runfeldts sista stund i livet. Hon hade insett att han nu var så försvagad att han inte skulle kunna göra något motstånd. Hon hade brutit ner honom samtidigt som hon inifrån hade brutit ner sig själv. *Masken dold i blomman bådar blommans död*, tänkte hon medan hon låste upp dörrarna till huset i Vollsjö. Hon hade noterat i sin tidtabell att hon skulle anlända klockan fyra på eftermiddagen. Hon var nu tre minuter före sin tidtabell. Sedan skulle hon vänta tills det hade blivit mörkt. Då skulle hon dra ut honom ur ugnen. För säkerhets skull tänkte hon sätta handbojor på honom. Dessutom en munkavle. Men ingenting för hans ögon. Även om han skulle ha svårt att vänja ögonen vid ljuset efter så många dagar som han tillbringat i fullständigt mörker, så skulle han efter några timmar börja se igen. Då ville hon att han verkligen såg henne. Och fotografierna hon skulle visa honom. De bilder som gjorde att han skulle förstå vad som hände honom. Och varför.

Det fanns några komponenter som hon inte helt kunde överblicka och som kunde påverka hennes planering. Bland annat fanns risken att han var så svag att han inte kunde stå på benen. Därför hade hon lånat med sig en liten lätthanterlig bagagekärra från Centralstationen i Malmö. Ingen hade lagt märke till när hon la in den i sin bil. Ännu hade hon inte bestämt om hon också skulle lämna den tillbaka. Men med den kunde hon rulla ut honom till bilen om det blev nödvändigt.

Resten av tidtabellen var mycket enkel. Strax före nio skulle hon köra honom ut i skogen. Hon skulle binda honom vid det träd hon redan hade bestämt sig för. Och visa honom fotografierna.

Sedan skulle hon strypa honom. Lämna honom där han var. Senast vid midnatt skulle hon vara hemma i sin säng. Hennes väckarklocka skulle ringa klockan 05.15. Klockan 07.15 började hennes arbete.

Hon älskade sin tidtabell. Den var fulländad. Ingenting skulle kunna bli fel. Hon satte sig i en stol och betraktade den stumma ugnen som tronade som en offersten mitt i rummet. Min mor skulle ha förstått mig, tänkte hon. Det ingen gör blir aldrig gjort. Ont ska med ont fördrivas. Där ingen rättvisa finns måste den skapas.

Hon tog upp sin tidtabell ur fickan. Såg på klockan. Om tre timmar och femton minuter skulle Gösta Runfeldt dö.

*

Lars Olsson kände sig inte riktigt i form kvällen den 11 oktober. In i det längsta tvekade han om han skulle ge sig ut på sitt träningspass eller om han skulle avstå. Det var inte bara det att han kände sig trött. TV2 visade just den kvällen en film han ville se. Det var först när han hade bestämt sig för att lägga sin träningsrunda efter filmen, trots att det skulle bli sent, som han nådde fram till ett beslut. Lars Olsson bodde i ett hus i närheten av Svarte. Han var född på gården och bodde fortfarande kvar hos sina föräldrar trots att han var över trettio år gammal. Han var delägare i en grävmaskin och var också den som bäst visste att använda maskinen. Just den här veckan höll han på att gräva upp ett dike för en ny dräneringsanläggning på en gård i Skårby.

Men Lars Olsson var också en passionerad orienterare. Han levde för att springa runt i de svenska skogarna med karta och kompass. Han sprang för ett lag i Malmö som nu förberedde sig för en stor nationell nattorientering. Han hade ofta frågat sig varför han ägnade så mycket tid åt sitt orienterande. Vad var det för mening med att springa runt i skogarna med karta och kompass och leta efter dolda skärmar? Ofta var det kallt och vått, kroppen värkte och han tyckte aldrig han gjorde tillräckligt bra ifrån sig. Var det verkligen något att ägna livet åt? Å andra sidan visste han att han var en bra orienterare. Han hade känsla för terrängen och han var både snabb och uthållig. Vid flera tillfällen hade det varit han som fört sitt lag till seger genom en stark insats på sistasträckan. Han befann sig alldeles under landslagsklass. Och han hade ännu inte gett upp hoppet om att han någon gång skulle lyckas ta klivet upp och få representera landet i internationella tävlingar.

Han såg filmen på teve, men den var sämre än han hade väntat sig.

Strax efter klockan elva gav han sig ut på sin runda. Han sprang i ett skogsparti strax norr om gården, på gränsen mot Marsvinsholms stora ägor. Från ytterdörren och tillbaka kunde han välja mellan att springa åtta eller fem kilometer, beroende på vilken runda han tog. Eftersom han kände sig trött och skulle ut med grävmaskinen tidigt dagen efter valde han den kortaste rundan. Han satte på sig pannlampan och gav sig iväg. Det hade regnat under dagen, kraftiga regnskurar, följda av solsken. Nu på kvällen var det 6 plusgrader. Det doftade från den våta marken. Han sprang längs stigen inne i skogen. Trädstammarna glittrade i skenet från pannlampan. Mitt inne i det tätaste skogspartiet fanns en liten ås. Om han sprang rakt över den fungerade den som en genväg. Han bestämde sig för att göra så. Han vek av från stigen och sprang mot höjningen.

Plötsligt tvärstannade han. I skenet från pannlampan hade han upptäckt en människa. Först förstod han inte vad det var han såg. Sedan insåg han att det stod en halvnaken man fastspänd vid ett träd tio meter framför honom. Lars Olsson stod alldeles stilla. Han andades hårt och kände att han var mycket rädd. Han såg sig hastigt omkring. Pannlampan kastade sitt ljus över träd och buskar. Men han var ensam där han var. Försiktigt tog han några steg framåt. Mannen hängde över repen. Överkroppen var bar.

Lars Olson behövde inte gå närmare. Han såg att mannen som stod fastbunden vid trädet var död. Utan att han riktigt visste varför kastade han en blick på sin klocka. Den visade på nitton minuter över elva.

Sedan vände han sig om och sprang hem. Så fort hade han aldrig tidigare sprungit i sitt liv. Utan att han ens gav sig tid att ta av sig pannlampan ringde han till polisen i Ystad från telefonen som hängde på väggen i köket.

Polismannen som tog emot samtalet lyssnade noga.

Efteråt betänkte han sig inte. Han tog fram Kurt Wallanders namn på dataskärmen och slog sedan hans telefonnummer hem.

Klockan hade då blivit tio minuter i midnatt.

Skåne
12–17 oktober 1994

13.

Wallander, som fortfarande inte hade somnat, låg och tänkte på att hans far och Rydberg nu vilade på samma kyrkogård, när telefonen ringde. Han grep hastigt telefonluren som stod intill sängen, rädd för att Linda skulle vakna av signalen. Med en känsla av stigande vanmakt lyssnade han på vad den vakthavande polismannen hade att berätta. Informationerna var fortfarande få. Den första polispatrullen hade ännu inte kommit fram till platsen i skogen söder om Marsvinsholm. Det fanns naturligtvis en möjlighet att den nattlige orienteraren hade misstagit sig. Men det var knappast troligt. Polismannen hade upplevt honom som ovanligt redig även om han naturligtvis varit upprörd. Wallander lovade att komma genast. Han försökte klä på sig så tyst han kunde. Men Linda kom ut i sitt nattlinne medan han satt vid köksbordet och skrev ett meddelande till henne.

– Vad är det som har hänt? frågade hon.

– Man har hittat en död man ute i skogen, svarade han. Det betyder att dom ringer till mig.

Hon skakade på huvudet.

– Blir du aldrig rädd?

Han såg undrande på henne.

– Varför skulle jag bli rädd?

– Över alla som dör.

Han mer anade än förstod vad det var hon försökte säga.

– Jag kan inte, svarade han. Det är mitt arbete. Någon måste ta sig an det här.

Han lovade att vara tillbaka i god tid för att köra henne till flygplatsen dagen efter. Klockan hade ännu inte blivit ett när han satte sig i bilen. Och det var först när han var på väg ut till Marsvinsholm som han slogs av tanken att det kunde vara Gösta Runfeldt som fanns där ute i skogen. Han hade just lämnat staden bakom sig när biltelefonen ringde. Det var från polishuset. Den utsända patrullen hade gett en bekräftande rapport. Det fanns verkligen en död man ute i skogen.

– Är han identifierad? frågade Wallander.

– Han tycks inte ha haft några papper på sig. Det verkar som om han knappt ens hade kläder. Det ser tydligen illa ut.

Wallander kände hur det knöt sig i hans mage. Men han sa ingenting mer.

– Dom möter dig vid vägkrysset. Första avtagsvägen mot Marsvinsholm.

Wallander avslutade samtalet och trampade på gaspedalen. Han gruvade sig redan för synen som väntade honom.

Han såg polisbilen på avstånd och bromsade in. En polisman stod utanför bilen. Han kände igen Peters. Wallander vevade ner rutan och såg frågande på honom.

– Det ser inte vackert ut, sa Peters.

Wallander anade vad det betydde. Peters var en polisman med stor erfarenhet. Han skulle inte använda sådana ord om det inte fanns en orsak.

– Är han identifierad?

– Han har knappt kläder på kroppen. Du får se själv.

– Och han som hittade honom?

– Han finns där.

Peters återvände till den andra bilen. Wallander körde efter. De kom in i ett skogsparti söder om slottet. Vägen tog slut där det låg rester efter tidigare skogsavverkning.

– Sista biten får vi gå, sa Peters.

Wallander hämtade sina stövlar i bakluckan. Peters och den unge polisman som Wallander nästan inte kände men som han visste hette Bergman hade starka ficklampor. De följde en stig som ledde uppåt, mot en liten ås inne i skogen. Det doftade starkt av höst. Wallander tänkte att han borde ha satt på sig en tjockare tröja. Om han skulle bli tvungen att vara ute i skogen hela natten skulle det bli kallt.

– Vi är strax framme, sa Peters.

Wallander insåg att han sa det för att varna honom inför vad som väntade.

Ändå kom synen plötsligt. De två ficklamporna lyste med makaber precision på en man som halvnaken hängde fastbunden vid ett träd. Ljuskäglorna darrade. Wallander stod alldeles stilla. Någonstans i närheten ropade en nattfågel. Sedan gick han försiktigt närmare. Peters lyste så att han kunde se var han satte ner fötterna. Mannens huvud hängde mot bröstkorgen. Wallander gick ner på knä för att kunna komma åt att se hans ansikte. Redan tyckte han sig veta. När han såg ansiktet fick han bekräftelsen. Även om de fotografier han hade sett i Gösta Runfeldts lägenhet var några år gamla rådde det inget tvivel. Gösta Runfeldt hade aldrig rest till Nairobi.

Nu visste de åtminstone slutet av vad som hade hänt istället. Han var död, fastbunden vid ett träd.

Wallander reste sig upp och tog ett steg tillbaka. I hans huvud fanns inte heller längre minsta tvivel om någonting annat. Att det existerade ett samband mellan Holger Eriksson och Gösta Runfeldt. Mördarens språk var detsamma. Även om ordvalet denna gång var annorlunda. En pålgrav och ett träd. Det kunde helt enkelt inte vara någon tillfällighet.

Han vände sig om mot Peters.

– Det får bli full utryckning, sa Wallander.

Peters nickade. Wallander insåg att han hade glömt sin egen telefon i bilen. Han bad Bergman hämta den och ta med den ficklampa som låg i handskfacket.

– Var är han som hittade honom? frågade han sedan.

Peters lät ficklampan vandra till sidan. På en sten satt en man i träningskläder och lutade ansiktet i händerna.

– Han heter Lars Olsson, sa Peters. Han bor på en gård här i närheten.

– Vad gjorde han ute i skogen mitt i natten?

– Han är tydligen orienterare.

Wallander nickade. Peters gav honom sin ficklampa. Wallander gick fram till mannen som hastigt såg upp på honom när ljuskäglan träffade hans ansikte. Han var mycket blek. Wallander presenterade sig och satte sig på en annan sten intill honom. Han märkte att den var kall. Ofrivilligt rös han till.

– Det var alltså du som hittade honom, sa han.

Lars Olsson berättade. Om den dåliga tevefilmen. Om sina nattliga träningspass. Om hur han bestämt sig för att ta en genväg. Och hur mannen plötsligt fångats in av ljuset från hans pannlampa.

– Du har gett en mycket exakt tidsangivelse, sa Wallander som erinrade sig telefonsamtalet från den vakthavande polismannen.

– Jag såg på klockan, svarade Lars Olsson. Jag har det som vana. Eller ovana. När det händer nåt viktigt. Jag ser på klockan. Hade jag kunnat hade jag sett på klockan när jag föddes.

Wallander nickade.

– Om jag förstår dig rätt springer du här nästan varje kväll, fortsatte han. När du tränar i mörker.

– Jag sprang här igår kväll. Fast tidigare. Jag sprang två rundor. Den långa först. Sen den korta. Då genade jag.

– Vad var klockan då?

– Mellan halv tio och tio.

– Och då upptäckte du ingenting?

– Nej.

– Kan han ha funnits här vid trädet utan att du såg honom?

Lars Olsson tänkte efter. Sedan skakade han på huvudet.

– Jag passerar alltid intill det där trädet. Jag skulle ha sett honom.

Då vet vi i alla fall det, tänkte Wallander. I nästan tre veckor har Gösta Runfeldt befunnit sig någon annanstans. Och han har varit i livet. Mordet har skett någon gång under det senaste dygnet.

Wallander hade inte mer att fråga om. Han reste sig från stenen. Ljuskäglor var på väg genom skogen.

– Lämna din adress och ditt telefonnummer, sa han. Vi kommer att höra av oss igen.

– Vem kan göra nåt sånt här? sa Lars Olsson.

– Det undrar jag också, svarade Wallander.

Sedan lämnade han Lars Olsson. Han räckte tillbaka ficklampan till Peters när han fick sin egen och telefonen. Medan Bergman noterade Lars Olssons namn och telefonnummer talade Peters i telefon med polishuset. Wallander drog djupt efter andan och närmade sig mannen som hängde i repen. Det förundrade honom för ett ögonblick att han inte alls tänkte på sin far när han nu åter befann sig i dödens närhet. Men innerst inne visste han varför han inte gjorde det. Han hade upplevt det så många gånger tidigare. Döda människor var inte bara döda. De hade ingenting av det mänskliga kvar i sig. Det var som att närma sig ett dött ting, när väl det första obehaget var överståndet. Wallander kände försiktigt på Gösta Runfeldts nacke. All kroppsvärme var borta. Han hade inte heller väntat sig att det skulle finnas någon kvar. Att avgöra när ett dödsfall inträffat, utomhus, med ständigt växlande temperaturer, var en komplicerad process. Wallander betraktade mannens bara bröstkorg. Inte heller färgen på huden sa honom någonting om hur länge han hade hängt där. Där fanns heller inga tecken på skador. Det var först när Wallander lyste på hans hals som han såg blåa missfärgningar. Det kunde tyda på att Gösta Runfeldt blivit hängd. Wallander övergick sedan till att betrakta repen. De var surrade runt hans kropp, från låren upp mot de översta revbenen. Knuten var enkel. Repen stramade heller inte särskilt hårt. Det förvånade honom. Han tog ett steg bakåt och lyste på hela kroppen. Sedan gick han runt trädet. Hela tiden såg han sig för var han satte ner fötterna. Han gick bara ett varv. Han förutsatte att Peters hade sagt åt Bergman att inte trampa omkring i onödan. Lars Olsson var borta. Peters talade fortfarande i telefon. Wallander saknade en tröja. Han borde alltid ha en liggande i sin bil. På samma sätt som han hade stövlar i bakluckan. Det skulle bli en lång natt.

Han försökte föreställa sig vad som hade hänt. De löst knutna repen oroade honom. Han tänkte på Holger Eriksson. Det kunde vara så att mordet på Gösta Runfeldt gav dem lösningen. Det fortsatta spaningsarbetet skulle tvinga dem att etablera ett dubbelseende. Det skulle hela tiden rikta sig åt två håll samtidigt. Men Wallander var också medveten om att det kunde bli precis tvärtom. Förvirringen kunde öka. Ett centrum allt svårare att bestämma, brottsutredningens landskap alltmer komplicerat att behärska och tyda.

För ett ögonblick släckte Wallander sin ficklampa och tänkte i mörker. Peters talade fortfarande i telefon. Bergman stod som en orörlig skugga någonstans i närheten. Gösta Runfeldt hängde död i sina löst knutna rep.

Var det en början, en mitt eller ett slut? tänkte Wallander. Eller är det så illa att vi har fått en ny seriemördare över oss? En ännu svårare orsakskedja att reda ut än den vi hade i somras?

Han hade inget svar. Han visste helt enkelt inte. Det var för tidigt. Allting var för tidigt.

På avstånd hördes billjud. Peters hade gått för att ta emot de olika utryckningsfordon som närmade sig. Han tänkte hastigt på Linda och hoppades att hon sov. Vad som än hände skulle han köra henne till flygplatsen på morgonen. En våldsam sorg över hans döde far drog plötsligt genom honom. Dessutom längtade han efter Baiba. Och han var trött. Han kände sig utarbetad. Borta var all den energi han hade känt vid hemkomsten från Rom. Ingenting fanns kvar längre.

Han fick uppbåda alla sina krafter för att slå undan de dystra tankarna. Martinsson och Hansson kom trampande genom skogen, strax därpå Ann-Britt Höglund och Nyberg. Efter dem ambulansmän och kriminaltekniker. Sedan Svedberg. Till sist också en läkare. De gav intryck av en illa organiserad karavan som hamnat vilse. Han började med att samla sina närmaste medarbetare runt sig i en cirkel. En strålkastare som var kopplad till en bärbar generator hade redan riktat sitt spöklika ljus mot mannen som hängde vid trädet. Wallander tänkte hastigt på den makabra upplevelse de hade haft vid diket på Holger Erikssons ägor. Nu upprepades den. Inramningen var annorlunda. Men ändå densamma. Mördarens scenografier hängde ihop.

– Det är Gösta Runfeldt, sa Wallander. Det råder inget tvivel om det. Vi får ändå väcka Vanja Andersson och ta hit henne. Det kan inte hjälpas. Vi måste ha identiteten formellt bekräftad så fort som möjligt. Men vi kan vänta tills vi har tagit bort honom från trädet. Det kan hon få slippa se.

Sedan gav han ett kort referat av hur Lars Olsson hade hittat Runfeldt.

– Han har varit försvunnen i nästan tre veckor, fortsatte han. Men om jag inte tar alldeles miste, och om Lars Olsson har rätt, så har han varit död i mindre än tjugofyra timmar. Åtminstone har han inte hängt här vid trädet längre. Frågan är då var han har varit under tiden.

Sedan besvarade han den fråga som ingen ännu hade ställt. Den fråga som var den enda givna.

– Jag har svårt att tro på en tillfällighet, sa han. Det måste vara samme gärningsman som vi letar efter i fallet Holger Eriksson. Nu måste vi ta reda på vad dom här två männen har gemensamt. Egentligen är det tre utredningar som ska gå i ett. Holger Eriksson, Gösta Runfeldt och båda tillsammans.

– Vad händer om vi inte hittar nåt samband? frågade Svedberg.

– Det gör vi, svarade Wallander bestämt. Förr eller senare. Båda dom här morden ger intryck av att vara planerade på ett sånt sätt att det utesluter ett tillfälligt val av offer. Det är ingen allmän galning som varit framme. Dom här två männen har blivit dödade i bestämda syften, av bestämda orsaker.

– Gösta Runfeldt har knappast varit homosexuell, sa Martinsson. Han är änkeman med två barn.

– Han kan ha varit bisexuell, invände Wallander. Det är för tidigt för just dom frågorna. Vi har andra uppgifter som är mer brådskande.

Cirkeln löste upp sig. De behövde inte många ord för att organisera arbetet. Wallander ställde sig vid sidan av Nyberg som väntade på att läkaren skulle bli färdig.

– Så har det hänt igen, sa han med trött stämma.

– Ja, svarade Wallander. Och vi måste orka ett tag till.

– Just igår bestämde jag mig för att ta ut ett par semesterveckor, sa Nyberg. När vi väl kommit på vem som dödat Holger Eriksson. Jag hade tänkt åka till Kanarieöarna. Inte särskilt fantasifullt kanske. Men varmare.

Det var sällan Nyberg inlät sig på personliga samtal. Wallander insåg att han gav uttryck för en besvikelse över att den resan nu knappast skulle kunna bli av inom överskådlig tid. Han kunde se att Nyberg var trött och härjad. Hans arbetsbörda var många gånger orimlig. Wallander bestämde sig för att han skulle ta upp det med

Lisa Holgersson så snart som möjligt. De hade inte rätt att fortsätta rovdriften på Nyberg längre.

I samma ögonblick han tänkte tanken upptäckte han att hon hade kommit till mordplatsen. Hon stod och talade med Hansson och Ann-Britt Höglund.

Lisa Holgersson har sannerligen fått mycket att ta i redan från början, tänkte Wallander. Med det här mordet kommer massmedia att löpa amok. Björk klarade aldrig den påfrestningen. Nu får vi se om hon står emot.

Wallander visste att Lisa Holgersson var gift med en man som arbetade för ett internationellt exportföretag i databranschen. De hade två vuxna barn. Efter flyttningen till Ystad hade de skaffat ett hus i Hedeskoga, norr om stan. Men han hade ännu inte varit på besök i hennes hem, och inte heller träffat hennes man. Han hoppades just nu att det var en man som gav henne allt sitt stöd. Det skulle hon komma att behöva.

Läkaren reste sig från knäsittande. Wallander hade träffat honom tidigare men kom i hastigheten inte på hans namn.

– Det ser ut som om han har blivit strypt, sa han.

– Inte hängd?

Läkaren höll fram sina händer.

– Strypt av två händer, sa han. Det ger helt andra klämskador än ett rep. Tummarna syns tydligt.

En stark man, tänkte Wallander hastigt. En vältränad person. Som heller inte tvekar att döda med sina bara händer.

– Hur länge sen? frågade han.

– Omöjligt att svara på. Det senaste dygnet. Knappast längre bort i tiden. Du får vänta på rättsläkarens utlåtande.

– Kan vi ta ner honom? frågade Wallander.

– Jag är klar, svarade läkaren.

– Och jag kan börja, mumlade Nyberg.

Ann-Britt Höglund hade slutit upp vid deras sida.

– Vanja Andersson har kommit, sa hon. Hon väntar i en bil där nere.

– Hur tog hon beskedet? frågade Wallander.

– Det är naturligtvis ett förfärligt sätt att bli väckt på. Men jag fick en känsla av att hon inte blev förvånad. Hon har nog gått och fruktat att han skulle vara död.

– Det har jag med, sa Wallander. Jag antar att du också har gjort det?

Hon nickade, men sa ingenting.

Nyberg hade lindat upp repen. Gösta Runfeldts kropp låg på en bår.

– Hämta henne, sa Wallander. Och sen får hon åka hem igen.

Vanja Andersson var mycket blek. Wallander upptäckte att hon var svartklädd. Hade hon haft de kläderna hängande framme? Hon såg på den dödes ansikte, drog häftigt efter andan, och nickade.

– Du kan identifiera honom som Gösta Runfeldt? frågade Wallander. Han stönade invärtes över sitt otympliga sätt att uttrycka sig.

– Han har blivit så mager, mumlade hon.

Wallander lystrade omedelbart.

– Hur menar du? frågade han. Mager?

– Hans ansikte är ju alldeles insjunket? Så såg han inte ut för tre veckor sen.

Wallander visste att döden kunde förändra en människas ansikte dramatiskt. Men han hade en känsla av att Vanja Andersson talade om något annat.

– Du menar att han har gått ner i vikt sen du såg honom sist?

– Ja. Han har blivit väldigt mager.

Wallander insåg att det hon sa var viktigt. Fortfarande kunde han dock inte avgöra hur han skulle tolka det.

– Du behöver inte stanna längre, sa han. Vi kör dig hem.

Hon såg på honom med ett hjälplöst och förlorat ansiktsuttryck.

– Vad ska jag göra med affären? frågade hon. Med alla blommor?

– I morgon kan du säkert hålla stängt, sa Wallander. Börja med det. Tänk inte längre än så.

Hon nickade stumt. Ann-Britt Höglund följde henne till den polisbil som skulle köra henne hem. Wallander tänkte på vad hon hade sagt. I nästan tre veckor har Gösta Runfeldt varit spårlöst försvunnen. När han återvänder och hänger fastsurrad och kanske strypt vid ett träd har han blivit oförklarligt mager. Wallander visste vad det tydde på: fångenskap.

Han stod alldeles stilla och följde uppmärksamt sin inre tankegång. Även fångenskap kunde härledas till en krigisk situation. Soldater höll fångar.

Han blev avbruten av att Lisa Holgersson snubblade till över en sten och nästan föll omkull när hon var på väg fram mot honom. Han tänkte att han lika gärna omedelbart kunde förbereda henne på vad som väntade.

– Du ser ut att frysa? sa hon.

– Jag glömde en tjockare tröja, svarade Wallander. Vissa saker lär man sig aldrig i livet.

Hon nickade mot båren där resterna av Gösta Runfeldt låg. Den bars bort mot den likbil som väntade någontans nere på avverkningsplatsen.

– Vad tror du om det här?

– Samma gärningsman som tog livet av Holger Eriksson. Det vore orimligt att anta nåt annat.

– Det verkar alltså som om han har blivit strypt.

– Jag brukar inte vilja dra slutsatser för tidigt, sa Wallander. Men nog kan jag tänka mig hur det hela har gått till. Han var i livet när han blev fastsurrad vid trädet. Kanske i medvetslöst tillstånd. Men han har blivit strypt här och lämnats kvar. Dessutom har han inte gjort motstånd.

– Hur kan du veta det?

– Repet var löst surrat. Hade han velat kunde han ha slitit sig loss.

– Kan inte det lösa repet vara tecken på just det? invände hon. Att han har slitit och försökt göra motstånd?

Bra fråga, tänkte Wallander. Lisa Holgersson är utan tvekan polis.

– Det kan vara så, svarade han. Men jag tror det inte. På grund av nåt som Vanja Andersson sa. Att han hade blivit väldigt mager.

– Jag förstår inte sambandet?

– Jag bara tänker att en hastig avmagring också bör ha inneburit en tilltagande kraftlöshet.

Hon förstod.

– Han blir hängande i repen, fortsatte Wallander. Gärningsmannen har inga som helst behov av att dölja sin handling. Eller liket. Det påminner om det som hände Holger Eriksson.

– Varför här? frågade hon. Varför surra fast en människa vid ett träd? Varför denna brutalitet?

– När vi förstår det begriper vi kanske också varför det här överhuvudtaget har hänt, svarade Wallander.

– Har du några tankar?

– Jag har många tankar, sa Wallander. Jag tror att det bästa vi kan göra nu är att låta Nyberg och hans folk arbeta ifred. En återsamling och en genomgång inne i Ystad är viktigare än att vi går omkring här i skogen och tröttar ut oss. Just nu finns här ändå ingenting mer att se.

Hon hade ingenting att invända. Klockan två lämnade de Nyberg och hans tekniker ensamma ute i skogen. Det hade då börjat duggregna och blåsa upp. Wallander var den siste som lämnade platsen.

Vad gör vi nu? frågade han sig själv. Hur går vi vidare? Vi saknar motiv, vi saknar misstänkta. Allt vi har är en dagbok som tillhört en man som heter Harald Berggren. En fågelskådare och en passionerad blomsterälskare har dödats. Grymheten är utstuderad. Nästan demonstrativ.

Han försökte minnas vad Ann-Britt Höglund hade sagt. Det hade varit viktigt. Någonting om det uttalat manliga. Som sedan hade lett till att han själv alltmer hade börjat tänka sig en gärningsman med militär bakgrund. Harald Berggren hade förvisso varit legosoldat. Han hade varit mer än militär. En människa som inte försvarade sitt land eller en sak. Han hade varit en man som hade dödat människor för en kontant månadslön.

I alla fall har vi en utgångspunkt, tänkte han. Vi får hålla oss till den tills den brister.

Han gick och sa adjö till Nyberg.

– Är det nåt särskilt du vill att vi ska leta efter? frågade han.

– Nej. Annat än att du ska se efter allt som eventuellt påminner om det som hände Holger Eriksson.

– Jag tycker allting liknar det, svarade Nyberg. Utom möjligen bambupålarna.

– Jag vill ha hit hundar tidigt i morgon bitti, fortsatte Wallander.

– Då är jag nog kvar här, sa Nyberg dystert.

– Jag ska ta upp din arbetssituation med Lisa, sa Wallander och hoppades att det skulle kunna tjäna som en åtminstone symbolisk uppmuntran.

– Det lönar sig knappast, svarade Nyberg.

– Det lönar sig i alla fall inte att låta bli att göra det, avslutade Wallander samtalet.

Kvart i tre på morgonen var de samlade på polishuset. Wallander var den siste som kom in i sammanträdesrummet. Han såg trötta och glåmiga ansikten runt sig och insåg att han framförallt måste ge spaningsgruppen förnyad energi. Av erfarenhet visste han att det alltid kom ögonblick i en pågående utredning då allt självförtroende verkade vara förbrukat. Den enda skillnaden nu var att det ögonblicket hade kommit ovanligt tidigt.

Vi skulle ha behövt en lugn höst, tänkte Wallander. Alla här är fortfarande slitna efter sommaren.

Han satte sig ner och blev serverad en kopp kaffe av Hansson.

– Det här kommer inte att bli lätt, började han. Det som vi nog alla innerst inne har fruktat visade sig tyvärr vara sant. Gösta Runfeldt är mördad. Förmodligen av samme gärningsman som tog livet av Holger Eriksson. Vi vet inte vad det här betyder. Vi vet till exempel inte om vi kommer att råka ut för flera obehagliga överraskningar. Vi vet inte om det här har börjat likna nåt av det vi gick igenom i somras. Jag vill dock genast varna för att dra några andra paralleller än att det tydligen är en och samme man som även nu har varit framme mer än en gång. Det är också mycket som skiljer dom här brotten åt. Mer än vad som förenar dom.

Han gjorde ett avbrott för att släppa in eventuella kommentarer. Ingen hade något att säga.

– Vi får gå vidare på bred front, fortsatte han. Förutsättningslöst men bestämt. Vi måste spåra Harald Berggren. Vi måste ta reda på varför Gösta Runfeldt inte åkte till Nairobi. Vi måste ta reda på varför han just innan han försvann och sen dog beställde en avancerad avlyssningsutrustning. Vi måste hitta ett samband mellan dom här två männen som tycks ha levt sina liv helt åtskilda från varandra. Eftersom offren inte är tillfälligt utvalda måste helt enkelt nåt samband finnas.

Fortfarande hade ingen någon kommentar att göra. Wallander bestämde sig för att det bästa var att bryta mötet. Vad de nu framförallt behövde var några timmars sömn. Tidigt på morgonen skulle de mötas igen.

De skildes hastigt när Wallander inte hade mer att säga.

Ute hade blåsten och regnet tilltagit. När Wallander skyndade över den våta parkeringsplatsen till sin bil tänkte han på Nyberg och hans tekniker.

Men han tänkte också på det som Vanja Andersson hade sagt.

Om att Gösta Runfeldt hade magrat på de tre veckor han varit borta.

Wallander visste att det var viktigt.

Han hade svårt att tänka sig någon annan orsak än fångenskap.

Frågan var bara var han hade hållits fången.

Varför? Och av vem?

14.

Den natten sov Wallander under en filt på soffan i sitt vardagsrum, eftersom han skulle stiga upp redan efter några timmar. Allt hade varit tyst i Lindas rum när han kom hem efter det nattliga mötet på polishuset. Han hade vaknat häftigt, genomvåt av svett, efter en mardröm han bara vagt lyckades återkalla i minnet. Han hade drömt om sin far, de hade varit i Rom igen, och någonting hade hänt som hade skrämt honom. Vad det var förlorade sig i mörker. Kanske hade döden i drömmen redan funnits med under deras resa till Rom, som ett varsel? Han hade satt sig upp i soffan med filten virad runt sig. Klockan var fem. Väckarklockan skulle strax ringa. Han satt där tung och orörlig. Tröttheten var som en molande värk i kroppen. Han fick uppbåda alla sina krafter för att orka resa sig och gå ut i badrummet. Efter att ha duschat kände han sig något bättre. Han lagade frukost och väckte Linda kvart i sex. Före halv sju var de på väg ut mot flygplatsen. Hon var morgontrött och yttrade inte många ord under resan. Först när de hade svängt av från E65 och var på väg de sista kilometrarna mot Sturup tycktes hon vakna.

– Vad hände i natt? frågade hon.

– Nån hade hittat en död man i ett skogsparti.

– Kan du inte säga nåt mer?

– Det var en orienterare som var ute och tränade. Han snubblade nästan över den som var död.

– Vem var det?

– Orienteraren eller han som var död?

– Han som var död.

– En blomsterhandlare.

– Hade han tagit livet av sig?

– Tyvärr inte.

– Vad menar du med det? Tyvärr?

– Att han hade blivit mördad. Och det betyder en massa arbete för oss.

Hon satt tyst en stund. De kunde nu se den gula flygplatsbyggnaden framför sig.

– Jag förstår inte att du står ut, sa hon.

– Inte jag heller, svarade han. Men jag måste. Nån måste.

Den fråga som följde förvånade honom.

– Tror du jag skulle kunna bli en bra polis?

– Jag trodde du hade helt andra planer?

– Det har jag också. Svara på frågan!

– Jag vet inte, sa han. Men det skulle du säkert kunna.

Mer blev inte sagt. Wallander stannade på parkeringen. Hon hade bara en ryggsäck som han lyfte ut ur bagageluckan. När han ville följa henne in skakade hon på huvudet.

– Åk hem nu, sa hon. Du är ju så trött att du knappast kan stå på benen.

– Jag måste arbeta, svarade han. Men du har rätt i att jag är trött.

Sedan följde ett ögonblick av vemod. De talade om hans far och hennes farfar. Som inte längre fanns.

– Det är konstigt, sa hon. Jag tänkte på det i bilen. Att man ska vara död så länge.

Han mumlade något till svar. Sedan tog de farväl. Hon lovade att köpa en telefonsvarare. Han såg henne försvinna in genom glasdörrarna som gled upp. Så var hon borta.

Han blev sittande i bilen och han tänkte på vad hon hade sagt. Var det just det som gjorde döden så skrämmande? Att man skulle vara död så länge?

Han startade motorn och for därifrån. Landskapet var grått och tycktes lika dystert som hela den utredning de höll på med. Wallander tänkte på de sista veckornas händelser. En man ligger spetsad i ett dike. En annan man står fastspänd vid ett träd. Kunde döden vara mera motbjudande? Inte hade det naturligtvis heller varit vackert att se fadern ligga bland sina tavlor. Han tänkte att han mycket snart måste träffa Baiba igen. Redan samma kväll skulle han ringa henne. Han orkade inte med ensamheten längre. Den jagade honom. Den hade varat tillräckligt länge nu. I fem år hade han varit frånskild. Han var på väg att bli en gammal raggig och folkskygg hund. Det ville han inte.

Strax efter åtta kom han till polishuset. Det första han gjorde var att hämta kaffe och sedan ringa ut till Gertrud. Hon lät oväntat ljus i rösten. Hans syster Kristina var fortfarande kvar. Eftersom Wallander var så upptagen med de pågående brottsutredningarna hade de kommit överens om att de två tillsammans skulle ta hand om att uppge det lilla bo som fanns efter fadern. Tillgångarna bestod i huvudsak av huset i Löderup. Men där fanns nästan inga skulder. Gertrud hade frågat om det var någonting särskilt som Wallander ville ha. Han hade först sagt nej. Sedan hade han plötsligt ändrat sig och letat fram en tavla med tjäder ur de högar med färdiga dukar som stod staplade längs väggarna i ateljén. Av något skäl som han inte kunde reda ut för sig själv ville han inte ha den tavla som fadern varit på väg att färdigställa när han dog. Tills vidare fanns den tavla han valt på hans rum i polishuset. Han hade fortfarande inte bestämt var han skulle hänga upp den. Eller om han överhuvudtaget skulle göra det.

Sedan blev han polis igen.

Han började med att hastigt läsa igenom en redogörelse för ett samtal som Ann-Britt Höglund hade haft med den kvinnliga lantbrevbärare som körde ut post till Holger Eriksson. Han noterade att hon skrev bra, utan otympliga meningar eller ovidkommande detaljer. Tydligen lärde sig den nya tidens poliser i alla fall att skriva bättre rapporter än vad hans generation gjort.

Men där fanns ingenting som verkade ha direkt betydelse för utredningen. Senaste gången Holger Eriksson hade hängt ut den lilla skylten på brevlådan som markerade att han behövde tala med brevbäraren hade varit flera månader tidigare. Såvitt hon kunde minnas hade det varit fråga om några enkla inbetalningsärenden. Hon hade inte gjort några särskilda iakttagelser under den sista tiden. På gården hade allt gett intryck av att vara som vanligt. Hon hade inte heller lagt märke till några främmande bilar eller människor i området. Wallander la undan rapporten. Sedan drog han till sig sitt kollegieblock och gjorde några minnesanteckningar över vad som nu var viktigt att få gjort före allt annat. Någon borde ha ett ordentligt samtal med Anita Lagergren på resebyrån i Malmö. När hade Gösta Runfeldt beställt sin resa? Vad handlade denna orkidéresa egentligen om? Samma gällde nu för honom som för Holger Eriksson. De måste kartlägga hans liv. Inte minst skulle de bli tvungna att ha ordentliga samtal med hans barn. Dessutom ville Wallander veta mer om den tekniska utrustning som Gösta Runfeldt tidigare hade köpt hos Secur i Borås. Vad skulle den användas till? Vad skulle en blomsterhandlare ha dessa saker till? Han var övertygad om att det var en avgörande punkt för att förstå vad som hade hänt. Wallander sköt undan blocket och blev sittande tveksam med handen på telefonluren. Klockan var kvart över åtta. Risken fanns att Nyberg sov. Men det kunde inte hjälpas. Han slog numret till hans mobiltelefon. Nyberg svarade genast. Han befann sig fortfarande ute i skogen, långt från sin säng. Wallander frågade hur det gick med undersökningen av brottsplatsen.

– Vi har hundar här ute just nu, svarade Nyberg. Dom har spårat på vittring av repet ner mot avverkningsplatsen. Men det är ju inte så konstigt eftersom det är enda vägen hit. Jag antar att vi kan förutsätta att Gösta Runfeldt inte har gått hit ut. Det måste ha funnits en bil med.

– Hur är det med bilspår?

– Det finns en hel del. Men vad som är vad kan jag förstås inte svara på än.

– Nånting annat?

– Egentligen inte. Repet är från ett repslageri i Danmark.

– I Danmark?

– Jag skulle tro att det kan köpas ungefär överallt där det säljs rep. Det verkar i alla fall helt nytt. Inköpt för ändamålet.

Wallander reagerade med obehag. Sedan ställde han den fråga som hade gjort att han ringt till Nyberg.

– Har du kunnat upptäcka de minsta tecken på att han har försökt göra motstånd när han blev bunden vid trädet? Eller att han har försökt att ta sig loss?

Nybergs svar kom tveklöst.

– Nej, sa han. Det verkar inte så. För det första har jag inte hittat några spår efter strid i närheten. Marken borde ha rivits upp. Nånting skulle ha varit möjligt att se. För det andra finns det inga skavmärken vare sig på repet eller trädstammen. Han har blivit bunden där. Och han har stått stilla.

– Hur tolkar du det?

– Det finns väl egentligen bara två möjligheter, svarade Nyberg. Antingen har han redan varit död eller åtminstone medvetslös när han blivit fastsurrad. Eller så har han valt att inte göra motstånd. Men det verkar knappast troligt.

Wallander tänkte efter.

– Det finns en tredje möjlighet, sa han sen. Att Gösta Runfeldt helt enkelt inte hade kraft att göra motstånd.

Nyberg höll med. Det var också en möjlighet. Kanske den troligaste.

– Låt mig fråga en sak till, fortsatte Wallander. Jag vet att du inte kan svara. Men man föreställer sig alltid hur nåt har gått till. Det finns inga som gissar så mycket och så ofta som poliser. Trots att vi alltid och mycket ihärdigt förnekar det. Har det varit mer än en person närvarande?

– Jag har tänkt på det, sa Nyberg. Mycket talar för att det borde ha varit mer än en. Att släpa en person ut i skogen och binda honom kan inte vara alldeles enkelt. Men jag är tveksam.

– Varför?

– Jag vet ärligt talat inte.

– Om vi går tillbaka till diket i Lödinge. Vad hade du för känsla där?

– Samma. Det borde varit mer än en. Men jag är osäker.

– Jag delar den känslan, sa Wallander. Och den stör mig.

– Jag tror hur som helst att vi har att göra med en person som har ordentliga kroppskrafter, sa Nyberg. Mycket talar för det.

Wallander hade inte mer att fråga om.

– Annars ingenting?

– Ett par gamla ölburkar och en lösnagel. Det är allt.

– En lösnagel?

– Kvinnor brukar använda sånt. Men den kan ha legat här länge.

– Försök sova några timmar nu, sa Wallander.

– När skulle jag ha tid med det? frågade Nyberg. Wallander märkte att han plötsligt lät irriterad. Han skyndade sig att avsluta samtalet. Telefonen ringde omedelbart. Det var Martinsson.

– Kan jag komma in? frågade han. När var det vi skulle ha möte?

– Klockan nio. Vi har tid.

Wallander la på luren. Han hade förstått att Martinsson hade kommit på något. Han kände spänningen. Det de mest av allt behövde just nu var ett ordentligt genombrott i utredningen.

Martinsson kom in och satte sig i Wallanders besöksstol. Han gick rakt på sak.

– Jag har tänkt på det där med legosoldater, sa han. Och Harald Berggrens dagbok från Kongo. I morse när jag vaknade kom jag på att jag faktiskt har träffat en person som var i Kongo samtidigt som Harald Berggren.

– Som legosoldat? frågade Wallander förvånat.

– Inte som legosoldat. Men som deltagare i den svenska FN-truppen. Som skulle avväpna dom belgiska styrkorna i Katangaprovinsen.

Wallander skakade på huvudet.

– Jag var tolv, tretton år när det där hände, sa han. Jag minns mycket lite av alltsammans. I stort sett ingenting annat än att Dag Hammarskjöld störtade med ett flygplan.

– Jag var knappt född den gången, sa Martinsson. Men jag minns en del från skolan.

– Du sa att du hade träffat en person?

– För några år sen var jag ute och deltog på olika folkpartimöten, fortsatte Martinsson. Efteråt var det ofta nån form av samkväm med kaffe. Jag fick dålig mage av allt det kaffe jag drack under den där tiden.

Wallander trummade otåligt med fingrarna på skrivbordet.

– Vid ett av mötena kom jag att sitta bredvid en man som var ungefär 60 år. Hur vi kom in på det vet jag inte. Men han berättade då att han varit kapten och adjutant åt general von Horn som ledde den svenska FN-styrkan i Kongo. Och jag minns också att han talade om att det hade funnits legosoldater där.

Wallander lyssnade med stigande intresse.

– Jag ringde några samtal i morse när jag vaknade. Och jag fick faktiskt ett positivt svar till slut. En av mina forna partikamrater visste vem den där kaptenen var. Han heter Olof Hanzell och är pensionär. Han bor i Nybrostrand.

– Bra, sa Wallander. Honom ska vi göra ett besök hos så fort som möjligt.

– Jag har redan ringt honom, sa Martinsson. Han sa att han gärna talade med polisen, om vi trodde att han kunde vara till nån hjälp. Han lät klar och redig och påstod att han hade ett utmärkt minne.

Martinsson la en lapp med ett telefonnummer på Wallanders bord.

– Vi måste pröva allting, sa Wallander. Och det möte vi ska ha nu på morgonen blir kort.

Martinsson reste sig upp för att gå. I dörren blev han stående.

– Har du sett tidningarna? frågade han.

– När skulle jag haft tid med det?

– Björk skulle ha gått i taket. Folk i Lödinge och andra orter har uttalat sig. Efter det som har hänt Holger Eriksson har dom börjat tala om nödvändigheten av att inrätta medborgargarden.

– Det har dom alltid gjort, svarade Wallander avvisande. Det är inget att bry sig om.

– Jag är inte så säker på det, sa Martinsson. Det som står i tidningarna idag visar på en tydlig skillnad.

– Vad då?

– Dom uttalar sig inte anonymt längre. Dom träder fram med namn och bild. Det har aldrig hänt tidigare. Att tänka i termer som medborgargarden har blivit rumsrent.

Wallander insåg att Martinsson hade rätt. Men han hade ändå svårt att tro att det betydde något annat än den vanliga markeringen av oro när ett grovt våldsbrott hade inträffat. En markering som Wallander för övrigt hade stor förståelse för.

– Det kommer mer i morgon, sa han bara. När det blir allmänt känt vad som har hänt med Gösta Runfeldt. Det är kanske skäl att vi förbereder Lisa Holgersson på vad som väntar.

– Vad har du för intryck? frågade Martinsson.

– Av Lisa Holgersson? Jag tycker hon verkar alldeles utmärkt.

Martinsson hade kommit tillbaka in i rummet igen. Wallander såg hur trött han var. Han tänkte att Martinsson hade åldrats fort under de år han varit polis.

– Jag trodde att det som hände här i somras var ett undantag, sa han. Nu inser jag att det inte var det.

– Likheterna är få, sa Wallander. Vi får inte dra paralleller som inte finns.

– Det är inte det jag tänker på. Det är allt det här våldet. Som om det numera är nödvändigt att plåga folk som man har bestämt sig för att ta livet av.

– Jag vet, sa Wallander. Men hur vi ska vända den här utvecklingen är jag inte mannen att svara på.

Martinsson lämnade rummet. Wallander tänkte på det han hade hört. Han bestämde sig för att själv åka och tala med den pensionerade kaptenen Olof Hanzell redan samma dag.

Det blev som Wallander hade förutskickat ett kort möte. Trots att ingen hade fått särskilt mycket nattsömn verkade alla sammanbitna och laddade. De visste att de stod inför en komplicerad utredning. Per Åkeson hade också infunnit sig och lyssnade till Wallanders sammanfattning. Efteråt hade hans frågor varit få.

De fördelade olika arbetsuppgifter och diskuterade vad som borde prioriteras. Frågan om att begära extra resurser förblev tills vidare vilande. Lisa Holgersson hade frigjort ytterligare ett antal poliser från andra uppgifter för att de skulle delta i den mordutredning som nu blivit fördubblad. När mötet närmade sig slutet efter ungefär en timme hade alla redan alltför många arbetsuppgifter att ta sig an.

– Nu är det bara en sak till, sa Wallander till slut. Vi måste räkna med att dom här morden kommer att få stort utrymme i massmedia. Det vi har sett fram till nu är bara början. Jag har också förstått det så att folk ute i bygderna har börjat prata om att organisera nattpatruller och medborgargarden igen. Vi får vänta och se om det blir som jag tror. Tills vidare är det enklast att Lisa och jag håller i kontakterna med pressen. Om dessutom Ann-Britt kan vara med på våra presskonferenser vore jag tacksam.

Tio minuter över tio upplöstes mötet. Wallander samtalade en stund med Lisa Holgersson. De bestämde sig för att hålla en presskonferens klockan halv sju. Efteråt gick Wallander ut i korridoren för att se efter Per Åkeson. Men han hade redan hunnit försvinna. Wallander återvände till sitt kontor och ringde det telefonnummer som stod på Martinssons lapp. Samtidigt påminde han sig att han fortfarande inte hade lagt in Svedbergs nerkladdade minnesanteckningar på hans skrivbord. I samma ögonblick fick han svar. Det var Olof Hanzell själv. Han hade en vänlig röst. Wallander presenterade sig och frågade om han kunde komma på besök redan nu på förmiddagen. Kapten Hanzell önskade honom välkommen och förklarade hur han skulle köra för att hitta rätt. När han lämnade polishuset hade det åter klarnat upp. Det blåste men solen sken mellan de uppsprickande molnen. Han påminde sig att han ändå borde lägga in en tröja i bilen för kommande kyliga dagar. Trots att han hade bråttom ut till Nybrostrand stannade han till vid ett mäklarkontor i centrum av staden och ställde sig vid skyltfönstret. Han studerade de olika fastigheter som var till salu. Åtminstone ett av husen kunde vara av intresse för honom. Hade han haft mer tid skulle han ha gått in och tagit en fotostatkopia på fastighetsuppgifterna. Han noterade försäljningsnumret i huvudet och gick tillbaka till sin bil. Han undrade om Linda hade kommit med något plan till Stockholm eller om hon fortfarande satt på Sturup och väntade.

Sedan for han österut mot Nybrostrand. Han passerade den vänstra avtagsvägen mot golfbanan och svängde efter en stund höger och började leta efter Skrakvägen där Olof Hanzell bodde. Samtliga vägar i området hade namn efter fåglar. Han undrade om det var en tillfällighet som betydde någonting. Han letade efter en person som hade dödat en fågelskådare. På Skrakvägen bodde förhoppningsvis någon som kunde hjälpa honom att hitta den gärningsman han sökte.

Efter att ha kört fel några gånger kom han till rätt adress. Han parkerade bilen och gick in genom grinden till en villa som knappast var mer än tio år gammal. Ändå verkade den på något sätt förfallen. Wallander tänkte att det var en typ av hus som han själv aldrig skulle kunna trivas i. Ytterdörren öppnades av en man som var klädd i träningsoverall. Han hade kortklippt grått hår, en smal mustasch och verkade vara i god fysisk form. Han log och sträckte fram handen och hälsade. Wallander presenterade sig.

– Min fru gick bort för några år sen, sa Olof Hanzell. Sen dess lever jag ensam. Det kanske inte är alltför välstädat. Men stig på!

Det första Wallander la märke till var en stor afrikansk trumma som stod i tamburen. Olof Hanzell följde hans blick.

– Det år jag var i Kongo var mitt livs resa, sa han. Jag kom aldrig ut igen. Barnen var små, min fru ville inte. Och sen en dag var det för sent.

Han bjöd Wallander att stiga in i ett vardagsrum där kaffekoppar var framställda på ett bord. Även där hängde afrikanska minnen på väggarna. Wallander satte sig i en soffa och sa ja tack till kaffe. Egentligen var han hungrig och hade behövt någonting att äta. Olof Hanzell hade ställt fram ett fat med skorpor.

– Jag bakar dom själv, sa han och nickade mot skorporna. Det kan vara en lämplig sysselsättning för en gammal militär.

Wallander tänkte att han inte hade tid att tala om något annat än det saken gällde. Han tog upp fotografiet av de tre männen ur fickan och räckte det över bordet.

– Jag skulle vilja börja med att fråga om du känner igen nån av dom där tre männen. Som ledtråd kan jag säga att fotografiet är taget i Kongo under samma tid som den svenska FN-truppen var där.

Olof Hanzell tog emot fotografiet. Utan att se på det reste han sig och hämtade ett par läsglasögon. Wallander påminde sig det besök han med det snaraste måste göra hos en optiker. Hanzell tog med sig fotografiet fram till fönstret och betraktade det länge. Wallander lyssnade på tystnaden som fyllde huset. Väntade. Sedan återvände Hanzell från fönstret. Utan att säga någonting la han fotografiet på bordet och lämnade rummet. Wallander åt ännu en skorpa. Han hade just bestämt sig för att se efter vart Hanzell hade tagit vägen när han återkom. I handen hade han ett fotoalbum. Han gick tillbaka till fönstret och började bläddra. Wallander fortsatte att vänta. Till sist fann Hanzell vad han sökte. Han återvände till bordet och räckte det uppslagna fotoalbumet till Wallander.

– Se på bilden längst ner till vänster, sa Hanzell. Den är tyvärr inte vacker. Men jag tror den kommer att intressera dig.

Wallander såg. Inom sig hajade han till. Bilden föreställde några döda soldater. De låg uppradade med blodiga ansikten, avskjutna armar och söndertrasade bröstkorgar. Soldaterna var svarta. Bakom dem stod två andra män med gevär i händerna. Båda var vita. De stod uppställda som om bilden var en jaktbild. De döda soldaterna var bytet.

Wallander kände genast igen en av de två vita männen. Det var

han som stod längst till vänster på det fotografi han hade hittat in-
stoppat i pärmen till Harald Berggrens dagbok. Det rådde inget som
helst tvivel. Det var samme man.

– Jag tyckte jag kände igen honom, sa Hanzell. Men jag kunde
naturligtvis inte vara säker. Det tog en stund innan jag hittade rätt
album.

– Vem är han? frågade Wallander. Terry O'Banion eller Simon
Marchand?

Han märkte att Olof Hanzell reagerade med förvåning.

– Simon Marchand, svarade Olof Hanzell. Jag måste erkänna att
jag blir nyfiken på hur du kan veta det.

– Det ska jag förklara så småningom. Berätta hellre om hur du
har fått tag på bilden.

Olof Hanzell satte sig ner.

– Vad vet du om det som hände i Kongo den gången? frågade han.

– Inte mycket. Praktiskt taget ingenting.

– Låt mig då ge dig en bakgrund, sa Olof Hanzell. Jag tror den är
nödvändig för att man ska kunna förstå.

– Ta den tid du behöver, sa Wallander.

– Låt mig börja 1953, sa Hanzell. Då fanns det fyra självständi-
ga afrikanska stater som var medlemmar i FN. Sju år senare hade
den siffran stigit till 26. Det betyder att hela den afrikanska konti-
nenten kokade på den tiden. Avkolonialiseringen hade gått in i sin
mest dramatiska fas. Nya stater proklamerade sin självständighet i
en jämn ström. Ofta var födslovåndorna svåra. Men inte alltid så
våldsamma som i fallet Belgiska Kongo. 1959 utarbetade den bel-
giska regeringen en plan för hur övergången till självständigheten
skulle gå till. Datum för maktövertagandet sattes till den 30 juni
1960. Ju närmare den dagen kom, desto större blev oroligheterna i
landet. Olika stammar drog åt olika håll, våldsdåd av politiska
skäl skedde dagligen. Men självständigheten kom och en erfaren
politiker som hette Kasavubu blev president medan Lumumba
blev premiärminister. Lumumba är förmodligen ett namn du har
hört.

Wallander nickade tveksamt.

– Under några korta dagar kunde man tro att det trots allt skul-
le bli en fredlig övergång från koloni till självständig stat. Men
bara efter några veckor gjorde Force Publique som var landets re-
guljära armé myteri mot sina belgiska officerare. Belgiska fall-
skärmstrupper sattes in för att rädda sina egna officerare. Landet
hamnade snart i kaos. Situationen blev okontrollerbar för Kasa-

vubu och Lumumba. Samtidigt proklamerade Katanga, den sydligaste provinsen i landet, och dessutom den rikaste på grund av alla mineralfyndigheter, sin egen utbrytning och självständighet. Ledaren hette Moise Tshombe. I den situationen begärde Kasavubu och Lumumba hjälp från FN. Dag Hammarskjöld som var generalsekreterare den gången fick till stånd en intervention av FN-trupper på mycket kort tid, bland annat från Sverige. Vår funktion skulle enbart vara polisiär. Dom belgare som fanns kvar i Kongo stödde Tshombe i Katanga. Med pengar från dom stora gruvbolagen hyrde dom också in olika legotrupper. Och det är där det här fotografiet kommer in.

Hanzell gjorde en paus och tog en klunk av kaffet.

– Det kanske ändå ger en antydan om hur laddad och komplicerad situationen var den gången, sa han sedan.

– Jag anar att situationen måste ha varit ytterst förvirrad, svarade Wallander, och väntade otåligt på fortsättningen.

– Under striderna i Katanga var flera hundra legosoldater inblandade, sa Hanzell. Dom kom från många olika länder. Frankrike, Belgien, Algeriet. Femton år efter andra världskrigets slut fanns det fortfarande många tyskar som aldrig hade kunnat godta att kriget hade slutat som det gjorde. Dom tog sin hämnd på oskyldiga afrikaner. Men där fanns också ett antal skandinaver. Några av dom dog och begravdes i gravar ingen längre vet var dom ligger. Vid ett tillfälle kom det en afrikan till den svenska FN-förläggningen. Han hade med sig papper och fotografier från ett antal legosoldater som stupat. Men inga svenskar.

– Varför kom han då till den svenska förläggningen?

– Vi svenskar var kända som snälla och generösa. Han kom med kartongen och ville sälja innehållet. Gud vet hur han hade fått tag på det.

– Och du köpte det?

Hanzell nickade.

– Låt oss hellre säga att vi gjorde en byteshandel. Jag tror jag betalade motsvarigheten till tio kronor för lådan. Jag slängde det mesta. Men jag behöll några fotografier. Bland annat det här.

Wallander bestämde sig för att gå ett steg vidare.

– Harald Berggren, sa han. En av männen på mitt fotografi är svensk och har det namnet. Enligt uteslutningsmetoden måste det antingen vara han i mitten eller den som står längst till höger. Säger namnet dig någonting?

Hanzell tänkte efter. Sedan skakade han på huvudet.

– Nej, sa han. Men det behöver å andra sidan inte betyda så mycket.

– Varför inte?

– Många av legosoldaterna ändrade sina namn. Det gällde inte bara svenskar. Man tog ett nytt namn under den tid man hade kontrakt. När allt var över och om man hade lyckats hålla sig kvar i livet kunde man återta sitt gamla namn igen.

Wallander tänkte efter.

– Det betyder att Harald Berggren kan ha varit i Kongo under ett helt annat namn?

– Ja.

– Det innebär också att han kan ha skrivit dagbok under sitt eget namn. Som då har fungerat som pseudonym?

– Ja.

– Det kan också innebära att Harald Berggren kan ha blivit dödad under ett annat namn?

– Ja.

Wallander såg forskande på Hanzell.

– Det betyder med andra ord att det nästan är omöjligt att säga om han lever eller är död? Han kan vara död under ett namn och i livet under ett annat?

– Legosoldater är skygga människor. Vilket man kan förstå.

– Det innebär att det nästan är omöjligt att hitta honom, om han inte själv vill?

Olof Hanzell nickade. Wallander betraktade fatet med skorpor.

– Jag vet att många av mina tidigare kollegor hade en annan åsikt, sa Hanzell. Men för mig var legosoldater alltid något mycket föraktligt. Dom dödade för pengar. Även om dom påstod att dom slogs för en ideologi. För friheten. Mot kommunismen. Men verkligheten var en annan. Dom dödade urskillningslöst. Dom följde order från den som för tillfället betalade bäst.

– En legosoldat måste haft betydande svårigheter att återvända till ett normalt liv, sa Wallander.

– Många lyckades aldrig. Dom blev det man kan kalla skuggor i samhällets yttersta marginaler. Eller så drack dom ihjäl sig. En del av dom var nog också störda från tidigare.

– Hur menar du?

Olof Hanzells svar kom fort och bestämt.

– Sadister och psykopater.

Wallander nickade. Han förstod.

Harald Berggren var en man som både fanns och inte fanns. På vilket sätt han kunde passa in i bilden var mer än tveksamt.

Känslan var tydlig och klar.

Han hade kört fast. Han visste inte alls hur han skulle gå vidare.

15.

Wallander stannade i Nybrostrand till långt in på eftermiddagen. Hela den tiden tillbringade han dock inte hemma hos Olof Hanzell på Skrakvägen. Han lämnade huset klockan ett. När han hade kommit ut i höstluften efter det långa samtalet kände han sig villrådig. Vad borde bli hans nästa steg? Istället för att återvända till Ystad körde han ner till havet och parkerade bilen. Han bestämde sig efter viss tvekan för att ta en promenad. Kanske skulle det hjälpa honom att göra den sammanfattning han så väl behövde? Men när han kommit ner på stranden och kände den bitande höstvinden ändrade han sig och återvände till bilen. Han satte sig i framsätet på passagerarsidan och fällde stolen bakåt så långt det var möjligt. Sedan slöt han ögonen och började i huvudet återkalla alla de händelser som inträffat sedan den förmiddag två veckor tidigare då Sven Tyrén hade kommit till hans kontor och berättat att Holger Eriksson hade försvunnit. Idag, den 12 oktober, hade de ytterligare ett mord som sökte sin mördare.

Wallander gick igenom händelserna i huvudet och försökte skärskåda deras kronologi. Bland allt det som han i sin tid hade lärt av Rydberg var en av de viktigaste insikterna att de händelser som inträffade först inte nödvändigtvis låg tidigast i en orsakskedja. Holger Eriksson och Gösta Runfeldt hade båda blivit dödade. Men Wallander frågade sig vad som egentligen hade hänt. Hade de blivit dödade som ett utslag av hämnd? Eller var det ett vinningsbrott, trots att han inte kunde förstå vari denna vinning kunde ligga?

Han öppnade ögonen och såg på en avsliten flagglina som piskade i den byiga vinden. Holger Eriksson hade blivit spetsad i en noga förberedd pålgrav. Gösta Runfeldt hade hållits fången och sedan blivit strypt.

Det fanns för många detaljer som oroade Wallander. Den demonstrativt framvisade grymheten. Och varför hade Gösta Runfeldt hållits fången innan han dödades? Wallander försökte gå igenom de mest grundläggande förutsättningar som spaningsgruppen hade att utgå ifrån. Den gärningsman de sökte efter och försökte identifiera måste ha känt både Holger Eriksson och Gösta Runfeldt. Om det kunde inte råda något tvivel.

Han hade varit förtrogen med Holger Erikssons vanor. Dessutom måste han ha vetat om att Gösta Runfeldt skulle resa till Nairobi. Allt detta var förutsättningar de kunde utgå ifrån. Det andra var att mördaren inte på något sätt bekymrat sig över att de döda männen skulle återfinnas. Det fanns tecken som kunde tyda på raka motsatsen.

Wallander stannade upp i sin genomgång. Varför demonstrerar man någonting, tänkte han. För att någon ska lägga märke till det man gjort. Var det så att mördaren ville att andra människor skulle se vad han hade utfört? Vad var det han i så fall ville visa? Att just de två männen var döda? Men inte bara det. Han ville också att det klart skulle framgå hur det hade gått till. Att de hade blivit dödade på ett grymt och utstuderat sätt.

Det var en möjlighet, tänkte han med växande obehag. I så fall ingick morden på Holger Eriksson och Gösta Runfeldt i något mycket större. Något han ännu inte ens kunde ana omfattningen av. Det behövde inte betyda att flera människor skulle komma att dö. Men det innebar med säkerhet att Holger Eriksson, Gösta Runfeldt och den som hade dödat dem fanns att söka och identifiera i en större samling människor. Någon form av gemenskap. Som en grupp legosoldater i ett avlägset afrikanskt krig.

Wallander önskade plötsligt att han hade någonting att röka. Även om han hade haft ovanligt lätt att sluta den gång för några år sedan när han väl bestämt sig för att göra sig av med cigaretterna, kunde han vid enstaka tillfällen önska sig vanan tillbaka. Just nu var det ett sådant ögonblick. Han steg ur bilen och bytte plats till baksätet. Att byta stol var som att ändra perspektiv. Han glömde snart cigaretterna och tänkte vidare. Vad de framförallt måste söka och helst även hitta så fort som möjligt, var ett samband mellan Holger Eriksson och Gösta Runfeldt. Möjligheten fanns att det sambandet på inget sätt var iögonfallande. Men någonstans fanns det, det var han övertygad om. För att kunna hitta denna förbindelselänk måste de veta mer om de två männen. Vid en ytlig betraktelse var de olika. Mycket olika. Den skillnaden började redan med åldern. De tillhörde olika generationer. Det var en åldersskillnad på 30 år. Holger Eriksson kunde ha varit Gösta Runfeldts far. Men någonstans fanns en punkt där deras spår korsade varandra. Sökandet efter den punkten måste från och med nu vara själva centrum i utredningen. Någon annan väg att följa kunde Wallander inte se.

Telefonen ringde. Det var Ann-Britt Höglund.

– Har det hänt nåt? frågade han.

– Jag måste erkänna att jag ringer av ren nyfikenhet, svarade hon.

– Samtalet med kapten Hanzell var givande, sa Wallander. Bland mycket annat han hade att berätta, och som kan visa sig vara av betydelse, var att Harald Berggren mycket väl idag kan leva under ett annat namn. Legosoldater använde ofta falska namn när de upprättade sina kontrakt eller gjorde sina muntliga avtal.

– Det kommer att försvåra för oss att hitta honom.

– Det var också min första tanke. Det var som att tappa tillbaka nålen i höstacken. Men det kanske inte behöver vara så. Hur många människor byter egentligen namn i sitt liv? Även om det blir en mödosam uppgift så går den att lösa.

– Var är du?

– Vid havet. I Nybrostrand.

– Vad gör du där?

– Jag sitter faktiskt i bilen och tänker.

Han märkte att han skärpte rösten, som om han hade ett behov av att försvara sig. Han undrade varför.

– Då ska jag inte störa dig, sa hon.

– Du stör inte, sa han. Jag ska åka tillbaka till Ystad nu. Men jag tänker köra förbi Lödinge på vägen.

– Är det nånting särskilt?

– Jag behöver friska upp mitt minne. Sen åker jag till Runfeldts lägenhet. Jag räknar med att vara där vid tretiden. Det vore bra om Vanja Andersson kunde komma dit då.

– Jag ska ordna det.

De avslutade samtalet. Wallander startade bilen och körde mot Lödinge. Han hade inte på långt när tänkt färdigt. Men han hade kommit en bit på vägen. Utredningen hade i hans huvud fått en kartskiss att utgå ifrån. Han hade börjat loda ett djup som var större än han anat.

Det var inte alldeles sant som han påstått för Ann-Britt Höglund att hans syfte med att göra ett återbesök i Holger Erikssons hus utgick från ett allmänt behov av att friska upp minnet. Wallander ville se huset just innan han återvände till Runfeldts lägenhet. Han ville se om det fanns likheter. Han ville veta vari skillnaderna låg.

När han svängde in vid uppfarten till Holger Erikssons hus stod där redan två bilar. Han undrade förvånat vilka besökarna kunde vara. Journalister som ägnade en höstdag åt att ta dystra höstbilder av en mordplats? Svaret fick han när han kom in på gården. Där stod en advokat från Ystad som Wallander träffat vid tidigare tillfällen. Dessutom fanns där två kvinnor, en äldre och en i Wallanders egen ålder. Advokaten som hette Bjurman tog i hand och hälsade.

– Jag har hand om Holger Erikssons testamente, sa han förklarande. Vi trodde poliserna var färdiga med undersökningarna här på gården. Jag ringde och frågade på polishuset.

– Vi blir inte färdiga förrän vi har gripit gärningsmannen, svarade Wallander. Men vi har ingenting emot att ni går igenom huset.

Wallander erinrade sig att han hade sett i utredningsmaterialet att Bjurman var Erikssons testamentsexekutor. Han trodde sig också minnas att det var Martinsson som haft kontakt med honom.

Advokat Bjurman presenterade Wallander för de två kvinnorna. Den äldre tog hans hand synnerligen avmätt, som om det var under hennes värdighet att befatta sig med polismän. Wallander som var ytterst känslig för att utsättas för andra människors uppblåsthet blev genast arg. Men han behärskade sig. Den andra kvinnan var vänlig.

– Fru Mårtensson och fru von Fessler kommer från Kulturen i Lund, sa Bjurman. Holger Eriksson har testamenterat det mesta av sina tillgångar till föreningen. Holger Eriksson hade upprättat noggranna förteckningar över lösöret. Vi skulle just börja gå igenom alltsammans.

– Säg till om någonting fattas, sa Wallander. I övrigt ska jag inte störa. Jag ska bara stanna en kort stund.

– Har polisen verkligen inte hittat mördaren? sa den äldre kvinnan som var von Fessler. Wallander uppfattade hennes ord som ett konstaterande och en illa dold kritik.

– Nej, sa Wallander. Polisen har inte det.

Wallander insåg att han måste avsluta samtalet innan han blev arg. Han vände sig om och gick upp mot huset där ytterdörren stod öppen. För att isolera sig från samtalet som pågick ute på gårdsplanen stängde han dörren bakom sig. En mus ilade förbi intill hans fötter och försvann bakom en gammal klädeskista som stod vid väggen. Det är höst, tänkte Wallander. Nu är åkermössen på väg in i husens väggar. Vintern nalkas.

Han gick igenom huset, långsamt och med koncentrerad uppmärksamhet. Han såg inte efter något speciellt, han ville minnas huset. Det tog honom drygt tjugo minuter. Bjurman och de två kvinnorna befann sig i en av de två andra längorna när han gick ut genom dörren. Wallander bestämde sig för att försvinna utan att säga något. Han såg ut mot åkrarna när han gick mot sin bil. Inga kråkor bråkade vid diket. Han hade just kommit fram till bilen när han stannade. Det var någonting som Bjurman hade sagt. Först kom han inte på vad det var. Det tog honom ett ögonblick att minnas. Han gick tillbaka till huset igen. Bjurman och de två kvinnorna fanns kvar inne i uthuset. Han sköt upp porten och vinkade till sig Bjurman.

– Vad var det du sa om testamentet? frågade han.

– Holger Eriksson har testamenterat det mesta till Kulturen i Lund.

– Det mesta? Det innebär att inte riktigt allt har gått dit?

– Det finns ett legat på 100 000 kronor som har gått till ett annat håll. Det är allt.

– Vilket håll?

– Till en kyrka i Bergs församling. Svenstaviks kyrka. Som en gåva. Att användas enligt vad som beslutas av kyrkofullmäktige.

Wallander hade aldrig hört talas om platsen.

– Ligger Svenstavik i Skåne? frågade han tveksamt.

– Det ligger närmast i södra Jämtland, svarade Bjurman. Några mil från gränsen mot Härjedalen.

– Vad hade Holger Eriksson med Svenstavik att göra? frågade Wallander förvånat. Jag trodde han var född här i Ystad?

– Tyvärr är det inget som jag vet nåt om, svarade Bjurman. Holger Eriksson var en mycket förtegen man.

– Gav han ingen förklaring till gåvan?

– Holger Erikssons testamente är ett föredömligt aktstycke, kortfattat och exakt, sa Bjurman. Några motiveringar av känslomässig art förekommer inte. Svenstaviks kyrka ska enligt hans sista vilja ha 100 000 kronor. Det ska dom också få.

Wallander hade inget mer att fråga om. När han hade satt sig i bilen ringde han till polishuset. Det var Ebba som svarade. Det var också henne han ville tala med.

– Jag vill att du tar reda på telefonnumret till pastorsämbetet i Svenstavik, sa han. Eller kanske det ligger i Östersund. Jag antar att det är närmaste stad.

– Var ligger Svenstavik? frågade hon.

– Vet du inte det? sa Wallander. I södra Jämtland.

– Värst vad du kan, svarade hon.

Wallander insåg att hon genast hade genomskådat honom. Därför sa han som det var. Han hade inte vetat det förrän Bjurman förklarat för honom.

– När du har numret så vill jag ha det, sa han. Jag är på väg till Gösta Runfeldts lägenhet nu.

– Lisa Holgersson vill absolut tala med dig, sa Ebba. Här ringer journalister hela tiden. Men presskonferensen är skjuten på till i kväll klockan halv sju.

– Det passar mig precis, sa Wallander.

– Din syster har också ringt, fortsatte Ebba. Hon ville gärna tala med dig innan hon åkte tillbaka till Stockholm.

Påminnelsen om faderns död kom både hastigt och hårt. Men han kunde inte ge efter för känslorna. I alla fall inte nu.

– Jag ska ringa henne, sa Wallander. Men pastorsämbetet i Svenstavik är viktigast.

Sedan for han tillbaka till Ystad. Han stannade vid en korvkiosk och åt en smaklös hamburgare. Han skulle just återvända till bilen när han gick tillbaka till kioskluckan. Den här gången beställde han en korv. Han åt fort, som om han begick en olaglig handling och var rädd för att någon skulle ertappa honom. Sedan körde han till Västra Vallgatan. Ann-Britt Höglunds gamla bil stod parkerad utanför Gösta Runfeldts port.

Vinden var fortfarande byig.

Wallander frös. Han kurade ihop sig när han skyndade över gatan.

Det var inte Ann-Britt Höglund utan Svedberg som öppnade dörren till Runfeldts lägenhet när Wallander ringde på.

– Hon var tvungen att åka hem, sa Svedberg förklarande när Wallander frågade efter henne. Nån av hennes ungar är sjuk. Och hennes bil startade inte, så hon tog min. Men hon skulle snart vara tillbaka.

Wallander gick in i lägenhetens vardagsrum och såg sig omkring.

– Är Nyberg redan klar? frågade han förvånat.

Svedberg såg oförstående på honom.

– Har du inte hört? frågade han.

– Hört vad då?

– Vad som har hänt med Nyberg? Att han har fått ont i en fot?

– Jag har inte hört nånting, sa Wallander. Vad är det?

– Nyberg halkade på en oljefläck utanför polishuset. Han ramlade så illa att han slet av en muskel eller ett senfäste i vänsterfoten. Han är på sjukhuset nu. Han ringde och sa att han kan fortsätta arbeta. Men han måste ha en krycka när han går. Och han var alldeles tydligt och klart mycket ilsken.

Wallander tänkte på Sven Tyrén som parkerat utanför polishusets entré. Han bestämde sig för att ingenting säga.

De blev avbrutna av att det ringde på dörren. Det var Vanja Andersson. Hon var mycket blek. Wallander nickade åt Svedberg som försvann in i Gösta Runfeldts arbetsrum. Han tog med Vanja Andersson in i vardagsrummet. Hon verkade skrämd över att befinna sig i lägenheten. Hon tvekade när han bad henne sätta sig ner.

– Jag förstår att det är obehagligt, sa han. Men jag skulle inte ha bett dig att komma hit om det inte varit alldeles nödvändigt.

Hon nickade. Men Wallander tvivlade på att hon egentligen förstod. Allt som skedde måste vara lika obegripligt som att Gösta Runfeldt aldrig hade åkt till Nairobi utan istället hittats död i ett skogsparti utanför Marsvinsholm.

– Du har varit här i hans lägenhet tidigare, sa Wallander. Och du har gott minne. Det vet jag efter det att du kom ihåg färgen på hans resväska.

– Har ni hittat den? frågade hon.

Wallander insåg att de inte ens hade börjat leta efter den. I hans eget huvud hade den helt försvunnit. Han ursäktade sig och gick in till Svedberg som metodiskt höll på att undersöka innehållet i en bokhylla.

– Har du hört nåt om Gösta Runfeldts resväska?

– Hade han en resväska?

Wallander skakade på huvudet.

– Det var ingenting, sa han. Jag ska tala med Nyberg.

Han återvände till vardagsrummet. Vanja Andersson satt orörlig i soffan. Wallander insåg att hon ville bort därifrån så fort som möjligt. Det var som om hon bara med största ansträngning kunde förmå sig att andas in luften som fanns i lägenheten.

– Vi återkommer till resväskan, sa han. Det jag nu tänker be dig om är att du går igenom lägenheten och försöker se om nånting är borta.

Hon såg förskräckt på honom.

– Hur ska jag kunna se det? Jag var inte här många gånger.

– Jag vet, sa Wallander. Men det kan hända att du ändå ser nånting. Märker att nånting är borta. Det kan vara viktigt. Just nu är allting viktigt. Om vi ska kunna hitta den som gjort det här. Och det vill du alldeles säkert lika mycket som vi.

Wallander hade väntat på det. Ändå kom det överraskande.

Hon brast i gråt. Svedberg dök upp i dörren till arbetsrummet. Wallander kände sig som vanligt i liknande situationer alldeles handfallen. Han undrade om de nutida polisaspiranterna fick lära sig att trösta gråtande människor under sin utbildning. Det skulle han komma ihåg att fråga Ann-Britt Höglund om vid ett lämpligt tillfälle.

Svedberg kom tillbaka från badrummet med en pappersnäsduk som han gav henne. Hon slutade gråta lika plötsligt som hon börjat.

– Jag ber om ursäkt, sa hon. Men det är så svårt.

– Jag vet, sa Wallander. Det är ingenting att be om ursäkt för. Jag tror människor i allmänhet gråter alldeles för sällan.

Hon såg på honom.

– Det gäller även mig, sa Wallander.

Efter ett kort ögonblick reste hon sig ur soffan. Hon var beredd att börja.

–Ta god tid på dig, sa Wallander. Försök se hur det var när du senast kom hit. För att vattna hans blommor. Ta tid på dig.

Han följde henne i bakgrunden. När han hörde Svedberg svära inne i arbetsrummet gick han dit och la fingret över munnen. Svedberg nickade, han förstod. Wallander hade ofta tänkt att viktiga ögonblick i komplicerade brottsutredningar antingen inträffade under samtal mellan människor eller i en absolut och koncentrerad tystnad. Han hade varit med om båda alternativen vid ett otal tillfällen. Just nu var det tystnaden som gällde. Han kunde se att hon verkligen ansträngde sig.

Men resultatet uteblev. De återvände till utgångspunkten igen, soffan i vardagsrummet. Hon skakade på huvudet.

– Jag tycker att allting verkar som vanligt, sa hon. Jag kan inte se att nånting är borta eller förändrat.

Wallander blev inte förvånad. Han skulle ha lagt märke till om hon stannat upp under sin genomgång av lägenheten.

– Det är ingenting annat du har tänkt på? frågade han.

– Jag trodde han hade rest till Nairobi, sa hon. Jag vattnade hans blommor och skötte affären.

– Och båda sakerna gjorde du utmärkt, sa Wallander. Tack för att du kom. Vi hör säkert av oss igen.

Han följde henne till dörren. Svedberg kom ut från toaletten just när hon hade gått.

– Ingenting tycks vara borta, sa Wallander.

– Han verkar ha varit en sammansatt person, sa Svedberg fundersamt. En egendomlig blandning av kaos och pedantisk ordning präglar hans arbetsrum. När det gäller blommorna tycks ordningen ha varit perfekt. Jag hade aldrig kunnat föreställa mig att det fanns så mycket litteratur om orkidéer. Men när det gäller hans privata liv ligger papper slängda i en enda röra. Bland bokföringen från blomsteraffären för 1994 hittade jag en självdeklaration från 1969. Det året deklarerade han för övrigt den svindlande inkomsten av 30 000 kronor.

– Jag undrar vad vi tjänade den gången, sa Wallander. Knappast så väldigt mycket mer. Förmodligen betydligt mindre. Jag har för mig att vi hade ungefär 2 000 kronor i månaden.

De begrundade under en kort tystnad sina tidigare inkomster.

– Leta vidare, sa Wallander sedan.

Svedberg försvann till sitt. Wallander ställde sig vid fönstret och såg ut över hamnen. Det gick i ytterdörren. Det måste vara Ann-Britt Höglund eftersom hon hade nycklarna. Han mötte henne i tamburen.

– Ingenting allvarligt hoppas jag?

– Höstförkylning, sa hon. Min man är i det som förr brukade kallas Bortre Indien. Men min granne räddar mig.

– Jag har ofta undrat över det där, sa Wallander. Jag trodde hjälpsamma grannfruar var nåt som försvann i slutet av 1950-talet.

– Det gjorde dom nog också. Men jag har haft tur. Hon är i 50-årsåldern och har inga egna barn. Men hon gör det naturligtvis inte gratis. Och det händer att hon säger nej.

– Vad gör du då?

Hon ryckte uppgivet på axlarna.

– Jag improviserar. Är det på kvällen kan jag kanske få tag på en barnvakt. Ofta undrar jag själv hur jag får ihop det. Som du vet händer det att jag inte lyckas. Då kommer jag för sent. Men jag tror inte män egentligen förstår vilka komplicerade operationer det innebär att lösa sitt förhållande till arbetet när man till exempel har ett barn sjukt.

– Sannolikt inte, svarade Wallander. Vi kanske skulle försöka se till att din grannfru får nån sorts utmärkelse.

– Hon har talat om att flytta, sa Ann-Britt Höglund tungt. Vad som händer då törs jag inte tänka på.

Samtalet dog bort.

– Har hon varit här? frågade Ann-Britt Höglund.

– Vanja Andersson har kommit och gått. Ingenting tycks ha försvunnit från lägenheten. Men hon påminde mig om nåt helt annat. Gösta Runfeldts resväska. Jag måste erkänna att jag alldeles hade glömt den.

– Jag med, sa hon. Men så vitt jag vet har dom inte hittat den ute i skogen. Jag talade med Nyberg just innan han bröt foten.

– Var det så illa?

– Åtminstone är den ordentligt stukad.

– Då kommer han att vara på mycket dåligt humör den närmaste tiden. Vilket inte alls är bra.

– Jag ska bjuda honom på middag, sa Ann-Britt Höglund glatt. Han tycker om kokt fisk.

– Hur vet du det? frågade Wallander förvånat.

– Jag har bjudit honom på middag tidigare, svarade hon. Det är en mycket trevlig middagsgäst. Han talar om precis allting utom sitt arbete.

Wallander undrade hastigt om han själv kunde betraktas som en trevlig middagsgäst. Han visste att han åtminstone försökte låta bli att tala om sitt arbete. Men när hade han egentligen senast varit bortbjuden på middag? Det var så länge sedan att han inte kunde minnas när det hänt.

– Runfeldts barn har kommit, sa Ann-Britt Höglund. Hansson har tagit sig an dom. En dotter och en son.

De hade gått in i vardagsrummet. Wallander betraktade fotografiet av Gösta Runfeldts hustru.

– Vi borde ta reda på vad som hände, sa han.

– Hon drunknade.

– Mer i detalj.

– Hansson har förstått det. Han brukar sköta sina samtal omsorgsfullt. Han kommer att fråga dom om mamman.

Wallander visste att hon hade rätt. Hansson hade många dåliga sidor. En av hans bästa var dock att samtala med vittnen. Att samla in uppgifter. Intervjua föräldrar om deras barn. Eller som nu, tvärtom.

Wallander berättade om sitt samtal med Olof Hanzell. Hon lyssnade uppmärksamt. Han hoppade över många detaljer. Det viktigaste var slutsatsen att Harald Berggren idag mycket väl kunde leva under ett annat namn. Han hade nämnt det när de hade talats vid i telefonen. Han märkte att hon hade funderat vidare.

– Har han gjort ett registrerat namnbyte kan vi spåra det via Patent- och registreringsverket, sa hon.

– Jag tvivlar på att en legosoldat går så formellt till väga, invände Wallander. Men vi ska naturligtvis undersöka det. Det som allt annat. Och det kommer att bli besvärligt.

Sedan berättade han om sitt möte med kvinnorna från Lund och advokat Bjurman ute vid Holger Erikssons gård.

– En gång bilade min man och jag genom det inre av Norrland, sa hon. Jag har ett bestämt minne av att vi passerade Svenstavik.

– Ebba borde ha ringt och gett mig numret till pastorsämbetet, påminde sig Wallander och tog upp sin telefon ur fickan. Den var frånslagen. Han svor till över sin slarvighet. Hon försökte dölja ett leende men lyckades inte. Wallander insåg att han betedde sig omoget och barnsligt. För att rädda sig ur situationen slog han själv numret till polishuset. Han fick en penna av Ann-Britt Höglund och noterade numret på hörnet av en tidning. Ebba hade mycket riktigt försökt ringa honom vid flera tillfällen.

I samma ögonblick kom Svedberg in i vardagsrummet. Han hade en bunt papper i handen. Wallander såg att det var inbetalningskvitton.

– Det här kanske kan vara nåt, sa Svedberg. Det verkar som om Gösta Runfeldt har en lokal på Harpegatan här i stan. Han betalar hyra en gång i månaden. Såvitt jag kan se håller han det helt separat från alla betalningar som har med blomsterhandeln att göra.

– Harpegatan? frågade Ann-Britt Höglund. Var ligger den?

– I närheten av Nattmanstorg, svarade Wallander. Mitt i stan.

– Har Vanja Andersson talat om att han hade ytterligare en lokal?

– Frågan är om hon visste om det, sa Wallander. Det ska jag ta reda på omedelbart.

Wallander lämnade lägenheten och gick den korta vägen till blomsterhandeln. Vinden var nu hårt byig. Han hukade och höll andan i blåsten. Vanja Andersson var ensam i lokalen. Blomdoften var som tidigare mycket stark. Ett kort ögonblick av hemlöshet drog genom Wallander, när han tänkte på resan till Rom och sin far som inte längre fanns. Men han drev undan tankarna. Han var polis. Sörja fick han göra när han hade tid. Inte nu.

– Jag har en fråga, sa han. Som du förmodligen direkt kan svara ja eller nej på.

Hon såg på honom med sitt bleka och förskrämda ansikte. Wallander tänkte att vissa människor ständigt ger intryck av att vara beredda på att det allra värsta ska inträffa i varje givet ögonblick. Vanja Andersson verkade vara en sådan människa. Wallander tänkte också att han just nu knappast kunde klandra henne.

– Visste du om att Gösta Runfeldt hyrde en lokal på Harpegatan här i stan? frågade han.

Hon skakade på huvudet.

– Är du säker?

– Gösta hade ingen annan lokal än den här.

Wallander kände att han plötsligt hade bråttom.

– Det var bara det, sa han. Ingenting annat.

När han kom till lägenheten hade Svedberg och Ann-Britt Höglund samlat ihop alla nyckelknippor som de kunnat finna. De for i Svedbergs bil till Harpegatan. Det var ett vanligt hyreshus. Inne i portuppgången kunde de inte hitta Gösta Runfeldts namn på väggtavlan.

– Det står på inbetalningskvittona att det gäller en källarlokal, sa Svedberg.

De letade sig ner en halvtrappa till det underjordiska planet. Wallander kände den syrliga doften av vinteräpplen. Svedberg började prova sina nycklar. Den tolfte var den riktiga. De kom in i en korridor där rödmålade ståldörrar ledde till olika förvaringsrum.

Det var Ann-Britt Höglund som hittade rätt.

– Jag tror det är här, sa hon och pekade på dörren.

Wallander och Svedberg ställde sig bredvid henne. På dörren fanns ett klistermärke som hade blommotiv.

– En orkidé, sa Svedberg.

– Ett hemligt rum, svarade Wallander.

Svedberg fortsatte att prova sina nycklar. Wallander noterade att ett extra lås var inmonterat i dörren.

Till slut klickade det till i det ena låset. Wallander kände att spänningen inom honom ökade. Svedberg fortsatte att prova nycklar. Han hade bara två stycken kvar när han såg på de andra och nickade.

– Då går vi in, sa Wallander.

Sedan öppnade Svedberg dörren.

16.

Rädslan högg tag i honom som en klo.

Men när tanken kom var det redan för sent. Svedberg hade öppnat dörren. Wallander väntade under det korta ögonblick när rädslan tagit tidens plats på att explosionen skulle komma. Men allt som hände var att Svedberg skrapade med ena handen längs väggen och mumlande undrade var strömbrytaren satt placerad. Wallander upplevde efteråt sin rädsla som genant. Varför skulle Runfeldt ha säkrat sitt källarutrymme med en sprängladdning?

Svedberg tände ljuset. De steg in i rummet och såg sig omkring. Eftersom det låg under jord fanns där bara en smal rad med fönster längs marknivån. Det första Wallander la märke till var att fönstren hade järngaller också på insidan. Det var ovanligt och måste vara något som Gösta Runfeldt själv hade kostat på sig.

Rummet var inrett till kontor. Där fanns ett skrivbord. Längs väggarna dokumentskåp. På ett litet bord intill ena väggen stod en kaffebryggare och några koppar på en handduk. I rummet fanns telefon, fax och kopiator.

– Ska vi gå in eller vänta på Nyberg? frågade Svedberg.

Wallander blev avbruten i sina tankar. Han hade hört vad han hade frågat om. Men han väntade med att svara. Han försökte fortfarande förstå vad det första intrycket sa honom. Varför hade Gösta Runfeldt hyrt detta rum och hållit inbetalningarna separerade från sin övriga bokföring? Varför hade Vanja Andersson inte känt till det? Och den viktigaste frågan: Vad använde han rummet till?

– Ingen säng, fortsatte Svedberg. Det tycks alltså inte vara nåt hemligt kärleksnäste.

– Ingen kvinna skulle bli romantisk här nere, sa Ann-Britt Höglund skeptiskt.

Wallander hade fortfarande inte svarat på Svedbergs fråga. Det viktigaste var utan tvivel varför Gösta Runfeldt hade hållit detta kontorsrum hemligt. För ett kontor var det. Om det rådde inga tvivel.

Wallander lät blicken vandra längs väggarna. Där fanns ännu en dörr. Han nickade åt Svedberg. Han gick fram och kände på handtaget. Dörren var öppen. Han tittade in.

– Det ser ut som ett framkallningsrum, sa Svedberg. Med all utrustning som behövs.

I samma ögonblick började Wallander undra om det trots allt fanns en alldeles enkel och rimlig förklaring till att Runfeldt hade denna lokal. Han fotograferade mycket. Det hade de kunnat se i hans lägenhet. Han hade en stor samling fotografier av orkidéer från hela världen. Människor förekom sällan på hans fotografier och bilderna var ofta svartvita trots att orkidéernas färger var vackra och borde ha lockat en man med kamera.

Wallander och Ann-Britt Höglund hade gått fram och tittat över Svedbergs axel. Det var mycket riktigt en liten framkallningsstudio. Wallander bestämde sig för att de inte behövde vänta på Nyberg. De kunde själva gå igenom rummet.

Det första han hade tittat efter var en resväska. Men där fanns ingen. Han satte sig i skrivbordsstolen och började bläddra i de papper som låg på skrivbordet. Svedberg och Ann-Britt Höglund koncentrerade sig på dokumentskåpen. Wallander påminde sig oklart att Rydberg någon gång i tidernas begynnelse, en av de återkommande kvällar när de suttit på hans balkong och druckit whisky, hade gjort reflexionen att en polismans och en revisors arbete påminde om varandra. De ägnade en stor del av sin tid åt att gå igenom papper. Om det stämmer så håller jag just nu på att göra en revision av en död man, där det i bokföringen, som på ett hemligt konto, finns ett kontorsrum med adress Harpegatan i Ystad.

Wallander drog ut skrivbordslådorna. I den översta låg en liten bärbar dator. Wallanders förmåga att hantera datorer var begränsad. Han måste ofta be om hjälp när han skulle arbeta med den dator han hade i sitt rum på polishuset. Han visste att både Svedberg och Ann-Britt Höglund var vana vid datorer och såg på dem som självklara arbetsredskap.

– Låt oss se vad som döljer sig i den här, sa han och lyfte upp datorn på skrivbordet.

Han reste sig ur stolen. Ann-Britt Höglund satte sig. Det fanns en elkontakt i väggen vid skrivbordet. Hon öppnade locket och slog på datorn. Efter ett kort ögonblick lyste skärmen upp. Svedberg rotade fortfarande borta i ett av dokumentskåpen. Hon knappade in sig på datorn.

– Inga koder, mumlade hon. Den öppnar sig.

Wallander lutade sig framåt för att se. Så nära att han kunde känna doften av den diskreta parfym som hon bar. Han tänkte på sina ögon. Han kunde inte vänta längre. Han måste ha glasögon.

– Det är ett register, sa hon. Olika personnamn.

– Pröva om Harald Berggren finns där, sa Wallander.

Hon såg förvånat på honom.

–Tror du det?

– Jag tror ingenting, sa Wallander. Men vi kan ju försöka.

Svedberg hade lämnat dokumentskåpet och ställt sig intill Wallander. Hon letade i registret. Sedan skakade hon på huvudet.

– Holger Eriksson? föreslog Svedberg.

Wallander nickade. Hon letade. Ingenting.

– Gå in i registret på måfå, sa Wallander.

– Vi har en man som heter Lennart Skoglund, sa hon. Ska vi pröva honom?

– Det är ju för fan Nacka! utbrast Svedberg.

De betraktade honom oförstående.

– Det fanns en känd fotbollsspelare som hette Lennart Skoglund, sa Svedberg. Han kallades för Nacka. Honom måste ni väl ha hört talas om?

Wallander nickade. Däremot var han okänd för Ann-Britt Höglund.

– Lennart Skoglund låter som ett vanligt namn, sa Wallander. Vi tittar på honom.

Hon tog fram den text som fanns. Wallander kisade med ögonen och lyckades läsa texten som var mycket kort.

Lennart Skoglund. Påbörjad 10 juni 1994. Avslutad 19 augusti 1994. Utan åtgärd. Ärendet avskrivet.

– Vad betyder det? undrade Svedberg. Vad menas med att ärendet är avskrivet? Vilket ärende?

– Det är nästan som om nån av oss hade kunnat skriva det, sa hon.

I samma ögonblick insåg Wallander vad som kunde vara förklaringen. Han tänkte på den tekniska utrustning Gösta Runfeldt hade köpt från postorderföretaget i Borås. På fotolaboratoriet. På det hemliga kontoret. Det hela föreföll osannolikt. Men var ändå fullt tänkbart. När de stod lutade över registret i den lilla datorn kunde det till och med vara troligt.

Wallander sträckte på ryggen.

– Frågan är om inte Gösta Runfeldt har intresserat sig för annat än orkidéer i sitt liv, sa han. Frågan är om inte Gösta Runfeldt också har varit det man brukar kalla privatdetektiv.

Många invändningar var möjliga. Men Wallander ville följa spåret och han ville göra det genast.

– Jag tror jag har rätt, fortsatte han. Nu får ni två försöka överbevisa mig om att jag har fel. Gå igenom allt ni hittar här. Håll ögonen öppna och glöm inte Holger Eriksson. Jag vill dessutom att nån av er tar kontakt med Vanja Andersson. Utan att hon har vetat om det kan hon ha sett eller hört saker som har med den här verksamheten att göra. Själv ska jag åka upp till polishuset och prata med Gösta Runfeldts barn.

– Hur gör vi med presskonferensen klockan halv sju? frågade hon. Jag lovade att vara med.

– Det är bättre att du stannar här.

Svedberg räckte fram sina bilnycklar mot Wallander. Han skakade på huvudet.

– Jag hämtar min egen bil. Jag behöver röra på mig.

När han kommit upp på gatan ångrade han sig genast. Vinden var hård och det verkade hela tiden bli kallare. Wallander tvekade ett ögonblick om han skulle börja med att gå hem och hämta en tjockare tröja. Men han lät det vara. Han hade bråttom. Dessutom var han orolig. De gjorde nya upptäckter. Men de passade inte in i bilden. Varför hade Gösta Runfeldt varit privatdetektiv? Han skyndade genom staden och hämtade sin bil. Upptäckte att bensinmätaren stod i botten, att den röda lampan lyste. Men han brydde sig inte om att fylla på bensin. Oron gjorde honom otålig.

Han kom upp till polishuset strax före halv fem. Ebba räckte honom en hög med telefonlappar som han stoppade i jackfickan. När han kommit in på sitt kontor började han med att söka reda på Lisa Holgersson. Hon kunde bekräfta att presskonferensen skulle vara klockan halv sju. Wallander lovade att hålla i det hela. Det var något som han ogärna gjorde. Han hade alltför lätt att bli irriterad över det som han ansåg vara närgångna och insinuanta frågor från journalisterna. Vid flera tillfällen hade det kommit klagomål på hans ovillighet ända från de allra högsta polisiära kretsarna i Stockholm. I de ögonblicken hade Wallander insett att han verkligen var en polisman som var känd utanför sin egen krets av kollegor och vänner. Han hade på gott och ont blivit en av landets rikspoliser.

Wallander berättade hastigt om fyndet av Gösta Runfeldts källarrum på Harpegatan. Tills vidare sa han dock ingenting om tanken att Runfeldt kunde ha använt en del av sin tid till att vara privatdetektiv. Wallander avslutade samtalet och ringde in till Hansson. Gösta Runfeldts dotter satt inne hos honom. De avtalade att träffas helt kort ute i korridoren.

– Sonen har jag skickat iväg, sa Hansson. Han bor på hotell Sekelgården.

Wallander nickade. Han visste var det låg.

– Gav det nåt?

– Knappast. Man kan säga att han bekräftade bilden av att Gösta Runfeldt verkligen varit passionerat intresserad av orkidéer.

– Och mamman? Runfeldts fru?

– En tragisk olycka. Vill du ha detaljerna?

– Inte nu. Vad säger dottern?

– Jag skulle just börja tala med henne. Det tog tid med sonen. Jag försöker göra det här grundligt. Sonen bor för övrigt i Arvika och dottern i Eskilstuna.

Wallander såg på sin klocka. Kvart i fem. Han borde förbereda presskonferensen. Några minuter kunde han dock tala med dottern.

– Har du nåt emot att jag börjar med att ställa några frågor?

– Varför skulle jag ha det?

– Jag hinner inte förklara just nu. Men frågorna kommer nog att låta underliga i dina öron.

De gick in i Hanssons rum. Kvinnan som satt i besöksstolen var ung. Han gissade att hon knappast var mer än 23 eller 24 år gammal. Wallander anade att hon var lik sin far till utseendet. Hon reste sig upp när han kom in. Wallander log och tog i hand. Hansson lutade sig mot dörrposten medan Wallander satte sig i hans stol. Han upptäckte att stolen verkade vara alldeles ny. Hastigt undrade han hur Hansson hade burit sig åt för att få en ny kontorsstol. Hans egen var i mycket dåligt skick.

På ett papper hade Hansson noterat ett namn, Lena Lönnerwall. Wallander såg hastigt upp på Hansson som nickade. Sedan tog han av sig jackan och la den på golvet intill stolen. Hela tiden följde hon hans rörelser med blicken.

– Jag får börja med att beklaga det som inträffat, sa han. Jag beklagar sorgen.

– Tack.

Wallander märkte att hon var samlad. Han fick med en viss lättnad en bestämd känsla av att hon inte var på väg att brista i gråt.

– Du heter Lena Lönnerwall och bor i Eskilstuna, fortsatte Wallander. Du är Gösta Runfeldts dotter.

– Ja.

– Alla övriga personuppgifter som tyvärr är nödvändiga kommer inspektör Hansson att ta sig an. Jag har bara några få frågor. Är du gift?

– Ja.
– Vad arbetar du med?
– Jag är baskettränare.
Wallander begrundade hennes svar.
– Betyder det att du är gymnastiklärare?
– Det betyder att jag är baskettränare.
Wallander nickade. Han lämnade följdfrågorna till Hansson. Men någon kvinnlig baskettränare hade han aldrig träffat tidigare i sitt liv.
– Din far var blomsterhandlare?
– Ja.
– I hela sitt liv?
– I sin ungdom var han till sjöss. När han och mamma gifte sig stannade han i land.
– Om jag har förstått saken rätt så drunknade din mor?
– Ja.
Det korta ögonblick av tveksamhet som hade föregått hennes svar hade inte undgått Wallander. Han skärpte genast uppmärksamheten.
– Hur länge sen är det det hände?
– Ungefär tio år sen. Jag var bara 13 år den gången.
Wallander märkte att hon var spänd. Han gick försiktigt vidare.
– Kan du berätta lite mer utförligt om vad som inträffade? Var hände det?
– Har det här verkligen med min pappa att göra?
– Det är en grundläggande polisrutin att göra kronologiska återtåg, sa Wallander och försökte låta myndig. Hansson stirrade häpet på honom från sin plats vid dörren.
– Jag vet inte så mycket, sa hon.
Fel, tänkte Wallander hastigt. Du vet, men du vill helst inte tala om det.
– Berätta det du känner till, fortsatte han.
– Det var på vintern. De åkte av nån anledning på utflykt till Älmhult för att ta en söndagspromenad. Hon gick ner sig i en vak ute på isen. Pappa försökte rädda henne. Men det gick inte.
Wallander satt orörlig. Han tänkte på det hon hade sagt. Något hade vidrört utredningen de höll på med. Sedan kom han på vad det var. Det handlade inte om Gösta Runfeldt utan om Holger Eriksson. En man som faller i en synlig jordvak och spetsas. Lena Lönnerwalls mor går ner sig på isen. Alla Wallanders polisiära instinkter sa honom att det här existerade ett samband. Men hur det egentligen såg

ut kunde han inte svara på. Inte heller varför hon som satt på andra sidan bordet inte ville tala om sin egen mors död.

Han lämnade olyckan. Gick rakt på huvudfrågan.

– Din pappa hade blomsterhandel. Han var dessutom passionerat intresserad av orkidéer.

– Det är det första jag minns av honom. Hur han berättade för mig och min bror om blommor.

– Varför var han en så passionerad orkidéälskare?

Hon såg på honom med en plötslig förvåning.

– Varför blir man passionerad? Kan man svara på det?

Wallander skakade på huvudet utan att svara.

– Visste du om att din pappa var privatdetektiv?

Hansson ryckte till borta vid dörren. Wallander höll blicken stadigt mot kvinnan mitt emot honom. Hennes förvåning verkade övertygande.

– Skulle min pappa ha varit privatdetektiv?

– Ja. Visste du om det?

– Det kan inte vara riktigt.

– Varför inte?

– Jag förstår det inte. Jag vet nog inte ens vad som egentligen menas med en privatdetektiv. Finns det verkligen såna i Sverige?

– Det är en annan fråga man kan ställa sig, sa Wallander. Men din pappa ägnade alldeles uppenbarligen tid åt att bedriva verksamhet som privatpraktiserande detektiv.

– Som Ture Sventon? Det är den enda svenska detektiv jag känner till.

– Vi kan bortse från serietidningar, sa Wallander. Jag menar det här på allvar.

– Det gör jag också. Jag har aldrig hört talas om att min pappa skulle ha hållit på med nåt sånt. Vad gjorde han?

– Det är det för tidigt att svara på.

Wallander var nu övertygad om att hon inte kände till vad hennes pappa hade hållit på med i hemlighet. Det fanns naturligtvis en möjlighet att Wallander tog alldeles fel, att förutsättningen inte var ett faktum utan ett misstag. Men han visste redan nu, innerst inne, att han inte gjorde det. Upptäckten av Gösta Runfeldts hemliga rum innebar inget genombrott i utredningen som de genast kunde överblicka alla konsekvenser av. Det hemliga rummet på Harpegatan kanske bara förde dem vidare till andra hemliga rum. Men Wallander hade fått en känsla av att det hade skakat till i hela utredningen. Ett knappt märkbart jordskalv hade inträffat. Allting hade satts i rörelse.

Han reste sig ur stolen.

– Det var allt, sa han och sträckte fram handen. Vi kommer säkert att träffas igen.

Hon betraktade honom allvarligt.

– Vem är det som har gjort det? frågade hon.

– Jag vet inte, sa Wallander. Men jag är övertygad om att vi ska gripa den eller de personer som dödade din far.

Hansson följde honom ut i korridoren.

– Privatdetektiv? sa han. Skulle det vara ett skämt?

– Nej, svarade Wallander. Vi har hittat ett hemligt kontor som tillhörde Runfeldt. Du ska få höra mer om det sen.

Hansson nickade.

–Ture Sventon var ingen serietidning, sa han sedan. Det var en serie böcker.

Men då hade Wallander redan gått därifrån. Han hämtade en kopp kaffe och stängde dörren till sitt kontor. Telefonen ringde. Han la av luren utan att svara. Helst av allt hade han velat rymma från presskonferensen. Han hade alltför mycket annat att tänka på. Med en grimas drog han till sig ett kollegieblock och skrev upp det viktigaste han kunde meddela pressen.

Han lutade sig bakåt och såg ut genom fönstret. Vinden jagade.

Om mördaren talar ett språk så kan vi försöka svara honom, tänkte Wallander. Om det är som jag tror, att han har velat visa andra vad han gör. Då ska vi också tala om att vi har sett. Men vi har inte låtit oss skrämmas.

Han gjorde ytterligare några anteckningar. Sedan reste han sig och gick in till Lisa Holgersson. Han redogjorde kortfattat för det han hade tänkt. Hon lyssnade uppmärksamt och nickade sedan. De skulle göra som han hade föreslagit.

Presskonferensen hölls i polishusets största mötesrum. Wallander fick en känsla av att han hade blivit återförd till sommaren och den tumultartade presskonferens som han hade lämnat i öppet ursinne. Många ansikten kände han igen.

– Jag är glad att du tar dig an det här, viskade Lisa Holgersson.

– Det är som det är, svarade Wallander. Nån måste göra det.

– Jag bara inleder, sa hon. Resten är ditt.

De gick upp på podiet vid rummets ena kortsida. Lisa Holgersson hälsade välkommen och lämnade över till Wallander, som märkte att han redan hade börjat svettas.

Han gjorde en grundlig genomgång av morden på Holger Eriksson och Gösta Runfeldt. Han redovisade ett utvalt antal detaljer och sin egen synpunkt, att det var bland de grövsta våldsbrott han och hans kollegor någonsin hade haft att göra med. Den enda väsentliga information han höll tillbaka var upptäckten att Gösta Runfeldt sannolikt bedrivit en hemlig verksamhet som privatspanare. Han sa heller ingenting om att de sökte efter en dagboksskrivande man som en gång hade varit legosoldat i ett avlägset afrikanskt krig och kallat sig Harald Berggren.

Däremot sa han något helt annat. Det han hade bestämt tillsammans med Lisa Holgersson.

Han sa att polisen hade klara spår att gå efter. Han kunde inte ge några detaljer. Men det fanns spår och indikationer. Polisen hade en klar hållning. Den kunde dock ännu inte redovisas. Av avgörande spaningstekniska skäl.

Tanken hade fötts när han hade upplevt att utredningen hade skakat till, en rörelse djupt ner, nästan omöjlig att registrera, men ändå. Den hade funnits där.

Tanken som slagit honom hade varit mycket enkel.

När en jordbävning inträffar flyr människor. De rör sig brådskande bort från centrum. Gärningsmannen, eller om de var fler, ville att omvärlden skulle se att morden varit sadistiska och välplanerade. Nu kunde utredarna bekräfta att de hade sett. Men de kunde också ge ett utförligare svar. De hade sett mer än vad som kanske varit avsett.

Wallander ville sätta gärningsmannen i rörelse. Det rörliga villebrådet kunde lättare ses än det som förhöll sig stilla och dolde sig i sin egen skugga.

Wallander var naturligtvis klar över att det kunde slå alldeles fel. Gärningsmannen de sökte kunde göra sig osynlig. Ändå tyckte han att det kunde vara värt försöket. Han hade dessutom fått Lisa Holgerssons godkännande av att han sa något som inte var alldeles sant.

De hade inga spår. Allt de hade var fragmentariska kunskaper som inte hängde ihop.

När Wallander hade tystnat kom frågorna. De flesta var han förberedd på. Han hade hört och besvarat dem förut, han skulle få höra dem igen, så länge han var polis.

Det var först mot slutet av presskonferensen, när Wallander hade börjat bli otålig och Lisa Holgersson hade nickat åt honom att det var dags att sluta, som alltsammans vände i en helt annan riktning. Mannen som lyfte handen och sedan reste sig upp hade suttit längst bort i ett hörn. Wallander såg honom inte och skulle just avsluta presskonferensen när Lisa Holgersson gjorde honom uppmärksam på att det tydligen fanns ännu en fråga.

– Jag kommer från tidningen Anmärkaren, sa mannen. Jag har en fråga som jag gärna vill ställa.

Wallander letade i minnet. Han hade aldrig hört talas om en tidning som hette Anmärkaren. Hans otålighet växte.

– Vilken tidning var det du sa att du kom ifrån? undrade han.

– Anmärkaren.

En oro började bli märkbar i salen.

– Jag måste erkänna att jag aldrig har hört talas om den tidningen förrän nu. Vilken fråga var det du ville ställa?

– Anmärkaren har gamla anor, svarade mannen i hörnet oberört. Det fanns en tidning i början av 1800-talet med det namnet. En samhällskritisk tidning. Vi räknar med att komma ut med vårt första nummer inom kort.

– En fråga, sa Wallander. När ni har kommit ut med ert första nummer ska jag svara på två frågor.

En viss munterhet spred sig i rummet. Men mannen i hörnet förblev oberörd. Det luktade förkunnelse om honom. Wallander började undra om den ännu ej utgivna tidningen Anmärkaren möjligen var religiös. Kryptoreligiös, tänkte han. Den nya andligheten har nått även Ystad. Söderslätt är erövrat, nu väntar Österlen.

– Hur ställer sig Ystadspolisen till att invånarna i Lödinge har bestämt sig för att inrätta ett medborgargarde? frågade mannen i hörnet.

Wallander hade svårt att fånga hans ansikte.

– Jag har inte hört talas om att dom som bor i Lödinge har tänkt begå några kollektiva dumheter, svarade Wallander.

– Inte bara i Lödinge, fortsatte mannen i hörnet oberört. Det finns planer på att starta en folkrörelse i landet. En paraplyorganisation för medborgargarden. En folklig poliskår som skyddar medborgarna. Som gör allt det som polisen inte bryr sig om. Eller klarar av. En av utgångspunkterna skulle vara Ystadstrakten.

Det hade plötsligt blivit stilla i rummet.

– Varför ger man Ystad den äran? frågade Wallander. Han var fortfarande osäker på om han skulle ta mannen från tidningen Anmärkaren på allvar.

– Inom loppet av några få månader har ett stort antal brutala mord skett. Det ska erkännas att polisen lyckades klara upp det som skedde i somras. Men nu tycks det ha börjat igen. Människor vill leva medan dom lever. Inte som minnen i andras medvetanden. Den svenska polisen har gett upp inför den brottslighet som kryper fram ur sina hålor idag. Därför blir medborgargarden enda möjligheten att lösa trygghetsproblemen.

– Att människor tar lagen i egna händer har aldrig löst några problem, sa Wallander. Från Ystadspolisens sida finns bara ett svar. Och det är klart och entydigt. Ingen kan missförstå det. Alla privata initiativ att upprätta en parallell ordningsmakt kommer att bemötas från vår sida som olagligheter och dom kommer vi att beivra.

– Ska jag tolka det som att du är emot medborgargarden? frågade mannen i hörnet.

Wallander kunde nu se hans bleka och magra ansikte. Han bestämde sig för att lägga det på minnet.

– Ja, svarade han. Det ska du tolka som att vi är emot alla försök att organisera medborgargarden.

– Undrar du inte över vad folk i Lödinge kommer att säga om det?

– Jag kanske undrar, svarade Wallander. Men jag är inte rädd för svaret.

Sedan avslutade han hastigt presskonferensen.

– Tror du han menade allvar? frågade Lisa Holgersson när de hade blivit ensamma i mötesrummet.

– Kanske, svarade Wallander. Vi bör nog hålla ett öga på vad som händer i Lödinge. Om det är så att folk börjar träda fram öppet med krav på medborgargarden har situationen förändrats från tidigare. Då kan vi få problem.

Klockan hade blivit sju. Wallander skildes från Lisa Holgersson och gick in på sitt kontor. Han satte sig i stolen. Han behövde tänka. Han kunde inte påminna sig senast han hade haft så lite tid till eftertanke och sammanfattningar under en brottsutredning.

Telefonen ringde. Han svarade genast. Det var Svedberg.

– Hur gick presskonferensen? frågade han.

– Det var bara lite värre än vanligt. Hur går det för er?

– Jag tänkte du skulle komma hit. Vi har hittat en kamera med en film i. Nyberg är här. Vi tänkte att vi skulle framkalla den.

– Kan vi slå fast att han har bedrivit ett dubbelliv som privatspanare?

– Vi tror det. Men vi tror dessutom en sak till.

Wallander väntade med spänning på fortsättningen.

– Vi tror att filmen innehåller bilder på hans senaste klient.

Sista, tänkte Wallander. Inte senaste. Men sista.

– Jag kommer, sa han.

Han lämnade polishuset i den byiga vinden. Jagande moln fyllde himlen. Medan han gick mot sin bil undrade han om flyttfåglar sträckte om natten i så kraftig vind.

På vägen mot Harpegatan stannade han och fyllde bensin. Han kände sig trött och tom. Han undrade när han skulle få tid att se på ett hus. Och tänka på sin far. Han undrade när Baiba skulle komma.

Han såg på sitt armbandsur. Var det tiden eller hans liv som gick? Han var för trött för att avgöra vad som var vad.

Sedan startade han motorn. Klockan hade visat fem minuter över halv åtta.

Strax efteråt parkerade han på Harpegatan och gick ner i källaren.

17.

De såg med spänning hur bilden började framträda i framkallningsbadet. Wallander som återkommit från presskonferensen visste inte vad det var han förväntade sig, eller åtminstone hoppades på, när han stod bredvid sina kollegor i det nersläckta rummet. Det röda ljuset gav honom en känsla av att de stod och väntade på att något oanständigt skulle inträffa. Det var Nyberg som skötte arbetet med framkallningen. Han hoppade omkring med en krycka efter olyckan utanför polishuset. När Wallander återvänt till Harpegatan hade Ann-Britt Höglund viskat till honom att Nyberg var på ett ovanligt grinigt humör.

Men de hade alltså gjort framsteg under den tid Wallander ägnat åt journalisterna. Det rådde inte längre något tvivel om att Gösta Runfeldt bedrivit verksamhet som privatdetektiv. I de olika klientregister de hittat kunde de se att han hållit på i minst tio år. De äldsta noteringarna var från september 1983.

– Verksamheten har varit begränsad, sa Ann-Britt Höglund. Han har som mest haft sju eller åtta uppdrag per år. Man skulle kunna tänka sig att det här är något han har roat sig med på fritiden.

Svedberg hade gjort en ofullständig översikt över vilken typ av uppdrag han hade åtagit sig.

– Det handlar om misstänkt otrohet i ungefär hälften av fallen, sa han efter att ha konsulterat sina anteckningar. Egendomligt nog är det mest män som misstänker sina kvinnor.

– Varför är det egendomligt? frågade Wallander.

Svedberg insåg att han inte hade något bra svar att ge.

– Jag trodde inte det var så, sa han bara. Men vad vet jag?

Svedberg var ogift och hade aldrig talat om någon relation till en kvinna. Han var över 40 år gammal och tycktes vara tillfreds med sitt liv som ungkarl.

Wallander nickade åt honom att fortsätta.

– Det finns åtminstone två fall per år där en företagare misstänker anställda för att begå stölder, sa Svedberg. Vi har dessutom hittat en del övervakningsuppdrag som är oklara till sin natur. Det hela ger en rätt enahanda bild. Hans anteckningar är inte särskilt utförliga. Men han har tagit bra betalt.

– Då har vi i alla fall fått svar på hur han kunde göra sina dyra utlandsresor, sa Wallander. Det kostade honom 30 000 kronor att köpa den resa till Nairobi som aldrig blev av.

– Han hade ett uppdrag när han dog, sa Ann-Britt Höglund.

Hon la upp en datumkalender på skrivbordet. Wallander tänkte på de glasögon han ännu inte skaffat sig. Han brydde sig inte om att titta på kalendern.

– Det tycks ha varit ett av hans vanligaste uppdrag, fortsatte hon. En person som bara kallas »fru Svensson« misstänker att hennes man är otrogen.

– Här i Ystad? frågade Wallander. Eller arbetade han också på andra håll?

– 1987 har han ett uppdrag i Markaryd, sa Svedberg. Det finns ingenting längre norrut. Sen rör det sig bara om Skåne. 1991 reser han till Danmark två gånger och en gång till Kiel. Jag har inte hunnit se på det i detalj. Men det handlar om en maskinchef på en färja som tycks ha haft en historia med en servitris som också arbetat på färjan. Hans fru i Skanör hade uppenbarligen rätt i sina misstankar.

– Men annars har han bara varit verksam i Ystadstrakten?

– Jag vill inte säga det, svarade Svedberg. Södra och östra Skåne är nog ett riktigare svar.

– Holger Eriksson? frågade Wallander. Har ni hittat hans namn? Ann-Britt Höglund såg på Svedberg som skakade på huvudet.

– Harald Berggren?

– Inte han heller.

– Har ni hittat nånting som kan tyda på ett samband mellan Holger Eriksson och Gösta Runfeldt?

Svaret var nekande. De hade inte hittat någonting. Det måste finnas, tänkte Wallander. Det är orimligt att det skulle finnas två olika gärningsmän. Det är lika orimligt att det skulle varit två tillfälliga offer. Sambandet finns. Det är bara det att vi inte har hittat det än.

– Jag begriper mig inte på honom, sa Ann-Britt Höglund. Det kan inte råda några tvivel om att han är en passionerad blomsterälskare. Samtidigt ägnar han tid åt att vara privatdetektiv.

– Människor är sällan som man tror att dom är, svarade Wallander, och undrade hastigt om det också gällde honom själv.

– Han tycks alltså ha tjänat en hel del pengar på sin verksamhet, sa Svedberg. Men om jag inte minns alldeles fel har han inte uppgett nån av inkomsterna när han gjort sina deklarationer. Kan det vara så enkelt att han har hållit det här hemligt för att inte skattemyndigheterna ska upptäcka vad han håller på med?

– Knappast, sa Wallander. Att vara privatdetektiv är nog i dom flestas ögon nåt ganska tvivelaktigt.

– Eller barnsligt, sa Ann-Britt Höglund. En lek för män som aldrig vuxit upp.

Wallander kände en oklar lust att opponera sig. Men eftersom han inte visste vad han skulle säga lät han bli.

Bilden som framträdde föreställde en man. Fotografiet var taget utomhus. Ingen av dem kunde identifiera bakgrunden. Mannen var i femtioårsåldern. Han hade tunt kortklippt hår. Nyberg gissade att bilderna var tagna på stort avstånd. Några av negativen var suddiga. Det kunde tyda på att Gösta Runfeldt hade använt ett teleobjektiv som var känsligt för minsta rörelse.

– Fru Svensson kontaktar honom första gången den 9 september, sa Ann-Britt Höglund. Den 14 och 17 september har Runfeldt noterat att han »arbetat på uppdraget«.

– Det är bara några få dagar innan han ska resa till Nairobi, sa Wallander.

De hade gått ut ur framkallningsrummet. Nyberg hade satt sig vid skrivbordet och gick igenom ett antal dokumentmappar som innehöll fotografier.

– Vem är hans klient? frågade Wallander. Fru Svensson?

– Hans kundregister och anteckningar är otydliga, sa Svedberg. Det verkar ha varit en fåordigt skrivande detektiv. Det finns inte ens en adress till fru Svensson.

– Hur får en privatdetektiv tag på kunder? frågade Ann-Britt Höglund. Han måste ju göra sin verksamhet känd.

– Jag har sett annonser i tidningar, sa Wallander. Kanske inte i Ystads Allehanda. Men i rikstidningarna. På nåt sätt måste det vara möjligt att spåra den här fru Svensson.

– Jag talade med portvakten, sa Svedberg. Han trodde att Runfeldt hade nån sorts lager här. Han hade aldrig sett några människor komma på besök hit ner.

– Han har nog träffat sina kunder på andra ställen, sa Wallander. Det här har varit hans hemliga rum i livet.

De begrundade under tystnad vad han hade sagt. Wallander försökte bestämma sig för vad som nu var viktigast. Samtidigt märkte han att presskonferensen fortfarande spökade i hans huvud. Mannen från Anmärkaren hade oroat honom. Kunde det verkligen vara så att en riksorganisation för medborgargarden höll på att bildas? Om det var så visste Wallander att steget till att dessa människor också började utmäta straff var mycket kort. Han kände behov av att berätta vad som hänt för Ann-Britt Höglund och Svedberg. Men han lät det bero. Sannolikt var det bättre att de tog upp det gemensamt under nästa möte på polishuset. Egentligen var det också Lisa Holgersson som borde göra det.

– Vi måste hitta fru Svensson, sa Svedberg. Frågan är bara hur?
– Vi måste hitta henne, sa Wallander. Och vi kommer att hitta henne. Vi får sätta vakt på telefonen och gå igenom alla papper här på nytt. Nånstans finns hon. Det är jag övertygad om. Jag tänker lämna det åt er. Själv ska jag ha ett samtal med Runfeldts son.

Han lämnade Harpegatan och körde ut på Österleden. Vinden var fortfarande byig. Staden kändes övergiven. Han svängde upp Hamngatan och parkerade vid Posten. Sedan gav han sig ut i blåsten igen. Han såg sig själv som en patetisk figur, en polisman i alltför tunn tröja, stretande i blåsten i en ödslig svensk stad om hösten. Det svenska rättsväsendet, tänkte han. Det som nu finns kvar. Det är så det ser ut. Frysande polismän i för tunna tröjor.

Han svängde vänster vid Sparbanken och följde gatan som ledde honom till Sekelgården. Han hade noterat att den man han sökte hette Bo Runfeldt. I receptionen satt en ung man och läste. Wallander nickade.

– Hej, sa pojken.

Wallander insåg plötsligt att han kände igen honom. Det tog ett ögonblick innan han kom ihåg att det var förre polischefen Björks äldste son.

– Det var länge sen, sa Wallander. Hur mår pappa?
– Han vantrivs i Malmö.

Han vantrivs inte i Malmö, tänkte Wallander. Han vantrivs med att vara chef.

– Vad läser du? frågade Wallander.
– Om fraktaler.
– Fraktaler?
– Det är en matematisk term. Jag läser vid universitetet i Lund. Det här är bara extraarbete.
– Det låter bra, sa Wallander. Och jag har inte kommit hit för att hyra rum. Utan för att tala med en av dina gäster. Bo Runfeldt.
– Han kom just in.
– Finns det nånstans vi kan sitta och prata ostört?
– Det är nästan inga gäster ikväll, sa pojken. Ni kan sitta i frukostrummet.

Han pekade mot korridoren.

– Jag väntar där, sa Wallander. Ring upp till hans rum och tala om vem det är som väntar på honom.

– Jag har sett det i tidningarna, sa pojken. Hur kommer det sig att allting har blivit så mycket värre?

Wallander såg på honom med intresse.

– Vad menar du med det?

– Värre. Grövre. Kan man mena mer än en sak?

– Jag vet inte, svarade Wallander. Jag vet ärligt talat inte varför det har blivit så här. Samtidigt så tror jag inte på det jag själv står och säger just nu. Egentligen så vet jag nog. Egentligen så vet alla varför det har blivit så här.

Björks son ville fortsätta samtalet. Men Wallander lyfte avvärjande handen och pekade på telefonen. Sedan gick han in och satte sig i frukostrummet. Han tänkte på det oavslutade samtalet. Varför allting blev värre och grövre. Han undrade över varför han själv var så ovillig att svara. Han visste ju mycket väl hur förklaringen såg ut. Det Sverige som var hans, det han hade växt upp i, det land som hade byggts efter kriget, hade inte stått så stadigt på urberget som de trott. Under alltsammans hade funnits ett gungfly. Redan den gången hade bostadsområden som rests beskrivits som »omänskliga«. Hur kunde man begära att människor som levde där skulle behålla all sin »mänsklighet« oförstörd? Samhället hade hårdnat. Människor som kände sig obehövda eller direkt ovälkomna i sitt eget land reagerade med aggressivitet och förakt. Det fanns inget meningslöst våld, det visste Wallander. Allt våld hade en mening för den som utövade det. Först när man vågade acceptera den sanningen kunde man ha hopp om att vrida utvecklingen åt ett annat håll.

Han frågade sig också hur det skulle vara möjligt att fungera som polis i framtiden. Han visste att flera av hans kollegor allvarligt övervägde att söka sig andra sysselsättningar. Martinsson hade talat om det vid flera tillfällen, Hansson hade nämnt det en gång när de satt i kafferummet. Och Wallander själv hade några år tidigare klippt ut en annons i tidningen om en ledigförklarad tjänst som säkerhetsansvarig vid ett stort företag i Trelleborg.

Han undrade hur Ann-Britt Höglund tänkte. Hon var ännu ung. Hon skulle vara polis i minst trettio år till.

Han tänkte att han skulle fråga henne. Han behövde veta för att förstå hur han själv skulle orka.

Samtidigt visste han att den bild han ritade upp för sig själv var ofullständig. Bland unga människor hade intresset för polisyrket ökat kraftigt under de senaste åren. Ökningen tycktes också hålla i sig. Wallander hade mer och mer blivit övertygad om att det hela var en generationsfråga.

Han bar på en oklar känsla av att han länge hade haft rätt. Redan i början på 90-talet hade han ofta suttit på Rydbergs balkong under varma sensommarkvällar och de hade talat om hur framtidens poliser skulle se ut. De hade sedan fortsatt sina samtal under Rydbergs sjukdom och hans sista tid. Ingenstans hade de satt punkt. Alltid hade de inte heller varit eniga. Men de hade alltid varit överens om att polisarbete ytterst handlade om att kunna tyda tidens tecken. Att förstå förändringar, tolka rörelser i ett samhälle.

Wallander hade redan då tänkt att på samma sätt som han tog rätt hade han också fel på en avgörande punkt: Det var inte svårare idag än igår att vara polis.

Det var svårare för honom. Vilket inte var samma sak.

Wallander blev avbruten i sina tankar av att han hörde steg i korridoren vid receptionen. Han reste sig och tog emot Bo Runfeldt stående. Det var en lång och välväxt man. Wallander bedömde hans ålder till 27 eller 28 år. Handslaget var kraftigt. Wallander bad honom sätta sig ner. Samtidigt insåg han att han som vanligt hade glömt att ta med sig ett anteckningsblock. Det var tveksamt om han ens hade en penna med sig. Han övervägde om han skulle gå ut i receptionen och låna papper och penna av Björks son. Men han lät det vara. Han fick försöka minnas ändå. Men slarvet var oförlåtligt. Det irriterade honom.

– Jag får börja med att beklaga sorgen, sa Wallander.

Bo Runfeldt nickade. Men han sa ingenting. Hans ögon var intensivt blå, blicken något kisande. Wallander tänkte att han möjligen var närsynt.

– Jag vet att du har haft ett utförligt samtal med min kollega, inspektör Hansson, fortsatte Wallander. Men jag behöver också ställa ett par frågor till dig.

Bo Runfeldt fortsatte att tiga. Wallander märkte att hans blick var mycket genomträngande.

– Om jag har förstått saken rätt bor du i Arvika, sa Wallander. Och du är revisor.

– Jag arbetar för Price Waterhouse, sa Bo Runfeldt. Hans röst avslöjade en människa som var van att uttrycka sig.

– Det låter inte riktigt svenskt?

– Det är det inte heller. Price Waterhouse är en av världens största revisionsfirmor. Det är lättare att ge exempel på länder där vi inte är verksamma än motsatsen.

– Men du arbetar i Sverige?

– Inte hela tiden. Jag har ofta uppdrag i länder i Afrika och Asien.

– Behöver de revisorer från Sverige?

– Inte just från Sverige. Men från Price Waterhouse. Vi kontrollerar många biståndsprojekt. Att pengarna verkligen har hamnat där de ska.

– Och det har dom?

– Inte alltid. Har det verkligen betydelse för vad som har hänt med min far?

Wallander märkte att mannen som satt mitt emot honom dåligt kunde dölja att han betraktade ett samtal med en polisman som något långt under hans värdighet. I normala fall skulle det ha lett till att Wallander blivit arg. Dessutom var det bara några timmar sedan han senast utsatts för den behandlingen. Men han kände sig osäker i förhållande till Bo Runfeldt. Något hos honom gjorde att han höll igen. Han undrade hastigt om det var så att han hade ärvt den underdånighet hans far så många gånger hade visat i sitt liv. Inte minst mot de män som kommit i sina glänsande amerikanska bilar och köpt hans tavlor. Han hade aldrig tänkt tanken förrän nu. Kanske det var arvet han hade efter sin far. En känsla av mindre värde, dolt under ett svagt lager demokratisk fernissa.

Han betraktade mannen med de blå ögonen.

– Er far har blivit mördad, sa han. Just nu är det jag som avgör vilka frågor som har betydelse.

Bo Runfeldt ryckte på axlarna.

– Jag måste erkänna att jag inte vet särskilt mycket om polisarbete.

– Din syster har jag talat med under dagen, fortsatte Wallander. En fråga jag ställde henne kan tillmätas stor vikt. Nu ställer jag den också till dig. Visste du om att din far förutom han var blomsterhandlare också bedrev verksamhet som privatdetektiv?

Bo Runfeldt satt orörlig. Sedan brast han i skratt.

– Det var bland det mest idiotiska jag har hört på mycket lång tid, sa han.

– Idiotiskt eller inte. Men det är sant.

– Privatdetektiv?

– Privatspanare om du föredrar det. Han har haft ett kontor. Han har åtagit sig olika former av spaningsuppdrag. Han har hållit på i minst tio år.

Bo Runfeldt insåg att Wallander menade det han sa. Hans förvåning var äkta.

– Han bör ha påbörjat sin verksamhet ungefär samtidigt som din mamma drunknade.

Wallander fick tillbaka den känsla han hade haft när han talat med Bo Runfeldts syster tidigare under dagen. En nästan osynlig skiftning i hans ansikte, som om Wallander beträtt ett område han egentligen borde ha hållit sig utanför.

– Du visste om att din far skulle resa till Nairobi, fortsatte han. En av mina kollegor talade med dig i telefon. Du ställde dig helt oförstående till att han aldrig hade infunnit sig på Kastrup.

– Jag talade med honom dagen innan.

– Hur verkade han då?

– Han var som vanligt. Han talade om sin resa.

– Han visade inga tecken på oro?

– Nej.

– Du måste ha grubblat på vad som har hänt. Kan du ge nån tänkbar förklaring till att han frivilligt skulle avstå från resan? Eller föra er bakom ljuset?

–Till det finns ingen rimlig förklaring.

– Det verkar som om han har packat sin väska och lämnat lägenheten. Sen upphör alla spår.

– Nån måste ha väntat på honom.

Wallander avvaktade ett kort ögonblick innan han ställde nästa fråga.

– Vem?

– Jag vet inte.

– Hade din far några fiender?

– Inte vad jag vet. Inte nu längre.

Wallander hajade till.

– Vad menar du med det? Inte nu längre?

– Det jag säger. Jag tror knappast han hade några fiender nu längre.

– Kan du uttrycka dig lite tydligare?

Bo Runfeldt tog upp ett paket cigaretter ur fickan. Wallander noterade att han darrade lätt på handen.

– Har du nåt emot att jag röker?

– Inte alls.

Wallander väntade. Han visste att det skulle komma en fortsättning. Han hade också en föraning om att han närmade sig något viktigt.

– Jag vet inte om min far hade några fiender, sa han. Men jag vet en människa som hade skäl att tycka riktigt illa om honom.

– Vem?

– Min mor.

Bo Runfeldt väntade på att Wallander skulle ställa en fråga. Men den kom inte. Han fortsatte att vänta.

– Min far var en man som uppriktigt älskade orkidéer, sa Bo Runfeldt. Han var också en kunnig man. En självlärd blomsterforskare kan man säga. Men han var också nåt annat.

– Vad?

– Han var en brutal människa. Han misshandlade min mor under alla år de var gifta. Ibland så svårt att hon fick söka vård på sjukhus. Vi försökte få henne att lämna honom. Men det gick inte. Han slog henne. Sen var han förkrossad, och hon föll till föga. Det var en mardröm som aldrig tycktes ta slut. Den brutaliteten upphörde först när hon drunknade.

– Jag har förstått det så att hon gick ner sig i en vak.

– Det är också allt vad jag själv vet. Det var vad Gösta sa.

– Det verkar inte på mig som om du är alldeles övertygad?

Bo Runfeldt tryckte sönder den halvrökta cigaretten i askfatet.

– Kanske hade hon gått ut i förväg och sågat upp en vak? Kanske hon gjorde slut på alltsammans?

– Kan det ha varit en möjlighet?

– Hon talade om att begå självmord. Inte ofta, några gånger under dom sista åren hon levde. Men ingen av oss trodde på det. Det gör man ju inte. Alla självmord är i grund och botten oförklarliga för dom som borde ha sett och förstått vad som höll på att ske.

Wallander tänkte på pålgraven. De halvt igenomsågade plankorna. Gösta Runfeldt hade varit en brutal man. Han hade misshandlat sin hustru. Han sökte intensivt efter betydelsen av det Bo Runfeldt berättade.

– Jag sörjer inte min far, fortsatte Runfeldt. Jag tror inte heller att min syster gör det. Han var en brutal man. Han plågade livet ur vår mor.

– Han var aldrig brutal mot er?

– Aldrig. Bara mot henne.

– Varför misshandlade han henne?

– Jag vet inte och man ska inte tala illa om dom döda. Men han var ett monster.

Wallander tänkte efter.

– Har det nånsin föresvävat dig att din far skulle ha kunnat ta livet av din mor? Att det inte var nån olycka?

Bo Runfeldts svar kom fort och bestämt.

– Många gånger. Men det går naturligtvis inte att bevisa. Det fanns inga vittnen. Dom var ensamma på isen den där vinterdagen.
– Vad hette sjön?
– Stångsjön. Den ligger inte långt från Älmhult. I södra Småland.
Wallander tänkte efter. Hade han egentligen några fler frågor? Det var som om den pågående utredningen tagit ett strupgrepp på sig själv. Frågorna borde vara många. De var också många. Men det fanns ingen att ställa dem till.
– Säger namnet Harald Berggren dig nånting?
Bo Runefeldt tänkte efter grundligt innan han svarade.
– Nej. Ingenting. Men jag kan ta fel. Det är ett vanligt namn.
– Har din far nånsin haft kontakt med legosoldater?
– Inte som jag vet. Men jag minns att han ofta berättade om Främlingslegionen när jag var barn. Inte för min syster. Men för mig.
– Vad var det han berättade?
– Äventyr. Att ta värvning i Främlingslegionen var kanske en omogen dröm han själv en gång hade haft. Men jag är alldeles säker på att han aldrig hade med dom att göra. Eller andra legosoldater.
– Holger Eriksson? Har du hört det namnet?
– Mannen som blev mördad veckan innan min far? Jag har sett det i tidningarna. Men såvitt jag vet hade min far aldrig nåt med honom att göra. Jag kan naturligtvis ha fel. Våra kontakter var inte så nära.
Wallander nickade. Han hade inga flera frågor.
– Hur länge stannar du här i Ystad?
– Begravningen sker så fort vi kan ordna allting. Vi måste bestämma vad vi ska göra med blomsterhandeln.
– Det är mycket möjligt att jag kommer att höra av mig igen, sa Wallander och reste sig.
Wallander lämnade hotellet. Klockan var strax nio. Han märkte att han var hungrig. Vinden rev och slet i hans jacka. Han ställde sig i skydd av ett gathörn och försökte bestämma sig för vad han skulle göra. Han borde äta, det visste han. Men han kände också att han nu snart måste sätta sig ner och försöka samla sina tankar. Utredningarna som flätade i varandra hade börjat rotera. Risken var nu stor att de tappade fotfästet. Fortfarande sökte han efter den punkt där Holger Erikssons och Gösta Runfeldts liv tangerade varandra. Någonstans i en dunkel bakgrund finns den, sa han till sig själv. Kanske jag dessutom redan har sett den, eller gått förbi den, utan att märka det.

Han hämtade sin bil och körde upp till polishuset. Redan när han satt i bilen ringde han till Ann-Britt Höglunds mobiltelefon. Hon berättade att de fortfarande höll på att gå igenom kontoret. Men Nyberg hade de skickat hem eftersom han hade svår värk i foten.

– Jag är på väg till mitt kontor efter ett intressant samtal med Runfeldts son, sa Wallander. Jag behöver tid att gå igenom det.

– Det räcker inte med att vi rotar runt i våra papper, svarade Ann-Britt Höglund. Vi behöver nån som tänker också.

Efteråt visste han inte om hon hade menat det sista hon hade sagt ironiskt. Men han sköt undan tanken. Han hade inte tid.

Hansson satt på sitt kontor och höll på att gå igenom delar av det utredningsmaterial som börjat samlas. Wallander blev stående i dörren. Han hade en kaffemugg i handen.

– Var är dom rättsmedicinska protokollen? frågade han plötsligt. Dom måste ha kommit nu. Åtminstone det angående Holger Eriksson.

– De ligger nog inne hos Martinsson. Jag har för mig att han nämnde nånting om det.

– Är han kvar?

– Han har gått hem. Han la över ett register på en diskett och skulle fortsätta arbeta hemma.

– Är det verkligen tillåtet? undrade Wallander tankspritt. Att ta med sig utredningsmaterial hem?

– Jag vet inte, svarade Hansson. För mig har det aldrig varit aktuellt. Jag har inte ens en dator hemma. Men det kanske är tjänstefel nuförtiden?

– Vad skulle vara tjänstefel?

– Att inte ha en dator i sitt hem?

– I så fall delar vi det tjänstefelet, sa Wallander. Jag vill gärna se dom där protokollen i morgon bitti.

– Hur gick det med Bo Runfeldt?

– Jag ska skriva ner mina anteckningar nu ikväll. Men han sa saker som kan ha betydelse. Dessutom vet vi nu med säkerhet att Gösta Runfeldt fördrev en del av sin tid som privatpraktiserande detektiv.

– Svedberg ringde. Han har berättat.

Wallander tog upp sin telefon ur fickan.

– Vad gjorde vi innan vi hade dom här? frågade han. Jag minns det knappast längre.

– Vi gjorde precis som nu, svarade Hansson. Men det tog längre tid. Vi letade efter telefonkiosker. Vi satt mycket mer i våra bilar. Men vi gjorde precis samma saker som nu.

Wallander gick genom korridoren till sitt rum. Nickade åt några ordningspoliser som kom ut från kafferummet. När han kommit in i sitt rum satte han sig i sin stol utan att knäppa upp jackan. Först efter mer än tio minuter tog han av sig den och drog till sig ett oanvänt kollegieblock.

Det tog honom mer än två timmar att göra en grundlig sammanfattning av de två morden. Han hade då försökt navigera två fartyg samtidigt. Han sökte hela tiden efter den beröringspunkt som han visste måste finnas. När klockan var över elva och han slängde pennan ifrån sig och lutade sig bakåt i stolen hade han nått en punkt där han inte kunde se något mer.

Men han var säker. Beröringen fanns där. De hade bara inte hittat den än.

Där fanns också någonting annat.

Gång på gång återkom han till den iakttagelse Ann-Britt Höglund hade gjort. *Det fanns något demonstrativt i tillvägagångssättet.* Både när det gällde Holger Erikssons död bland de spetsade bambupålarna och Gösta Runfeldt som blivit strypt och lämnats bunden vid ett träd.

Jag ser någonting, tänkte han. Men jag lyckas inte se igenom det.

Han grubblade på vad det kunde vara. Men han hittade inget svar.

Klockan var närmare midnatt när han släckte lampan på sitt kontor.

Han blev stående i mörkret.

Ännu var det bara som en aning, en vag fruktan längst inne i hans hjärna.

Han trodde att gärningsmannen skulle slå till igen. En enda signal tyckte han sig ha fångat upp under sin genomgång vid skrivbordet.

Det var något ofullbordat över allt det som hittills hade skett.

Vad det var visste han inte.

Ändå var han säker.

18.

Hon väntade tills klockan hade blivit halv tre på natten. Av erfarenhet visste hon att det var då tröttheten kom smygande. Hon tänkte tillbaka på alla nätter hon själv hade arbetat. Det hade alltid varit så. Mellan klockan två och fyra var risken för att slumra till som allra störst.

Hon hade väntat i linneförrådet sedan klockan nio på kvällen. Liksom vid sitt första besök hade hon gått in genom sjukhusets huvudingång. Ingen hade lagt märke till henne. En sjuksköterska som hade bråttom. Kanske hade hon varit ute i ett ärende? Eller hämtat något som hon glömt i sin bil? Ingen hade lagt märke till henne eftersom det inte var något ovanligt med henne. Hon hade övervägt om hon skulle maskera sig. Kanske byta ut sitt hår? Men det skulle ha varit ett utslag av överdriven försiktighet. I linneförrådet, där hon vagt påminde sig sin barndom med doften av nytvättade, manglade lakan, hade hon haft gott om tid att tänka. Hon hade suttit där i mörker, även om det inte skulle ha gjort något om hon haft lampan tänd. Först efter midnatt hade hon tagit fram sin ficklampa, den som hon också använde i sitt arbete, och läst det sista brev som hennes mor hade skrivit till henne. Det hade varit oavslutat precis som alla de andra Françoise Bertrand hade skickat till henne. Men det var i det sista brevet som modern plötsligt hade börjat tala om sig själv. Om händelserna som legat bakom när hon försökt ta livet av sig. Hon hade förstått att hennes mor aldrig hade kommit över sin bitterhet. *Som ett herrelöst skepp driver jag runt i världen,* hade hon skrivit. *Jag är en osalig flygande holländare som tvingas sona en annans skuld. Jag trodde att åldern skulle lägga avstånd till avstånd, minnen bli allt vagare, blekna och kanske till sist försvinna. Men jag inser nu att det inte är så. Först med döden kan jag sätta punkt. Och eftersom jag inte vill dö, inte ännu, väljer jag också att minnas.*

Brevet hade varit daterat dagen innan hennes mor tagit in hos de franska nunnorna, dagen innan skuggor hade lösgjort sig ur mörkret och dödat henne.

När hon hade läst brevet hade hon släckt ficklampan. Allting hade varit mycket tyst. Två gånger hade någon passerat i korridoren utanför. Linneförrådet fanns på en avdelning som bara delvis var i bruk.

Hon hade haft gott om tid att tänka. I hennes tidtabell var nu inskrivet tre lediga dagar. Först om 49 timmar skulle hon gå i tjänst igen, klockan 17.44. Hon hade tid och hon skulle använda sig av den. Hittills hade allt gått som det måste gå. Kvinnor begick bara misstag när de tänkte som män. Det hade hon vetat länge. Hon tyckte också att hon redan nu hade bevisat det.

Det fanns dock någonting som störde henne. Som skar sönder hennes tidtabell. Hon hade noga följt med i allt som stått skrivet i tidningarna. Hon hade lyssnat på radionyheterna och sett på de olika tevekanalernas sändningar. Det stod alldeles klart för henne att poliserna ingenting förstod. Det hade också varit hennes avsikt, att inte lämna några spår, att leda hundarna bort från den stig där de egentligen skulle leta. Men nu var det som om hon kunde känna en otålighet över all denna oduglighet. Poliserna skulle aldrig förstå vad som hade hänt. I sina handlingar skapade hon gåtor som skulle gå till historien. Men i minnet skulle polisen alltid ha sökt efter en man som begått dessa brott. Hon ville inte längre att det skulle vara så.

Hon satt i det mörka linneförrådet och gjorde upp en plan. I fortsättningen skulle hon göra små förändringar. Ingenting som rubbade hennes tidtabell. Det fanns alltid en inbyggd marginal, även om den inte kunde märkas på ytan.

Hon skulle ge gåtan ett ansikte.

När klockan blivit halv tre lämnade hon linneförrådet. Sjukhuskorridoren låg övergiven. Hon rättade till sina vita arbetskläder och gick sedan mot den trappa som ledde henne upp mot BB-avdelningen. Hon visste att det som vanligt bara var fyra personer i tjänst. Under dagen hade hon varit där och låtsats fråga efter en kvinna som hon visste redan hade åkt hem med sitt barn. Över axeln på sköterskan hade hon i en bok kunnat se att alla rum var upptagna. Hon hade svårt att förstå varför kvinnor födde barn vid den här tiden av året, när hösten drog mot vinter. Men hon visste svaret. Kvinnor valde fortfarande inte själva när de skulle föda sina barn.

När hon kom till de glasdörrar som ledde in mot BB-avdelningen stannade hon och spanade försiktigt mot kontorsrummet. Hon höll dörren svagt på glänt. Inga röster kunde höras. Det betydde att barnmorskorna och sköterskorna var upptagna. Det skulle ta henne mindre än femton sekunder att gå till det rum där den kvinna låg som hon skulle besöka. Sannolikt skulle hon inte möta någon. Men hon kunde inte veta. Hon drog upp handsken som hon hade i fickan. Hon hade sytt den själv och fyllt den yttersta leden med bly som hon format tills den följde knogarnas konturer. Hon satte på den på höger hand, öppnade dörren och gick hastigt in på avdelningen. Kontorsrummet var tomt, en radio stod på någonstans och hon gick fort och ljudlöst till det rum som var det rätta. Där gled hon in och dörren föll ljudlöst igen bakom henne.

Kvinnan som låg i sängen var vaken. Hon drog av sig handsken och stoppade den i fickan. Samma ficka där brevet från hennes mor låg i sitt kuvert. Hon satte sig på sängkanten. Kvinnan var mycket blek och hennes mage sköt upp under lakanet. Hon tog kvinnans hand.

– Har du bestämt dig? frågade hon.

Kvinnan nickade. Hon som satt på sängkanten var inte förvånad. Men hon kände ändå en sorts triumf. Även de kvinnor som var mest förkrympta kunde vändas mot livet igen.

– Eugen Blomberg, sa hon. Han bor i Lund. Han är forskare på universitetet. Jag vet inte hur jag ska förklara närmare vad han gör.

Hon klappade kvinnan på handen.

– Det tar jag reda på själv, sa hon. Det behöver du inte tänka på.

– Jag hatar den mannen, sa hon.

– Ja, sa hon som satt på sängkanten. Du hatar honom och du hatar honom med rätta.

– Om jag kunde så hade jag dödat honom.

– Jag vet. Men det kan du inte. Tänk på ditt barn istället.

Hon böjde sig framåt och strök kvinnan över kinden. Sedan reste hon sig och satte på sig handsken. Hon hade varit inne i rummet högst två minuter. Försiktigt sköt hon upp dörren. Ingen av barnmorskorna eller sjuksköterskorna syntes till. Hon gick mot utgångsdörren igen.

Just när hon var på väg förbi kontorsrummet kom en kvinna ut. Det var otur. Men det kunde inte hjälpas. Kvinnan stirrade på henne. Det var en äldre kvinna, förmodligen en av de två barnmorskorna.

Hon fortsatte att gå mot ytterdörren. Men kvinnan bakom henne ropade och sprang ifatt henne. Fortfarande tänkte hon sig bara att fortsätta, försvinna ut genom dörrarna. Men kvinnan där bakom högg tag i hennes ena arm och frågade vem hon var och vad hon gjorde där. Det var sorgligt att kvinnor alltid skulle vara så besvärliga, tänkte hon. Sedan vände hon sig hastigt om och slog till med handsken. Hon ville inte skada, inte slå för hårt. Hon aktade sig noga för att träffa i tinningen, det kunde vara ödesdigert. Hon slog till mot kvinnans ena kind, lagom hårt. Tillräckligt för att bedöva henne, få henne att släppa greppet om armen. Kvinnan stönade till och sjönk ner på golvet. Hon vände sig om för att fortsätta. Då kände hon hur två händer grep om hennes ben. När hon vände sig om insåg hon att hon hade slagit för löst. Samtidigt hörde hon en dörr öppnas någonstans i bakgrunden. Hon höll på att tappa kontrollen över situationen. Hon slet i benet och böjde sig för att slå till ännu en gång. Då klöste kvinnan henne i ansiktet. Nu slog hon utan att tänka på om det var för hårt eller inte. Rakt mot tinningen. Kvinnan släppte greppet om hennes ben och sjönk ihop. Hon flydde ut genom glasdörrarna och kände att naglarna hade rispat hål på hennes kind. Hon sprang längs korridoren. Ingen ropade efter henne. Hon torkade sig i ansiktet. Den vita ärmen fick fläckar av blod. Hon stoppade handsken i fickan, tog av sig träskorna för att kunna springa fortare. Hon undrade om sjukhuset hade någon sorts internt larm. Men hon kom ut ur sjukhuset utan att möta någon. Först när hon satt i bilen och såg på sitt ansikte i backspegeln märkte hon att risporna varken var många eller djupa.

Det hade inte gått alldeles som hon hade tänkt sig. Det kunde man heller inte alltid räkna med. Det viktigaste var trots allt att hon nu hade lyckats beveka kvinnan som skulle föda barn att avslöja namnet på den man som vållat henne så mycken olycka.

Eugen Blomberg.

Ännu hade hon två dygn att påbörja efterforskningen och göra en plan och en tidtabell. Hon hade heller inte bråttom. Det fick ta den tid det tog. Men hon räknade inte med att hon skulle behöva mer än en vecka.

Bakugnen var tom. Den väntade.

*

Strax efter klockan åtta på torsdagsmorgonen var spaningsgruppen samlad i sammanträdesrummet. Wallander hade också bett Per Åkeson att vara närvarande. Just när han skulle börja upptäckte han att någon fattades.

– Svedberg? undrade han. Har han inte kommit?

– Han har kommit och gått, svarade Martinsson. Det har tydligen varit något överfall uppe på sjukhuset i natt. Han räknade med att han snart skulle vara tillbaka.

En oklar minnesbild for genom Wallanders huvud utan att han kunde fånga den. Den hade med Svedberg att göra. Och sjukhuset.

– Det här aktualiserar behovet av mer personal, sa Per Åkeson. Vi kommer nog inte undan den diskussionen längre. Tyvärr.

Wallander visste vad han menade. Vid flera tidigare tillfällen hade han själv och Per Åkeson kolliderat när det gällde bedömningen om de skulle begära extra personal eller inte.

– Vi tar den diskussionen mot slutet, sa Wallander. Låt oss börja med var vi egentligen befinner oss i den här härvan.

– Det har kommit några telefonsamtal från Stockholm, sa Lisa Holgersson. Jag behöver knappast säga från vem. Dom här våldsamma händelserna skymmer bilden av dom vänliga närpoliserna.

En blandning av uppgivenhet och munterhet drog hastigt genom rummet. Men ingen kommenterade det Lisa Holgersson hade sagt. Martinsson gäspade ljudligt. Wallander använde sig av det som en startsignal.

– Alla är vi trötta, sa han. Polisens förbannelse är bristen på sömn. Åtminstone i perioder.

Där blev han avbruten av att dörren öppnades. Nyberg kom in. Wallander hade vetat att han suttit i ett telefonsamtal med kriminaltekniska laboratoriet i Linköping. Han linkade fram till bordet med sin krycka.

– Hur går det med foten? frågade Wallander.

– Det är i alla fall bättre än att spetsas på bambu som importerats från Thailand, svarade han.

Wallander betraktade honom forskande.

– Vet vi det med bestämdhet? Att dom kommer från Thailand?

– Det vet vi. Dom importeras som metspön och dekorationsmaterial via ett handelshus i Bremen. Vi har talat med den svenska agenten. Det kommer in över hundra tusen bambustavar per år. Det är omöjligt att säga var i landet dom här har köpts. Men jag har just talat med Linköping. Dom kan i alla fall hjälpa oss med att tala om hur länge dom har funnits i landet. Bambun importeras när den har en viss ålder.

Wallander nickade.

– Något annat? frågade han, fortfarande vänd mot Nyberg.

– När det gäller Eriksson eller Runfeldt?

– Båda. I tur och ordning.

Nyberg slog upp sitt anteckningsblock.

– Plankorna till spången kommer från Byggvaruhuset i Ystad, började han. Om vi nu har nån glädje av att veta det. Mordplatsen är ren från föremål som vi eventuellt kunde haft nån glädje av. På baksidan av kullen där han hade sitt fågeltorn fanns en kärrväg som vi kan utgå från har använts av mördaren. Om han nu kommit med bil. Vilket han väl antagligen har gjort. Vi har tryckt av alla bilspår vi hittat. Men det hela är en egendomligt renskrapad brottsplats.

– Och huset?

– Problemet är att vi inte vet vad vi letar efter. Allt verkar ha varit i god ordning. Det inbrott han anmälde för nåt år sen är också en gåta. Det enda som möjligen kan vara värt att notera är att Holger Eriksson så sent som för några månader sen lät montera in ett par extra lås i dom dörrar som ledde direkt in i boningshuset.

– Det bör kunna tydas som om han blivit rädd, sa Wallander.

– Jag tänker mig den förklaringen, svarade Nyberg. Men alla människor monterar väl å andra sidan in extra lås i våra dagar? Vi lever i pansardörrarnas förlovade tid.

Wallander lämnade Nyberg och såg sig om runt bordet.

– Grannar, sa han. Olika tips. Vem var Holger Eriksson? Vem kan ha haft skäl att döda honom? Harald Berggren? Det är på tiden att vi gör en grundlig genomgång. Det får ta den tid det tar.

Efteråt skulle Wallander tänka tillbaka på den där torsdagsmorgonen som en till synes oändlig uppförsbacke. Var och en lade fram resultatet av sitt arbete och det hela utmynnade i att det ingenstans fanns några tecken på ett genombrott. Uppförsbacken växte. Holger Erikssons liv förföll ointagligt. När de väl lyckades slå hål fanns där ingenting. Och de gick vidare medan backen bara blev längre och brantare. Ingen hade sett någonting, ingen tycktes egentligen ha känt denne man som sålde bilar, spanade efter fåglar och skrev dikter. Wallander började till slut tro att han ändå hade tagit fel, att Holger Eriksson trots allt hade råkat ut för en tillfällig lustmördare, som hade råkat välja just hans dike och såga av just hans spång. Men han visste hela tiden innerst inne att det inte kunde vara så. Mördaren hade talat ett språk, det fanns en logik och en konsekvens i hans sätt att döda Holger Eriksson. Wallander tog inte fel. Hans problem var att han inte visste vad som istället var rätt.

De hade alldeles kört fast när Svedberg kom tillbaka från sjukhuset. Efteråt hade Wallander tänkt att han i det ögonblicket verkligen hade uppträtt som räddaren i deras stora nöd. För det var när Svedberg hade satt sig vid ena långsidan och efter mycket besvär fått ordning på sina papper som de äntligen nådde en punkt där utredningen tycktes öppna en dörr på glänt.

Svedberg hade börjat med att be om ursäkt för sin frånvaro. Wallander tyckte att han måste fråga vad som hade hänt på sjukhuset.

– Det hela är mycket egendomligt, sa Svedberg. Nån gång strax innan tre i natt dök en sjuksköterska upp på BB. En av barnmorskorna, som heter Ylva Brink och för övrigt är min kusin, arbetade där i natt. Hon kände inte igen sjuksköterskan och försökte ta reda på vad hon gjorde där. Då blev hon nerslagen. Det verkar dessutom som om den här sjuksköterskan hade en blydagg eller nåt sånt i handen. Ylva svimmade. När hon vaknade var kvinnan borta. Det blev naturligtvis stor uppståndelse. Ingen vet vad hon gjorde där. Dom har frågat alla kvinnor som ligger där för att föda barn. Men ingen har sett henne. Jag har varit där och talat med personalen som arbetade i natt. Dom var naturligtvis mycket upprörda.

– Hur gick det med barnmorskan? frågade Wallander. Din kusin?

– Hon har fått en hjärnskakning.

Wallander skulle just återvända till Holger Eriksson när Svedberg tog till orda igen. Han verkade brydd och kliade sig nervöst på flinten.

– Det som är ännu mer egendomligt är att den här sjuksköterskan har varit där en gång tidigare. En natt för en vecka sen. Av en slump arbetade Ylva den gången också. Hon är säker på att det egentligen inte är en sjuksköterska. Hon är utklädd.

Wallander rynkade pannan. Samtidigt erinrade han sig det papper som han i en veckas tid haft liggande på sitt bord.

– Du talade med Ylva Brink då också, sa han. Och gjorde några anteckningar.

– Det pappret kastade jag, sa Svedberg. Eftersom det inte hände nåt den gången tänkte jag att det inte var något att bry sig om. Vi har ju viktigare saker att hålla på med.

– Jag tycker det verkar obehagligt, sa Ann-Britt Höglund. En falsk sköterska som tar sig in på BB om nätterna. Och inte tvekar att gripa till våld. Det måste betyda nånting.

– Min kusin kände inte igen henne. Men hon kunde ge en ganska god beskrivning av hennes utseende. Hon var kraftigt byggd och alldeles uppenbarligen mycket stark.

Wallander sa ingenting om att han hade Svedbergs papper på sitt skrivbord.

– Det låter märkligt, sa han bara. Vad vidtar sjukhuset för åtgärder?

– Dom kommer tills vidare att anlita ett vaktbolag. Sen får dom väl se om den där falska sköterskan dyker upp igen eller inte.

De lämnade nattens händelser. Wallander såg på Svedberg och tänkte missmodigt att han säkert bara skulle komma att förstärka bilden av att utredningen stod stilla. Men han tog fel. Det visade sig att Svedberg hade nyheter att komma med.

– I förra veckan talade jag med en av Holger Erikssons anställda, sa han. Ture Karlhammar, 73 år gammal, bosatt i Svarte. Jag skrev en rapport om det som ni kanske har läst. Han hade arbetat som bilförsäljare åt Holger Eriksson i mer än 30 år. Till en början satt han bara och beklagade det som hade hänt. Och Holger Eriksson hade varit en man ingen kunde säga nåt annat än gott om. Karlhammars fru höll på att koka kaffe. Dörren till köket var öppen. Plötsligt kom hon in, dängde kaffebrickan i bordet så grädden skvätte och sa att Holger Eriksson var en skurk. Sen gick hon.

– Vad hände sen? frågade Wallander förvånat.

– Det blev naturligtvis lite pinsamt. Men Karlhammar vidhöll sin version. Efteråt gick jag för att tala med frun. Men då var hon borta.

– Vad menas med det? Borta?

– Hon hade tagit bilen och kört därifrån. Jag ringde sen flera gånger. Då var det ingen som svarade. Men i morse låg här ett brev. Jag läste det innan jag for upp till sjukhuset. Det är från Karlhammars fru. Och om det stämmer, det hon skriver, så är det mycket intressant läsning.

– Sammanfatta, sa Wallander. Sen kan du kopiera brevet.

– Hon påstår att Holger Eriksson många gånger i sitt liv visade tecken på sadism. Han behandlade sina anställda illa. Han kunde trakassera dom som valde att sluta arbeta hos honom. Hon upprepar gång på gång att hon kan ge hur många exempel som helst på att det hon skriver är sant.

Svedberg letade i texten.

– Hon skriver att han hade mycket lite respekt för andra människor. Han var hård och girig. Mot slutet av brevet antyder hon att han ofta gjorde resor till Polen. Det ska tydligen ha funnits några kvinnor där. Enligt fru Karlhammar skulle dom också kunna berätta. Men det kan förstås vara skvaller. Hur skulle hon kunna känna till vad han gjorde i Polen?

– Hon antyder ingenting om att han kunde ha varit homosexuell? frågade Wallander.

– Det här om resorna till Polen ger knappast det intrycket.

– Nån person med namnet Harald Berggren hade Karlhammar förstås inte hört talas om?

– Nej.

Wallander kände ett behov av att sträcka på sig. Det Svedberg hade berättat om innehållet i brevet var utan tvekan viktigt. Han tänkte att det var andra gången inom loppet av ett dygn han hade fått en man beskriven för sig som brutal.

Han föreslog en kort paus så att de kunde vädra. Per Åkeson dröjde sig kvar i rummet.

– Det är klart nu, sa han. Med Sudan.

Wallander kände ett hugg av avundsjuka. Per Åkeson hade fattat ett beslut och vågade sitt uppbrott. Varför gjorde han inte samma sak själv? Varför nöjde han sig med att leta efter ett nytt hus? Nu när hans far var borta hade han ingenting som band honom vid Ystad längre. Linda klarade sig själv.

– Dom behöver inga poliser som håller ordning på flyktingarna? Jag har ju viss erfarenhet av det arbetet här i Ystad.

Per Åkeson skrattade.

– Jag kan fråga, sa han. Svenska poliser brukar ingå i olika utländska brigader under FN. Ingenting hindrar att du lämnar in en ansökan.

– Just nu hindras jag av en mordutredning. Men kanske sen. När reser du?

– Efter jul. I mellandagarna.

– Och din fru?

Per Åkeson slog ut med armarna.

– Egentligen tror jag hon är glad över att slippa se mig på ett tag.

– Och du? Är du också glad över att slippa se henne?

Per Åkeson tvekade med svaret.

– Ja, sa han sedan. Jag tycker det ska bli skönt att komma bort. Ibland har jag en känsla av att jag kanske aldrig kommer tillbaka. Jag kommer aldrig att segla till Västindien i en båt jag själv har byggt. Jag har aldrig ens drömt om det. Men jag reser till Sudan. Och vad som händer efter det vet jag inte.

– Alla drömmer om att fly, sa Wallander. Människor i det här landet är på ständig jakt efter nya paradisiska gömställen. Ibland tänker jag att jag inte längre känner igen mitt eget land.

– Kanske jag också är på flykt? Men Sudan verkar knappast vara ett paradis.

– Du gör i alla fall rätt som prövar, sa Wallander. Jag hoppas du skriver. Jag kommer att sakna dig.

– Det är faktiskt en sak jag ser fram emot. Att skriva brev. Brev som inte ingår i tjänsten. Utan privata brev. Jag tänkte jag skulle ta reda på hur många vänner jag har. Som svarar på dom brev jag förhoppningsvis skriver.

Den korta pausen var över. Martinsson, ständigt oroad över att bli förkyld, stängde fönstren. De satte sig ner igen.

– Låt oss vänta med att sammanfatta, sa Wallander. Låt oss i stället gå över till Gösta Runfeldt.

Han lät Ann-Britt Höglund berätta om upptäckten av källarlokalen på Harpegatan och att Runfeldt varit privatdetektiv. När varken hon, Svedberg eller Nyberg hade något mer att säga, när fotografierna som Nyberg framkallat och kopierat vandrat runt bordet, berättade han om sitt samtal med Runfeldts son. Han märkte att spaningsgruppen nu visade en helt annan koncentration än när de börjat det utdragna mötet.

– Jag kan inte komma ifrån en känsla av att vi befinner oss i närheten av nåt avgörande, slutade Wallander. Vi söker fortfarande efter en beröringspunkt. Än så länge har vi inte hittat den. Men vad betyder det att både Holger Eriksson och Gösta Runfeldt beskrivs som brutala människor? Vad betyder det att det kommer fram först nu?

Han avbröt sig för att lämna plats för kommentarer eller frågor. Ingen sa någonting.

– Det är dags att vi börjar borra ännu djupare, fortsatte han. Det är alldeles för mycket vi måste veta mer om. Allt material måste från och med nu köras kors och tvärs mellan dom här två männen. Det får bli Martinssons uppgift att se till att det blir gjort. Sen är det en del saker som framstår som viktigare än andra att ta itu med. Jag tänker på den olycka där Runfeldts hustru drunknade. Jag kommer inte ifrån känslan av att det kan vara avgörande. Sen har vi frågan om dom här pengarna som Holger Eriksson har donerat till kyrkan i Svenstavik. Jag ska personligen ta mig an det. Det betyder att det kan bli nödvändigt att göra några resor. Till exempel till sjön där uppe i Småland, utanför Älmhult, där Runfeldts fru drunknade. Det är något underligt med det hela, som jag redan har sagt. Jag inser att jag kan ta fel. Men vi kan inte lämna det obearbetat. Kanske det också blir nödvändigt att resa till Svenstavik.

– Var ligger det? frågade Hansson.

– I södra Jämtland. Några mil från gränsen till Härjedalen.

– Vad hade Holger Eriksson med den platsen att göra? Han var väl skåning?

– Det är just det vi måste ta reda på, sa Wallander. Varför skänker han inte pengar till en kyrka här i trakten? Vad betyder det? Att han har valt en speciell kyrka. Jag vill veta varför. Det måste ha funnits en mycket bestämd orsak.

Ingen hade några invändningar att komma med när han hade tystnat. De skulle fortsätta att gräva i höstackarna. Ingen av dem förväntade sig att lösningen skulle komma på annat sätt än genom utdraget och tålamodsprövande arbete.

De hade suttit i möte många timmar när Wallander bestämde sig för att ta upp frågan om personalbehovet själv. Han påminde sig också att han borde säga något om det förslag som kommit om att ta hjälp utifrån av rättspsykologisk expertis.

– Jag har inget att invända mot att vi får hjälp i form av förstärkningar, sa han. Vi har mycket som ska utredas och det kommer att bli tidskrävande.

– Jag ska ta mig an det, svarade Lisa Holgersson.

Per Åkeson nickade utan att säga någonting. Under alla de år Wallander hade arbetat tillsammans med honom hade han aldrig upplevt att Per Åkeson någonsin upprepat det som redan blivit sagt. Wallander föreställde sig oklart att det kanske var en merit inför den tjänst han var på väg att tillträda i Sudan.

– Däremot är jag mera tveksam om vi egentligen behöver en psykolog som läser över axeln på oss, fortsatte Wallander när frågan om förstärkningarna var avgjord. Jag är den förste att hålla med om att Mats Ekholm som var här i somras var en bra samtalspartner. Han tillförde argument och synpunkter vi hade nytta av. Dom var inte avgörande men heller inte betydelselösa. Situationen är annorlunda idag. Mitt förslag är att vi skickar sammanställningar av utredningsmaterialet till honom och tar del av hans kommentarer. Att vi nöjer oss med det tills vidare. Om nåt dramatiskt inträffar kan vi värdera situationen på nytt.

Inte heller nu möttes Wallanders förslag av några invändningar.

De bröt mötet när klockan redan var över ett. Wallander lämnade hastigt polishuset. Det långa mötet hade gjort honom tung i huvudet. Han for ner till en av lunchrestaurangerna i centrum. Medan han åt försökte han bestämma sig för vad som egentligen hade framkommit under mötet. Eftersom han hela tiden i tankarna återvände till frågan om vad som hade hänt den där vinterdagen på sjön utanför Älmhult ungefär tio år tidigare, beslöt han att följa sin intuition. När han hade ätit ringde han till hotell Sekelgården. Bo Runfeldt fanns på sitt rum. Wallander bad receptionisten ge besked om att han skulle komma strax efter två. Sedan for han upp till polishuset. Han hittade Martinsson och Hansson och tog med dem till sitt rum. Han bad Hansson ringa till Svenstavik.

– Vad ska jag egentligen fråga om?

– Gå rakt på sak. Varför har Holger Eriksson gjort detta enda undantag i sitt testamente? Varför vill han ge pengar till just denna församling? Söker han syndernas förlåtelse? I så fall för vad? Och är det nån som hummar om tystnadsplikt så säg att vi behöver upplysningarna för att försöka förhindra att det sker fler mord av den här sorten.

– Ska jag verkligen fråga om han söker syndernas förlåtelse?

Wallander brast i skratt.

– Nästan, sa han. Ta reda på det du kan. Själv tänker jag ta med mig Bo Runfeldt till Älmhult. Be Ebba boka nåt hotellrum i Älmhult.

Martinsson föreföll tveksam.

– Vad är det egentligen du tror att du ska få reda på genom att titta på en sjö? frågade han.

– Jag vet inte, svarade Wallander uppriktigt. Men resan ger mig åtminstone tid att tala med Bo Runfeldt. Jag har en bestämd känsla av att det döljer sig upplysningar som är viktiga för oss och som vi kan få syn på om vi bara är tillräckligt ihärdiga. Vi måste skrapa så hårt att vi kommer igenom ytorna. Dessutom bör det finnas nån där som var med när olyckan inträffade. Jag vill att ni gör lite fotarbete. Ring kollegorna i Älmhult. En händelse för tio år sen. Ni kan få fram exakt datum av dottern som är baskettränare. En drunkningsolycka. Jag hör av mig när jag har kommit fram.

Vinden var fortfarande byig när Wallander gick till sin bil. Han körde ner till Sekelgården och gick in i receptionen. Bo Runfeldt satt i en stol och väntade på honom.

– Hämta dina ytterkläder, sa Wallander. Vi ska göra en utflykt.

Bo Runfeldt betraktade honom avvaktande.

– Vart ska vi åka?

– När du sitter i bilen ska jag berätta.

Strax efteråt lämnade de Ystad.

Först när de hade passerat utfarten mot Höör berättade Wallander vart de var på väg.

19

Strax efter det att de hade passerat Höör hade det börjat regna. Redan då hade Wallander börjat tvivla på hela företaget. Var det verkligen värt besväret att göra resan till Älmhult? Vad var det egentligen för resultat han trodde sig kunna uppnå? Som kunde ha betydelse för mordutredningen? Den vaga misstanken att något inte var som det skulle med en drunkningsolycka som hade hänt tio år tidigare?

Innerst inne tvivlade han ändå inte. Det han begärde var inte lösningen. Men att de kom ett steg vidare.

När han hade berättat för Bo Runfeldt vart de var på väg hade denne blivit irriterad och frågat om det var ett skämt. Vad hade hans mors tragiska död med mordet på hans far att göra? Wallander hade just då legat bakom en långtradare som drog upp smuts mot hans vindruta och gjorde det omöjligt att köra om. Först när han hade lyckats ta sig förbi i en av de sällan förekommande omkörningsfilerna svarade han.

– Både du och din syster talar ogärna om det som hände, sa han. På ett sätt kan jag naturligtvis förstå det. En tragisk olycka talar man inte om i onödan. Men förklara för mig varför jag inte tror att det är tragiken i händelsen som gör att ni är ovilliga att tala om det? Om du ger mig ett tillfredsställande svar här och nu ska vi vända och köra tillbaka. Glöm heller inte att du själv har talat om din fars brutalitet.

– Därmed har jag redan gett svaret, sa Bo Runfeldt. Wallander märkte en nästan omärklig skiftning i hans röst. Ett drag av trötthet, ett försvar som började avta.

Han närmade sig försiktigt med sina frågor medan de for genom det enformiga landskapet.

– Din mor hade alltså talat om att begå självmord?

Det dröjde innan mannen vid hans sida kom med sitt svar.

– Egentligen är det konstigt att hon inte redan hade gjort det. Jag tror inte du kan föreställa dig vilket inferno hon tvingades leva i. Inte du, inte jag. Ingen.

– Varför skilde hon sig aldrig från honom?

– Han hotade att slå ihjäl henne om hon lämnade honom. Hon hade sannerligen alla skäl att tro honom. Vid flera tillfällen blev hon så svårt misshandlad att hon fick tas in på sjukhus. Jag visste ingenting då. Men jag har förstått efteråt.

– Om läkare misstänker våld har dom skyldighet att anmäla det till polisen.

– Hon hade alltid fullgoda förklaringar att ge. Och hon var övertygande. Hon drog sig inte ens för att förnedra sig själv när hon skyddade honom. Hon kunde säga att hon hade varit berusad och ramlat. Min mor smakade aldrig sprit. Men det visste naturligtvis inte läkarna.

Samtalet stannade av medan Wallander körde om en buss. Han märkte att Runfeldt satt och spände sig. Wallander körde inte fort. Men hans passagerare var alldeles uppenbart åkrädd.

– Jag tror det som avhöll henne från att begå självmord var vi barn, sa han när bussen låg bakom dem.

– Det är naturligt, svarade Wallander. Låt oss hellre gå tillbaka till det du sa tidigare. Att din far skulle ha hotat att döda din mor. När en man misshandlar en kvinna har han oftast inte för avsikt att döda henne. Han gör det för att kontrollera henne. Ibland slår han för hårt. Misshandeln leder till döden trots att det inte varit avsikten. Men att verkligen döda nån har oftast en annan grund. Det är ett steg vidare.

Bo Runfeldt svarade med en överraskande fråga.

– Är du gift?

– Inte nu längre.

– Slog du henne?

– Varför skulle jag ha gjort det?

– Jag bara undrade.

– Det är faktiskt inte mig vi talar om.

Bo Runfeldt tystnade. Det var som om han ville ge Wallander tid att tänka och han mindes med förfärande tydlighet den gång han under sitt äktenskap hade slagit till Mona i vettlöst och okontrollerat ursinne. Hon hade fallit med nacken mot en dörrpost och svimmat några sekunder. Den gången var det mycket nära att hon hade tagit en väska och gett sig av. Men Linda hade då ännu varit mycket liten. Och Wallander hade bönat och bett. De hade suttit och talat med varandra hela kvällen och hela natten. Han hade vädjat. Till slut hade hon stannat. Händelsen hade etsat sig fast i hans minne. Men han hade svårt att minnas vad som utlöst det hela. Vad hade de grälat om? Varifrån hade ursinnet kommit? Han visste inte längre. Han insåg att han hade förträngt det. Det fanns få saker i hans liv som han skämdes mer över än det som hade hänt den gången. Han förstod väl sin ovilja att bli påmind om det.

– Låt oss gå tillbaka till den dagen för tio år sen, sa Wallander efter en stund. Vad var det som hände?

– Det var en vintersöndag, sa Bo Runfeldt. I början av februari. Den femte februari 1984. Det var en kall och vacker vinterdag. Dom brukade åka på söndagsutflykter. Göra skogspromenader. Gå längs stränder. Eller på insjöisar.

– Det låter mycket idylliskt, sa Wallander. Hur ska jag få det att stämma överens med det du har sagt tidigare?

– Det var naturligtvis ingen idyll. Det var raka motsatsen. Min mamma var alltid skräckslagen. Jag överdriver inte. Hon hade för länge sen passerat gränsen där rädslan tar överhanden och dominerar hela ens liv. Hon måste ha varit mentalt utmärglad. Men ville han ta en söndagspromenad så gjorde dom det. Hotet om knytnäven fanns hela tiden närvarande. Jag är övertygad om att min far aldrig såg den där skräcken. Han tänkte nog att allt blev förlåtet och glömt efter varje gång. Jag antar att han såg på sin misshandel av henne som tillfälliga överilningar. Knappast nåt mer.

– Jag tror jag förstår. Vad hände alltså?

– Varför dom hade åkt upp mot Småland den där söndagen vet jag inte. Dom hade parkerat på en skogsväg. Det hade kommit snö men den var inte särskilt djup. Sen gick dom längs timmervägen och kom fram till sjön. Dom gick ut på isen. Plötsligt brast den och hon gick ner sig. Han lyckades aldrig få upp henne. Han sprang tillbaka till bilen och for efter hjälp. Hon var naturligtvis död när dom hittade henne.

– Hur fick du veta det?

– Det var han själv som ringde. Jag befann mig i Stockholm den gången.

– Vad minns du av telefonsamtalet?

– Han var naturligtvis mycket upprörd.

– På vilket sätt?

– Kan man vara upprörd på mer än ett sätt?

– Grät han? Var han chockad? Försök beskriva det tydligare.

– Han grät inte. Jag kan bara påminna mig min far med tårar i ögonen när han talade om sällsynta exemplar av orkidéer. Det var mer en känsla av att han försökte övertyga mig om att han hade gjort allt som stått i hans makt för att rädda henne. Men det är ju inte nödvändigt? Om en människa är i nöd försöker man ju hjälpa till?

– Vad sa han mer?

– Han bad mig försöka få tag på min syster.

– Han ringde alltså först till dig?

– Ja.

– Vad hände sen?

– Vi åkte hit ner till Skåne. Precis som nu. Begravningen skedde en vecka senare. Jag talade i telefon en gång med en polisman. Han sa att isen måste ha varit oväntat svag. Min mor var ju dessutom ingen särskilt storvuxen person.

– Sa han så? Den polis du talade med? Att isen måste ha varit »oväntat svag«.

– Jag har gott detaljminne. Kanske för att jag är revisor.

Wallander nickade. De passerade en skylt där det stod att ett café närmade sig. Under det korta uppehållet frågade Wallander Runfeldt om hans arbete som internationell revisor. Men han lyssnade utan större uppmärksamhet. Istället gick han i tankarna igenom samtalet de hade haft i bilen. Det var något i det som hade varit viktigt. Fortfarande hade han dock inte lyckats bestämma sig för vad det var. Just när de skulle lämna caféet ringde telefonen han hade i fickan. Det var Martinsson. Bo Runfeldt gick åt sidan för att lämna Wallander ensam.

– Det verkar som om vi har lite otur, sa Martinsson. Av dom poliser som arbetade i Älmhult den gången för tio år sen har den ene avlidit och den andre har flyttat till Örebro som pensionär.

Wallander kände besvikelsen. Utan en handfast sagesman skulle resan förlora mycket av sitt syfte.

– Jag vet inte ens hur jag ska hitta till sjön, klagade han. Finns det ingen ambulansförare? Var inte brandkåren med och tog upp henne?

– Jag har hittat den man som gav Gösta Runfeldt hjälp, sa Martinsson. Jag vet vad han heter och var han bor. Problemet är bara att han inte har nån telefon.

– Finns det verkligen människor i det här landet idag som inte har telefon?

–Tydligen. Har du en penna?

Wallander letade i fickorna. Han hade i vanlig ordning varken papper eller penna. Han vinkade till sig Bo Runfeldt, som gav Wallander en penna med guldinfattning och ett av sina visitkort.

– Mannen heter Jacob Hoslowski, sa Martinsson. Han är nån sorts bygdeoriginal och bor ensam i en stuga inte så långt från den där sjön. Den heter Stångsjön och ligger strax norr om Älmhult. Jag har talat med en vänlig person på kommunalhuset. Hon sa att Stångsjön stod utsatt på den informationstavla som finns vid infarten. Hon kunde däremot inte helt förklara hur man körde till Hoslowski. Du får gå in i nåt hus och fråga.

– Har vi fått nåt ställe att övernatta?

– IKEA har ett hotell där det finns rum reserverade.

– Säljer inte IKEA möbler?

– Det gör dom. Men dom har ett hotell också. IKEA Värdshus.

– Har det hänt nånting annat?

– Alla är väldigt upptagna. Men det verkar som om Hamrén kommer ner från Stockholm och hjälper oss.

Wallander erinrade sig de två kriminalpoliser från Stockholm som hade bistått dem i deras arbete under sommaren. Han hade ingenting emot att träffa dem igen.

– Inte Ludwigsson?

– Han har råkat ut för en bilolycka och ligger på sjukhus.

– Allvarligt?

– Jag ska ta reda på det. Men jag fick inte det intrycket.

Wallander avslutade telefonsamtalet och lämnade tillbaka pennan.

– Den ser ut att vara dyrbar, sa han.

– Att vara revisor i ett företag som Price Waterhouse är att ha ett av dom bästa yrken som finns, sa Bo Runfeldt. Åtminstone när det gäller betalning och framtidsutsikter. Kloka föräldrar råder idag sina barn att bli revisorer.

– Vad ligger en genomsnittslön på? frågade Wallander.

– Dom flesta som arbetar över en viss nivå har personliga kontrakt. Som dessutom är hemliga.

Wallander insåg att det innebar att lönerna var mycket höga. Som alla andra häpnade han inför olika avslöjanden om avgångsvederlag, lönenivåer och fallskärmsavtal. Hans egen lön som kriminalpolis med många års erfarenhet var låg. Hade han valt att söka en befattning inom den privata säkerhetssektorn hade han kunnat tjäna minst dubbelt så mycket. Ändå hade han bestämt sig. Han förblev polis, åtminstone så länge han kunde överleva på sin lön. Men han hade ofta tänkt att bilden av Sverige kunde tecknas som en jämförelse mellan olika kontrakt.

De kom till Älmhult klockan fem. Bo Runfeldt hade ställt frågan om det verkligen var nödvändigt att de stannade över natten. Wallander hade egentligen inget fullgott svar. Egentligen kunde Bo Runfeldt ha tagit tåget tillbaka mot Malmö. Men Wallander hävdade att de först dagen efter skulle kunna besöka sjön eftersom det snart skulle vara mörkt. Då ville han ha Runfeldt med sig.

När de hade installerat sig på hotellet gav sig Wallander genast av för att försöka hitta Jacob Hoslowskis hus innan det blev mörkt. De hade stannat vid anslagstavlan som var uppsatt vid infarten till Älmhult. Wallander hade noterat var Stångsjön låg. Han körde ut ur samhället. Det var redan skymning. Han svängde vänster och sedan vänster igen. Skogen var tät. Det skånska landskapet redan avlägset. Han stannade när han såg en man som höll på att reparera en grind intill vägen. Mannen förklarade hur han skulle köra för att komma till Hoslowskis hus. Wallander fortsatte. Ett missljud hade börjat höras i motorn. Wallander tänkte att han snart måste byta bil igen. Hans Peugeot började bli gammal. Han undrade hur han skulle få råd. Den bil han hade nu hade han köpt när hans förra brunnit upp på E65-an en natt något år tidigare. Det hade också varit en Peugeot. Wallander anade att även hans kommande bil skulle bli av samma märke. Ju äldre han blev, desto svårare hade han att bryta sina vanor.

Han stannade när han kom till nästa avtagsväg. Om han hade förstått vägbeskrivningen riktigt skulle han svänga av till höger. Då skulle han komma fram till Hoslowskis hus efter ytterligare ungefär 800 meter. Vägen var dålig och illa underhållen. Efter 100 meter stannade Wallander och backade tillbaka igen. Han var rädd för att köra fast. Han lämnade bilen och började gå. Det susade från träden som stod tätt längs den smala skogsvägen. Han gick fort för att hålla värmen.

Huset låg tätt intill vägen. Det var en gammaldags torpstuga. Gårdsplanen var full av skrotbilar. En ensam tupp satt på en stubbe och betraktade honom. I ett enda fönster lyste det. Wallander upptäckte att det var en fotogenlampa. Han tvekade om han skulle skjuta på besöket till dagen efter. Men han hade rest långt. Utredningen krävde att han inte lät tiden gå ifrån sig. Han gick fram till ytterdörren. Tuppen satt orörlig på stubben. Han knackade. Efter ett kort ögonblick hördes ett hasande ljud. Dörren öppnades. Mannen som stod där i dunklet var yngre än Wallander hade föreställt sig, knappast ens fyrtio år. Wallander presenterade sig.

– Jacob Hoslowski, svarade mannen. Wallander kunde höra en svag, nästan omärklig brytning i hans röst. Mannen var otvättad. Han luktade illa. Hans långa hår och skägget var toviga och ovårdade. Wallander började andas genom munnen.

– Jag undrar om jag kan få störa några minuter, sa han. Jag är polis och kommer från Ystad.

Hoslowski log och steg åt sidan.

– Kom in. Dom som knackar på min dörr släpper jag alltid in.

Wallander steg in i den mörka förstugan och höll genast på att snubbla på en katt. Sedan upptäckte han att hela huset var fullt av katter. Han hade aldrig i sitt liv sett så många katter på ett och samma ställe tidigare. Det påminde honom om Forum Romanum i Rom. Men till skillnad från i uterummet i Rom var stanken här förfärande. Han spärrade upp munnen för att överhuvudtaget kunna förmå sig att andas. Sedan följde han Hoslowski in i det största av de två rum som det gamla huset bestod av. Där fanns nästan inga möbler. Bara madrasser och kuddar, boktravar och en ensam fotogenlampa på en pall. Och katter. Överallt. Wallander fick en obehaglig känsla av att de alla stirrade på honom med vaksamma ögon och att de skulle kunna kasta sig över honom vilket ögonblick som helst.

– Det är sällan man stiger in i ett hus utan elektricitet, sa Wallander.

– Jag lever utanför tiden, svarade Hoslowski enkelt. I mitt nästa liv kommer jag att återfödas som katt.

Wallander nickade.

– Jag förstår, sa han utan övertygelse. Om jag har uppfattat saken riktigt så bodde du här även för tio år sen?

– Jag har bott här sen jag lämnade tiden.

Wallander insåg det tveksamma i sin fråga. Ändå ställde han den.

– När var det du lämnade tiden?

– För mycket länge sen.

Wallander anade att det var det mest uttömmande svar han kunde räkna med. Med visst besvär sjönk han ner på en av kuddarna och hoppades att den inte skulle vara full av kattpiss.

– För tio år sen drunknade en kvinna som gick igenom isen på Stångsjön här intill, fortsatte han. Eftersom det förmodligen inte är så vanligt med drunkningsolyckor kanske du kan erinra dig händelsen? Trots att du, som du säger, lever utanför tiden.

Wallander märkte att Hoslowski, som antingen var galen eller förvirrad av någon sorts oklara profetiska idéer, reagerade positivt på att han accepterade hans tal om den tidlösa tillvaron.

– En vintersöndag för tio år sen, sa Wallander. Enligt uppgift kom mannen hit och sökte hjälp.

Hoslowski nickade. Han mindes.

– En man kom och bultade på min dörr. Han ville låna min telefon.

Wallander såg sig runt i rummet.

– Men du har ingen telefon?

– Vem skulle jag tala med?

223

Wallander nickade.

– Vad hände då?

– Jag visade honom till min närmaste granne. Där finns telefon.

– Följde du med honom dit?

– Jag gick till sjön för att se om jag kunde få upp henne.

Wallander stannade upp och tog ett steg tillbaka.

– Mannen som bultade på dörren? Jag antar att han var mycket upprörd?

– Kanske.

– Vad menar du med »kanske«?

– Jag minns honom som samlad på ett sätt man kanske inte väntar sig.

– La du märke till nåt annat?

– Jag har glömt. Det utspelades i en annan kosmisk dimension som har förändrats många gånger sen dess.

– Låt oss gå vidare. Du gick till sjön. Vad hände där?

– Isen var mycket blank. Jag såg vaken. Jag gick dit. Men jag såg ingenting därnere i vattnet.

– Du säger att du gick? Var du inte rädd att isen skulle brista?

– Jag vet var den bär. Dessutom kan jag göra mig viktlös om det behövs.

Man kan inte tala förnuft med en galning, tänkte Wallander uppgivet. Men han fortsatte ändå med sina frågor.

– Kan du beskriva vaken för mig?

– Den hade säkert huggits upp av en fiskare. Kanske hade den sen frusit igen. Men isen hade inte hunnit tjockna.

Wallander tänkte efter.

– Borrar inte pimplare upp mindre hål?

– Det här var nästan fyrkantigt. Kanske det hade sågats upp?

– Brukar det vara pimplare på Stångsjön?

– Det är en fiskrik sjö. Jag hämtar själv fisk där. Men inte om vintern.

– Vad hände sen? Du stod vid vaken. Du såg ingenting. Vad gjorde du då?

– Jag tog av mig kläderna och kröp ner i vattnet.

Wallander stirrade på honom.

– Varför i herrans namn gjorde du det?

– Jag tänkte att jag kunde känna hennes kropp med mina fötter.

– Du kunde ju ha frusit ihjäl?

– Jag kan göra mig okänslig för stark kyla eller värme om det är nödvändigt.

Wallander insåg att han borde ha kunnat förutsäga svaret.

– Men du hittade henne inte?

– Nej. Jag drog mig upp på isen igen och klädde på mig. Strax efter kom det människor springande. En bil med stegar. Då gick jag därifrån.

Wallander började arbeta sig upp från den obekväma kudden. Stanken i rummet var outhärdlig. Han hade inga flera frågor och ville inte stanna längre än nödvändigt. Samtidigt kunde han inte komma ifrån att Jacob Hoslowski varit mycket tillmötesgående och vänlig.

Hoslowski följde honom ut på gårdsplanen.

– Dom fick upp henne sen, sa han. Min granne brukar stanna och berätta det han tycker jag bör veta om omvärlden. Det är en mycket vänlig man. Bland annat tycker han jag bör känna till allt som sker i den lokala skytteföreningen. Vad som händer på andra ställen i världen anser han vara mindre viktigt. Därför vet jag också mycket lite om det som sker. Kanske jag kan få lov att fråga om det för närvarande pågår nåt mera omfattande krig?

– Inget stort, sa Wallander. Men många små.

Hoslowski nickade. Sedan pekade han.

– Min granne bor mycket nära, sa han. Man ser inte hans hus. Kanske är det trehundra meter. Jordiska avstånd är svåra att beräkna.

Wallander tackade och gick. Det var nu mycket mörkt. Han hade tagit ficklampan med sig och lyste på vägen. Det glimmade ljus mellan träden. Han tänkte på Jacob Hoslowski och alla hans katter.

Villan han kom fram till verkade relativt nybyggd. Framför den stod en övertäckt bil med ordet »Rörservice« skrivet på ena sidan. Wallander ringde på dörren. En man som var barfota och klädd i vit undertröja öppnade. Han slet upp dörren som om Wallander hade varit den sista i en oändlig rad av människor som kommit och stört honom. Men mannen hade ett öppet och vänligt ansikte. I bakgrunden hördes barnskrik. Wallander förklarade kort vem han var.

– Och det var Hoslowski som skickade hit dig? sa mannen och log.

– Hur vet du det?

– Det känns på lukten, sa mannen. Men kom in. Det går alltid att vädra.

Wallander följde den storvuxne mannen in i ett kök. Barnskriken kom från övervåningen. Dessutom stod en teve på någonstans. Mannen sa att han hette Rune Nilsson och var rörläggare. Wallander tackade nej till kaffe och berättade varför han kommit.

– Man glömmer inte en sån händelse, sa han när Wallander hade tystnat. Jag var ogift den gången. Här låg ett gammalt hus som jag rev när jag byggde nytt. Är det verkligen tio år sen det hände?

– Det är precis tio år sen sånär som på några månader.

– Han kom och bultade på dörren. Det var mitt på dagen.

– Hur verkade han?

– Han var upprörd. Men samlad. Sen ringde han larmnumret. Under tiden klädde jag på mig. Sen gav vi oss av. Vi tog en genväg genom skogen. Jag fiskade rätt mycket den gången.

– Hela tiden gav han intryck av att vara samlad? Vad sa han? Hur förklarade han olyckan?

– Hon hade gått ner sig. Isen hade brustit.

– Men isen var ganska tjock?

– Man vet aldrig med is. Det kan finnas osynliga sprickor eller svagheter. Fast lite underligt var det ju.

– Jacob Hoslowski sa att vaken var fyrkantig. Han menade att den kunde ha blivit uppsågad.

– Om den var fyrkantig minns jag inte. Fast den var stor.

– Men isen runt omkring var stark. Du är en storvuxen man och du var inte rädd för att gå ut på isen?

Rune Nilsson nickade.

– Jag tänkte en hel del på det där efteråt, sa han. Det var underligt med vaken som bara öppnade sig och kvinnan som försvann. Varför hade han inte lyckats få upp henne?

– Vad var hans egen förklaring?

– Han hade försökt. Men hon hade försvunnit så fort. Dragits in under isen.

– Var det så?

– Dom hittade henne några meter från vaken. Precis under isen. Hon hade inte sjunkit. Jag var där när dom fick upp henne. Det glömmer jag inte. Jag kunde aldrig förstå att hon kunde ha vägt så mycket.

Wallander såg undrande på honom.

– Vad menar du med det? Att hon skulle ha »vägt så mycket«?

– Jag kände Nygren som var polis här på den tiden. Han är död nu. Han sa nån gång att mannen påstått att hon vägde nästan 80 kilo. Det skulle ha förklarat att isen brast. Jag förstod aldrig det där. Men jag antar att man alltid grubblar över olyckor. Vad som hände. Hur det hade kunnat undvikas.

– Det är säkert riktigt, sa Wallander och reste sig. Tack för att du tog dig tid. Imorgon skulle jag gärna vilja att du visade mig var det hände.

– Ska vi gå på vattnet?

Wallander log.

– Det är inte nödvändigt. Men kanske Jacob Hoslowski har den förmågan.

Rune Nilsson skakade på huvudet.

– Han är snäll, sa han. Han och alla hans katter. Men han är galen.

Wallander återvände längs skogsvägen. Fotogenlampan lyste i Hoslowskis fönster. Rune Nilsson hade lovat att hålla sig hemma vid åttatiden dagen efter. Wallander startade bilen och for tillbaka mot Älmhult. Missljudet i motorn var nu borta. Han kände att han var hungrig. Det kunde vara lämpligt att föreslå Bo Runfeldt att de åt middag tillsammans. För Wallander kändes resan inte längre som något han gjort i onödan.

Men när Wallander kom till hotellet väntade ett besked på honom i receptionen. Bo Runfeldt hade hyrt en bil och rest till Växjö. Där hade han goda vänner och där avsåg han att tillbringa natten. Han lovade att återvända till Älmhult tidigt dagen efter. Wallander kände en hastigt övergående irritation inför det beslut han hade fattat. Det kunde ju ha varit så att Wallander haft behov av honom under kvällen. Runfeldt hade lämnat ett telefonnummer i Växjö. Men Wallander hade ingen orsak att ringa honom. Det var också en viss lättnad i att han kunde ha kvällen för sig själv. Han gick till sitt rum, duschade och tänkte att han inte ens hade en tandborste med sig. Han klädde på sig och letade sedan reda på en kvällsöppen butik där han kunde köpa det han behövde. Sedan åt han middag på en pizzeria han råkade passera. Hela tiden tänkte han på drunkningsolyckan. Han tyckte att han nu långsamt höll på att lyckas med att montera ihop en bild. Efter måltiden återvände han till hotellrummet. Strax före nio ringde han hem till Ann-Britt Höglund. Han hoppades att hennes barn låg och sov. När hon svarade berättade han fåordigt om vad som hade hänt. Det han ville veta var om de hade lyckats spåra den fru Svensson som kunde antas ha varit Gösta Runfeldts sista klient.

– Inte än, svarade hon. Men på nåt sätt ska det gå.

Han gjorde samtalet kort. Sedan slog han på teven och lyssnade frånvarande på ett debattprogram. Utan att han märkte det föll han i sömn.

När Wallander vaknade strax efter sex på morgonen kände han sig utsövd. Halv åtta hade han ätit frukost och betalat sitt rum. Sedan satte han sig i receptionen och väntade. Bo Runfeldt kom några minuter senare. Ingen av dem kommenterade att han hade tillbringat natten i Växjö.

– Vi ska göra en utflykt, sa Wallander. Till den sjö där din mamma drunknade.

– Har resan varit värd besväret? frågade Bo Runfeldt. Wallander märkte att han var irriterad.

– Ja, svarade han. Och din närvaro har faktiskt varit av avgörande betydelse. Vare sig du vill tro det eller inte.

Det var naturligtvis inte sant. Men Wallander yttrade orden så bestämt att han kunde märka att Bo Runfeldt blev, om inte övertygad, så i alla fall eftertänksam.

Rune Nilsson mötte dem. De gick en stig genom skogen. Det var vindstilla, nära noll grader. Marken var hård under deras fötter. Vattnet bredde ut sig framför dem. Det var en avlång sjö. Rune Nilsson pekade på en punkt någonstans mitt på sjön. Wallander märkte att Bo Runfeldt blev illa berörd av att besöka platsen. Wallander antog att han aldrig varit där tidigare.

– Det är svårt att se en istäckt sjö framför sig, sa Rune Nilsson. Allt blir förändrat när vintern kommer. Inte minst förskjuts upplevelsen av avstånd. Det som verkar långt borta på sommaren kan plötsligt komma mycket nära. Eller tvärtom.

Wallander gick fram till strandkanten. Vattnet var mörkt. Han tyckte att han skymtade rörelsen av en liten fisk intill en sten. I bakgrunden hörde han hur Bo Runfeldt frågade om sjön var djup. Vad Rune Nilsson svarade kunde han dock inte uppfatta.

Vad hände? frågade han sig. Hade Gösta Runfeldt bestämt sig på förhand? Att han denna söndag skulle dränka sin hustru? Det måste ha varit så. På något sätt hade han förberett vaken. På samma sätt som någon hade sågat i plankorna som ledde över diket hos Holger Eriksson. Och dessutom hade hållit Gösta Runfeldt fången.

Wallander stod en lång stund och betraktade sjön som bredde ut sig. Men det han tyckte sig se fanns inom honom.

De gick tillbaka genom skogen. Vid bilen tog de avsked av Rune Nilsson. Wallander tänkte att de skulle vara tillbaka i Ystad gott och väl före klockan tolv.

Men han tog miste. Strax söder om Älmhult stannade bilen. Motorn gav upp. Wallander ringde till den lokala representanten för det bärgningsbolag han var ansluten till. Mannen som kom efter

bara tjugo minuters väntan kunde snabbt konstatera att det upp-
stått ett allvarligt fel som inte kunde repareras på platsen. Det fanns
ingen annan möjlighet än att de lämnade bilen i Älmhult och tog
tåget mot Malmö. Bärgaren körde dem till stationen. Medan Wal-
lander gjorde upp med honom erbjöd sig Bo Runfeldt att köpa bil-
jetter. Det visade sig sedan att han hade köpt första klass. Wallander
sa ingenting. 9.44 gick tåget mot Hässleholm och Malmö. Då hade
Wallander ringt till polishuset och bett någon komma in till Malmö
och hämta dem. Det fanns ingen passande anknytning med tåg till
Ystad. Ebba lovade att se till att någon var där.

– Har polisen verkligen inte bättre bilar? sa Bo Runfeldt plötsligt
när tåget hade lämnat Älmhult bakom sig. Vad hade hänt om det
varit en utryckning?

– Det var min privata bil, svarade Wallander. Våra utrycknings-
fordon är i betydligt bättre skick.

Landskapet gled förbi utanför fönstret. Wallander tänkte på Ja-
cob Hoslowski och hans katter. Men han tänkte också på att Gösta
Runfeldt förmodligen hade mördat sin hustru. Vad det innebar vis-
ste han inte. Nu var Gösta Runfeldt själv död. En brutal man som
kanske själv hade begått ett mord hade själv blivit dödad på ett lika
grymt sätt.

Wallander tänkte att det naturligaste motivet var hämnd.

Men vem hämnades för vad? Hur passade Holger Eriksson in i
bilden?

Han visste inte. Han hade inga svar.

Han blev avbruten i sina tankar av att konduktören kom.

Det var en kvinna. Hon log och bad om biljetten på utpräglad
skånska.

Wallander fick en känsla av att hon såg på honom som om hon
hade känt igen honom. Kanske hade hon sett honom på någon bild i
en tidning.

– När är vi i Malmö? frågade han.

– 12.15, svarade hon. 11.13 i Hässleholm.

Sedan gick hon.

Tidtabellen hade hon i sitt huvud.

20

Det var Peters som väntade vid Centralstationen i Malmö. Bo Runfeldt ursäktade sig vid ankomsten och sa att han skulle stanna några timmar i Malmö. Men på eftermiddagen skulle han återvända till Ystad. Då skulle han och systern börja gå igenom boet efter fadern och bestämma vad som skulle ske med blomsterhandeln.

I bilen tillbaka mot Ystad satt Wallander i baksätet och gjorde minnesanteckningar över det som hade hänt i Älmhult. Han hade köpt en penna och ett litet anteckningsblock på stationen i Malmö och balanserade det nu på ena knäet medan han skrev. Peters som var en fåordig person yttrade under resan inte ett enda ord eftersom han såg att Wallander var upptagen. Det var solsken men blåsigt när de for mot Ystad. Redan den 14 oktober. Hans far hade inte legat i jorden en vecka ens. Wallander anade, eller kanske snarare fruktade, att han egentligen bara befann sig i utkanterna av det sorgearbete som låg framför honom.

De kom till Ystad och for raka vägen till polishuset. Wallander hade ätit några orimligt dyra smörgåsar på tåget och hade inget behov av någon lunch. Han stannade till i receptionen och berättade för Ebba vad som hade hänt med bilen. Hennes välskötta PV stod som vanligt ute på parkeringen.

– Jag kommer inte undan att köpa en ny bil, sa han. Men hur ska jag få råd med det?

– Egentligen är det förfärligt vad vi har dåliga löner, svarade hon. Men det är bäst att man inte tänker på det.

– Jag är inte så säker på det, svarade Wallander. Dom blir i alla fall inte bättre av att vi alldeles glömmer bort dom.

– Du kanske har ett hemligt fallskärmsavtal, sa Ebba.

– Alla har fallskärm, svarade Wallander. Utom möjligen du och jag.

På vägen till sitt kontor tittade Wallander in i kollegornas rum. Alla var utgångna. Den ende han kunde hitta var Nyberg som hade ett rum längst bort i korridoren. Det var mycket sällan han var där. En krycka stod lutad mot skrivbordet.

– Hur går det med foten? frågade Wallander.

– Det är som det är med den, svarade Nyberg vresigt.

– Ni har händelsevis inte råkat hitta Gösta Runfeldts resväska?

– Den ligger i alla fall inte i Marsvinsholmsskogen. Hundarna skulle ha spårat den.

– Gjorde ni några andra fynd?

– Det gör man alltid. Frågan är sen om dom har med gärningen att göra eller inte. Men vi håller på att jämföra bilspår från kärrvägen bakom kullen där Holger Eriksson hade sitt torn med dom vi hittade i skogen. Jag tvivlar på att vi kommer att kunna säga nåt med bestämdhet. Det var för regnigt och lerigt på båda ställena.

– Nåt annat du tycker jag borde veta om?

– Aphuvudet, sa Nyberg. Som inte var ett aphuvud utan ett människohuvud. Det har kommit ett långt och utförligt brev från Etnografiska museet i Stockholm. Jag förstår ungefär hälften av det dom skriver. Men det viktigaste är ändå att dom nu är säkra på att det kommer från Belgiska Kongo. Eller Zaire som det heter nu. Dom gissar att det kan vara mellan 40 och 50 år gammalt.

– Det stämmer med tiden, sa Wallander.

– Museet är intresserat av att ta hand om det.

– Det får dom som har ansvaret ta ställning till när utredningen är över.

Nyberg såg plötsligt uppfordrande på Wallander.

– Tar vi dom som har gjort det här?

– Det måste vi.

Nyberg nickade utan att säga något mer.

– Du sa »dom«. Tidigare när jag frågade dig sa du att det nog bara hade varit en ensam gärningsman.

– Sa jag »dom«?

– Ja.

– Jag tror fortfarande bara det är en person som varit framme. Men jag kan inte förklara varför jag tror det.

Wallander vände sig om för att gå. Nyberg stoppade honom.

– Vi lyckades dra ur postorderföretaget Secur i Borås vad Gösta Runfeldt egentligen hade köpt där. Frånsett den här senaste avlyssningsutrustningen och magnetpenseln har han handlat där tre gånger. Företaget har inte funnits så länge. Han har köpt en nattkikare, några ficklampor och en del annat som saknar betydelse. Ingenting som var olagligt, dessutom. Ficklamporna hittade vi på Harpegatan. Men nattkikaren fanns varken där eller på Västra Vallgatan.

Wallander tänkte efter.

– Kan han ha packat ner den i väskan för att ta med den till Nairobi? Tittar man på orkidéer i hemlighet om natten?

– Vi har i alla fall inte hittat den, sa Nyberg.

Wallander gick till sitt rum. Han hade tänkt hämta en kopp kaffe men ändrade sig. Han satte sig vid skrivbordet och läste igenom vad han hade skrivit under bilfärden från Malmö. Han sökte efter likheter och det som avvek i de två mordfallen. Båda männen hade på olika sätt blivit beskrivna som brutala. Holger Eriksson hade behandlat sina anställda illa medan Gösta Runfeldt hade misshandlat sin hustru. Där fanns en likhet. De hade båda blivit mördade på ett utstuderat sätt. Wallander var fortfarande övertygad om att Runfeldt hade hållits fången. Det fanns ingen annan rimlig förklaring till hans långa frånvaro. Eriksson hade däremot gått rakt mot sin egen död. Där fanns en skillnad. Men Wallander tyckte också att likheten fanns, om än otydlig och svår att helt få grepp om. Varför hade Runfeldt hållits fången? Varför hade gärningsmannen väntat med att döda honom? Svaret på den frågan kunde utgå från många olika möjligheter. Av något skäl ville gärningsmannen vänta. Vilket i sin tur reste nya frågor. Kunde det vara så att gärningsmannen inte hade haft möjlighet att döda honom genast? I så fall varför? Eller var det så att det ingick i planen att hålla Runfeldt fången, svälta ner honom till kraftlöshet?

Det enda motiv Wallander återigen tyckte sig kunna se var hämnd. Men hämnd för vad? De hade ännu inte hittat något handfast spår.

Wallander övergick till gärningsmannen. De hade talat om att det sannolikt var en ensam man med stora kroppskrafter. De kunde naturligtvis ta fel, det kunde vara mer än en, men Wallander trodde inte det. Det var något i planeringen som pekade mot en ensam gärningsman.

Den goda planeringen har varit en av förutsättningarna, tänkte han. Hade gärningsmannen inte varit ensam kunde planeringen ha varit betydligt mindre detaljerad.

Wallander lutade sig bakåt i stolen. Han försökte tyda den malande oro som hela tiden fanns inom honom. Det var någonting i bilden han inte såg. Eller tolkade alldeles fel. Han kunde bara inte komma på vad det var.

Efter ungefär en timme gick han och hämtade den kopp kaffe han tidigare hade avstått ifrån. Sedan ringde han till den optiker som tidigare förgäves hade väntat på hans besök. Wallander fick ingen ny tid. Han kunde komma när han ville. Efter att två gånger ha letat igenom sin jacka hittade Wallander telefonnumret till bilreparatören i Älmhult i en byxficka. Reparationen skulle bli mycket kostsam. Men Wallander hade inget alternativ, om han skulle få igen något för bilen när han sålde den.

Han avslutade samtalet med bilreparatören och ringde in till Martinsson.

– Jag visste inte att du hade kommit tillbaka. Hur gick det i Älmhult?

– Jag tänkte vi skulle tala om det. Vilka är det som är här just nu?

– Jag såg Hansson nyss, sa Martinsson. Vi talade om att mötas en stund klockan fem.

– Då väntar vi till dess.

Wallander la på luren och tänkte plötsligt på Jacob Hoslowski och hans katter. Han undrade när han själv skulle få tid att börja leta efter ett hus. Han misströstade om att det någonsin skulle bli av. Polisens arbetsbörda ökade konstant. Tidigare hade det alltid funnits ögonblick då intensiteten i arbetet minskade. Det hände nästan aldrig längre. Det fanns heller ingenting som talade för att det skulle ske. Om brottsligheten ökade visste han inte. Däremot blev den i vissa fall grövre och alltmer komplicerad. Allt färre poliser deltog dessutom i det direkta polisiära arbetet. Allt fler hade administrativa tjänster. Allt fler planerade för allt färre. För Wallander var det en omöjlig tanke att enbart se sig själv bakom ett skrivbord. När han satt där, som nu, var det ett avbrott i hans naturliga rutiner. De skulle aldrig kunna hitta den gärningsman de sökte om de enbart vistades inom polishusets väggar. Den kriminaltekniska utvecklingen gick ständigt framåt. Men den skulle aldrig kunna ersätta fältarbetet.

Han återvände i tankarna till Älmhult. Vad hade hänt på Stångsjöns is den där vinterdagen 10 år tidigare? Hade Gösta Runfeldt arrangerat olyckan och i verkligheten dödat sin hustru? Det fanns tecken som tydde på det. Det var för många detaljer som inte stämde i en olycksbild. Någonstans i ett arkiv måste det vara möjligt att utan alltför stort besvär gräva fram den polisutredning som gjordes. Även om den med all sannolikhet varit slarvig så hade han svårt att kritisera poliserna som hade gjort den. Vad kunde de egentligen ha misstänkt? Varför skulle de överhuvudtaget ha varit misstänksamma?

Wallander lyfte på telefonluren och ringde in till Martinsson igen. Han bad honom ta kontakt med Älmhult och begära en kopia på utredningen om drunkningsolyckan.

– Varför gjorde du inte det själv? frågade Martinsson förvånat.

– Jag talade aldrig med några poliser, svarade Wallander. Däremot satt jag på golvet i ett hus där det fanns ett oräkneligt antal katter och en man som kunde göra sig själv viktlös när det passade honom. Så fort som möjligt vore det bra med den där kopian.

Han avslutade samtalet innan Martinsson hade möjlighet att ställa några frågor. Klockan hade blivit tre. Genom fönstret såg han att vädret fortfarande var vackert. Han bestämde sig för att han lika gärna kunde göra sitt besök hos optikern på en gång. De skulle träffas klockan fem. Innan dess kunde han ändå inte uträtta så mycket. Dessutom var han trött i huvudet. Det molade bakom tinningarna. Han satte på sig jackan och lämnade polishuset. Ebba var upptagen i telefonen. Han skrev på en lapp som han gav henne att han skulle vara tillbaka klockan fem. Han blev stående på parkeringsplatsen och letade med blicken efter sin bil innan han kom ihåg. Det tog honom tio minuter att gå ner till centrum. Optikern hade sin affär på Stora Östergatan i närheten av Pilgränd. Han fick besked om att han måste vänta några minuter. Han bläddrade igenom tidningarna som låg på ett bord. Det fanns en bild på honom i en av dem som måste ha tagits för mer än fem år sedan. Han kände knappt igen sig själv. Uppslagen om morden var stora. »Polisen följer säkra spår.« Det var vad Wallander hade sagt. Vilket inte var sant. Han undrade om gärningsmannen läste tidningar. Följde han med i polisens arbete? Wallander bläddrade vidare. Han stannade på en av insidorna. Läste med stigande häpnad. Betraktade bilden. Journalisten från tidningen Anmärkaren som ännu inte hade börjat komma ut hade haft rätt. Ett antal människor från hela landet hade samlats i Ystad för att bilda en riksorganisation för medborgargarden. De uttalade sig utan omskrivningar. Blev det nödvändigt tvekade de inte att begå handlingar som låg utanför lagen. De stödde polisens arbete. Men de accepterade inte nerskärningarna. Framförallt accepterade de inte rättsosäkerheten. Wallander läste med en blandning av stigande obehag och förbittring. Någonting hade verkligen hänt. Förespråkarna för beväpnade och organiserade medborgargarden dolde sig inte längre i skuggorna. De trädde fram öppet. Med namn och ansikte på bild. Samlade i Ystad för att bilda en riksorganisation.

Wallander slängde ifrån sig tidningen. Vi kommer att få slåss på två fronter, tänkte han. Det här är betydligt allvarligare än alla omskrivna nynazistiska organisationer vars påstådda farlighet ständigt blir lika överdriven. För att inte tala om motorcykelgängen.

Det blev hans tur. Wallander satt med en egendomlig apparat framför ögonen och stirrade på suddiga bokstäver. Han oroade sig plötsligt för att han höll på att bli blind. Han tyckte inte att han kunde se någonting. Men efteråt, när optikern hade satt ett par glasögon på hans näsa, och lagt en tidning framför honom, en tidning där det också fanns en artikel om medborgargarden och den blivande riksorganisationen, kunde han läsa texten utan att anstränga ögonen. Det förtog för ett ögonblick obehaget i tidningens innehåll.

– Du behöver läsglasögon, sa optikern vänligt. Inget ovanligt i din ålder. Plus 1,5 blir lagom. Så småningom kommer du nog att behöva öka skärpan med några års mellanrum.

Sedan gick Wallander för att se på glasögonbågar. Han häpnade när han hörde priserna. När han förstod att det även fanns billiga plastglasögon bestämde han sig omedelbart för det alternativet.

– Hur många par? frågade optikern. Två? Så att du har ett par i reserv.

Wallander tänkte på alla pennor som han ständigt tappade. Han stod inte heller ut med tanken på att ha glasögon i en snodd runt halsen.

– Fem par, sa han.

När han hade lämnat optikern var klockan ännu bara fyra. Utan att ha bestämt det på förhand gick han till det mäklarkontor vid vars skyltfönster han några dagar tidigare hade stått och studerat de objekt som fanns till försäljning. Den här gången gick han in och satte sig vid ett bord och studerade huspärmarna. Två av fastigheterna intresserade honom. Han fick kopior och lovade att höra av sig om han ville ha visning. Han kom ut på gatan igen. Fortfarande hade han tid. Han bestämde sig för att passa på att få svar på en fråga som hade funnits i hans huvud sedan Holger Erikssons död. Han gick upp till bokhandeln som låg vid Stortorget. Han fick veta att bokhandlaren som han kände från förr befann sig i lagret som låg i källarplanet. Han gick nerför en halvtrappa och hittade sin bekant bland ett antal lådor med skolmaterial som höll på att packas upp. De hälsade.

– Du är fortfarande skyldig mig 19 kronor, sa bokhandlaren och log.

– För vad då?

– I somras väcktes jag klockan sex en morgon av att polisen behövde en karta över Dominikanska Republiken. Polisen som kom och hämtade den betalade 100 kronor. Den kostade 119.

Wallander stack in handen under jackan för att ta fram sin plånbok. Bokhandlaren lyfte avvärjande på handen.

– Det bjuder jag på, sa han. Det var mera ämnat som ett skämt.

– Holger Erikssons dikter, sa Wallander. Som han bekostade tryckningen av själv. Vem läste dom?

– Naturligtvis var han en amatör, sa bokhandlaren. Men han skrev inte illa. Problemet var nog att han bara diktade om fåglar. Rättare sagt, det var det enda han kunde skriva bra om. När han försökte sig på andra ämnen blev det alltid misslyckat.

– Vem köpte hans dikter?

– Han sålde inte många genom mig och bokhandeln. En hel del av dom här bygdeskriverierna ger naturligtvis inga inkomster. Men dom är viktiga på ett annat sätt.

– Vem köpte dom?

– Jag vet ärligt talat inte. Kanske en och annan turist som besökte oss här i Skåne? Några fågelskådare tror jag hittade fram till hans böcker. Kanske samlare av bygdelitteratur.

– Fåglar, sa Wallander. Det betyder att han aldrig skrev nåt som människor kunde bli upprörda av.

– Naturligtvis inte, sa bokhandlaren förvånat. Är det nån som påstår det?

– Jag bara undrade, svarade Wallander.

Wallander lämnade bokhandeln och gick tillbaka uppför backen mot polishuset.

När han stigit in i sammanträdesrummet och satt sig på sin vanliga plats började han med att placera sina nya glasögon på näsan. En viss munterhet gjorde sig märkbar i rummet. Men ingen sa någonting.

– Vem fattas? frågade han.

– Svedberg, sa Ann-Britt Höglund. Jag vet inte var han är.

Hon hann inte mer än avsluta meningen förrän Svedberg slet upp dörren till mötesrummet. Wallander förstod genast att någonting hade hänt.

– Jag har hittat fru Svensson, sa han. Gösta Runfeldts sista klient. Om det nu är som vi tror.

– Bra, sa Wallander och kände spänningen stiga.

– Jag tänkte att hon kanske vid nåt tillfälle hade varit inne i blomsterhandeln, fortsatte Svedberg. Hon kunde ju ha sökt Runfeldt där. Jag tog med bilden som vi hade framkallat. Vanja Andersson kom ihåg att ett foto av samme man nån gång hade legat på bordet i det bakre rummet. Hon visste också att en dam som hette Svensson hade besökt blomsterhandeln vid ett par tillfällen. En gång hade hon köpt blommor som skulle sändas. Resten var enkelt. Adress och telefonnummer fanns uppskrivna. Hon bor på Byabacksvägen i Sövestad. Jag for dit. Hon har en liten handelsträdgård. Jag tog med mig bilden och sa som det var, att vi trodde att hon anlitat Gösta Runfeldt som privatdetektiv. Hon svarade genast att jag hade rätt.

– Bra, upprepade Wallander. Vad sa hon mer?

– Jag lämnade henne där. Hon var upptagen av att hon hade hantverkare i huset. Jag tänkte det var bättre att vi tillsammans förberedde samtalet med henne.

– Henne vill jag tala med redan ikväll, sa Wallander. Låt oss göra det här mötet så kort som möjligt.

De var samlade ungefär en halvtimme. Under mötet kom Lisa Holgersson in och satte sig tyst vid bordet. Wallander redogjorde för sin resa till Älmhult. Han avslutade med att säga som han tänkte, att de inte kunde bortse från möjligheten att Gösta Runfeldt hade mördat sin hustru. De skulle invänta en kopia av den utredning som gjordes den gången. Sedan fick de ta ställning till hur de skulle gå vidare.

När Wallander tystnat var det ingen som sa någonting. Alla förstod att han kunde ha rätt. Men ingen var säker på vad det egentligen kunde betyda.

– Den resan var viktig, sa Wallander efter en stund. Jag tror också att resan till Svenstavik kan ge resultat.

– Med ett stopp i Gävle, sa Ann-Britt Höglund. Jag vet inte om det betyder nånting. Men jag bad en god vän i Stockholm gå till en specialbokhandel och skaffa mig några exemplar av en tidning som heter »Terminator«. Dom kom idag.

– Vad är det egentligen för tidning? frågade Wallander som tidigare bara vagt hade hört talas om den.

– Den ges ut i USA, fortsatte hon. Det är en illa förtäckt facktidning, skulle man kunna säga. För såna som söker kontrakt som legosoldater, livvakter, eller överhuvudtaget letar uppdrag som soldater. Det är en obehaglig tidning. Bland annat mycket rasistisk. Men jag hittade en liten radannons som borde intressera oss. Det finns en man i Gävle som annonserar att han kan ordna uppdrag för det han kallar »stridsvilliga och fördomsfria män«. Jag ringde kollegorna i Gävle. Dom visste vem han var, men hade aldrig haft nåt direkt med honom att göra. Dom trodde dock att han hade bred kontakt med dom i Sverige som eventuellt har ett förflutet som legosoldater.

– Det kan vara viktigt, sa Wallander. Honom ska vi absolut ta kontakt med. Det borde vara möjligt att kombinera en resa till Svenstavik och Gävle.

– Jag har tittat på kartan, fortsatte hon. Man kan flyga till Östersund. Sen hyra en bil. Eller ta hjälp av kollegorna där uppe.

Wallander slog igen sitt kollegieblock.

– Se till att nån lägger upp en turné för mig, sa han. Om möjligt vill jag resa i morgon.

–Trots att det är lördag? frågade Martinsson.

– Dom jag ska träffa kan nog ta emot mig ändå, sa Wallander. Vi har ingen tid att kasta bort i onödan. Jag föreslår att vi bryter nu. Vem åker med till Sövestad?

Innan någon hann svara knackade Lisa Holgersson med en blyertspenna i bordet.

– Bara ett ögonblick, sa hon. Jag vet inte om ni har uppfattat att det pågår nån sorts möte här i stan mellan människor som har bestämt sig för att bilda en riksorganisation för medborgargarden. Jag tror det vore bra om vi snarast hade ett samtal om hur vi ska förhålla oss till det här.

– Rikspolisstyrelsen har skickat ut mängder med cirkulär om det som kallas medborgargarden, sa Wallander. Jag tror dom är fullt på det klara med vad den svenska lagstiftningen säger om privat rättskipning.

– Det vet dom säkert, svarade hon. Men jag har en stark känsla av att nånting håller på att förändras. Jag är rädd för att vi mycket snart kommer att uppleva att en tjuv blir ihjälskjuten av nån som tillhör en sån här grupp. Och sen kommer dom att skydda varandra.

Wallander visste att hon hade rätt. Men just nu kände han att han hade svårt att engagera sig i något annat än den dubbla mordutredning de höll på med.

– Låt oss i alla fall lämna det till på måndag, sa han. Jag håller med om att det är viktigt. På sikt är frågan naturligtvis avgörande om vi inte ska översvämmas av folk som leker poliser. Låt oss tala om det på måndag när vi träffas.

Lisa Holgersson lät sig nöja. De bröt mötet. Ann-Britt Höglund och Svedberg skulle följa med Wallander till Sövestad. Klockan hade blivit sex när de lämnade polishuset. Det hade blivit molnigt och skulle förmodligen börja regna under kvällen eller natten. De åkte i hennes bil. Wallander hade placerat sig i baksätet. Han undrade plötsligt om han fortfarande luktade efter besöket i Jacob Hoslowskis katthus.

– Maria Svensson, sa Svedberg. Hon är 36 år gammal och har en liten handelsträdgård i Sövestad. Om jag förstod henne rätt handlar hon enbart med grönsaker som är odlade giftfritt.

– Du frågade henne inte om varför hon hade tagit kontakt med Runfeldt?

– När jag hade fått sambandet bekräftat frågade jag inget mer.

– Det ska bli mycket intressant, sa Wallander. Under alla mina år som polis har jag aldrig träffat en människa som sökt hjälp hos en privatdetektiv.

– Fotografiet var på en man, sa Ann-Britt Höglund. Är hon gift?

– Jag vet inte, svarade Svedberg. Jag har sagt allt jag vet. Från och med nu vet vi lika mycket.

– Lika lite, invände Wallander. Vi vet i det närmaste ingenting.

De kom fram till Sövestad efter ungefär tjugo minuter. En gång för många år sedan hade Wallander varit där och tagit ner en man som hade hängt sig. Han kom ihåg det eftersom det var det första självmord han någonsin hade konfronterats med. Han tänkte tillbaka på händelsen med olust.

Svedberg bromsade in bilen utanför ett hus med vidhängande växthus och affärslokal. »Svenssons grönsaker« stod det på en skylt. De steg ur bilen.

– Hon bor i huset, sa Svedberg. Jag antar att hon har stängt affären för dagen.

– Blomsterhandel och grönsakshandel, sa Wallander. Betyder det nånting? Eller är det bara en tillfällighet?

Han förväntade sig inget svar. Det fick han inte heller. När de hade kommit ungefär halvvägs upp längs grusgången öppnades ytterdörren.

– Maria Svensson, sa Svedberg. Hon har väntat på oss.

Wallander betraktade kvinnan som stod på trappan. Hon var klädd i jeans och en vit blus. På fötterna träskor. Det fanns något obestämt över hennes utseende. Han noterade att hon hade ett helt osminkat ansikte. Svedberg presenterade dem. Maria Svensson bjöd dem att stiga in. De satte sig i hennes vardagsrum. Wallander tänkte hastigt att det även var något obestämt över hennes hem. Som om hon egentligen var ointresserad av hur hon bodde.

– Jag bjuder gärna på kaffe, sa Maria Svensson.

Alla tre tackade nej.

– Som du redan har förstått har vi kommit för att få reda på lite mer om ditt förhållande till Gösta Runfeldt.

Hon såg förvånat på honom.

– Skulle jag ha haft ett förhållande med honom?

– Som privatdetektiv och klient, förtydligade Wallander.

– Det är riktigt.

– Gösta Runfeldt har blivit mördad. Det tog ett tag för oss att förstå att han inte bara hade varit blomsterhandlare utan även bedrivit verksamhet som privatdetektiv.

Wallander stönade invärtes över sitt sätt att uttrycka sig.

– Min första fråga blir då hur du fick kontakt med honom.

– Jag såg en annons i Arbetet. Det var i somras.

– Hur tog du den första kontakten?

– Jag besökte blomsterhandeln. Senare samma dag träffades vi på ett café i Ystad. Det ligger vid Stortorget. Men jag minns inte vad det heter.

– I vilket ärende tog du kontakt med honom?

– Det vill jag helst inte svara på.

Hon var mycket bestämd. Wallander blev förvånad eftersom hennes svar hittills hade kommit så rättframt.

– Ändå tror jag att du måste svara på det, sa han.

– Jag kan försäkra att det inte har med hans död att göra. Jag är lika förfärad och chockad som alla andra över vad som hänt.

– Om det har med saken att göra eller inte avgör polisen, sa Wallander. Tyvärr måste du nog svara på frågan. Du kan välja att göra det här. Då stannar allt som inte direkt har med utredningen att göra oss emellan. Om vi blir tvungna att ta in dig till ett mera formellt förhör kan det bli svårare att undvika att detaljer sipprar ut i massmedia.

Hon satt länge tyst. De väntade. Wallander la fram det fotografi de hade framkallat på Harpegatan. Hon såg på det med uttryckslöst ansikte.

– Är det din man? frågade Wallander.

Hon stirrade på honom. Sedan brast hon i skratt.

– Nej, sa hon. Han är inte min man. Men han har rövat min älskade ifrån mig.

Wallander begrep inte sammanhanget. Ann-Britt Höglund hade däremot genast förstått.

– Vad heter hon?

– Annika.

– Och den här mannen kom emellan er?

Hon var åter mycket samlad.

– Jag började misstänka det. Till slut visste jag inte vad jag skulle göra. Det var då jag kom på tanken att kontakta en privatdetektiv. Jag måste få veta om hon höll på att lämna mig. Förändra sig. Gå till en man. Till slut insåg jag att hon hade gjort det. Gösta Runfeldt var här och berättade det för mig. Dagen efter skrev jag till Annika att jag aldrig ville se henne igen.

– När hände det? frågade Wallander. När var han här och berättade det för dig?

– Den 20 eller 21 september.

– Efter det hade ni ingen mer kontakt?

– Nej. Jag betalade honom över hans postgiro.

– Vad hade du för intryck av honom?

– Han var mycket vänlig. Han tyckte mycket om orkidéer. Jag tror vi gick bra ihop eftersom han verkade vara lika reserverad som jag.

Wallander tänkte efter.

– Jag har bara en fråga till, sa han sedan. Kan du tänka dig nån orsak till att han blev dödad? Nånting han sa eller gjorde? Nåt du la märke till?

– Nej, svarade hon. Ingenting. Och jag har verkligen tänkt efter.

Wallander såg på sina kollegor och reste sig.

– Då ska vi inte störa mer, sa han. Och ingenting om det här kommer ut. Det kan jag lova.

– Det är jag tacksam för, sa hon. Jag vill helst inte förlora mina kunder.

De tog avsked i dörren. Hon stängde den innan de hade kommit ut på gatan.

– Vad menade hon med det sista? frågade Wallander. Att hon var rädd för att förlora sina kunder?

– Människor ute på landet är konservativa, sa Ann-Britt Höglund. En lesbisk kvinna är fortfarande nåt snuskigt för många människor. Jag tror hon har all orsak i världen att inte vilja att det kommer ut.

De satte sig i bilen. Wallander tänkte att det snart skulle börja regna.

– Vad gav det här? frågade Svedberg.

Wallander visste att svaret bara kunde bli ett enda.

– Det förde oss varken bakåt eller framåt, sa han. Sanningen om dom här två mordutredningarna är mycket enkel. Vi vet ingenting med bestämdhet. Vi har ett antal lösa trådar. Men vi har inte ett enda ordentligt spår att gå efter. Vi har ingenting.

De satt tysta i bilen. Wallander kände sig för ett ögonblick skuldmedveten. Det var som om han hade kört en kniv i ryggen på hela utredningen. Men ändå visste han att det han hade sagt var sant.

De hade ingenting att gå efter.

Absolut ingenting.

21.

Den natten hade Wallander en dröm.

Han hade återvänt till Rom. Med sin far gick han på en gata, sommaren hade plötsligt varit över, det hade blivit höst, romersk höst. De hade samtalat om någonting, han mindes inte vad. Plötsligt hade fadern försvunnit. Det hade gått mycket fort. I ena ögonblicket hade han befunnit sig vid hans sida, i nästa hade han varit borta, uppslukad av människomyllret på gatan.

Han hade vaknat ur drömmen med ett ryck. I nattens stillhet hade drömmen varit genomskinlig och klar. Sorgen efter fadern, efter att aldrig få avsluta det samtal som de påbörjat. Sin far som var död kunde han inte beklaga. Men väl sig själv som fanns kvar.

Han lyckades sedan aldrig somna om igen. Han skulle också stiga upp tidigt.

När de kvällen innan hade återvänt till polishuset efter besöket hos Maria Svensson i Sövestad, hade där legat ett besked om att Wallander var bokad klockan 7.00 från Sturup nästa morgon, med ankomst i Östersund klockan 9.50 efter byte på Arlanda. Han hade sett igenom resplanen och insett att han kunde välja mellan att tillbringa lördagskvällen i Svenstavik eller Gävle. En bil fanns åt honom på flygplatsen på Frösön. Han kunde sedan själv avgöra var han stannade över natten. Han såg på Sverigekartan som hängde på väggen intill den uppförstorade kartan över Skåne. Det gav honom en idé. Han gick in på sitt kontor och ringde till Linda. För första gången var det nu en telefonsvarare som mötte honom. Han talade in sin fråga till henne: Kunde hon ta tåget till Gävle, en resa som knappast varade mer än två timmar, och tillbringa natten där? Sedan letade han reda på Svedberg som han till sist hittade i det motionsrum som fanns på nedre botten. Svedberg brukade ta en bastu i all ensamhet på fredagskvällarna. Han bad honom om en tjänst, att han skulle boka två rum på ett bra hotell i Gävle för lördagskvällen. Dagen efter kunde han nå honom på mobiltelefonen.

Efter det gick han hem. Och när han sov kom drömmen till honom, om gatan i det höstliga Rom.

Klockan sex stod den förbeställda taxin och väntade. På Sturup hämtade han ut sina biljetter. Eftersom det var lördagsmorgon var planet till Stockholm knappast mer än halvfullt. Planet till Östersund avgick sedan punktligt. Wallander hade aldrig varit i Östersund. Hans besök i den del av landet som låg norr om Stockholm hade varit mycket få. Han insåg att han gladde sig åt resan. Den gav honom bland mycket annat ett avstånd till drömmen han hade haft under natten.

Det var en kylig morgon på flygplatsen i Östersund. Piloten hade sagt att det var en plusgrad. Kylan kändes annorlunda, tänkte han när han gick mot flygplatsbyggnaden. Det doftar inte heller av lera. Han hade kört över bron från Frösön och tänkt att landskapet var vackert. Staden vilade mjukt mot Storsjöns sluttning. Han hade letat sig ut på vägen söderut och det hade varit en befriande känsla att sitta i en främmande bil och köra genom ett okänt landskap.

Halv tolv kom han fram till Svenstavik. Av Svedberg hade han under vägen fått besked om att han skulle kontakta en man som hette Robert Melander. Han var den person inom kyrkoförvaltningen som advokat Bjurman hade haft kontakt med. Melander bodde i ett rött hus som låg intill det gamla tingshuset i Svenstavik som numera bland annat användes av ABF. Wallander parkerade bilen utanför ICA-affären mitt i samhället. Det tog en stund för honom att inse att det gamla tingshuset låg på andra sidan om det nybyggda affärscentret. Han lät bilen stå och promenerade dit. Det var molnigt men regnade inte. Han gick in på gården till det hus som skulle vara Robert Melanders. En gråhund var kedjad vid en koja. Ytterdörren stod öppen. Wallander knackade. Ingen svarade. Plötsligt tyckte han att han hörde ljud från andra sidan huset. Han gick runt gaveln på det välskötta trähuset. Tomten var stor. Där fanns potatisland och vinbärsbuskar. Wallander förvånades över att det växte vinbär så långt norrut. På baksidan av huset stod en man i stövlar och sågade av grenar på ett träd som låg på marken. När han upptäckte Wallander slutade han genast och sträckte på ryggen. Mannen var i Wallanders egen ålder. Han log och la ifrån sig sågen.

– Jag misstänker att det är du, sa han och sträckte fram handen. Polisen från Ystad.

Hans dialekt var mycket uttrycksfull, tänkte Wallander när han hälsade.

– När for du? frågade Melander. Igår kväll?

– Klockan sju gick flyget, svarade Wallander. I morse.

– Att det kan gå så fort, sa Melander. Jag var i Malmö nån gång på 1960-talet. Jag hade fått för mig att det kanske kunde vara nåt, att flytta sig lite. Och det fanns arbete på det där stora varvet.

– Kockums, sa Wallander. Men det existerar knappast längre.

– Ingenting finns längre, svarade Melander filosofiskt. Den gången tog det fyra dagar att bila dit ner.

– Men du stannade inte, sa Wallander.

– Icke, svarade Melander glatt. Det var vackert och fint där neråt. Men det var inte mitt. Ska jag resa nånstans i mitt liv så ska det vara uppåt. Inte neråt. Ni har ju inte ens nån snö där, sa dom.

– Det händer, svarade Wallander. Och när den kommer så kommer den måttlöst.

– Det väntar mat inne, sa Melander. Min fru arbetar på vårdcentralen. Men hon har gjort klart.

– Det är mycket vackert här, sa Wallander.

– Mycket, svarade Melander. Och skönheten håller i sig. År efter år.

De satte sig vid köksbordet. Wallander åt gott. Maten var riklig. Melander var dessutom en god berättare. Om Wallander förstod saken rätt var han en man som kombinerade ett stort antal olika sysselsättningar till en utkomst. Bland annat ledde han kurser i folkdans under vintern. Först vid kaffet började Wallander tala om sitt ärende.

– Det kom naturligtvis överraskande också för oss, sa Melander. 100 000 kronor är mycket. Särskilt när det är en gåva från en okänd.

– Ingen visste alltså vem Holger Eriksson var?

– Han var helt okänd. En bilhandlare från Skåne som blivit ihjälslagen. Det var mycket märkligt. Vi som har med kyrkan att göra började fråga oss runt. Vi såg också till att det blev en notis i tidningarna med hans namn utsatt. Tidningarna skrev att vi sökte upplysningar. Men ingen hörde av sig.

Wallander hade kommit ihåg att ta med sig ett fotografi på Holger Eriksson, ett som de hade hittat i en av hans skrivbordslådor. Robert Melander studerade bilden medan han stoppade sin pipa. Han tände den utan att släppa bilden med blicken. Wallander började hoppas. Men sedan skakade Melander på huvudet.

– Mannen är fortfarande okänd, sa han. Jag har gott minne för ansikten. Men honom har jag inte sett. Kanske nån annan känner igen utseendet. Men inte jag.

– Jag vill nämna två namn till för dig, sa Wallander. Det ena är Gösta Runfeldt. Säger det namnet dig nånting?

Melander tänkte efter. Men inte särskilt länge.

– Runfeldt är inget namn härifrån, sa han. Det verkar knappast heller vara ett taget eller gjort namn.

– Harald Berggren, sa Wallander. Ännu ett namn.

Melanders pipa hade slocknat. Han la ifrån sig den på bordet.

– Kanske, sa han. Låt mig ringa ett samtal.

Det stod en telefon i den breda fönsternischen. Wallander kände spänningen stiga. Vad han helst av allt önskade var att kunna identifiera den man som hade skrivit dagboken från Kongo.

Melander talade med en man som hette Nils.

– Jag har främmande från Skåne, sa han i telefonen. En man som heter Kurt och är polis. Han frågar efter nån som heter Harald Berggren. Nån levande sån finns väl inte här i Svenstavik. Men har vi inte en död på kyrkogården?

Modet sjönk hos Wallander. Men inte helt. Även en död Harald Berggren kunde hjälpa dem vidare.

Melander lyssnade på svaret. Sedan avslutade han med att fråga hur en människa vid namn Artur mådde efter att ha råkat ur för någon form av olycka. Wallander anade att hälsotillståndet var oförändrat. Melander återvände till köksbordet.

– Nils Enman har hand om kyrkogården, sa han. Och där finns en sten med namnet Harald Berggren. Men Nils är ung. Och han som förestod kyrkogården innan ligger själv där nu. Vi kanske skulle gå över dit och titta?

Wallander reste sig. Melander betraktade hans brådska med förvåning.

– Nån sa en gång att skåningar är sävliga. Men det kan inte gälla dig.

– Jag har mina ovanor, svarade Wallander.

De gick iväg i den klara höstluften. Robert Melander hälsade på alla han mötte. De kom fram till kyrkogården.

– Han skulle ligga bort mot skogshållet, sa Melander.

Wallander gick mellan gravarna bakom Melander och tänkte på drömmen han hade haft under natten. Att hans far var död kändes plötsligt overkligt för honom. Det var som om han ännu inte hade förstått.

Melander stannade och pekade. Stenen var upprättstående och hade en gul inskription. Wallander läste det som stod och insåg genast att han inte hade blivit hjälpt på vägen. Den man som hette Harald Berggren och låg begravd framför honom hade avlidit redan 1949. Melander såg hans reaktion.

– Inte han?

– Nej, svarade Wallander. Med all säkerhet inte han. Den man jag söker var i livet i varje fall till 1963.

– En man du söker, sa Melander nyfiket. En man polisen söker har väl begått ett brott?

– Jag vet inte, sa Wallander. Det är dessutom alldeles för komplicerat att förklara. Ofta söker polisen människor som inte gjort nåt olagligt.

– Då har du rest hit förgäves, sa Melander. Vi har fått en gåva till kyrkan på mycket pengar. Men vi vet inte varför. Och vi vet inte vem denne Eriksson är.

– Det måste finnas en förklaring, sa Wallander.

– Vill du se kyrkan? frågade Melander plötsligt, som om han ville ge Wallander en uppmuntran.

Wallander nickade.

– Den är vacker, sa Melander. Vi gifte oss där.

De gick upp mot kyrkan och steg in i kyrkorummet. Wallander hade noterat att porten varit olåst. Ljuset slog in genom sidofönstren.

– Det är vackert, sa Wallander.

– Men vidare religiös tror jag inte du är, sa Melander och log.

Wallander svarade inte. Han satte sig i en av träbänkarna. Melander blev stående i mittgången. Wallander sökte i sitt huvud efter en framkomlig väg. Det fanns ett svar, det visste han. Holger Eriksson skulle aldrig ha gett en gåva till kyrkan i Svenstavik utan ett skäl. Ett starkt skäl.

– Holger Eriksson skrev dikter, sa Wallander. Han var det man brukar kalla en bygdepoet.

– Såna har vi också, sa Melander. Om jag ska vara ärlig är det inte alltid så bra det dom skriver.

– Han var även fågelskådare, fortsatte Wallander. Om nätterna stod han och spanade efter fåglar som sträckte söderut. Han såg dom inte. Men han visste att dom fanns där över hans huvud. Kanske man kan höra suset från tusentals vingar?

– Jag vet några som har duvslag, sa Melander. Men ornitolog har vi nog bara haft en enda.

– Haft? frågade Wallander.

Melander satte sig i bänken på andra sidan mittgången.

– Det var en egendomlig historia, sa han. En historia utan slut. Han skrattade till.

– Nästan som din egen, sa han. Din historia har heller inget slut.

– Vi hittar nog gärningsmannen, sa Wallander. Det brukar vi göra. Vad var det för historia?

– Det kom en polska hit nån gång i mitten av 1960-talet, sa han. Varifrån hon kom var det väl ingen som visste. Men hon arbetade på pensionatet. Hyrde ett rum. Höll sig för sig själv. Även om hon lärde sig tala svenska mycket fort hade hon nog inga vänner. Hon köpte sig ett hus sen. Åt Sveghållet till. Jag var rätt ung den gången. Så ung att jag ofta tänkte på att hon var vacker. Fast hon höll sig för sig själv. Och hon var intresserad av fåglar. På posten sa dom att hon fick brev och kort från hela Sverige. Det var vykort med uppgifter om ringmärkta uvar och gud vet allt. Och hon skrev själv mängder av kort och brev. Hon sände mest post näst kommunen. I affären fick de ta in extra vykort åt henne. Motivet brydde hon sig inte om. De köpte upp vykort som förblev osålda på andra ställen.

– Hur vet du allt det här? frågade Wallander.

– På en liten plats vet man mycket vare sig man vill eller inte, sa Melander. Det är som det är med det.

– Vad hände sen?

– Hon försvann.

– Försvann?

– Vad är det man säger? Hon gick upp i rök. Var borta.

Wallander var osäker på om han hade förstått rätt.

– Reste hon härifrån?

– Hon reste en hel del. Men hon kom alltid tillbaka. När hon försvann var hon här. Hon hade gått en promenad genom byn en eftermiddag i oktober. Hon gick ofta. Promenerade. Efter den dagen har man aldrig sett henne igen. Det skrevs mycket om det den gången. Hon hade inte packat sina väskor. Folk började undra när hon inte kom till pensionatet. Man gick hem till henne. Hon var borta. Man började leta. Men hon förblev borta. Det är ungefär 25 år sen det hände. Man har aldrig hittat nånting. Men rykten har gått. Att man har sett henne i Sydamerika eller Alingsås. Eller som spöke i skogen utanför Rätansbyn.

– Vad hette hon? frågade Wallander.

– Krista. Haberman i efternamn.

Wallander insåg att han påminde sig fallet. Det hade spekulerats mycket. »Den vackra polskan« mindes han vagt en tidningsrubrik.

Wallander tänkte efter.

– Hon brevväxlade alltså med andra fågelskådare, sa han. Och hon besökte dom ibland?

– Ja.

– Finns den brevväxlingen kvar?

– Hon blev dödförklarad för en del år sen. En släkting från Polen dök plötsligt upp och ställde krav. Hennes tillhörigheter försvann. Och huset revs sen för ett nybygge.

Wallander nickade. Det hade varit för mycket att begära att breven och vykorten skulle finnas kvar.

– Jag minns det hela mycket vagt, sa han. Men hade man aldrig några misstankar åt nåt håll? Att hon hade begått självmord eller råkat ut för ett brott?

– Det gick naturligtvis många rykten. Och jag tror att poliserna som utredde det gjorde ett bra arbete. Det var folk från trakten som kunde skilja på prat och på ord med innehåll. Det gick rykten om mystiska bilar. Om att hon hade haft hemliga besök på nätterna. Ingen visste heller vad hon hade hållit på med när hon var ute och reste. Det gick aldrig att få klarhet. Hon försvann. Och hon är fortfarande försvunnen. Om hon lever är hon alltså 25 år äldre. Alla blir äldre. Även dom försvunna.

Nu händer det igen, tänkte Wallander. Något ur det förflutna kommer tillbaka. Jag reser hit för att försöka ta reda på varför Holger Eriksson har testamenterat pengar till kyrkan i Svenstavik. Den frågan får jag inte svar på. Men däremot får jag veta att det funnits en fågelskådare också här, en kvinna som varit försvunnen i över 25 år. Frågan är om jag trots allt har fått svaret på min fråga. Även om jag inte alls förstår det, eller begriper vad det innebär.

– Utredningsmaterialet finns nog i Östersund, sa Melander. Det väger säkert många kilo.

De lämnade kyrkan. Wallander betraktade en fågel som satt på kyrkogårdsmuren.

– Har du hört talas om en fågel som heter mellanspett? frågade han.

– Det är en hackspett, sa Melander. Det hörs på namnet. Men är inte den utdöd? Åtminstone i Sverige?

– Den är på väg att försvinna, sa Wallander. Här i landet har den varit borta i 15 år.

– Jag har kanske sett den nån gång, sa Melander tveksamt. Men hackspettarna är sällsynta nuförtiden. I och med kalhyggena har dom gamla träden försvunnit. Det var mest där dom satt. Och på telefonstolparna förstås.

De hade gått tillbaka mot köpcentret och stannat vid Wallanders bil. Klockan var halv tre.

– Ska du vidare? frågade Melander. Eller ska du tillbaka till Skåne?

– Jag far till Gävle, svarade Wallander. Vad tar det? Tre, fyra timmar?

– Snarare fem. Det är barmark och ingen halka. Vägarna är bra. Men det tar nog den tiden. Det är nästan 40 mil.

– Du ska ha tack för hjälpen, sa Wallander. Och för den goda maten.

– Men inte fick du svar på frågorna du kom med.

– Kanske ändå, sa Wallander. Det kommer att visa sig.

– Det var en gammal polis som arbetade med Krista Habermans försvinnande, sa Melander. Han började när han var i medelåldern. Fortsatte tills han gick i pension. Det lär ha varit det sista han talade om på sin dödsbädd. Vad som hade hänt med henne. Han kunde aldrig släppa det.

– Faran finns där, sa Wallander.

De tog avsked.

– Kommer du neråt så får du hälsa på, sa Wallander.

Melander log. Pipan hade slocknat.

– Mina vägar går nog mest uppåt, sa han. Men man vet ju aldrig.

– Jag vore tacksam om du hörde av dig, sa Wallander till slut. Om det händer nåt. Som förklarar varför Holger Eriksson skänkte pengar till kyrkan.

– Det är underligt, sa Melander. Om han hade sett kyrkan kunde man förstå. Den är ju vacker.

– Du har rätt, svarade Wallander. Om han hade varit här kunde man ha förstått.

– Kanske han for igenom nån gång? Utan att nån visste det?

– Eller bara nån enstaka person, svarade Wallander.

Melander betraktade honom.

– Du tänker på nåt? sa han.

– Ja, svarade Wallander. Men jag vet inte vad det betyder.

De skakade hand. Wallander satte sig i bilen och körde därifrån. I backspegeln såg han Melander stå och se efter honom.

Han for genom ändlösa skogar.

När han kom fram till Gävle var det redan mörkt. Han letade sig fram till det hotell Svedberg hade uppgivit. När han frågade i receptionen fick han veta att Linda redan hade kommit.

De hade hittat en liten restaurang där det var lugnt och stilla, med få gäster, trots att det var lördagskväll. När det visade sig att Linda verkligen hade kommit, och de befann sig på denna för dem båda okända plats, bestämde sig Wallander alldeles oförberett för att berätta om de tankar han hade för framtiden.

Men först talade de naturligtvis om hans far och hennes farfar som inte längre fanns.

– Jag undrade ofta över ert goda förhållande, sa Wallander. Kanske var jag helt enkelt avundsjuk? Jag såg er två ihop och jag såg nåt som jag kunde minnas från min egen uppväxt, men som sen alldeles hade försvunnit.

– Det är kanske bra med en generation emellan, sa Linda. Det är inte ovanligt att föräldrar och barnbarn går bättre ihop än barn och deras föräldrar.

– Hur vet du det?

– Jag kan se på mig själv. Och jag har vänner som säger samma sak.

– Ändå har jag alltid haft en känsla av att det var onödigt, sa Wallander. Jag har aldrig förstått varför han aldrig kunde acceptera att jag blev polis. Om han ändå hade förklarat för mig. Eller gett mig ett alternativ. Men det gjorde han inte.

– Farfar var väldigt egen, sa hon. Och lynnig. Men vad skulle du säga om jag plötsligt kom och på fullt allvar talade om att jag tänkte bli polis?

Wallander började skratta.

– Jag vet ärligt talat inte vad jag skulle tycka om det. Vi har ju snuddat vid det tidigare.

Efter middagen hade de återvänt till hotellet. På en termometer utanför en järnaffär hade Wallander sett att det var två minusgrader. De hade satt sig i hotellets uppehållsrum. Hotellet hade haft få gäster och de hade varit ensamma. Wallander hade försiktigt börjat fråga om hur det gick med hennes skådespelarambitioner. Han hade genast märkt att hon helst inte ville tala om det. I alla fall inte just då. Han lät frågan falla men kände att han blev orolig. Under loppet av några få år hade Linda växlat spår och intressen flera gånger. Det som gjorde Wallander betänksam var att ändringarna kom så hastigt och gav intryck av att vara oöverlagda.

Hon hade serverat sig te ur en termos och plötsligt frågat varför det var så svårt att leva i Sverige.

– Ibland har jag föreställt mig att det handlar om att vi har slutat stoppa våra strumpor, sa Wallander.

Hon såg undrande på honom.

– Jag menar allvar, fortsatte han. När jag växte upp var Sverige fortfarande ett land där man stoppade sina strumpor. Jag lärde mig till och med i skolan hur man gjorde. Sen plötsligt en dag var det slut. Trasiga strumpor slängde man. Ingen lagade sina trasiga raggsockar längre. Hela samhället förvandlades. Slitandet och slängandet blev den enda regel som verkligen omfattade alla. Det fanns nog dom som framhärdade med att laga sina sockar. Men dom varken syntes eller hördes. Så länge det bara gällde våra strumpor gjorde den här förändringen kanske inte så mycket. Men det spred sig. Till slut blev det som en sorts osynlig men ständigt närvarande moral. Jag tror det förändrade vår syn på rätt och fel, vad man hade lov att göra mot andra människor och vad man inte kunde göra. Allting har blivit så mycket hårdare. Allt fler människor, inte minst dom som är unga, som du, känner sig obehövda eller till och med ovälkomna i sitt eget land. Hur reagerar dom? Med aggression och förakt. Det mest skrämmande är att jag dessutom tror att vi bara befinner oss i början av nåt som ytterligare kommer att förvärras. Det växer upp en generation just nu, dom som är yngre än du, som kommer att reagera med ännu större våldsamhet. Och dom har inga minnen alls av att det faktiskt fanns en tid då vi stoppade våra strumpor. När vi varken slet ut eller slängde vare sig raggsockar eller människor.

Wallander kom inte på något mer att säga, trots att han såg att hon väntade på en fortsättning.

– Jag kanske uttrycker mig oklart, sa han.

– Ja, sa hon. Men jag tror ändå att jag anar vad du försöker säga.

– Det är också möjligt att jag tänker alldeles fel. Kanske alla tider har förefallit värre än dom som varit tidigare?

– Jag hörde aldrig farfar säga nåt om det.

Wallander skakade på huvudet.

– Han levde nog mycket i sin egen värld. Han målade sina tavlor där han kunde bestämma över solens gång. Den hängde på samma ställe, ovanför stubben, med eller utan tjäder, i nästan femtio år. Ibland tror jag inte han visste vad som försiggick utanför huset där han bodde. Han hade dragit upp en osynlig mur av terpentin runt sig.

– Du tar fel, sa hon. Han visste mycket.

– I så fall dolde han det för mig.

– Han skrev till och med dikter ibland.

Wallander såg vantroget på henne.

– Skulle han ha skrivit dikter?

– Han visade några för mig en gång. Kanske han brände dom sen? Men han skrev dikter.

– Gör du också det? frågade Wallander.

– Kanske, svarade hon. Jag vet inte om det är dikter. Men jag skriver ibland. För mig själv. Gör inte du?

– Nej, svarade Wallander. Aldrig. Jag lever i en värld av illa skrivna polisrapporter och obehagligt detaljerade rättsmedicinska protokoll. För att inte tala om alla PM från Rikspolisstyrelsen.

Hon bytte ämne så hastigt att han efteråt hade trott att hon noga hade förberett sig.

– Hur går det med Baiba?

– Med henne går det bra. Hur det går med oss vet jag inte. Men jag hoppas hon kommer hit. Jag hoppas hon vill bo här.

– Vad skulle hon göra i Sverige?

– Hon skulle bo med mig, svarade Wallander förvånat.

Linda skakade långsamt på huvudet.

– Varför skulle hon inte göra det?

– Ta inte illa upp, sa hon. Men jag hoppas du förstår att du är en svår människa att leva med.

– Varför skulle jag vara det?

– Tänk på mamma. Varför tror du hon ville leva ett annat liv?

Wallander svarade inte. På ett oklart sätt kände han sig utsatt för en orättvisa.

– Nu blev du arg, sa hon.

– Nej, svarade han. Inte arg.

– Vad blev du då?

– Jag vet inte. Jag är nog trött.

Hon flyttade sig från stolen och satte sig bredvid honom i soffan.

– Det handlar ju inte om att jag inte tycker om dig, sa hon. Det handlar bara om att jag börjar bli vuxen. Våra samtal kommer att bli annorlunda.

Han nickade.

– Jag kanske inte har vant mig än, svarade han. Det är nog så enkelt.

När samtalet dog bort såg de en film på teven. Linda var tvungen att återvända till Stockholm tidigt dagen efter. Men Wallander tyckte ändå att han hade sett något av hur framtiden skulle bli. De skulle träffas när de båda hade tid. Från och med nu skulle hon dessutom alltid komma att säga det hon verkligen menade.

Strax före klockan ett skildes de i hotellkorridoren.

Efteråt låg Wallander länge och försökte bestämma sig för om han hade förlorat något eller vunnit något. Barnet var borta. Linda hade blivit vuxen.

De träffades i frukostmatsalen klockan sju.

Efteråt följde han henne den korta vägen till stationen. När de stod på perrongen och väntade på tåget som var några minuter försenat började hon plötsligt gråta. Wallander stod handfallen. Ögonblicket innan hade hon inte visat några tecken på att hon var upprörd.

– Vad är det? frågade han. Har det hänt nåt?

– Jag saknar farfar, svarade hon. Jag drömmer om honom varenda natt.

Wallander kramade om henne.

– Det gör jag också, sa han.

Tåget kom. Han väntade på perrongen tills det hade gått. Ödsligheten på stationen var mycket stor. Han kände sig för ett ögonblick som en kvarglömd eller borttappad människa, alldeles kraftlös.

Han undrade hur han skulle orka.

22.

När Wallander återkom till hotellet låg ett meddelande och väntade på honom. Det var från Robert Melander i Svenstavik. Han gick upp på sitt rum och slog numret. Det var Melanders fru som svarade. Wallander presenterade sig och passade på att tacka för den goda mat han hade fått dagen innan. Sedan kom Melander själv till telefonen.

– Jag kunde inte låta bli att fundera vidare igår kväll, sa han. Över både det ena och det andra. Jag ringde också till gamle postmästaren. Ture Emmanuelsson heter han. Han kunde bekräfta att Krista Haberman hade fått många och regelbundna vykort från Skåne. Från Falsterbo, trodde han sig komma ihåg. Jag vet ju inte om det betyder nåt. Men jag tänkte att jag i alla fall ville säga det. Hennes fågelpost var stor.

– Hur visste du var jag bodde? frågade Wallander.

– Jag ringde till polisen i Ystad och frågade, svarade Melander. Svårare var det inte.

– Skanör och Falsterbo är kända mötesplatser för fågelskådare, sa Wallander. Det är den enda rimliga förklaringen till varför hon har fått så många vykort därifrån. Tack för att du gjorde dig besväret att ringa mig.

– Man börjar ju fundera, sa Melander. Varför den där bilhandlaren donerar pengar till vår kyrka.

– Förr eller senare får vi reda på svaret, sa Wallander. Men det kan ta tid. Tack i alla fall för att du ringde.

Wallander blev sittande i stolen när samtalet var över. Klockan var ännu inte åtta. Han tänkte på det plötsliga anfallet av kraftlöshet han upplevt på järnvägsstationen. Känslan av att ha något oöverstigligt framför sig. Han tänkte även på gårdagskvällens samtal med Linda. Och inte minst tänkte han på det Melander hade sagt och det han nu hade framför sig. Han befann sig i Gävle eftersom han hade ett uppdrag. Det var sex timmar tills hans flyg gick. Hyrbilen skulle han lämna på Arlanda. Han hämtade några papper som låg i en plastmapp i väskan. Ann-Britt Höglund hade skrivit att han kunde börja med att ta kontakt med en polisinspektör som hette Sten Wenngren. Han skulle finnas i bostaden under söndagen och var beredd på att Wallander skulle ringa. Vidare hade hon skrivit ner namnet på den man som hade annonserat i legionärernas tidning. Han hette Johan Ekberg och hade en adress ute i Brynäs. Wallander ställde sig vid fönstret. Vädret var mycket trist. Det hade börjat regna, ett kallt höstregn. Wallander undrade om det skulle gå över till att bli snöblandat. Han undrade också om han hade vinterdäck på bilen. Men mest av allt tänkte han på vad han egentligen hade i Gävle att göra. För varje steg han tog tyckte han att han förflyttade sig allt längre från ett centrum som visserligen var honom okänt, men som ändå måste finnas där någonstans.

Känslan av att det var något han inte upptäckte, att han hade missförstått eller feltolkat ett grundläggande mönster i brottsbilden, återkom när han stod där vid fönstret. Känslan mynnade ut i samma fråga: Varför denna demonstrativa brutalitet? Vad var det gärningsmannen ville berätta?

Mördarens språk. Koden han inte hade lyckats knäcka.

Han ruskade på huvudet, gäspade, och packade sin väska. Eftersom han inte visste vad han skulle tala med Sten Wenngren om bestämde han sig för att gå rakt på Johan Ekberg. Om inte annat så kunde han kanske få en inblick i den dunkla värld där soldater var till salu för den som betalade mest. Han tog väskan och lämnade rummet. Betalade räkningen i receptionen och bad att få veta hur han skulle köra för att komma till Södra Fältskärsgatan i Brynäs. Sedan tog han hissen ner till det underjordiska garaget. När han hade satt sig i bilen överfölls han av kraftlösheten igen. Han blev sittande utan att starta motorn. Höll han på att bli sjuk? Han kände sig inte dålig, inte ens särskilt trött.

Sedan insåg han att det hade med hans far att göra. Det var en reaktion på allt som hade hänt. Kanske en del av sorgen. Att försöka anpassa sig till ett nytt liv som på ett dramatiskt sätt hade förändrats.

Det fanns ingen annan förklaring. Linda hade sin reaktion. Själv mötte han faderns bortgång genom återkommande anfall av kraftlöshet.

Han startade motorn och körde ut ur garaget. Receptionisten hade gett en klar och tydlig vägbeskrivning. Ändå körde Wallander fel redan från början. Staden var söndagstom. Wallander kände det som om han höll på att irra runt i en labyrint. Det tog honom tjugo minuter att hitta rätt. Klockan hade blivit halv tio. Han hade stannat utanför ett hyreshus i det som han trodde var den gamla stadsdelen i Brynäs. Han undrade frånvarande om legosoldater sov länge på söndagsmorgnar. Han undrade om Johan Ekberg överhuvudtaget var legosoldat. Att han annonserade i »Terminator« behövde inte ens betyda att han hade gjort sin militärtjänst.

Wallander satt i bilen och betraktade huset. Regnet föll. Oktober var tröstlöshetens månad. Allt gick i grått. Höstfärgerna bleknade.

En kort stund var han benägen att ge upp alltsammans och åka därifrån. Han kunde lika gärna återvända till Skåne och be någon av de andra ringa till denne Johan Ekberg. Eller så kunde han göra det själv. Om han lämnade Gävle nu kanske han kunde komma med ett tidigare flyg till Sturup.

Men naturligtvis reste han inte. Wallander hade aldrig lyckats besegra den symboliska furir som fanns i hans inre och som övervakade att han gjorde det han skulle. Han reste inte på skattebetalarnas bekostnad för att sitta i en bil och stirra ut i regnet. Han lämnade bilen och gick över gatan.

Johan Ekberg bodde högst upp. Det fanns ingen hiss i huset. Inifrån en lägenhet hördes glad musik från ett dragspel. Någon sjöng. Wallander stannade i trappan och lyssnade. Det var schottis. Han log för sig själv. Den som spelar dragspel stirrar sig inte blind på det trista regnandet, tänkte han och fortsatte.

Johan Ekbergs dörr hade infällda stållister och extra lås. Wallander ringde på. Instinktivt anade han att någon betraktade honom genom titthålet. Han ringde igen som för att meddela att han inte tänkte ge sig. Dörren öppnades. Den hade säkerhetskedja. I tamburen var det mörkt. Mannen som skymtade därinne var mycket lång.

– Jag söker Johan Ekberg, sa Wallander. Jag är kriminalpolis och kommer från Ystad. Jag behöver tala med dig, om det nu är du som är Ekberg. Du är inte misstänkt för nånting. Jag behöver bara upplysningar.

Rösten som svarade honom var skarp, nästan gäll.

– Jag talar inte med poliser. Vare sig dom kommer från Gävle eller nån annanstans.

Med ens var den tidigare kraftlösheten borta. Wallander reagerade omedelbart på mannens avvisande hållning. Han hade inte rest så långt bara för att bli utmotad redan i dörren. Han tog fram sin polislegitimation och höll upp den.

– Jag håller på att lösa två mord i Skåne, sa han. Du har förmodligen läst om dom i tidningarna. Jag har inte tagit mig ända hit för att stå utanför din dörr och diskutera. Du är i din fulla rätt att avvisa mig. Men då kommer jag tillbaka. Och då kommer du att bli tvungen att följa med till polishuset här i Gävle. Du kan välja hur du vill ha det.

– Vad är det du vill veta?

– Antingen släpper du in mig eller så kommer du ut hit, sa Wallander. Jag står inte och talar genom en dörrspringa.

Dörren slogs igen. Öppnades igen. Säkerhetskedjan var avhakad. En stark lampa tändes i tamburen. Den överraskade Wallander. Medvetet var den monterad så att den stack en besökare rakt i ögonen. Wallander följde efter mannen som han fortfarande inte hade sett ansiktet på. De kom in i ett vardagsrum. Gardinerna var fördragna, lamporna tända. Wallander stannade i dörren. Det var som att stiga in i en annan tid. Rummet var som ett fornminne från 50-talet. Vid en vägg stod en jukebox. De glittrande neonfärgerna dansade innanför plastkåpan. En Wurlitzer. På väggarna filmaffischer, James Dean skymtade på en av dem, men annars mest motiv från olika krigsfilmer. *Men in action*. Amerikanska marinsoldater kämpande på japanska stränder. Där hängde också vapen. Bajonetter, svärd, gamla ryttarpistoler. I rummet fanns en soffgrupp i svart skinn.

Den långe man som hette Johan Ekberg stod och betraktade honom. Han hade kortklippt hår och kunde ha lösgjort sig ur någon av affischerna som hängde på väggen. Han var klädd i khakishorts och en vit undertröja. På armarna hade han tatueringar. Musklerna svällde. Wallander anade att han hade en kroppsbyggare framför sig. Ekbergs ögon var mycket vaksamma.

– Vad är det du vill?

Wallander pekade frågande på en av stolarna. Mannen nickade. Wallander satte sig medan Ekberg förblev stående. Han undrade om Ekberg överhuvudtaget varit född när Harald Berggren utkämpade sitt motbjudande krig i Kongo.

– Hur gammal är du? frågade han.

– Har du rest ända från Skåne för att fråga om det?

Wallander märkte att mannen irriterade honom. Han gjorde inga försök att dölja det.

– Bland mycket annat, sa han. Om du inte svarar på mina frågor bryter vi här och nu. Då blir du hämtad till polishuset.

– Är jag misstänkt för att ha begått nåt brott?

– Har du det? högg Wallander tillbaka. Han tänkte att han nu bröt mot alla gällande regler för hur han borde utöva sitt yrke.

– Nej, svarade mannen.

– Då börjar vi om igen, sa Wallander. Hur gammal är du?

– 32 år.

Wallander hade haft rätt. När Ekberg föddes hade Hammarskjöld redan störtat ett år tidigare utanför Ndola.

– Jag har kommit hit för att tala med dig om svenska legosoldater, sa han. Att jag befinner mig här beror på att du öppet har hängt ut din skylt. Du annonserar i »Terminator«.

– Det kan knappast vara olagligt? Jag håller mig även med »Combat & Survival« och »Soldier of Fortune«.

– Det har jag inte påstått heller. Samtalet kommer att gå betydligt fortare om du svarar på mina frågor och inte ställer några egna.

Ekberg satte sig ner och tände en cigarett. Wallander såg att de han rökte var utan filter. Han tände cigaretten med en bensintändare av en typ som Wallander tyckte sig känna igen från gamla filmer. Han undrade om Johan Ekberg helt och hållet levde i en annan tid.

– Svenska legosoldater, upprepade Wallander. När började alltsammans? Med kriget i Kongo i början på 1960-talet?

– Lite tidigare, svarade Ekberg.

– När?

– Vi kan ju försöka med trettioåriga kriget.

Wallander undrade om Ekberg drev med honom. Sedan insåg han att han inte borde förleda sig av Ekbergs utseende eller det faktum att han tycktes vara fixerad vid 50-talet. Om det fanns passionerade orkidéforskare så kunde Ekberg mycket väl vara en person som visste det mesta om legosoldater. Wallander hade dessutom vaga minnen från skoltiden om att trettioåriga kriget utkämpades mellan arméer som inte bestod av annat än soldater som slogs mot betalning.

– Låt oss säga att vi nöjer oss med tiden efter andra världskriget, sa Wallander.

– Då börjar det med andra världskriget. Det fanns svenskar som gick in som frivilliga i samtliga dom arméer som kämpade mot varandra. Det fanns svenskar i tysk uniform, rysk uniform, i japansk, amerikansk, engelsk och italiensk.

– Jag inbillar mig att den frivilliga värvningen inte är detsamma som att vara legosoldat?

– Jag talar om krigsviljan, sa Ekberg. Det har alltid funnits svenskar som varit beredda att gå ut under vapen.

Wallander anade något av den hjälplösa hurtighet som brukade prägla människor med storsvenska vanföreställningar. Han kastade en hastig blick längs väggarna för att se om han hade förbisett några nazisymboler. Men han såg inga.

– Vi struntar i frivilligheten, sa han sedan. Legosoldater. Folk som hyr ut sig.

– Främlingslegionen, sa Ekberg. Det är den klassiska utgångs-punkten. Där har det alltid funnits svenskar enrollerade. Många lig-ger begravda i öknen.

– Kongo, sa Wallander. Nåt annat börjar då. Stämmer det?

– Det fanns inte många svenskar där. Men några kämpade hela kriget på Katangas sida.

– Vilka var dom?

Ekberg såg förvånat på honom.

– Söker du namn?

– Inte än. Jag vill veta vilken sorts människor dom var.

– Före detta militärer. Några som sökte äventyr. Andra som var övertygade om det riktiga i missionen. En och annan polis som blivit utsparkad av kåren.

– Övertygade om vad?

– Kampen mot kommunismen.

– Dom dödade ju oskyldiga afrikaner?

Ekberg var plötsligt åter på sin vakt.

– Frågor om politiska åsikter behöver jag inte svara på. Jag vet mina rättigheter.

– Jag är inte ute efter dina åsikter. Jag vill veta vilka dom var. Och varför dom blev legosoldater.

Ekberg betraktade honom med sina vaksamma ögon.

– Varför vill du veta det? frågade han. Låt oss säga att det är min enda fråga. Och den vill jag ha ett svar på.

Wallander hade inte något att förlora på att gå rakt på sak.

– Det kan vara så att nån med ett förflutet bland svenska legosol-dater har med åtminstone det ena mordet att göra. Därför ställer jag mina frågor. Därför kan dina svar ha betydelse.

Ekberg nickade. Han hade förstått.

– Vill du ha nåt att dricka? frågade han.

– Vad skulle det vara?

– Whisky? Öl?

Wallander var medveten om att klockan bara var tio på morgo-nen. Han skakade på huvudet. Även om han egentligen inte skulle haft något emot en öl.

– Jag avstår, sa han.

Ekberg reste sig och återkom efter ett ögonblick med ett glas whisky.

– Vad arbetar du med? frågade Wallander.

Ekbergs svar förvånade honom. Vad han hade väntat sig visste han inte. Men knappast det som Ekberg sa.

– Jag har ett konsultföretag som arbetar inom den personaladministrativa sektorn. Jag koncentrerar mig på att utveckla metoder för konfliktlösning.

– Det låter intressant, sa Wallander. Han var fortfarande osäker på om Ekberg drev med honom.

– Dessutom har jag en aktieportfölj som just nu sköter sig bra. Min likviditet är för närvarande stabil.

Wallander bestämde sig för att Ekberg talade sanning. Han återvände till legosoldaterna.

– Hur kommer det sig att du är så intresserad av legosoldater?

– Dom står för så mycket av det bästa i vår kultur som tyvärr håller på att försvinna.

Wallander kände ett omedelbart obehag inför Ekbergs svar. Det svåraste var att Ekberg verkade väldigt övertygad. Wallander undrade hur det kunde vara möjligt. Han undrade också hastigt om fler av den svenska börsens män bar sådana tatueringar som Ekberg. Kunde man ana att framtidens finansmän och det svenska näringslivet skulle bestå av kroppsbyggare som hade äkta jukeboxar i sina vardagsrum?

Wallander återvände till ämnet.

– Hur rekryterades dom här personerna som for till Kongo?

– Det fanns vissa barer i Bryssel. Även i Paris. Allt skedde mycket diskret. Det gör det för övrigt fortfarande. Inte minst efter det som hände i Angola 1975.

– Vad hände då?

– Ett antal legosoldater kom inte ut i tid. Dom blev tillfångatagna när kriget tog slut. Den nya regimen anställde en rättegång. Dom flesta dömdes till döden och blev skjutna. Det hela var mycket grymt. Och alldeles onödigt.

– Varför dömdes dom till döden?

– För att ha varit värvade soldater. Som om det egentligen skulle vara nån skillnad. Soldater är alltid värvade, på ett eller annat sätt.

– Men dom hade inget med det där kriget att göra? Dom kom utifrån? Dom deltog för att tjäna pengar?

Ekberg ignorerade Wallanders kommentar. Som om den inte hade varit honom värdig.

– Dom skulle ha tagit sig ut ur stridszonen i tid. Men dom hade mist två av sina kompanichefer i striderna. Ett flygplan som skulle hämta ut dom landade på fel flygplats inne i bushen. Det var mycket otur med i bilden. Ungefär femton stycken blev tillfångatagna. Den större gruppen tog sig ut. Dom flesta av dom fortsatte till Sydrhodesia. På en stor gård utanför Johannesburg finns idag ett monument över dom som blev avrättade i Angola. Legosoldater från hela världen kom dit när minnesstenen avtäcktes.

– Var det svenskar med bland dom som avrättades?

– Det var mest britter och tyskar. Dom anhöriga fick 48 timmar på sig att hämta deras kroppar. Nästan ingen gjorde det.

Wallander tänkte på minnesmonumentet utanför Johannesburg.

– Det existerar med andra ord en stor gemenskap mellan legosoldater från olika delar av världen?

– Var och en tar ansvar för sig. Men gemenskapen finns. Den måste finnas.

– Många blir kanske legosoldater av den anledningen? Att dom söker gemenskap?

– Pengarna kommer först. Sen äventyret. Sen gemenskapen. I den ordningen.

– Sanningen är alltså att legosoldater dödar för pengar?

Ekberg nickade.

– Naturligtvis är det så. Legosoldater är inga monster. Dom är människor.

Wallander kände hur obehaget ökade. Men han insåg att Ekberg menade varje ord han sa. Det var länge sedan han hade mött en människa som var så övertygad. Det fanns inget monstruöst i dessa soldater som dödade vem som helst för den riktiga summan pengar. Tvärtom var det en definition av deras mänsklighet. Enligt Johan Ekberg.

Wallander tog fram en kopia på fotografiet och la det på glasbordet framför sig. Sedan sköt han över det till Ekberg.

– Du har filmaffischer på väggarna, sa han. Här ska du få en äkta bild. Tagen i det som då hette Belgiska Kongo. För mer än trettio år sen. Innan du var född. Den föreställer tre legosoldater. Varav en är svensk.

Ekberg böjde sig fram och tog fotografiet. Wallander väntade.

– Känner du igen nån av dom tre männen? frågade han sedan.

Han nämnde två av namnen. Terry O'Banion och Simon Marchand.

Ekberg skakade på huvudet.

– Det behöver inte vara deras riktiga namn. Utan deras namn som legosoldater.

– Det är i så fall dom namn jag känner till, sa Ekberg.

– Mannen som står i mitten är svensk, fortsatte Wallander.

Ekberg reste sig och försvann in i ett angränsande rum. Han kom tillbaka med ett förstoringsglas i handen. Han studerade bilden igen.

– Han heter Harald Berggren, sa Wallander. Och det är för hans skull som jag har kommit hit.

Ekberg sa ingenting. Han fortsatte att se på bilden.

– Harald Berggren, upprepade Wallander. Han skrev en dagbok från det där kriget. Känner du igen honom? Vet du vem det är?

Ekberg la ifrån sig fotografiet och förstoringsglaset.

– Visst vet jag vem Harald Berggren är, svarade han.

Wallander hajade till i stolen. Vad han hade väntat sig för svar visste han inte. Men inte det han hade fått.

– Var finns han nu?

– Han är död. Han dog för sju år sen.

Det var något Wallander hade betraktat som en möjlighet. Ändå kom det som en besvikelse att det hade skett för så länge sedan.

– Vad hände?

– Han begick självmord. Nåt som inte är ovanligt för människor med stort mod. Och som har erfarenhet av att strida i väpnade enheter under svåra förhållanden.

– Varför begick han självmord?

Ekberg ryckte på axlarna.

– Jag tror han hade fått nog.

– Nog av vad då?

– Vad är det man har fått nog av när man tar sitt liv? Livet självt. Tråkigheten. Tröttheten man drabbas av när man ser sitt ansikte i spegeln varje morgon.

– Vad hände?

– Han bodde i Sollentuna norr om Stockholm. En söndagsmorgon stoppade han sin pistol i fickan och tog en buss till en ändhållplats nånstans. Där gick han ut i skogen och sköt sig.

– Hur vet du allt det här?

– Jag vet. Och det betyder att han knappast kan ha med ett mord i Skåne att göra. Såvida han inte går igen. Eller att han hade lagt ut en mina som först nu detonerade.

Wallander hade låtit dagboken vara kvar i Skåne. Han tänkte att det kanske hade varit ett misstag.

– Harald Berggren skrev en dagbok från Kongo. Den hittade vi i kassaskåpet hos en av dom män som blivit mördade. En bilhandlare som hette Holger Eriksson. Säger det namnet dig nånting?

Ekberg skakade på huvudet.

– Är du säker på det?

– Mitt minne är det inget fel på.

– Kan du tänka dig nån förklaring till att dagboken hade hamnat där?

– Nej.

– Kan du tänka dig nån förklaring till att dom här två männen kände varandra för mer än 7 år sen?

– Jag träffade bara Harald Berggren en enda gång. Det var året innan han dog. Jag bodde i Stockholm då. Han kom upp till mig en kväll. Han var mycket rastlös. Han berättade att han tillbringade sin väntan på ett nytt krig med att resa runt i landet och arbeta en månad här och en månad här. Han hade ju ett yrke.

Wallander insåg att han hade förbisett den möjligheten. Trots att det stod i dagboken, på en av de första sidorna.

– Du menar att han var bilmekaniker?

Ekberg blev för första gången förvånad.

– Hur vet du det?

– Det stod i dagboken.

– Jag tänkte att en bilhandlare kanske kan ha haft ett behov av en extra bilmekaniker. Att Harald kanske passerade nere i Skåne och kom i kontakt med den där Eriksson.

Wallander nickade. Det var naturligtvis en möjlighet.

– Var Harald Berggren homosexuell? frågade Wallander.

Ekberg log.

– Mycket, sa han.

– Är det vanligt bland legosoldater?

– Inte nödvändigtvis. Men inte ovanligt heller. Jag antar att det också förekommer bland poliser?

Wallander svarade inte.

– Förekommer det bland konsulter för konfliktlösning? frågade han istället.

Ekberg hade rest sig och stod vid jukeboxen. Han log mot Wallander.

– Det förekommer, sa han.

– Du annonserar i »Terminator«, sa han. Du erbjuder dina tjänster. Men det står inte vilka dom tjänsterna är?

– Jag förmedlar kontakter.

– Vad för sorts kontakter?

– Olika arbetsgivare som kan tänkas vara intressanta.

– Krigsuppdrag?

– Ibland. Livvakter, transportbeskydd. Det växlar. Om jag ville skulle jag kunna föda svenska tidningar med häpnadsväckande historier.

– Men det gör du inte?

– Jag har mina kunders förtroende.

– Jag tillhör inte tidningsvärlden.

Ekberg hade satt sig i stolen igen.

–Terre'Blanche i Sydafrika, sa Ekberg. Ledaren för nazistpartiet bland boerna. Han har två svenska livvakter. Bara som exempel. Men om du påstår det offentligt kommer jag naturligtvis att förneka det.

– Jag ska inget säga, sa Wallander.

Han hade inget mer att fråga om. Vad de svar han fått av Ekberg egentligen innebar visste han ännu inte.

– Kan jag behålla fotografiet? frågade Ekberg. Jag har en liten samling.

– Behåll det, sa Wallander och reste sig. Originalet finns hos oss.

– Vem har negativet?

– Det undrar jag också.

När Wallander redan hade gått ut genom dörren insåg han att det fanns ännu en fråga.

– Varför gör du egentligen allt det här?

– Det kommer vykort från hela världen, sa han. Ingenting annat.

Wallander förstod att det var det svar han skulle få.

– Jag tror det knappast, sa han. Men det kan hända att jag ringer. Om jag har nåt mer att fråga om.

Ekberg nickade. Sedan stängde han dörren.

När Wallander kom ut på gatan hade regnet blivit snöblandat. Klockan var elva. Han hade inget mer i Gävle att göra. Han satte sig i bilen. Harald Berggren hade inte dödat Holger Eriksson och naturligtvis inte heller Gösta Runfeldt. Det som kanske hade kunnat vara ett spår hade löst upp sig i ett ingenting.

Vi får börja om igen, tänkte Wallander. Vi får gå tillbaka till utgångspunkten. Vi stryker Harald Berggren. Vi glömmer förkrympta huvuden och dagböcker. Vad kommer vi att se då? Det måste vara möjligt att hitta Harald Berggren bland Holger Erikssons tidigare anställda. Vi borde också kunna slå fast om han var homosexuell.

Utredningens översta sediment gav ingenting.

Vi måste gräva djupare.

Wallander startade motorn. Sedan körde han raka vägen till Arlanda. När han kom fram hade han vissa besvär med att leta reda på den plats där han skulle lämna igen hyrbilen. Klockan två satt han i en soffa i avgångshallen och väntade på sitt plan. Han bläddrade förstrött i en kvällstidning som någon hade lämnat kvar. Det snöblandade regnet hade upphört strax norr om Uppsala.

Planet lämnade Arlanda i rätt tid. Wallander satt vid gången. Han somnade nästan genast de hade lyft. När det började sticka i öronen av att inflygningen mot Sturup hade börjat vaknade han. Bredvid honom satt en kvinna och stoppade strumpor. Wallander betraktade henne häpet. Sedan tänkte han på att han måste ringa till Älmhult och fråga hur det gick med bilen. Till Ystad skulle han bli tvungen att ta en taxi.

Men när han stigit ur planet och gick mot utgången upptäckte han plötsligt Martinsson där. Han insåg att något hade hänt.

Inte en till, tänkte han.

Vad som helst. Men inte det.

Martinsson hade upptäckt honom.

– Vad är det som har hänt? frågade Wallander.

– Du måste ha din mobiltelefon påslagen, sa Martinsson. Det går ju inte att få tag på dig.

Wallander väntade. Han höll andan.

– Vi har hittat Gösta Runfeldts resväska, sa han.

– Var?

– Den låg lite slarvigt gömd längs vägen mot Höör.

– Vem var det som hittade den?

– Nån som hade stannat för att pissa. Han hade sett väskan och öppnat den. Det låg papper där med Runfeldts namn. Han hade läst om mordet. Han ringde direkt. Nyberg är där nu.

Bra, tänkte Wallander. Det är ändå ett spår.

– Då far vi dit, sa han.

– Behöver du åka hem först?

– Nej, sa Wallander. Om det är nåt jag inte behöver, så är det det.

De gick mot Martinssons bil.

Plötsligt upptäckte Wallander att han hade bråttom.

23.

Väskan låg kvar där den hade blivit hittad.

Eftersom det var alldeles intill vägkanten hade många bilister stannat till av nyfikenhet när de upptäckte de två polisbilarna och gruppen av människor.

Nyberg höll på att säkra spår på fyndplatsen. En av hans assistenter höll hans krycka medan han stod på knä och petade på något som låg på marken. Han såg upp när Wallander kom.

– Hur var Norrland? frågade han.

– Jag hittade ingen väska, svarade Wallander. Men det är mycket vackert. Fast kallt.

– Med lite tur kommer vi att kunna säga ganska exakt hur länge väskan har legat här, sa Nyberg. Jag antar att det kan vara en viktig information.

Väskan var stängd. Wallander kunde inte se någon adresslapp. Inte heller någon reklam för »Specialresor«.

– Har ni talat med Vanja Andersson? frågade Wallander.

– Hon har redan varit här, svarade Martinsson. Hon kände igen väskan. Dessutom har vi öppnat den. Överst låg Gösta Runfeldts försvunna nattkikare. Så nog är det hans väska.

Wallander försökte tänka efter. De befann sig på väg 13, söder om Eneborg. Strax innan låg vägkrysset där man bland annat kunde ta av mot Lödinge. Åt andra hållet kom man söder om Krageholmssjön och befann sig inte långt från Marsvinsholm. Wallander insåg att de befann sig ungefär mitt emellan de två brottsplatserna. Eller i ett hörn av en vinkel där Ystad utgjorde spetsen.

De befann sig mycket nära allting, tänkte han. Mitt i en osynlig mittpunkt.

Väskan låg på östra sidan av vägen. Om den hade placerats där av någon som kom med bil hade bilen troligen varit på väg norrut från Ystadshållet. Men den kunde också ha kommit från Marsvinsholm, tagit av i vägkrysset vid Sövestad och sedan kört norrut. Wallander försökte bedöma alternativen. Nyberg hade dessutom rätt i att de skulle ha stor hjälp av att veta hur länge väskan legat där de funnit den.

– När kan vi ta bort den? frågade han.

– Vi kan ha den i Ystad inom en timme, svarade Nyberg. Jag är snart klar här.

Wallander nickade åt Martinsson. De gick mot hans bil. Wallander hade under färden från flygplatsen berättat att den resa han företagit hade skapat klarhet i en viktig omständighet. Men inte fört dem vidare i den andra frågeställningen. Varför Holger Eriksson hade skänkt pengar till kyrkan i Jämtland var fortfarande en gåta. Däremot visste de nu att Harald Berggren var död. Wallander tvivlade inte på att Ekberg hade talat sanning. Inte heller på att han verkligen visste vad han talade om. Berggren kunde inte direkt ha haft med Holger Erikssons död att göra. De skulle däremot ta reda på om han hade arbetat hos Eriksson. Men de skulle inte kunna räkna med att det egentligen förde dem vidare. Vissa delar i utredningspusslet saknade annat värde än att de måste vara på plats för att de viktigaste delarna skulle kunna läggas rätt. Harald Berggren var från och med nu en sådan del.

De satte sig i bilen och återvände mot Ystad.

– Kanske Holger Eriksson gav arbetslösa legosoldater tillfälliga arbeten? sa Martinsson. Kanske det kom nån efter Harald Berggren? Som inte skrev dagbok? Men som plötsligt fick för sig att gräva en pålgrav åt Eriksson? Av ett eller annat skäl.

– Det är naturligtvis en möjlighet, sa Wallander tveksamt. Men hur förklarar vi det som har hänt med Gösta Runfeldt?

– Den förklaringen har vi inte än. Kanske det är honom vi borde koncentrera oss på?

– Eriksson dog först, sa Wallander. Men det behöver inte betyda att han ligger längst bak i en orsakskedja. Problemet är inte bara att vi saknar motiv och förklaringar. Vi saknar en egentlig utgångspunkt.

Martinsson satt tyst en stund. De körde genom Sövestad.

– Varför hamnar hans väska längs den här vägen? frågade han plötsligt. När Runfeldt var på väg åt ett helt annat håll? Mot Köpenhamn? Marsvinsholm ligger åt rätt håll när det gäller Kastrup. Vad var det egentligen som hände?

– Det skulle jag också vilja veta, sa Wallander.

– Vi har hunnit gå igenom Runfeldts bil, sa Martinsson. Han hade en parkeringsplats på baksidan av huset där han bodde. Det var en Opel av 1993 års modell. Allt verkade vara i sin ordning.

– Bilnycklarna?

– Dom låg uppe i lägenheten.

Wallander påminde sig att han fortfarande inte hade fått svar på om Runfeldt hade beställt en taxi till den morgon han skulle ha rest.

– Hansson sa att han hade talat med Taxi. Runfeldt hade beställt en bil till klockan fem på morgonen. Den skulle köra till Malmö. Men hos Taxi hade den efteråt noterats som en bomkörning. Chauffören hade väntat. Sen hade dom ringt till Runfeldt eftersom dom trodde han hade försovit sig. Dom hade inte fått nåt svar. Chauffören hade kört därifrån. Hansson sa att den person han talat med hade varit mycket exakt i sin beskrivning av vad som hade hänt.

– Det verkar vara ett välplanerat överfall, sa Wallander.

– Det tyder på mer än en, sa Martinsson.

– Som också i detalj har känt till Runfeldts planer. Att han skulle resa tidigt den morgonen. Vem kunde veta om det?

– Listan är begränsad. Och den existerar faktiskt. Jag tror det är Ann-Britt Höglund som har gjort den. Anita Lagergren på resebyrån visste, Runfeldts barn. Dottern visste dock bara vilken dag han skulle resa, inte att det var tidigt på morgonen. Men knappast nån mer.

– Vanja Andersson?

– Hon trodde att hon visste. Men det gjorde hon inte.

Wallander skakade långsamt på huvudet.

– Det var nån mer som visste om det, sa han. Det fattas nån på den där listan. Det är den personen vi letar efter.

– Vi har börjat gå igenom hans klientregister. Sammanlagt har vi hittat olika uppgifter som tyder på att han genom åren har haft ett fyrtiotal spaningsuppdrag. Eller vad man nu ska kalla det. Det är med andra ord inte så många. Fyra om året. Men vi kan knappast bortse från möjligheten att den vi söker finns bland dom.

– Vi måste gå igenom det noga, svarade Wallander. Det kommer att bli ett besvärligt arbete. Men du kan naturligtvis ha helt rätt.

– Jag börjar allt mer få en känsla av att det här kommer att ta mycket lång tid.

Wallander ställde tyst frågan till sig själv. Han insåg att han delade Martinssons uppfattning.

– Vi kan alltid hoppas att du tar fel, sa han. Men särskilt troligt är det inte.

De närmade sig Ystad. Klockan var halv sex.

– Dom ska tydligen sälja blomsterhandeln, sa Martinsson. Barnen är överens. Vanja Andersson har fått frågan om hon vill överta. Men det är tveksamt om hon har pengar.

– Vem har berättat det?

– Bo Runfeldt ringde. Han frågade på sin och systerns vägnar om dom kunde lämna Ystad efter begravningen.

– När är den?

– På onsdag.

– Låt dom åka, sa Wallander. Vi kontaktar dom igen om det behövs.

De svängde in på parkeringsplatsen utanför polishuset.

– Jag talade med en bilreparatör från Älmhult, sa Martinsson. Bilen är klar i mitten av nästa vecka. Tyvärr verkar det bli ganska dyrt. Det visste du kanske om? Men han lovade se till att bilen levererades hit till Ystad.

Hansson satt inne hos Svedberg när de kom. Wallander gav ett kortfattat referat av resultatet av sin resa. Hansson var kraftigt förkyld. Wallander föreslog att han skulle gå hem.

– Lisa Holgersson är också sjuk, sa Svedberg. Hon har tydligen fått influensa.

– Har den redan kommit? sa Wallander. Då kan det bli stora problem här.

– Jag är bara förkyld, försäkrade Hansson. Imorgon är jag förhoppningsvis bra igen.

– Ann-Britt Höglunds båda ungar är sjuka, sa Martinsson. Men hennes man skulle visst komma hem i morgon.

Wallander lämnade rummet. Han bad dem säga till honom när väskan kom. Han hade tänkt sätta sig och skriva en redogörelse över sin resa. Kanske också plocka samman de kvitton han behövde för att upprätta en reseräkning. Men på vägen till sitt kontor ändrade han sig. Han gick tillbaka igen.

– Kan jag låna en bil? frågade han. Jag kommer tillbaka inom en halvtimme.

Ett antal bilnycklar sträcktes emot honom. Han tog Martinssons.

Det var mörkt när han körde ner till Västra Vallgatan. Himlen var molnfri. Natten skulle bli kall. Kanske minusgrader. Han parkerade utanför blomsterhandeln. Gick längs gatan mot huset där Runfeldt hade bott. Han såg att det lyste i fönstren. Han antog att det var Runfeldts barn som höll på att gå igenom lägenheten. Polisen hade lämnat ut den. De kunde börja packa och slänga. Den sista sammanfattningen av en död människas liv. Han tänkte plötsligt på sin far. På Gertrud och sin syster Kristina. Han hade inte alls varit ute i Löderup och bistått dem med att gå igenom faderns tillhörigheter. Även om det inte var mycket och hans hjälp inte behövdes borde han ha visat sig där ute. Han kunde inte helt bestämma sig för om

…an hade förträngt det av obehag eller om han inte hade haft tid.

Han hade stannat utanför Runfeldts port. Gatan var öde. Han hade behov av att föreställa sig ett händelseförlopp. Han placerade sig mitt framför porten och såg sig runt. Sedan gick han över till motsatt sida av gatan och gjorde samma sak. *Runfeldt befinner sig på gatan. Tidpunkten är ännu oklar. Han kan ha kommit ut genom porten på kvällen eller natten. Då har han inte haft sin väska med sig. Något annat har fått honom att lämna lägenheten. Om han däremot kommit ut genom porten på morgonen har han haft väskan med sig. Gatan är öde. Väskan ställer han ifrån sig på trottoaren. Från vilket håll kommer taxin? Väntar han utanför porten eller går han över gatan? Någonting händer. Runfeldt och hans väska försvinner. Väskan återfinns längs vägen mot Höör. Runfeldt själv hänger död vid ett träd i närheten av Marsvinsholms slott.* Wallander betraktade portuppgångarna på båda sidorna av huset. Ingen av dem var så djup att en människa kunde dölja sig. Han såg på gatlyktorna. De som lyste upp Runfeldts port var hela. En bil, tänkte han. En bil har stått här, strax intill porten. Runfeldt kommer ner på gatan. Någon stiger ur. Om Runfeldt blivit rädd borde han ha gett ljud ifrån sig. Det skulle den uppmärksamme grannen ha hört. Är det en okänd människa har Runfeldt kanske bara blivit förvånad. Mannen har kommit fram till Runfeldt. Har han slagit ner honom? Hotat honom? Wallander tänkte på Vanja Anderssons reaktion ute i skogen. Runfeldt hade magrat kraftigt under den korta tid han varit försvunnen. Wallander var övertygad om att det berodde på fångenskap. Utsvältning. Med tvång, medvetslös eller under hot har Runfeldt förts till bilen. Sedan är han borta. Väskan hittas på vägen mot Höör. Alldeles intill vägkanten.

Wallanders första reaktion när han kommit till platsen där väskan låg hade varit att den blivit placerad där för att den skulle hittas.

Det demonstrativa momentet igen.

Wallander gick tillbaka till porten. Började om. *Runfeldt kommer ut på gatan. Han ska påbörja en resa som han ser fram emot. Han ska besöka Afrika för att se på orkidéer.*

Wallander blev avbruten i sina tankar. En bil passerade.

Wallander började gå, fram och tillbaka vid porten. Han tänkte på möjligheten att Runfeldt tio år tidigare hade dödat sin hustru. Förberett en vak och låtit henne gå ner sig. Han var en brutal människa. Han misshandlade den kvinna som var hans barns mor. På ytan är han en vänlig blomsterhandlare som har en passion för orkidéer. Och nu ska han åka till Nairobi. Alla som har talat med honom dagarna innan han reser har enstämmigt bekräftat hans uppriktiga glädje. En vänlig man som samtidigt var ett monster.

Wallander utsträckte sin promenad till blomsterhandeln. Han tänkte på inbrottet. Blodfläcken på golvet. Två eller tre dagar efter det att Runfeldt senast varit synlig bryter sig någon in. Ingenting blir stulet. Inte ens en blomma. På golvet finns blod.

Wallander skakade uppgivet på huvudet. Det var någonting han inte såg. En yta dolde en annan yta. Gösta Runfeldt. Orkidéälskare och monster. Holger Eriksson. Fågelskådare, poet och bilhandlare. Även han omgiven av ett rykte om brutal framfart mot andra människor.

Brutaliteten förenar dem, tänkte Wallander.

Rättare sagt, den dolda brutaliteten. I Runfeldts fall klarare än i Erikssons. Men det finns likheter.

Han gick tillbaka till porten igen. *Runfeldt kommer ut på gatan. Ställer ner väskan. Om det sker på morgonen. Vad gör han sedan? Han väntar på en taxi. Men när den kommer har han redan försvunnit.*

Wallander stannade i steget. *Runfeldt väntar på en taxi.* Kan det ha kommit en annan taxi? En falsk taxibil? Runfeldt vet bara att han har beställt en bil, inte vilken det är som kommer. Inte heller vem som är chaufför. Han stiger in i bilen. Chauffören hjälper honom med väskan. Sedan kör de mot Malmö. Men de kommer inte längre än till Marsvinsholm.

Kunde det ha gått till så? Kunde Runfeldt ha hållits fången någonstans i närheten av skogspartiet där han hittats? Men väskan blir återfunnen på vägen mot Höör? Åt ett helt annat håll. Holger Erikssons håll.

Wallander märkte att han inte kunde komma längre. Tanken att en annan taxibil hade uppenbarat sig hade han själv svårt att tro på. Han visste å andra sidan inte vad han skulle tro. Det enda som var alldeles klart var att det som hade hänt utanför Runfeldts port hade varit välplanerat. Av någon som visste att han skulle ge sig av till Nairobi.

Wallander körde tillbaka till polishuset igen. Han såg att Nybergs bil stod slarvigt parkerad utanför ingången. Då hade väskan kommit.

De hade lagt ut en plastduk på mötesbordet och ställt väskan där. Locket var fortfarande inte uppfällt. Nyberg drack kaffe tillsammans med Svedberg och Hansson. Wallander insåg att de hade vän-

på att han skulle komma tillbaka. Martinsson talade i telefon. Wallander kunde höra att det var med något av hans barn. Han gav honom bilnycklarna.

– Hur länge har väskan legat därute? frågade Wallander.

Svaret från Nyberg överraskade honom. Han hade föreställt sig något annat.

– Högst ett par dagar, svarade Nyberg. I varje fall inte mer än tre.

– Den har med andra ord förvarats på ett annat ställe under ganska lång tid, sa Hansson.

– Det väcker också en annan fråga, sa Wallander. Varför gör sig gärningsmannen av med den först nu?

Ingen hade något svar. Nyberg drog på sig ett par plasthandskar och öppnade locket. Han skulle just börja ta upp det klädesplagg som låg överst när Wallander bad honom vänta. Han lutade sig över bordet. Vad det var som hade fångat hans uppmärksamhet visste han inte.

– Har vi ett fotografi av det här? frågade han.

– Inte av den öppna väskan, svarade Nyberg.

– Ordna det, sa Wallander. Han var övertygad om att det var någonting med hur väskan var packad som gjorde att han reagerat. Han kunde bara inte genast säga vad det var.

Nyberg lämnade rummet och kom tillbaka med en kamera. Eftersom han hade ont i benet instruerade han Svedberg att klättra upp på en stol och ta bilderna.

Efteråt packade de upp väskan. Wallander såg framför sig en man som hade tänkt resa till Afrika med lätt bagage. Det fanns inga oväntade föremål eller kläder i väskan. I sidofacken fann de hans resehandlingar. Där låg även en större summa pengar i dollarsedlar. I botten av väskan fanns några anteckningsböcker, litteratur om orkidéer samt en kamera. De stod tysta och betraktade de olika föremålen. Wallander letade intensivt i sin hjärna efter en förklaring till vad som hade fångat hans uppmärksamhet när väsklocket hade slagits upp. Nyberg hade öppnat necessären. Han studerade namnet på en pillerburk.

– Malariaprofylax, sa han. Gösta Runfeldt visste vad som krävdes därnere i Afrika.

Wallander betraktade den tomma väskan. Han upptäckte att ett föremål hade kilat fast sig i lockets foder. Nyberg petade loss det. Det var en blå plastklämma för namnskyltar.

– Gösta Runfeldt kanske besökte kongresser, föreslog Nyberg.

– I Nairobi skulle han på en fotosafari, sa Wallander. Den kan förstås ha blivit liggande från nån tidigare resa. Han tog en pappersservett från bordet och höll i nålen på baksidan av klämman. Han höll den nära ögonen. Då kände han lukten av parfym. Han blev fundersam. Han höll upp den mot Svedberg som stod bredvid honom.

– Känner du vad den luktar?
– Rakvatten?

Wallander skakade på huvudet.

– Nej, sa han. Det här är parfym.

De luktade i tur och ordning. Hansson som var förkyld avstod. De blev överens om att den luktade parfym. Kvinnoparfym. Wallander hade blivit alltmer undrande. Han tyckte också att han kände igen klämman.

– Vem har sett en sån här klämma förut? frågade han.

Martinsson hade svaret.

– Är det inte såna som används av Malmöhus läns landsting, sa han. Alla som arbetar på sjukhuset har den här typen.

Wallander insåg att han hade rätt.

– Det här stämmer inte, sa han. En plastklämma som luktar parfym ligger i Gösta Runfeldts Afrikapackade resväska.

I samma ögonblick kom han på vad det var som hade gjort honom fundersam när väsklocket hade öppnats.

– Jag skulle vilja att Ann-Britt Höglund kom hit, sa han. Sjuka barn eller inte. Kanske hennes fantastiska grannfru kan hjälpa till en halvtimmes tid? Den räkningen får polisen betala.

Martinsson slog numret. Samtalet blev mycket kort.

– Hon kommer, sa han.
– Varför vill du ha hit henne? frågade Hansson.
– Jag vill bara att hon ska göra en sak med den här väskan, sa Wallander. Ingenting annat.
– Ska vi lägga tillbaka innehållet? frågade Nyberg.
– Det är just precis vad vi inte ska, svarade Wallander. Det är därför jag vill att hon ska komma hit. För att packa väskan.

De betraktade honom undrande. Men ingen sa någonting. Hansson snöt sig. Nyberg satte sig i en stol och vilade sin onda fot. Martinsson försvann in till sitt kontor, antagligen för att ringa hem. Wallander lämnade mötesrummet och ställde sig att se på en karta över Ystads polisdistrikt. Han följde vägarna mellan Marsvinsholm, Lödinge och Ystad. Någonstans finns alltid ett centrum, tänkte han. En knutpunkt mellan olika händelser som har en motsvarighet också i verkligheten. Att en brottsling återvänder till platsen för gär-

...en är mycket sällan riktigt. Däremot passerar en gärningsman ofta samma punkt minst två gånger, ofta fler.

Ann-Britt Höglund kom skyndande genom korridoren. Som vanligt fick Wallander dåligt samvete för att han hade bett henne komma. Han förstod nu bättre än tidigare de problem hon hade med att så ofta vara ensam med de två barnen. Den här gången tyckte han dock att han hade en fullgod anledning att kalla på henne.

– Har det hänt nåt? frågade hon.

– Du vet att vi har hittat Runfeldts väska?

– Jag har hört det.

De gick in i mötesrummet.

– Det som ligger här på bordet fanns i väskan, sa Wallander. Jag vill att du sätter på dig ett par handskar och sen packar ner allting.

– På nåt särskilt sätt?

– På det sätt som är naturligt för dig. Nån gång har du berättat för mig att du alltid packar din mans resväskor. Du har med andra ord vana.

Hon gjorde som han hade sagt. Wallander var tacksam över att hon inte ställde några frågor. De betraktade henne. Vant och bestämt valde hon föremålen och packade väskan. Sedan tog hon ett steg tillbaka.

– Ska jag slå igen locket?

– Det behövs inte.

De stod samlade runt bordet och betraktade resultatet. Det var som Wallander hade anat.

– Hur kunde du veta på vilket sätt Runfeldt packade sin väska? undrade Martinsson.

– Vi väntar med kommentarerna, avbröt Wallander. Jag såg att det satt en trafikpolis inne i matrummet. Hämta honom.

Trafikpolisen som hette Laurin kom in i rummet. Under tiden hade de tömt väskan igen. Laurin såg trött ut. Wallander hade hört talas om en stor nattlig nykterhetskontroll på vägarna. Wallander bad honom sätta på sig ett par plasthandskar och packa ner innehållet på bordet i väskan. Inte heller Laurin ställde några frågor. Wallander såg att han inte slarvade utan behandlade klädesplaggen varsamt. När han var klar tackade Wallander honom. Han lämnade rummet.

– Helt annorlunda, sa Svedberg.

– Jag är inte ute efter att bevisa nånting, sa Wallander. Det tror jag heller inte går. Men när Nyberg slog upp väsklocket fick jag en känsla av att det var nånting som inte stämde. Jag har alltid haft en upplevelse av att män och kvinnor packar på olika sätt. Det var som om den här resväskan var packad av en kvinna.

– Vanja Andersson? föreslog Hansson.

– Nej, svarade Wallander. Inte hon. Det var Gösta Runfeldt själv som packade väskan. Det kan vi vara ganska säkra på.

Ann-Britt Höglund var den som först förstod vart han ville komma.

– Du menar alltså att den senare har blivit ompackad? Av en kvinna?

– Jag menar ingenting bestämt. Men jag försöker tänka högt. Väskan har legat ute i några få dagar. Gösta Runfeldt hade varit försvunnen betydligt längre. Var har väskan varit under tiden? Det kan dessutom förklara en egendomlig brist i innehållet.

Ingen mer än Wallander hade tänkt på det innan. Men nu förstod alla med ens vad han menade.

– Det finns inga kalsonger i väskan, sa Wallander. Jag tycker det verkar konstigt att Gösta Runfeldt gjort sig klar för en Afrikaresa utan ett enda par kalsonger nerpackade.

– Det har han alltså knappast gjort, sa Hansson.

– Vilket i sin tur innebär att nån har packat om väskan, sa Martinsson. Förslagsvis en kvinna. Och under den packningen försvinner Runfeldts samtliga underkläder.

Wallander kände spänningen i rummet.

– Det är en sak till, sa han långsamt. Av nån anledning har Runfeldts kalsonger försvunnit. Men samtidigt har ett främmande föremål hamnat i väskan.

Han pekade på den blå plastklämman. Ann-Britt Höglund hade fortfarande handskarna på sig.

– Lukta på den, sa Wallander.

Hon gjorde som han sa.

– En diskret kvinnlig parfym, var hennes reaktion.

Det blev stilla i rummet. För första gången höll hela utredningen andan.

Till sist var det Nyberg som bröt tystnaden.

– Skulle det här betyda att det finns en kvinna inblandad i alla dom här vidrigheterna?

– Vi kan i alla fall inte längre utesluta det, svarade Wallander. Även om ingenting direkt talar för det. Frånsett den här väskan.

Det blev tyst igen. Länge.

Klockan hade blivit halv åtta. Söndagen den 16 oktober.

...nade kommit till järnvägsviadukten strax efter klockan sju.
...t var kallt. Hon rörde hela tiden på fötterna för att hålla värmen.
Ännu skulle det dröja innan den hon väntade på kom. Minst en
halvtimme, kanske mer. Men hon var alltid ute i god tid. Med en
rysning kunde hon minnas de gånger hon hade kommit för sent i sitt
liv. Låtit människor vänta. Stigit in i olika rum där människor stirrat
på henne.

Hon skulle aldrig mer i sitt liv komma för sent. Hon hade inrättat
sitt liv efter en tidtabell med inskrivna marginaler.

Hon var alldeles lugn. Den man som snart skulle passera under
viadukten var en man som inte förtjänade att leva. Hon kunde inte
känna hat mot honom. Hata kunde den kvinna göra som hade råkat
så illa ut. Hon stod här i mörkret och väntade bara på att göra det
nödvändiga.

Det enda hon hade tvekat om var om hon skulle vänta. Bakugnen
var tom. Men hennes arbetsschema var komplicerat den närmaste
veckan. Hon ville inte riskera att han dog i ugnen. Hon hade kom-
mit fram till beslutet att det måste ske genast. Hon hade heller inte
tvekat om hur det skulle gå till. Kvinnan som hade berättat om sitt
liv, och som till sist också hade gett henne hans namn, hade berättat
om ett badkar fyllt med vatten. Om hur det kändes att bli pressad
under vatten och nästan ge upp andan, sprängas sönder inifrån.

*Hon hade tänkt på söndagsskolan. Helveteselden som väntade på
syndaren. Rädslan satt i fortfarande. Ingen visste hur synden mät-
tes. Ingen visste heller när straffet delades ut. Den rädslan hade hon
aldrig kunnat tala med sin mor om. Och hon hade undrat över sin
mors sista ögonblick i livet. Den algeriska polis som hette Françoise
Bertrand hade skrivit att allting hade gått mycket fort. Hon kunde
inte ha lidit. Hon kunde knappast ens ha varit medveten om vad
som hände henne. Men hur kunde hon veta? Hade hon trots allt för-
sökt utelämna en del av sanningen som varit alltför outhärdlig?*

Ett tåg passerade över hennes huvud. Hon räknade vagnarna. Sedan
var det stilla igen.

Inte med eld, tänkte hon. Men med vatten. Med vatten ska synda-
ren förgås.

Hon såg på sin klocka. Märkte att ett av snörena i gymnastiksko-
na höll på att gå upp. Hon böjde sig ner och knöt det. Hårt. Hon var
stark i fingrarna. Den man hon väntade på och som hon hade över-
vakat de senaste dagarna var kortvuxen och fetlagd. Han skulle inte

vålla henne några problem. Det hela skulle vara över på ett ögonblick.

En man med hund passerade under järnvägsviadukten på andra sidan gatan. Hans steg ekade mot trottoaren. Situationen påminde henne om någon gammal svartvit film. Hon gjorde det som var enklast, låtsades som om hon väntade på någon. Hon var säker på att han efteråt inte skulle minnas henne. I hela sitt liv hade hon lärt sig att inte märkas, att göra sig osynlig. Först nu hade hon förstått att det varit en förberedelse för något hon tidigare inte hade kunnat veta vad det var.

Mannen med hunden försvann. Hennes bil stod på andra sidan järnvägsviadukten. Trots att de befann sig mitt inne i Lund var trafiken gles. Mannen med hunden var den enda som hade passerat, förutom en cyklist. Hon kände att hon var beredd. Ingenting skulle kunna gå fel.

Sedan såg hon mannen hon väntade på. Han kom gående på samma sida av trottoaren där hon stod. På avstånd hördes en bil. Hon kröp ihop, som om hon hade ont i magen. Mannen stannade vid hennes sida. Han frågade om hon var sjuk. Istället för att svara sjönk hon ner på knä. Han gjorde som hon hade räknat med. Ställde sig tätt intill henne och lutade sig framåt. Hon sa att hon drabbats av ett hastigt illamående. Kunde han hjälpa henne till bilen? Den stod alldeles intill. Han tog henne under armen. Hon gjorde sig tung. Han fick anstränga sig för att hålla henne uppe. Precis som hon hade räknat med. Hans kroppskrafter var begränsade. Han stöttade henne till bilen. Frågade om hon behövde mera hjälp. Men hon sa nej. Han öppnade dörren åt henne. Hon sträckte hastigt in handen där trasan låg. För att etern inte skulle dunsta bort hade hon den inlindad i en plastpåse. Det tog henne bara några sekunder att få fram den. Gatan var fortfarande öde. Hon vände sig hastigt om, tryckte trasan hårt mot hans ansikte. Han kämpade emot men hon var starkare. När han började sjunka mot marken, höll hon honom uppe med ena armen medan hon öppnade bakdörren. Det gick lätt att baxa in honom. Hon satte sig i framsätet. En bil passerade, strax efter ännu en cyklist. Hon lutade sig mot baksätet och tryckte trasan mot hans ansikte. Snart var han medvetslös. Han skulle inte vakna under den tid det tog henne att köra till sjön.

Hon tog vägen över Svaneholm och Brodda för att komma till sjön. Hon svängde av vid den lilla campingplatsen som låg övergiven på stranden. Slog av strålkastarna och steg ur bilen. Lyssnade. Allt var mycket tyst. Husvagnarna stod övergivna. Hon drog ut den medvetslöse mannen på marken. Ur bakluckan plockade hon sedan fram säcken. Tyngderna skramlade mot några stenar. Det tog längre tid än hon hade beräknat att få in honom i säcken och knyta till.

Fortfarande var han medvetslös. Hon drog ut säcken på den lilla bryggan som stack ut i sjön. På avstånd flaxade en fågel förbi i mörkret. Hon la säcken längst ut på bryggan. Nu återstod bara en kort väntan. Hon tände en cigarett. I ljuset från glöden betraktade hon sin ena hand. Den var stadig.

Efter ungefär tjugo minuter började mannen i säcken vakna till liv. Han rörde sig därinne.

Hon tänkte på badrummet. Kvinnans berättelse. Och hon mindes de katter som dränktes när hon var liten. De flöt bort i säckar, fortfarande levande, desperat kämpande för att andas och överleva.

Han började ropa. Nu slet han i säcken. Cigaretten hade hon släckt mot bryggan.

Hon försökte tänka. Men huvudet var tomt.

Sedan petade hon ner säcken i vattnet med ena foten och gick därifrån.

24.

De hade stannat så länge på polishuset att söndagen övergått till måndag. Wallander hade skickat hem Hansson och senare också Nyberg. Men de andra hade stannat kvar och de hade börjat gå igenom allt utredningsmaterial på nytt.

Resväskan hade manat dem till ett återtåg. De hade suttit inne i sammanträdesrummet och den hade stått framför dem på bordet ända tills de bröt mötet. Då hade Martinsson slagit igen locket och tagit med den in på sitt eget rum.

De hade gått igenom allt som hade hänt med förutsättningen att inget av det arbete de lagt ner dittills kunde betraktas som bortkastat. I återtåget låg det gemensamma behovet att kasta blickar åt sidorna, stanna upp vid olika detaljer och hoppas upptäcka något de tidigare hade förbisett.

Men de hittade ingenting som innebar att de till sist tyckte sig ha brutit igenom. Fortfarande var händelserna dunkla, deras samband oklara, motiven okända. Återtåget ledde tillbaka till utgångspunkten, att två män hade blivit dödade på ett grymt och brutalt sätt, och att förövaren måste vara densamme.

Klockan hade blivit kvart över tolv när Wallander satte punkt. De bestämde att de skulle träffas tidigt morgonen därpå för att lägga upp det fortsatta spaningsarbetet. Vilket framför allt innebar att de skulle se om något i spaningsuppläggningen borde förändras till följd av väskfyndet.

Ann-Britt Höglund hade suttit med hela tiden. Två gånger hade hon lämnat mötesrummet för några minuter. Wallander antog att hon ringde hem och talade med grannfrun som passade barnen. När de avslutade mötet bad Wallander henne att stanna kvar ytterligare några minuter. Han ångrade sig genast. Han borde inte, eller kunde inte, hålla henne kvar längre. Men hon satte sig bara i sin stol igen och de väntade tills de andra hade gått.

– Jag vill att du gör en sak för mig, sa han. Jag vill att du går igenom alla dom här händelserna och anlägger ett kvinnoperspektiv. Jag vill att du går igenom utredningsmaterialet och tänker dig att den vi söker är en gärningskvinna, inte en gärningsman. Utgångspunkterna ska vara två. I det ena fallet utgår du från att hon har varit ensam. I det andra att hon åtminstone har varit delaktig.

– Du menar att det har varit minst två?

– Ja. Varav alltså den ena är en kvinna. Det kan naturligtvis också ha varit fler personer inblandade.

Hon nickade.

– Så fort som möjligt, fortsatte Wallander. Helst under morgondagen. Jag vill att du gör det här först av allt. Om du har andra viktiga saker som inte kan vänta lämnar du över dom till nån annan.

– Jag tror Hamrén från Stockholm är här i morgon, sa hon. Det kommer ett par poliser från Malmö också. Jag kan lämna det till nån av dom.

Wallander hade inget mer att säga. Men de blev ändå sittande.

–Tror du verkligen det är en kvinna? frågade hon.

– Jag vet inte, sa Wallander. Det är naturligtvis farligt att låta den här resväskan och parfymdoften få större betydelse än de har. Men jag kan inte heller bortse från att hela den här utredningen har en tendens att glida undan. Det har varit nåt konstigt redan från början. Redan när vi stod därute vid diket där Eriksson hängde på sina bambupålar sa du nåt som jag ofta har tänkt på.

– Att allt verkade så demonstrativt?

– Mördarens språk. Det luktade krig om det vi såg. Holger Eriksson hade blivit avrättad i en rovdjursfälla.

– Det kanske *är* krig, sa hon tankfullt.

Wallander betraktade henne uppmärksamt.

– Vad menar du med det?

– Jag vet inte. Kanske vi ska tolka det vi ser precis som det är. Pålgravar fångar man rovdjur i. Dessutom förekommer de ibland i krig.

Wallander hade genast insett att det hon sa kunde vara viktigt.

– Fortsätt, sa han.

Hon bet sig i läppen.

– Jag kan inte, svarade hon. Hon som passar mina barn måste gå hem. Jag kan inte hålla henne kvar längre. Sista gången jag ringde var hon arg. Då hjälper det inte att jag betalar henne bra för det hon gör.

Wallander ville inte släppa det samtal de hade påbörjat. Ett kort ögonblick irriterades han över hennes barn. Eller kanske över mannen som aldrig var hemma. Sedan ångrade han sig genast.

– Du kan ju följa med hem, sa hon. Vi kan fortsätta att prata där.

Han såg att hon var mycket blek och mycket trött. Han borde inte pressa henne. Ändå sa han ja. De åkte genom den natt-tomma staden i hennes bil. Barnvakten stod i dörren och väntade. Ann-Britt Höglund bodde i ett nybyggt hus som låg vid stadens västra infart. Wallander hälsade och tog ursäktande på sig ansvaret för att hon kom så sent tillbaka. Sedan satte de sig i hennes vardagsrum. Han hade varit där några få gånger tidigare. Att det bodde en resande människa i huset kunde han se. Det fanns souvenirer från många länder på väggarna. Men att det dessutom bodde en polis där syntes inte. Han upplevde en hemkänsla som alldeles saknades hos honom själv på Mariagatan. Hon frågade om han ville ha något att dricka. Men han tackade nej.

– Rovdjursfälla och krig, började Wallander. Så långt hade vi kommit.

– Det är män som jagar, män som är soldater. Vi ser det vi ser, vi hittar dessutom ett förkrympt huvud och en dagbok skriven av en legosoldat. Vi ser det vi ser och vi tolkar det.

– Hur tolkar vi det?

– Vi tolkar det riktigt. Om mördaren har ett språk så kan vi klart och tydligt läsa vad han skriver.

Wallander kom plötsligt att tänka på något som Linda hade sagt vid ett tillfälle när hon hade försökt förklara för honom vad en skådespelares arbete egentligen innebar. Att läsa mellan raderna, att söka undertexten.

Han berättade om sin tanke. Vad Linda hade sagt. Hon nickade.

– Jag kanske uttrycker mig dåligt, sa hon. Men det är ungefär så jag också tänker. Vi har sett allt och tolkat allt och ändå blir det fel.

– Vi ser det mördaren vill att vi ska se?

– Vi kanske luras att se åt fel håll.

Wallander tänkte efter. Han märkte att han nu var alldeles klar i huvudet. Tröttheten var borta. De följde ett spår som kunde vara avgörande. Ett spår som tidigare funnits i hans medvetande, men som han aldrig hade lyckats få kontroll över.

– Det demonstrativa är alltså en undanmanöver, sa han. Är det så du menar?

– Ja.

– Fortsätt!

– Sanningen kanske är precis tvärtom.

– Hur ser den ut?

– Det vet jag inte. Men om vi tror att vi tänker rätt och det är fel, så måste det som är fel till slut bli rätt.

– Jag förstår, sa Wallander. Jag förstår och jag håller med dig.

– En kvinna skulle aldrig spetsa en man på pålar i ett dike, sa hon. Hon skulle heller inte binda fast en man vid ett träd och sen strypa honom med sina bara händer.

Wallander sa ingenting på en lång stund. Hon försvann upp på övervåningen och kom tillbaka efter några minuter. Han såg att hon hade satt på sig ett par andra skor.

– Vi har hela tiden haft en känsla av att det har varit välplanerat, sa Wallander. Frågan är om det har varit välplanerat på mer än ett sätt?

– Jag kan naturligtvis inte föreställa mig att en kvinna skulle ha gjort det här, sa hon. Men jag inser nu att det kanske är så.

– Din sammanfattning blir viktig, sa Wallander. Jag tror också att vi ska tala med Mats Ekholm om det här.

– Vem? frågade hon.

– Rättspsykologen som var här i somras.

Hon skakade uppgivet på huvudet.

– Jag är nog mycket trött, sa hon. Jag hade glömt hans namn.

Wallander reste sig. Klockan var ett.

– Vi ses i morgon, sa han. Kan du ringa efter en taxi?

– Du kan ta min bil, sa hon. I morgon bitti kommer jag att behöva en lång promenad för att bli klar i huvudet.

Hon gav honom nycklarna.

– Min man kommer snart hem. Allting blir lättare.

– Jag har nog först nu förstått hur besvärligt du har det, sa han. När Linda var liten fanns Mona alltid där. Jag tror aldrig jag en enda gång under hennes uppväxt var tvungen att låta bli att gå till arbetet.

Hon följde honom ut. Natten var klar. Det hade blivit minusgrader.

– Fast jag ångrar mig inte, sa hon plötsligt.

– Ångrar vad då?

– Att jag blev polis.

– Du är en bra polis, sa Wallander. En mycket bra polis. Om du inte visste det.

Han anade att hon blev glad. Han nickade, satte sig i hennes bil och körde därifrån.

Dagen efter, måndagen den 17 oktober, vaknade Wallander med en molande huvudvärk. Han låg i sängen och undrade om han höll på att bli förkyld. Men han märkte inga andra symptom. Han kokade kaffe och letade reda på några värktabletter. Genom köksfönstret såg han att det hade börjat blåsa. Ett molntäcke hade kommit in över Skåne under natten. Temperaturen hade stigit. Termometern visade på fyra plusgrader.

Kvart över sju var han på polishuset. Han hämtade kaffe och satte sig sedan på sitt kontor. På hans bord låg ett besked från den polisman i Göteborg som han samarbetade med när det gällde bilsmugglingen från Sverige till de forna öststaterna. Han satt med lappen i handen ett ögonblick. Sedan la han ner den i en låda. Han drog till sig ett kollegieblock och började leta efter en penna. I en av lådorna hittade han Svedbergs papper. Han undrade hur många gånger han hade glömt att lämna tillbaka det.

Irriterad reste han sig och gick ut i korridoren. Dörren till Svedbergs rum stod öppen. Han gick in och la pappret på bordet, återvände till sitt kontor, stängde dörren och ägnade den närmaste halvtimmen åt att anteckna alla de frågor han med det snaraste ville ha svar på. Han hade då också bestämt sig för att ta upp innehållet i sitt nattliga samtal med Ann-Britt Höglund redan samma morgon när spaningsgruppen möttes.

Klockan kvart i åtta bultade det på dörren. Det var Hamrén från våldsroteln i Stockholm som hade kommit. De hälsade. Wallander tyckte bra om honom. De hade haft ett utmärkt samarbete under sommaren.

– Redan här? sa han. Jag trodde du skulle komma först under dagen?

– Jag bilade ner igår, svarade Hamrén. Jag kunde inte hålla mig.

– Hur är det i Stockholm?

– Som här. Fast större.

– Jag vet inte var det är meningen att du ska sitta, sa Wallander.

– Inne hos Hansson. Det är redan ordnat.

– Vi ska samlas om ungefär en halvtimme.

– Jag har mycket att läsa in.

Hamrén lämnade rummet. Wallander la tankspritt handen på telefonen för att ringa till sin far. Hajade till. Sorgen var stark och ögonblicklig och kom från ingenstans.

Det fanns ingen far han längre kunde ringa till. Inte idag, inte imorgon. Aldrig.

Han satt orörlig i sin stol, rädd för att det skulle börja göra ont någonstans.

Sedan lutade han sig framåt igen och slog numret. Gertrud svarade nästan genast. Hon verkade trött och började plötsligt gråta när han frågade hur hon mådde. Han fick själv en klump i halsen.

– Jag tar en dag i sänder, sa hon när hon hade lugnat sig.

– Jag ska försöka komma ut en stund i eftermiddag, sa Wallander. Det kan inte bli länge. Men jag ska i alla fall försöka.

– Det är så mycket jag har gått och tänkt på, sa hon. Om dig och din far. Som jag vet så lite om.

– Det gäller för mig också. Men vi kan ju se om vi kan fylla i det som fattas åt varandra.

Han avslutade samtalet och visste att han med största sannolikhet inte skulle hinna ut till Löderup under dagen. Varför hade han då sagt att han skulle försöka? Nu skulle hon sitta där och vänta.

Jag lever ett liv där jag alltid gör människor besvikna, tänkte han uppgivet.

Han bröt ilsket sönder pennan han hade i handen. Kastade bitarna i papperskorgen. En hamnade utanför. Han sparkade undan den med foten. Där fanns ett ögonblick av lust att fly. Han undrade när han senast hade talat med Baiba. Inte heller hon hade ringt. Höll deras förhållande på att självdö? När skulle han få tid att se på ett hus? Köpa en hund?

Det fanns ögonblick när han avskydde sitt yrke. Just nu var det en sådan stund.

Han ställde sig vid fönstret. Blåst och höstmoln. Flyttfåglar på väg mot varmare länder. Han tänkte på Per Åkeson som till slut hade bestämt sig för ett uppbrott. Bestämt sig för att livet alltid kunde vara något mer.

Baiba hade vid ett tillfälle under sensommaren, då de gick längs stränderna vid Skagen, sagt att det var som om hela den rika västvärlden bar på en gemensam dröm om en ofantlig segelbåt som kunde ta hela kontinenten till den karibiska övärlden. Hon hade sagt att sammanbrottet i de forna öststaterna hade öppnat hennes ögon. I det fattiga Lettland hade funnits öar av rikedom, den enkla glädjen. Hon hade upptäckt att fattigdomen var mycket stor även i de rika länder som hon nu kunde besöka. Det fanns ett hav av otillfredsställelse och tomhet. Det var där segelbåten kom in.

Wallander försökte tänka på sig själv som en kvarglömd eller kanske tvehågsen flyttfågel. Men tanken föreföll honom så idiotisk och meningslös att han slog bort den.

Han gjorde en anteckning om att han måste komma ihåg att ringa Baiba redan samma kväll. Sedan såg han att klockan hade blivit kvart över åtta. Han gick till sammanträdesrummet. Frånsett Hamrén som var nyanländ fanns där också två polismän från Malmö. Wallander hade aldrig träffat dem tidigare. Han hälsade. Den ene hette Augustsson och den andre Hartman. Lisa Holgersson kom och de satte sig. Hon önskade de nyanlända välkomna. Det fanns inte tid till något mer. Sedan såg hon på Wallander och nickade.

Han började som han hade kommit överens med sig själv. Samtalet han hade haft med Ann-Britt Höglund efter experimentet med packningen av väskan. Genast märkte han att reaktionen i rummet präglades av tveksamhet. Det var också vad han hade väntat sig. Han delade den tveksamheten.

– Jag presenterar inte det här som nåt annat än en av flera möjligheter. Eftersom vi ingenting vet kan vi heller inte bortse från nånting.

Han nickade mot Ann-Britt Höglund.

– Jag har bett om en sammanställning av utredningen med kvinnliga förtecken, sa han. Nåt sånt har vi aldrig gjort tidigare. Men i det här fallet kan ingenting lämnas oprövat.

Diskussionen som följde blev intensiv. Också det hade Wallander väntat sig. Hansson som denna morgon verkade må bättre var den som anförde. Ungefär mitt i sammanträdet kom Nyberg. Han rörde sig denna morgon utan krycka.

Wallander mötte hans blick. Han fick en känsla av att Nyberg hade något han ville säga. Han såg frågande på honom. Men Nyberg skakade på huvudet.

Wallander lyssnade på diskussionen utan att delta särskilt aktivt. Han märkte att Hansson uttryckte sig klart och argumenterade bra. Det var också viktigt att de redan nu hittade alla motbilder de kunde ställa upp.

Vid niotiden tog de en kort paus. Svedberg visade Wallander en bild i tidningen av det nybildade Skyddsgardet i Lödinge. Flera andra orter i Skåne tycktes följa efter. Lisa Holgersson hade sett ett inslag i en av Rapports kvällssändningar dagen innan.

– Vi kommer att ha medborgargarden över hela landet inom kort, sa hon. Tänk er en situation med tio gånger så många leksakspoliser som vad vi är.

– Möjligen är det ofrånkomligt, sa Hamrén. Det har kanske alltid varit så att brott lönar sig? Men skillnaden idag är att det går att bevisa. Om vi fick in tio procent av alla dom pengar som idag försvinner i den ekonomiska brottsligheten skulle vi säkert kunna nyanställa 3 000 poliser.

Siffran föreföll Wallander orimlig. Men Hamrén höll på sin åsikt.

– Frågan är bara om vi vill ha ett sånt samhälle, fortsatte han. Husläkare är en sak. Men huspoliser? Överallt poliser? Ett samhälle som är indelat i olika alarmerade zoner? Nycklar och koder för att besöka sina gamla föräldrar?

– Vi behöver nog inte så många nya poliser, sa Wallander. Vi behöver poliser som är annorlunda.

– Möjligen behöver vi ett annat samhälle, sa Martinsson. Med färre fallskärmsavtal och större gemenskap.

Hans ord hade ofrivilligt fått en klang av politiskt valtal. Men Wallander trodde han förstod vad Martinsson menade. Han visste att han ständigt oroade sig för sina barn. För att de skulle komma i närheten av droger. För att något skulle hända dem.

Wallander satte sig bredvid Nyberg som aldrig hade lämnat bordet.

– Det såg ut som om du ville säga nånting.

– Det var bara en liten detalj, sa han. Minns du att jag hittade en lösnagel ute i Marsvinsholmsskogen?

Wallander kom ihåg.

– Den du trodde hade funnits där under lång tid?

– Jag trodde ingenting. Men jag uteslöt det inte. Nu tror jag man kan fastställa att den inte legat där särskilt länge.

Wallander nickade. Han vinkade till sig Ann-Britt Höglund.

– Använder du lösnaglar? frågade han.

– Inte till vardags, svarade hon. Men jag har naturligtvis haft det.

– Sitter dom på hårt?

– Dom bryts mycket lätt.

Wallander nickade.

– Jag tänkte du skulle veta om det, sa Nyberg.

Svedberg kom in i rummet.

–Tack för pappret, sa han. Men du kunde ha slängt det.

– Rydberg brukade säga att det var en oförlåtlig synd att kasta en kollegas anteckningar, sa Wallander.

– Rydberg sa många saker.

– Ofta visade dom sig stämma.

Wallander visste att Svedberg aldrig hade gått bra ihop med sin äldre kollega. Det som förvånade honom var att det fortfarande satt i, trots att Rydberg nu varit död i flera år.

Mötet fortsatte. De omfördelade vissa arbetsuppgifter så att Hamrén och de två Malmöpoliserna genast kom in i utredningen. När klockan var kvart i elva bestämde Wallander att det var dags att avsluta sammanträdet. En telefon ringde. Martinsson som satt närmast grep luren. Wallander kände att han var hungrig. Trots allt skulle han kanske få tid att åka ut till Löderup och hälsa på Gertrud senare på eftermiddagen. Då upptäckte han att Martinsson hade lyft handen. Det blev tyst kring bordet. Martinsson lyssnade koncentrerat. Han tittade på Wallander som genast insåg att någonting allvarligt hade inträffat. Inte igen, tänkte han. Det går inte, det klarar vi inte.

Martinsson la på luren.

– Dom har hittat ett lik i Krageholmssjön, sa Martinsson.

Wallander tänkte hastigt att det inte behövde betyda att den gärningsman de sökte hade slagit till igen. Drunkningsolyckor var inte ovanliga.

– Var? frågade Wallander.

– Det finns en liten campingplats på östra sidan. Kroppen låg alldeles utanför bryggan.

Sedan förstod Wallander att han hade känt lättnad för tidigt. Martinsson hade mer att säga.

– Det är ett lik som ligger i en säck, sa han. En man.

Då har det hänt igen, tänkte Wallander. Knuten i hans mage hade återkommit.

– Vem var det som ringde? frågade Svedberg.

– En campare. Han ringde från sin mobiltelefon. Han var mycket upprörd. Det lät som om han kräktes rakt i örat på mig.

– Det är väl ingen som campar nu, invände Svedberg.

– Det finns husvagnar som står uppställda där året runt, sa Hansson. Jag vet var det är.

Wallander kände sig plötsligt oförmögen att hantera situationen. Han önskade sig bort från alltsammans. Kanske var det så att Ann-Britt Höglund märkte det. Hon hjälpte honom i alla fall genom att resa sig.

– Det är väl bäst att vi åker, sa hon.

– Ja, sa Wallander. Det är säkert bäst att vi åker nu på en gång.

Eftersom Hansson visste vart de skulle satte sig Wallander i hans bil. De andra följde efter. Hansson körde fort och slarvigt. Wallander bromsade med fötterna. Biltelefonen ringde. Det var Per Åkeson som ville tala med Wallander.

– Vad är det jag hör? frågade han. Har det hänt igen?

– Det är för tidigt att svara på. Men risken finns.

– Varför finns risken?

– Hade det varit ett lik som flöt omkring kunde det varit en drunkningsolycka eller självmord. Ett lik i en säck är mord. Det kan inte vara nåt annat.

– Det var ju fan också, sa Per Åkeson.

– Det skulle man kunna säga.

– Håll mig underrättad. Var är du?

– På väg mot Krageholmssjön. Jag antar att vi är där om cirka tjugo minuter.

Samtalet tog slut. Wallander tänkte att de var på väg åt samma håll som där de hittat väskan. Krageholmssjön låg i närheten av den triangel han tidigare hade sett framför sig.

Hansson tycktes sitta och tänka på samma sak.

– Sjön ligger mitt emellan Lödinge och Marsvinsholmsskogen, sa han. Det är inga stora avstånd.

Wallander grep telefonen och slog Martinssons nummer. Bilen låg precis bakom dem. Martinsson svarade.

– Vad sa han mer? Han som ringde? Vad hette han?

– Jag tror aldrig jag fick namnet. Men han var skåning.

– Ett lik i en säck. Hur visste han att det fanns ett lik i säcken? Hade han öppnat den?

– Det hade stuckit ut en fot med sko.

Trots att förbindelsen var dålig kunde Wallander uppfatta Martinssons obehag. Han avslutade samtalet.

De kom till Sövestad och svängde vänster. Wallander tänkte på kvinnan som varit Gösta Runfeldts klient. Överallt fanns påminnelser om händelserna. Om det existerade ett geografiskt centrum så var det Sövestad.

Sjön skymtade mellan trädstammarna. Wallander försökte förbereda sig på vad som väntade.

När de svängde ner mot campingplatsen som låg övergiven kom en man springande emot dem. Wallander steg ur bilen redan innan Hansson helt hade stannat.

– Där nere, sa mannen. Hans röst var ostadig och han stammade.

Wallander gick långsamt ner mot den lilla sluttningen som ledde till bryggan. Redan på avstånd skymtade han något i vattnet, vid bryggans ena sida. Martinsson slöt upp vid hans sida men stannade vid landfästet. De andra avvaktade i bakgrunden. Wallander gick försiktigt ut på bryggan. Den sviktade under honom. Vattnet var brunt och såg kallt ut. Han rös.

Säcken var bara delvis synlig ovanför vattenytan. En fot stack ut. Skon var brun och hade snörning. Den vita huden syntes genom ett hål på byxbenet.

Wallander såg in mot land och vinkade till sig Nyberg. Hansson talade med mannen som hade ringt, Martinsson väntade längre upp, Ann-Britt Höglund stod för sig själv. Wallander tänkte att det var som ett fotografi. Verkligheten infrusen, stängd. Ingenting mer skulle någonsin komma att hända.

Upplevelsen bröts när Nyberg steg ut på bryggan. Verkligheten återvände. Wallander hade gått ner på huk, Nyberg gjorde likadant.

– Jutesäck, sa Nyberg. Dom brukar vara starka. Ändå har den haft ett hål. Den måste ha varit gammal.

Wallander önskade att Nyberg hade haft rätt. Men han visste redan att så inte var fallet.

Säcken hade inte haft något hål. Det syntes att mannen hade sparkat sig igenom. Fibrerna i säcken hade dragits ut och sedan slitits sönder.

Wallander insåg vad det betydde.

Mannen hade varit levande när han stoppades in i säcken och kastades i sjön.

Wallander drog häftigt efter andan. Han mådde illa och kände yrsel.

Nyberg såg forskande på honom. Men han sa ingenting. Han väntade.

Wallander fortsatte att dra djupt efter andan, gång på gång. Sedan sa han vad han tänkte, vad han visste var sanningen.

– Han har sparkat hål i säcken. Det betyder att han levde när han slängdes i sjön.

– Avrättning? frågade Nyberg. Uppgörelse mellan olika förbrytargrupper?

– Vi kanske kan hoppas, svarade Wallander. Men jag tror det inte.

– Samme man?

Wallander nickade.

– Det ser så ut.

Wallander reste sig mödosamt upp. Det stramade i knäna. Han gick tillbaka mot stranden. Nyberg stannade kvar ute på bryggan. Polisteknikerna hade just kommit med sin bil. Wallander gick upp till Ann-Britt Höglund. Hon stod nu i sällskap med Lisa Holgersson. De andra kom efter. Till slut var de alla samlade. Mannen som hade upptäckt säcken hade satt sig på en sten och lutade huvudet i händerna.

– Det kan vara samme gärningsman, sa Wallander. I så fall har han den här gången dränkt en människa i en säck.

Obehaget gick som en ryckning genom gruppen.

– Vi måste stoppa den här galningen, sa Lisa Holgersson. Vad är det egentligen som händer i det här landet?

– En pålgrav, sa Wallander. En man blir strypt fastbunden vid ett träd. Och nu en man som blivit dränkt.

– Tror du fortfarande en kvinna skulle kunna göra nåt sånt? frågade Hansson. Hans tonfall var märkbart aggressivt.

Wallander ställde om frågan, tyst för sig själv. Vad trodde han egentligen? Inom loppet av några få sekunder gled alla händelser förbi i hans huvud.

– Nej, svarade han sedan. Jag tror det inte. Eftersom jag inte vill tro det. Men det kan ändå vara en kvinna som har gjort det. Eller som åtminstone varit inblandad.

Han såg på Hansson.

– Frågan är fel ställd, fortsatte han. Det handlar inte om vad jag tror. Det handlar om vad som händer i det här landet idag.

Wallander återvände ner till sjökanten. En ensam svan var på väg mot bryggan. Den gled ljudlöst fram över den mörka vattenytan.

Wallander betraktade den länge.

Sedan drog han upp blixtlåset i jackan och gick tillbaka till Nyberg som redan hade börjat arbeta där ute på bryggan.

Skåne

17 oktober–3 november 1994

25.

Nyberg skar försiktigt sönder säcken. Wallander gick ut på bryggan för att se på den döde mannens ansikte tillsammans med en läkare som just anlänt.

Han kände inte igen honom. Han hade aldrig sett honom tidigare. Vilket han naturligtvis heller inte hade väntat sig.

Wallander trodde att mannen var mellan 40 och 50 år gammal.

Han såg på liket som dragits fram ur säcken i mindre än en minut. Han orkade helt enkelt inte mer. Yrseln fanns där hela tiden i hans huvud.

Nyberg hade gått igenom mannens fickor.

– Han har en dyrbar kostym, sa Nyberg. Skorna är inte heller billiga.

De hittade ingenting i fickorna. Någon hade alltså gjort sig besväret med att fördröja identifieringen. Däremot måste gärningsmannen ha utgått ifrån att liket snart skulle komma att hittas i Krageholmssjön. Avsikten hade alltså inte varit att dölja det.

Liket låg nu för sig. Säcken på en plastduk. Nyberg vinkade till sig Wallander som gått åt sidan.

– Det hela är mycket noga uträknat, sa han. Man skulle kunna tro att mördaren har haft en våg. Eller kunskaper om viktfördelning och vattenmotstånd.

– Hur menar du? frågade Wallander.

Nyberg pekade på några tjocka bårder som löpte på insidan av säcken.

– Allt är noga förberett. Säcken har insydda tyngder som har garanterat tillverkaren två saker. Dels att säcken legat med bara en smal luftkudde ovanför vattenytan. Dels att det inte varit så mycket tyngder att dom tillsammans med mannens vikt gjort att säcken sjunkit till botten. Eftersom det är så noga uträknat bör den som har förberett säcken känt till den dödes vikt. Åtminstone på ett ungefär. Med en felmarginal på kanske 4–5 kilo.

Wallander tvingade sig att tänka efter, trots att alla tankar på hur mannen hade dödats gjorde honom illamående.

– Den smala luftkudden garanterade alltså att mannen verkligen dränktes?

– Jag är ingen läkare, sa Nyberg. Men nog har den här mannen varit vid liv när säcken slängdes i vattnet. Han har alltså blivit mördad.

Läkaren som på knä höll på att undersöka liket hade hört deras samtal. Han reste sig upp och kom fram till dem. Bryggan svajade under deras tyngd.

– Det är naturligtvis för tidigt att uttala sig definitivt om nåt som helst, sa han. Men nog måste man förutsätta att han har drunknat.

– Inte drunknat, sa Wallander. Han har blivit dränkt.

– Det är polisen som avgör om det är en olycka eller ett mord, sa läkaren. Om han drunknat eller blivit dränkt. Jag kan bara tala om vad som har hänt i hans kropp.

– Inga yttre skador? Inga slag? Eller sår?

– Vi måste få av honom kläderna för att kunna svara på det. Men på dom kroppsdelar som är synliga har jag inte upptäckt nånting. Den rättsmedicinska undersökningen kan naturligtvis komma fram till andra resultat.

Wallander nickade.

– Jag vill gärna få besked så fort som möjligt om du hittar några tecken på att han utsatts för våld.

Läkaren återgick till sitt arbete. Trots att Wallander flera gånger tidigare hade träffat honom kunde han inte påminna sig hans namn.

Wallander lämnade bryggan och samlade sina närmaste medarbetare runt sig på stranden. Hansson hade just avslutat samtalet med den man som hade upptäckt säcken i vattnet.

– Vi hittar inga identitetshandlingar, började Wallander. Vi vet inte vem han är. Det är det viktigaste just nu. Vi måste ta reda på hans identitet. Innan dess kan vi inte göra nånting. Ni får börja gå igenom efterlysta.

– Risken är stor att han ännu inte är saknad, sa Hansson. Den här mannen som hittade honom, han heter Nils Göransson, påstår att han var här så sent som igår eftermiddag. Han jobbar skift på en maskinverkstad i Svedala och brukar åka hit ut eftersom han har svårt med sömnen. Han har just börjat med skiftgång. Han var alltså här igår. Han går alltid ut på bryggan. Och då fanns där ingen säck. Den bör alltså ha kastats ut i vattnet under natten. Eller igår kväll.

– Eller idag på förmiddagen, sa Wallander. När kom han hit?

Hansson såg efter bland sina anteckningar.

– Klockan kvart över åtta. Han gick av skiftet vid sjutiden och for direkt hit. På vägen stannade han och åt frukost.

– Då vet vi det, sa Wallander. Det har alltså inte gått så lång tid. Det kan ge oss fördelar. Svårigheten blir alltså att identifiera honom.

– Säcken kan naturligtvis ha kastats i sjön nån annanstans, sa Nyberg.

Wallander skakade på huvudet.

– Han har inte legat länge i vattnet. Några strömmar att tala om är här inte heller.

Martinsson sparkade oroligt i sanden, som om han frös.

– Måste det verkligen vara samme man? frågade han. Jag tycker ändå det verkar annorlunda.

Wallander var så säker på sin sak som han kunde vara.

– Nej. Det är samme gärningsman. Vi gör hur som helst klokast i att utgå från det. Och kasta en blick över axeln när det behövs.

Sedan manade han på dem. De gjorde inte längre någon nytta där ute vid Krageholmssjöns strand.

Bilarna for. Wallander såg ut mot vattnet. Svanen hade försvunnit. Han betraktade männen som arbetade ute på bryggan. Ambulansen, polisbilarna, avspärrningsbanden. Det hela ingav honom plötsligt en känsla av stor overklighet. Han mötte naturen omgiven av utdragna plastband som avskärmade brottsplatser. Överallt där han gick fram fanns döda människor. Han kunde med blicken söka efter en svan på vattenytan. Men i förgrunden låg en människa som just hade plockats fram död ur en säck.

Han tänkte att hans arbete i grunden inte var något annat än en dåligt betald outhärdlighet. Han hade betalt för att stå ut. Plastbanden ringlade genom hans liv som en orm.

Han gick ut till Nyberg som sträckte på ryggen.

– Vi har hittat en cigarettfimp, sa han. Det är allt. Åtminstone här ute på bryggan. Men vi har redan hunnit göra en åtminstone ytlig undersökning av sanden. Efter släpmärken. Det finns inga. Han som burit ut säcken har varit stark. Om han nu inte har lett mannen hit ut, och sedan stoppat in honom.

Wallander skakade på huvudet.

– Låt oss utgå ifrån att säcken blivit buren, sa han. Buren med sitt innehåll.

–Tror du det är nån idé att vi draggar?

Wallander kände sig tveksam.

– Jag tror inte det, svarade han. Mannen har varit medvetslös när han kommit hit. Det måste ha skett med en bil. Sen har säcken kastats i vattnet. Bilen har farit härifrån.

– Då väntar vi med att dragga, sa Nyberg.

– Berätta vad du ser, sa Wallander.

Nyberg grimaserade.

– Nog kan det vara samme man, sa han sedan. Våldet, grovheten, det påminner ju. Även om han varierar sig.

–Tror du att en kvinna kunde ha utfört det här?

– Jag säger som du, svarade Nyberg. Jag vill helst inte tro det. Men jag kan också säga att hon då bör ha varit kapabel att bära 80 kilo utan problem. Vilka kvinnor gör det?

– Jag känner ingen, sa Wallander. Men dom finns naturligtvis.

Nyberg återgick till arbetet. Wallander skulle just lämna bryggan när han plötsligt upptäckte den ensamma svanen strax intill. Han önskade att han hade haft en brödbit. Svanen noppade på någonting inne vid stranden. Wallander tog ett steg närmare. Svanen väste och vände ut mot vattnet.

Han gick upp till en av polisbilarna och bad om att bli körd till Ystad.

På vägen tillbaka till staden försökte han tänka. Det som han mest av allt hade fruktat hade inträffat. Gärningsmannen var inte färdig. De visste ingenting om honom. Befann han sig i början eller i slutet av det han hade bestämt sig för. De visste inte heller om han begick överlagda handlingar eller om han var galen.

Det måste vara en man, tänkte Wallander. Allting annat strider mot sunt förnuft. Kvinnor mördar mycket sällan. Minst av allt utför de välplanerade mord. Grymma och utstuderade våldshandlingar.

Det måste vara en man, kanske flera. Vi kommer heller aldrig att kunna lösa det här utan att vi hittar sambandet mellan dem som blivit mördade. Nu är de tre. Det borde öka våra möjligheter. Men ingenting är säkert. Ingenting avtäcker sig av sig själv.

Han lutade kinden mot bilrutan. Landskapet brunt, med en dragning mot grått. Gräset dock ännu grönt. På ett fält en ensam traktor.

Wallander tänkte på pålgraven där han hade hittat Holger Eriksson. Trädet där Gösta Runfeldt stått bunden och blivit strypt. Och nu en levande människa instoppad i en säck, kastad i Kragehölmssjön för att drunkna.

Det stod med ens klart för honom att motivet inte kunde vara något annat än hämnd. Men det här gick bortom alla rimliga proportioner. Vad var det gärningsmannen hämnades? Vad kunde vara bakgrunden? Något så ohyggligt att det inte var nog med att bara döda utan de som dog skulle också vara medvetna om vad som hände dem.

Det är inga tillfälligheter som ligger bakom det här, tänkte Wallander. Allt är noga uttänkt och utvalt.

Han stannade upp vid den sista tanken.

Gärningsmannen valde. Någon blev utvald. Vald bland vem eller vilka?

När han kom till polishuset var han tankfull och kände behov av att stänga om sig innan han satte sig ner med sina kollegor. Han la av telefonluren, sköt undan telefonbeskeden som låg på hans bord och la upp fötterna på en hög med PM från rikspolisstyrelsen.

Den svåraste tanken var den om kvinnan. Att en kvinna kunde ha varit inblandad i händelserna. Han gjorde ett försök att komma ihåg de gånger han hade haft med kvinnliga våldsbrottslingar att göra. De hade inte hänt ofta. Han trodde sig kunna minnas alla de tillfällen han upplevt under sina år som polis. En enda gång, för snart femton år sedan, hade han själv gripit en kvinna som hade begått ett mord. Det hade sedan av tingsrätten bedömts som dråp. Det hade varit en medelålders kvinna som dödat sin bror. Han hade förföljt och ofredat henne ända sedan de var barn. Till slut hade hon inte stått ut utan skjutit honom med hans eget hagelgevär. Egentligen hade hon inte avsett att träffa. Hon hade velat skrämma honom. Men hon var en dålig skytt. Hon träffade honom mitt i bröstkorgen och han avled omedelbart. Vid alla andra tillfällen som Wallander kunde påminna sig hade de kvinnor som använt våld gjort det impulsivt och i självförsvar. Det hade handlat om deras egna män, eller män som de förgäves försökt avvisa. I många fall hade det varit sprit med i bilden.

Aldrig någonsin hade han varit med om att en kvinna hade planerat att begå en våldshandling. Åtminstone inte enligt en omsorgsfullt utformad plan.

Han reste sig och gick fram till fönstret.

Vad var det som gjorde att han inte förmådde släppa tanken på att det ändå var en kvinna inblandad denna gång?

Han kunde inte svara. Han visste inte ens om han trodde att det var en ensam kvinna eller en kvinna i sällskap med en man.

Ingenting talade för vare sig det ena eller det andra.

Han rycktes upp ur tankarna av att Martinsson knackade på hans dörr.

– Översikten börjar bli klar, sa han.

Wallander förstod inte vad han menade. Han hade varit djupt inne i sina egna tankar.

– Vilken översikt?

– Översikten över efterlysta, svarade Martinsson förvånat.

Wallander nickade.

– Då samlas vi, sa han och sköt Martinsson framför sig ut i korridoren.

När de hade stängt dörren till mötesrummet kände han att den tidigare kraftlösheten var borta. Han blev mot sin vana stående vid ena kortsidan av bordet. I vanliga fall satte han sig ner. Nu var det som om han inte ens hade tid med det.

– Vad har vi? frågade han.

– I Ystad inga anmälningar om försvunna dom senaste veckorna, sa Svedberg. Dom vi håller på att leta efter sen längre tid tillbaka passar inte alls in på den vi hittade i Krageholmssjön. Det är ett par tonårsflickor och en pojke som rymt från en flyktingförläggning. Han har förmodligen tagit sig ur landet och är på väg tillbaka mot Sudan.

Wallander tänkte på Per Åkeson.

– Då vet vi det, sa han bara. Och dom andra distrikten?

– Vi håller på med ett par personer i Malmö, sa Ann-Britt Höglund. Men det stämmer inte heller. I ett fall kanske åldern kan vara riktig. Men det är en man från södra Italien som är borta. Han vi hittade verkade inte riktigt italiensk till utseendet.

De gick igenom de larm som kommit inom de distrikt som låg närmast Ystad. Wallander var på det klara med att de om det blev nödvändigt skulle behöva täcka in hela landet och även resten av Skandinavien. De kunde bara hoppas på att mannen hade bott i närheten av Ystad.

– Lund fick in en anmälan sent igår kväll, sa Hansson. En kvinna ringde och anmälde att hennes man inte återkommit från en kvällspromenad. Åldern skulle kunna stämma. Han var forskare på universitetet.

Wallander skakade tveksamt på huvudet.

– Jag tvivlar, sa han. Men vi måste förstås kontrollera.

– Dom håller på att skaffa fram ett fotografi, fortsatte Hansson. Det kommer på faxen så fort dom har det.

Wallander hade hela tiden förblivit stående. Nu satte han sig. I samma ögonblick kom Per Åkeson in i rummet. Wallander hade helst velat slippa ha honom närvarande. Det var aldrig lätt att göra en sammanfattning som innebar att de redovisade ett stillastående. Utredningen satt fast med sina hjul i djup lera. Den rörde sig varken framåt eller bakåt.

Och nu hade de ännu ett offer.

Wallander kände sig illa berörd. Som om det var hans personliga ansvar att de inte hade något att gå efter. Ändå visste han att de hade arbetat så hårt och målmedvetet de hade kunnat. De poliser som satt samlade i rummet var duktiga och hängivna.

Wallander tvingade undan irritationen över Per Åkesons närvaro.

– Du kom lagom, sa han istället. Jag hade just tänkt försöka göra en sammanfattning av spaningsläget.

– Finns det överhuvudtaget ett spaningsläge? frågade Per Åkeson.

Wallander visste att det inte var menat som någon elak eller kritisk kommentar. De som inte kände Per Åkeson kunde reagera på hans burdusa sätt. Men Wallander hade arbetat ihop med honom i så många år att han visste att det han sa var ett uttryck för oro och en vilja att vara till hjälp om han kunde.

Hamrén som var ny betraktade Per Åkeson med ogillande. Wallander undrade hur de åklagare han hade att göra med i Stockholm brukade uttrycka sig.

– Ett spaningsläge finns alltid, svarade Wallander. Det har vi den här gången också. Men det är mycket oklart. En del spår vi har haft är inte längre aktuella. Jag tror vi har nått en punkt där vi måste leta oss tillbaka till utgångspunkten. Vad det här nya mordet innebär kan vi inte svara på än. Det är naturligtvis för tidigt.

– Är det samme man? frågade Per Åkeson.

– Jag tror det, sa Wallander.

– Varför?

– Tillvägagångssättet. Brutaliteten. Grymheten. En säck är naturligtvis inte samma sak som spetsade bambupålar. Men man kanske kan säga att det är en variation på ett tema.

– Vad har hänt med misstanken om att en legosoldat kunde ligga bakom?

– Det ledde oss till ett konstaterande att Harald Berggren varit död i sju år.

Per Åkeson hade inte några fler frågor.

Dörren öppnades försiktigt på glänt. Ett skrivbiträde lämnade in en bild som kommit på faxen.

– Det är från Lund, sa flickan och stängde dörren.

Alla reste sig samtidigt och samlades kring Martinsson som stod med bilden i handen.

Wallander drog efter andan. Det rådde ingen tvekan. Det var mannen de hade hittat i Krageholmssjön.

– Bra, sa Wallander med låg röst. Där tog vi in på en stor del av mördarens försprång.

De satte sig igen.

– Vem är han? frågade Wallander.

Hansson hade god ordning på sina papper.

– Eugen Blomberg, 51 år. Forskningsassistent vid Lunds universitet. Han tycks syssla med forskning som har med mjölk att göra.

– Mjölk? sa Wallander förvånat.

– Det står så. »Om hur mjölkallergier förhåller sig till olika tarmsjukdomar.«

– Vem var det som anmälde honom försvunnen?

– Hans fru. Kristina Blomberg. Siriusgatan i Lund.

Wallander kände att de nu måste använda tiden på bästa möjliga sätt. Han ville knappa in ytterligare på det osynliga försprånget.

– Då åker vi dit, sa han och reste sig. Meddela kollegorna att vi har identifierat honom. Se till att dom letar reda på hustrun så jag kan tala med henne. Det finns en kriminalpolis i Lund som heter Birch. Kalle Birch. Vi känner varandra. Tala med honom. Jag åker dit.

– Kan du verkligen tala med henne innan vi har fått en definitiv identifikation?

– Nån annan får identifiera honom. Nån på universitetet. Nån annan mjölkforskare. Och nu ska dessutom allt material om Eriksson och Runfeldt gås igenom på nytt. Eugen Blomberg. Finns han där nånstans? Vi borde hinna en hel del redan idag.

Wallander vände sig mot Per Åkeson.

– Man kanske kan säga att spaningsläget har förändrats.

Per Åkeson nickade. Men han sa ingenting.

Wallander hämtade sin jacka och nycklarna till en av polisens bilar. Klockan var kvart över två när han lämnade Ystad. Han övervägde hastigt om han skulle sätta blåljus på taket. Men han lät det bero. Han skulle ändå inte komma fram fortare.

Han nådde Lund vid halv fyratiden. En polisbil mötte honom vid infarten och lotsade honom till Siriusgatan. Den låg i ett villaområde öster om stadens centrum. Vid infarten till gatan bromsade polisbilen in. Där stod en annan bil parkerad. Wallander såg Kalle Birch stiga ur. De hade träffats några år tidigare i samband med en stor konferens för Sydsveriges polisdistrikt som hållits på Tylösand utanför Halmstad. Meningen hade varit att förbättra det operationella samarbetet i området. Wallander hade mycket motvilligt deltagit i konferensen. Dåvarande polischefen Björk hade varit tvungen att beordra honom. Vid lunchbordet hade han råkat bli sittande tillsammans med Birch från Lund. De hade upptäckt att de hade ett gemensamt operaintresse. Under årens lopp hade de då och då haft kontakt med varandra. Wallander hade från olika håll hört att Birch var en mycket duktig polis men att han ibland drabbades svårt av depressioner. När han nu kom emot Wallander verkade han dock på gott humör. De skakade hand.

– Jag har just blivit insatt i det hela, sa Birch. En kollega till Blomberg är redan på väg att identifiera kroppen. Vi får besked på telefon.

– Och änkan?

– Ännu inte informerad. Vi tyckte det vore att gå för snabbt fram.

– Det försvårar förhöret, sa Wallander. Hon blir naturligtvis chockad.

– Vi kan nog inte göra så mycket åt det.

Birch pekade mot ett konditori som låg på andra sidan gatan.

– Vi kan vänta där, sa han. Dessutom är jag hungrig.

Wallander hade heller inte ätit lunch. De satte sig på konditoriet och åt smörgåsar och drack kaffe. Wallander gav Birch ett sammandrag av allt som hade hänt.

– Det påminner om det ni hade för händer i somras, sa han när Wallander hade tystnat.

– Bara i det att mördaren dödar mer än en person, sa Wallander. Sen tycks motiven skilja sig åt.

– Vad är det egentligen för skillnad mellan att ta skalper och att dränka människor levande?

– Jag kanske inte kan sätta ord på det, sa Wallander tveksamt. Men skillnaden är ändå mycket stor.

Birch lät frågan falla.

– Aldrig trodde vi väl det här när vi blev poliser, sa han istället.

– Jag minns knappast längre vad jag egentligen föreställde mig, sa Wallander.

– Jag minns en gammal kommissarie, sa Birch. Han är död sen länge. Karl-Oscar Fredrik Wilhelm Sunesson. Han är smått legendarisk. Åtminstone här i Lund. Han såg allt det här komma. Jag minns att han brukade tala med oss yngre kriminalpoliser och varna för att allting skulle bli hårdare. Våldet skulle öka och bli grövre. Han förklarade också varför. Han talade om Sveriges välstånd som ett väl kamouflerat gungfly. Rötan var inbyggd. Han gav sig faktiskt tid att göra ekonomiska analyser och förklara sambandet mellan olika typer av brottslighet. Det jag också minns om honom är att han var nåt så sällsynt som en man som aldrig talade illa om en enda människa. Han kunde vara kritisk mot politiker, han kunde krossa förslag till olika polisiära förändringar med sina argument. Men han tvivlade aldrig på att det låg en god, men alltså oklar, vilja bakom. Han brukade säga att en god vilja som inte är klädd i förnuft leder till större katastrofer än dom handlingar som bygger på illvilja eller dumhet. Jag förstod nog inte så mycket av det då. Men idag gör jag det.

Wallander tänkte på Rydberg. Det kunde ha varit honom Birch hade talat om.

– Det besvarar ändå inte frågan, sa Wallander. Vad vi egentligen tänkte när vi valde att bli poliser.

Vad Birch hade för åsikt fick Wallander aldrig veta. Telefonen ringde. Birch lyssnade utan att säga någonting.

– Han är identifierad, sa Birch när samtalet var över. Det är Eugen Blomberg. Det råder inget tvivel om saken.

– Då går vi in, sa Wallander.

– Om du vill kan du ju vänta medan vi informerar hustrun, sa Birch. Det brukar vara plågsamt.

– Jag följer med, sa Wallander. Hellre det än att sitta här och vara overksam. Dessutom kan det ge en aning om vilket förhållande hon hade till sin man.

De mötte en kvinna som var oväntat samlad och genast tycktes förstå innebörden av att de stod där i hennes dörr. Wallander höll sig i bakgrunden när Birch framförde dödsbudet. Hon hade satt sig ner, ytterst på en stol, som för att kunna ta spjärn med fötterna, och hon nickade tyst. Wallander antog att hon var i samma ålder som sin man. Men hon verkade äldre, som om hon hade åldrats i förtid. Hon var mycket mager, hennes hy var hårt spänd över kindknotorna. Wallander betraktade henne i smyg. Han trodde inte att hon skulle bryta ihop. Åtminstone inte än.

Birch nickade åt Wallander som steg fram. Birch hade bara sagt att de hade funnit hennes man död i Krageholmssjön. Ingenting om vad som hade hänt. Det skulle bli Wallanders uppgift.

– Krageholmssjön ligger inom Ystads polisdistrikt, sa Birch. Därför har det kommit en kollega därifrån. Han heter Kurt Wallander.

Kristina Blomberg såg upp. Hon påminde Wallander om någon. Men han kom inte på vem det var.

– Jag känner igen ditt ansikte, sa hon. Jag måste ha sett dig i tidningarna.

– Det är inte omöjligt, svarade Wallander och satte sig på en stol mitt emot henne. Birch hade under tiden intagit den position i bakgrunden som Wallander tidigare hade haft.

Huset var mycket stilla. Smakfullt möblerat. Men alltså mycket tyst. Wallander kom på att han ännu inte visste om det fanns barn i familjen.

Det blev också hans första fråga.

– Nej, svarade hon. Vi hade inga barn.

– Inte heller från tidigare äktenskap?

Wallander uppfattade omedelbart hennes osäkerhet. Hon dröjde med svaret, knappt märkbart, men han uppfattade det.

– Nej, sa hon. Inte vad jag vet. Och inte från mig.

Wallander utväxlade en blick med Birch som också hade uppfattat hennes tvekan inför en fråga som inte borde ha varit svår att besvara. Wallander gick långsamt vidare.

– När såg du din man senast?

– Han tog en promenad igår kväll. Det brukade han göra.

– Vet du vilken väg han gick?

Hon skakade på huvudet.

– Han var ofta ute i mer än en timme. Vart han gick vet jag inte.

– Allt var som vanligt igår kväll?

– Ja.

Wallander anade åter skuggan av osäkerhet i hennes svar. Han fortsatte försiktigt.

– Han kom alltså inte tillbaka? Vad gjorde du då?

– När klockan blivit två på natten ringde jag till polisen.

– Men han kunde ju ha gått hem och hälsat på nån?

– Han hade mycket få vänner. Dom hade jag ringt innan jag hörde av mig till polisen. Han var inte där.

Hon såg på honom. Fortfarande samlad. Wallander insåg att han inte kunde vänta längre.

– Din man har alltså hittats död i Krageholmssjön. Vi har också kunnat slå fast att han blivit mördad. Jag beklagar det som hänt. Men jag måste säga som det är.

Wallander betraktade hennes ansikte. Hon blev inte förvånad, tänkte han. Varken över att han var död eller att han blivit mördad.

– Det är naturligtvis viktigt att vi kan gripa den eller dom som har gjort det här. Kan du tänka dig vem det skulle kunna vara? Hade din man några fiender?

– Jag vet inte, svarade hon. Jag kände min man mycket dåligt.

Wallander tänkte efter innan han fortsatte. Hennes svar oroade honom.

– Jag förstår inte hur jag ska tolka svaret, sa han.

– Är det så svårt? Jag kände min man mycket dåligt. En gång för länge sen trodde jag att jag gjorde det. Men det var då.

– Vad hände? Som förändrade det?

Hon skakade på huvudet. Wallander uppfattade hur något han tolkade som bitterhet trängde fram. Han väntade.

– Ingenting hände, sa hon. Vi växte ifrån varandra. Vi bor i samma hus. Men vi har skilda rum. Han lever sitt liv. Jag lever mitt.

Sedan ändrade hon sig.

– Han levde sitt liv. Jag lever mitt.

– Om jag har förstått det rätt var han forskare vid universitetet?

– Ja.

– Mjölkallergier? Stämmer det?

– Ja.

– Arbetar du också där?

– Jag är lärare.

Wallander nickade.

– Du vet alltså inte om din man hade några fiender?

– Nej.

– Och få vänner?

– Ja.

– Du kan alltså inte föreställa dig nån som velat ta livet av honom? Eller varför?

Hennes ansikte var mycket stramt. Wallander kände det som om hon såg rakt igenom honom.

– Ingen annan än jag själv, svarade hon. Men jag dödade honom inte.

Wallander såg på henne länge, utan att säga någonting. Birch hade kommit fram till hans sida.

– Varför kunde du ha dödat honom? frågade han.

Hon reste sig från stolen och slet av sig blusen så häftigt att den gick sönder. Det hela gick så fort att Wallander och Birch inte förstod vad som hände. Sedan höll hon fram sina armar. De var täckta av ärrbildningar.

– Det här gjorde han mot mig, sa hon. Och mycket annat som jag inte ens vill tala om.

Hon lämnade rummet med den trasiga blusen i handen. Wallander och Birch såg på varandra.

– Han misshandlade henne, sa Birch. Tror du att det kan vara hon som har gjort det?

– Nej, sa Wallander. Det är inte hon.

De väntade under tystnad. Efter några minuter kom hon tillbaka. Hon hade satt på sig en skjorta som hängde utanför kjolen.

– Jag sörjer honom inte, sa hon. Jag vet inte vem som har gjort det. Jag tror inte heller jag vill veta det. Men jag förstår att ni måste gripa honom.

– Ja, sa Wallander. Det måste vi. Och vi behöver all hjälp vi kan få.

Hon såg på honom och hennes ansikte var plötsligt alldeles hjälplöst.

– Jag visste ingenting om honom längre, sa hon. Jag kan inte hjälpa er.

Wallander tänkte att hon alldeles säkert talade sant. Hon kunde inte hjälpa dem.

Men det var bara som hon trodde. Hon hade redan hjälpt dem.

När Wallander hade sett hennes armar hade den sista tveksamheten lämnat honom.

Han visste nu att det var en kvinna de sökte.

26.

När de lämnade huset på Siriusgatan hade det börjat regna. De blev stående intill Wallanders bil. Han märkte att han var orolig och hade bråttom.

– Jag tror aldrig jag har träffat en nybliven änka som tagit så lätt på förlusten av sin man, sa Birch med obehag i rösten.

– Samtidigt är det nåt vi måste ta fasta på, svarade Wallander.

Han bekymrade sig inte om att fördjupa sitt svar. Istället försökte han tänka framåt de närmaste timmarna. Känslan han nu bar på, att de hade bråttom, var mycket stark.

– Vi måste gå igenom hans tillhörigheter både här hemma och på universitetet, sa han. Det är naturligtvis er uppgift. Men jag skulle gärna vilja ha nån från Ystad med. Vi vet inte vad vi letar efter. Men det kan hända att vi på det här sättet fortare upptäcker vad som kan ha intresse.

Birch nickade.

– Du stannar inte själv?

– Nej. Jag ska be Martinsson och Svedberg komma hit. Jag ska be dom att åka omedelbart.

Wallander tog ut sin mobiltelefon ur bilen, slog numret till Ystad-polisen och blev kopplad till Martinsson. Han förklarade kortfattat vad som gällde. Martinsson lovade att han och Svedberg genast skulle ge sig av. Wallander sa till honom att möta Birch på polishuset i Lund. Han var tvungen att bokstavera namnet för Martinsson. Birch log.

– Jag skulle ha stannat, sa Wallander. Men jag måste börja leta mig bakåt genom utredningen. Jag har en misstanke om att lösning-en på mordet av Blomberg redan finns där. Fast vi inte har sett den. Lösningen på alla dom här tre morden. Det är som om vi gått vilse i ett invecklat grottsystem.

– Det skulle vara bra om vi slapp fler döda, sa Birch. Det är nog som det är.

De tog adjö. Wallander for tillbaka mot Ystad. Regnet kom och gick i byar. Ett plan var på väg in för landning när han passerade i närheten av Sturup. Medan han körde gick han i huvudet på nytt igenom utredningsmaterialet. För vilken gång i ordningen visste han inte. Han bestämde sig också för hur han skulle gå till väga när han kommit tillbaka till Ystad.

Klockan var kvart i sex när han parkerade bilen. I receptionen stannade han och frågade Ebba om Ann-Britt Höglund var inne.

– Hon och Hansson kom tillbaka för en timme sen.

Wallander skyndade vidare. Han hittade Ann-Britt Höglund på hennes kontor. Hon talade i telefon. Wallander gjorde tecken åt henne att avsluta samtalet i lugn och ro. Han väntade ute i korridoren. Så fort han hörde att hon la på luren var han inne i rummet igen.

– Jag hade tänkt att vi skulle sätta oss inne hos mig, sa han. Vi behöver ha en ordentlig genomgång.

– Ska jag ta med nånting? Hon pekade på alla papper och pärmar som låg utströdda över bordet.

– Jag tror inte det behövs. Om det är nåt kan du hämta det.

Hon följde med honom till hans rum. Wallander ringde ut till växeln och sa att han inte ville bli störd. Han angav ingen tidsgräns. Det han hade föresatt sig fick ta den tid det tog.

– Du minns att jag bad dig gå igenom allt det som har hänt och söka efter kvinnliga förtecken, sa han.

– Jag har gjort det, svarade hon.

– Vi måste gå igenom allt material på nytt, fortsatte han. Det är vad vi ska göra från och med nu. Jag är övertygad om att det nånstans existerar en punkt där vi kan bryta oss igenom. Det är bara det att vi inte har sett den än. Vi har gått förbi den. Vi har gått fram och tillbaka, den har funnits där, men vi har tittat åt ett annat håll. Och jag tror nu alldeles bestämt att en kvinna måste vara inblandad.

– Varför tror du det?

Han berättade om samtalet med Kristina Blomberg. Om hur hon hade rivit av sig blusen och visat ärren efter den misshandel hon hade varit utsatt för.

– Du talar om en misshandlad kvinna, sa hon. Inte om en mördande kvinna.

– Det kanske är samma sak, sa Wallander. Jag måste i alla händelser övertyga mig om ifall jag tar fel.

– Var ska vi börja?

– Från början. Som i sagan. Och det första som skedde var att nån grävde i ett dike och förberedde en pålgrav åt Holger Eriksson i Lödinge. Tänk dig att det var en kvinna. Vad ser du då?

– Att det naturligtvis inte är nån omöjlighet. Ingenting var för stort eller för tungt.

– Varför har hon valt just det här tillvägagångssättet?

– För att det ska ge intryck av att ha blivit gjort av en man.
Wallander begrundade länge hennes svar innan han fortsatte.
– Hon har alltså velat leda in oss på ett felaktigt spår?
– Inte nödvändigtvis. Hon kan också ha velat demonstrera hur
våldet återvänder. Som en bumerang. Eller varför inte båda delarna?
Wallander tänkte efter. Hennes förklaring var inte omöjlig.
– Motivet, fortsatte han. Vem ville döda Holger Eriksson?
– Det är oklarare än i fallet med Gösta Runfeldt. Där finns åtmin-
stone olika möjligheter. Om Holger Eriksson vet vi fortfarande för
lite. Så lite att det faktiskt är egendomligt. Hans liv verkar vara nästan
helt utan insyn. Som om ett liv vore ett förbjudet område att beträda.
Han visste genast att hon sa något som var viktigt.
– Hur menar du?
– Det jag säger. Vi borde ha vetat mer. Om en man som är 80 år
och har levt hela sitt liv i Skåne. En person som varit välkänd. Vi vet
så lite att det inte är naturligt.
– Vad är förklaringen?
– Jag vet inte.
– Är folk rädda för att tala om honom?
– Nej.
– Vad är det då?
– Vi letade efter en legosoldat, sa hon. Vi hittade en man som är
död. Vi lärde oss att dessa människor ofta uppträder under antagna
namn. Det slog mig att det också kunde ha gällt Holger Eriksson.
– Att han skulle ha varit legosoldat?
– Det tror jag inte. Men han kan ha uppträtt under ett antaget
namn. Han behöver inte alltid ha varit Holger Eriksson. Det kan
vara en förklaring till att vi vet så lite om hans privata liv. Att han då
och då har varit nån annan.
Wallander påminde sig några av Holger Erikssons tidigaste dikt-
samlingar. Dem hade han givit ut under pseudonym. Efteråt hade
han använt sitt verkliga namn.
– Jag har svårt att tro det du säger, sa han. Framförallt eftersom
jag inte ser nåt rimligt motiv. Varför använder en människa ett anta-
get namn?
– För att han gör nåt som han inte vill bli ertappad med.
Wallander såg på henne.
– Du menar att han kan ha antagit ett namn eftersom han var
homosexuell? I en tid när det helst borde hållas mycket hemligt?
– Det kan man tänka sig som en förklaring.
Wallander nickade. Ändå tvekade han.

– Vi har gåvan till kyrkan i Jämtland, sa han. Den måste betyda nånting. Varför gör han det? Och den polska kvinnan som försvann. Det är en sak med henne som gör henne speciell. Har du tänkt på vad det är?

Ann-Britt Höglund skakade på huvudet.

– Att hon är den enda kvinna som överhuvudtaget dyker upp i utredningsmaterialet om Holger Eriksson. Och det måste man säga gör henne mycket speciell.

– Det har kommit kopior på utredningsmaterialet om henne från Östersund, sa hon. Men jag tror inte nån har hunnit börja sätta sig in i det. Dessutom finns hon bara i utkanten. Vi har inga bevis för att hon och Holger Eriksson kände varandra.

Wallander var med ens mycket bestämd.

– Det är riktigt, sa han. Det måste ske så fort som möjligt. Att vi tar reda på om det sambandet existerar.

– Vem ska göra det?

– Hansson. Han läser fortare än nån annan av oss. Oftast dyker han dessutom rakt på det som är viktigt.

Hon gjorde en anteckning. Sedan lämnade de för ögonblicket Holger Eriksson.

– Gösta Runfeldt var en brutal man, sa Wallander. Det kan vi slå fast. Där påminner han alltså om Holger Eriksson. Nu visar det sig att det även gäller Eugen Blomberg. Dessutom misshandlade Gösta Runfeldt sin hustru. Liksom Blomberg. Vart för det oss?

–Till att vi har tre våldsbenägna män. Varav minst två har misshandlat kvinnor.

– Nej, sa Wallander. Inte riktigt så. Vi har tre män. Varav vi vet att två har misshandlat kvinnor. Men det kan också gälla den tredje, Holger Eriksson. Det vet vi inte än.

– Polskan? Krista Haberman?

–Till exempel hon. Det kan vidare vara så att Gösta Runfeldt faktiskt mördade sin hustru. Förberedde en vak. Där hon tvingades ner och drunknade.

De kände båda att något brände till. Wallander gick tillbaka genom utredningen igen.

– Pålgraven, sa han. Vad var den?

– Förberedd, välplanerad. En dödsfälla.

– Mer än så. Ett sätt att långsamt ta livet av en människa.

Wallander letade reda på ett papper på sitt bord.

– Enligt rättsläkaren i Lund kan Holger Eriksson ha hängt där, spetsad på bambupålarna, i flera timmar innan han dog.

Han la ifrån sig pappret med avsmak.

– Gösta Runfeldt, sa han sedan. Avmagrad, strypt, hängande vid ett träd. Vad berättar det?

– Att han har hållits fängslad. Han har inte hängt i en pålgrav.

Wallander lyfte handen. Hon tystnade. Han tänkte. Mindes besöket vid Stångsjön. *De hittade henne under isen.*

– Att drunkna när det är is, sa han. Det har jag alltid föreställt mig som nåt av det mest fasansfulla som kan hända en människa. Att hamna under isen. Inte kunna komma igenom. Kanske ana ljuset genom isen.

– En fångenskap under isen, sa hon.

– Just det. Det är precis så jag tänker.

– Du menar att den här gärningsmannen har hämnats på sätt som påminner om det som hände den han hämnas för?

– Ungefär så. Det är i alla fall en möjlighet.

– I så fall påminner det som hände Eugen Blomberg mer om Runfeldts hustru.

– Jag vet, sa Wallander. Kanske vi kan förstå också det om vi fortsätter en stund till.

De gick vidare. Talade om resväskan. Han noterade återigen den lösnagel som Nyberg hittat ute i Marsvinsholmsskogen.

Sedan var de framme vid Blomberg. Mönstret gick igen.

– Han skulle dränkas. Men inte för fort. Han skulle vara medveten om vad som hände honom.

Wallander lutade sig bakåt i stolen och betraktade henne på andra sidan bordet.

– Berätta vad du ser.

– Ett hämndmotiv tar form. Det går i alla fall igen som en möjlig gemensam nämnare. Män som använder våld mot kvinnor drabbas av ett utstuderat manligt våld tillbaka. Som om dom skulle tvingas känna sina egna händer på sina kroppar.

– Det är en bra formulering, insköt Wallander. Fortsätt.

– Det kan också vara ett sätt att dölja att en kvinna har gjort allt det här. Det tog lång tid för oss att ens tänka tanken att en kvinna kunde vara inblandad. Och när vi tänkte tanken slog vi genast bort den.

– Vad talar emot att det är en kvinna inblandad?

– Vi vet fortfarande mycket lite. Dessutom använder kvinnor våld nästan bara när dom försvarar sig själva eller sina barn. Det är inget planerat våld. Bara instinktiva skyddsreflexer. En kvinna gräver normalt ingen pålgrav. Eller håller en man fängslad. Eller kastar en man i sjön i en säck.

Wallander betraktade henne forskande.

– Normalt sett, sa han sedan. Dina ord.

– Om det är en kvinna inblandad i det här så måste hon naturligtvis vara sjuk.

Wallander reste sig och gick fram till fönstret.

– Det är en sak till, sa han. Som kan rasera hela det här huset vi försöker bygga. Hon hämnas inte sig själv. Hon hämnas andra. Gösta Runfeldts hustru är död. Eugen Blombergs fru har inte gjort det. Det är jag säker på. Holger Eriksson har ingen kvinna. Om det är hämnd och om det är en kvinna så hämnas hon *andra*. Och det låter inte rimligt. Om det skulle stämma har jag aldrig varit i närheten av nåt liknande.

– Det kan ju vara mer än en, sa Ann-Britt Höglund tveksamt.

– Ett antal mordänglar? En grupp kvinnor? En sekt?

– Det låter inte troligt.

– Nej, sa Wallander. Det gör inte det.

Han satte sig i stolen igen.

– Jag skulle vilja att du gjorde tvärtom, sa han. Att du går igenom allt material på nytt. Och sen ger mig alla goda skäl för att det inte är en kvinna som har gjort det här.

– Skulle det inte vara bättre att vänta tills vi kanske vet nåt mer om vad som har hänt Blomberg?

– Kanske, svarade Wallander. Men jag tror inte vi hinner.

– Du tror att det kan hända igen?

Wallander ville ge henne ett ärligt svar. Han satt tyst en stund innan han svarade.

– Det finns ingen början, sa han. Åtminstone ingen som vi kan se. Det gör det heller inte troligt att det finns ett slut. Det kan hända igen. Och vi vet inte alls åt vilket håll vi ska se.

De kom inte längre. Wallander kände sig otålig över att varken Martinsson eller Svedberg hade ringt. Sedan kom han på att telefonen var blockerad. Han ringde ut till sambandscentralen. Varken Martinsson eller Svedberg hade hört av sig. Han sa till om att de skulle släppas igenom. Men bara de.

– Inbrotten, sa hon plötsligt. I blomsterhandeln och hemma hos Eriksson. Hur kommer dom in i bilden?

– Jag vet inte, svarade han. Inte heller blodfläcken på golvet. Jag trodde jag hade en förklaring. Nu vet jag inte längre.

– Jag har tänkt, sa hon.

Wallander märkte att hon var angelägen. Han nickade åt henne att fortsätta.

– Vi pratar om att vi måste urskilja det vi verkligen ser i det som har hänt, började hon. Holger Eriksson anmälde ett inbrott där ingenting hade blivit stulet. Varför anmälde han det då?

– Jag har också tänkt på det, svarade Wallander. Han kan ha blivit uppskakad över att nån brutit sig in hos honom.

– I så fall stämmer det med mönstret.

Wallander förstod inte genast vad hon menade.

– Det finns ju en möjlighet att nån bröt sig in för att göra honom orolig. Inte för att stjäla nånting.

– En första varning? sa han. Är det så du menar?

– Ja.

– Och blomsteraffären?

– Gösta Runfeldt lämnar sin lägenhet. Antingen lockas han ut. Eller så är det tidigt på morgonen. Han går ner på gatan för att vänta på en taxi. Där försvinner han spårlöst. Kanske har han gått till affären? Det tar bara några minuter. Väskan kan han ha lämnat innanför dörren. Eller burit med sig. Den var inte tung.

– Varför skulle han ha gått till affären?

– Jag vet inte. Han kanske hade glömt nånting.

– Du menar att han skulle ha blivit överfallen inne i affären?

– Jag vet att det inte är nån bra tanke. Men jag har ändå tänkt den.

– Den är inte sämre än många andra, svarade Wallander.

Han såg på henne.

– Har man överhuvudtaget undersökt om det där blodet på golvet kunde vara Runfeldts?

– Det tror jag aldrig blev gjort. Det är i så fall mitt fel.

– Om man skulle fråga sig vem som hade ansvar för alla misstag som blir begångna i samband med brottsutredningar fick man inte hålla på med annat, sa Wallander. Jag antar att det inte finns några spår kvar?

– Jag kan tala med Vanja Andersson.

– Gör det. Vi kan ju undersöka det. Bara för att bli säkra.

Hon reste sig och lämnade rummet. Wallander var trött. De hade haft ett bra samtal. Men hans oro hade ökat. De var så långt ifrån ett centrum de kunde vara. Utredningen saknade fortfarande en gravitationskraft som drog dem åt ett bestämt håll.

Någon höjde irriterat rösten ute i korridoren. Sedan började han tänka på Baiba. Men tvingade sig tillbaka till utredningen igen. Då såg han för sitt inre den hund han skulle ha lust att köpa. Han reste sig och gick och hämtade kaffe. Någon frågade honom om han hade

haft tid att skriva ett utlåtande om det lämpliga i att en hembygds-
förening kallade sig Yxans Vänner. Han svarade nekande. Gick till-
baka till kontoret. Det hade slutat regna. Molntäcket låg orörligt
ovanför vattentornet.

Telefonen ringde. Det var Martinsson. Wallander lyssnade efter
tecken i hans röst på att något viktigt hade inträffat. Men han hörde
ingenting.

– Svedberg kom nyss från universitetet. Eugen Blomberg tycks
ha varit en människa av den typen som man lite elakt brukar säga
går i ett med väggen. Han tycks inte heller ha varit nån särskilt
framstående forskare när det gäller mjölkallergier. På nåt sätt som
förefaller tämligen löst har han varit knuten till barnkliniken i
Lund, men tycks ha stannat i växten för många år sen. Det han höll
på med måste nog anses vara på en mycket elementär nivå. Det
påstår i alla fall Svedberg. Men vad vet han å andra sidan om
mjölkallergier?

– Gå vidare, sa Wallander och dolde inte att han var otålig.

– Jag har svårt att förstå att en människa kan vara så fullkomligt
befriad från intressen, sa Martinsson. Han tycks ha hållit på med sin
förbannade mjölk. Därutöver ingenting. Frånsett en enda sak.

Wallander väntade.

– Det verkar som om han har haft ett förhållande med en kvinna
vid sidan av. Jag har hittat några brev. Initialerna KA dyker upp. Det
som är intressant i det hela är att hon tycks ha väntat barn.

– Var har du fått det ifrån?

– Från breven. I det brev som ligger närmast i tiden framgår att
hon var i slutet av graviditeten.

– När är det daterat?

– Det finns inget datum. Men hon nämner att hon har sett en film
på teve som hon tyckte om. Och om jag inte minns fel gick den för
bara nån månad sen. Det ska vi naturligtvis ta reda på mer exakt.

– Har hon nån adress?

– Det framgår inte.

– Inte ens om det är Lund?

– Nej. Men hon är nog härifrån Skåne. Hon har en del ordvänd-
ningar som tyder på det.

– Har du frågat änkan om det här?

– Det var det jag ville tala med dig om. Om det passar sig. Eller
om jag borde vänta.

– Fråga, sa Wallander. Vi kan inte vänta. Dessutom har jag en
bestämd känsla av att hon redan vet om det. Vi behöver den där

kvinnans namn och adress. Fort som fan, dessutom. Hör av dig genast när du vet nånting mer.

Efteråt blev Wallander sittande med handen på telefonluren. Ett kallt stråk av olust drog genom honom. Det Martinsson sagt påminde honom om något.

Det hade med Svedberg att göra.

Men han kom inte på vad det var.

Sedan väntade han på att Martinsson skulle höra av sig igen. Hansson visade sig i dörren och sa att han redan samma kväll skulle försöka hinna gå igenom en del av utredningsmaterialet som kommit från Östersund.

– Det är elva kilo, sa han. Bara så du vet.

– Har du vägt det? frågade Wallander förvånat.

– Inte jag, sa han. Men Jetpak. 11,3 kilo från polishuset i Östersund. Vill du veta vad det kostade?

– Helst inte.

Hansson försvann. Wallander petade naglarna. Tänkte på en svart labrador som sov intill hans säng. Klockan blev tjugo i åtta. Fortfarande hade inte Martinsson hört av sig. Nyberg ringde och sa att han tänkte gå hem för dagen.

Wallander undrade efteråt vad han hade menat med att informera honom om det. Att han kunde sökas i bostaden? Eller att han ville vara ifred?

Äntligen ringde Martinsson.

– Hon låg och sov, sa han. Jag ville egentligen inte väcka henne. Det är därför det har tagit tid.

Wallander sa ingenting. Han visste att han själv utan att tveka skulle ha väckt Kristina Blomberg.

– Vad sa hon?

– Du hade rätt. Hon visste att mannen hade andra kvinnor. Det här var inte den första. Det hade varit andra tidigare. Men hon visste inte vem hon var. KA sa henne ingenting.

– Visste hon var hon bodde?

– Hon förnekade det. Jag är benägen att tro henne.

– Men hon måste ha vetat om han reste bort?

– Jag frågade om det. Hon sa nej. Dessutom hade han ingen bil. Han hade inte ens körkort.

– Det tyder på att hon finns i närheten.

– Det är min tanke också.

– En kvinna med initialerna KA. Henne måste vi hitta. Låt allting annat vara tills vidare. Är Birch där?

– Han åkte till polishuset för en stund sen.

– Var är Svedberg?

– Han skulle tala med en person som antas vara den som kände Eugen Blomberg bäst.

– Han ska koncentrera sig på att försöka ta reda på vem den kvinna är som har initialerna KA.

– Jag är inte säker på att jag får tag på honom, svarade Martinsson. Han har glömt sin telefon här hos mig.

Wallander svor.

– Änkan måste veta vem som var hennes mans bäste vän. Det är viktigt att Svedberg får veta det.

– Jag ska se vad jag kan göra.

Wallander la på luren. Han lyckades nästan hejda sig. Men det var ändå för sent. Plötsligt hade han kommit på vad det var han hade glömt. Han letade reda på telefonnumret till polishuset i Lund. Han hade tur och fick tag på Birch nästan genast.

– Vi kanske har kommit på nånting, sa han.

– Martinsson har talat med Ehrén som arbetar tillsammans med honom på Siriusgatan, svarade Birch. Jag har förstått saken så att vi letar efter en okänd kvinna som kan tänkas ha initialerna KA.

– Inte tänkas, svarade Wallander. Hon har dom. Karin Andersson, Katarina Alström, vi måste hitta henne, vad hon än heter. Det finns en detalj som jag tror är viktig.

– Uppgiften i ett av breven om att hon snart skulle föda barn? Birch tänkte snabbt.

– Just det, sa Wallander. Vi borde alltså kontakta BB i Lund. Kvinnor som har fött barn senaste tiden. Eller ska föda. Med initialerna KA.

– Jag ska personligen ta mig an det, sa Birch. Sånt där är alltid lite känsligt.

Wallander avslutade samtalet. Han märkte att han hade blivit svettig. Någonting hade börjat röra på sig. Han gick ut i korridoren. Den låg tom. När det ringde på telefonen ryckte han till. Det var Ann-Britt Höglund. Hon befann sig i Runfeldts blomsterhandel.

– Det finns inget kvar av blodet, sa hon. Vanja Andersson skurade själv.

–Trasan, sa Wallander.

–Tyvärr så kastade hon den. Hon tyckte blodpölen var obehaglig. Och soporna är naturligtvis tömda för länge sen.

Wallander visste att det nästan inte behövdes någonting för att lyckas med en blodanalys.

– Skorna, sa han. Vad hade hon på sig den dagen? Det kan finnas nån liten fläck under sulan.

– Jag ska fråga henne.

Wallander väntade i telefonen.

– Hon hade ett par träskor, sa Ann-Britt Höglund. Men dom har hon hemma i bostaden nu.

– Hämta dom, sa Wallander. Ta hit dom. Och ring till Nyberg. Han är hemma. Han bör åtminstone kunna svara på om det finns blod på dom.

Under samtalets gång hade Hamrén dykt upp i hans dörr. Wallander hade nästan inte sett honom sedan han kommit till Ystad. Han undrade också vad de två polismännen från Malmö höll på med.

– Jag har övertagit samkörningarna mellan Eriksson och Runfeldt, sa Hamrén. Nu när Martinsson är i Lund. Hittills har det inte gett några resultat. Deras spår har nog aldrig korsats.

– Ändå är det viktigt att det blir gjort fullt ut, sa Wallander. Nånstans kommer dom här utredningarna att gå ihop och mötas. Det är jag övertygad om.

– Och Blomberg?

– Också han kommer att få en plats i det här mönstret. Nåt annat är helt enkelt inte tänkbart.

– När blev polisarbete en fråga om rimligheter? sa Hamrén och log.

– Du har naturligtvis rätt, sa Wallander. Men man hoppas ju.

Hamrén stod med sin pipa i handen.

– Jag går ut och röker, sa han. Det rensar hjärnan.

Han var borta. Klockan var lite över åtta. Wallander väntade på att Svedberg skulle höra av sig. Han hämtade en kopp kaffe och några kex. Sedan ringde telefonen. Ett samtal som skulle till sambandscentralen hade kopplats fel. När klockan blev halv nio ställde han sig i dörren till matrummet och slötittade en stund på teve. Vackra bilder från Komorerna. Han undrade frånvarande var ögruppen låg. Klockan kvart i nio satt han i sin stol igen. Då ringde Birch. Han berättade att de nu hade kommit igång med att gå igenom kvinnor som hade fött eller skulle föda barn de närmast föregående och de kommande två månaderna. Hittills hade det inte funnit någon med initialerna KA. När samtalet var över tänkte Wallander att han kunde gå hem. De kunde lika gärna använda sig av hans mobiltelefon. Han försökte få kontakt med Martinsson utan att lyckas. Sedan ringde Svedberg. Klockan var då tio minuter över nio.

– Det finns ingen person med initialerna KA, sa han. I alla fall inte som den man som påstås ha varit Blombergs bästa vän känner till.

– Då vet vi det, sa Wallander och dolde inte att han blev besviken.

– Jag reser hem nu, sa Svedberg.

Wallander hann inte mer än lägga på luren så ringde det igen. Det var Birch.

–Tyvärr, sa han. Det finns ingen med initialerna KA. Och dom här uppgifterna måste nog anses vara tillförlitliga.

– Fan, sa Wallander.

Båda funderade ett ögonblick.

– Hon kan ju ha fött nån annanstans, sa Birch. Det behöver inte vara i Lund.

– Du har rätt, svarade Wallander. Vi får fortsätta med det i morgon.

Han la på luren.

Han visste nu vad det var som hade haft med Svedberg att göra. Ett papper som av misstag hamnat på hans skrivbord. Någonting om nattliga händelser på Ystads BB. Hade det varit ett överfall? Något med en falsk sjuksköterska?

Han ringde till Svedberg som svarade från sin bil.

– Var är du? frågade Wallander.

– Jag är inte ens framme i Staffanstorp än.

– Kom hit, sa Wallander. Det är en sak vi måste undersöka.

– Ja, sa Svedberg. Jag kommer.

Det tog exakt fyrtiotvå minuter.

Klockan hade blivit fem i tio när Svedberg dök upp i dörren till Wallanders kontor.

Då hade Wallander redan börjat tvivla på sin tanke.

Sannolikheten var alltför stor att han hade inbillat sig.

27

Först när dörren hade slagit igen bakom honom insåg han vad som hade hänt. Han gick de få stegen till sin bil och satte sig bakom ratten. Sedan sa han sitt namn högt för sig själv: Åke Davidsson.

Åke Davidsson skulle från och med nu vara en mycket ensam man. Han hade inte väntat sig att detta skulle hända honom. Att den kvinna han i så många år hade haft ett förhållande med även om de inte levt i samma hus en dag skulle säga att hon inte ville mer. Och kasta ut honom.

Han började gråta. Det gjorde ont. Han förstod det inte. Men hon hade varit bestämd. Hon hade bett honom gå och aldrig komma tillbaka. Hon hade träffat en annan man, som också kunde tänka sig att bo tillsammans med henne.

Klockan var nästan midnatt. Måndagen den 17 oktober. Han såg ut i mörkret. Han visste att han inte borde köra när det var mörkt. Hans ögon var för dåliga. Bil kunde han egentligen bara framföra med speciella glasögon i dagsljus. Han kisade ut mot rutan. Med svårighet urskilde han vägens konturer. Men han kunde inte stanna här hela natten. Han måste tillbaka till Malmö.

Han startade bilen. Han var mycket ledsen och han förstod inte vad som hade hänt.

Sedan svängde han ut på vägen. Det var verkligen svårt för honom att se. Kanske skulle det bli lättare när han väl befann sig på huvudvägen. Nu gällde det först av allt för honom att hitta ut ur Lödinge.

Men han körde fel. Vägarna var många och små och såg likadana ut i mörkret. När klockan blivit halv ett insåg han att han alldeles hade villat bort sig. Då hade han kommit fram till en gårdsplan där vägen tycktes ta slut. Han började vända. Plötsligt uppfattade han en skugga i strålkastarljuset. Någon var på väg mot bilen. Han kände genast lättnad. Någon fanns där ute som kunde tala om för honom hur han skulle köra.

Han öppnade bildörren och steg ur.

Sedan blev allting mörkt.

Det tog Svedberg en kvart att leta reda på det papper Wallander ville se. Wallander hade varit mycket tydlig när Svedberg kom in i hans rum strax före tio.

– Det kan vara ett skott på måfå, sa Wallander. Men vi letar efter en kvinna med initialerna KA som nyss har fött eller snart ska föda barn här nere i Skåne. Vi trodde det var Lund. Men det visade sig fel. Kanske är det då istället här i Ystad. Om jag inte tar fel används här vissa metoder som har gjort Ystad BB känt ända utanför landets gränser. Och där sker nåt underligt en natt. Senare ännu en gång. Skottet kan alltså vara på måfå. Men jag vill ändå veta vad som skedde.

Svedberg hittade pappret med anteckningarna. Han återvände till rummet där Wallander otåligt satt och väntade.

– Ylva Brink, sa Svedberg. Hon är min kusin. Det man brukar kalla en avlägsen kusin. Och hon är barnmorska på BB. Hon kom hit och berättade att en okänd kvinna hade visat sig en natt uppe på BB. Det hade gjort henne orolig.

– Varför då?

– Det är helt enkelt inte normalt att en okänd person vistas på BB om natten.

– Vi ska gå igenom det här ordentligt, sa Wallander. När var det det hände första gången?

– Natten mellan den 30 september och 1 oktober.

– För snart tre veckor sen. Och hon blev orolig?

– Hon kom hit dagen efter, som var en lördag. Jag pratade med henne en stund. Det var då jag gjorde dom här anteckningarna.

– Och sen hände det igen?

– Natten till den 13 oktober. Av en tillfällighet arbetade Ylva natt då också. Det var då hon blev nerslagen. Jag blev ditkallad på morgonen.

– Vad hade hänt?

– Den okända kvinnan hade dykt upp igen. När Ylva försökte stoppa henne blev hon nerslagen. Ylva sa att det hade varit som att bli sparkad av en häst.

– Hon hade aldrig sett kvinnan tidigare?

– Nej.

– Hon bar arbetskläder?

– Ja. Men Ylva var säker på att hon inte var anställd där.

– Hur kunde hon vara säker på det? Det måste arbeta många på sjukhuset som hon inte känner.

– Hon var säker. Jag frågade nog tyvärr aldrig om varför.

Wallander tänkte efter.

– Den här kvinnan har intresserat sig för BB mellan den 30 september och den 13 oktober, sa han. Hon gör två nattliga besök och hon tvekar inte heller att slå ner en barnmorska. Frågan är vad hon egentligen har gjort där?

– Det undrar Ylva också.

– Hon hade inget svar?

– Dom gick igenom avdelningen båda gångerna. Men allt var som vanligt.

Wallander såg på klockan. Snart kvart i elva.

– Jag vill att du ringer din kusin, sa han. Det kan inte hjälpas att vi kanske väcker henne.

Svedberg nickade. Wallander pekade på sin telefon. Han visste att Svedberg som normalt var glömsk hade ett högt utvecklat minne för telefonnummer. Han slog numret. Många signaler gick fram. Ingen svarade.

– Om hon inte är hemma betyder det att hon arbetar, sa han när han hade lagt på luren.

Wallander reste sig hastigt.

– Desto bättre, sa han. Jag har inte besökt BB sen Linda föddes.

– Den gamla avdelningen är riven, sa Svedberg. Allting är nybyggt.

Det tog dem bara ett par minuter att i Svedbergs bil köra från polishuset till akutintaget på sjukhuset. Wallander mindes den natt för några år sedan då han hade vaknat med våldsamma smärtor i bröstet och trodde att han hade fått en hjärtinfarkt. Den gången hade akutintaget legat på ett annat ställe. Allt tycktes omgjort på sjukhuset. De ringde på klockan. Strax efter kom en vakt och öppnade. Wallander visade sin polislegitimation. De gick trapporna upp till BB-avdelningen. Vakten hade förvarnat om att de var på väg. En kvinna väntade på dem i dörren till avdelningen.

– Min kusin, sa Svedberg. Ylva Brink.

Wallander hälsade. I bakgrunden skymtade en sköterska. Hon tog med dem in i ett litet kontorsrum.

– Just nu är det ganska lugnt, sa hon. Men det kan ändras mycket fort.

– Jag ska gå rakt på sak, sa Wallander. Jag vet att alla uppgifter om personer som av olika anledningar befinner sig på sjukhus ska behandlas förtroligt. Jag har inte heller för avsikt att utmana den regeln. Det enda jag tills vidare vill veta är om det mellan den 30 september och den 13 oktober fanns nån här på avdelningen, en kvinna som skulle föda barn, som hade initialerna KA. K som i Karin, A som i Andersson.

En sky av oro drog över Ylva Brinks ansikte.

– Har det hänt nånting?

– Nej, sa Wallander. Jag behöver bara identifiera en person. Ingenting annat.

– Jag kan inte svara, sa hon. Det är helt och hållet konfidentiella uppgifter. Om inte den som ska föda skrivit på ett papper att uppgifter om att hon är här får lämnas ut. Det gäller enligt min bedömning också initialer.

– Förr eller senare måste nån svara på min fråga, sa Wallander. Mitt problem är att jag behöver veta det nu.

– Jag kan ändå inte hjälpa dig.

Svedberg hade suttit tyst. Wallander såg att han hade fått en rynka i pannan.

– Finns det nån toalett? frågade han.

– Runt hörnet.

Svedberg nickade mot Wallander.

– Du sa att du behövde gå på toaletten. Bäst att passa på.

Wallander förstod. Han reste sig och lämnade rummet.

Han väntade fem minuter inne på toaletten innan han gick tillbaka. Ylva Brink var inte där. Svedberg stod lutad över några papper som låg på skrivbordet.

– Vad sa du? frågade Wallander.

– Att hon inte skulle skämma ut släkten, svarade Svedberg. Dessutom förklarade jag att hon kunde få ett års fängelse.

– För vad då? frågade Wallander förvånat.

– Försvårande av tjänsteutövning.

– Det finns väl ingenting som heter det?

– Det vet inte hon. Här har du alla namn. Jag tror det är bäst att vi läser fort.

De gick igenom listan. Ingen av kvinnorna hade initialerna KA. Wallander insåg att det var som han fruktat. Ett bomskott.

– Det kanske inte var några initialer, sa Svedberg fundersamt. KA kanske betyder nånting annat?

– Vad skulle det vara?

– Det finns ju en Katarina Taxell här, sa Svedberg och pekade. Bokstäverna KA kanske bara är en förkortning av Katarina.

Wallander såg på namnet. Gick igenom listan igen. Det fanns ingen annan som hade kombinationen KA. Ingen Karin, ingen Karolina. Varken med K eller C.

– Du kan ha rätt, sa han tveksamt. Skriv upp adressen.

– Den står inte här, sa han. Bara namn. Det är kanske bäst att du väntar där nere. Medan jag talar med Ylva en gång till.

– Nöj dig med att hon inte bör skämma ut familjen, sa Wallander. Tala inte om nån straffbarhet. Det kan bli tråkigheter efteråt. Jag vill veta om Katarina Taxell fortfarande är kvar här. Jag vill veta om hon har haft besök. Jag vill veta om det är nåt speciellt med henne. Familjeförhållanden. Men framförallt var hon bor.

– Det tar nog en stund, sa Svedberg. Ylva är upptagen av en förlossning.

– Jag väntar, svarade Wallander. Hela natten om det behövs.

Han tog en skorpa från ett fat och lämnade avdelningen. När han kom ner till akutintaget hade en ambulans just kommit in med en berusad och nerblodad man. Wallander kände igen honom. Han hette Niklasson och hade skrotupplag utanför Ystad. Normalt var han nykter. Men han kunde ha sina perioder och hamnade ofta i slagsmål.

Wallander nickade åt ambulansmännen som han kände.

– Är det illa? frågade Wallander.

– Niklasson är tålig, sa den äldre av männen. Han klarar det här med. Dom började slåss i en stuga i Sandskogen.

Wallander gick ut på parkeringsplatsen. Det var kyligt. Han tänkte att de också måste undersöka om det fanns någon Karin eller Katarina i Lund. Det skulle Birch få ta sig an. Klockan var halv tolv. Han kände på dörrarna till Svedbergs bil. De var låsta. Han funderade på om han skulle återvända och be om nycklarna. Väntetiden kunde bli lång. Men han lät det bero.

Han började gå fram och tillbaka på parkeringsplatsen.

Plötsligt var han tillbaka i Rom igen. Framför honom, på avstånd gick hans far. På sin hemliga nattvandring mot okänt mål. En son skuggar och övervakar sin far. Spanska trappan, sedan en fontän. Blänk i hans ögon. En gammal man ensam i Rom. Visste han att han snart skulle dö? Att resan till Italien måste ske nu om den alls skulle bli av?

Wallander stannade. Han hade fått en klump i halsen. När skulle han egentligen få tid att bearbeta sorgen efter sin far? Livet kastade honom fram och tillbaka. Snart skulle han fylla femtio. Nu var det höst. Natt. Och han gick omkring på baksidan av ett sjukhus och frös. Det han mest av allt fruktade var att livet skulle bli så obegrip-

ligt att han inte längre kunde hantera det. Vad återstod då? Förtids-
pension? Begäran om enklare arbete? Skulle han ägna femton år åt
att åka runt i skolorna och tala om narkotika och trafikfaror?

Huset, tänkte han. Och en hund. Och kanske också Baiba. En ytt-
re förändring är nödvändig. Jag börjar med den. Sedan får vi se vad
som händer med mig själv. Min arbetsbörda är alltid stor. Jag klarar
den inte om jag samtidigt också ska släpa omkring på mig själv.

Klockan passerade tolv. Han patrullerade runt på parkeringsplat-
sen. Ambulansen hade farit därifrån. Allt var stilla. Han visste att
han hade många saker han borde tänka igenom. Men han var för
trött. Det enda han orkade var att vänta. Och röra sig så han inte
började frysa.

Halv ett kom Svedberg. Han gick fort. Wallander förstod att han
hade nyheter.

– Katarina Taxell kommer från Lund, sa han.

Wallander kände spänningen stiga.

– Är hon kvar?

– Hon fick barn den 15 oktober. Hon har redan åkt hem.

– Har du adressen?

– Jag har mer än så. Hon är ensamstående. Och nån far finns inte
angiven. Dessutom hade hon aldrig besök under den tid hon var här.

Wallander höll andan.

– Då kan det vara hon, sa han sedan. Det måste vara hon. Den
kvinna som Eugen Blomberg kallade KA.

De for tillbaka till polishuset. Just vid infarten tvärbromsade
Svedberg för att undvika att köra på en hare som förirrat sig in i
staden.

De satte sig i matrummet som för tillfället var övergivet. En radio
stod på svagt någonstans. Telefonen ringde hos de poliser som hade
jour. Wallander hade hällt upp en mugg med beskt kaffe.

– Det är knappast hon som har stoppat Blomberg i en säck, sa
Svedberg och kliade sig med en kaffesked på flinten. Jag har svårt att
tro att en nybliven mamma ger sig ut och slår ihjäl folk.

– Hon är ett mellanled, sa Wallander. Om nu det här stämmer
som jag tänker. Hon finns mellan Blomberg och den person som just
nu framstår som viktigast.

– Sjuksköterskan som slog ner Ylva?

– Hon och ingen annan.

Svedberg ansträngde sig för att följa Wallanders tankar.

– Du menar alltså att den här okända sjuksköterskan dyker upp
på Ystads BB för att träffa henne?

– Ja.

– Men varför gör hon det på natten? Varför kommer hon inte när det är vanlig besökstid? Det finns väl bestämda besökstider? Och ingen skriver ju upp vem som kommer och vem som får besök?

Wallander insåg att Svedbergs frågor var avgörande. Han måste besvara dem för att komma vidare.

– Hon vill inte bli sedd, sa han. Det är den enda tänkbara förklaringen.

Svedberg var envis.

– Sedd av vem? Var hon rädd att bli igenkänd? Ville hon inte ens att Katarina Taxell skulle se henne? Besökte hon sjukhuset på natten för att titta på en sovande kvinna?

– Jag vet inte, sa Wallander. Jag håller med om att det är underligt.

– Den finns bara en tänkbar förklaring, fortsatte Svedberg. Hon kommer på natten eftersom hon kan bli igenkänd under dagen.

Wallander begrundade Svedbergs kommentar.

– Det skulle till exempel kunna betyda att nån som arbetar på dagen skulle ha känt igen henne?

– Man kan knappast utgå från att hon föredrar att besöka BB om natten utan skäl. För att dessutom försätta sig i en situation där det blir nödvändigt att slå ner min kusin som inget ont har gjort.

– Det finns kanske en alternativ förklaring, sa Wallander.

– Vilken?

– Att hon bara *kan* besöka BB på natten.

Svedberg nickade eftertänksamt.

– Det kan naturligtvis vara så. Men varför?

– Till det kan det finnas många förklaringar. Var hon bor. Hennes arbete. Hon kanske dessutom vill göra dom här besöken i hemlighet.

Svedberg sköt undan sin kaffemugg.

– Hennes besök måste ha varit viktiga, sa han. Hon kom två gånger.

– Det finns en tidtabell vi kan ställa upp, sa Wallander. Hon kommer första gången natten till den 1 oktober. Vid den tidpunkt under natten när alla som arbetar är som tröttast och minst uppmärksamma. Hon stannar några få minuter innan hon försvinner. Två veckor senare upprepas det hela. Samma tidpunkt. Den här gången blir hon stoppad av Ylva Brink, som blir nerslagen. Kvinnan försvinner spårlöst.

– Katarina Taxell får sitt barn nån dag senare.

– Kvinnan återkommer inte. Däremot blir Eugen Blomberg mördad.

– Skulle det vara en sjuksköterska som ligger bakom det här?

De såg på varandra utan att säga någonting.

Wallander insåg plötsligt att han hade glömt att be Svedberg fråga Ylva Brink om en viktig detalj.

– Kommer du ihåg plastklämman vi hittade i Gösta Runfeldts resväska? frågade han. En sån som används av personal på sjukhusen.

Svedberg nickade. Han mindes.

– Ring till BB, sa Wallander. Fråga Ylva om hon kan påminna sig om den där kvinnan som slog ner henne hade en namnskylt.

Svedberg reste sig och tog en telefon som hängde på väggen. Det var en av Ylva Brinks kollegor som svarade. Svedberg väntade. Wallander drack ett glas vatten. Sedan började Svedberg tala. Samtalet blev kort.

– Hon är säker på att hon hade en plastklämma, sa han. Båda gångerna.

– Kunde hon läsa det namn som stod skrivet?

– Hon var inte säker på att det hade funnits nåt namn.

Wallander tänkte efter.

– Hon kan ha tappat den första, sa han. Nånstans har hon skaffat sjukhuskläder. Då kan hon också ha skaffat en ny plastklämma.

– Det verkar omöjligt att vi skulle kunna hitta några fingeravtryck på sjukhuset, sa Svedberg. Där städas ju jämt. Dessutom vet vi inte om hon överhuvudtaget rörde nånting.

– Hon hade i alla fall inte handskar, sa Wallander. Det hade Ylva lagt märke till.

Svedberg knackade sig i pannan med kaffeskeden.

– Kanske ändå, sa han. Om jag förstod Ylva rätt så hade den där kvinnan gripit tag i henne när hon slog ner henne.

– Hon grep bara tag i kläderna, sa Wallander. Och på dom hittar man ju ingenting.

Han kände sig för ett ögonblick modlös.

– Vi får tala med Nyberg ändå, sa han. Kanske hon har tagit tag i sängen där Katarina Taxell låg? Vi måste försöka. Om vi kan hitta fingeravtryck som överensstämmer med nåt vi hittat i Gösta Runfeldts resväska har den här utredningen tagit ett stort kliv framåt. Då kan vi börja jaga samma fingeravtryck hos Holger Eriksson och Eugen Blomberg.

Svedberg sköt över lappen där han skrivit upp Katarina Taxells adress. Wallander såg att hon var 33 år och egen företagare, utan att det framgick vad hon gjorde. Hon hade en adress i centrala Lund.

– I morgon bitti klockan sju ska vi vara där, sa han. Eftersom vi två har hållit på i natt kan vi lika gärna fortsätta. Nu tror jag vi gör klokt i att sova några timmar.

– Det är underligt, sa Svedberg. Först letar vi efter en legosoldat. Och nu letar vi efter en sjuksköterska.

– Som förmodligen inte är äkta, insköt Wallander.

– Det vet vi faktiskt inte, påpekade Svedberg. Att Ylva inte kände igen henne behöver ju inte betyda att hon faktiskt inte är sjuksköterska.

– Du har rätt. Vi kan inte bortse från den möjligheten.

Wallander reste sig.

– Jag kör dig hem, sa Svedberg. Hur går det med bilen?

– Jag borde nog skaffa en ny. Men jag vet inte hur jag ska få råd med det.

En av de poliser som hade jour kom hastigt in i rummet.

– Jag visste att ni var här, sa han. Jag tror det har hänt nåt.

Wallander kände knuten i magen. Inte igen, tänkte han. Det klarar vi inte.

– Det ligger en svårt skadad man vid vägrenen mellan Sövestad och Lödinge. Det var en lastbilschaufför som upptäckte honom. Om han har blivit påkörd eller utsatt för annat våld vet vi inte. En ambulans är på väg dit. Jag tänkte att eftersom det var i närheten av Lödinge ...

Han slutförde aldrig meningen. Svedberg och Wallander var redan på väg ut ur rummet.

De kom fram just när ambulansmännen höll på att lyfta upp den skadade mannen på en bår. Wallander kände igen ambulansmännen som han mött tidigare utanför sjukhuset.

– Skepp som mötas i natten, sa ambulansföraren.

– Är det en bilolycka?

– I så fall är det en smitning. Men det här verkar mest övervåld av annat slag.

Wallander såg sig runt. Vägsträckningen var öde.

– Vem går omkring här ute på natten? frågade han.

Mannen var svårt skadad i ansiktet. Han rosslade svagt.

– Vi kör nu, sa ambulansföraren. Jag tror det här kan vara bråttom. Han kan ha inre skador.

Ambulansen försvann. De undersökte platsen i skenet av strålkastarna på Svedbergs bil. Strax efteråt kom en nattpatrull från Ystad. Svedberg och Wallander hade inte hittat någonting. Minst av allt några bromsspår. Svedberg talade om för de nyanlända poliserna vad som hade hänt. Sedan återvände han och Wallander till Ystad. Det hade börjat blåsa. Svedberg kunde avläsa utetemperaturen i sin bil. Plus tre grader.

– Det här är nog nåt annat, sa Wallander. Om du lämnar av mig på sjukhuset så kan du åka hem och sova en stund. En av oss är mindre trött i morgon bitti.

– Var ska jag hämta dig? frågade Svedberg.

– På Mariagatan. Låt oss säga klockan sex. Martinsson är tidigt uppe. Ring honom och berätta vad som hänt. Be honom tala med Nyberg om plastklämman. Säg åt honom att vi åker till Lund.

För andra gången denna natt befann sig Wallander utanför sjukhusets akutintag. När han kom dit var den skadade mannen under behandling. Wallander satte sig ner och väntade. Han var mycket trött. Utan att han kunde förhindra det somnade han. När han vaknade abrupt av att någon sa hans namn visste han först inte var han var. Han hade drömt. Om Rom. Han hade gått på mörka gator och letat efter sin far utan att hitta honom.

Det var en läkare som stod framför honom. Med ens var han klarvaken.

– Han klarar sig, sa läkaren. Men han har blivit svårt misshandlad.

– Det är alltså ingen bilolycka?

– Nej. Misshandel. Men såvitt vi kan bedöma har han inte fått några inre skador.

– Hade han några papper på sig?

Läkaren gav honom ett kuvert. Wallander tog fram en plånbok som bland annat innehöll ett körkort. Mannen hette Åke Davidsson. Wallander noterade att han måste bära glasögon för att köra bil.

– Kan jag prata med honom?

– Jag tror det är bäst att vi väntar med det.

Wallander bestämde sig för att be Hansson eller Ann-Britt Höglund ta sig an fortsättningen. Om det så var en grov misshandelshistoria måste de tills vidare låta den komma i andra hand. De hade helt enkelt inte tid.

Wallander reste sig för att gå.

– Vi hittade nånting bland hans kläder som jag tror intresserar dig, sa läkaren.

Han räckte honom ett papper. Wallander läste den spretigt skrivna texten: »En tjuv oskadliggjord av nattvakterna.«

– Vilka nattvakter? frågade han.

– Det har ju stått i tidningarna, sa läkaren. Om medborgargarden som bildas. Kan man inte tänka sig att de kallar sig nattvakterna?

Wallander stirrade vantroget på texten.

– Det finns en sak till som talar för det, fortsatte läkaren. Pappret satt fast på hans kropp. Det hade nitats fast med en häftapparat.

Wallander skakade på huvudet.

– Det här är fan ta mig otroligt, sa han.

– Ja, sa läkaren. Det är otroligt att det har gått så långt.

Wallander bryde sig aldrig om att ringa efter en taxi. Han gick hem genom den tomma staden. Han tänkte på Katarina Taxell. Och Åke Davidsson som fått ett budskap fastnitat på kroppen.

När han kom upp till lägenheten på Mariagatan tog han bara av sig skorna och jackan och la sig sedan på soffan med en filt över sig. Väckarklockan stod på ringning. Men han kunde ändå inte somna. Dessutom började han få huvudvärk. Han gick ut i köket och blandade tabletter i ett vattenglas. Gatlyktan vajade i vinden utanför fönstret. Sedan la han sig igen. Han slumrade oroligt tills klockan ringde. När han satte sig upp i soffan var han ännu tröttare än när han lagt sig ner. Han gick ut i badrummet och baddade ansiktet med kallt vatten. Sedan bytte han skjorta. Medan han väntade på att kaffet skulle bli klart ringde han hem till Hansson. Det tog lång tid innan han svarade. Wallander förstod att han hade väckt honom.

– Jag är inte färdig med Östersundspappren, sa Hansson. Jag satt till två i natt. Jag har ungefär fyra kilo kvar.

– Vi talar om det sen, avbröt Wallander. Jag vill bara att du ska åka upp till sjukhuset och tala med en man som heter Åke Davidsson. Han blev överfallen nånstans vid Lödinge igår kväll eller i natt. Av människor som sannolikt tillhör nåt medborgargarde. Jag vill att du tar dig an det här.

– Vad ska jag göra med Östersundspappren?

– Det får du lov att klara av samtidigt. Svedberg och jag åker till Lund. Du får veta mer sen.

Han avslutade samtalet innan Hansson hann ställa några frågor. Han skulle inte ha orkat svara på dem.

Klockan sex stannade Svedberg utanför hans dörr. Wallander stod i köksfönstret med kaffekoppen och såg honom komma.

– Jag har talat med Martinsson, sa Svedberg när Wallander hade satt sig i bilen. Han skulle be Nyberg ta itu med plastklämman.

– Fick han klart för sig vad vi kommit fram till?

– Jag tror det.

– Då far vi.

Wallander lutade sig bakåt och slöt ögonen. Det bästa han kunde göra på vägen till Lund var att sova.

Huset där Katarina Taxell bodde var ett hyreshus som låg vid ett torg som Wallander inte visste namnet på.

– Det är kanske bäst att vi ringer till Birch, sa Wallander. Så det inte blir bråk efteråt.

Svedberg fick tag på honom i hemmet. Han räckte luren till Wallander som hastigt förklarade vad som hade hänt. Birch lovade att vara där inom tjugo minuter. De satt i bilen och väntade. Himlen var grå. Det regnade inte. Men blåsten hade tilltagit. Birch bromsade in sin bil bakom dem. Wallander förklarade i detalj vad som hade framkommit under samtalet med Ylva Brink. Birch lyssnade uppmärksamt. Wallander kunde dock se att han var tveksam.

Sedan gick de in. Katarina Taxell bodde till vänster på andra våningen.

– Jag håller mig i bakgrunden, sa Birch. Du får sköta samtalet.

Svedberg ringde på dörren. Den öppnades nästan genast. En kvinna i morgonrock stod framför dem. Hon hade mörka ringar av trötthet under ögonen. Wallander tänkte att hon påminde honom om Ann-Britt Höglund.

Wallander hälsade och försökte låta så vänlig som möjligt. Men när han sa att han var polis och kom från Ystad såg han att hon reagerade. De gick in i lägenheten som gav intryck av att vara liten och trång. Överallt fanns tecken på att hon nyss hade fått barn. Wallander påminde sig hur det hade sett ut i hans eget hem när Linda var nyfödd. De hade kommit in i ett vardagsrum med ljusa trämöbler. På bordet låg en broschyr som fångade Wallanders uppmärksamhet. »Taxells hårprodukter.« Det gav honom en tänkbar förklaring till vad hon sysslade med som egen företagare.

– Jag beklagar att vi kommer så tidigt, sa han när de hade satt sig ner. Men vårt ärende kan inte vänta.

Han tvekade om hur han skulle fortsätta. Hon satt mitt emot honom och släppte inte hans ansikte med blicken.

– Du har just fått ett barn på Ystads BB, sa han.

– En pojke, svarade hon. Han föddes den femtonde. Klockan tre på eftermiddagen.

– Jag ber att få gratulera, sa Wallander. Svedberg och Birch instämde mumlande.

– Ungefär två veckor tidigare, fortsatte Wallander, mer exakt, natten mellan den 30 september och den 1 oktober, undrar jag om du fick ett besök, oväntat eller inte, nån gång efter midnatt.

Hon såg oförstående på honom.

– Vem skulle det ha varit?

– En sjuksköterska som du kanske inte tidigare hade sett?

– Jag kände igen alla som arbetade på nätterna.

– Den här kvinnan kom tillbaka två veckor senare, fortsatte han. Och vi tror att hon var där för att besöka dig.

– På natten?

– Ja. Nån gång efter klockan två.

– Det var ingen som besökte mig. Dessutom sov jag.

Wallander nickade långsamt. Birch stod bakom soffan, Svedberg satt på en stol intill väggen. Allt var plötsligt mycket stilla.

De väntade på att Wallander skulle fortsätta.

Det skulle han också göra snart.

Först ville han bara samla sig. Han var fortfarande trött. Egentligen borde han fråga varför hon hade varit så länge på BB. Hade graviditeten varit komplicerad? Men han lät det bero.

Något annat var viktigare.

Det hade inte undgått honom. Att hon inte talade sanning.

Han var övertygad om att hon hade tagit emot besök. Och att hon visste vem kvinnan var.

28.

Ett barn började plötsligt skrika.

Katarina Taxell reste sig och lämnade rummet. Wallander hade i samma ögonblick bestämt sig för hur han skulle gå vidare med samtalet. Han var övertygad om att hon inte talade sanning. Redan från första stund hade han märkt något obestämt och undanglidande hos henne. Alla de långa åren som polis, då han hade tvingats lära sig att höra skillnad på lögn och sanning, hade gett honom en nästan osviklig känsla för när någon avvek från sanningen. Han reste sig och gick fram till fönstret där Birch hade ställt sig. Svedberg följde efter. De lutade sig ihop och Wallander talade med låg röst. Hela tiden höll han uppsikt över dörren där hon hade försvunnit.

– Hon talar inte sanning, sa han.

De andra tycktes inte ha märkt något. Eller var mindre övertygade. Men de gjorde inga invändningar.

– Det är möjligt att det här kommer att ta tid, fortsatte Wallander. Men eftersom jag bedömer det så att hon har avgörande betydelse för oss kommer jag inte att ge mig. Hon vet vem den där kvinnan är. Och jag är mer övertygad än nånsin om att hon är viktig.

Det var som om Birch först nu började förstå sambandet.

– Menar du att det skulle vara en kvinna som låg bakom allt det här? En kvinna som är förövaren?

Han lät nästan förskräckt över sina egna ord.

– Hon behöver inte nödvändigtvis vara mördaren, sa Wallander. Men det finns en kvinna nånstans i närheten av centrum i den här utredningen. Det är jag övertygad om. Om inte annat så skymmer hon sikten för det som i sin tur kanske finns där bakom. Därför måste vi komma åt henne så fort som möjligt. Vi måste ta reda på vem hon är.

Barnet slutade skrika. Svedberg och Wallander återvände hastigt till sina tidigare platser i rummet. Det dröjde en minut. Sedan kom Katarina Taxell tillbaka och satte sig i soffan. Wallander märkte att hennes vaksamhet var mycket stor.

– Låt oss återvända till BB i Ystad, sa Wallander vänligt. Du säger att du sov. Och att ingen besökte dig dom där nätterna?

– Nej.

– Du bor här i Lund. Ändå väljer du att föda barn i Ystad?

– Dom metoder som praktiseras där tilltalar mig.

– Jag känner till det, sa Wallander. Min egen dotter är dessutom född i Ystad.

Hon reagerade inte. Wallander förstod att hon bara ville svara på frågorna. Därutöver skulle hon inte säga någonting frivilligt.

– Jag kommer nu att ställa några frågor till dig av personlig art, fortsatte han. Eftersom det här inte är nåt förhör kan du välja att låta bli att svara. Men då måste jag varna dig för att det kan bli nödvändigt att ta med dig till polishuset och ordna ett formellt förhör. Vi har kommit hit eftersom vi söker informationer kring flera mycket grova våldsbrott.

Fortfarande reagerade hon inte. Hennes blick var fäst vid hans ansikte. Det var som om hon försökte stirra rakt in i hans huvud. Något i hennes ögon gjorde honom illa till mods.

– Har du förstått vad jag säger?

– Jag har förstått. Jag är inte dum.

– Accepterar du att jag ställer några frågor av personlig art?

– Det vet jag inte förrän jag har hört dom.

– Det verkar som om du bor här i lägenheten ensam. Är du inte gift?

– Nej.

Svaret kom fort och bestämt. Hårt, tänkte Wallander. Det var som om hon slog till någonting.

– Får jag fråga vem som är far till ditt barn?

– Det tänker jag inte svara på. Det kan inte ha intresse för nån annan än mig själv. Och barnet.

– Om barnets far har utsatts för ett våldsbrott måste man nog säga att det har med saken att göra.

– Det skulle innebära att ni visste vem som är far till mitt barn. Men det vet ni inte. Alltså är frågan orimlig.

Wallander insåg att hon hade rätt. Hennes huvud var det inget fel på.

– Låt mig ställa en annan fråga, fortsatte han. Känner du en man som heter Eugen Blomberg?

– Ja.

– På vilket sätt känner du honom?

– Jag känner honom.

– Vet du om att han har blivit mördad?

– Ja.

– Hur vet du om det?

– Jag såg det i tidningen i morse.
– Är det han som är far till ditt barn?
– Nej.
Hon ljuger bra, tänkte Wallander. Men inte tillräckligt övertygande.
– Var det inte så att du och Eugen Blomberg hade ett förhållande?
– Det stämmer.
– Och det är ändå inte han som är far till ditt barn?
– Nej.
– Hur länge hade ni ett förhållande?
– I två och ett halvt år.
– Det måste ha skett i hemlighet eftersom han är gift.
– Han ljög för mig. Jag fick veta det först lång tid efteråt.
– Vad hände då?
– Jag gjorde slut.
– När skedde det?
– För ungefär ett år sen.
– Efter det träffades ni aldrig igen?
– Nej.
Wallander grep tillfället och gick till angrepp.
– Vi har hittat brev hos honom som ni har utväxlat så sent som för ett par månader sen.
Hon lät sig inte rubbas.
– Vi skrev brev. Men vi träffades inte.
– Det hela verkar mycket egendomligt.
– Han skrev brev. Jag svarade. Han ville att vi skulle träffas igen. Det ville inte jag.
– Eftersom du hade träffat en annan man?
– Eftersom jag skulle ha barn.
– Och namnet på fadern vill du inte tala om?
– Nej.
Wallander kastade en blick på Svedberg som stirrade i golvet. Birch såg ut genom fönstret. Wallander visste att båda var på helspänn.
– Vem tror du kan ha dödat Eugen Blomberg?
Wallander skickade iväg frågan med full kraft. Birch rörde sig vid fönstret. Golvet knarrade under hans tyngd. Svedberg övergick till att se på sina händer.
– Jag vet inte vem som kan ha velat döda honom.
Barnet gav ljud från sig igen. Hon reste sig hastigt. Åter var hon borta. Wallander såg på de andra. Birch skakade på huvudet. Wal-

lander försökte värdera situationen. Det skulle vålla stora problem att ta in en kvinna till förhör som hade ett tre dagar gammalt barn. Dessutom var hon inte misstänkt för någonting. Han bestämde sig hastigt. De ställde sig tillsammans vid fönstret igen.

– Jag bryter här, sa Wallander. Men jag vill ha bevakning på henne. Och jag vill veta allt som överhuvudtaget går att få fram om henne. Hon tycks ha nåt företag som säljer produkter för hårvård. Jag vill veta allt om hennes föräldrar, vänner, vad hon har gjort tidigare i sitt liv. Kör henne genom alla register som finns. Jag vill ha henne kartlagd.

– Vi ska ta hand om det, sa Birch.

– Svedberg blir kvar här i Lund. Vi behöver nån som är insatt i dom tidigare morden.

– Egentligen vill jag helst åka hem, sa Svedberg. Du vet att jag inte trivs särskilt bra utanför Ystad.

– Jag vet, sa Wallander. Just nu kan det inte hjälpas. Jag ska be nån byta av dig när jag kommer till Ystad. Men vi kan inte ha folk som åker fram och tillbaka i onödan.

Plötsligt stod hon i dörren. Hon bar på barnet. Wallander log. De gick fram och såg på pojken. Svedberg som var barnkär, trots att han själv inte hade några, började jollra med barnet.

Wallander märkte plötsligt att det var någonting som verkade egendomligt. Han tänkte tillbaka på den gång Linda hade varit nyfödd. När Mona hade burit omkring på henne. När han själv hade gjort det, ständigt rädd för att han skulle tappa henne.

Sedan kom han på vad det var. Hon höll inte barnet tryckt till sin egen kropp. Det var som om barnet var någonting som egentligen inte tillhörde henne.

Han blev illa till mods. Men han visade det inte.

– Vi ska inte störa längre, sa han. Med all säkerhet kommer vi att höra av oss igen.

– Jag hoppas ni tar den som mördade Eugen, sa hon.

Wallander såg på henne. Sedan nickade han.

– Ja, sa han. Vi ska lösa det här. Det kan jag lova dig.

De kom ut på gatan. Vinden hade tilltagit ytterligare.

– Vad tror du om henne? frågade Birch.

– Hon talar naturligtvis inte sanning, sa Wallander. Men det var som om hon inte heller ljög.

Birch betraktade honom undrande.

– Hur ska jag tolka det? Som om hon ljög och talade sanning på en och samma gång?

– Ungefär, svarade Wallander. Vad det innebär vet jag inte.

– Jag la märke till en liten detalj, sa Svedberg plötsligt. Hon sa »den«. Inte »han«.

Wallander nickade. Han hade också lagt märke till det. Hon hade hoppats att de skulle ta »den« som hade mördat Eugen Blomberg.

– Behöver det betyda nånting? sa Birch skeptiskt.

– Nej, sa Wallander. Men både Svedberg och jag la märke till det. Och det i sin tur kanske betyder nånting.

De bestämde att Wallander skulle återvända till Ystad med Svedbergs bil. Han lovade också att sända någon att byta av honom i Lund så fort som möjligt.

– Det här är viktigt, sa han sedan ännu en gång till Birch. Katarina Taxell har haft besök på sjukhuset av den här kvinnan. Vi måste få reda på vem det är. Barnmorskan som hon slog ner gav ett ganska gott signalement.

– Ge mig det, sa Birch. Det kan ju hända att hon kommer på besök här hemma hos henne också.

– Hon var mycket lång, sa Wallander. Ylva Brink är själv 1,74. Hon trodde att hon var ungefär 1,80. Mörkt hår, halvlångt och rakt. Blå ögon, spetsig näsa, smala läppar. Hon var kraftig utan att förefalla tjock. Inte särskilt markerad byst. Kraften i slaget tyder på att hon är stark. Möjligen kan man gissa sig till att hon är vältränad.

– Det här passar in på ganska många personer, sa Birch.

– Det gör alla signalement, sa Wallander. Ändå förstår man genast när man hittat rätt person.

– Sa hon nånting? Hur var hennes röst?

– Hon yttrade inte ett enda ord. Hon bara slog ner henne.

– La hon märke till hennes tänder?

Wallander såg på Svedberg som skakade på huvudet.

– Var hon sminkad?

– Inte utom vad som är normalt.

– Hur såg händerna ut? Hade hon lösnaglar?

– Det vet vi med bestämdhet att hon inte hade. Ylva menade att hon skulle ha lagt märke till det.

Birch hade gjort några anteckningar. Han nickade.

– Vi ska se vad vi kan åstadkomma, sa han. Bevakningen här utanför får vi göra mycket diskret. Hon kommer att vara på sin vakt.

De skildes åt. Svedberg gav Wallander sina bilnycklar. Under vägen mot Ystad försökte Wallander förstå varför Katarina Taxell inte ville avslöja att hon hade fått besök två gånger under de nätter hon varit på Ystads BB. Vem var kvinnan? Hur hängde hon ihop med Katarina Taxell och med Eugen Blomberg? Hur löpte trådarna vidare? Hur såg den kedja ut som ledde till mordet?

Det fanns också en oro inom honom. Att han var på väg åt alldeles fel håll. Det kunde vara så att han höll på att driva utredningen alldeles ur kurs, in mot ett område med osynliga undervattensrev som till slut skulle innebära att allting havererade.

Ingenting kunde plåga honom mer. Riva sömnen ur honom, ge honom magkatarr. Att han styrde med full fart mot en brottsutrednings undergång. Han hade varit med om det tidigare. Hur brottsutredningar plötsligt hade splittrats till oigenkännlighet. Ingenting hade återstått annat än att börja om från början igen. Och felet hade varit hans.

Klockan var halv tio när han parkerade utanför polishuset i Ystad. När han kom in i receptionen stoppade Ebba honom.

– Här är fullt kaos, sa hon.

– Vad är det som har hänt?

– Lisa Holgersson vill tala med dig genast. Det handlar om den där mannen som du och Svedberg hittade på vägen i natt.

– Jag ska tala med henne, sa Wallander.

– Gör det genast, sa Ebba.

Wallander gick raka vägen till hennes kontor. Dörren stod öppen. Hansson satt där inne och såg blek ut. Att Lisa Holgersson var mer upprörd än han någonsin hade sett tidigare var också klart. Hon pekade på en stol.

– Jag tror att du ska lyssna på vad Hansson har att säga.

Wallander tog av sig jackan och satte sig ner.

– Åke Davidsson, sa Hansson. Jag har haft ett längre samtal med honom nu på morgonen.

– Hur mår han? frågade Wallander.

– Det ser värre ut än vad det är. Men å andra sidan är det illa nog. Minst lika illa som den historia han hade att berätta.

Efteråt tänkte Wallander att Hansson inte hade överdrivit. Han hade lyssnat, först med förvåning, sedan med en växande upprördhet. Hansson hade varit kortfattad och klar. Men historien svämmade ändå över sina bräddar. Wallander tänkte att han denna höstförmiddag fått höra något han tidigare aldrig hade trott skulle kunna hända. Nu hade det inträffat och det skulle de bli tvungna att leva med. Sverige förändrades ständigt. Oftast var processerna smygande, möjliga att identifiera först i efterhand. Men ibland hade Wallander en känsla av att det gick ett ryck genom samhällskroppen. Åtminstone när han betraktade och upplevde förändringarna som polis.

Hanssons historia om Åke Davidsson var ett sådant ryck som i sin tur ledde till att det skakade till i Wallanders medvetande.

Åke Davidsson var tjänsteman på socialförvaltningen i Malmö. Han var delvis klassificerad som arbetsoför på grund av dålig syn. Efter många års kamp hade han dock fått körkort med villkor som begränsade dess giltighet. Sedan slutet av 1970-talet hade Åke Davidsson haft ett förhållande med en kvinna i Lödinge. Kvällen innan hade det tagit slut. I vanliga fall brukade Åke Davidsson sova över i Lödinge eftersom han egentligen inte hade lov att köra bil i mörker. Nu hade han tvingats göra det ändå. Han hade kört fel och till slut stannat för att fråga efter vägen. Då hade han blivit nerslagen av en nattpatrull bestående av frivilliga väktare som hade organiserat sig i Lödinge. De hade utmålat honom som tjuv och vägrat godta hans förklaringar. Hans glasögon hade försvunnit, kanske hade de krossats. Han hade slagits medvetslös och vaknat upp först när ambulansmännen lyft upp honom på båren.

Det var Hanssons historia om Åke Davidsson. Men det fanns mer.

– Åke Davidsson är en fredlig man som förutom sin dåliga syn lider av högt blodtryck. Jag har talat med några av hans arbetskamrater i Malmö som är djupt upprörda. En av dom kunde berätta nåt som Åke Davidsson själv inte talat om. Möjligen eftersom han är en blygsam person.

Wallander lyssnade.

– Åke Davidsson är en hängiven och mycket aktiv medlem av Amnesty International, sa Hansson. Frågan är om inte den organisationen från och med nu också borde intressera sig för Sverige. Om den här framväxten av brutala nattväktare och medborgargarden inte stoppas.

Wallander var mållös. Han mådde illa och kände ursinne.

– Det finns en ledare för dom där typerna, fortsatte Hansson. Han heter Eskil Bengtsson och har ett åkeri i Lödinge.

– Vi måste få stopp på det här, sa Lisa Holgersson. Även om vi står upp till halsen i mordutredningarna. Vi måste åtminstone ha en plan för hur vi ska göra.

– Den planen existerar redan, sa Wallander och reste sig. Den är mycket enkel. Den handlar om att vi åker ut och hämtar Eskil Bengtsson. Och vi ska vidare ta in varenda person som är inblandad i det där skyddsgardet. Åke Davidsson ska få identifiera dom, en efter en.

– Han ser ju ingenting, sa Lisa Holgersson.

– Folk som ser dåligt har ofta bra hörsel, svarade Wallander. Om jag förstod saken rätt så pågick ett samtal samtidigt som han misshandlades.

– Jag undrar om det här håller, sa hon tveksamt. Vad har vi egentligen för bevis?

– Det håller för mig, sa Wallander. Du kan naturligtvis beordra mig att stanna kvar här på polishuset.

Hon skakade på huvudet.

– Åk, sa hon. Ju fortare, desto bättre.

Wallander nickade åt Hansson. De stannade ute i korridoren.

– Jag vill ha två patrullbilar, sa Wallander och knackade eftertryckligt med ett finger på Hanssons axel. Och dom ska köra med blåljus och sirener. När vi lämnar Ystad och när vi kör in i Lödinge. Det skulle inte heller skada om vi tipsade tidningarna om det här.

– Det kan vi knappast, sa Hansson bekymrat.

– Naturligtvis kan vi inte det, svarade Wallander. Vi åker om tio minuter. I bilen kan vi tala om pappren från Östersund.

– Jag har ett kilo kvar, sa Hansson. Det är en otrolig efterforskning. Varv på varv. Där finns till och med en son som tagit över efter sin far som efterforskare.

– I bilen, avbröt Wallander. Inte här.

När Hansson gått fortsatte Wallander ut i receptionen. Han talade lågmält med Ebba. Hon nickade och lovade att göra som han sa.

Fem minuter senare var de på väg. Med blåljus och sirener lämnade de staden.

– Vad ska vi ta in honom för? frågade Hansson. Eskil Bengtsson? Åkeriägaren?

– Han är misstänkt för grov misshandel, svarade Wallander. Anstiftan till våld. Davidsson måste ha transporterats till vägen. Då försöker vi med människorov. Uppvigling.

– Du kommer att få Per Åkeson på halsen för det här.

– Det är inte alldeles säkert, sa Wallander.

– Det känns som om vi ryckte ut för att ta några riktigt farliga personer, sa Hansson.

– Ja, svarade Wallander, du har alldeles rätt. Vi är ute efter några riktigt farliga personer. Just nu har jag svårt att tänka mig några som kunde vara farligare för rättssäkerheten i det här landet.

De bromsade in vid Eskil Bengtssons gård som låg vid infarten till samhället. Där fanns två lastbilar och en grävmaskin. En ilsken hund skällde i en hundgård.

– Då tar vi honom, sa Wallander.

Just när de kommit fram till ytterdörren öppnades den av en kraftig man med svällande buk. Wallander kastade en blick på Hansson som nickade.

– Kommissarie Wallander vid Ystadspolisen, sa Wallander. Sätt på dig en jacka. Du ska med.

– Vart då?

Mannens arrogans gjorde att Wallander höll på att tappa besinningen. Hansson märkte det och högg honom i armen.

– Du ska med till Ystad, sa Wallander med tillkämpat lugn. Och du vet mycket väl varför.

– Jag har ingenting gjort, sa Eskil Bengtsson.

– Jodå, sa Wallander. Du har dessutom gjort alldeles för mycket. Hämtar du inte jackan nu så får du åka utan.

En liten tunn kvinna dök upp vid mannens sida.

– Vad är det? ropade hon med hög och skärande röst. Vad har han gjort?

– Lägg dig inte i det här, sa mannen och knuffade in henne i huset igen.

– Sätt på honom handfängsel, sa Wallander.

Hansson stirrade oförstående på honom.

– Varför det?

Wallander hade nu förbrukat allt sitt tålamod. Han vände sig till en av bilpoliserna och fick ett par handbojor. Sedan gick han uppför trappan, sa åt Eskil Bengtsson att sticka fram händerna och satte sedan på honom fängslet. Det gick så fort att Bengtsson aldrig kom sig för att reagera. Samtidigt lyste en fotoblixt. En fotograf som just hoppat ur sin bil hade tagit en bild.

– Hur i helvete vet pressen om att vi är här? frågade Hansson.

– Säg det, sa Wallander och tänkte att Ebba både var pålitlig och snabb. Nu far vi.

Kvinnan som blivit inknuffad i huset hade kommit ut igen. Plötsligt gav hon sig på Hansson och började slå på honom med knytnävarna. Fotografen tog bilder. Wallander ledde Eskil Bengtsson till bilen.

– Det här ska du få fan för, sa Eskil Bengtsson.

Wallander log.

– Säkert, svarade han. Men det är ingenting mot vad du kommer att få. Ska vi börja med namnen nu på en gång? Vilka som var med i natt?

Eskil Bengtsson svarade inte. Wallander knuffade hårdhänt in honom i bilen. Hansson hade under tiden gjort sig fri från den ilskna kvinnan.

– Hon skulle ta mig fan ha suttit inne i hundburen, sa han. Han var så upprörd att han skakade. Hon hade rivit honom djupt i ena kinden.

– Nu åker vi, sa Wallander. Du sätter dig i den andra bilen och åker upp till sjukhuset. Jag vill veta om Åke Davidsson hörde några namn. Om han såg nån som kunde ha varit Eskil Bengtsson.

Hansson nickade och gick. Fotografen kom fram till Wallander.

– Vi fick ett anonymt tips, sa han. Vad händer?

– Ett antal personer här omkring angrep och misshandlade en oskyldig människa svårt i går kväll. Dom tycks vara organiserade i nåt sorts medborgargarde. Mannen var oskyldig till allt annat än att han hade råkat köra fel. Dom påstod att han var en tjuv. Dom slog nästan ihjäl honom.

– Och mannen i bilen?

– Han är misstänkt för delaktighet, sa Wallander. Dessutom vet vi att han är en av initiativtagarna till det här eländet. Vi ska inte ha några medborgargarden i Sverige. Varken här i Skåne eller nån annanstans.

Fotografen ville ställa ytterligare en fråga. Wallander lyfte avvärjande handen.

– Det blir en presskonferens, sa han. Nu åker vi.

Wallander ropade att han ville ha sirener även på tillbakavägen. Flera bilar med nyfikna hade stannat utanför infarten till gården. Wallander trängde sig in i baksätet bredvid Eskil Bengtsson.

– Ska vi börja med namnen? frågade han. Så spar vi tid. Både din och min.

Eskil Bengtsson svarade inte. Wallander kände att han luktade starkt av svett.

Det tog Wallander tre timmar att få Eskil Bengtsson att erkänna att han varit delaktig i misshandeln av Åke Davidsson. Sedan gick det mycket fort. Eskil Bengtsson angav de tre andra män som också varit med. Wallander gav besked om att de genast skulle hämtas in. Åke Davidssons bil som körts in i ett övergivet maskinhus ute på en åker hade då redan förts till polishuset. Strax efter klockan tre på eftermiddagen övertygade Wallander Per Åkeson om att de fyra männen skulle hållas kvar. Han gick sedan direkt från samtalet med Per Åkeson till det rum där ett antal journalister väntade. Lisa Holgersson hade redan informerat om nattens händelser när Wallander kom in. Denna gång såg han faktiskt fram mot att möta pressen. Trots att han förstod att Lisa Holgersson redan gett den grundläggande informationen drog han händelseförloppet ytterligare en gång. Det var som om det inte kunde påtalas nog många gånger.

– Fyra personer har just blivit anhållna av åklagaren, sa han sedan. Det råder inga som helst tvivel om att dom är skyldiga till misshandeln. Men det som är ännu allvarligare är att det inte behövde ha varit just dom. Det finns ytterligare fem eller sex personer inblandade i den kedja som utgör ett privat väktarkommando där ute i Lödinge. Det här är människor som har bestämt sig för att sätta sig över lagen. Hur det går kan vi nu se i detta fall med en oskyldig man, med dålig syn och högt blodtryck, som nästan blir mördad när han har kört fel. Frågan är om det är så vi vill ha det? Att det kan vara förenat med livsfara att svänga till höger eller till vänster? Är det så? Att vi från och med nu i allas ögon är varandras tjuvar, våldtäktsmän och dråpare? Jag kan inte säga det här nog tydligt. En del av dom människor som förleds att delta i dessa olagliga och farliga skyddsvärn har kanske inte förstått vad dom har gett sig in på. Dom kan ursäktas om dom omedelbart drar sig ur. Men dom som gått in i det hela i medvetande om vad dom gör, dom kan inte försvaras. Dom fyra män som vi anhållit idag är tyvärr exempel på detta. Man kan bara hoppas att dom straff dom får kommer att vara avskräckande för andra.

Wallander hade lagt kraft i orden. Det märktes på journalisterna som inte genast kastade sig över honom med frågor. De som kom var få och handlade enbart om att få vissa detaljer bekräftade. Ann-Britt Höglund och Hansson hade ställt sig längst bak i rummet. Wallander letade bland de församlade journalisterna efter mannen från tidningen Anmärkaren. Men han var inte där.

Efter en knapp halvtimme var presskonferensen över.

– Det här skötte du bra, sa Lisa Holgersson.

– Det fanns bara ett sätt att sköta det på, svarade Wallander.

Ann-Britt Höglund och Hansson markerade applåder när han kom fram till dem. Wallander var inte road. Däremot var han mycket hungrig. Och han behövde luft. Han såg på klockan.

– Ge mig en timme, sa han. Låt oss träffas klockan fem. Har Svedberg kommit tillbaka än?

– Han är på väg.

– Vem byter av honom?

– Augustsson.

– Vem är det? frågade Wallander förvånat.

– En av Malmöpoliserna.

Wallander hade glömt namnet. Han nickade.

– Klockan fem, upprepade han. Vi har mycket att göra.

Han stannade till i receptionen och tackade Ebba för hjälpen. Hon log.

Wallander gick ner till centrum. Det blåste. Han satte sig på konditoriet vid busstorget och åt ett par smörgåsar. Den värsta hungern gick över. Huvudet var tomt. Han bläddrade fram och tillbaka i en trasig veckotidning. På återvägen till polishuset stannade han och köpte en hamburgare. Han slängde servetten i papperskorgen och började tänka på Katarina Taxell igen. Nu existerade inte Eskil Bengtsson för honom längre. Men Wallander visste att de skulle komma att konfronteras med olika lokala medborgargarden igen. Det som hade hänt Åke Davidsson var bara en allra första början.

Tio minuter över fem var de samlade i mötesrummet. Wallander började med att göra en genomgång av allt som de hittills visste om Katarina Taxell. Han kunde genast märka att de som fanns i rummet lyssnade med stor uppmärksamhet. För första gången under den pågående utredningen fick han en känsla av att de närmade sig något som kanske skulle bli ett genombrott. Detta kom också att förstärkas av det Hansson hade att säga.

– Utredningsmaterialet om Krista Haberman är ofantligt, sa han. Jag har haft alltför lite tid på mig och det är möjligt att jag kan ha förbisett nåt väsentligt. Men en sak har jag hittat som kan vara av intresse.

Han bläddrade i sina anteckningar tills han hade hittat rätt.

– Nån gång strax efter mitten på 1960-talet besökte Krista Haberman Skåne vid tre tillfällen. Hon hade fått kontakt med en fågelskådare som bodde i Falsterbo. Många år senare, när hon redan sen länge varit försvunnen, reser en polis som heter Fredrik Nilsson ända från Östersund för att tala med den här mannen i Falsterbo. Han har för övrigt noterat att han åkt tåg hela vägen. Mannen i Falsterbo heter Tandvall. Erik Gustav Tandvall. Han berättar förbehållslöst att han haft besök av Krista Haberman. Utan att det framgår direkt kan man nog ana sig till att de har haft ett förhållande. Men polisman Nilsson från Östersund kan inte finna nåt misstänkt i det hela. Förhållandet mellan Haberman och Tandvall har tagit slut långt innan hon spårlöst försvinner. Tandvall har med all säkerhet ingenting med hennes försvinnande att göra. Därmed avskrivs han från utredningen och han dyker aldrig upp igen.

Hansson hade läst innantill från sina anteckningar. Nu såg han på dem som lyssnade runt bordet.

– Det var nåt bekant med namnet, sa han. Tandvall. Ett ovanligt namn. Jag fick en känsla av att jag hade sett det tidigare. Det tog en stund innan jag kom på var. I en förteckning över personer som arbetat som bilförsäljare för Holger Eriksson.

Det var nu alldeles tyst i rummet. Spänningen var stor. Alla insåg att Hansson hade letat sig fram till ett mycket viktigt samband.

– Bilförsäljaren hette inte Erik Tandvall, fortsatte han. Han hette Göte i förnamn, Göte Tandvall. Alldeles innan det här mötet lyckades jag få bekräftat att det är Erik Tandvalls son. Jag kanske också bör säga att Erik Tandvall dog för ett par år sen. Sonen har jag inte lyckats lokalisera än.

Hansson tystnade.

Ingen sa någonting på en lång stund.

– Det betyder med andra ord att det finns en möjlighet att Holger Eriksson mötte Krista Haberman, sa Wallander långsamt. En kvinna som sen spårlöst försvinner. En kvinna från Svenstavik. Där det finns en kyrka som mottar en donation enligt en föreskrift i Holger Erikssons testamente.

Återigen blev det tyst i rummet.

Alla insåg vad det innebar.

Någonting hade äntligen börjat hänga ihop med något annat.

Strax före midnatt insåg Wallander att de inte skulle orka mer. De hade då suttit i möte sedan klockan fem och bara tagit korta avbrott för att vädra ut i sammanträdesrummet.

Hansson hade kommit med den öppning de behövt. De hade etablerat ett samband. Konturerna av en människa som rörde sig skugglikt mellan de tre män som blivit dödade hade börjat framträda. Även om de fortfarande var försiktiga med att nämna motivet som fastslaget hade de nu ändå en bestämd känsla av att de rörde sig i utkanterna av ett antal händelser som bands samman av hämnd.

Wallander hade samlat dem till en gemensam framryckning genom den svårforcerade terrängen. Hansson hade kommit och gett dem en riktning. Men de hade fortfarande ingen karta att följa.

Det hade också funnits en tveksamhet i spaningsgruppen. Kunde verkligen det här vara riktigt? Att ett egendomligt försvinnande många år tidigare, belyst genom kilovis med utredningsmaterial från avdöda polismän i Jämtland, kunde hjälpa dem att avslöja en gärningsman som bland mycket annat ställde upp spetsiga bambupålar i ett skånskt dike?

Det var när dörren öppnades och Nyberg steg in några minuter efter sex som tveksamheten skingrades. Nyberg hade inte ens brytt sig om att sätta sig på sin plats nederst vid bordet. Han hade för ovanlighetens skull visat tecken på upphetsning, något som ingen egentligen kunde påminna sig ha varit med om tidigare.

– Det låg en cigarettfimp ute på bryggan, sa han. Vi kunde identifiera ett fingeravtryck på den.

Wallander såg undrande på honom.

– Det går väl inte? Fingeravtryck på en cigarettfimp?

– Vi har haft tur, sa Nyberg. Du har rätt i att det normalt inte går. Men det finns ett undantag. Om cigaretten är handrullad. Och det var den här.

Det hade blivit mycket tyst i rummet. Först hade Hansson hittat ett tänkbart och till och med troligt mellanled mellan en sedan åratal försvunnen polsk kvinna och Holger Eriksson. Och nu kom Nyberg och sa att fingeravtryck dök upp både på Runfeldts väska och den plats där Blomberg blivit funnen i sin säck.

Det var som om det nästan hade blivit för mycket att bära på alltför kort tid. En brottsutredning som släpat sig fram, knappast ens haft styrfart, började nu på allvar öka farten.

Efter att ha presenterat sin nyhet hade Nyberg satt sig ner.

– En rökande gärningsman, sa Martinsson. Det blir lättare att hitta idag än för tjugo år sen. Med tanke på att allt färre människor röker.

Wallander nickade tankspritt.

– Vi behöver korsa dom här morden ytterligare, sa han. Med tre personer dödade behöver vi minst nio kombinationer. Fingeravtryck, tidpunkter, allt som kan visa att det finns en definitiv gemensam nämnare.

Han såg sig runt i rummet.

– Vi skulle behöva upprätta en ordentlig tidtabell, sa han. Vi vet att den eller dom personer som ligger bakom det här går fram med en kuslig brutalitet. Vi har hittat ett demonstrativt element i sätten på vilka dom här personerna har dödats. Men vi har inte lyckats läsa mördarens språk. Koden vi tidigare har talat om. Vi har en vag aning om att han talar till oss. Han eller hon eller dom. Men vad är det dom försöker säga oss? Det vet vi inte. Frågan är nu om det finns ytterligare nåt mönster i det hela som vi inte har upptäckt.

– Du menar om gärningsmannen slår till när det är fullmåne? frågade Svedberg.

– Just det. Den symboliska fullmånen. Hur ser den ut i det här fallet? Finns den? Jag skulle vilja att nån satte upp ett tidsschema. Finns det nåt där som kan ge oss ytterligare en riktning?

Martinsson lovade att ställa samman de uppgifter de hade. Wallander hade hört att han på eget bevåg skaffat fram några dataprogram som utarbetats vid FBI:s högkvarter i Washington. Han antog att Martinsson nu såg en möjlighet att använda sig av något av dem.

Sedan började de tala om att det faktiskt existerade ett centrum. Ann-Britt Höglund la in ett utsnitt av en generalstabskarta i en projektor. Wallander ställde sig i utkanten av ljusbilden.

– Det inleds i Lödinge, sa han och pekade. Nånstans ifrån kommer en människa och börjar hålla Holger Erikssons gård under uppsikt. Vi kan anta att han färdas med bil och att han har använt kärrvägen på andra sidan den kulle där Holger Eriksson hade sitt fågeltorn. Ett år tidigare har kanske samma person gjort inbrott i hans hus. Utan att stjäla nånting. Möjligen för att varna honom, ge ett förebud. Det vet vi inte. Det behöver heller inte vara så att det är samma person.

Wallander pekade på Ystad.

– Gösta Runfeldt ser fram emot att resa till Nairobi där han ska studera sällsynta orkidéer. Allt är klart. Väskan packad, pengar växlade, biljetten uthämtad. Han har till och med beställt en taxi till den tidiga morgon han ska resa. Men det blir ingen resa. Han försvinner spårlöst under tre veckors tid innan han dyker upp.

Fingret flyttade sig åter. Nu till Marsvinsholmsskogen, väster om staden.

– En nattränande orienterare hittar honom. Fastbunden vid ett träd, strypt. Avmagrad, kraftlös. På nåt sätt måste han ha hållits fången under den tid han varit försvunnen. Så långt har vi två mord på två olika platser, med Ystad som en sorts mittpunkt.

Fingret återvände mot nordost.

– Vi hittar en väska längs vägen mot Sjöbo. Inte långt från en punkt där man kan ta av mot Holger Erikssons gård. Väskan ligger synlig vid vägkanten. Vi tänker genast att den har placerats där den kommer att hittas. Vi kan med rätta ställa oss frågan: Varför just där? För att den vägen ligger lämpligt till för gärningsmannen? Vi vet inte. Men frågan är viktigare än vad vi kanske hittills har förstått.

Wallander flyttade sin hand igen. Mot sydväst, Krageholmssjön.

– Här hittar vi Eugen Blomberg. Det betyder att vi har ett avgränsat område som inte är särskilt stort. Tre, fyra mil mellan ytterpunkterna. Mellan dom olika platserna tar det inte mer än en halvtimme att åka bil.

Han satte sig ner.

– Låt oss dra några försiktiga och provisoriska slutsatser, fortsatte han. Vad tyder det här på?

– Lokalkännedom, sa Ann-Britt Höglund. Platsen i Marsvinsholmsskogen är väl vald. Väskan har placerats på ett ställe där det inte finns nåt hus varifrån man kan se en bilist som stannar och lägger ifrån sig ett föremål.

– Hur vet du det? frågade Martinsson.

– Därför att jag personligen har kontrollerat det.

Martinsson sa ingenting mer.

– Man skaffar sig lokalkännedom eller man har lokalkännedom, fortsatte Wallander. Vad pekar det på i det här fallet?

De var inte överens. Hansson menade att en främmande person mycket lätt kunde lära sig hitta rätt på de ställen som var aktuella. Svedberg menade tvärtom. Inte minst valet av den plats där de funnit Gösta Runfeldt tydde på att gärningsmannen hade en ingående lokalkännedom.

Wallander själv var tveksam. Tidigare hade han oklart föreställt sig en person som kom utifrån. Nu var han inte lika säker längre.

De nådde heller ingen enighet. Båda möjligheterna fanns och måste beaktas tills vidare. De kunde inte heller upptäcka ett självklart centrum. Med linjal och passare skulle de hamna någonstans i närheten av fyndplatsen för Runfeldts väska. Men det ledde dem inte vidare.

De återvände ständigt den kvällen till väskan. Varför den hade placerats där vid vägen. Och varför den hade blivit ompackad av en person som sannolikt varit en kvinna. Inte heller kunde de ge sig själva en rimlig förklaring till varför det hade saknats underkläder. Hansson hade föreslagit att Runfeldt möjligen var en avvikande person som aldrig hade på sig något under. Men ingen tog det naturligtvis på allvar. Det måste finns en annan förklaring.

När klockan hade blivit nio på kvällen gjorde de ett avbrott och vädrade. Martinsson försvann in på sitt kontor för att ringa hem, Svedberg satte på sig jackan för att ta en kort promenad. Wallander gick in på en toalett och sköljde av ansiktet. Han såg sig i spegeln. Plötsligt fick han en känsla av att hans utseende hade förändrats efter det att hans far hade gått bort. Vari skillnaden skulle ligga kunde han dock inte avgöra. Han skakade på huvudet åt sin spegelbild. Snart måste han få tid att tänka på det som hänt. Redan hade hans far varit död i flera veckor. Fortfarande hade det inte helt gått upp för honom vad som skett. Det gav honom på ett oklart sätt dåligt samvete. Han tänkte också på Baiba. Henne som han brydde sig så mycket om och som han aldrig ringde till.

Han tvivlade ofta på att en polisman kunde kombinera sitt yrke med någonting annat. Vilket naturligtvis inte alls var sant. Martinsson hade ett utmärkt förhållande till sin familj. Ann-Britt Höglund hade mer eller mindre ensam ansvaret för två barn. Det var Wallander som privatperson som inte klarade av kombinationen, inte polismannen.

Han gäspade åt sin spegelbild. Från korridoren kunde han höra att de åter hade börjat samlas. Han bestämde sig för att de nu måste börja tala om kvinnan som skymtade i bakgrunden. De måste försöka se henne och vilken roll hon egentligen spelade.

Det var också det första han sa när de hade stängt dörren.

– Det skymtar en kvinna i allt det här, sa han. Resten av kvällen, så länge vi nu orkar, måste vi gå igenom den här bakgrunden. Vi talar om ett hämndmotiv. Men vi är inte särskilt tydliga. Betyder det att vi tänker fel? Att vi ser åt fel håll? Att det kan finnas en helt annan förklaring?

De väntade på hans fortsättning under tystnad. Trots att stämningen var glåmig och trött märkte han att koncentrationen ändå fanns kvar.

Han började med en baklängesakt. Återvände till Katarina Taxell i Lund.

– Hon födde barn här i Ystad, sa han. Två nätter fick hon besök. Trots att hon förnekar det är jag övertygad om att den här okända kvinnan besökte just henne. Hon ljuger alltså. Frågan är varför? Vem var den där kvinnan? Varför vill hon inte avslöja hennes identitet? Av alla dom kvinnor som dyker upp i den här utredningen är Katarina Taxell och kvinnan i sjukhuskläder dom två första. Jag tror vidare att vi kan utgå från att Eugen Blomberg är far till det barn han aldrig fick se. Jag tror Katarina Taxell ljuger om faderskapet. När vi var där i Lund hade jag en känsla av att hon nästan inte sa ett enda sant ord. Men varför vet jag alltså inte. Att hon sitter inne med en viktig nyckel till hela den här härvan kan vi nog ändå räkna med.

– Varför tar vi inte in henne? frågade Hansson med viss hetsighet.

– På vilken grund skulle vi göra det? svarade Wallander. Dessutom är hon nybliven mor. Vi kan inte gärna behandla henne hur som helst. Jag tror dessutom inte hon skulle säga nånting mer eller annorlunda än vad hon hittills har gjort om vi satte henne i en stol på polishuset i Lund. Vi får försöka gå runt henne, leta i hennes närhet, röka ut sanningen på nåt annat vis.

Hansson nickade motvilligt.

– Den tredje kvinnan i Eugen Blombergs närhet är hans änka, fortsatte Wallander efter ordväxlingen med Hansson. Hon gav en del upplysningar som är viktiga. Men avgörande är nog det faktum att hon inte alls tycks sörja honom. Han har misshandlat henne. Av ärren att döma under lång tid och dessutom svårt. Hon bekräftar också indirekt historien med Katarina Taxell, eftersom hon säger att han alltid haft utomäktenskapliga affärer.

I samma ögonblick han uttalade de sista orden tänkte han att han lät som en gammeldags frikyrkopastor. Han undrade vilket uttryckssätt Ann-Britt Höglund skulle ha använt.

– Låt oss säga att detaljerna kring Blomberg utgör en mall, sa han. Som vi ska återkomma till.

Han övergick till att tala om Runfeldt. Fortfarande letade han sig bakåt, mot den händelse som låg tidigast.

– Gösta Runfeldt var en omvittnat brutal man, fortsatte han. Det vittnar både sonen och dottern om. Bakom orkidéälskaren dolde sig en helt annan människa. Han var dessutom privatspanare. Nåt som vi egentligen inte har nåt begripligt motiv till. Sökte han spänning? Var det inte nog med orkidéerna? Vi vet inte. Nog låter han ana en komplicerad och sammansatt natur.

Sedan gick han över till att tala om hustrun.

– Jag gjorde en resa till en sjö utanför Älmhult utan att jag egentligen var säker på vad jag skulle hitta. Några bevis har jag inte. Men nog kan jag tänka mig att Runfeldt faktiskt dödade sin hustru. Vad som hände därute på isen får vi förmodligen aldrig veta. Huvudpersonerna är döda. Några vittnen finns inte. Ändå har jag en känsla av att nån utanför familjen visste om det. I brist på bättre måste vi tänka oss möjligheten att hustruns död på nåt sätt har med Runfeldts öde att göra.

Wallander gick över till själva händelseförloppet.

– Han ska resa till Afrika. Men han reser inte. Nåt kommer emellan. Hur han försvinner vet vi inte. Däremot kan vi tidsbestämma det ganska noga. Vi har dock ingen förklaring till inbrottet i hans blomsterhandel. Inte heller vet vi var han har hållits fången. Väskan kan naturligtvis anses ge ett vagt geografiskt spår. Jag tror också vi kan våga dra den försiktiga slutsatsen att den på nåt sätt blivit ompackad av en kvinna. Samma kvinna som i så fall har rökt en handrullad cigarett på den brygga där säcken med Blomberg knuffats i vattnet.

– Det kan vara två personer, invände Ann-Britt Höglund. En person som rökt cigaretten och lämnat fingeravtryck på väskan. En annan person kan ha packat upp den.

– Du har rätt, sa Wallander. Jag ändrar mig till att minst en person har varit närvarande.

Han såg på Nyberg.

– Vi letar, sa Nyberg. Vi söker ute hos Holger Eriksson. Vi har hittat mängder av fingeravtryck. Men än så länge inget som stämmer.

Wallander kom plötsligt att tänka på en detalj.

– Namnskylten, sa han. Den vi hittade i Runfeldts väska. Hade den några fingeravtryck?

Nyberg skakade på huvudet.

– Det borde den ha haft, sa Wallander förvånat. Nog använder man fingrarna när man sätter på och tar av en namnskylt?

Ingen hade någon rimlig förklaring att ge honom.

Wallander gick vidare.

– Hittills har vi närmat oss ett antal kvinnor varav en går igen, sammanfattade han. Vi har dessutom kvinnomisshandel och kanske ett oupptäckt mord. Frågan vi måste ställa oss är vem som kan ha vetat om det. Vem kan ha haft skäl att hämnas? Om nu motivet är hämnd?

– Kanske vi har en sak till, sa Svedberg och kliade sig i nacken. Vi har två gamla polisutredningar som båda har lagts till handlingarna. Utan åtgärder. En i Östersund och en i Älmhult.

Wallander nickade.

– Återstår Holger Eriksson, fortsatte han. Ännu en brutal man. Efter mycket möda, eller kanske rättare sagt mycket tur, hittar vi en kvinna även i hans bakgrund. En polska som varit försvunnen i snart 30 år.

Han såg sig runt bordet innan han avslutade sin sammanfattning.

– Det finns med andra ord ett mönster, sa han. Brutala män och misshandlade, försvunna och kanske mördade kvinnor. Och ytterligare ett steg där bakom en skugga som följer i dom här händelsernas spår. En skugga som kanske är en kvinna. En rökande kvinna.

Hansson släppte sin blyertspenna på bordet och skakade på huvudet.

– Det verkar ändå inte rimligt, sa han. Om vi nu tänker oss att det är en kvinna inblandad. Som tycks ha kolossala kroppskrafter och en makaber fantasi när det gäller utstuderade mordmetoder. På vilket sätt skulle hon ha ett intresse av det som hänt dessa kvinnor? Är hon en väninna till dom? Hur har alla dom här människorna korsat varandras spår?

– Frågan är inte bara viktig, sa Wallander. Den är förmodligen helt avgörande. Hur har dessa människor kommit i kontakt med varandra? Var ska vi börja leta? Bland männen eller bland kvinnorna? En bilhandlare, bygdepoet och fågelskådare, en orkidéälskare, privatdetektiv och blomsterhandlare och till sist en allergiforskare. Blomberg tycks i alla fall inte ha haft några särintressen. Han tycks inte ha haft några intressen alls. Eller ska vi utgå från kvinnorna? En nybliven mor som ljuger om vem som är far till hennes nyfödda barn? En kvinna som drunknade i Stångsjön utanför Älmhult för tio år sen? En kvinna från Polen som var bosatt i Jämtland och var intresserad av fåglar? Som varit försvunnen i nästan 30 år? Och till sist denna kvinna som smyger omkring på Ystads BB om nätterna och slår ner barnmorskor? Var finns beröringspunkterna?

Tystnaden varade länge. Alla försökte finna svaret. Wallander väntade. Ögonblicket var viktigt. Mest av allt hoppades han att någon skulle dra en oväntad slutledning. Rydberg hade många gånger

sagt till honom att en spaningsledares viktigaste uppgift var att sti-
mulera sina medarbetare att tänka det oväntade. Frågan var nu om
han hade lyckats.

Det var till sist Ann-Britt Höglund som bröt tystnaden.

– Det finns arbetsplatser där kvinnor dominerar, sa hon. Om vi
dessutom letar efter en sjuksköterska, falsk eller inte, så verkar sjuk-
vården vara det rätta stället.

– Dessutom kommer patienterna från olika håll, fortsatte Mar-
tinsson. Om vi antar att den här kvinnan vi söker har arbetat på en
akutmottagning bör hon ha sett många misshandlade kvinnor pas-
sera förbi. Dom har inte känt varandra. Men hon har lärt känna
dom. Deras namn, patientjournaler.

Wallander insåg att Ann-Britt Höglund och Martinsson gemen-
samt sa något som kunde stämma.

– Vi vet alltså inte om hon kanske verkligen *är* sjuksköterska, sa
han. Vi vet bara att hon inte arbetade på BB-avdelningen i Ystad.

– Varför kan hon inte arbeta nån annanstans på sjukhuset? före-
slog Svedberg.

Wallander nickade långsamt. Kunde det verkligen vara så enkelt?
En sjuksköterska på Ystads lasarett?

– Det borde vara möjligt att utröna relativt lätt, sa Hansson.
Även om patientjournaler är heliga föremål som varken får vidröras
eller öppnas, borde det gå att ta reda på om Gösta Runfeldts hustru
var intagen där för misshandel. Och varför inte också Krista Haber-
man?

Wallander gick åt ett annat håll.

– Har Runfeldt och Eriksson nånsin varit instämda för misshan-
del? Det borde vara möjligt att leta sig bakåt i tiden. I så fall börjar
det hela se ut som en tänkbar väg för oss att gå.

– Samtidigt finns det ju andra möjligheter, sa Ann-Britt Hög-
lund, som om hon hade haft behov av att ifrågasätta sitt eget tidiga-
re förslag. Det finns andra arbetsplatser där kvinnor dominerar. Det
finns krisgrupper för kvinnor. Till och med dom kvinnliga poliserna
i Skåne har ett eget nätverk.

– Vi måste undersöka alla alternativ, sa Wallander. Det kommer
att ta lång tid. Men jag tror vi måste inse att den här utredningen
förlorar sig åt många olika håll samtidigt. Inte minst bakåt i tiden.
Att gå igenom gamla papper är alltid krävande. Men jag ser ingen
annan möjlighet.

De sista två timmarna fram till midnatt la de upp olika strategier
som skulle följas parallellt. Eftersom Martinsson i sina datasök-

ningar hittills inte hade hittat några nya förbindelser mellan de tre offren hade de inget alternativ till att söka sig fram längs många vägar samtidigt.

Strax före midnatt kom de inte längre.

Hansson ställde den sista frågan, den som alla väntat på under hela den långa kvällen.

– Kommer det att hända igen?

– Jag vet inte, sa Wallander. Tyvärr är jag rädd för att det kan vara möjligt. Jag har en känsla av nåt ofullbordat i det som skett. Fråga mig inte varför. Det är just som jag säger. Nåt så opolisiärt som en känsla. Intuition kanske.

– Jag har också en känsla, sa Svedberg.

Han sa det med sådan kraft att alla blev överraskade.

– Kan det inte vara så att vi bara har att se fram mot en serie mord som fortsätter i det oändliga? Om det är nån som pekar med sitt hämnande finger mot män som betett sig illa mot kvinnor. Då tar det aldrig slut.

Wallander visste att Svedberg mycket väl kunde ha rätt. Själv hade han hela tiden försökt värja sig mot tanken.

– Risken finns, svarade han. Vilket i sin tur betyder att vi måste ta den som har gjort det här mycket fort.

– Förstärkningar, sa Nyberg som knappast hade yttrat sig under de sista två timmarna. Annars går det inte.

– Ja, sa Wallander. Jag inser att vi kommer att behöva det. Inte minst efter det vi har talat om ikväll. Vi klarar knappast att arbeta mer än vad vi redan gör.

Hamrén lyfte handen som tecken på att han ville säga något. Han satt tillsammans med de två poliserna från Malmö längst bort vid bordets ena långsida.

– Jag vill gärna understryka det sista, sa han. Jag har sällan eller aldrig varit med om så effektivt polisarbete med så få personer som här. Eftersom jag var här i somras också kan jag konstatera att det tydligen inte var nåt undantag. Om ni begär förstärkningar så kan ingen vettig människa låta bli att ge er det.

De två polismännen från Malmö nickade instämmande.

– Jag ska ta upp det med Lisa Holgersson i morgon, sa Wallander. Jag tror dessutom att jag ska försöka se till att vi får ett par kvinnor till. Om inte annat kan det kanske lyfta stämningen.

Den trötta atmosfären lättades för ett ögonblick. Wallander grep tillfället och reste sig. Det var viktigt att veta när ett möte skulle brytas. Nu var det dags. De kom inte längre. De behövde sova.

Wallander gick in på sitt kontor för att hämta jackan. Han bläddrade igenom den hög av telefonlappar som ständigt växte. Istället för att sätta på sig jackan sjönk han ner i stolen. Fotsteg försvann genom korridoren. Strax efter var det tyst. Han vred ner arbetslampan mot bordet. Rummet blev liggande i dunkel.

Klockan var halv ett. Utan att betänka sig grep han telefonen och slog numret till Baiba i Riga. Hon hade oregelbundna sovvanor, precis som han själv. Ibland la hon sig tidigt, lika ofta kunde hon vara uppe halva nätterna. Han visste aldrig på förhand. Nu svarade hon nästan genast. Hon hade varit vaken. Som alltid försökte han höra på hennes tonfall om hon blev glad över att han ringde. Han kände sig aldrig säker på förhand. Den här gången fick han en känsla av något avvaktande hos henne. Det gjorde honom genast osäker. Han ville ha garantier för att allt var som det skulle. Han frågade hur hon mådde, berättade om den slitsamma utredningen. Hon ställde några frågor. Sedan visste han inte hur han skulle fortsätta. Tystnaden började vandra fram och tillbaka mellan Ystad och Riga.

– När kommer du? frågade han till sist.

Hennes motfråga överraskade honom. Även om den inte borde ha gjort det.

– Vill du verkligen att jag ska komma?

– Varför skulle jag inte det?

– Du ringer aldrig. Och när du ringer förklarar du att du egentligen inte har tid att tala med mig. Hur ska du då ha tid att träffa mig om jag kommer?

– Så är det inte.

– Hur är det då?

Varifrån reaktionen kom visste han inte. Varken när det skedde eller efteråt. Han försökte hindra sin egen impuls. Men han lyckades inte. Han slog luren hårt i klykan. Stirrade på telefonen. Sedan reste han sig och gick. Redan innan han hade passerat sambandscentralen hade han ångrat sig. Men han kände Baiba så mycket att han visste att hon inte skulle svara om han ringde igen.

Han steg ut i nattluften. En polisbil rullade just bort och försvann nere vid vattentornet.

Det var vindstilla. Nattluften kylig. Klar himmel. Tisdagen den 19 oktober.

Han förstod inte sin egen reaktion. Vad hade hänt om hon funnits i hans närhet?

Han tänkte på de mördade männen. Det var som om han plötsligt såg något han inte tidigare hade sett. En del av honom fanns gömd i all denna brutalitet som omgav honom. Han var en del av den.

Graden skilde. Ingenting annat.

Han skakade på huvudet. Visste att han skulle ringa Baiba tidigt på morgonen. Då skulle hon svara. Det behövde inte vara så illa. Hon förstod. Trötthet kunde göra också henne irriterad. Och då var det hans tur att förstå.

Klockan var ett. Han borde gå hem och sova. Eller be en av natt-patrullerna köra honom. Han började gå. Staden var övergiven. Någonstans slirade en bil med skrikande däck. Sedan tystnad. Backen ner mot sjukhuset.

I nästan sju timmar hade spaningsgruppen suttit samlad. Ingenting hade egentligen inträffat. Ändå hade kvällen varit händelserik. *I mellanrummen uppstår klarheten*, hade Rydberg sagt en gång när han varit ordentligt berusad. Men Wallander som varit minst lika berusad hade ändå förstått. Dessutom hade han inte heller glömt. De hade suttit på Rydbergs balkong. Fem, kanske sex år sedan. Rydberg hade ännu inte blivit sjuk. En kväll i juni, strax före midsommar. De hade firat något, Wallander hade glömt vad det var.

I mellanrummen uppstår klarheten.

Han hade kommit i jämnhöjd med sjukhuset. Han stannade. Han tvekade, men bara helt kort. Sedan gick han runt sjukhusets gavel och kom fram till akutmottagningen. Han ringde på natt-klockan. När en röst svarade sa han vem han var och frågade om barnmorskan Ylva Brink var i tjänst. Det var hon. Han bad att få bli insläppt.

Hon mötte honom utanför glasdörrarna. Han kunde se på hennes ansikte att hon var orolig. Han log. Hennes oro minskade inte. Kanske hans leende inte var något leende? Eller ljuset dåligt.

De gick in. Hon frågade om han ville ha kaffe. Han skakade på huvudet.

– Jag ska bara stanna ett ögonblick, sa han. Du kanske har mycket att göra?

– Ja, svarade hon. Men en stund hinner jag. Om det inte kan vänta till i morgon?

– Det kan det nog, svarade Wallander. Men jag stannade till eftersom jag var på väg hem.

De hade gått in på kontoret. En sjuksköterska som var på väg in stannade till när hon upptäckte Wallander.

– Det kan vänta, sa hon och försvann.

Wallander lutade sig mot skrivbordet. Ylva Brink hade satt sig i en stol.

– Du måste ha funderat, började han. Den där kvinnan som slog ner dig. Vem hon var. Varför hon befann sig här. Varför hon gjorde som hon gjorde. Du måste ha tänkt och tänkt igen. Du har gett en bra beskrivning av hennes ansikte. Men kanske det är nån detalj som du har kommit på i efterhand?

– Du har rätt i att jag har tänkt. Men jag har berättat allt jag kan påminna mig om hennes ansikte.

– Men inte vilken färg hon hade på ögonen?

– Därför att jag aldrig såg det.

– Man brukar minnas människors ögon.

– Det gick så fort.

Han trodde henne.

– Det behöver inte vara hennes ansikte. Hon kan ha haft ett visst sätt att röra sig. Eller ett ärr på en hand. En människa är sammansatt av så många olika detaljer. Vi tror att vi minns med stor hastighet. Som om minnet flög. Egentligen är det tvärtom. Tänk dig ett föremål som nästan har flytkraft. Som sjunker genom vattnet, ytterst långsamt. Så fungerar minnet.

Hon skakade på huvudet.

– Det gick så fort. Jag minns ingenting annat än det jag redan har berättat. Och jag har verkligen försökt.

Wallander nickade. Han hade inte heller väntat sig något annat.

– Vad har hon gjort?

– Hon har slagit ner dig. Vi letar efter henne. Vi tror hon kan ha viktiga upplysningar att ge oss. Mer kan jag inte säga.

En väggklocka visade på tre minuter i halv två. Han sträckte fram handen för att säga adjö. De gick från kontoret.

Plötsligt stannade hon.

– Det kanske ändå är nåt mer, sa hon tveksamt.

– Vad då?

– Jag tänkte inte på det just då. När jag gick emot henne och hon slog ner mig. Det var först efteråt.

– Vad?

– Hon hade en parfym som var speciell.

– På vilket sätt?

Hon såg nästan vädjande på honom.

– Jag vet inte. Hur beskriver man en doft?

– Jag vet att det är bland det svåraste som finns. Men försök i alla fall.

Han såg att hon verkligen ansträngde sig.

– Nej, sa hon. Jag hittar inga ord. Jag bara vet att den var speciell. Kanske kan man säga att den var sträv?

– Mer som rakvatten?

Hon såg förvånat på honom.

– Ja, sa hon. Hur visste du det?

– Det var bara en tanke.

– Jag kanske inte skulle ha sagt det. När jag ändå inte kan uttrycka mig tydligare.

– Jo, svarade han. Det kan visa sig vara viktigt. Det vet man inte förrän efteråt.

De skildes vid glasdörrarna. Wallander tog hissen ner och lämnade sjukhuset. Han gick fort. Nu måste han sova.

Han tänkte på det hon hade sagt.

Om det fanns några spår av parfymen kvar på namnskylten skulle hon få lukta på den tidigt i morgon.

Ändå visste han redan nu att det var samma.

De sökte efter en kvinna. Hennes parfym var speciell.

Han undrade om de någonsin skulle hitta henne.

30.

7.35 gick hon av efter natten. Hon hade bråttom, driven av en plötslig oro. Det var en kall och fuktig morgon i Malmö. Hon skyndade mot parkeringsplatsen där hon hade sin bil. I vanliga fall skulle hon genast ha kört hem för att sova. Nu visste hon att hon måste fara raka vägen till Lund. Hon kastade in väskan i baksätet och satte sig på förarplatsen. När hon grep om ratten märkte hon att händerna var svettiga.

Hon hade aldrig helt kunnat lita på Katarina Taxell. Hon var för svag. Där fanns alltid en risk att hon gav efter. Hon tänkte att Katarina Taxell var en människa som alltför lätt fick blåmärken om man tryckte på henne.

Oron för att hon skulle ge efter hade alltid funnits där. Ändå hade hon bedömt det så att hennes kontroll över henne var tillräckligt stor. Nu var hon inte längre lika övertygad.

Jag måste ta henne därifrån, hade hon tänkt under natten. Åtminstone tills hon börjar få avstånd till det som hänt.

Det skulle heller inte vara svårt att ta henne från den lägenhet där hon bodde. Det var inget ovanligt i att en kvinna drabbades av psykiska problem i samband med en förlossning eller en kort tid efteråt.

Hon kom till Lund samtidigt som det började regna. Oron fanns där hela tiden. Hon parkerade på en av sidogatorna och började gå mot det torg där Katarina Taxells hus låg. Plötsligt stannade hon. Sedan tog hon sakta några steg bakåt, som om ett rovdjur plötsligt hade dykt upp framför henne. Hon ställde sig intill en husvägg och betraktade porten till Katarina Taxells hus.

Det stod en bil parkerad utanför. I den satt en, kanske två män. Genast hade hon blivit säker på att det var polismän. Katarina Taxell var bevakad.

Paniken kom från ingenstans. Utan att hon kunde se det visste hon att hon redan hade blivit rödflammig i ansiktet. Dessutom hade hon hjärtklappning. Tankarna rusade runt som förvirrade nattdjur i ett rum där ljuset plötsligt tänts. Vad hade Katarina Taxell sagt? Varför satt de där utanför porten och bevakade henne?

Eller var det bara inbillning? Hon stod orörlig och försökte tänka. Det första hon tyckte att hon kunde vara säker på var att Katarina

Taxell trots allt inte hade sagt något. Då hade de inte bevakat henne. Istället hade de tagit henne därifrån. Alltså var det ännu inte för sent. Hon hade förmodligen inte mycket tid. Men det behövde hon inte heller. Hon visste vad hon skulle göra.

Hon tände en cigarett hon rullat under natten. Enligt hennes tidtabell var det minst en timme för tidigt. Men nu bröt hon mot den. Dagen skulle bli mycket speciell. Det kunde inte längre hjälpas.

Hon stod kvar ytterligare några minuter och betraktade bilen som stod utanför porten.

Sedan släckte hon cigaretten och gick hastigt därifrån.

*

När Wallander den onsdagsmorgonen vaknade strax efter klockan sex var han fortfarande mycket trött. Hans samlade sömnunderskott var stort. Kraftlösheten fanns som ett blysänke djupt nere i hans medvetande. Han låg orörlig i sängen med öppna ögon. Människan är ett djur som lever för att orka, tänkte han. Just nu är det som om jag inte klarar det längre.

Han satte sig på sängkanten. Golvet kändes kallt under fötterna. Han såg på sina tånaglar. De behövde klippas. Hela han behövde någon form av helrenovering. En månad tidigare hade han varit i Rom och samlat krafter. Nu var de förbrukade. På mindre än en månad hade de tagit slut. Han tvingade sig upp i stående. Sedan gick han ut i badrummet. Det kalla vattnet var som en örfil. Han tänkte att en dag skulle han sluta också med det. Det kalla vattnet som tvingade honom att börja fungera. Han torkade sig, satte på sig morgonrocken och gick ut i köket. Alltid samma rutin. Kaffevattnet, sedan fönstret, termometern. Det regnade. Plus 4 grader. Höst, kylan hade redan fått fäste. Någon på polishuset hade siat om en lång och utdragen vinter som var i antågande. Han fruktade den.

När kaffet var klart satte han sig vid köksbordet. Under tiden hade han hämtat morgontidningen. På framsidan en bild från Lödinge. Han tog ett par klunkar. Redan nu hade han klättrat över den första och högsta trötthetströskeln. Hans morgnar kunde vara som komplicerade hinderbanor. Han såg på klockan. Det var tid för honom att ringa till Baiba.

Hon svarade vid andra signalen. Det var som han hade vetat redan på natten. Det var annorlunda nu.

– Jag är trött, ursäktade han sig.

– Jag vet, svarade hon. Men min fråga kvarstår.

– Om jag vill att du ska komma?

– Ja?

– Det finns inget jag hellre vill.

Hon trodde honom. Och hon svarade att hon kanske kunde komma några veckor senare. I början av november. Hon skulle börja undersöka möjligheten samma dag.

De behövde inte prata länge. Ingen av dem tyckte heller om telefon. Efteråt, när Wallander hade återvänt till sin kaffekopp, tänkte han att han denna gång måste tala allvar med henne. Om att hon skulle flytta till Sverige. Om det nya hus han ville skaffa sig. Kanske skulle han också berätta om hunden.

Han blev sittande länge. Tidningen förblev oöppnad. Först när klockan hade blivit halv åtta klädde han sig. Länge fick han leta i garderoben innan han hittade en ren skjorta. Det var hans sista. Han måste sätta upp sig för en tvättid redan samma dag. Just när han var på väg att lämna lägenheten ringde telefonen. Det var bilmekanikern i Älmhult. Det sved i honom när han fick veta vad reparationen till slut hade kommit att kosta. Men han sa ingenting. Mekanikern lovade att bilen skulle komma till Ystad redan samma dag. Han hade en bror som kunde köra ner den och sedan ta tåget hem. Det skulle inte kosta Wallander något annat än tågbiljetten.

När Wallander kom ut på gatan insåg han att regnet var kraftigare än vad han uppfattat från fönstret. Han gick tillbaka in i porten och slog numret till polishuset på sin telefon. Ebba lovade att en polisbil genast skulle komma och hämta honom. Det dröjde inte mer än fem minuter förrän den bromsade in framför huset. Klockan åtta befann han sig på sitt kontor.

Han hade inte mer än hunnit ta av sig jackan när allt plötsligt tycktes hända på en och samma gång runt honom.

Ann-Britt Höglund stod i hans dörr. Hon var mycket blek.

– Har du hört? frågade hon.

Wallander ryckte till. Hade det hänt igen? Ännu en man som blivit dödad?

– Jag kom just, svarade han. Vad är det?

– Martinssons dotter har blivit överfallen.

–Terese?

– Ja.

– Vad är det som har hänt?

– Hon blev attackerad utanför skolan. Martinsson for just. Om jag förstod Svedberg rätt hade det nåt att göra med att Martinsson är polis.

Wallander betraktade henne oförstående.

– Är det allvarligt?

– Hon blev knuffad och slagen med knytnävar i huvudet. Tydligen hade hon blivit sparkad också. Hon har inte fått några fysiska skador. Men hon är naturligtvis chockad.

– Vem var det som gjorde det?

– Andra elever. Som är äldre än hon.

Wallander satte sig i stolen.

– Det är ju för jävligt! Men varför?

– Jag vet inte allt som har hänt. Men tydligen diskuterar eleverna också det här med medborgargarden. Att polisen inte gör nånting. Att vi har gett upp.

– Och så kastar dom sig över Martinssons dotter!

– Ja.

Wallander märkte att han fick en klump i halsen. Terese var 13 år gammal och Martinsson talade ständigt om henne.

– Varför ska dom ge sig på en oskyldig barnunge? sa han.

– Har du sett tidningarna? frågade hon.

– Nej?

– Det borde du göra. Folk har uttalat sig om Eskil Bengtsson och dom andra. Anhållandena anses vara rättsövergrepp. Åke Davidsson påstås ha gjort motstånd. Stora reportage, bilder och löpsedlar. »På vems sida står egentligen polisen?«

– Jag behöver inte läsa det där, sa Wallander med avsmak. Vad händer på skolan?

– Hansson har farit dit. Martinsson har tagit hem sin dotter.

– Och det var alltså pojkar på skolan som gjorde det?

– Ja. Såvitt vi vet.

– Åk dit, bestämde Wallander hastigt. Ta reda på allt som går att få veta. Tala med pojkarna. Jag tror att det är bäst att jag undviker att göra det. Risken är att jag kan bli arg.

– Hansson är redan där. Det behövs knappast nån mer.

– Jo, sa Wallander. Jag vill gärna att du också åker dit. Det räcker säkert med Hansson. Men jag vill ändå att du på ditt sätt försöker ta reda på vad som egentligen har hänt och varför. Är vi fler där visar vi att vi tar mycket allvarligt på det. Själv tänker jag åka hem till Martinsson. Allt annat får vänta tills vidare. Det sämsta man kan göra i det här landet, på samma sätt som överallt annars, är att döda en polisman. Det näst sämsta är att attackera en polismans barn.

– Det lär ha varit så att andra elever stod runt om och skrattade, sa hon.

Wallander slog avvärjande ut med händerna. Han ville inte höra mer.

Han reste sig ur stolen och grep efter jackan.

– Eskil Bengtsson och dom andra kommer att släppas idag, sa hon när de gick genom korridoren. Men Per Åkeson åtalar.

– Vad får dom?

– Folk i trakten talar redan om att dom ska samla ihop pengarna, om det blir böter. Men man kan ju hoppas på fängelse. Åtminstone för några av dom.

– Hur är det med Åke Davidsson?

– Han är hemma i Malmö igen. Sjukskriven.

Wallander stannade och såg på henne.

– Vad hade hänt om dom hade råkat slå ihjäl honom? Hade dom fått böter då också?

Han väntade inte på något svar.

En polisbil körde Wallander hem till Martinssons hus som låg i ett villaområde vid stadens östra utfart. Wallander hade inte varit där många gånger tidigare. Huset var oansenligt. Men trädgården hade Martinsson och hans fru lagt ner stor kärlek på. Han ringde på dörren. Det var Martinssons fru Maria som öppnade. Wallander såg att hon var rödögd. Terese var deras enda dotter och äldsta barnet. Dessutom fanns två pojkar i familjen. En av dem, han som hette Rickard, stod bakom henne. Wallander log och klappade honom på huvudet.

– Hur går det? frågade han. Jag fick veta det alldeles nyss. Jag kom direkt.

– Hon sitter på sängen och gråter. Den ende hon vill tala med är sin pappa.

Wallander steg in. Tog av sig jackan och skorna. Ena strumpan var trasig. Hon frågade om han ville ha kaffe. Han tackade ja. I samma ögonblick kom Martinsson nerför trappan. I vanliga fall var han en leende man. Nu såg Wallander en mask av grå förbittring. Men också rädsla.

– Jag hörde vad som hänt, sa Wallander. Jag kom direkt.

De satte sig i vardagsrummet.

– Hur går det med henne? frågade Wallander.

Martinsson skakade bara på huvudet. Wallander tänkte att han snart skulle brista i gråt. Det skulle i så fall vara första gången han upplevde det.

– Jag slutar, sa Martinsson. Jag ska tala med Lisa redan idag.

Wallander visste inte vad han skulle svara. Martinsson var med rätta upprörd. Han kunde enkelt föreställa sig att han skulle ha reagerat på samma sätt om det hade varit Linda som blivit överfallen. Ändå måste han bjuda situationen motstånd. Det som minst av allt fick ske var att Martinsson gav upp. Han insåg också att den ende som skulle kunna övertala honom att tänka på ett annat sätt var han själv.

Ännu var det dock för tidigt. Han kunde se hur chockad Martinsson var.

Maria kom med kaffe. Martinsson skakade på huvudet. Han ville inte ha.

– Det är inte värt det, sa han. När det börjar gå ut över familjen.

– Nej, svarade Wallander. Det är det inte värt.

Martinsson sa ingenting mer. Inte heller Wallander. Strax efteråt reste sig Martinsson och försvann uppför trappan igen. Wallander insåg att det inte fanns något han kunde göra just då.

Martinssons fru följde honom till dörren.

– Hälsa henne, sa Wallander.

– Kommer dom att ge sig på oss igen?

– Nej, sa Wallander. Jag vet att det jag säger nu låter märkligt. Som om jag försökte förvandla den här händelsen till nåt som bara är en liten olyckshändelse. Men jag menar nåt helt annat. Det är bara det att vi inte får mista proportionerna. Börja dra fel slutsatser. Det här var pojkar som kanske bara är några år äldre än Terese. Dom menar inte så illa. Dom vet nog egentligen inte vad dom gör. Orsaken är att såna som Eskil Bengtsson och andra ute i Lödinge börjar organisera medborgargarden och hetsar mot polisen.

– Jag vet, sa hon. Jag har hört att man talar om det här i området också.

– Jag inser att det är svårt att tänka klart när ens egna barn blir utsatta, sa Wallander. Ändå måste vi försöka hänga fast vid nån sorts förnuft.

– Allt det här våldet, sa hon. Var kommer det ifrån?

– Det finns knappast några onda människor, svarade Wallander. Åtminstone tror jag dom är mycket sällsynta. Däremot finns det onda omständigheter. Som utlöser allt det här våldet. Det är just dom omständigheterna vi måste angripa.

– Blir det inte bara värre och värre?

– Kanske, svarade Wallander tveksamt. Men om det är så är det omständigheterna som ändras. Inte att det växer upp onda människor.

– Det här landet har blivit så hårt.

– Ja, sa Wallander. Det har blivit mycket hårt.

Han tog henne i hand och gick till polisbilen som väntade.

– Hur går det med Terese? frågade polismannen som körde.

– Hon är nog mest ledsen, svarade Wallander. Och det är hennes föräldrar också.

– Kan man bli annat än förbannad?

– Nej, svarade Wallander. Kan man egentligen det?

Wallander återvände till polishuset. Hansson och Ann-Britt Höglund befann sig fortfarande på skolan där Terese hade blivit överfallen. Wallander fick veta att Lisa Holgersson befann sig i Stockholm. Det gjorde honom för ett kort ögonblick irriterad. Men hon hade blivit informerad om vad som hade hänt. Hon skulle återkomma till Ystad på eftermiddagen. Wallander letade reda på Svedberg och Hamrén. Nyberg befann sig ute vid Holger Erikssons gård och letade efter fingeravtryck. De två poliserna från Malmö var försvunna på olika håll. Han satte sig med Svedberg och Hamrén i mötesrummet. Alla var upprörda över det som hade hänt Martinssons dotter. De samtalade helt kort. Sedan gick var och en till sitt. Kvällen innan hade de noga fördelat olika arbetsuppgifter mellan sig. Wallander ringde upp Nyberg på hans mobiltelefon.

– Hur går det? frågade han.

– Det är svårt, svarade Nyberg. Men vi tror att vi kanske har hittat ett oskarpt avtryck uppe i hans fågeltorn. På undersidan av räcket. Det kan ju hända att det inte är hans eget. Vi letar vidare.

Wallander tänkte efter.

– Menar du att den som dödade honom skulle ha gått upp i tornet?

– Alldeles orimligt är det väl inte.

– Du kan ha rätt. I så fall borde det kanske finnas cigarettfimpar också.

– Hade det funnits hade vi hittat dom första gången. Nu är det definitivt för sent.

Wallander övergick till att berätta om sitt nattliga möte med Ylva Brink på sjukhuset.

– Namnskylten ligger i en plastpåse, sa Nyberg. Om hon har bra näsa kanske hon kan känna nån lukt.

– Jag vill att det blir prövat så fort som möjligt. Du kan ringa henne själv. Svedberg har hennes hemtelefonnummer.

Nyberg lovade att det skulle bli gjort. Wallander upptäckte att någon hade lagt in ett papper på hans bord. Det var ett brev från

Patent- och registreringsverket som meddelade att någon person med namnet Harald Berggren inte officiellt hade bytt bort eller bytt till sig det aktuella namnet. Wallander la det åt sidan. Klockan var tio. Det regnade fortfarande. Han tänkte på mötet kvällen innan. Återigen kände han oron. Var de verkligen på rätt spår? Eller följde de en stig som ledde dem rakt ut i ett tomrum? Han ställde sig vid fönstret. Vattentornet mötte hans blick. Katarina Taxell är vårt huvudspår. Hon har träffat kvinnan. Vad var det hon ville där på BB om natten?

Han återvände till skrivbordet och ringde till Birch i Lund. Det tog nästan tio minuter innan de hade lyckats lokalisera honom.

– Allt är lugnt utanför hennes hus, sa Birch. Inga andra besök än en kvinna som vi har en positiv identifikation på som hennes mor. Katarina har varit ute en gång och handlat. Det var när modern var där och passade barnet. Det finns ett matvaruhus i närheten. Det enda anmärkningsvärda var att hon köpte många tidningar.

– Hon ville väl läsa om mordet. Verkar hon ha en känsla av att vi finns i närheten?

– Jag tror inte det. Hon är spänd. Men hon ser sig aldrig om. Jag tror fortfarande inte hon misstänker att vi övervakar henne.

– Det är viktigt att hon inte upptäcker det.

– Vi byter folk hela tiden.

Wallander lutade sig över skrivbordet och slog upp sitt kollegieblock.

– Hur går det med kartläggningen? Vem är hon?

– Hon är alltså 33 år gammal, sa Birch. Det ger en åldersskillnad till Blomberg på 18 år.

– Det är hennes första barn, sa Wallander. Hon är ganska sent ute. Kvinnor som har bråttom kanske inte är så noga med åldersskillnader? Men det där vet jag nog egentligen väldigt lite om.

– Enligt henne är ju Blomberg inte heller far till barnet.

– Det är lögn, sa Wallander och undrade hastigt hur han egentligen vågade vara så tvärsäker. Vad har du mer?

– Katarina Taxell är född i Arlöv, fortsatte Birch. Hennes far var ingenjör på Sockerraffinaderiet. Han dog när hon var liten. Hans bil blev påkörd av ett tåg. Utanför Landskrona. Hon har inga syskon. Växte upp med mamman. Dom flyttade till Lund efter det att fadern omkommit. Mamman har arbetat deltid på Stadsbiblioteket. Katarina Taxell hade bra betyg i skolan. Fortsatte att studera på universitetet. Geografi och språk. En något ovanlig kombination. Lärarhögskola. Hon har undervisat sen dess. Samtidigt har hon byggt upp ett litet företag som handlar med olika hårvårdsprodukter. Hon bör alltså vara ganska driftig. Vi hittar henne naturligtvis inte i några av våra egna register. Hon ger intryck av att vara en ganska vanlig person.

– Det här har gått fort, sa Wallander berömmande.

– Jag gjorde som du sa, svarade Birch. Jag satte mycket folk på uppgiften.

–Tydligen vet hon alltså inte om det än. Då hade hon nog börjat se sig över axeln. Om hon fått veta om att vi höll på att kartlägga henne.

– Vi får se hur länge det håller. Frågan är också om vi inte borde sätta lite press på henne.

– Jag har tänkt samma sak, svarade Wallander.

– Ska vi ta in henne?

– Nej. Men jag tror att jag åker till Lund. Sen kan du och jag börja med att prata med henne en gång till.

– Om vad då? Har du inga meningsfulla frågor kommer hon att bli misstänksam.

– Jag ska tänka ut nåt på vägen, sa Wallander. Ska vi säga att vi träffas utanför hennes hus klockan tolv?

Wallander kvitterade ut en bil och lämnade Ystad. Han stannade till vid Sturups flygplats och åt en smörgås. Som vanligt retade han sig på priset. Samtidigt försökte han formulera några frågor som han kunde ställa till Katarina Taxell. Det var inte nog att han kom och upprepade samma saker som första gången.

Han bestämde sig för att utgångspunkten måste vara Eugen Blomberg. Det var han som blivit mördad. De behövde alla upplysningar de kunde få om honom. Katarina Taxell var bara en av många som de ställde frågor till.

Kvart i tolv hade Wallander efter stort besvär lyckats hitta en parkeringsplats i centrala Lund. När han gick genom staden hade det slutat regna. I huvudet hade han börjat formulera sina frågor till Katarina Taxell. Han såg Birch på avstånd.

– Jag hörde på nyheterna, sa han. Om Martinsson och hans dotter. Otäcka saker.

– Vad är det som inte är otäckt? svarade Wallander.

– Hur går det med flickan?

– Vi får hoppas att hon glömmer. Men Martinsson har sagt att han tänker sluta som polis. Och det måste jag försöka förhindra.

– Om han verkligen menar det innerst inne kan ingen hindra honom.

– Jag tror inte han gör det, sa Wallander. Åtminstone tänker jag vara helt säker på att han är medveten om vad han gör.

– Jag fick en sten i huvudet en gång, sa Birch. Jag blev så förbannad att jag sprang ikapp han som hade kastat den. Det visade sig att jag hade satt dit hans bror en gång. Han ansåg att han var i sin fulla rätt att kasta sten i huvudet på mig.

– En polis är alltid polis, sa Wallander. Åtminstone om man ska tro dom som kastar stenarna.

Birch släppte ämnet.

– Vad tänker du tala om?

– Eugen Blomberg. Hur dom träffades. Hon ska få en känsla av att jag ställer samma frågor till henne som till ett stort antal andra människor. Rutinfrågor, närmast.

– Vad hoppas du uppnå?

– Jag vet inte. Men jag tror ändå det är nödvändigt. Nåt kan dyka upp i mellanrummen.

De gick in i huset. Wallander fick plötsligt en föraning om att allt inte var som det skulle. Han stannade i trappan. Birch såg på honom.

– Vad är det?

– Jag vet inte. Förmodligen ingenting.

De fortsatte upp till andra våningen. Birch ringde på dörren. De väntade. Han ringde igen. Signalen ekade inne i lägenheten. De såg på varandra. Wallander böjde sig ner och öppnade brevinkastet. Allt var mycket tyst.

Birch ringde igen. Långa, upprepade signaler. Ingen kom och öppnade.

– Hon måste vara hemma, sa han. Ingen har rapporterat att hon gått ut.

– Då har hon försvunnit genom skorstenen, sa Wallander. Här är hon inte.

De sprang nerför trapporna. Birch ryckte upp dörren till polisbilen. Mannen vid ratten satt och läste en tidning.

– Har hon gått ut? frågade Birch.

– Hon är inne.

– Det är just precis vad hon inte är.

– Finns det nån bakdörr? frågade Wallander.

Birch skickade frågan vidare till mannen bakom ratten.

– Inte vad vi har hört talas om.

– Det är inget svar, sa Birch irriterat. Antingen finns det en bakväg eller så finns det ingen.

De gick in i huset igen. Nerför en halvtrappa. Dörren till källar-planet var låst.

– Finns det nån portvakt? frågade Wallander.

– Det har vi inte tid med, sa Birch.

Han undersökte gångjärnen till dörren. De var rostiga.

– Vi kan ju försöka, mumlade han för sig själv.

Han tog sats och kastade sig mot dörren. Den slets loss från sina gångjärn.

– Du vet ju vad det innebär att bryta reglementet, sa han.

Wallander märkte att det inte fanns någon ironi i Birchs kommen-tar. De gick in. Korridoren mellan olika gallerförsedda lagerutrym-men ledde fram till en dörr. Birch öppnade. De kom in i nedre delen av en baktrappa.

– Hon har alltså tagit sig ut bakvägen, sa han. Och ingen har brytt sig om att ens undersöka om den existerar.

– Hon kan vara kvar i lägenheten, sa Wallander.

Birch förstod.

– Självmord?

– Jag vet inte. Men vi måste ta oss in. Och vi har knappast tid att vänta på en låssmed.

– Jag brukar kunna få upp lås, sa Birch. Jag måste bara hämta några verktyg.

Det tog honom mindre än fem minuter. När han kom tillbaka var han andfådd. Wallander hade under tiden återvänt till Katarina Taxells dörr och fortsatt att ringa. En äldre man hade öppnat dör-ren intill och frågade vad som pågick. Wallander blev irriterad. Han tog upp sin polislegitimation och höll den mycket nära mannens ansikte.

– Vi vore tacksamma om ni höll er dörr stängd, sa han. Nu. Och den ska vara stängd tills vi ger nåt annat besked.

Mannen försvann. Wallander hörde hur han satte på en säker-hetskedja.

Birch fick upp låset på mindre än fem minuter. De gick in. Lägen-heten var tom. Katarina Taxell hade tagit med sig sitt barn. Bakdör-ren ledde till en tvärgata. Birch skakade på huvudet.

– Nån ska få svara för det här, sa han.

– Det påminner om Bergling, sa Wallander. Var det inte så att han promenerade ut på baksidan medan all bevakning var koncentrerad på framsidan?

De gick igenom lägenheten. Wallander fick en känsla av att upp-brottet hade skett i stor brådska. Han stannade framför en barnvagn och en kombinerad ligg- och bärstol som fanns i köket.

– Hon måste ha blivit hämtad med bil, sa han. Det finns en bensinstation på andra sidan gatan. Nån kanske har sett en kvinna med barn lämna huset.

Birch försvann. Wallander gick igenom lägenheten ännu en gång. Han försökte föreställa sig vad som kunde ha hänt. Varför lämnar en kvinna med sitt nyfödda barn sin lägenhet? Bakvägen gav svaret att hon hade velat försvinna i hemlighet. Det betydde också att hon varit medveten om att huset stått under bevakning.

Hon eller någon annan, tänkte Wallander.

Någon kan också ha upptäckt bevakningen utifrån. Som sedan ringt henne och organiserat transporten.

Han satte sig på en stol i köket. Ännu en fråga var viktig för honom att besvara. Befann sig Katarina Taxell och hennes barn i fara? Eller hade flykten från lägenheten varit frivillig?

Någon skulle ha lagt märke till om hon gjort motstånd, tänkte han sedan. Alltså har hon gett sig av frivilligt. Till det finns egentligen bara ett skäl. Hon vill inte svara på polisens frågor.

Han reste sig och gick fram till fönstret. Han såg hur Birch stod och talade med en av de anställda på bensinstationen. Samtidigt ringde telefonen. Wallander hajade till. Han gick ut i vardagsrummet. Det ringde igen. Han lyfte på luren.

– Katarina? frågade en kvinnoröst.

– Hon är inte här, svarade han. Vem är det som frågar?

– Vem är ni? frågade kvinnan. Jag är Katarinas mor.

– Mitt namn är Kurt Wallander. Jag är polisman. Ingenting har hänt. Det är bara det att Katarina inte är här. Varken hon eller hennes barn.

– Det är omöjligt.

– Det kan tyckas så. Men hon är inte här. Ni vet möjligtvis inte vart hon kan ha tagit vägen?

– Hon skulle inte ha gett sig av utan att tala med mig.

Wallander bestämde sig hastigt.

– Det vore bra om ni kunde komma hit. Om jag förstår rätt så bor ni inte så långt härifrån.

– Det tar mig mindre än tio minuter, svarade hon. Vad är det som har hänt?

Han kunde höra att hon var rädd.

– Det finns säkert en rimlig förklaring, sa han. Vi kan prata om det när ni kommer hit.

Han hörde Birch i dörren samtidigt som han la på luren.

– Vi har tur, sa Birch. Jag talade med en som arbetar på macken. En vaken kille som hade haft ögonen med sig.

Han hade gjort några anteckningar på ett oljefläckat papper.

– Det stannade en röd Golf här i morse. Klockan kan ha varit mellan nio och tio. Förmodligen närmare tio än nio. En kvinna kom ut genom bakdörren till huset. Hon bar på ett barn. De satte sig i bilen som for iväg.

Wallander kände spänningen stiga.

– La han märke till den som körde?

– Chauffören steg aldrig ur.

– Han vet alltså inte om det var en kvinna eller en man?

– Jag frågade honom. Han gav ett svar som var intressant. Han sa att bilen körde iväg på ett sätt som tydde på att det satt en man bakom ratten.

Wallander blev förvånad.

– Vad byggde han det på?

– Att bilen rivstartade. Ryckte iväg. Kvinnor kör sällan på det sättet.

Wallander förstod.

– La han märke till nåt annat?

– Nej. Men det är möjligt att han kan minnas mer med lite hjälp. Han verkade som sagt ha ögonen med sig.

Wallander berättade att Katarina Taxells mor var på väg.

Sedan stod de tysta.

– Vad är det som har hänt? frågade Birch.

– Jag vet inte.

– Kan hon vara i fara?

– Jag har tänkt på det. Jag tror det inte. Men jag kan naturligtvis ta fel.

De gick in i vardagsrummet. En barnsocka låg övergiven på golvet.

Wallander såg sig runt i rummet. Birch följde hans ögon med sin egen blick.

– Nånstans här måste lösningen finnas, sa Wallander. I den här lägenheten existerar nåt som gör att vi hittar den kvinna vi söker. När vi har henne hittar vi också Katarina Taxell. Nåt finns här som kommer att ge oss besked om åt vilket håll vi ska vända oss. Det måste vi hitta om vi så ska bryta upp trossbottnarna.

Birch sa ingenting.

De hörde hur det knäppte till i låset. Hon hade alltså egen nyckel. Sedan steg Katarina Taxells mor in i vardagsrummet.

31

Resten av den dagen stannade Wallander i Lund. För varje timme som gick förstärktes han i sin uppfattning. Det var via Katarina Taxell som de hade de största möjligheterna att hitta lösningen till vem som hade mördat de tre männen. De letade efter en kvinna. Att hon på något sätt var djupt inblandad rådde det inget tvivel om. Men de visste inte om hon var ensam och inte heller vilka motiv som drev henne.

Samtalet med Katarina Taxells mamma ledde ingen vart. Hon började springa runt i lägenheten och hysteriskt leta efter sin försvunna dotter och sitt barnbarn. Hon blev till slut så förvirrad att de var tvungna att begära assistans och se till att hon kom under läkarvård. Men vid det laget var Wallander övertygad om att hon inte visste vart dottern hade tagit vägen. De av hennes få väninnor som modern kunde föreställa sig kunde ha hämtat henne blev omedelbart kontaktade. Alla verkade lika frågande. Wallander litade dock inte på vad han fick höra över telefonen. På hans begäran följde Birch tätt i spåren och åkte personligen hem till de personer som Wallander talat med. Katarina Taxell fortsatte att vara försvunnen. Wallander kände sig säker på att modern hade en god inblick i sin dotters umgänge. Dessutom var hennes oro äkta. Hade hon kunnat så hade hon talat om vart Katarina hade tagit vägen.

Wallander hade också gått nerför trapporna och över gatan till bensinstationen. Han hade låtit vittnet, som hette Jonas Hader och var 24 år gammal, ännu en gång berätta om sina iakttagelser. För Wallander hade det varit som att möta det perfekta vittnet. Jonas Hader tycktes ständigt betrakta sin omvärld som om hans iakttagelser när som helst kunde förvandlas till ett avgörande vittnesmål. Den röda Golfen hade stannat utanför huset samtidigt som en varubil med tidningar hade lämnat bensinstationen. De fick tag på chauffören som i sin tur var säker på att han lämnat bensinstationen prick halv tio. Jonas Hader hade lagt märke till många detaljer, bland annat att det funnits ett stort klistermärke på bakrutan i Golfen. Avståndet hade dock varit så stort att han inte kunnat se vilket motiv det hade haft eller vad som stått skrivet. Han vidhöll att bilen rivstartat, att den hade framförts på det han menade var ett manligt sätt. Det enda han inte hade sett var chauffören. Det hade regnat, vindrutetorkarna hade arbetat. Han skulle inte ha kunnat se något även om han ansträngt sig. Däremot var han övertygad om att Katarina Taxell hade varit klädd i en ljusgrön kappa, att hon hade haft en stor Adidasbag, och att barnet hon burit på varit inlindad i en blå filt. Det hela hade gått mycket fort. Hon hade kommit ut ur porten samtidigt som bilen stannade. Någon hade inifrån öppnat bakdörren. Hon hade lagt in barnet och sedan ställt in bagen i bakluckan. Sedan hade hon öppnat bakdörren på gatusidan och klivit in i bilen. Föraren hade sedan kört iväg med en rivstart innan hon helt hade hunnit stänga om sig. Jonas Hader hade inte uppfattat nummerskylten. Men Wallander hade en känsla av att han faktiskt hade försökt. Jonas Hader hade dock varit säker på att det var denna enda gång han hade sett den röda bilen stanna där vid bakporten.

Wallander hade återvänt till huset med en känsla av att han fått något bekräftat, fast han inte riktigt visste vad det var. Att det varit en brådstörtad flykt? Men hur länge hade den varit planerad? Och varför skedde den? Under tiden hade Birch samtalat med de polismän som turats om att övervaka huset. Wallander hade speciellt bett om att de skulle uttala sig om de sett någon kvinna i närheten av huset. Någon som kommit och gått, kanske visat sig mer än en gång. Men i motsats till Jonas Hader hade polismännen gjort mycket få iakttagelser. De hade varit koncentrerade på dörren, vem som gick in och ut, och det hade bara varit folk som bott i huset. Wallander hade envisats med att de skulle identifiera varenda person de hade lagt märke till. Eftersom det bodde 14 familjer i huset hade hela eftermiddagen varit fylld av poliser som sprang i trapporna och kontrollerade de boende. Det var också på det sättet Birch hittade någon som kanske hade gjort en iakttagelse av betydelse. Det var en man som bodde två våningar ovanför Katarina Taxell. Han var pensionerad musiker, och enligt Birch beskrev han sin tillvaro som att »stå i timtal vid fönstret, se ut i regnet och i sitt huvud höra den musik han aldrig mer skulle spela«. Han hade varit fagottist i Helsingborgs symfoniorkester och verkade – fortfarande enligt Birch – som en melankolisk och dyster person som levde i stor ensamhet. Just denna morgon tyckte han sig ha sett en kvinna på andra sidan torget. En kvinna som kommit gående, som plötsligt stannat, tagit några steg bakåt och sedan stått orörlig och betraktat huset, innan hon vänt sig om och försvunnit. När Birch kom med sina uppgifter hade Wallander genast tänkt att det kunde vara den kvinna de hade sökt. Någon hade kommit utifrån och upptäckt den bil som naturligtvis inte skulle ha stått parkerad precis utanför porten. Någon hade kommit för att besöka Katarina Taxell. På samma sätt som hon hade fått besök på sjukhuset.

Wallander hade denna dag utvecklat en stor och energisk envishet. Han bad Birch att återigen ta kontakt med Katarina Taxells väninnor och fråga om någon av dem varit på väg att besöka henne och hennes nyfödda barn denna morgon. Det samlade svaret var entydigt. Ingen hade varit på väg och sedan plötsligt ändrat sig. Birch hade försökt pressa ur den pensionerade fagottisten en beskrivning av kvinnan. Men det enda han med säkerhet kunde säga var att det varit en kvinna han sett. Klockan hade varit ungefär åtta. Uppgiften var dock svävande eftersom de tre klockor, inklusive hans armbandsur som fanns i lägenheten, alla visade olika tider.

Wallanders energi denna dag hade varit outsinlig. Han hade skickat ut Birch, som inte tycktes ta illa upp av att Wallander gav order som till en underordnad, på olika uppdrag, samtidigt som han metodiskt hade börjat gå igenom Katarina Taxells lägenhet. Det första han hade bett Birch om var att några av Lunds kriminaltekniker skulle säkra fingeravtryck i lägenheten. De skulle sedan jämföras med dem som Nyberg hittat. Hela dagen hade han också suttit i telefonkontakt med Ystad. Vid fyra olika tillfällen hade han talat just med Nyberg. Ylva Brink hade luktat på namnskylten som fortfarande gav ifrån sig en ytterst svag rest av den tidigare parfymdoften. Hon hade varit mycket osäker. Det kunde ha varit samma hon känt den där natten på BB när hon blivit nerslagen. Men hon var inte säker. Det hela förblev mycket svävande och oklart.

Två gånger under denna dag talade han också med Martinsson. Båda gångerna i hemmet. Terese var naturligtvis fortfarande skrämd och nerstämd. Martinsson var lika besluten att säga upp sig, att sluta som polis. Wallander lyckades dock få honom att lova att vänta åtminstone till följande dag innan han skrev sin avskedsansökan. Trots att Martinsson denna dag inte kunde tänka på annat än sin dotter berättade Wallander ingående om vad som hade hänt. Han var säker på att Martinsson lyssnade, även om hans kommentarer var få och frånvarande. Men Wallander visste att han måste hålla Martinsson kvar i utredningen. Han ville inte riskera att Martinsson fattade ett beslut som han sedan skulle ångra. Han talade också vid flera tillfällen med Lisa Holgersson. Hansson och Ann-Britt Höglund hade agerat mycket bestämt på skolan där Terese blivit nerslagen. På rektorsexpeditionen hade de talat med de tre pojkar som varit inblandade, en efter en. De hade haft kontakt med föräldrarna och med lärarna. Enligt Ann-Britt Höglund, som Wallander också hann tala med denna dag, hade Hansson varit utmärkt när alla skolans elever blivit samlade och informerade om vad som hade hänt. Eleverna hade varit upprörda, de tre pojkarna tydligen mycket isolerade, och hon trodde knappast det skulle hända igen.

Eskil Bengtsson och de andra männen hade släppts. Men Per Åkeson skulle alltså åtala. Möjligen kunde händelsen med Martinssons dotter innebära att en del människor började tänka om. Det var i alla fall vad Ann-Britt Höglund hoppades på. Men Wallander var tveksam. Han trodde att de skulle bli tvingade att ägna mycket kraft i framtiden åt att bekämpa olika privata skyddsgarden.

Den viktigaste nyheten denna dag kom dock via Hamrén som tagit över en del av Hanssons arbetsuppgifter. Strax efter tre på eftermiddagen hade han lyckats lokalisera Göte Tandvall. Genast ringde han till Wallander.

– Han har en antikbod i Simrishamn, sa Hamrén. Om jag har förstått saken rätt reser han också runt och köper upp antikviteter som han exporterar till bland annat Norge.

– Är det lagligt?

– Jag tror inte det är direkt olagligt, svarade Hamrén. Det handlar nog bara om att priserna är högre där. Sen beror det naturligtvis på vad det är för sorts antikviteter.

– Jag vill att du besöker honom, sa Wallander. Vi har ingen tid att förlora. Dessutom är vi nog splittrade som vi är. Åk till Simrishamn. Det viktigaste vi behöver få bekräftat är om det verkligen existerade en relation mellan Holger Eriksson och Krista Haberman. Men det betyder naturligtvis inte att Göte Tandvall inte kan ha andra upplysningar som intresserar oss.

Tre timmar senare ringde Hamrén igen. Han satt då i sin bil strax utanför Simrishamn. Han hade träffat Göte Tandvall. Wallander väntade med spänning.

– Göte Tandvall var en ytterst bestämd person, sa Hamrén. Han tycktes ha ett mycket sammansatt minne. Vissa saker kunde han inte alls erinra sig. I andra fall var han väldigt klar.

– Krista Haberman?

– Han mindes henne. Jag fick en känsla av att hon måste ha varit mycket vacker. Och han var säker på att Holger Eriksson hade träffat henne. Åtminstone vid ett par olika tillfällen. Bland annat tyckte han sig komma ihåg en tidig morgon ute på udden vid Falsterbo där dom stod och såg på återvändande gäss. Eller kanske det hade varit tranor. Där var han osäker.

– Är han också fågelskådare?

– Han släpades motvilligt med av sin far.

– Ändå vet vi det viktigaste, sa Wallander.

– Det ser faktiskt ut att hänga ihop. Krista Haberman, Holger Eriksson.

Wallander märkte att ett plötsligt obehag hade kommit över honom. Han insåg med förfärande klarhet vad han nu hade börjat tro.

– Jag vill att du åker tillbaka till Ystad, sa han. Och att du sätter dig och går igenom alla dom uppgifter i utredningen som handlar om själva hennes försvinnande. När och var såg nån henne sista gången? Jag vill att du gör en sammanfattning av den delen av utredningen. Sista gången hon blev iakttagen.

– Det verkar som om du tänker nånting, sa Hamrén.

– Hon försvann, sa Wallander. Man hittade henne aldrig. Vad tyder det på?

– Att hon är död.

– Mer än så. Glöm inte att vi rör oss i utkanterna av en brottsutredning där både män och kvinnor har blivit utsatta för det grövsta våld man kan föreställa sig.

– Du menar alltså att hon blivit mördad?

– Hansson har gett mig en översikt av utredningen kring hennes försvinnande. Mordbilden har funnits med hela tiden. Men eftersom ingenting har kunnat bevisas har den inte fått lov att dominera över andra tänkbara förklaringar till hennes försvinnande. Det är ett riktigt polistänkande. Inga förhastade slutsatser, alla dörrar öppna tills nån går att stänga. Kanske vi nu har närmat oss den här dörren.

– Skulle Holger Eriksson ha dödat henne?

Wallander kunde höra på Hamrén att han tänkte tanken för första gången.

– Jag vet inte, sa Wallander. Men från och med nu ska vi inte bortse från den möjligheten.

Hamrén lovade att göra sammanställningen. Han skulle höra av sig när han var klar.

Efter samtalet lämnade Wallander Katarina Taxells lägenhet. Han var tvungen att äta någonting. Han hittade en pizzeria i närheten av hennes hus. Han åt alldeles för fort och fick ont i magen. Efteråt kunde han inte ens minnas hur maten hade smakat.

Han hade bråttom. Känslan av att något snart skulle hända oroade honom. Eftersom ingenting tydde på att mordkedjan hade brustit arbetade de emot tiden. De visste inte heller hur lång tid de hade på sig. Han påminde sig att Martinsson hade lovat att ställa samman en tidtabell över allt som hittills hade hänt. Det skulle han ha gjort denna dag om inte Terese hade blivit överfallen. På vägen tillbaka till Katarina Taxells lägenhet bestämde han sig för att det inte kunde vänta. Han stannade i en busskur och ringde till Ystad. Han hade tur. Ann-Britt Höglund var inne. Hon hade redan hunnit tala med Hamrén och kände till den positiva bekräftelsen av att Krista Haberman och Holger Eriksson hade träffats. Wallander bad henne göra den tidtabell över händelserna som Martinsson utlovat.

– Jag vet inte alls om det är viktigt, sa han. Men vi vet för lite om hur den här kvinnan rör sig. Kanske bilden av ett geografiskt centrum kan klarna om vi ställer upp ett tidsschema?

– Nu säger du »hon«, sa Ann-Britt Höglund.

– Ja, svarade Wallander. Jag gör det. Men vi vet inte om hon är ensam. Vi vet inte heller vilken roll hon spelar.

– Vad tror du har hänt med Katarina Taxell?

– Hon har gett sig av. Det har gått mycket fort. Nån har upptäckt att huset varit bevakat. Hon har gett sig av eftersom hon har nånting att dölja.

– Kan det verkligen vara möjligt att hon dödat Eugen Blomberg?

– Katarina Taxell är ett led långt inne i kedjan. Om det nu finns några länkar vi kan få att hänga ihop. Hon representerar varken en början eller ett slut. Jag har svårt att föreställa mig att hon har dödat nån. Hon ingår förmodligen i gruppen av kvinnor som varit utsatta för misshandel.

Ann-Britt Höglund lät uppriktigt förvånad.

– Har hon också blivit misshandlad? Det visste jag inte.

– Hon kanske inte har blivit slagen eller knivskuren, sa Wallander. Men jag har en misstanke om att hon kan ha varit utsatt på nåt annat sätt.

– Mentalt?

– Ungefär så.

– Av Blomberg?

– Ja.

– Ändå föder hon hans barn? Om det du tror är riktigt om faderskapet.

– När man såg hur hon höll i sitt barn verkade hon inte särskilt glad över det. Men visst finns det många luckor, erkände Wallander. Polisarbete är alltid en fråga om att pussla ihop provisoriska lösningar. Vi måste få tystnaden att tala och orden att berätta om saker som har dolda betydelser. Vi måste försöka se rakt igenom händelser, ställa dom på huvudet för att få dom på fötterna.

– Det här var det ingen på Polishögskolan som sa. Var det inte så att du hade fått en inbjudan att hålla föreläsningar?

– Aldrig, sa Wallander. Jag kan inte prata inför folk.

– Det är just precis vad du kan, svarade hon. Men det vägrar du att erkänna. Jag tror dessutom egentligen du har lust att göra det.

– Det är i alla fall inte aktuellt just nu, avslutade Wallander.

Efteråt tänkte han på det hon hade sagt. Var det riktigt att han egentligen hade lust att tala inför de blivande poliser som just fick sin utbildning? Tidigare hade han alltid varit övertygad om att hans motstånd varit äkta. Nu började han plötsligt att tvivla på om det var riktigt.

Han lämnade busskuren och skyndade vidare genom regnet. Det hade nu också börjat blåsa. Metodiskt fortsatte han sedan att gå igenom Katarina Taxells lägenhet. I en kartong djupt inne i en garderob hittade han ett stort antal dagböcker som gick långt tillbaka i tiden. Den första hade hon börjat skriva när hon var tolv år. Wallander noterade förvånat att den hade en vacker orkidé på pärmen. Med obruten energi hade hon fortsatt att föra dessa dagböcker genom tonårstiden och in i vuxen ålder. Den sista dagboken han hittade i garderoben var från 1993. Men det fanns inget antecknat efter september. Han letade vidare utan att hitta någon fortsättning. Ändå var han säker på att den fanns. Han tog hjälp av Birch som nu var färdig med att jaga runt i huset efter vittnen.

Birch hittade nycklarna till Katarina Taxells källarförråd. Det tog honom en timme att gå igenom det. Inte heller där fann de några dagböcker. Wallander var nu övertygad om att hon hade tagit dem med sig. De hade legat i den Adidasbag som Jonas Hader hade sett henne ställa in i den röda Golfens baklucka.

Till slut hade han bara hennes skrivbord kvar. Han hade tidigare hastigt gått igenom lådorna. Nu skulle han göra det grundligt. Han satte sig i den gamla stolen som hade utskurna drakhuvuden på armstöden. Skrivbordet var en chiffonjé där bordsplattan samtidigt kunde fungera som uppfällbar skåpdörr. På chiffonjéns överhylla stod fotografier i ramar. Katarina Taxell som liten. Hon sitter på en gräsmatta. Vita trädgårdsmöbler i bakgrunden. Oskarpa gestalter. Någon bär en vit hatt. Katarina Taxell sitter bredvid en stor hund. Hon ser rakt in i kameran. Ett stort hårband med rosett. Solen faller in snett från vänster. Vid sidan av en annan bild: Katarina Taxell med sin mor och far. Ingenjören vid Sockerraffinaderiet. Han har mustasch och ger intryck av stor självmedvetenhet. Till utseendet är Katarina Taxell mer lik sin far än sin mor. Wallander tog ner fotografiet och såg på baksidan. Inget årtal. Bilden tagen i en fotoateljé i Lund. Nästa bild. Studentfotografi. Vit mössa, blommor runt halsen. Hon har magrat, blivit blekare. Hunden och stämningen från gräsmattan är avlägsen. Katarina Taxell lever i en annan värld. Den sista bilden, längst ut på kanten. Ett gammalt fotografi, konturerna har bleknat. Ett kargt landskap vid havet. Ett gammalt par stirrar stelt in i kameran. Långt i bakgrunden ett tremastat skepp, uppankrat, utan segel. Wallander tänkte att bilden kunde vara från Öland. Tagen någon gång i slutet av förra seklet. Katarina Taxells far- eller morföräldrar. Inte heller här stod något skrivet på baksidan. Han ställde tillbaka fotografiet. Ingen man, tänkte han. Blomberg finns inte. Det kan förklaras. Men heller ingen annan man. Den fader som måste finnas. Innebar det någonting? Allting betydde någonting. Frågan var bara vad. Han drog ut en efter en av de små lådorna som utgjorde chiffonjéns överdel. Brev, dokument. Räkningar. I en låda gamla skolbetyg. Hon hade haft högsta betyg i geografi. Däremot hade hon varit svag i fysik och matematik. Nästa låda. Fotografier från en passautomat. Tre flickansikten, hoptryckta, grimaserande. En annan bild. Strøget i Köpenhamn. De sitter på en bänk. Skrattar. Katarina Taxell längst till höger, ytterst på bänken. Också hon skrattar. Ännu en låda med brev. Några från så långt tillbaka i tiden som 1972. Ett frimärke föreställer regalskeppet Wasa. Om chiffonjén döljer Katarina Taxells innersta hemligheter så har hon knappast några, tänkte Wallander. Ett opersonligt liv. Inga passioner, inga sommaräventyr på grekiska öar. Däremot ett högt betyg i geografi. Han fortsatte att gå igenom lådorna. Ingenting fångade hans uppmärksamhet. Sedan övergick han till de tre stora lådorna undertill. Fortfarande inga dagböcker. Inte ens några almanackor. Wallander kände olust över att sitta och gräva sig igenom lager på lager av opersonliga minnesbilder. Katarina Taxells liv lämnade inga spår. Han såg henne inte. Hade hon överhuvudtaget sett sig själv?

Han sköt stolen bakåt. Stängde den sista lådan. Ingenting. Han visste inte mer nu än tidigare. Han rynkade pannan. Det var någonting som inte stämde. Om hennes beslut att ge sig av hade gått fort, vilket han var övertygad om, hade hon inte haft mycket tid att ta med sig allt som eventuellt var sådant hon inte ville avslöja. Dagböckerna hade hon säkert åtkomliga. Dem skulle hon kunna rädda om det började brinna. Men det finns nästan alltid också en osorterad sida av en människas liv. Här fanns ingenting. Han reste sig och drog försiktigt ut chiffonjén från väggen. Ingenting var fastsatt på baksidan. Han satte sig fundersamt i stolen igen. Det var någonting som han hade sett. Något som först nu gick upp för honom. Han satt orörlig och försökte locka fram minnesbilden. Inte fotografierna. Inte heller breven. Vad var det då? Skolbetygen? Hyreskontraktet? Räkningarna från kreditkortet? Ingenting av det. Vad återstod då?

Då finns bara möbeln kvar, tänkte han. Chiffonjén. Sedan kom han på vad det var. Någonting med de små lådorna. Han drog ut en av dem igen. Sedan nästa. Jämförde. Sedan tog han ut dem och kikade in i byrån. Heller ingenting. Han satte tillbaka lådorna igen. Drog ut den översta på chiffonjéns vänstra sida. Sedan den andra. Då upptäckte han det. Lådorna var olika djupa. Han drog ut den som var mindre och vände på den. Där fanns också en ingång. Lådan var dubbel. Den hade ett lönnfack på baksidan. Han öppnade lådan. Ett enda föremål fanns där. Han tog upp det och la det framför sig på bordet.

En tidtabell för SJ. För våren 1991. Tågen mellan Malmö och Stockholm.

Han tog ut de andra lådorna, en efter en. Han hittade ytterligare ett lönnfack. Det var tomt.

Han lutade sig bakåt i stolen och betraktade tidtabellen. Han kunde inte förstå varför den skulle ha någon betydelse. Men ännu svårare var att förstå varför den då hade blivit lagd i ett lönnfack. Han var övertygad om att den inte kunde ha hamnat där av misstag.

Birch kom in i rummet.

– Se på det här, sa Wallander.

Birch ställde sig bakom hans rygg. Wallander pekade på tidtabellen.

– Den här låg gömd i Kristina Taxells mest hemliga rum.

– En tidtabell?

Wallander skakade på huvudet.

– Jag förstår det inte, sa han.

Han bläddrade igenom den, sida för sida. Birch hade dragit fram en stol och satt sig bredvid honom. Wallander vände blad. Ingenting stod skrivet, ingen sida var tummad och föll upp av sig själv. Det var först när han vände upp den näst sista sidan som han stannade till. Birch hade också upptäckt det. En avgångstid från Nässjö var understruken. Nässjö mot Malmö. Avgång 16.00. Ankomst till Lund 18.42. Malmö 18.57.

Nässjö 16.00. Någon hade dragit streck under samtliga klockslag. Wallander såg på Birch.

– Säger det här dig nånting?

– Ingenting.

Wallander la ner tidtabellen.

– Kan Katarina Taxell ha nåt med Nässjö att göra? frågade han.

– Inte vad jag vet, sa Wallander. Men det är naturligtvis möjligt. Vår största svårighet just nu är att allting tyvärr verkar vara både tänkbart och möjligt. Vi kan inte urskilja några detaljer eller sammanhang som genast kan avskrivas som mindre viktiga.

Wallander hade fått några plastpåsar av den kriminaltekniker som tidigare under dagen gått igenom lägenheten på jakt efter fingeravtryck som inte tillhörde Katarina Taxell eller hennes mor. Han stoppade ner tidtabellen.

– Jag tar med den, sa han. Om du inte har nåt emot det.

Birch ryckte på axlarna.

– Du kan inte ens använda den för att veta när tågen går, sa han. Den gick ut för nästan tre och ett halvt år sen.

– Jag åker så sällan tåg, sa Wallander.

– Det kan vara vilsamt, sa Birch. Jag föredrar tåg framför flyg. Man får en stund för sig själv.

Wallander tänkte på sin senaste tågresa. När han hade varit i Älmhult. Birch hade rätt. Under resan hade han faktiskt sovit en stund.

– Vi kommer inte längre just nu, sa han. Jag tror det är dags för mig att återvända till Ystad.

– Vi ska inte efterlysa Katarina Taxell och hennes unge?

– Inte än.

De lämnade lägenheten. Birch låste. Ute hade regnet nästan upphört. Vinden kom i byar och var kall. Klockan var redan kvart i nio. De skildes vid Wallanders bil.

– Hur ska vi göra med bevakningen av huset? frågade Birch.

Wallander tänkte efter.

– Låt den tills vidare vara kvar, sa han. Glöm bara inte baksidan den här gången.

– Vad tror du kan hända?

– Jag vet inte. Men människor som försvinner kan ju välja att komma tillbaka.

Han körde ut ur staden. Hösten tryckte mot bilen. Han satte på värmen. Ändå kände han sig frusen.

Hur kommer vi nu vidare? frågade han sig. Katarina Taxell är för-

379

svunnen. Efter en lång dag i Lund återvänder jag till Ystad med en gammal tidtabell för SJ i en plastpåse.

Trots allt hade de denna dag kommit ett viktigt steg vidare. Holger Eriksson hade känt Krista Haberman. De hade slagit fast att det fanns ett korsvis samband mellan de tre män som blivit mördade. Han tryckte ofrivilligt på gasen. Han ville så snart som möjligt veta hur det gick för Hamrén. När han kommit fram till avtagsvägen mot Sturups flygplats svängde han av på busshållplatsen och ringde till Ystad. Han fick tag på Svedberg. Det första han frågade om var Terese.

– Hon får mycket stöd från skolan, sa Svedberg. Inte minst från dom andra eleverna. Men det tar naturligtvis sin tid.

– Och Martinsson?

– Han är nerstämd. Han talar om att sluta som polis.

– Jag vet. Men jag tror inte det behöver bli så.

– Det är förmodligen bara du som kan övertala honom.

– Det ska jag också göra.

Sedan frågade han om det hade hänt något viktigt. Svedberg var dåligt informerad. Han hade själv just kommit till polishuset efter att ha suttit i ett möte med Per Åkeson för att få hjälp med att få fram utredningsmaterialet kring Gösta Runfeldts döda hustru i Älmhult.

Wallander bad honom att samla spaningsgruppen till ett möte klockan tio.

– Har du sett till Hamrén? frågade han till sist.

– Han sitter tillsammans med Hansson och går igenom materialet kring Krista Haberman. Det var visst nåt som du hade sagt var bråttom.

–Tio, upprepade Wallander. Om dom kan vara klara till dess vore jag tacksam.

– Ska dom ha hittat Krista Haberman till dess? frågade Svedberg.

– Inte riktigt. Men inte så långt ifrån.

Wallander la ifrån sig telefonen på sätet intill. Han blev sittande i mörkret. Han tänkte på lönnfacket. Katarina Taxells hemliga låda som innehöll en gammal tidtabell.

Han förstod det inte. Inte alls.

Klockan tio på kvällen var de samlade. Den ende som fattades var Martinsson. De började med att tala om det som hade hänt på morgonen. Alla kände till att Martinsson bestämt sig för att omedelbart sluta som polis.

– Jag ska tala med honom, sa Wallander. Jag vill ta reda på om han verkligen står fast vid beslutet. Om han gör det ska naturligtvis ingen hindra honom.

Mer blev inte sagt. Wallander gav ett kort referat av det som hade hänt i Lund. De provade olika alternativa förklaringar till varför Katarina Taxell hade gett sig av och vilket som kunde vara hennes motiv. De frågade sig också om det kunde vara möjligt att spåra den röda bilen. Hur många röda Golf fanns det egentligen i Sverige?

– En kvinna med ett nyfött barn kan inte försvinna spårlöst, sa Wallander till slut. Jag tror vi just nu gör bäst i att tvinga oss till tålamod. Vi måste arbeta vidare med det vi har runt oss.

Han såg på Hansson och Hamrén.

– Krista Habermans försvinnande, sa han. En händelse för 27 år sen.

Hansson nickade åt Hamrén.

– Du ville veta detaljer kring själva hennes försvinnande, sa han. Sista gången nån ser henne är i Svenstavik, tisdagen den 22 oktober 1967. Hon tar en promenad genom samhället. Eftersom du har varit där kan du se det hela framför dig. Även om centrum av samhället har byggts om sen dess. Det var inget ovanligt att hon var ute och gick. Den siste som ser henne är en skogsarbetare som kommer cyklande från stationen. Klockan är då kvart i fem på eftermiddagen. Det är redan mörkt. Men hon går där vägen är upplyst. Han är säker på att det är hon. Efter det är det ingen som har sett henne igen. Det finns dock flera vittnesmål som har talat om att en främmande bil passerade genom samhället den kvällen. Det är allt.

Wallander satt tyst.

– Finns det nån som har uttalat sig om bilmärket? frågade han sedan.

Hamrén letade i pappren. Sedan skakade han på huvudet och lämnade rummet. När han kom tillbaka hade han ytterligare en bunt papper i handen. Ingen sa någonting. Till slut hittade han vad han sökte.

– Ett av vittnena, en hemmansägare vid namn Johansson, påstår att det var en Chevrolet. En mörkblå Chevrolet. Han var säker på sin sak. Det hade tidigare funnits en taxi i Svenstavik som varit av samma typ. Fast den hade varit ljusblå.

Wallander nickade.

– Svenstavik och Lödinge ligger långt ifrån varandra, sa han sakta. Men om jag inte minns alldeles fel sålde Holger Eriksson Chevrolet på den tiden.

Det blev tyst i mötesrummet.

– Jag undrar om det kan ha varit så att Holger Eriksson hade gjort den långa resan till Svenstavik, fortsatte han. Och att Krista Haberman följde med honom tillbaka.

Wallander vände sig mot Svedberg.

– Ägde Eriksson sin gård redan då?

Svedberg nickade bekräftande.

Wallander såg sig runt i rummet.

– Holger Eriksson spetsades i en pålgrav, sa han. Om det stämmer som vi tror, att mördaren tar livet av sina offer på sätt som speglar tidigare begångna ogärningar, tror jag vi kan ana oss fram till en mycket obehaglig slutsats.

Han önskade att han hade fel. Men han trodde det inte längre.

– Jag tror vi ska börja leta på Holger Erikssons marker, sa han. Jag undrar om inte Krista Haberman ligger begravd där nånstans.

Klockan hade blivit tio minuter i elva. Onsdagen den 19 oktober.

32.

De åkte ut till gården i den tidiga gryningen.

Wallander hade tagit med sig Nyberg, Hamrén och Hansson. Var och en körde för sig, Wallander i sin egen bil som nu var tillbaka från Älmhult, och de stannade vid infarten till det tomma huset, som låg som ett ensamt och avriggat skepp där ute i dimman.

Just denna morgon, torsdagen den 20 oktober, hade den varit mycket tät. Den hade kommit in från havet på efternatten och nu låg den orörlig över det skånska landskapet. De hade bestämt att mötas klockan halv sju. Men de var alla försenade eftersom sikten i det närmaste varit obefintlig. Wallander var den siste som kom. När han steg ur bilen tänkte han att det var som ett jaktlag som samlades. Det enda som saknades var deras vapen. Han tänkte med obehag på det uppdrag som väntade. Någonstans på Holger Erikssons ägor anade han att en mördad kvinna blivit nergrävd. Vad de än hittade, om de nu hittade någonting överhuvudtaget, skulle det vara skelettdelar. Ingenting annat. 27 år var en lång tid.

Han kunde också mycket väl ta alldeles fel. Hans tanke om vad som hade hänt Krista Haberman var kanske inte djärv. Den var inte heller orimlig. Men steget till att han verkligen hade rätt var fortfarande mycket långt.

De hälsade huttrande på varandra. Hansson hade med sig en lantmätarkarta över gården och den tillhörande marken. Wallander undrade hastigt för sig själv vad Kulturen i Lund skulle säga om de verkligen hittade resterna av ett gammalt nergrävt lik. Han tänkte dystert att det förmodligen skulle öka antalet besökare på gården. Det fanns knappast några turistattraktioner som kunde mäta sig med brottsplatser.

De la ut kartan på motorhuven till Nybergs bil och samlades runt den.

– 1967 hade marken ett annat utseende, sa Hansson och pekade. Det var först mot mitten av 1970-talet som Holger Eriksson köpte till all mark som ligger söderut.

Wallander såg att det reducerade det markområde som kunde vara aktuellt med en tredjedel. Det som återstod var dock fortfarande mycket stort. Han insåg att de aldrig skulle kunna gräva sig igenom hela detta område. De var tvungna att försöka hitta rätt med andra metoder.

– Dimman försvårar för oss, sa han. Jag hade tänkt att vi skulle försöka få en överblick över terrängen. Det föresvävar mig att det ska vara möjligt att utesluta vissa delar. Jag utgår ifrån att man väljer den plats noga där man gräver ner nån man har dödat.

– Man väljer nog den plats där man tror att nån minst av allt kommer att leta, sa Nyberg. Det finns en undersökning om det där. Från USA förstås. Men det låter ju troligt.

– Området är stort, sa Hamrén.

– Det är därför vi genast måste göra det mindre, svarade Wallander. Det är som Nyberg säger. Jag tvivlar på att Holger Eriksson, om han nu mördade Krista Haberman, grävde ner henne var som helst. Jag föreställer mig till exempel att man inte gärna vill ha ett lik liggande under jorden precis framför ytterdörren. Om man nu inte är alldeles galen. Vilket ingenting tyder på att Holger Eriksson var.

– Dessutom är det kullersten där, sa Hansson. Gårdsplanen kan vi nog utesluta.

De gick in på gården. Wallander övervägde om de skulle återvända till Ystad och komma tillbaka när dimman var borta. Eftersom det var vindstilla skulle den kunna ligga kvar hela dagen. Han bestämde sig för att de trots allt kunde ägna någon timme åt att försöka skaffa sig en överblick.

De gick till den stora trädgården som låg på baksidan av huset. Den blöta marken var full av nerfallna och ruttna äpplen. En skata flaxade upp från ett träd. De stannade och såg sig runt. Inte heller här, tänkte Wallander. En man som begår ett mord inne i en stad och som bara har sin trädgård kanske gräver ner ett lik där bland fruktträd och bärbuskar. Men inte en man som bor på landet.

Han sa vad han tänkte. Ingen hade något att invända.

De började gå ut på markerna. Dimman var fortfarande mycket tät. Harar skymtade mot allt det vita och var sedan borta igen. De gick först mot ägornas norra gräns.

– En hund skulle förstås ingenting hitta? frågade Hamrén.

– Inte efter 27 år, svarade Nyberg.

Leran klumpade sig under deras stövlar. De försökte balansera sig fram på den smala oplöjda gräsremsa som utgjorde gränsen för Holger Erikssons ägor. En rostig harv stod nerborrad i jorden. Wallander kände sig inte bara illa berörd av uppdraget. Dimman och den gråa, fuktiga jorden gjorde honom också betryckt. Han tyckte om det landskap där han var född och där han levde. Men höstarna kunde han vara utan. Åtminstone dagar som den här.

De kom fram till en damm som låg i en sänka. Hansson pekade ut på kartan var de befann sig. De betraktade dammen. Den var ungefär hundra meter i omkrets.

– Den här är vattenfylld året runt, sa Nyberg. I mitten är den säkert mellan två och tre meter djup.

– Det är naturligtvis en möjlighet, sa Wallander. Att man sänker en kropp med tyngder.

– Eller en säck, sa Hansson. Som det som hände Eugen Blomberg.

Wallander nickade. Där var spegelbilden igen. Ändå var han osäker. Det sa han också.

– En kropp kan flyta upp. Väljer Holger Eriksson att sänka ett lik i en damm när han har tusentals kvadratmeter jord att gräva en grav i? Jag har svårt att tro det.

– Vem brukade egentligen all den här jorden? frågade Hansson. Knappast han själv. Han hade den inte utarrenderad. Men jord måste brukas. Annars växer den igen. Och den här jorden är välskött.

Hansson hade växt upp på en gård utanför Ystad och visste vad han talade om.

– Det är en viktig fråga, sa Wallander. Det måste vi få svar på.

– Det kan också ge oss svar på en annan fråga, sa Hamrén. Om det har skett nån förändring av jorden. En kulle som plötsligt uppstått. Gräver man på ett ställe skjuter det i höjden på ett annat. Jag tänker inte på en grav. Men till exempel en utdikning. Eller nåt annat.

– Vi talar om händelser som inträffade för snart 30 år sen, sa Nyberg. Vem minns så långt tillbaka i tiden?

– Det händer, sa Wallander. Men vi måste naturligtvis ta reda på det. Vem har alltså brukat Holger Erikssons jord?

– 30 år är en lång tid, sa Hansson. Det kan vara mer än en person.

– Då får vi tala med alla, svarade Wallander. Om vi får tag på dom. Om dom lever.

De gick vidare. Wallander påminde sig plötsligt att han hade sett några gamla flygfotografier av gården inne i boningshuset. Wallander bad Hansson ringa till Kulturen i Lund och be någon komma ut med nycklar.

– Det är knappast troligt att nån är där klockan kvart över sju på morgonen.

– Ring in till Ann-Britt Höglund, sa Wallander. Be henne ta kontakt med advokaten som hade hand om Erikssons testamente. Han kanske fortfarande har ett par nycklar.

– Advokater kanske är morgontidiga, sa Hansson tveksamt och slog numret.

– Jag vill se dom där flygfotografierna, sa Wallander. Så fort som möjligt.

De fortsatte att gå. Hansson talade med Ann-Britt Höglund. Marken sluttade nu neråt. Dimman var fortfarande lika tät. På avstånd hördes en traktor. Motorljudet dog bort. Det surrade i Hanssons telefon. Ann-Britt Höglund hade talat med advokaten. Han hade lämnat ifrån sig sina nycklar. Hon hade försökt få tag på någon inne i Lund som kunde hjälpa dem men ännu inte lyckats. Hon lovade att återkomma. Wallander tänkte på de två kvinnor som han hade mött en vecka tidigare. Med olust mindes han den högfärdiga adelsdamen.

Det tog dem nästan tjugo minuter att komma till nästa gränspunkt. Hansson pekade på kartan. De befann sig nu vid den sydvästliga ytterpunkten. Ägorna sträckte sig ytterligare fem hundra meter söderut. Men den delen hade Holger Eriksson köpt till 1976. De gick österut. Närmade sig nu diket och kullen med fågeltornet. Wallander kände att olusten ökade. Han tyckte han kunde märka samma tysta reaktion hos de andra.

Det blev till en bild av hans liv, tänkte han. Mitt liv som polis under senare delen av det svenska 1900-talet. En tidig morgon, gryningstimma. Höst, dimma, fuktig kyla. Fyra män som klafsar fram i lera. De närmar sig en obegriplig rovdjursfälla där en man blivit spetsad på exotiska bambupålar. Samtidigt letar de efter en tänkbar gravplats för en polsk kvinna som varit försvunnen i 27 år.

I den här leran kommer jag att gå omkring tills jag stupar. På andra ställen i dimman hukar människor över sina köksbord och planerar organisationen av olika skyddskårer. Den som kör fel i dimman riskerar att bli ihjälslagen.

Han märkte att han gick och förde ett samtal i huvudet med Rydberg. Ordlöst, men ändå mycket levande. Rydberg satt på sin balkong under den sista sjukdomstiden. Balkongen svävade framför honom som ett luftskepp i dimman. Men Rydberg svarade inte. Han lyssnade bara med sitt sneda leende. Hans ansikte var redan svårt märkt av sjukdomen.

Plötsligt var de framme. Wallander gick sist. Diket låg vid deras sida. Nu var de framme vid pålgraven. En avsliten remsa från polisens avspärrningsband hade fastnat under en av de nerfallna plankorna. En ostädad brottsplats, tänkte Wallander. Bambupålarna var borta. Han undrade var de förvarades. I källaren till polishuset? Hos SKL i Linköping? Fågeltornet stod till höger. Det var knappt synligt i dimman.

Wallander märkte att en tanke höll på att ta form i hans huvud. Han gick några steg åt sidan och höll på att halka omkull i leran. Nyberg stod och stirrade ner i diket. Hamrén och Hansson diskuterade lågmält en detalj på kartan.

Någon håller uppsikt över Holger Eriksson och hans gård, tänkte Wallander. Någon som vet vad som har hänt Krista Haberman. En kvinna, försvunnen i 27 år, dödförklarad. En kvinna som ligger begravd någonstans i en åker. Holger Erikssons tid mäts ut. En annan grav med spetsiga pålar förbereds. Ännu en grav i leran.

Han gick bort till Hamrén och Hansson. Nyberg hade försvunnit i dimman. Han sa vad han nyss hade tänkt. Han skulle sedan upprepa det för Nyberg.

– Om gärningsmannen är så väl informerad som vi tror, visste han också var Krista Haberman var nergrävd. Vi har vid flera tillfällen talat om att mördaren har ett språk. Han eller hon försöker berätta nåt för oss. Vi har bara delvis lyckats avslöja koden. Holger Eriksson blev dödad med något som kan beskrivas som demonstrativ brutalitet. Hans kropp skulle garanterat återfinnas. Möjligheten finns att platsen också är vald av ett annat skäl. En uppmaning till oss att leta vidare. Just här. Och gör vi det ska vi också hitta Krista Haberman.

Nyberg dök upp ur dimman. Wallander upprepade vad han hade sagt. Alla insåg att han kunde ha rätt. De tog sig över diket och gick upp till tornet. Skogspartiet nedanför var täckt av dimman.

– För mycket rötter, sa Nyberg. Den där skogsdungen tror jag inte på.

De återvände och fortsatte österut tills de kom tillbaka till utgångspunkten. Klockan hade blivit närmare åtta. Dimman var lika tät. Ann-Britt Höglund hade ringt och meddelat att nycklarna var på väg. Alla var frusna och blöta. Wallander ville inte hålla dem kvar i onödan. Hansson skulle ägna de närmaste timmarna åt att försöka ta reda på vem som hade brukat jorden.

– En oväntad förändring för 27 år sen, underströk Wallander. Det är vad vi vill veta. Men tala inte om att vi tror att det ligger ett lik nergrävt här. Då kommer det att bli invasion.

Hansson nickade. Han förstod.

– Vi får gå över det här igen när det inte är dimma, fortsatte han.

Men jag tror ändå att det är bra att vi redan nu har den här överblicken.

De for därifrån. Wallander dröjde sig kvar tills han var ensam. Han satte sig i bilen och slog på värmen. Den fungerade inte. Reparationen hade kostat obegripligt mycket pengar. Men den hade tydligen inte gällt värmesystemet. Han undrade när han skulle få tid och råd att byta till en annan bil. Skulle den han hade nu hinna gå sönder igen?

Han väntade. Tänkte på kvinnorna. Krista Haberman, Eva Runfeldt och Katarina Taxell. Samt den fjärde som inte hade något namn. Vad fanns det för gemensam beröringspunkt? Han fick en känsla av att den låg så nära att han borde kunna se den. Den fanns alldeles intill. Han såg den utan att se.

Han gick tillbaka i tankarna igen. Misshandlade, kanske mördade kvinnor. Ett stort tidsspann välver sig över det hela.

Han insåg där han satt i bilen att det fanns ytterligare en slutsats han kunde dra. De hade inte sett allt. De händelser de försökte förstå ingick i något som var större. Det var viktigt att de hittade sambandet mellan kvinnorna. Men de måste också utgå från möjligheten att sambandet var en tillfällighet. Någon valde. Men vad byggde valet på? Omständigheter? Tillfälligheter, kanske tillgängliga möjligheter? Holger Eriksson bodde ensam på en gård. Umgicks inte, spanade efter fåglar om nätterna. Han var en man som gick att komma åt. Gösta Runfeldt reste på orkidésafari. Han skulle vara borta två veckor. Det gav också en möjlighet. Även han levde ensam. Eugen Blomberg tog ensamma regelbundna kvällspromenader utan annat sällskap än sig själv.

Wallander skakade på huvudet åt sina tankar. Han lyckades inte tränga igenom. Tänkte han rätt eller fel? Han visste inte.

Det var kallt i bilen. Han gick ut för att röra sig. Nycklarna borde snart komma. Han fortsatte in på gårdsplanen. Mindes första gången han varit där. Kråkflocken nere vid diket. Han såg på sina händer. Han var inte brun längre. Minnet av solen över Villa Borghese var definitivt borta. Liksom hans far.

Han stirrade ut i dimman. Lät blicken vandra över gårdsplanen. Huset var verkligen mycket välskött. Där satt en gång en man som hette Holger Eriksson och skrev dikter om fåglar. Enkelbeckasinens ensamma flykt. Mellanspetten som försvann. En dag sätter han sig i en Chevrolet som är mörkblå och gör den långa resan till Jämtland. Drevs han av en passion? Eller något annat? Krista Haberman hade varit en vacker kvinna. I det digra utredningsmaterialet från Östersund fanns ett fotografi på henne. Följde hon med honom frivilligt? Det måste hon ha gjort. De reser mot Skåne. Sedan försvinner hon. Holger Eriksson lever ensam. Han gräver en grav. Hon är borta. Utredningen når aldrig fram till honom. Förrän nu. När Hansson hittar namnet Tandvall och ett tidigare ej upptäckt samband blir möjligt att urskilja.

Wallander märkte att han stod och såg på den tomma hundgården. Till en början var han inte medveten om vad han tänkte. Bilden av Krista Haberman gled bara långsamt undan. Han rynkade pannan. Varför fanns där ingen hund? Ingen hade ställt den frågan tidigare. Minst av allt han själv. När hade hunden försvunnit? Hade det överhuvudtaget någon betydelse? Det var frågor som han ville ha svar på.

En bil bromsade in utanför huset. Strax efter kom en pojke som knappast var mer än 20 år in på gården. Han gick fram mot Wallander.

– Är du polisen som ska ha nycklar?

– Det är jag.

Pojken betraktade honom tvivlande.

– Hur ska jag kunna veta det? Du kan vara precis vem som helst.

Wallander blev irriterad. Samtidigt insåg han att pojkens tveksamhet hade visst fog för sig. Han hade lera långt upp på byxbenen. Han tog fram sin legitimation. Pojken nickade och gav honom en nyckelknippa.

– Jag ska se till att dom kommer tillbaka till Lund, sa Wallander.

Pojken nickade. Han hade bråttom. Wallander hörde bilen rivstarta när han letade bland nycklarna vid ytterdörren. Han tänkte hastigt på vad Jonas Hader hade sagt om den röda Golfen utanför Katarina Taxells hus. Rivstartade inte kvinnor? tänkte han. Mona körde fortare än jag. Baiba trampar alltid hårt på gaspedalen. Men kanske ingen av dem rivstartar?

Han öppnade dörren och steg in. Tände ljuset i den stora tamburen. Det luktade instängt. Han satte sig på en pall och drog av sig de leriga stövlarna. När han kom in i det stora rummet upptäckte han till sin förvåning att dikten om mellanspetten fortfarande låg på skrivbordet. Kvällen den 21 september. I morgon skulle det ha gått en månad. Hade de egentligen kommit närmare en lösning? De hade två mord till att lösa. En kvinna hade försvunnit. En annan kvinna kanske låg nergrävd ute på Holger Erikssons åker.

Han stod orörlig i tystnaden. Dimman utanför fönstren var fortfarande mycket tät. Han kände sig illa till mods. Föremålen i rummet betraktade honom. Han gick fram till väggen där de två flygfotografierna hängde i sina ramar. Han letade i fickorna efter sina glasögon. Just den här morgonen hade han kommit ihåg att ta dem med sig. Han satte dem på sig och lutade sig framåt. Det ena fotografiet var i svartvitt, det andra i blekta färger. Den svartvita bilden var från 1949. Taget två år innan Holger Eriksson hade köpt gården. Färgbilden var från 1965. Wallander drog undan en gardin för att släppa in mera ljus. Plötsligt upptäckte han ett ensamt rådjur som gick och betade bland träden i trädgården. Han stod alldeles stilla. Rådjuret lyfte på huvudet och såg på honom. Sedan fortsatte det lugnt att beta. Wallander stod kvar. Han fick en känsla av att han aldrig skulle komma att glömma det här rådjuret. Hur länge han stod och såg på det visste han inte. Ett ljud som han själv inte uppfattade gjorde att djuret lystrade. Sedan hoppade det undan och försvann. Wallander fortsatte att se ut genom fönstret. Rådjuret var borta. Han återvände till de två fotografierna som var tagna av samma företag, »Flygfoto«, med 16 års mellanrum. Planet med kameran hade kommit in rakt söderifrån. Alla detaljer var mycket tydliga. 1965 har Holger Eriksson ännu inte byggt sitt torn. Men kullen finns där. Liksom diket. Wallander kisade med ögonen. Någon spång kunde han inte upptäcka. Han följde konturerna av åkrarna. Bilden var tagen tidigt på våren. Fälten var plöjda. Men ännu ingen växtlighet. Dammen var mycket tydlig på bilden. En träddunge stod intill en smal kärrväg som delade två av åkrarna. Han rynkade pannan. Han kunde inte påminna sig träden. Denna morgon kunde han inte ha sett dem på grund av dimman. Men han kunde inte heller påminna sig dem från sina tidigare besök. Träden verkade mycket höga. Han borde ha lagt märke till dem. Ensamma mitt ute bland åkrarna. Han övergick till att betrakta huset som var bildens centrum. Mellan 1949 och 1965 har huset fått sitt nya tak. Ett uthus som kanske tjänat som grishus har rivits. Uppfartsvägen är bredare. Men annars är allting mycket likt. Han tog av sig glasögonen och såg ut genom fönstret. Rådjuret var fortfarande borta. Han satte sig i en läderfåtölj. Tystnaden omgav honom. En Chevrolet far till Svenstavik. En kvinna följer med till Skåne. Sedan försvinner hon. 27 år senare dör den man som kanske en gång for till Svenstavik och hämtade henne.

Han satt kvar i tystnaden i en halvtimme. Ännu en gång gjorde han ett återtåg i sitt huvud. Han tänkte att de just nu letade efter inte mindre än tre olika kvinnor. Krista Haberman, Katarina Taxell och en som inte hade något namn. Men som körde omkring i en röd Golf. Som kanske ibland hade lösnaglar och rökte egenhändigt rullade cigaretter.

Han funderade på om det kunde vara så att de egentligen letade efter två kvinnor. Om två av dem kunde vara en och densamma. Om Krista Haberman trots allt fortfarande levde. I så fall skulle hon vara 65 år gammal. Den kvinna som hade slagit ner Ylva Brink hade varit betydligt yngre.

Det stämde inte. Det lika lite som det mesta annat.

Han såg på klockan. Kvart i nio. Han reste sig och lämnade huset. Dimman var fortfarande lika tät. Han tänkte på den tomma hundgården. Sedan låste han och for därifrån.

Klockan tio hade Wallander lyckats samla alla dem som ingick i spaningsgruppen till ett möte. Den ende som saknades var Martinsson. Han hade lovat att komma under eftermiddagen. Under morgontimmarna besökte han skolan där Terese var elev. Ann-Britt Höglund kunde berätta att han hade ringt henne sent kvällen innan. Hon trodde han då hade varit berusad, något som nästan aldrig hände. Wallander kände en vag avundsjuka. Varför ringde Martinsson till henne och inte till honom? Trots allt var det de som hade arbetat tillsammans under alla år.

– Han verkar fortfarande bestämd på att sluta, sa hon. Men jag fick en känsla av att han också önskade att jag skulle säga emot honom.

– Jag ska tala med honom, sa Wallander.

De stängde dörrarna till sammanträdesrummet. Per Åkeson och Lisa Holgersson var de sista som kom. Wallander fick en oklar känsla av att de just hade avslutat ett eget möte.

Lisa Holgersson grep ordet så fort det blivit stilla i rummet.

– Hela landet diskuterar medborgargarden, sa hon. Lödinge är från och med nu en ort som alla i det här landet känner till. Det har kommit en fråga om Kurt kan delta i ett debattprogram i teve i kväll. Från Göteborg.

– Aldrig, svarade Wallander förskräckt. Vad skulle jag göra där?

– Jag har redan tackat nej på dina vägnar, svarade hon och log. Men jag tänker så småningom begära nåt i gengäld.

Wallander insåg omedelbart att hon syftade på föreläsningarna på Polishögskolan.

– Debatten är inflammerad och våldsam, fortsatte hon. Vi kan bara hoppas att det kommer nåt gott ut av att den här känslan av tilltagande rättsosäkerhet verkligen blir diskuterad.

– I bästa fall kanske det också kan tvinga den högsta polisledningen i landet till en smula självkritik, sa Hansson. Polisen själv är knappast utan skuld till att vi har fått den utveckling vi har.

– Vad tänker du på? frågade Wallander. Eftersom Hansson sällan gav sig in i diskussioner om poliskåren var han nyfiken på vad han tänkte.

– Jag tänker på alla skandaler, sa Hansson. Där poliser varit aktivt inblandade. Det har kanske alltid förekommit. Men inte så ofta som nu.

– Det där ska man nog varken övervärdera eller bortse ifrån, sa Per Åkesson. Det stora problemet är den gradvisa förskjutningen av vad polisen och domstolarna räknar som ett brott. Det man blev fälld för igår kan plötsligt idag betraktas som en bagatell som polisen inte ens behöver bry sig om att utreda. Och det tror jag är kränkande för det folkliga rättsmedvetande som alltid varit mycket starkt i landet.

– Det ena hänger nog ihop med det andra, sa Wallander. Och jag ställer mig ytterst tveksam till att en debatt om medborgargarden kommer att påverka utvecklingen. Även om jag naturligtvis skulle önska det.

– Jag tänker hur som helst åtala så mycket jag kan, sa Per Åkeson när Wallander hade tystnat. Misshandeln var grov. Det ska jag kunna styrka. Dom var fyra inblandade. Åtminstone tre av dom räknar jag med ska kunna fällas. Den fjärde är mer osäker. Jag kanske också ska säga att riksåklagaren har bett om att bli informerad. Det uppfattar jag som mycket överraskande. Men det tyder på att åtminstone några där uppe tar det här på allvar.

– Åke Davidsson uttalar sig klokt och förståndigt i en intervju i Arbetet, sa Svedberg. Dessutom klarar han sig utan vidare men.

– Då återstår Terese och hennes pappa, sa Wallander. Och pojkarna på skolan.

– Tänker Martinsson på att sluta? frågade Per Åkeson. Jag hörde ett rykte?

– Det var hans första reaktion, svarade Wallander. Den måste väl anses vara både rimlig och naturlig. Men jag är inte säker på att han kommer att förverkliga det.

– Han är en bra polis, sa Hansson. Vet han egentligen om det?

– Ja, sa Wallander. Frågan är bara om det räcker. Det kan finnas andra saker som kommer upp när sånt här händer. Inte minst vår orimliga arbetsbörda.

– Jag vet, sa Lisa Holgersson. Och det kommer dessutom att bli värre.

Wallander påminde sig att han fortfarande inte hade gjort det han lovat Nyberg, talat med Lisa Holgersson om hans arbetsbörda. Han skrev upp det i sitt block.

– Vi får ta den här diskussionen senare, sa han.

– Jag ville bara informera er, sa Lisa Holgersson. Det var inget mer. Frånsett att er förre chef Björk har hört av sig och önskat er lycka till. Han beklagade det som hade hänt Martinssons dotter.

– Han visste att sluta i tid, sa Svedberg. Vad var det vi gav honom i avskedspresent? Ett kastspö? Hade han fortsatt här hade han aldrig fått tid att använda det.

– Han har nog mycket att stå i nu också, invände Lisa Holgersson.

– Björk var bra, sa Wallander. Men nu tror jag att vi måste gå vidare.

De började med Ann-Britt Höglunds tidtabell. Bredvid sitt kollegieblock hade Wallander lagt plastpåsen med den tabell för SJ som han hade hittat i Katarina Taxells chiffonjé.

Ann-Britt Höglund hade som vanligt gjort ett grundligt arbete. Alla tidpunkter som på något sätt hade med de olika händelserna att göra var kartlagda och uppställda i förhållande till varandra. Medan Wallander lyssnade tänkte han att det var en arbetsuppgift som han själv aldrig skulle ha klarat särskilt bra. Med all säkerhet skulle han ha slarvat. Ingen polis är lik någon annan, tänkte han. Det är först när vi kan hålla på med det som utmanar våra starka sidor som vi egentligen kan göra ordentlig nytta.

– Jag ser egentligen inget mönster framträda, sa Ann-Britt Höglund när hon börjat närma sig slutet av sin genomgång. Rättsläkarna i Lund har alltså lyckats fastställa Holger Erikssons död till sent på kvällen den 21 september. Hur dom egentligen har burit sig åt kan jag inte säkert svara på. Men dom är bestämda på sin sak. Gösta Runfeldt dödas också på natten. Där överensstämmer tidpunkten utan att det går att dra några vettiga slutsatser. Det finns heller ingen överensstämmelse när det gäller veckodagar. Om man lägger till dom två besöken på Ystads BB och mordet på Eugen Blomberg kan man möjligen ana fragment av ett mönster.

Hon avbröt sig och såg runt bordet. Varken Wallander eller någon annan tycktes ha förstått vad hon menade.

– Det är nästan ren matematik, sa hon. Men det verkar som om vår gärningsman är aktiv enligt ett mönster som är så oregelbundet att det blir intressant. Den 21 september dör Holger Eriksson. Natten till den 1 oktober får Katarina Taxell besök på BB i Ystad. Den 11 oktober dör Gösta Runfeldt. Natten till den 13 oktober är kvinnan tillbaka på BB och slår ner Svedbergs kusin. Den 17 oktober slutligen dör Eugen Blomberg. Till det här kan sen naturligtvis också läggas den dag som Gösta Runfeldt sannolikt försvann. Det mönster jag ser är att det inte finns någon som helst regelbundenhet. Vilket möjligtvis kan vara förvånande. Eftersom allt annat verkar vara så minutiöst planerat och förberett. En gärningsman som ger sig tid att sy in vikter i en säck och noga balanserar dom mot offrets kroppsvikt? Man kan alltså välja mellan att se det som om det inte existerar intervaller som kan avslöja nåt för oss. Eller så bestämmer man att ryckigheten är orsakad av nånting. Och då frågar man sig vad.

Wallander märkte att han inte helt förmådde följa henne.

– En gång till, sa han. Långsamt.

Hon upprepade vad hon hade sagt. Den här gången kunde Wallander förstå vad hon menade.

– Man kanske kan säga att det inte behöver vara en tillfällighet, slutade hon. Längre än så vill jag inte sträcka mig. Det kan vara en regelbundenhet som upprepar sig. Men det behöver inte vara det.

Wallander började nu få bilden någorlunda klar för sig.

– Låt oss anta att det trots allt är ett mönster, sa han. Hur ser då din tolkning ut? Vad är det för yttre krafter som påverkar gärningsmannens tidtabell?

– Det kan finnas olika förklaringar. Gärningsmannen bor inte i Skåne. Men gör regelbundna besök här. Han eller hon har ett yrke som följer en viss rytm. Eller nåt annat som jag inte har kommit på vad det skulle kunna vara.

– Du menar alltså att dom här dagarna skulle kunna vara uppsamlade ledigheter som kommer igen regelbundet? Om vi hade kunnat följa med ytterligare en månad, hade det framträtt tydligare?

– Det kan vara en möjlighet. Gärningsmannen har ett arbete som följer ett rullande och förskjutet schema. Ledigheterna infaller med andra ord inte enbart på lördagar och söndagar.

– Det kan visa sig vara viktigt, sa Wallander tveksamt. Men jag har svårt att tro det.

– Annars är det inte mycket jag klarar att läsa ut av dom här tiderna, sa hon. Personen glider hela tiden undan.

– Det vi inte kan fastslå är också en sorts kunskap, sa Wallander och höll upp plastpåsen. När vi nu ändå talar om tidtabeller. Det här hittade jag i ett lönnfack i Katarina Taxells chiffonjé. Om hon velat gömma sin viktigaste ägodel för världen så måste det vara den här. En tidtabell för SJ:s intercitytåg. Våren 1991. Med en understrykning av en tågavgång: Nässjö 16.00. Det går alla dagar.

Han sköt över plastpåsen till Nyberg.

– Fingeravtryck, sa han.

Sedan gick han över till att tala om Krista Haberman. Han la fram sina tankar. Berättade om morgonbesöket i dimman. Allvaret i rummet var inte att ta fel på.

– Jag menar alltså att vi ska börja gräva, slutade han sin genomgång. När dimman har lättat och Hansson haft möjlighet att undersöka vem som har brukat jorden. Och om där har skett några dramatiska förändringar efter 1967.

En lång stund var det alldeles tyst. Alla värderade vad Wallander hade sagt. Till slut var det Per Åkeson som talade.

– Det låter både otroligt och samtidigt egendomligt bestickande, sa han. Jag antar att vi måste ta den här möjligheten på allvar.

– Det vore bra om det inte kom ut, sa Lisa Holgersson. Det finns ingenting som folk tycker mer om än när gamla ouppklarade försvinnanden dyker upp till ytan igen.

De hade fattat sitt beslut.

Wallander ville nu bryta mötet så fort som möjligt eftersom alla hade mycket arbete som väntade.

– Katarina Taxell, sa han. Hon har alltså försvunnit. Lämnat sitt hem i en röd Golf. Med okänd chaufför. Hennes uppbrott måste betecknas som brådstörtat. Birch i Lund väntar nog på att vi ska säga nånting. Hennes mor menar att vi ska efterlysa henne. Vilket vi knappast kan vägra henne eftersom hon är närmaste anhörig. Men jag tror vi ska vänta. Åtminstone nån dag till.

– Varför? frågade Per Åkeson.

– Jag har en misstanke om att hon kommer att höra av sig, sa Wallander. Naturligtvis inte till oss. Men däremot till sin mor. Katarina Taxell förstår att hon är orolig. Hon kommer att ringa för att lugna henne. Men hon kommer tyvärr knappast att tala om var hon befinner sig. Eller tillsammans med vem.

Wallander vände sig nu direkt mot Per Åkeson.

– Jag vill alltså ha nån hemma hos Katarina Taxells mor. Som kan spela in samtalet. Förr eller senare kommer det.

– Om det inte redan har skett, sa Hansson och reste sig. Ge mig telefonnumret till Birch.

Han fick det av Ann-Britt Höglund och lämnade hastigt rummet.

– Det var nog inget mer just nu, sa Wallander. Låt oss säga att vi träffas här klockan fem. Om inte nåt sker innan dess.

När Wallander kom in på sitt rum ringde telefonen. Det var Martinsson. Han undrade om Wallander kunde träffa honom klockan två, och om Wallander kunde komma hem till honom. Wallander lovade att vara där. Sedan lämnade han polishuset. Han åt lunch på Continental. Egentligen tyckte han inte att han hade råd. Men han var hungrig och hade dåligt med tid. Han satt vid ett fönsterbord för sig själv. Nickade åt människor som gick förbi. Förvånades och sårades över att ingen stannade och beklagade att hans far hade dött. Det hade stått i tidningen. Nyheter om dödsfall spred sig fort. Ystad var en liten stad. Han åt hälleflundra och drack en lättöl. Servitrisen var ung och rodnade varje gång han såg på henne. Han undrade medlidsamt hur hon skulle stå ut med sitt arbete.

Klockan två ringde han på Martinssons dörr. Det var han själv som öppnade. De satte sig i köket. Huset var tyst. Martinsson var ensam hemma. Wallander frågade om Terese. Hon hade återvänt till skolan. Martinsson var blek och sammanbiten. Wallander hade aldrig sett honom så betryckt och nerstämd.

– Vad ska jag göra? frågade Martinsson.

– Vad säger din fru? Vad säger Terese?

– Att jag naturligtvis ska fortsätta. Det är inte dom som vill att jag slutar. Det är jag själv.

Wallander väntade. Men Martinsson sa ingenting mer.

– Du minns för några år sen, började Wallander. När jag hade skjutit ihjäl en människa ute i dimman vid Kåseberga. Och kört ihjäl en annan på Ölandsbron. Jag var borta nästan ett år. Ni trodde till och med att jag hade slutat. Sen skedde det där med advokaterna Torstensson. Och plötsligt vände allt. Jag skulle skriva under min avskedsansökan. Istället gick jag tillbaka i tjänst.

Martinsson nickade. Han kom ihåg.

– Nu i efterhand är jag glad för att jag gjorde som jag gjorde. Det enda jag kan råda dig till är att du inte gör nåt brådstörtat. Vänta med beslutet. Arbeta ett tag till. Bestäm dig sen. Jag ber dig inte om att glömma. Jag ber dig om tålamod. Alla saknar dig. Alla vet att du är en bra polis. Det märks när du inte är där.

Martinsson slog avvärjande ut med armarna.

– Så viktig är jag inte. Jag kan en del. Men du ska inte inbilla mig att jag på nåt sätt skulle vara oersättlig.

– Ingen kan ersätta just dig, sa Wallander. Det är vad jag talar om.

Wallander hade väntat att samtalet skulle kunna bli mycket långt. Martinsson satt tyst några minuter. Sedan reste han sig och lämnade köket. När han kom tillbaka hade han sin jacka på sig.

– Ska vi gå? frågade han.

– Ja, sa Wallander. Vi har mycket att göra.

I bilen upp till polishuset gav Wallander honom en kortfattad redogörelse över de senaste dagarnas händelser. Martinsson lyssnade utan att göra några kommentarer.

När de kom in i receptionen blev de stoppade av Ebba. Eftersom hon inte gav sig tid att hälsa Martinsson välkommen tillbaka insåg Wallander omedelbart att något hade hänt.

– Ann-Britt Höglund vill ha tag på er, sa hon. Det är mycket viktigt.

– Vad är det som har hänt?

– Nån som heter Katarina Taxell har ringt till sin mor.

Wallander såg på Martinsson.

Han hade alltså haft rätt.

Men det hade gått fortare än han hade väntat sig.

33

De hade inte kommit för sent.

Birch hade hunnit fram i tid med en bandspelare. Efter en dryg timme var bandet från Lund i Ystad. De samlades i Wallanders rum där Svedberg ställt in en bandspelare.

De lyssnade på Katarina Taxells samtal med sin mor under stor spänning. Samtalet var kort. Det var också det första Wallander tänkte på. Katarina Taxell ville inte tala mer än nödvändigt.

De lyssnade en gång, sedan ännu en. Svedberg räckte Wallander ett par hörlurar så att han kom närmare de två rösterna.

– *Mamma? Det är jag.*
– *Herregud. Var är du nånstans? Vad är det som har hänt?*
– *Ingenting har hänt. Vi mår bra.*
– *Var är du nånstans?*
– *Hos en god vän.*
– *Hos vem?*
– *En god vän. Jag ville bara ringa och säga att allt är bra.*
– *Vad är det som har hänt? Varför försvinner du?*
– *Det ska jag förklara en annan gång.*
– *Hos vem är du?*
– *Du vet inte vem hon är.*
– *Lägg inte på. Vad har du för telefonnummer?*
– *Jag slutar nu. Jag ville bara ringa så att du inte skulle bli orolig.*

Mamman försökte säga något mer. Men Katarina Taxell la på. Dialogen bestod av 14 repliker varav den sista blev avbruten.

De lyssnade igenom bandet minst tjugo gånger. Svedberg skrev ner replikerna på ett papper.

– Det är den elfte frasen som intresserar oss, sa Wallander. »Du vet inte vem hon är.« Vad menar hon med det?

– Som sant är, sa Ann-Britt Höglund.

– Jag menar inte riktigt så, förtydligade sig Wallander. »Du vet inte vem hon är.« Det kan betyda två saker. Att mamman inte har träffat henne. Eller att mamman inte har förstått vad hon betyder för Katarina Taxell.

– Det första är väl det troligaste, sa Ann-Britt Höglund.

– Jag hoppas du har fel, svarade Wallander. Det skulle i hög grad underlätta för oss att identifiera henne.

Medan de talade satt Nyberg med hörlurarna och lyssnade. Ljudet som sipprade ut sa dem att han lyssnade med volymen högt uppskruvad.

– Det hörs nånting i bakgrunden, sa Nyberg. Nånting som dunkar.

Wallander satte på sig lurarna. Nyberg hade rätt. Det kom regelbundna dova stötar i ljudbildens utkant. De andra lyssnade i tur och ordning. Ingen kunde med säkerhet säga vad det var.

– Var är hon? frågade Wallander. Hon har kommit fram nånstans. Hon är hemma hos den här kvinnan som hämtade henne. Och nånstans i bakgrunden är det nåt som dunkar.

– Kan det vara i närheten av en byggarbetsplats? föreslog Martinsson.

Det var det första han sa sedan han bestämt sig för att börja arbeta igen.

– Det är en möjlighet, sa Wallander.

De lyssnade igen. Dunkandet fanns där. Wallander fattade ett beslut.

– Skicka upp bandet till Linköping, sa han. Be dom göra en analys. Om vi kan identifiera ljudet kan det hjälpa oss.

– Hur många byggarbetsplatser finns det bara i Skåne? sa Hamrén.

– Det kan vara nåt annat, sa Wallander. Nåt som kan ge oss en idé om var hon befinner sig.

Nyberg försvann med bandet. De stod kvar i Wallanders rum, lutade mot väggar och skrivbord.

– Tre saker gäller från och med nu, sa Wallander. Vi måste koncentrera oss. Vissa ingångar till utredningen får vi tills vidare lämna därhän. Vi måste fortsätta att kartlägga Katarina Taxells liv. Vem är hon? Vem har hon varit? Hennes vänner? Hennes rörelser i livet. Det är det första. Det andra hänger ihop med det, nämligen: Vem är hon hos?

Han gjorde en kort paus innan han fortsatte.

– Vi avvaktar tills Hansson kommer tillbaka från Lödinge. Men jag räknar med att vår tredje uppgift blir att börja gräva ute hos Holger Eriksson.

Ingen hade något att invända. De skildes åt. Wallander skulle resa till Lund och han tänkte ta Ann-Britt Höglund med sig. Klockan var redan sent på eftermiddagen.

– Har du barnvakt? frågade han när de blivit ensamma i rummet.

– Ja, sa hon. Just nu är min grannfru gudskelov i behov av pengar.

– Hur har du egentligen råd? frågade Wallander. Din lön är ju inte särskilt hög.

– Jag har inte råd, svarade hon. Men min man tjänar bra. Det räddar oss. Det gör oss till en avundsvärd familj idag.

Wallander ringde till Birch och sa att de var på väg.

Han lät Ann-Britt Höglund köra. Han litade inte längre på sin egen bil. Trots den dyra reparationen.

Landskapet försvann långsamt i skymningen. Det blåste kallt över åkrarna.

– Vi börjar hemma hos Katarina Taxells mor, sa han. Sen går vi tillbaka till lägenheten igen.

– Vad är det du tror dig om att hitta? Du har redan gått igenom lägenheten. Och du brukar vara noggrann.

– Kanske ingenting nytt. Men kanske ett samband mellan två detaljer som jag inte upptäckt tidigare.

Hon körde fort.

– Brukar du rivstarta? frågade Wallander plötsligt.

Hon kastade en hastig blick på honom.

– Det händer, svarade hon. Varför frågar du det?

– För att jag undrar om det var en kvinna som körde den röda Golfen. Som hämtade Katarina Taxell.

– Vet vi inte det helt säkert?

– Nej, sa Wallander bestämt. Vi vet det inte säkert. Vi vet knappast nånting säkert.

Han satt och såg ut genom sidorutan. De passerade just Marsvinsholms slott.

– Det finns en annan sak som vi inte vet med bestämdhet, sa han efter en stund. Men som jag ändå blir alltmer övertygad om.

– Vad?

– Att hon är ensam. Det finns ingen man i hennes närhet. Det finns ingen alls. Vi letar inte efter en kvinna som eventuellt för oss vidare. Det finns ingen bakgrund till henne. Bakom henne finns ingenting. Det är hon. Ingen annan.

– Det är alltså hon som har begått morden? Grävt pålgraven. Strypt Runfeldt efter att ha hållit honom fången? Kastat Blomberg i sjön, levande i en säck?

Wallander svarade genom att ställa en annan fråga.

– Kommer du ihåg att vi tidigt under den här utredningen talade om gärningsmannens språk? Att han eller hon ville berätta nåt för oss? Om det demonstrativa i tillvägagångssättet?

Hon mindes.

– Det slår mig nu att vi redan från början såg rätt. Men vi tänkte fel.

– Att en kvinna betedde sig som en man?

– Kanske inte själva beteendet. Men hon utförde handlingar som fick oss att tänka på brutala män.

– Då borde vi alltså ha tänkt på offren. Eftersom dom var brutala?

– Just det. Inte på gärningsmannen. Vi läste in fel berättelse i det vi såg.

– Ändå är det just här som det blir svårt, sa hon. Att en kvinna verkligen är kapabel till det här. Jag talar inte om den fysiska styrkan. Jag är till exempel lika stark som min man. Han har stora svårigheter att få ner mig i armbrytning.

Wallander såg förvånat på henne. Hon märkte det och skrattade till.

– Man roar sig på olika vis.

Wallander nickade.

– Jag minns att jag drog fingerkrok med min mamma när jag var liten, sa han. Men jag tror att det var jag som vann.

– Hon kanske lät dig vinna.

De svängde av mot Sturup.

– Jag vet inte hur den här kvinnan motiverar sina handlingar, sa Wallander. Men om vi hittar henne så tror jag vi kommer att möta nån vi aldrig tidigare har varit i närheten av.

– Ett kvinnligt monster?

– Kanske. Men inte heller det är säkert.

Biltelefonen avbröt samtalet. Wallander svarade. Det var Birch. Han talade om hur de skulle köra för att komma hem till Katarina Taxells mor.

– Vad heter hon i förnamn? frågade Wallander.

– Hedwig. Hedwig Taxell.

Birch lovade att förvarna om att de var på väg. Wallander räknade med att de skulle vara framme om en dryg halvtimme.

Skymningen svepte runt dem.

Birch stod på trappan och tog emot dem. Hedwig Taxell bodde ytterst i en radhuslänga i utkanten av Lund. Wallander gissade att husen var byggda tidigt på 1960-talet. Platta tak, fyrkantiga lådor vända inåt mot små gårdar. Han hade ett minne av att ha läst om att taken ibland störtade in efter häftiga snöfall. Birch hade väntat på dem medan de letade sig fram till rätt adress.

– Det var nära att samtalet kom innan jag fick bandspelaren på plats, sa han.

– Vi har inte precis varit överbelastade med tur, svarade Wallander. Vad är ditt intryck av Hedwig Taxell?

– Hon är mycket orolig för sin dotter och barnet. Men hon verkar ändå mer samlad nu än sist.

– Kommer hon att hjälpa oss? Eller skyddar hon dottern?

– Jag tror helt enkelt hon vill veta var hon är.

Han släppte in dem i vardagsrummet. Utan att han kunde säga vad det var fick Wallander en känsla av att rummet påminde om Katarina Taxells lägenhet. Hedwig Taxell kom fram och hälsade. Birch höll sig som vanligt i bakgrunden. Wallander iakttog henne. Hon var blek. Hennes ögon flackade oroligt. Wallander var inte förvånad. Han hade hört det i hennes röst på bandspelaren. Hon var orolig och spänd till bristningsgränsen. Det var därför han velat ha med sig Ann-Britt Höglund. Hennes förmåga att lugna oroliga människor var mycket stor. Hedwig Taxell verkade inte vara på sin vakt. Han fick en känsla av att hon var glad över att slippa vara ensam. De satte sig ner. Wallander hade förberett sina första frågor.

– Fru Taxell. Vi kommer att behöva er hjälp med att få svar på en del frågor om Katarina.

– På vilket sätt skulle hon kunna veta nåt om dom där förskräckliga morden? Hon har faktiskt fött barn för kort tid sen.

– Vi tror inte att hon på nåt sätt är inblandad, sa Wallander vänligt. Men vi är tvungna att söka upplysningar från många olika håll.

– Vad skulle hon veta?

– Det är det jag hoppas ni kan svara på.

– Kan ni inte leta rätt på henne istället? Jag förstår inte vad som har hänt.

– Jag tror absolut inte att hon befinner sig i fara, sa Wallander och lyckades inte helt dölja sin tveksamhet.

– Så här har hon aldrig betett sig tidigare.

– Fru Taxell har ingen aning om var hon är?

– Jag heter Hedwig.

– Du har ingen aning om var hon är?

– Nej. Det är obegripligt.

– Katarina har kanske många vänner?

– Det har hon inte. Men dom hon har står henne nära. Jag förstår inte var hon är.

– Kanske det finns nån som hon inte träffat så ofta? Nån som hon blivit bekant med nyligen?

– Vem skulle det vara?

– Eller kanske nån hon träffat tidigare? Som hon nu har börjat umgås med igen?

– Det hade jag vetat om. Vi har ett bra förhållande med varandra. Mycket bättre än vad mödrar och döttrar brukar ha.

– Jag tror inte heller att ni hade några hemligheter, sa Wallander tålmodigt. Men det är mycket sällan man vet allt om en annan människa. Vet du till exempel vem som är far till hennes barn?

Wallander hade inte avsett att frågan skulle kastas emot henne. Men hon ryggade.

– Jag har försökt få henne att tala om det, sa hon. Men hon ville inte.

– Du vet alltså inte vem det är? Du kan inte ens gissa?

– Jag visste inte ens att hon umgicks med nån man.

– Men du kände till att hon varit tillsammans med Eugen Blomberg?

– Jag kände till det. Men jag tyckte inte om honom.

– Varför inte? Var det för att han redan var gift?

– Det visste jag inte förrän jag såg dödsannonsen i tidningen. Det kom som en chock.

– Varför tyckte du inte om honom?

– Jag vet inte. Han var obehaglig.

– Visste du om att han misshandlade Katarina?

Hennes förfäran var alldeles äkta. För ett ögonblick tyckte Wallander synd om henne. En värld höll på att ramla samman. Hon skulle nu tvingas inse att det var mycket hon inte hade vetat om sin dotter. Att den förtrolighet hon trott existerat knappast varit annat än ett skal. Eller åtminstone mycket begränsad.

– Skulle han ha slagit henne?

– Värre än så. Han misshandlade henne på flera olika sätt.

Hon såg vantroget på honom. Men hon förstod att han talade sanning. Hon kunde inte värja sig.

– Jag tror också att det finns en möjlighet att det är Eugen Blomberg som är far till hennes barn. Trots att dom hade brutit med varandra.

Hon skakade långsamt på huvudet. Men hon sa ingenting. Wallander kände sig osäker på om hon skulle komma att bryta ihop igen. Han såg på Ann-Britt Höglund. Hon nickade. Han tolkade det som att han skulle fortsätta. Birch stod orörlig i bakgrunden.

– Hennes vänner, sa Wallander. Vi behöver träffa dom. Tala med dom.

– Jag har redan berättat vilka dom är. Och ni har redan talat med dom.

Hon räknade upp tre namn. Birch nickade i bakgrunden.

– Det finns ingen annan?

– Nej.

– Är hon med i nån förening?

– Nej.

– Har hon gjort några utlandsresor?

– Vi brukar åka tillsammans en gång om året. Oftast när skolorna har februarilov. Till Madeira. Marocko. Tunisien.

– Hon har inget fritidsintresse?

– Hon läser mycket. Tycker om att lyssna på musik. Men hennes företag för hårvårdsprodukter tar mycket av hennes tid. Hon arbetar hårt.

– Ingenting annat?

– Hon har spelat badminton ibland.

– Med vem då? Nån av dom tre väninnorna?

– Med en lärare. Jag tror hon hette Carlman. Men jag har aldrig träffat henne.

Wallander visste inte om det var viktigt. Men det var ändå ett nytt namn.

– Arbetar dom på samma skola?

– Inte nu längre. Tidigare. För några år sen.

– Du minns inte hennes förnamn?

– Jag har aldrig träffat henne.

– Var brukade dom spela?

– På Victoriastadion. Den ligger på gångavstånd från hennes lägenhet.

Birch lämnade diskret sin plats och gick ut i tamburen. Wallander visste att han nu skulle börja spåra den kvinna som hette Carlman.

Det tog honom mindre än fem minuter.

Birch gjorde ett tecken till Wallander som reste sig och gick ut i tamburen. Ann-Britt Höglund försökte under tiden få klarhet i vad Hedwig Taxell egentligen visste om sin dotters förhållande till Eugen Blomberg.

– Det gick lätt, sa Birch. Annika Carlman. Banan bokades och betalades av henne. Jag har adressen här. Det är inte långt härifrån. Lund är fortfarande en småstad.

– Då åker vi dit, sa Wallander.

Han gick tillbaka in i rummet.

– Annika Carlman, sa han. Hon bor på Bankgatan.

– Jag har aldrig hört hennes förnamn, sa Hedwig Taxell.

– Vi lämnar er två ensamma en stund, fortsatte Wallander. Vi behöver tala med henne redan nu.

De lämnade huset i Birchs bil. Det tog mindre än tio minuter att köra. Klockan var halv sju. Annika Carlman bodde i en hyresfastighet från början av seklet. Birch ringde på porttelefonen. En mansröst svarade. Birch presenterade sig. Porten öppnades. En dörr på andra våningen stod öppen. En man stod och väntade på dem. Han presenterade sig.

– Jag är gift med Annika, sa han. Vad är det som har hänt?

– Ingenting, svarade Birch. Vi behöver bara ställa några frågor.

Han bjöd dem att stiga in. Lägenheten var stor och påkostad. Någonstans inifrån rummen hördes musik och barnröster. Strax efter kom Annika Carlman. Hon var lång och klädd i träningskläder.

– Det är några poliser som vill tala med dig. Men ingenting tycks ha hänt.

– Vi behöver ställa några frågor om Katarina Taxell, sa Wallander.

De satte sig i ett rum som hade väggarna täckta av böcker. Wallander undrade om även Annika Carlmans man var lärare.

Han gick rakt på sak.

– Hur väl känner du Katarina Taxell?

– Vi spelade badminton. Men vi umgicks inte.

– Du vet förstås om att hon fått barn?

– Vi har inte spelat badminton på fem månader. Av just det skälet.

– Skulle ni börja nu igen?

– Vi hade avtalat att hon skulle höra av sig.

Wallander nämnde namnen på hennes tre väninnor.

– Jag känner dom inte. Vi spelade bara badminton.

– När började ni med det?

– För ungefär fem år sen. Vi var lärare på samma skola.

– Är det verkligen möjligt att spela badminton regelbundet med en person under fem år utan att lära känna henne?

– Det är fullt möjligt.

Wallander funderade över hur han skulle komma vidare. Annika Carlman gav klara och tydliga svar. Ändå kände han hur de var på väg bort från någonting.

– Du såg henne aldrig tillsammans med nån annan?

– Man eller kvinna?

– Låt oss börja med en man.

– Nej.

– Inte ens när ni arbetade tillsammans?

– Hon höll sig mycket för sig själv. Det var en lärare där som nog var intresserad av henne. Hon uppträdde mycket kallsinnigt. Direkt avvisande kan man nog säga. Men hon hade lätt för eleverna. Hon var duktig. En envis och duktig lärarinna.

– Såg du henne nånsin tillsammans med en kvinna?

Wallander hade gett upp hoppet om frågans bärkraft redan när han ställde den. Men han hade resignerat för tidigt.

– Ja, faktiskt, svarade hon. För ungefär tre år sen.

– Vem var det?

– Jag vet inte vad hon heter. Men jag vet vad hon gör. Det hela var ett egendomligt sammanträffande.

– Vad gör hon?

– Vad hon gör nu vet jag inte. Men då serverade hon i alla fall i en restaurangvagn.

Wallander rynkade pannan.

– Mötte du Katarina Taxell på ett tåg?

– Jag skymtade henne av en tillfällighet nere i stan med en annan kvinna. Jag gick på andra sidan gatan. Vi hälsade inte ens på varandra. Några dagar senare reste jag till Stockholm. Jag gick till café-vagnen nånstans efter Alvesta. När jag skulle betala kände jag igen hon som arbetade där. Det var samma kvinna som jag sett tillsammans med Katarina.

– Du vet förstås inte vad hon heter?

– Nej.

– Men du berättade det för Katarina efteråt?

– Faktiskt inte. Jag hade nog redan glömt bort det. Är det här viktigt?

Wallander tänkte plötsligt på tågtidtabellen som han hittat i Katarina Taxells chiffonjé.

– Kanske. Vilken dag var det? Vilket tåg?

– Hur ska jag kunna komma ihåg det? sa hon förvånat. Det är tre år sen.

– Du kanske har nån gammal almanacka? Vi vill gärna att du försöker minnas.

Hennes man som suttit tyst och lyssnat reste sig.

– Jag ska hämta almanackan, sa han. Var det 1991 eller 1992?

Hon tänkte efter.

– 1991. I februari eller mars.

Det gick några minuter under tyst väntan. Musiken inifrån lägenheten hade efterföljts av ljud från en teve. Mannen kom tillbaka och gav henne en gammal svart almanacka. Hon bläddrade fram några månader. Snart hade hon hittat rätt.

– Jag reste till Stockholm den 19 februari 1991. Med ett tåg som gick klockan 07.12. Tre dagar senare for jag tillbaka. Jag hälsade på min syster.

– Du såg inte den här kvinnan på tillbakavägen?

– Jag har aldrig sett henne igen.

– Men du är säker på att det var hon? Som du mötte på gatan här i Lund? Tillsammans med Katarina?

– Ja.

Wallander såg eftertänksamt på henne.

– Det är ingenting annat som du tror kan vara viktigt för oss?

Hon skakade på huvudet.

– Jag inser nu att jag verkligen ingenting vet om Katarina. Men hon spelar bra badminton.

– Hur vill du beskriva henne som person?

– Det är svårt. Det är kanske en beskrivning i sig. En svårbeskrivbar person. Hon har ett växlande humör. Hon kan vara nerstämd. Men den där gången när jag såg henne med servitrisen på gatan så skrattade hon.

– Är du säker på det?

– Ja.

– Det är ingenting annat som du tror kan vara viktigt?

Wallander såg att hon ansträngde sig för att hjälpa till.

– Jag tror hon saknar sin far, sa hon efter en stund.

– Varför tror du det?

– Det är svårt att svara på. Det är mer som en känsla jag har. Hur hon betedde sig mot män som var så gamla att dom kunde ha varit hennes far.

– Hur betedde hon sig?

– Hon tappade nåt av sitt naturliga sätt att vara. Som om hon blev osäker.

Wallander begrundade för ett ögonblick det hon hade sagt. Han tänkte på Katarinas far som omkommit när hon ännu varit ung. Han undrade också om det Annika Carlman hade sagt kunde förklara något av den relation Katarina haft med Eugen Blomberg.

Han såg på henne igen.

– Inget annat?

– Nej.

Wallander nickade mot Birch och reste sig.

– Då ska vi inte störa mer, sa han.

– Jag blir naturligtvis nyfiken, sa hon. Varför ställer polisen frågor om ingenting har hänt?

– Mycket har hänt, svarade Wallander. Men inte med Katarina. Det är nog tyvärr det enda svar jag kan ge dig.

De lämnade lägenheten. Sedan blev de stående i trappuppgången.

– Vi måste ha tag på den här servitrisen, sa Wallander. Frånsett ett fotografi när hon var ung och på besök i Köpenhamn har ingen beskrivit Katarina Taxell som en skrattande människa.

– SJ har väl anställningslistor, sa Birch. Men jag undrar om det går att få klarhet i det nu i kväll. Trots allt ligger det tre år tillbaka i tiden.

– Vi måste försöka, sa Wallander. Jag kan naturligtvis inte begära att du ska göra det. Vi kan sköta det från Ystad.

– Ni har nog att göra, svarade Birch. Jag ska ta mig an det.

Wallander märkte att Birch var uppriktig. Det var ingen uppoffring.

De for tillbaka till Hedwig Taxells radhus. Birch lämnade av Wallander och fortsatte till polishuset för att börja leta efter tågservitrisen. Wallander undrade om det överhuvudtaget var en möjlig uppgift.

Just när han skulle ringa på dörren surrade det i hans telefon. Det var Martinsson. Wallander kunde höra på hans röst att han nu höll på att ta sig ur sin nedstämdhet. Tydligen gick det fortare än Wallander vågat hoppas på.

– Hur går det? frågade Martinsson. Är du fortfarande i Lund?

– Vi håller på att försöka spåra en tågservitris, svarade Wallander. Martinsson var klok nog att inte ställa några följdfrågor.

– Här har hänt en del, fortsatte Martinsson. För det första har Svedberg lyckats få tag på den person som skötte tryckningen av Holger Erikssons diktböcker. Han var tydligen väldigt gammal. Men klar i huvudet. Han hade dessutom inget emot att säga vad han tyckte om Holger Eriksson. Tydligen hade han alltid haft svårt att få ut betalning för sitt arbete med tryckningarna.

– Hade han nåt att säga som vi inte redan visste?

– Holger Eriksson tycks ha gjort ständiga och regelbundna resor till Polen sen åren efter kriget. Han utnyttjade misären där för att köpa sig kvinnor. Sen när han kom hem brukade han skryta om sina erövringar. Den här gamle tryckaren sa verkligen vad han menade.

Wallander erinrade sig vad Sven Tyrén hade nämnt för honom vid ett av deras första samtal. Nu blev det bekräftat. Krista Haberman var alltså inte den enda polska kvinnan i Holger Erikssons liv.

– Svedberg funderade på om det vore mödan värt att ta kontakt med den polska polisen, sa Martinsson.

– Kanske, svarade Wallander. Men tills vidare tror jag att vi avvaktar.

– Det är mer, sa Martinsson. Nu ska du få tala med Hansson.

Det skrapade till i luren. Sedan hörde Wallander Hanssons röst.

– Jag tror jag har en rätt klar bild över vem som brukat Holger Erikssons jord, började han. Det hela tycks utmärkas av en enda sak.

– Vad?

– Ett oavbrutet bråkande. Om jag ska tro mina sagesmän hade Holger Eriksson en otrolig förmåga att göra sig till ovän med folk. Man skulle kunna tro att det var hans största lidelse i livet. Att ständigt skaffa sig nya fiender.

– Markerna, sa Wallander otåligt.

Han kunde höra hur Hanssons röst förändrades när han svarade. Den hade blivit allvarligare.

– Diket, sa Hansson. Där vi hittade Holger Eriksson hängande i pålarna.

– Vad är det med det?

– Det grävdes för ett antal år sen. Det fanns inte från början. Ingen förstod egentligen varför Eriksson behövde anlägga det. Det var inte nödvändigt för dräneringen. Leran skyfflades undan och gjorde kullen högre. Där tornet står.

– Ett dike var inte det jag hade föreställt mig, sa Wallander. Det verkar inte troligt att det skulle ha nåt med en eventuell grav att göra.

– Det var också min första tanke, sa Hansson. Men sen kom det fram ännu en sak som gjorde att jag ändrade åsikt.

Wallander höll andan.

– Diket grävdes 1967. Den lantbrukare jag talade med var säker på sin sak. Det grävdes på senhösten 1967.

Wallander hade genast förstått vikten av vad Hansson sa.

– Det betyder alltså att diket grävs samtidigt som Krista Haberman försvinner, sa Wallander.

– Min lantbrukare var precisare än så. Han var säker på att diket grävdes i slutet av oktober. Han kom ihåg det på grund av ett bröllop som hölls i Lödinge den sista oktober 1967. Om vi utgår från det datum Krista Haberman sista gången sågs i livet så passar tiderna exakt ihop. En bilresa ner från Svenstavik. Han dödar henne. Gräver ner henne. Ett dike kommer till. Ett dike som dessutom egentligen inte behövs.

– Bra, sa Wallander. Det här betyder nåt.

– Om hon finns där så vet jag var vi ska börja leta, fortsatte Hansson. Lantbrukaren påstod att dom började gräva diket strax sydost om kullen. Eriksson hade hyrt in en grävmaskin. Dom första dagarna grävde han själv. Resten av diket lät han andra ta hand om.

– Då är det där vi ska börja gräva, sa Wallander och kände hur obehaget inom honom växte. Helst av allt hade han önskat att han tagit fel. Nu var han säker på att Krista Haberman låg någonstans i närheten av den plats Hansson hade lokaliserat.

– Vi börjar i morgon, fortsatte Wallander. Jag vill att du förbereder allting.

– Det kommer att bli omöjligt att hålla det här hemligt, sa Hansson.

– Vi måste i alla fall försöka, sa Wallander. Jag vill att du talar med Lisa Holgersson om det. Per Åkeson. Och dom andra.

– Det är en sak jag undrar över, sa Hansson tveksamt. Om vi nu hittar henne. Vad bevisar egentligen det? Att Holger Eriksson har dödat henne? Det kan vi utgå ifrån även om vi aldrig kan bevisa en död mans skuld. Inte i det här fallet. Men vad kommer det egentligen att betyda för den mordutredning vi håller på med just nu?

Frågan var mer än rimlig.

– Framförallt får vi klart för oss att vi är på rätt väg, sa Wallander. Att motivet som binder dom här morden samman är hämnd. Eller hat.

– Och du tror fortfarande det är en kvinna som ligger bakom?

– Ja, svarade Wallander. Nu mer än nånsin.

När samtalet var över blev Wallander stående ute i höstkvällen. Det var en molnfri och klar himmel. En svag vind drog förbi hans ansikte.

Han tänkte att de nu långsamt höll på att närma sig något. Det centrum han letat efter i precis en månad.

Ändå visste han inte alls vad de skulle finna där.

Den kvinna han försökte se framför sig gled hela tiden undan.

Samtidigt anade han att han någonstans kanske skulle kunna förstå henne.

Han knackade på dörren och steg in.

*

Hon öppnade försiktigt dörren till de sovande. Barnet låg på rygg i barnsängen som hon köpt samma dag. Katarina Taxell hopkrupen i fosterställning i sängen bredvid. Hon stod alldeles stilla och såg på dem. *Det var som om hon såg sig själv. Eller kanske det var hennes syster som låg i barnsängen.*

Plötsligt kunde hon inte se tydligt längre. Överallt var hon omgiven av blod. Det var inte bara ett barn som föddes i blod. Livet självt hade sitt ursprung i det blod som rann ut när man skar igenom huden. Blod som hade sina egna minnen av vilka ådror de en gång hade runnit i. Hon kunde se det mycket tydligt. Hennes mor som skrek och mannen som stod lutad över henne där hon låg med utspärrade ben på ett bord. Trots att det var mer än 40 år sedan kom tiden rusande emot henne bakifrån. Hon hade i hela sitt liv försökt slippa undan. Men det gick inte. Minnena hann alltid i kapp henne.

Men nu visste hon att hon inte längre behövde frukta dessa minnen. Inte nu när hennes mor var död och hon hade frihet att göra som hon ville. Det hon måste göra. För att hålla alla dessa minnen på avstånd.

Känslan av yrsel gick över lika hastigt som den hade kommit. Försiktigt närmade hon sig sängen och såg på det sovande barnet. Det var inte hennes syster. Det här barnet hade redan ett ansikte. Hennes syster hade aldrig levt så länge att hon hunnit få något. Det var Katarina Taxells nyfödda barn. Inte hennes mors. Katarina Taxells barn som för alltid skulle slippa att plågas. Slippa att bli jagad av minnen.

Hon kände sig nu alldeles lugn igen. Minnesbilderna var borta. De kom inte längre rusande emot henne bakom ryggen.

Det hon gjorde var riktigt. Hon hindrade att människor skulle plågas på samma sätt som hon själv. De män som hade förgripit sig och som samhället självt inte straffade lät hon vandra den tyngsta av alla vägar. Åtminstone föreställde hon sig att det var så. Att en man som berövades livet av en kvinna aldrig kunde förstå vad som egentligen hade hänt honom.

Allt var stilla. Det var det viktigaste. Det hade varit rätt att hämta henne och barnet. Tala lugnt, lyssna och säga att allt som skett var till det bästa. Eugen Blomberg hade drunknat. Det som stod i tidningarna om en säck var bara rykten och dramatiska överdrifter. Eugen Blomberg var borta. Om han hade snubblat eller snavat och sedan drunknat så var det ingens fel. Ödet hade styrt om det. Och ödet var rättvist. Det hade hon upprepat, gång på gång, och det var som om Katarina Taxell nu hade börjat förstå.

Det hade varit riktigt att hämta henne. Även om det innebar att hon igår hade fått ge besked till de kvinnor som skulle komma att de fick stå över sin sammankomst denna vecka. Hon ville inte bryta sin tidtabell. Det skapade oreda och gjorde att hon fick svårt att sova.

Men det hade varit nödvändigt. Allt gick inte att planera. Även om hon helst inte ville erkänna det.

Så länge Katarina och hennes barn var hos henne bodde hon också själv i huset i Vollsjö. Från lägenheten inne i Ystad hade hon bara tagit med sig det viktigaste. Sina uniformer och den lilla lådan där hon förvarade papperslapparna och boken med namn. Nu när Katarina och hennes barn sov behövde hon inte vänta längre. Hon hällde ut lapparna på toppen av bakugnen, blandade dem och började sedan plocka.

Redan den nionde lappen hon vecklade ut hade det svarta krysset. Hon slog upp liggaren och följde långsamt raden med namn. Stannade vid siffran 9. Läste namnet. *Tore Grundén*. Hon stod alldeles orörlig och stirrade rakt ut i luften. Bilden av honom framträdde långsamt. Först som en vag skugga, några knappt skönjbara konturer. Sedan ett ansikte, en identitet. Nu mindes hon honom. Vem han var. Vad han hade gjort.

Det var mer än tio år sedan. Hon hade arbetat på sjukhuset i Malmö den gången. En kväll strax före jul. Hon arbetade på akutmottagningen. Kvinnan som hade kommit in i ambulans hade varit död vid ankomsten. Hon hade omkommit i en bilolycka. Hennes man hade varit med. Han hade varit upprörd, men ändå samlad. Genast hade hon fattat misstankar. Hon hade sett det så många gånger tidigare. Eftersom kvinnan var död hade de inte kunnat göra någonting. Hon hade då tagit en av de närvarande poliserna åt sidan och frågat vad som hade hänt. Det hade varit en tragisk olycka. Hennes man hade backat ur garaget och inte sett att hon hade stått därbakom. Han hade kört över henne och hon hade fått huvudet under ett av den tungt lastade bilens bakhjul. Det var en olycka som inte borde få hända. Men som ändå gjorde det. I ett obevakat ögonblick hade hon vikt undan lakanet och sett på den döda kvinnan. Även om hon inte var läkare så tyckte hon sig kunna se på kroppen att hon hade blivit överkörd mer än en gång. Sedan hade hon börjat forska i saken. Kvinnan som nu låg död på båren hade flera gånger tidigare varit inlagd på sjukhus. En gång hade hon ramlat ner från en stege. En annan gång slagit huvudet hårt i ett cementgolv när hon snavat i källaren. Hon skrev ett anonymt brev till polisen och sa att det var mord. Hon talade med den läkare som undersökt kroppen. Men ingenting hände. Mannen dömdes till böter, eller kanske en villkorlig dom, för det som kom att betraktas som grov vårdslöshet. Sedan var det inget mer. Och kvinnan var mördad.

Tills nu. När allt skulle vridas rätt igen. Allt utom den döda kvinnans liv. Som de inte skulle återfå.

Hon började planera hur det hela skulle ske.

Men något störde henne. Männen som bevakade Katarina Taxells hus. De hade kommit för att hindra henne. Genom Katarina skulle de försöka närma sig henne. Kanske de nu hade börjat misstänka att det var en kvinna som låg bakom det som hade hänt? Det hade hon räknat med. Först skulle de tro att det var en man. Sedan skulle de börja tveka. Till sist skulle allting vridas runt sin egen axel och bli sin motsats.

Men naturligtvis skulle de aldrig finna henne. Aldrig någonsin.

Hon såg på bakugnen. Tänkte på Tore Grundén. Att han bodde i Hässleholm och arbetade i Malmö.

Plötsligt insåg hon hur det skulle gå till. Det var nästan genant enkelt.

Det hon hade att göra kunde hon utföra i tjänsten.

På arbetstid. Och mot betalning.

34.

De började gräva tidigt på morgonen, fredagen den 21 oktober. Ljuset var fortfarande mycket svagt. Wallander och Hansson hade rutat in den första fyrkanten med avspärrningsband. Poliserna i sina overaller och sina gummistövlar visste vad de letade efter. Deras olust blandades med den kyliga morgonluften. Wallander hade en känsla av att han befann sig på en kyrkogård. Någonstans nere i jorden kanske de skulle stöta på resterna av en död människa. Han hade sagt till Hansson att han skulle bli tvungen att ansvara för grävningen. Wallander var själv tvungen att arbeta tillsammans med Birch för att så snabbt som möjligt spåra den servitris som en gång fått Katarina Taxell att skratta på en gata i Lund.

Wallander stannade en halvtimme ute i leran där poliserna hade börjat gräva. Sedan gick han stigen upp mot gården där hans bil väntade. Han ringde Birch och fick tag på honom i hemmet i Lund. Kvällen innan hade Birch bara lyckats få reda på att det var i Malmö som de eventuellt skulle kunna lyckas få fram namnet på den servitris de sökte. Birch satt och drack kaffe när Wallander ringde. De bestämde att träffas utanför järnvägsstationen i Malmö.

– Jag talade med en personalansvarig på AB Trafikrestauranger igår kväll, sa Birch och skrattade. Jag hade en bestämd känsla av att jag störde honom i ett mycket olämpligt ögonblick.

Wallander förstod inte genast sammanhanget.

– Mitt i en kärleksakt, skrockade Birch. Ibland kan det vara riktigt underhållande att vara polis.

Wallander körde mot Malmö. Han undrade hur Birch kunde veta att han hade stört mitt i en kärleksakt. Sedan övergick han till servitrisen de sökte. Han tänkte att det var den fjärde kvinnan som dök upp i den utredning som nu pågått i precis en månad. Tidigare fanns Krista Haberman. Dessutom Eva Runfeldt och Katarina Taxell. Den okända servitrisen var den fjärde kvinnan. Han ställde sig frågan om det fanns ytterligare en kvinna, en femte. Var det henne de letade efter? Eller hade de nått målet om de lyckades lokalisera tågservitrisen? Hade det varit hon som gjort nattliga besök på Ystads BB? Utan att han helt kunde motivera det för sig tvivlade han dock på att det var servitrisen som var den kvinna de egentligen sökte efter. Kanske hon kunde leda dem vidare? Något mer kunde han knappast hoppas på.

Han for genom det grå höstlandskapet i sin gamla bil. Undrade tankspritt hur vintern skulle bli. När hade de senast upplevt en jul-helg med snö? Det var så länge sedan att han inte kunde minnas det.

När han kom till Malmö hade han tur och hittade en parkerings-plats precis intill stationens huvudentré. Ett kort ögonblick var han frestad att försöka hinna dricka en kopp kaffe innan Birch kom. Men han lät det bero. Tiden var för knapp.

Han upptäckte Birch på andra sidan kanalen. Han var på väg över bron. Förmodligen hade han parkerat uppe vid torget. De häl-sade. Birch hade en alltför liten toppluva på huvudet. Han var ora-kad och verkade ha fått för lite sömn.

– Har ni börjat gräva? frågade han.

– Klockan sju, svarade Wallander.

– Hittar ni henne?

– Svårt att svara på. Men möjligheten finns där.

Birch nickade dystert. Sedan pekade han in mot stationen.

– Vi ska träffa en man som heter Karl-Henrik Bergstrand, sa han. Normalt sett kommer han inte till sitt arbete riktigt än. Han lovade att vara extra tidigt ute idag för att kunna ta emot oss.

– Var det honom som du avbröt i det olämpliga ögonblicket?

– Det kan du tro.

De kom in på SJ:s administrationsavdelning och möttes av den man som var Karl-Henrik Bergstrand. Wallander betraktade ho-nom nyfiket och försökte föreställa sig det ögonblick Birch talat om. Sedan insåg han att det var hans eget obefintliga sexualliv som stör-de honom.

Han slog skamset bort tanken. Karl-Henrik Bergstrand var en ung man i trettioårsåldern. Wallander antog att han representerade SJ:s nya, ungdomliga profil. De hälsade och presenterade sig.

– Ert ärende är ovanligt, sa Bergstrand och log. Men vi ska se om vi kan hjälpa till.

Han bjöd dem att stiga in på hans rymliga kontor. Wallander upp-levde hans självsäkerhet som påfallande. När Wallander själv var trettio år hade han ännu varit mycket osäker på det mesta i livet.

Bergstrand hade satt sig bakom det stora skrivbordet. Wallander betraktade möblerna i rummet. Möjligen kunde de förklara varför SJ:s biljettpriser var så höga.

– Vi söker alltså en anställd i en restaurangvagn, började Birch. Vi vet inte mycket annat än att det är en kvinna.

– En överväldigande majoritet av dom som arbetar inom »Service på tåg« är kvinnor, svarade Bergstrand. En man hade nog varit betydligt lättare att hitta.

Wallander lyfte handen.

– Vad heter det egentligen? Trafikrestauranger eller »Service på tåg«?

– Båda namnen går bra.

Wallander var nöjd. Han såg på Birch.

– Vi vet inte vad hon heter, sa han. Vi vet inte heller hur hon ser ut.

Bergstrand såg undrande på honom.

– Behöver man verkligen hitta nån man vet så lite om?

– Ibland är det nödvändigt, insköt Wallander.

– Vi vet vilket tåg hon arbetade på, sa Birch.

Han gav Bergstrand de uppgifter de fått från Annika Carlman. Bergstrand skakade på huvudet.

– Det här är tre år gammalt, sa han.

– Det vet vi, sa Wallander. Men jag antar att SJ har register över sina anställda?

– Egentligen är inte det här nåt jag kan svara på, sa Bergstrand mästrande. SJ är en koncern som är uppdelad på många företag. Trafikrestauranger är ett dotterbolag. De har sin egen personaladministration. Det är dom som kan svara på era frågor. Inte vi. Men vi samarbetar naturligtvis när det behövs.

Wallander märkte att han började bli både otålig och irriterad.

– Låt oss klargöra en viktig omständighet, avbröt han. Vi söker inte efter den här servitrisen för ro skull. Vi vill ha tag på henne eftersom hon kan ha viktiga upplysningar att komma med i en komplicerad mordutredning. Vi bryr oss alltså inte om vem som svarar på våra frågor. Men vi är angelägna om att det sker så fort som möjligt.

Orden hade effekt. Bergstrand tycktes ha förstått. Birch såg uppmuntrande på Wallander som fortsatte.

– Jag antar att du kan få tag på den person som kan ge oss svar, sa han. Och vi sitter kvar här och väntar.

– Är det morden i Ystadstrakten? frågade Bergstrand nyfiket.

– Just dom. Och den här servitrisen kan veta nåt som har betydelse.

– Är hon misstänkt?

– Nej, svarade Wallander. Hon är inte misstänkt. Ingen skugga kommer att falla på vare sig tågen eller smörgåsarna.

Bergstrand reste sig och lämnade rummet.

– Han verkade lite dryg, sa Birch. Det var bra att du sa åt honom.

– Det vore ännu bättre om han kunde komma med ett svar, sa Wallander. Dessutom helst så fort som möjligt.

Medan de väntade på Bergstrand ringde Wallander ut till Hansson i Lödinge. Svaret var negativt. De grävde sig in mot mitten av den första fyrkanten. Ännu hade de inte hittat någonting.

–Tyvärr har det redan spritt sig, sa Hansson. Vi har haft en del nyfikna uppe vid gården.

– Håll dom på avstånd, sa Wallander. Mer kan vi nog inte göra.

– Nyberg ville tala med dig. Det gällde den där bandinspelningen av telefonsamtalet till Katarina Taxells mor.

– Hade dom lyckats identifiera dunkandet i bakgrunden?

– Om jag förstod Nyberg rätt var resultatet negativt. Men det är bäst att du talar med honom själv.

– Kunde dom verkligen inte säga nånting alls?

– Dom menade att det var nån i närheten av telefonen som slog i golvet eller i en vägg. Men vad hjälper det oss?

Wallander förstod att han hade börjat hoppas alltför tidigt.

– Det kan knappast vara Katarina Taxells nyfödda barn, fortsatte Hansson.

– Vi har tydligen tillgång till en specialist som kan filtrera ut frekvenser eller nåt liknande. Möjligen kan han lista ut om telefonsamtalet kom långt bortifrån. Eller om det var i närheten av Lund. Men det är tydligen en mycket komplicerad process. Nyberg sa att det skulle ta minst ett par dagar.

– Vi får nöja oss med det, sa Wallander.

I samma ögonblick återvände Bergstrand in i rummet. Wallander skyndade sig att avsluta samtalet med Hansson.

– Det kommer att ta en stund, sa han. En sak är att det är en tre år gammal tjänstgöringslista ni vill ha tag på. En annan är att koncernen har genomgått många förändringar sen den gången. Men jag har förklarat att det är viktigt. Trafikrestauranger arbetar för fullt.

– Vi väntar, sa Wallander.

Bergstrand verkade inte odelat förtjust över att ha de båda poliserna sittande i sitt arbetsrum. Men han sa ingenting.

– Kaffe, sa Birch. En av SJ:s specialiteter. Finns det även utanför cafévagnen?

Bergstrand försvann ut ur rummet.

– Jag tror knappast han är van vid att hämta kaffe, sa Birch belåtet.

Wallander svarade inte.

Bergstrand återkom med en bricka. Sedan ursäktade han sig med att han hade ett brådskande möte. De blev sittande i rummet. Wallander drack kaffe och kände hur otåligheten växte. Han tänkte på Hansson. Övervägde om han inte borde lämna Birch ensam att vänta på att servitrisen blev identifierad. Han bestämde sig för att stanna en halvtimme. Inte mer.

– Jag har försökt sätta mig in i allt det som hänt, sa Birch plötsligt. Jag erkänner att jag aldrig har varit med om nåt liknande. Kan det verkligen vara möjligt att det är en kvinna som ligger bakom det här?

– Vi kommer inte ifrån att vi vet det vi vet, svarade Wallander.

Samtidigt återkom den känsla som hela tiden plågade honom. Rädslan för att han hade drivit in hela utredningen i en terräng som bara bestod av fallgropar. När som helst kunde luckan öppnas under deras fötter.

Birch satt tyst.

– Kvinnliga mångmördare har knappast förekommit alls i det här landet, sa han sedan.

– Om vi ens har haft nån, sa Wallander. Dessutom vet vi inte om det är hon som har utfört gärningarna. Antingen leder våra spår oss fram till henne ensam. Eller till nån annan som finns i hennes bakgrund.

– Och du tror alltså att hon i vanliga fall serverar kaffe på tåg mellan Stockholm och Malmö?

Birchs tvivel var inte att ta fel på.

– Nej, svarade Wallander. Jag tror inte hon serverar kaffe. Servitrisen är förmodligen bara det fjärde steget på vägen.

Birch slutade fråga. Wallander såg på klockan. Funderade på om han skulle ringa till Hansson igen. Det närmade sig en halvtimme. Bergstrand var fortfarande upptagen av sitt möte. Birch satt och läste en broschyr över SJ:s förträfflighet.

Halvtimmen hade gått. Wallanders otålighet började bli påfrestande.

Bergstrand återkom.

– Det verkar som om vi löser det, sa han uppmuntrande. Men det dröjer ännu en stund.

– Hur länge?

Wallander dolde inte sin otålighet och irritation. Han insåg att den förmodligen var oberättigad. Men han kunde inte hjälpa det.

– Kanske en halvtimme? Dom håller på att köra ut registren. Sånt tar sin tid.

Wallander nickade stumt.

De fortsatte att vänta. Birch la ifrån sig broschyren och blundade. Wallander gick fram till ett fönster och såg ut över Malmö. Till höger skymtade han flygbåtsterminalen. Han tänkte på hur han hade stått där och mött Baiba. Hur många gånger hittills? Två gånger. Det kunde kännas som om det hade varit fler än så. Han satte sig igen. Ringde till Hansson. Fortfarande hade de inte funnit något. Grävandet skulle ta tid. Hansson sa också att det hade börjat regna. Wallander anade sig dystert till omfattningen av det deprimerande arbetet.

Det här är alldeles åt helvete, tänkte han plötsligt. Jag har drivit hela den här utredningen rakt in i fördärvet.

Birch började snarka. Wallander såg oupphörligt på klockan.

Bergstrand återkom. Birch vaknade med ett ryck. Bergstrand hade ett papper i handen.

– Margareta Nystedt, sa han. Det är nog den person ni söker. Hon hade ensam hand om serveringen just den dagen på den aktuella avgången.

Wallander spratt upp ur stolen.

– Var finns hon nu?

– Det vet jag faktiskt inte. Hon slutade hos oss för ungefär ett år sen.

– Jävlar, sa Wallander.

– Men vi har hennes adress, fortsatte Bergstrand. Hon behöver ju inte ha flyttat bara för att hon har slutat arbeta på Trafikrestaurangerna.

Wallander ryckte till sig pappret. Det var en adress i Malmö.

– Carl Gustafs väg, sa Wallander. Var ligger den?

– Vid Pildammsparken, svarade Bergstrand.

Wallander såg att där fanns ett telefonnummer. Men han bestämde sig för att låta bli att ringa. Han ville åka dit direkt.

–Tack för hjälpen, sa han till Bergstrand. Jag förutsätter att det här verkligen stämmer? Att det var hon som serverade den gången.

– SJ är känt för sin säkerhet, sa Bergstrand. Det innebär faktiskt också att vi har ordning på vår anställda personal. Både i affärsverket och hos dotterbolagen.

Wallander förstod inte sammanhanget. Men han hade inte tid att fråga.

– Då far vi, sa han till Birch.

De lämnade stationen. Birch lät sin bil stå och åkte med Wallander. Det tog dem mindre än tio minuter att hitta fram till rätt adress.

Det var ett femvånings hyreshus. Margareta Nystedt bodde på fjärde våningen. De tog hissen. Wallander ringde på dörren innan Birch ens hade hunnit ur hissen. Väntade. Ringde igen. Ingen öppnade. Han svor invärtes. Sedan bestämde han sig hastigt. Han ringde på dörren intill. Dörren öppnades nästan genast. En äldre man såg strängt på Wallander. Han hade skjortan uppknäppt över buken. I handen hade han en till hälften ifylld spelkupong. Wallander trodde att den hade med trav att göra. Han tog fram sin legitimation.

– Vi söker Margareta Nystedt, sa han.

– Vad har hon gjort? frågade mannen. Hon är en mycket vänlig ung dam. Hennes man också.

– Vi behöver bara några upplysningar, sa Wallander. Hon är inte hemma. Ingen öppnar. Ni vet händelsevis inte var vi kan få tag på henne?

– Hon arbetar på flygbåtarna, svarade mannen. Hon serverar.

Wallander såg på Birch.

– Tack för hjälpen, sa Wallander. Lycka till med hästarna.

Tio minuter senare bromsade de in vid flygbåtsterminalen.

– Vi kan nog inte parkera här, sa Birch.

– Det struntar vi i, sa Wallander.

Han hade en känsla av att han sprang. Om han stannade skulle allt falla ihop.

Det tog dem bara några minuter att få veta att Margareta Nystedt denna morgon arbetade på »Springaren«. Den hade just lämnat Köpenhamn och beräknades in till kaj om en dryg halvtimme. Wallander använde tiden till att flytta sin bil. Birch satt på en bänk i avgångshallen och läste i en trasig tidning. Terminalföreståndaren kom och sa att de kunde vänta inne i ett personalutrymme. Han undrade om de ville att han skulle kontakta båten.

– Hur länge har hon på sig? frågade Wallander.

– Hon ska egentligen tillbaka till Köpenhamn på nästa tur.

– Det går inte.

Mannen var hjälpsam. Han lovade se till att Margareta Nystedt kunde stanna i land. Wallander hade försäkrat att hon inte var misstänkt för att ha begått något brott.

Wallander hade gått ut i blåsten när båten la till vid kajen. Passagerarna stretade i motvinden. Wallander förvånades över att så många människor reste över Sundet en vanlig vardag. Han väntade otåligt. Den sista passageraren var en man med kryckor. Strax efter kom en kvinna i serveringsuniform ut på däcket. Mannen som tidigare hade tagit emot Wallander stod vid hennes sida och pekade.

Kvinnan som var Margareta Nystedt gick nerför landgången. Hon var blond, hade hårt nerklippt hår och var yngre än Wallander hade förväntat sig. Hon stannade framför honom och knöt armarna över bröstet. Hon frös.

– Var det du som ville tala med mig? frågade hon.

– Margareta Nystedt?

– Det är jag.

– Då går vi in. Vi behöver inte stå här och frysa.

– Jag har inte mycket tid.

– Mer än du tror. Du ska inte med nästa tur.

Hon stannade i steget av förvåning.

– Varför inte? Vem har bestämt det?

– Jag måste prata med dig. Men du behöver inte vara orolig.

Han fick plötsligt en känsla av att hon hade blivit rädd. Ett kort ögonblick började han tro att han hade tagit fel. Att det var henne de hade väntat på. Att han redan hade den femte kvinnan vid sin sida, utan att ha behövt träffa den fjärde.

Sedan insåg han lika hastigt att han måste ta fel. Margareta Nystedt var en ung och späd kvinna. Hon hade aldrig kunnat utföra de fysiska handlingar som hade krävts. Någonting i hela hennes framtoning sa honom att det inte var henne de letade efter.

De kom in i terminalbyggnaden där Birch väntade. Personalen hade ett uppehållsrum. De satte sig i en sliten soffgrupp av plast. Rummet var tomt. Birch presenterade sig. Hon tog honom i hand. Hennes hand var spröd. Som en fågelfot, tänkte Wallander oklart för sig själv.

Han betraktade hennes ansikte. Han bedömde att hon var 27 eller 28 år. Hennes kjol var kort. Hon hade vackra ben. Ansiktet var hårt sminkat. Han fick ett intryck av att hon hade målat över något i sitt ansikte som hon inte tyckte om. Hon var orolig.

– Jag beklagar att vi måste kontakta dig på det här sättet, sa Wallander. Men det finns ibland saker som inte kan vänta.

– Som till exempel min båt, svarade hon. Hennes röst hade en egendomligt hård klang. Wallander hade inte förväntat sig den. Han visste egentligen inte vad han hade väntat sig.

– Det är inget problem. Jag har talat med en av dina överordnade.

– Vad är det jag har gjort?

Wallander betraktade henne tankfullt. Hon visste inte alls varför han var där tillsammans med Birch. Om det rådde inget tvivel.

Falluckan gnisslade och knakade under hans fötter.

Hans tveksamhet var mycket stor.

Hon upprepade sin fråga. Vad hade hon gjort?

Wallander kastade en blick på Birch som i smyg betraktade hennes ben.

– Katarina Taxell, sa Wallander. Henne känner du?

– Jag vet vem hon är. Om jag känner henne är en annan sak.

– På vilket sätt har du lärt känna henne? Hur har du umgåtts med henne?

Hon ryckte plötsligt till i den svarta plastsoffan.

– Har det hänt henne nånting?

– Nej. Svara på mina frågor.

– Svara på min! Jag har bara en. Varför frågar du mig om henne?

Wallander förstod att han varit för otålig. Han hade gått för fort fram. Hennes aggressivitet var faktiskt rimlig.

– Det har inte hänt Katarina nåt. Hon är heller inte misstänkt för att ha begått nåt brott. Lika lite som du. Men vi behöver ha olika upplysningar om henne. Det är allt jag kan säga. När du har svarat på mina frågor går jag härifrån. Och du kan återvända till ditt arbete.

Hon betraktade prövande hans ansikte. Han märkte att hon nu hade börjat tro honom.

– För ungefär tre år sen umgicks du med henne. Den gången arbetade du som servitris på tågens restaurangvagnar. Du var anställd av det som heter Trafikrestauranger.

Hon verkade förvånad över att han kände till hennes förflutna. Wallander fick ett intryck av att hon var på sin vakt, vilket i sin tur gjorde att han själv skärpte sin uppmärksamhet.

– Stämmer det? fortsatte han.

– Naturligtvis är det riktigt. Varför skulle jag neka till det?

– Och du kände Katarina Taxell?

– Ja.

– Hur hade du lärt känna henne?

– Vi arbetade tillsammans.

Wallander såg undrande på henne innan han fortsatte.

– Katarina Taxell är väl lärarinna?

– Hon hade tagit en paus. Under en tid arbetade hon på tågen.

Wallander såg på Birch som skakade på huvudet. Inte heller han hade hört om det.

– När var det här?

– Våren 1991. Mer exakt än så kan jag inte vara.

– Och ni arbetade tillsammans?

– Inte alltid. Men ofta.

– Dessutom umgicks ni alltså på fritiden?

– Ibland. Men vi var inte nära vänner. Vi hade roligt. Mer var det inte.

– När träffade du henne senast?

– Vi kom ifrån varandra när hon slutade servera. Djupare gick inte vänskapen.

Wallander insåg att hon talade sanning. Hennes vaksamhet hade också försvunnit.

– Hade Katarina nån fästman under den där tiden?

– Jag vet faktiskt inte, svarade hon.

– Om ni arbetade tillsammans och dessutom umgicks bör du väl ha vetat om det?

– Hon talade aldrig om nån.

– Du såg heller ingen man i hennes sällskap?

– Aldrig.

– Hade hon några andra väninnor som hon umgicks med?

Margareta Nystedt tänkte efter. Sedan gav hon Wallander tre namn. Samma namn som Wallander redan kände till.

– Ingen annan?

– Inte vad jag vet.

– Har du hört namnet Eugen Blomberg tidigare?

Hon tänkte efter.

– Var det inte han som blev mördad?

– Just han. Kan du påminna dig att Katarina Taxell nånsin talade om honom?

Hon såg plötsligt allvarligt på honom.

– Var det hon som gjorde det?

Wallander högg tag i hennes fråga.

–Tror du att hon skulle ha kunnat döda nån?

– Nej. Katarina var väldigt fridsam av sig.

Wallander kände sig osäker på hur han skulle gå vidare.

– Ni for fram och tillbaka mellan Malmö och Stockholm, sa han. Ni hade säkert mycket att göra. Men ni måste ändå ha talat med varandra. Är du säker på att hon aldrig nämnde nån annan väninna? Det är mycket viktigt.

Han såg att hon ansträngde sig.

– Nej, sa hon. Jag kan inte minnas nåt sånt.

I det ögonblicket uppfattade Wallander en sekundkort tveksamhet hos henne. Hon upptäckte att han hade sett det.

– Kanske, sa hon. Men jag har svårt att minnas.

– Vad?

– Det måste ha varit strax innan hon slutade. Jag hade varit sjuk en vecka i influensa.

– Vad hände då?

– När jag kom tillbaka var hon annorlunda.

Wallander satt nu på helspänn. Även Birch hade uppfattat att något höll på att hända.

– Hur då annorlunda?

– Jag vet inte hur jag ska förklara. Hon kunde växla mellan att vara dyster och uppsluppen. Det var som om hon hade förändrats.

– Försök beskriva förändringen. Det kan vara mycket viktigt.

– I vanliga fall när vi inte hade nåt att göra brukade vi sitta i det lilla köket som finns i restaurangvagnarna. Vi pratade och bläddrade i tidningar. Men när jag kom tillbaka gjorde vi inte det längre.

– Vad hände istället?

– Hon gick därifrån.

Wallander väntade på en fortsättning. Men den kom inte.

– Hon lämnade restaurangvagnen? Hon kunde knappast ha lämnat tåget. Vad sa hon att hon skulle göra?

– Hon sa ingenting.

– Men du måste ha frågat? Hon var annorlunda? Hon satt inte och pratade längre?

– Kanske jag frågade. Det minns jag inte. Men hon svarade ingenting. Hon bara gick därifrån.

– Hände det här alltid?

– Nej. Den sista tiden innan hon slutade blev hon annorlunda. Det var som om hon slöt sig inom sig själv.

–Tror du hon träffade nån på tåget? En passagerare som reste där varje gång? Det låter mycket märkligt.

– Jag vet inte om hon träffade nån.

Wallander hade inga flera frågor. Han såg på Birch. Som heller ingenting hade att tillägga.

Flygbåten höll just på att lämna hamnen.

– Du får en paus nu, sa Wallander. Jag vill att du hör av dig till mig om du kommer på nånting mer.

Han skrev ner sitt namn och telefonnummer på en lapp och gav den till henne.

– Jag minns ingenting mer, sa hon.

Hon reste sig och gick.

– Vem träffar Katarina på ett tåg? frågade Birch. En passagerare som oavbrutet reser fram och tillbaka mellan Malmö och Stockholm? Dessutom serverar dom väl inte hela tiden på samma tåg? Det låter helt orimligt.

Wallander uppfattade bara vagt vad Birch sa. Han hade fastnat i en tanke som han inte ville förlora greppet om. Det kunde inte vara en passagerare. Alltså måste det vara någon annan som befann sig på tåget av samma skäl som hon själv. Någon som arbetade där.

Wallander såg på Birch.

– Vem arbetar på ett tåg? frågade han.

– Jag antar att det finns en lokförare.

– Och mer.

– Konduktörer. En eller flera. Tågmästare heter det visst.

Wallander nickade. Han tänkte på det Ann-Britt Höglund hade kommit fram till. Det svaga återskenet av ett mönster. En människa som hade oregelbundna men återkommande ledigheter. Som människor som arbetar på tåg.

Han reste sig upp.

Där fanns också tågtidtabellen i lönnfacket.

– Jag tror vi ska gå tillbaka till Karl-Henrik Bergstrand, sa Wallander.

– Söker du fler servitriser?

Wallander svarade inte. Han var redan på väg ut ur terminalbyggnaden.

Karl-Henrik Bergstrand såg minst av allt glad ut när han fick syn på Wallander och Birch igen. Wallander gick rakt på, föste nästan in honom genom dörren till kontoret och tryckte ner honom i stolen.

– Samma period, sa han. Våren 1991. Då fanns en person som hette Katarina Taxell anställd hos er. Eller det företag som säljer kaffe. Nu vill jag att du plockar fram alla dom konduktörer eller tågmästare och lokförare som arbetade på de turer där Katarina Taxell var med. Framförallt är jag intresserad av en vecka under våren 1991 när Margareta Nystedt var sjukskriven. Har du förstått vad jag säger?

– Du kan inte mena det här på allvar, sa Karl-Henrik Bergstrand. Det är ett omöjligt företag att pussla ihop alla dom här uppgifterna. Det kommer att ta månader.

– Låt oss säga att du har ett par timmar på dig, svarade Wallander vänligt. Om det blir nödvändigt kommer jag att be rikspolischefen att ringa till sin kollega generaldirektören för SJ. Och jag ska be honom klaga på långsamheten hos en tjänsteman i Malmö som heter Bergstrand.

Mannen bakom skrivbordet förstod. Det var också som om han antog utmaningen.

– Låt oss alltså göra det omöjliga, sa han. Men det kommer att ta flera timmar.

– Om du gör det så fort du kan får det ta hur lång tid som helst, svarade Wallander.

– Ni kan få övernatta i nåt av järnvägens övernattningsrum vid lokstationen, sa Bergstrand. Eller på Hotell Prize som vi har avtal med.

– Nej, sa Wallander. När du har dom uppgifter jag har begärt så skickar du dom över fax till polishuset i Ystad.

– Låt mig bara få påpeka att det inte handlar om konduktörer *eller* tågmästare, sa Bergstrand. Det heter tågmästare. Ingenting annat. En fungerar som tågets överbefälhavare. Grunden i vårt system är faktiskt militära grader.

Wallander nickade. Men han sa ingenting.

När de kom ut från järnvägsstationen hade klockan närmat sig halv elva.

– Du tror alltså det är nån annan som arbetade på SJ den gången?

– Det måste vara så. Det finns ingen annan rimlig förklaring.

Birch satte på sig toppluvan.

– Det betyder alltså att vi väntar.

– Du i Lund och jag i Ystad. Bandspelaren ska finnas kvar hos Hedwig Taxell. Katarina kan ringa igen.

De skildes utanför stationsbyggnaden. Wallander satte sig i bilen och körde ut genom staden. Han undrade om han nu var framme vid den innersta kinesiska asken. Vad skulle han hitta? Ett tomt rum? Han visste inte. Hans oro var mycket stor.

Han svängde in vid en bensinstation strax före den sista rondellen ut mot Ystadsvägen. Han tankade fullt och gick in och betalade. När han kom ut hörde han att telefonen som han lagt ifrån sig på sätet ringde. Han slet upp dörren och slet till sig telefonen.

Det var Hansson.

– Var är du? frågade Hansson.

– På väg till Ystad.

– Jag tror det är bäst du kommer hit.

Wallander ryckte till. Han höll på att tappa telefonen.

– Har ni hittat henne?

– Jag tror det.

Wallander sa ingenting.

Sedan körde han raka vägen till Lödinge.

Blåsten hade tilltagit och vridit tills den blivit rakt nordlig.

35.

De hade hittat ett lårben. Ingenting mer.

Det dröjde sedan flera timmar innan de gjorde några ytterligare skelettfynd. Det blåste en byig och kall vind denna dag, en vind som skar rakt igenom deras kläder och förstärkte det tröstlösa och motbjudande i situationen.

Lårbenet låg på en plastduk. Wallander tänkte att det ändå hade gått fort. De hade inte grävt igenom ett område större än 20 kvadratmeter, och dessutom ännu bara varit förvånansvärt nära ytan, när en spade hade stött emot benet.

En läkare kom och ställde sig huttrande att betrakta lårbenet. Han kunde naturligtvis ingenting annat säga än att det tillhörde en människa. Men Wallander behövde inga ytterligare bekräftelser. Att det var en del av resterna efter Krista Haberman rådde det inget tvivel om i hans medvetande. De skulle gräva vidare, de skulle kanske finna resten av hennes skelett, och de skulle sedan möjligen kunna avgöra hur hon hade blivit dödad. Hade Holger Eriksson strypt henne? Hade han skjutit henne? Vad hade egentligen hänt den där gången för så länge sedan?

Wallander kände sig trött och sorgsen denna utdragna eftermiddag. Det hjälpte honom inte att han hade haft rätt. Det var som om han såg rakt in i en förfärande historia han helst av allt inte hade velat befatta sig med. Men hela tiden väntade han också med spänning på vad Karl-Henrik Bergstrand skulle komma fram till. När han hade tillbringat ett par timmar ute i leran tillsammans med Hansson och de andra grävande poliserna, hade han återvänt till polishuset. Han hade då också informerat Hansson om vad som hade hänt i Ystad, om mötet med Margareta Nystedt och upptäckten att Katarina Taxell under en kort period av sitt liv serverat på tågen mellan Malmö och Stockholm. Någon gång hade hon där under en resa träffat en okänd människa som påverkat henne mycket starkt. Vad som hade hänt visste de inte. Men den okända person hon hade mött hade på något sätt kommit att få avgörande betydelse för henne. Wallander visste inte ens om det var en man eller en kvinna. Han var bara säker på att när de väl hade hittat rätt så hade de också tagit ett stort kliv rakt in mot centrum av den utredning som alltför länge varit så undanglid-ande.

När han kom till polishuset hade han samlat de av sina övriga medarbetare han fick tag på och upprepat det som han berättat en halvtimme tidigare för Hansson. De kunde nu bara vänta på att papper skulle börja krypa fram ur faxmaskinen.

När de satt samlade i mötesrummet ringde Hansson och sa att de nu också hade hittat ett skenben. Olusten kring bordet var mycket stor. Wallander tänkte att alla nu satt och väntade på att kraniet skulle dyka upp i leran.

Eftermiddagen blev sen. Det drog ihop sig till den första höststor-men över Skåne. Löven yrde över parkeringsplatsen utanför polishu-set. De hade blivit sittande i mötesrummet trots att de inte hade något som de nödvändigtvis behövde diskutera i grupp. Alla hade dessutom många olika arbetsuppgifter liggande på sina bord. Wallander tänkte att det de mest av allt nu behövde var att samla krafter. Om de lycka-des bryta igenom och öppna upp utredningen med hjälp av de upplys-ningar som skulle komma från Malmö kunde de räkna med att mycket arbete måste utföras på kort tid. Därför satt eller halvlåg de i stolar-na kring mötesbordet för att vila. Någon gång under eftermiddagen ringde Birch och sa att Hedwig Taxell aldrig hade hört talas om Mar-gareta Nystedt. Hon hade heller inte kunnat förstå att hon alldeles hade glömt att hennes dotter Katarina under en period av sitt liv hade arbetat som tågvärdinna. Birch underströk att han trodde hon talade sanning. Martinsson lämnade ideligen rummet och ringde hem. Wal-lander pratade då lågmält med Ann-Britt Höglund som trodde att allt redan nu gick bättre med Terese. Martinsson hade heller inte talat vi-dare om att han ville sluta som polis. Också när det gällde det måste de tills vidare vänta, tänkte Wallander. Att utreda svåra brott innebär att vänta med allting annat i sitt liv.

Klockan fyra på eftermiddagen ringde Hansson och sa att de hade stött på ett långfinger. Strax därpå återkom han och sa att kraniet hade blivit avtäckt. Wallander hade då frågat om han ville bli avlöst. Men han hade sagt att han lika gärna kunde stanna.

Det var nog om en av dem drog på sig en förkylning.

Ett kallt stråk av obehag gick genom mötesrummet när Wallan-der berättade att han utgick från att det var Krista Habermans kra-nium som nu hade hittats. Svedberg la hastigt ifrån sig den halvätna smörgås han hållit i handen.

Wallander hade upplevt det tidigare.

Ett skelett betydde ingenting förrän kraniet kom fram. Först då var det möjligt att ana människan som en gång hade funnits där.

I denna stämning av trött väntan, där spaningsgruppens medlemmar satt utspridda som små isolerade öar kring bordet, uppstod emellanåt korta samtal. Olika detaljer drogs fram. Någon ställde en fråga. Ett svar gavs, något klargjordes och det blev tyst igen.

Svedberg började plötsligt tala om Svenstavik.

– Holger Eriksson måste ha varit en mycket märklig man. Först lurar han med sig en polsk kvinna hit ner till Skåne. Gud vet vad han har lovat henne? Äktenskap? Rikedom? Att bli bilhandlarbaronessa? Sen dödar han henne nästan omgående. Det sker för snart trettio år sen. Men när han själv känner döden komma krypande köper han sig ett avlatsbrev genom att donera pengar till kyrkan där uppe i Jämtland.

– Jag har läst hans dikter, sa Martinsson. Åtminstone en del av dom. Man kan inte komma ifrån att han emellanåt uppvisar en viss känslighet.

– Mot djur, sa Ann-Britt Höglund. Mot fåglar. Men inte mot människor.

Wallander påminde sig den övergivna hundburen. Han undrade hur länge den hade stått tom. Hamrén grep en telefon och lyckades få tag på Sven Tyrén i hans tankbil. Då fick de svaret. Holger Erikssons sista hund hade plötsligt legat död en morgon i buren. Det hade skett några veckor innan Holger Eriksson själv hade störtat ner i pålgraven. Tyrén hade hört det av sin fru som i sin tur hade hört det av lantbrevbäraren. Vad hunden hade dött av visste han inte. Men den hade varit ganska gammal. Wallander tänkte tyst att det måste ha varit någon som dödat hunden för att den inte skulle ge skall. Och den personen kunde bara vara den som de nu sökte efter.

De hade lyckats ge sig själva ytterligare en förklaring. Men de saknade ännu de övergripande sambanden. Ingenting var ännu på allvar genomlyst.

Halv fem ringde Wallander in till Malmö. Karl-Henrik Bergstrand kom till telefonen. De höll på, svarade han. De skulle snart kunna skicka över alla de namn och andra uppgifter som Wallander hade begärt.

Deras väntan fortsatte. En journalist ringde och frågade vad de grävde efter på Holger Erikssons gård. Wallander anförde spaningstekniska skäl för att inte säga någonting. Men han var inte avvisande. Han uttryckte sig så vänligt han orkade. Lisa Holgersson satt med under stora delar av den långa väntan. Hon åkte också ut tillsammans med Per Åkeson till Lödinge. Men i motsats till deras förre chef Björk sa hon inte många ord. Wallander tänkte att de var mycket olika. Björk skulle ha tagit tillfället i akt att beklaga sig över rikspolisstyrelsens senaste PM. På något sätt skulle han ha lyckats knyta ihop det med den utredning som pågick. Lisa Holgersson var annorlunda. Wallander bestämde sig frånvarande för att de båda nog var bra på var sitt sätt.

Hamrén spelade luffarschack med sig själv, Svedberg letade efter kvarvarande hårstrån på sin flint och Ann-Britt Höglund satt och blundade. Då och då reste sig Wallander och tog en promenad i korridoren. Han kände sig mycket trött. Han undrade om det betydde något att Katarina Taxell inte hade hört av sig. Borde de trots allt efterlysa henne? Han var tveksam. Han var rädd för att de skulle skrämma bort den kvinna som hämtat henne. Han hörde hur telefonen ringde inne i mötesrummet. Skyndade tillbaka och blev stående i dörren. Det var Svedberg som hade svarat. Wallander formade ljudlöst ordet »Malmö« med munnen. Svedberg skakade på huvudet. Det var Hansson igen.

– Ett revben den här gången, sa Svedberg efteråt. Kanske han inte behöver ringa hit varje gång dom stöter på ett nytt ben?

Wallander satte sig vid bordet. Telefonen ringde på nytt. Svedberg grep återigen luren. Han lyssnade kort innan han räckte över den till Wallander.

– Nu kommer det om några minuter på er fax, sa Karl-Henrik Bergstrand. Jag tror vi har fått fram alla dom uppgifter du ville ha.

– Då har ni gjort det bra, svarade Wallander. Skulle vi behöva nån förklaring eller komplettering hör jag av mig.

– Det gör du säkert, sa Karl-Henrik Bergstrand. Jag har fått det intrycket att du inte är den som ger dig.

De samlades ute vid faxen. Efter några minuter började pappren komma. Wallander insåg ögonblickligen att det var många fler namn än han hade föreställt sig. När sändningen var över rev de av och drog kopior. Tillbaka i mötesrummet studerade de pappren under tystnad. Wallander räknade till trettiotvå namn. Sjutton av tågmästarna var dessutom kvinnor. Han kände inte igen något namn. Tjänstgöringslistorna och de olika kombinationerna tycktes oändliga. Han letade länge innan han hittade den vecka där Margareta Nystedts namn inte fanns med. Inte mindre än elva kvinnliga tågmästare hade varit i tjänst de dagarna på de avgångar där Katarina Taxell hade arbetat med serveringen. Han var inte heller helt säker på att han verkligen hade förstått alla förkortningar och koder för de olika personerna och deras tjänstgöringstider.

Ett kort ögonblick kände Wallander hur kraftlösheten återkom. Sedan tvingade han undan den och knackade med en penna i bordet.

– Här finns ett stort antal människor, sa han. Om jag inte tar alldeles fel så är det i första hand elva kvinnliga tågmästare och befälhavare som vi måste koncentrera oss på. Därtill finns fjorton män. Men jag vill att vi börjar med kvinnorna. Är det nån av er som känner igen nåt av namnen?

De lutade sina huvuden över bordet. Ingen kunde påminna sig något av namnen från andra delar av utredningen. Wallander saknade Hanssons närvaro. Han var den som hade det bästa minnet. Han bad en av poliserna från Malmö ta en kopia och se till att den kördes upp till Hansson.

– Då sätter vi igång, sa han när polismannen hade lämnat rummet. Elva kvinnor. Vi får gå in på var och en av dom. Nånstans kommer vi förhoppningsvis att hitta en punkt där vi hittar ett samband med den här utredningen. Vi delar upp dom mellan oss. Och vi börjar nu. Kvällen kommer att bli lång.

De gjorde uppdelningen och lämnade mötesrummet. Det korta ögonblick av kraftlöshet som Wallander hade känt var nu borta. Han kände att jakten hade börjat. Väntetiden var äntligen över.

Många timmar senare, när klockan var närmare elva, började Wallander på nytt att misströsta. Då hade de inte kommit längre än att de hade kunnat avskriva två av namnen. En av kvinnorna hade omkommit i en bilolycka långt innan de hade hittat Holger Erikssons döda kropp i diket. Den andra hade av misstag hamnat på listan trots att hon den gången redan hade gått över till administrativt arbete i Malmö. Det var Karl-Henrik Bergstrand som hade upptäckt felet och genast ringt till Wallander.

De sökte efter skärningspunkter utan att hitta några. Ann-Britt Höglund kom in på Wallanders kontor.

– Vad gör jag med henne här? frågade hon och skakade ett papper hon hade i handen.

– Vad är det med henne?

– Anneli Olsson, 39 år gammal, gift, fyra barn. Bosatt i Ängelholm. Mannen frikyrkopastor. Hon arbetade tidigare som kallskänka på ett hotell i Ängelholm. Sen omskolas hon utan att jag kan svara på varför. Om jag har förstått saken rätt är hon djupt religiös. Hon arbetar på tåg, tar hand om sin familj och använder den lilla fritid hon har till handarbete och olika insatser för missionen. Vad gör jag med henne? Kallar in henne till förhör? Frågar om hon har dödat tre män under den senaste månaden? Om hon vet var Katarina Taxell och hennes nyfödda barn håller till?

– Lägg henne åt sidan, sa Wallander. Också det är ett steg i rätt riktning.

Hansson hade kommit in från Lödinge vid åttatiden när regnet och blåsten gjorde det omöjligt att arbeta vidare. Han meddelade också att han i fortsättningen måste få tillgång till fler personer som grävde. Därefter hade han genast gått in i arbetet med kartläggningen av de nio kvinnor som återstod. Wallander hade förgäves försökt skicka hem honom för att åtminstone byta sina blöta kläder. Men Hansson ville inte. Wallander anade att han så fort som möjligt ville skaka av sig den obehagliga upplevelsen av att ha stått ute i leran och grävt efter Krista Habermans kvarlevor.

Strax efter elva satt Wallander i telefon och försökte spåra en anhörig till en kvinnlig tågmästare som hette Wedin. Hon hade bytt adress inte mindre än fem gånger det senaste året. Hon hade gått igenom en komplicerad skilsmässa och varit sjukskriven större delen av tiden. Han höll just på att åter slå numret till nummerbyrån när Martinsson dök upp i dörren. Wallander la hastigt på luren. Han kunde se på Martinssons ansikte att något hade hänt.

– Jag tror jag har hittat henne, sa han sakta. Yvonne Ander. 47 år gammal.

– Varför tror du det är hon?

– Vi kan börja med att hon faktiskt bor här i Ystad. Hon har en adress på Liregatan.

– Vad har du mer?

– Hon verkar egendomlig på många sätt. Undanglidande. Som hela den här utredningen. Men hon har en bakgrund som borde intressera oss. Hon har dels varit undersköterska, dels arbetat i ambulanstjänst.

Wallander såg på honom ett kort ögonblick under tystnad. Sedan reste han sig hastigt.

– Hämta dom andra, sa han. Nu, genast.

Efter några minuter var de samlade i mötesrummet.

– Martinsson kanske har hittat henne, sa Wallander. Och hon bor här i Ystad.

Martinsson gick igenom allt han hittills hade lyckats ta reda på om Yvonne Ander.

– Hon är alltså 47 år, började han. Född i Stockholm. Hon tycks ha kommit till Skåne redan för 15 år sedan. Dom första åren bodde hon i Malmö. Sen flyttade hon hit till Ystad. Hon har arbetat på SJ under dom senaste tio åren. Men innan dess, förmodligen redan när hon var ung, hade hon utbildat sig till undersköterska och arbetat många år inom sjukvården. Varför hon plötsligt börjar med nåt annat kan jag naturligtvis inte svara på. Hon har också varit ambulansbiträde. Sen kan man också se att hon i långa perioder inte tycks ha arbetat alls.

– Vad har hon gjort då? frågade Wallander.

– Det är stora luckor.

– Är hon gift?

– Hon är ensamstående.

– Frånskild?

– Jag vet inte. Det finns inga barn med i bilden. Jag tror inte hon nånsin har varit gift. Men hennes tjänstgöring passar med Katarina Taxells.

Martinsson hade läst från ett anteckningsblock. Nu lät han pappret falla mot bordet.

– Det är en sak till, sa han sedan. Som nog var det jag först reagerade på. Hon är aktiv i SJ:s Fritidsförbunds avdelning i Malmö. Det är det nog många som är. Men det som överraskade mig är att hon sysslade med styrketräning.

Det blev mycket stilla i rummet.

– Hon är med andra ord förmodligen stark, fortsatte Martinsson. Och är det inte så att det är en kvinna med stora kroppskrafter som vi letar efter?

Wallander gjorde en hastig värdering av situationen. Kunde det vara hon? Sedan bestämde han sig.

– Vi lägger undan alla andra namn tills vidare, sa han. Nu samlas vi kring Yvonne Ander. Ta allt från början en gång till. Långsamt.

Martinsson upprepade det han hade sagt. De fyllde på med nya frågor. Många av svaren fattades. Wallander såg på sin klocka. Kvart i tolv.

– Jag tror vi ska tala med henne redan ikväll.

– Om hon inte arbetar, sa Ann-Britt Höglund. Om man ser på listorna så har hon då och då nattåg. Vilket verkar konstigt. Annars ser det ut som om tågmästarna och befälhavarna antingen arbetar på dagtid eller har nätter. Inte båda delarna. Men jag kanske tar fel?

– Antingen är hon hemma eller också är hon det inte, sa Wallander.

– Vad är det egentligen vi ska tala med henne om?

Frågan kom från Hamrén. Den var befogad.

– Jag ser det inte som osannolikt att Katarina Taxell finns där, sa Wallander. Om inte annat kan vi ta det som en förevändning. Hennes oroliga mor. Vi får börja med det. Vi har inga bevis mot henne. Vi har ingenting. Men jag vill också komma åt fingeravtryck.

– Vi ska alltså inte rycka ut, sa Svedberg.

Wallander nickade mot Ann-Britt Höglund.

– Jag tänkte att vi två skulle besöka henne. Vi kan ha en bil som försäkring i bakgrunden. Om nåt skulle hända.

– Vad skulle det vara? frågade Martinsson.

– Det vet jag inte.

– Är det inte lite oansvarigt? undrade Svedberg. Trots allt misstänker vi henne för delaktighet i grova mord.

– Vi ska naturligtvis ha vapen med oss, svarade Wallander.

De blev avbrutna av att en man från sambandscentralen knackade på dörren som stod på glänt.

– Det kom ett meddelande från en läkare i Lund, sa han. Han hade gjort en preliminär bedömning av skelettresterna som ni hittat. Han trodde att dom kom från en kvinna. Och att dom hade legat i jorden mycket länge.

– Då vet vi det, sa Wallander. Om inte annat så är vi på väg att lösa ett 27 år gammalt försvinnande.

Polismannen lämnade rummet. Wallander återknöt till det de talat om.

– Jag tror ingenting kommer att hända, upprepade han.

– Hur ska vi förklara oss om Katarina Taxell inte är där? Trots allt avser vi att knacka på hennes dörr mitt i natten?

– Vi ska fråga om Katarina, sa Wallander. Vi letar efter henne. Ingenting annat.

– Vad händer om hon inte är hemma?

Wallander behövde inte betänka sig.

– Då går vi in, sa han. Och bilen bevakar om hon är på väg hem. Vi har telefonerna påslagna. Under tiden vill jag att ni andra väntar här. Jag vet att det är sent. Men det kan inte hjälpas.

Ingen hade något att invända.

Strax efter midnatt lämnade de polishuset. Vinden hade nu nått stormstyrka. Wallander och Ann-Britt Höglund åkte i hennes bil. Martinsson och Svedberg bildade eftertrupp. Liregatan låg mitt inne i centrala staden. De parkerade ett kvarter därifrån. Staden var mycket öde. De mötte en enda bil. En av polisens nattpatruller. Wallander undrade hastigt om de nya cykelkommandon som var i antågande skulle klara att rycka ut när det stormade som nu.

Yvonne Ander bodde i ett gammalt restaurerat korsvirkeshus. Hon hade sin dörr rakt ut mot gatan. Det fanns tre lägenheter varav hon hade den i mitten. De gick över till motsatt sida av gatan och betraktade fasaden. Bortsett från ett fönster längst till vänster där det lyste i låg huset i mörker.

– Antingen sover hon, sa Wallander. Eller så är hon inte hemma. Men vi måste utgå från att hon är där inne.

Klockan hade blivit tjugo minuter över tolv. Vinden var hård.

– Är det hon? frågade Ann-Britt Höglund.

Wallander märkte att hon frös och verkade illa till mods. Var det för att de nu jagade efter en kvinna?

– Ja, svarade han. Visst är det hon.

De gick över gatan. Till vänster stod bilen där Martinsson och Svedberg satt. Strålkastarna var släckta. Ann-Britt Höglund ringde på dörren. Wallander tryckte örat intill och kunde höra att det ringde inne i lägenheten. De väntade under spänning. Han nickade åt henne att ringa igen. Fortfarande ingenting. En tredje gång med samma resultat.

– Sover hon? sa Ann-Britt Höglund.

– Nej, svarade Wallander. Jag tror inte hon är hemma.

Han kände på dörren. Den var låst. Han tog ett steg ut i gatan och vinkade mot bilen. Martinsson kom. Det var han som var den bäste på att öppna låsta dörrar utan att använda fysisk styrka. Han hade en ficklampa med sig och ett knippe dyrkar. Wallander höll lampan medan Martinsson arbetade. Det tog honom mer än tio minuter. Till slut hade han fått upp låset. Han tog ficklampan och återvände till bilen. Wallander såg sig runt. Gatan var tom. Han och Ann-Britt Höglund gick in. De stod i stillheten och lyssnade. Tamburen tycktes sakna fönster. Wallander tände en lampa. Till vänster låg ett vardagsrum där det var lågt i tak, till höger ett kök. Rakt fram ledde en smal trappa upp till övervåningen. Den knirrade under deras fötter. På övervåningen fanns tre sovrum. Alla var tomma. Det fanns ingen i hela lägenheten.

Han försökte bedöma situationen. Klockan var snart ett. Kunde de räkna med att kvinnan som bodde där skulle komma tillbaka under natten? Han tyckte att mycket talade emot det och ingenting egentligen för. Inte minst att hon befann sig i sällskap med Katarina Taxell och ett nyfött barn. Skulle hon flytta runt dem på nätterna?

Wallander gick fram till en glasdörr i ett av sovrummen. Upptäckte att det fanns en balkong där utanför. Stora blomkrukor fyllde nästan hela utrymmet. Men krukorna var tomma. Där fanns inga blommor. Bara jord.

Bilden av balkongen och de tomma krukorna fyllde honom med plötsligt obehag. Han lämnade hastigt rummet.

De återvände till tamburen.

– Hämta Martinsson, sa han. Och be Svedberg återvända till polishuset. Dom måste leta vidare. Jag tror att Yvonne Ander har nån mer bostad än den här lägenheten. Antagligen ett hus.

– Ska vi inte ha nån bevakning på gatan?

– Hon kommer inte i natt. Men visst ska vi ha en bil här utanför. Be Svedberg ordna det.

Ann-Britt Höglund skulle just gå när han höll tillbaka henne. Sedan såg han sig om. Han gick ut i köket. Tände lampan över diskbänken. Det stod två använda koppar där. Han lindade in dem i en handduk och gav dem till henne.

– Fingeravtryck, sa han. Ge dom till Svedberg. Och han i sin tur måste ge dom till Nyberg. Det här kan vara helt avgörande.

Han gick uppför trappan igen. Hörde hur hon satte upp låset i dörren. Han stod stilla i dunklet. Sedan gjorde han något som överraskade honom själv. Han gick in i badrummet. Tog en handduk och luktade på den. Han kände en svag doft av en speciell parfym.

Men lukten påminde honom plötsligt också om något annat.

Han försökte fånga minnesbilden. Minnet av en doft. Han luktade igen. Men han hittade det inte. Trots att han kände att han var mycket nära.

Han hade känt den doften också någon annanstans. Vid ett annat tillfälle. Han kom bara inte på var eller när. Men det hade varit helt nyligen.

Han ryckte till när han hörde hur dörren på nedervåningen öppnades. Strax efter dök Martinsson och Ann-Britt Höglund upp i trappan.

– Nu får vi börja leta, sa Wallander. Vi söker inte bara efter det som kan binda henne till morden. Vi letar också efter nåt som tyder på att hon verkligen har en annan bostad. Jag vill veta var den ligger.

– Varför skulle hon ha det? frågade Martinsson.

De talade hela tiden tyst, som om den person de letade efter trots allt fanns i deras närhet och kunde höra dem.

– Katarina Taxell, sa Wallander. Hennes barn. Dessutom har vi hela tiden utgått från att Gösta Runfeldt hölls fången i tre veckor. Jag har en stark känsla av att det inte skedde här. Mitt inne i Ystad.

Martinsson och Ann-Britt Höglund stannade på övervåningen.

Wallander gick nerför trappan. Han drog för gardinerna i vardagsrummet och tände några lampor. Sedan ställde han sig mitt i rummet och vred sig långsamt runt medan han betraktade rummet. Han tänkte att hon som bodde där hade vackra möbler. Och hon rökte. Han betraktade ett askfat som stod på ett litet bord intill en lädersoffa. Där fanns inga fimpar. Men svaga spår av aska. På väggarna hängde tavlor och fotografier. Han gick närmare väggen och såg på några av tavlorna. Stilleben, blomvaser. Inte alltför välgjorda. Längst nere i höger hörn en signatur. *Anna Ander - 58*. Alltså en släkting. Han tänkte att Ander var ett ovanligt namn. Det förekom också i den svenska kriminalhistorien utan att han kunde påminna sig i vilket sammanhang. Han betraktade ett av fotografierna som satt i en ram. En skånsk gård. Bilden var tagen snett uppifrån. Wallander gissade att fotografen hade stått på ett tak eller en hög stege. Han gick runt i rummet. Försökte känna hennes närvaro. Han undrade varför det var så svårt. Allt ger ett intryck av övergivenhet, tänkte han. En prydlig och pedantisk övergivenhet. Hon är inte ofta här. Hon tillbringar sin tid någon annanstans.

Han gick fram till hennes lilla skrivbord som stod intill väggen. I glipan vid gardinen skymtade han ett litet gårdsutrymme. Fönstret var otätt. Den kalla vinden kändes i rummet. Han drog ut stolen och satte sig. Prövade den största lådan. Den var olåst. En bil passerade ute på gatan. Wallander skymtade billjusen som slog mot ett fönster och försvann. Sedan var det bara vinden igen. I lådan fanns högar med hopbuntade brev. Han letade reda på sina glasögon och tog ut det översta. Avsändare var A. Ander. Den här gången med en adress i Spanien. Han tog ut brevpappret och ögnade hastigt igenom det. Anna Ander var hennes mor. Det framgick omedelbart. Hon beskrev en resa. På sista sidan skrev hon att hon var på väg till Algeriet. Brevet var daterat i april 1993. Han la tillbaka brevet överst i bunten. Från övervåningen knarrade det i golvplankorna. Han kände med ena handen innerst i lådan. Ingenting. Han började gå igenom de andra lådorna. Till och med papper kan ge intryck av att vara övergivna, tänkte han. Han fann ingenting som gjorde att han stannade upp. *Det var för tomt för att vara naturligt.* Nu var han helt övertygad om att hon bodde någon annanstans. Han fortsatte att gå igenom lådorna.

Golvet på övervåningen knarrade.

Klockan var halv två.

*

Hon körde genom natten och kände sig mycket trött. Katarina hade varit orolig. Hon hade varit tvungen att lyssna på henne i många timmar. Ofta undrade hon över dessa kvinnors svaghet. De lät sig plågas, misshandlas, mördas. Om de överlevde satt de sedan nätterna igenom och beklagade sig. Hon förstod dem inte. Nu när hon körde genom natten tänkte hon att hon egentligen föraktade dem. För att de inte bjöd motstånd.

Klockan var ett. I vanliga fall skulle hon ha sovit nu. Hon skulle gå i tjänst tidigt dagen efter. Dessutom hade hon planerat att sova i Vollsjö. Nu vågade hon dock lämna Katarina ensam med sitt barn. Hon hade övertygat henne om att hon skulle stanna där hon var. Ytterligare några dagar, kanske en vecka. I morgon kväll skulle de åter ringa hennes mor. Katarina skulle ringa. Själv skulle hon sitta bredvid. Hon trodde inte att Katarina skulle säga något som hon inte borde. Men hon ville ändå vara där.

Klockan var tio minuter över ett när hon kom till Ystad.

Instinktivt anade hon faran när hon svängde in på Liregatan. Bilen som stod parkerad. Släckta strålkastare. Hon kunde inte vända. Hon måste fortsätta. Hon kastade en hastig blick mot bilen när hon passerade. Där satt två män. Hon anade också att det lyste i hennes lägenhet. Ursinnet gjorde att hon trampade hårt på gaspedalen. Bilen ryckte till. Hon bromsade in lika häftigt när hon hade svängt runt hörnet. De hade alltså hittat henne. De som hade bevakat Katarina Taxells hus. Nu var de inne hos henne. Hon märkte att hon blev yr i huvudet. Men det var inte rädsla. Hon hade ingenting där som kunde föra dem till Vollsjö. Ingenting som berättade om vem hon var. Ingenting annat än sitt namn.

Hon satt orörlig. Vinden slet i bilen. Hon hade stängt av motorn och släckt strålkastarna. Hon var tvungen att återvända till Vollsjö. Hon förstod nu varför hon hade farit därifrån. För att se efter om männen som förföljde henne hade tagit sig in i hennes hus. Fortfarande var hon långt före dem. De skulle aldrig hinna ikapp henne. Hon skulle vika upp sina lappar så länge som där fanns ett enda namn kvar i liggaren.

Hon startade motorn igen. Bestämde sig för att köra förbi sitt hus ytterligare en gång.

Bilen fanns kvar. Hon bromsade in tjugo meter bakom utan att stänga av motorn. Trots att avståndet var stort och vinkeln svår kunde hon se att gardinerna i hennes lägenhet var fördragna. De som fanns där inne hade tänt ljuset. Nu letade de. Men de skulle inte hitta någonting.

Hon for därifrån. Tvingade sig att göra det obemärkt, utan att rivstarta som hon brukade.

När hon kom tillbaka till Vollsjö låg Katarina Taxell och hennes barn och sov. Ingenting skulle hända. Allt skulle fortsätta enligt hennes plan.

*

Wallander hade återvänt till brevbunten när han hörde hastiga steg i trappan. Han reste sig ur stolen. Det var Martinsson. Strax efter kom Ann-Britt Höglund.

– Jag tror det är bäst att du ser på det här, sa Martinsson. Han var blek, rösten ostadig.

Han la en sliten anteckningsbok med svart pärm på bordet. Den var uppslagen. Wallander lutade sig över den och satte på sig sina glasögon. Där fanns en rad med namn. I marginalen hade alla ett nummer. Han rynkade pannan.

– Bläddra fram ett par sidor, sa Martinsson.

Wallander gjorde som han sa. Raden med namn kom tillbaka. Eftersom det fanns pilar, överstrykningar och ändringar fick han en känsla av att det var en kladdbok till något han hade framför sig.

– Ett par sidor till, sa Martinsson.

Wallander hörde att han var uppskakad.

Raden med namn kom igen. Den här gången var ändringarna och omkastningarna färre.

Då såg han det.

Det första namnet han kände igen. Gösta Runfeldt. Sedan fann han också de andra, Holger Eriksson och Eugen Blomberg. Ytterst i deras kolumner stod datum inskrivna.

Deras dödsdagar.

Wallander såg upp på Martinsson och Ann-Britt Höglund. Båda var mycket bleka.

Det rådde inga tvivel längre. De hade kommit rätt.

– Det är över fyrtio namn i den här anteckningsboken, sa Wallander. Har hon tänkt ta livet av allihop?

– Vi vet i alla fall vem som förmodligen står på tur, sa Ann-Britt Höglund.

Hon pekade.

Tore Grundén. Framför hans namn stod ett rött utropstecken. Men där fanns inget dödsdatum inskrivet i den högra marginalen.

– Längst bak ligger ett löst papper, sa Ann-Britt Höglund.

Wallander tog försiktigt fram det. Det var pedantiskt skrivna anteckningar. Wallander tänkte hastigt att stilen påminde om hans tidigare hustru Monas sätt att skriva. Bokstäverna var rundade, raderna jämna och regelbundna. Utan överstrykningar och ändringar. Men det som stod skrivet var svårt att tyda. Vad betydde anteckningarna? Där fanns siffror, namnet Hässleholm, ett datum, något som kunde vara ett klockslag ur en tidtabell. 07.50. Morgondagens datum. Lördagen den 22 oktober.

– Vad fan betyder det? sa Wallander. Ska Tore Grundén stiga av i Hässleholm 07.50?

– Kanske han ska stiga på ett tåg, sa Ann-Britt Höglund.

Wallander förstod. Han behövde inte betänka sig.

– Ring till Birch i Lund. Han har telefonnumret till en person som heter Karl-Henrik Bergstrand i Malmö. Han ska väckas och ge svar på en fråga. Arbetar Yvonne Ander på det tåg som stannar i eller avgår från Hässleholm 07.50 i morgon bitti?

Martinsson tog fram sin telefon. Wallander stirrade på den uppslagna anteckningsboken.

– Var är hon? frågade Ann-Britt Höglund. Just nu? Vi vet var hon förmodligen befinner sig i morgon bitti.

Wallander såg på henne. I bakgrunden skymtade han tavlorna och fotografierna. Plötsligt visste han. Han borde ha insett det genast. Han gick fram till väggen och häktade ner det inramade gårdsfotografiet. Vände på det. *Hansgården i Vollsjö. 1965.* Någon hade skrivit med bläck.

– Det är här hon bor, sa han. Och det är där hon förmodligen befinner sig just nu.

– Vad gör vi? frågade hon.

– Vi åker dit och tar in henne, svarade Wallander.

Martinsson hade fått tag på Birch. De väntade. Samtalet blev kort.

– Han ska jaga upp Bergstrand, sa Martinsson.

Wallander stod med anteckningsboken i handen.

– Då går vi, sa han. Vi tar med oss dom andra på vägen.

– Vet vi var Hansgården ligger? frågade hon.

– Vi hittar den i våra fastighetsregister, sa Martinsson. Det tar mig högst tio minuter.

De hade nu mycket bråttom. Fem minuter över två var de tillbaka på polishuset. De samlade ihop sina trötta kollegor. Martinsson sökte i sina datorer efter Hansgården. Det tog längre tid än han trott. Först när klockan närmade sig tre hade han hittat den. De letade på kartan. Hansgården låg i utkanten av Vollsjö.

– Ska vi vara beväpnade? frågade Svedberg.

– Ja, svarade Wallander. Men glöm inte att Katarina Taxell finns där. Och hennes nyfödda barn.

Nyberg steg in mötesrummet. Håret stod på ända och hans ögon var blodsprängda.

– På ena koppen har vi hittat det vi sökte, sa han. Fingeravtrycket stämmer. Från väskan. Från cigarettfimpen. Eftersom det inte är en tumme kan jag inte svara på om det är samma som det vi hittade på undersidan av fågeltornet. Det konstiga är bara att det verkar ha kommit dit senare. Som om hon hade varit där vid ytterligare ett tillfälle. Om det nu är hon. Men det stämmer nog. Vem är hon?

– Yvonne Ander, sa Wallander. Och nu ska vi hämta in henne. Bara Bergstrand har hört av sig.

– Behöver vi egentligen vänta på honom? frågade Martinsson.

– En halvtimme, svarade Wallander. Inte mer.

De väntade. Martinsson lämnade rummet för att kontrollera att lägenheten på Liregatan fortsatt var under bevakning.

Det hade gått 22 minuter när samtalet från Bergstrand kom.

– Yvonne Ander arbetar på norrgående tåg från Malmö i morgon bitti, sa han.

– Då vet vi det, sa Wallander enkelt.

Klockan var kvart i fyra när de lämnade Ystad. Stormen hade då nått sin kulmen.

Det sista Wallander gjorde var att ringa ytterligare två telefonsamtal. Dels till Lisa Holgersson, dels till Per Åkeson.

Ingen hade något att invända.

De skulle ta henne så fort det överhuvudtaget var möjligt.

36.

Strax efter klockan fem hade de grupperat sig runt den fastighet som hette Hansgården. Vinden var en hård och byig kuling, de var alla frusna, och de hade alltså ringat in huset i en skugglik manöver. De hade efter en kort diskussion bestämt att Wallander och Ann-Britt Höglund skulle gå in. De andra hade intagit positioner där de åtminstone hade närkontakt med en av de andra.

De hade lämnat bilarna utom synhåll från gården och närmat sig den sista biten till fots. Wallander hade genast upptäckt den röda Golfen som stod parkerad framför huset. Under bilresan upp mot Vollsjö hade han oroat sig för att hon redan skulle ha gett sig av. Men bilen fanns där. Hon var fortfarande kvar. Huset var nersläckt och stilla. Inga rörelser kunde märkas. Wallander hade heller inte kunnat upptäcka några vakthundar.

Allt gick mycket fort. De intog sina positioner. Sedan bad Wallander Ann-Britt Höglund att över walkie-talkien meddela att de skulle vänta ytterligare några minuter innan de gick in.

Vänta på vad? Hon hade inte förstått varför. Wallander hade heller inte förklarat sig. Kanske var det för att han själv behövde förbereda sig? Avsluta en inre förflyttning som ännu inte var klar? Eller hade han behov av att åt sig själv inrätta en frizon där han under några minuter kunde tänka igenom allt som hade hänt? Han stod där och frös och allt föreföll honom overkligt. I en månad hade de jagat en undanglidande och egendomlig skugga. Nu stod de vid målet. En punkt där drevet skulle avsluta jakten. Det var som om han måste befria sig från känslan av overklighet han upplevde inför allt det som hade hänt. Inte minst i förhållande till den kvinna som fanns inne i huset och som de nu skulle gripa. Till allt detta behövde han ett andrum. Därför sa han att de skulle vänta.

Han stod tillsammans med Ann-Britt Höglund i ett vindskydd intill en förfallen lada. Ytterdörren var ungefär 25 meter bort. Tiden gick. Snart gryning. De kunde inte vänta längre.

Wallander hade sagt till om vapen. Men han ville att allt skulle gå lugnt till. Inte minst eftersom Katarina Taxell fanns där inne i huset med sitt nyfödda barn.

Ingenting fick gå fel. Att de behöll sitt lugn var det viktigaste av allt.

– Nu går vi, sa han. Ge besked.

Hon talade lågt in i walkie-talkien. Fick en serie bekräftelser på att hon var uppfattad. Hon tog fram sin pistol. Wallander skakade på huvudet.

– Ha den i fickan, sa han. Men kom ihåg i vilken.

Huset var fortfarande stilla. Inga rörelser. De gick, Wallander först, Ann-Britt Höglund snett bakom honom. Vinden hela tiden hård och byig. Wallander kastade ytterligare en gång en blick på klockan. Nitton minuter över fem. Yvonne Ander borde nu ha stigit upp om hon skulle hinna till sin tjänstgöring på det tidiga morgontåget. De stannade utanför dörren. Wallander drog efter andan. Knackade och tog ett steg tillbaka. Handen hade han kring pistolen i jackans högra ficka. Ingenting hände. Han tog ett steg framåt och knackade igen. Kände samtidigt på låset. Dörren var tillbommad. Han knackade igen. Plötsligt började han bli orolig. Han bultade. Fortfarande ingen reaktion. Någonting var inte som det skulle.

– Vi bryter oss in, sa han. Ge besked. Vem tog med sig kofoten? Varför fick inte vi den?

Ann-Britt Höglund talade med bestämd röst in i walkie-talkien. Ställde sig så att hon hade vinden i ryggen. Wallander höll hela tiden uppsikt över fönstren på sidorna om dörren. Svedberg kom springande med kofoten. Wallander bad honom att genast återvända till sin position. Sedan stack han in kofoten och började bända. Han bräckte till av alla krafter. Dörren slets upp i låsfästet. Det var tänt i tamburen. Utan att han hade planerat det drog han fram sitt vapen. Ann-Britt Höglund följde honom snabbt. Wallander hukade och gick in. Hon stod snett bakom honom och täckte honom med sin pistol. Allt var stilla.

– Polisen! ropade Wallander. Vi söker Yvonne Ander.

Ingenting hände. Han ropade igen. Försiktigt rörde han sig mot det rum som låg rakt fram. Hon följde efter snett bakom honom. Overkligheten återkom. Han steg hastigt in i ett stort och öppet rum. Med pistolen svepte han över rummet. Allt var tomt. Han lät armen falla. Ann-Britt Höglund stod på andra sidan dörren. Rummet var stort. Lampor var tända. En egendomligt formad bakugn fanns vid ena långsidan.

Plötsligt öppnades en dörr på andra sidan rummet. Wallander ryckte till och höjde återigen sitt vapen, Ann-Britt Höglund gick ner på ena knäet. Katarina Taxell kom ut genom dörren. Hon var klädd i nattlinne. Hon såg rädd ut.

Wallander sänkte vapnet, Ann-Britt Höglund följde efter.

I det ögonblicket insåg Wallander att Yvonne Ander inte fanns i huset.

– Vad är det som händer? frågade Katarina Taxell.

Wallander hade hastigt gått fram till henne.

– Var är Yvonne Ander?

– Hon är inte här.

– Var är hon?

– Jag antar att hon är på väg till sitt arbete.

Wallander hade nu mycket bråttom.

– Vem kom och hämtade henne?

– Hon kör alltid själv.

– Hennes bil står ju kvar här utanför huset?

– Hon har två bilar.

Så enkelt, tänkte Wallander. Det var inte bara den röda Golfen.

– Mår du bra? frågade han sedan. Och ditt barn?

– Varför skulle vi inte må bra?

Wallander såg sig hastigt runt i rummet. Sedan bad han Ann-Britt Höglund kalla in de andra. De hade ont om tid och måste fortsätta.

–Ta hit Nyberg, sa han. Det här huset ska gås igenom från trossbottnar till källare.

De frusna poliserna samlades inne i det stora vita rummet.

– Hon har gett sig av, sa Wallander. Hon är på väg till Hässleholm. Åtminstone finns det ingen orsak att tro nåt annat. Där ska hon börja arbeta. Där stiger också på en passagerare som heter Tore Grundén. Han som står antecknad som näste man på hennes dödslista.

– Ska hon verkligen döda honom på tåget? frågade Martinsson vantroget.

– Vi vet inte, svarade Wallander. Men vi ska inte ha flera mord. Vi ska ha tag på henne.

– Vi får varsla kollegorna i Hässleholm, sa Hansson.

– Det gör vi under vägen, sa Wallander. Jag tänkte att Hansson och Martinsson skulle följa med mig. Ni andra får börja med huset här. Och tala med Katarina Taxell.

Han nickade mot henne. Hon stod intill ena väggen. Ljuset var grått. Hon gick nästan i ett med väggen, löstes upp, blev otydlig. Kunde verkligen en människa bli så blek att hon inte längre var synlig?

De gav sig av. Hansson körde. Martinsson skulle just ringa till Hässleholm när Wallander bad honom vänta.

– Jag tror det är bäst vi gör det här själva, sa han. Blir det kaos vet vi inte vad som kan ske. Hon kan vara farlig. Jag förstår det nu. Farlig också för oss.

– Vad skulle hon annars vara? frågade Hansson förvånat. Om hon har dödat tre personer? Stuckit pålar i dom? Strypt dom? Dränkt dom? Om inte en sån person är farlig så vet inte jag.

– Vi vet inte ens hur Grundén ser ut, sa Martinsson. Ska vi ropa ut hans namn i högtalarna på stationen? Hon har väl i alla fall uniform på sig?

– Kanske, svarade Wallander. Vi får se när vi kommer dit. Sätt ut blåljuset. Vi har bråttom.

Hansson körde fort. Ändå var tiden knapp. När de hade ungefär tjugo minuter kvar visste Wallander att de skulle hinna.

Sedan fick de punktering. Hansson svor till och bromsade. När de förstod att vänster bakhjul måste bytas ville Martinsson på nytt ringa kollegorna i Hässleholm. Om inte annat kunde de skicka en bil. Men Wallander sa nej. Han hade bestämt sig. De skulle ändå hinna fram. De bytte hjulet i rasande fart medan vinden rev och slet i deras kläder. Sedan var de på väg igen. Hansson körde nu mycket fort, tiden höll på att rinna ut och Wallander försökte bestämma sig för vad de skulle göra. Han hade svårt att föreställa sig att Yvonne Ander skulle ta livet av Tore Grundén mitt framför ögonen på passagerare som väntade på eller steg av olika tåg. Det stämde inte med hennes tidigare tillvägagångssätt. Han kom fram till att de tills vidare fick glömma Tore Grundén. De skulle se efter henne, en kvinna i uniform och de skulle gripa henne så diskret som möjligt.

De kom till Hässleholm och Hansson började nervöst med att köra fel trots att han påstod att han kunde vägen. Nu blev även Wallander irriterad och när de kom fram till stationen hade de nästan börjat skrika åt varandra. De hoppade ur bilen med blåljuset påslaget. Tre män, tänkte Wallander. I sina bästa år, som såg ut som om de var på väg att råna stationen på biljettkassan eller åtminstone hinna med ett tåg som just skulle gå. Klockan visade att de hade exakt tre minuter på sig. 7.47. Högtalarna ropade ut tåget. Men Wallander lyckades inte uppfatta om det var på ingående eller redan hade kommit. Han sa åt Martinsson och Hansson att de nu måste lugna sig. De skulle gå ut på perrongen, en bit ifrån varandra, men hela tiden ha kontakt med varandra. När de väl hade hittat henne skulle de snabbt sluta upp runt henne och be henne följa med. Wallander anade att det var det kritiska momentet. De kunde inte vara säkra på hur hon skulle reagera. De skulle vara beredda, inte med vapen, men med sina armar. Han underströk det flera gånger. Yvonne Ander använde inte vapen. De skulle vara beredda men de skulle kunna ta henne utan att skjuta.

Sedan gick de ut. Vinden var fortfarande hård och byig. Tåget hade ännu inte kommit in på stationen. Passagerarna sökte skydd för vinden där de kunde. De var påfallande många som skulle resa norrut denna lördagsmorgon. De gick ut på perrongen, Wallander främst, Hansson strax bakom, Martinsson längst ut mot spåret. Wallander upptäckte genast en manlig tågmästare som stod och rökte en cigarett. Han märkte att anspänningen hade gjort honom svettig. Yvonne Ander kunde han inte se. Ingen kvinna i uniform. Hastigt sökte han med blicken efter en man som kunde vara Tore Grundén. Men det var naturligtvis meningslöst. Mannen hade inget ansikte. Han var bara ett förstruket namn i en makaber anteckningsbok. Han bytte några blickar med Hansson och Martinsson. Sedan såg han bort mot stationen om hon var på väg från det hållet. Samtidigt kom tåget in mot stationen. Han insåg att något höll på att gå alldeles fel. Fortfarande vägrade han tro att hon hade för avsikt att döda Tore Grundén på perrongen. Men han kunde inte vara alldeles säker. Alltför många gånger hade han varit med om att beräknande personer plötsligt tappat kontrollen och börjat handla impulsivt och mot sina tidigare vanor. Passagerarna började ta upp sina väskor. Tåget var på väg in. Tågmästaren hade kastat cigaretten. Wallander insåg att han inte längre hade något val. Han måste tala med honom. Fråga om Yvonne Ander redan fanns på tåget. Eller om något hade hänt med hennes arbetsschema. Tåget bromsade in. Wallander fick tränga sig fram genom passagerarna som hade bråttom att fly vinden och komma ombord. Plötsligt upptäckte Wallander att det stod en ensam man längre bort på perrongen. Han skulle just ta sin väska. Strax intill honom stod en kvinna. Hon hade en lång rock som vinden slet i. Ett tåg var på väg in från andra hållet. Wallander blev aldrig säker på om han egentligen hade förstått sammanhanget. Men ändå reagerade han som om allt hade varit mycket klart. Han vräkte undan de passagerare som stod i vägen. Någonstans bakom honom följde Hansson och Martinsson med, utan att de kunde veta vart de egentligen var på väg. Wallander såg hur kvinnan plötsligt hade huggit tag i mannen bakifrån. Hon tycktes ha stora krafter. Hon lyfte honom nästan från marken. Wallander mer anade än förstod att hon avsåg att kasta honom mot tåget på det andra spåret. Eftersom han inte skulle hinna fram ropade han. Trots dånet från lokomotivet måste hon ha hört honom. Ett kort ögonblick av tvekan var nog. Hon såg på Wallander. Samtidigt hade både

Martinsson och Hansson dykt upp vid hans sida. De rusade fram mot kvinnan som nu hade släppt mannen. Den långa kappan hade blåst upp. Wallander såg hennes uniform skymta därunder. Plötsligt lyfte hon handen och gjorde något som för ett ögonblick fick både Hansson och Martinsson att tvärstanna. Hon slet av sig håret. Det fångades genast av vinden och försvann längs perrongen. Under peruken hade hon kortklippt hår. De började springa igen. Tore Grundén tycktes fortfarande inte ha förstått vad som hade hållit på att hända.

– Yvonne Ander! ropade Wallander. Jag är polis.

Martinsson var nu ända framme hos henne. Wallander såg hur han sträckte ut armen för att ta tag i henne. Sedan gick allting mycket fort. Hon slog ut med sin högra näve hårt och bestämt. Slaget träffade Martinsson på vänster kind. Han stöp utan ett ljud mot perrongen. Bakom Wallander var det någon som ropade till. En passagerare hade upptäckt vad som skedde. Hansson hade tvärstannat när han såg vad som hände med Martinsson. Han gjorde en ansats att dra upp sin pistol. Men det var redan för sent. Hon hade huggit tag i Hanssons jacka och knäade honom sedan hårt i skrevet. Under ett kort ögonblick lutade hon sig sedan över honom. Sedan började hon springa längs perrongen. Hon slet av sig den långa kappan och kastade den ifrån sig. Den fladdrade till och slets sedan bort av en vindby. Wallander stannade till vid Martinsson och Hansson för att se hur det hade gått. Martinsson var medvetslös. Hansson stönade och var vit i ansiktet. När Wallander såg upp var hon borta. Han började springa längs perrongen. Han skymtade henne när hon försvann över spårområdet. Han insåg att han inte skulle hinna ikapp henne. Dessutom visste han inte hur det egentligen var med Martinsson. Han vände tillbaka och märkte att Tore Grundén var borta. Olika järnvägstjänstemän hade kommit springande. Ingen förstod naturligtvis i förvirringen vad som egentligen hade hänt.

Efteråt skulle Wallander erinra sig den närmaste timmen som ett kaos som aldrig tycktes ta slut. Han hade försökt uträtta många olika saker samtidigt. Men ingen hade förstått vad han sa. Dessutom irrade hela tiden tågpassagerare runt honom. Mitt i den osannolika röran hade Hansson börjat repa sig. Men Martinsson var fortfarande medvetslös, Wallander rasade över ambulansen som aldrig kom, och det var först när några förvirrade Hässleholmspoliser hade dykt upp på perrongen som han åtminstone hjälpligt lyckades överblicka situationen. Martinsson hade blivit rejält knockad. Men hans andhämtning var lugn. När ambulansmännen bar bort honom hade Hansson lyckats komma upp på benen igen och följde med till sjukhuset. Wallander förklarade för poliserna att de hade varit på väg att gripa en kvinnlig tågmästare. Men hon hade kommit undan. I det ögonblicket märkte Wallander också att tåget hade gått. Han undrade om Tore Grundén hade stigit ombord. Hade han överhuvudtaget begripit hur nära döden han varit? Wallander insåg att ingen egentligen förstod vad han talade om. Det var bara hans polislegitimation och auktoritet som gjorde att man trots allt accepterade att han var polis och inte en galning.

Det enda, förutom Martinssons hälsotillstånd, som intresserade honom var frågan om vart Yvonne Ander hade tagit vägen. Han hade ringt till Ann-Britt Höglund under de upprörda minuterna på perrongen och berättat vad som hade hänt. Hon lovade att se till att de hade en beredskap om hon skulle komma tillbaka till Vollsjö. Lägenheten i Ystad sattes också omedelbart under bevakning. Men Wallander var tveksam. Han trodde inte att hon skulle dyka upp där. Nu visste hon att hon inte bara var övervakad. De var henne tätt i hälarna och de skulle inte ge sig förrän de hade fått tag i henne. Vart kunde hon ta vägen? En planlös flykt? Den möjligheten kunde han inte bortse ifrån. Samtidigt var det något som talade emot det alternativet. Hon planerade hela tiden. Hon var en människa som sökte genomtänkta utvägar. Wallander ringde upp Ann-Britt Höglund igen. Han sa åt henne att tala med Katarina Taxell. En enda fråga skulle de ställa till henne. Hade Yvonne Ander ytterligare något gömställe? Alla andra frågor kunde tills vidare vänta.

– Jag tror hon alltid har en reservutgång, sa Wallander. Hon kan ha nämnt en adress, en plats, utan att Katarina har tänkt på den som just ett gömställe.

– Hon kanske beslutar sig för Katarina Taxells lägenhet i Lund? Wallander insåg att det kunde vara riktigt.

– Ring till Birch, sa han. Be honom ta sig an den saken.

– Hon har nycklar dit, sa Ann-Britt Höglund. Det har Katarina berättat.

Wallander lotsades till sjukhuset av en polisbil. Hansson mådde illa och låg på en bår. Hans pung hade svullnat och han skulle hållas kvar för observation. Martinsson var fortfarande medvetslös. En läkare talade om en kraftig hjärnskakning.

– Mannen som slog måste ha varit stark, sa läkaren.

– Ja, svarade Wallander. Frånsett att mannen var en kvinna.

Han lämnade sjukhuset. Vart hade hon tagit vägen? Något gnagde i Wallanders undermedvetna. Något som kunde innebära svaret på var hon befann sig eller åtminstone vart hon kunde vara på väg.

Sedan kom han på vad det var. Han stod alldeles stilla utanför sjukhuset. Nyberg hade varit mycket tydlig. *Fingeravtrycken i tornet måste ha kommit dit vid ett senare tillfälle.* Möjligheten fanns även om den inte var stor. Yvonne Ander kunde vara en människa som påminde om honom själv. I pressade situationer sökte hon avskildhet. En punkt där hon kunde få överblick. Kunde fatta ett beslut. Alla hennes handlingar gav intryck av detaljerad planering och noggranna tidtabeller. Nu hade tillvaron rasat runt henne.

Han bestämde sig för att det trots allt kunde vara värt ett försök.

Platsen var naturligtvis avspärrad. Men Hansson hade sagt att arbetet skulle återupptas först när de fått den ytterligare hjälp han begärt. Wallander antog också att övervakningen skedde från bilpatruller. Dessutom kunde hon komma till platsen på den väg hon använt tidigare.

Wallander tog avsked av de poliser som hade hjälpt honom. Fortfarande hade de egentligen inte förstått vad som hade hänt på järnvägsstationen. Men Wallander lovade att de skulle bli informerade under dagen. Det var bara ett rutinmässigt gripande som gått dem ur händerna. Men ingen skada var egentligen skedd. De poliser som måste stanna på sjukhuset skulle snart vara på benen igen.

Wallander satte sig i bilen och ringde för tredje gången till Ann-Britt Höglund. Han sa inte vad det gällde. Bara att han ville att hon mötte honom vid avtagsvägen till Holger Erikssons gård.

Klockan hade blivit över tio när Wallander kom till Lödinge. Ann-Britt Höglund stod bredvid sin bil och väntade. De åkte den sista biten upp till gården i Wallanders bil. Han stannade hundra meter från huset. Hittills hade han ingenting sagt. Nu såg hon undrande på honom.

– Jag kan mycket väl ta miste, sa han. Men det kan finnas en möjlighet att hon återvänder hit. Till fågeltornet. Hon har varit här tidigare.

Han påminde henne om vad Nyberg sagt om fingeravtrycken.

– Vad kan Yvonne Ander göra här? frågade hon.

– Jag vet inte. Men hon är jagad. Hon behöver fatta nån form av beslut. Hon har dessutom varit här tidigare.

De steg ur bilen. Vinden slet.

– Vi hittade sjukhuskläder, sa hon. Dessutom en plastpåse med kalsonger. Vi kan nog utgå från att det var i Vollsjö som Gösta Runfeldt hölls inspärrad.

De hade gått fram till huset.

– Vad gör vi om hon står där i tornet?

– Då tar vi henne. Jag går runt på andra sidan kullen. Kommer hon så är det där hon ställer sin bil. Sen går du stigen ner. Den här gången ska vi ha vapnen framme.

– Jag tror knappast hon kommer, sa Ann-Britt Höglund.

Wallander svarade inte. Han visste att möjligheten var stor att hon hade rätt.

De ställde sig i lä inne på gårdsplanen. Avspärrningsbanden nere vid diket där de grävde efter Krista Haberman hade slitits av i den starka vinden. Tornet var övergivet. Det avtecknade sig skarpt i höstljuset.

– Vi väntar i alla fall en stund, sa Wallander. Om hon kommer så sker det nog snart.

– Det har gått ut zonlarm, sa hon.

– Hittar vi henne inte så kommer hon snart att jagas i hela landet.

De stod ett ögonblick tysta. Vinden rev i deras kläder.

– Vad är det som driver henne? frågade hon.

– Det kan hon nog bara svara på själv, sa Wallander. Men borde man inte kunna utgå från att också hon blivit misshandlad?

Ann-Britt Höglund svarade inte.

– Jag tror hon är en mycket ensam människa, sa Wallander. Och hon har uppfattat meningen med sitt liv som ett kall att döda på andras vägnar.

– En gång trodde vi att vi var ute efter en legosoldat, sa hon. Och nu väntar vi på att en kvinnlig tågmästare ska dyka upp i ett övergivet fågeltorn.

– Det där med legosoldaten kanske ändå inte var så långsökt, sa Wallander tankfullt. Frånsett att hon är kvinna och inte tar betalt. Såvitt vi vet. Det finns ändå nånting där som påminner om det som en gång var vår felaktiga utgångspunkt.

– Katarina Taxell sa att hon hade träffat henne via en grupp kvinnor som brukade mötas i Vollsjö. Deras första möte skedde dock på ett tåg. Där hade du rätt. Tydligen hade hon frågat om ett blåmärke Katarina Taxell haft i tinningen. Hon hade genomskådat hennes undanflykter. Det var Eugen Blomberg som hade misshandlat henne. Jag fick aldrig riktigt klart för mig hur det hela gick till. Men hon bekräftade att Yvonne Ander tidigare arbetat på sjukhus och dessutom som ambulansbiträde. Där har hon sett många misshandlade kvinnor. Senare har hon tagit kontakt med dom. Bjudit in dom till Vollsjö. Man kanske kan säga att det varit en ytterst informell krisgrupp. Hon har tagit reda på vilka män som misshandlat dom där kvinnorna. Och sen har nåt skett. Katarina erkände också att det naturligtvis var Yvonne Ander som besökt henne på sjukhuset. Sista gången hade hon gett Yvonne Ander faderns namn. Eugen Blomberg.

– Därmed fick han sin dödsdom underskriven, sa Wallander. Jag tror dessutom hon har förberett sig länge på det här. Nånting har hänt som har utlöst allting. Vad det är vet varken du eller jag.

– Vet hon det själv?

– Vi får utgå från att hon gör det. Om hon inte är alldeles galen.

De väntade. Vinden kom och gick i hårda byar. En polisbil körde upp till gårdens infart. Wallander bad dem tills vidare att inte återvända. Han gav ingen förklaring. Men han var mycket bestämd.

De fortsatte att vänta. Ingen hade något att säga.

Kvart i elva la Wallander försiktigt handen på hennes axel.

– Där är hon, sa han med låg röst.

Hon såg. En människa hade dykt upp vid kullen. Det kunde inte vara någon annan än Yvonne Ander. Hon stod och såg sig runt. Sedan började hon klättra upp i tornet.

– Det tar mig tjugo minuter runt, sa Wallander. Då börjar du gå. Jag finns på baksidan om hon försöker ge sig av.

– Vad händer om hon angriper mig? Då måste jag skjuta.

– Jag ska förhindra att det sker. Jag finns där.

Han sprang till bilen och körde så fort han kunde till den kärrväg som ledde till baksidan av kullen. Han vågade dock inte köra ända fram. Han blev andfådd av språngmarschen. Det hade tagit längre tid än han hade trott. En bil stod parkerad på kärrvägen. Också en Golf. Men svart. Telefonen ringde i Wallanders jackficka. Han stannade i steget. Det kunde vara Ann-Britt Höglund som ringde. Han svarade och fortsatte samtidigt vidare längs kärrvägen.

Det var Svedberg.

– Var är du nånstans? Vad fan är det som händer?

– Jag kan inte gå in på det just nu. Men vi är på Holger Erikssons gård. Det vore bra om du och nån kunde ta er hit. Hamrén till exempel. Jag hinner inte prata mer nu.

– Jag ringde för att jag hade ett ärende, sa Svedberg. Hansson hörde av sig från Hässleholm. Både han och Martinsson mår bättre. Martinsson har i alla fall vaknat till liv. Men han undrade om du hade tagit vara på hans pistol.

Wallander tvärstannade.

– Hans pistol?

– Han sa att den var borta.

– Jag har den inte.

– Den kan väl knappast ha blivit liggande på perrongen?

I samma ögonblick visste Wallander. Han kunde se händelseförloppet alldeles klart framför sig. *Hon hade huggit tag i Hanssons jacka och sedan knäat honom hårt i skrevet. Sedan hade hon hastigt böjt sig över honom.* Då hade hon tagit pistolen.

– Jävlar! ropade Wallander.

Innan Svedberg hann svara hade han brutit samtalet och stoppat ner telefonen i fickan. Han hade försatt Ann-Britt Höglund i livsfara. Kvinnan uppe i tornet var beväpnad.

Wallander sprang. Hjärtat slog som en hammare i bröstet. Han såg på klockan att hon redan måste vara på väg längs stigen. Han tvärstannade och slog hennes mobilnummer. Han fick ingen kontakt. Antagligen hade hon lämnat telefonen i bilen.

Han började springa igen. Hans enda möjlighet var att hinna först. Ann-Britt Höglund visste inte att Yvonne Ander var beväpnad.

Rädslan tvingade honom att springa ännu fortare. Han var framme vid baksidan av kullen. Hon måste nästan vara vid diket nu. *Gå långsamt,* tänkte han. *Ramla, halka, vad som helst. Skynda inte. Gå långsamt.* Han hade dragit sitt vapen och snavade och snubblade sig uppför kullen på baksidan av fågeltornet. När han kom upp på krönet såg han att hon redan var framme vid diket. Hon hade sitt vapen i handen. Kvinnan i tornet hade fortfarande inte upptäckt honom. Han ropade rakt ut i luften att hon var beväpnad, att Ann-Britt Höglund skulle springa därifrån.

Samtidigt riktade han sin pistol mot kvinnan som stod med ryggen emot honom där uppe i tornet.

I samma ögonblick small ett skott. Wallander såg hur Ann-Britt Höglund ryckte till och föll baklänges i leran. Det var som om någon hade kört ett svärd rakt igenom hans egen kropp. Han stirrade på den orörliga kroppen i leran och anade bara att kvinnan i tornet hastigt hade vänt sig om. Sedan kastade han sig åt sidan och började skjuta upp mot tornet. Det tredje skottet träffade. Hon ryckte till och tappade samtidigt Hanssons vapen. Wallander rusade förbi tornet, ut i leran. Han snubblade ner i diket och kom upp på andra sidan. När han då såg Ann-Britt Höglund, på rygg i leran, tänkte han att hon var död. Hon hade blivit dödad av Hanssons pistol och allting var hans fel.

Under ett kort ögonblick såg han ingen annan utväg än att skjuta sig själv. Precis där han stod, några meter ifrån henne.

Sedan märkte han att hon rörde sig svagt. Han föll ner på knä vid hennes sida. Hela framsidan på hennes jacka var blodig. Hon var mycket blek och stirrade på honom med rädda ögon.

– Det går bra, sa han. Det går bra.

– Hon var beväpnad, mumlade hon. Varför visste vi inte det?

Wallander märkte att tårarna rann på honom. Sedan ringde han efter ambulans.

Efteråt skulle han minnas att han, medan han väntade, hade bett en oavbruten och förvirrad bön till en gud han egentligen inte trodde på. Som i en dimma hade han uppfattat att Svedberg och Hamrén hade kommit. Strax efteråt hade Ann-Britt Höglund burits bort på en bår. Wallander hade suttit i leran. De hade inte lyckats få honom att resa sig. En fotograf som hade hängt sig på ambulansen när den for från Ystad hade tagit ett fotografi av Wallander där han satt. Smutsig, övergiven, förtvivlad. Fotografen hade lyckats ta denna enda bild innan Svedberg ursinnigt hade jagat bort honom. Efter påtryckningar från Lisa Holgersson blev bilden aldrig publicerad.

Under tiden hade Svedberg och Hamrén tagit ner Yvonne Ander från tornet. Wallander hade träffat henne högt uppe på ena låret. Hon blödde svårt men det var ingen fara för hennes liv. Också hon fördes bort med en ambulans. Svedberg och Hamrén lyckades till sist få upp Wallander ur leran och släpade med honom upp till gården.

Då kom också den första rapporten från sjukhuset i Ystad.

Ann-Britt Höglund hade blivit träffad i magen. Skadan var svår. Tillståndet var kritiskt.

Wallander hade åkt med Svedberg för att hämta sin egen bil. Svedberg var in i det längsta osäker på om han borde låta Wallander köra ensam till Ystad. Men Wallander hade sagt att det inte var någon fara. Han hade kört raka vägen till sjukhuset och sedan suttit i korridoren och väntat på besked om hur Ann-Britt Höglunds tillstånd förändrades. Han hade ännu inte haft tid att tvätta sig. Först när läkarna efter många timmar tyckte sig kunna garantera att hennes tillstånd hade stabiliserats, hade Wallander lämnat sjukhuset.

Plötsligt hade han bara varit borta. Ingen hade lagt märke till att han inte längre fanns där. Svedberg hade börjat bli orolig. Men han tyckte ändå att han kände Wallander så väl att han förstod att han nu bara ville vara ifred.

Wallander hade lämnat sjukhuset strax före midnatt. Vinden hade fortfarande varit byig och det skulle bli en kall natt. Han hade satt sig i bilen och kört ut till den kyrkogård där hans far låg begravd. Han hade letat sig fram till graven i mörkret och han hade stått där och varit alldeles tom och leran hade han fortfarande inte haft tid att tvätta av sig. Någon gång vid ettiden hade han kommit hem och ringt ett långt samtal till Baiba i Riga. Först därefter hade han tagit av sig alla kläder och lagt sig i badkaret.

Efteråt hade han klätt på sig igen och återvänt upp till sjukhuset. Det var också då, strax efter tre på natten, som han gick in i det rum där Yvonne Ander låg, under intensiv övervakning. Hon sov när han försiktigt steg in i rummet. Han hade länge stått och sett på hennes ansikte. Sedan hade han gått därifrån utan att säga ett enda ord.

Men redan efter en timme hade han varit tillbaka igen. Tidigt i gryningen kom Lisa Holgersson till sjukhuset och sa att de hade fått tag på Ann-Britt Höglunds man som befann sig i Dubai. Han skulle komma till Kastrup senare under dagen.

Ingen visste om Wallander uppfattade vad man sa till honom. Han satt orörlig på en stol. Eller stod vid något fönster och stirrade rakt ut i den hårda blåsten. När en sjuksköterska ville ge honom en kopp kaffe brast han plötsligt i gråt och stängde in sig på en toalett. Men den mesta tiden satt han orörlig på sin stol och stirrade på sina händer.

Ungefär samtidigt som Ann-Britt Höglunds man landade på Kastrup kunde en läkare ge det besked alla hade väntat på. Hon skulle överleva. Sannolikt skulle hon heller inte få några men för framtiden. Hon hade haft tur. Men tillfrisknandet skulle ta tid, konvalescensen bli lång.

Wallander hade lyssnat på läkaren stående, som om han hade mottagit en dom. Efteråt hade han bara lämnat sjukhuset och försvunnit någonstans i blåsten.

Måndagen den 24 oktober häktades Yvonne Ander för mord. Hon var då fortfarande kvar på sjukhuset. Hon hade intill den tidpunkten inte yttrat ett enda ord, inte ens till den advokat som hon hade blivit tilldelad. Wallander hade på eftermiddagen försökt hålla ett förhör med henne. Hon hade bara sett på honom utan att svara på hans frågor. Just när Wallander skulle gå hade han vänt sig om i dörren och sagt till henne att Ann-Britt Höglund skulle klara sig. Han tyckte då att han hade anat en reaktion hos henne, som av lättnad, kanske till och med glädje.

Martinsson blev sjukskriven för hjärnskakning. Hansson återgick i tjänst, även om han under flera veckor hade svårt att både gå och sitta.

Men framförallt började de under denna tid det mödosamma arbetet med att förstå vad som egentligen hade hänt. Det enda de aldrig lyckades finna ett slutgiltigt bevis för var om det skelett de i sin helhet, med ett gåtfullt undantag av ett aldrig återfunnet skenben, grävde upp i Holger Erikssons leråker verkligen var Krista Habermans kvarlevor eller inte. Ingenting talade emot det. Men ingenting gick att bevisa.

Ändå visste de. Och en spricka på kraniet gav också det önskade beskedet om hur Holger Eriksson hade dödat henne för mer än 25 år sedan. Men allt annat klarnade, om än långsamt och med frågetecken som inte helt kunde rätas ut. Hade Gösta Runfeldt dödat sin hustru? Eller hade det varit en olycka? Den enda som kunde ge svaren var Yvonne Ander och hon sa fortfarande ingenting. De gav sig in på en vandring i hennes liv och de kom ut med en historia som bara delvis berättade om vem hon var och kanske varför hon handlat som hon gjort.

En eftermiddag när de hade suttit i ett långt möte avslutade Wallander det plötsligt med att säga något som han länge tycktes ha gått och tänkt.

– Yvonne Ander är den första människa jag träffat som varit både klok och galen på en och samma gång.

Han förklarade inte vad han menade. Men ingen tvivlade heller på att det verkligen var uttryck för hans mycket bestämda mening.

Varje dag under denna tid gick Wallander också upp till Ann-Britt Höglund på sjukhuset. Skulden han kände kunde han inte komma ifrån. Där hjälpte det inte vad någon sa. Han ansåg att ansvaret för det som inträffat var hans, punkt och slut. Det var något han fick leva med.

Yvonne Ander fortsatte att tiga. En sen kväll satt Wallander ensam på sitt kontor och läste på nytt igenom den stora samling brev som hon utväxlat med sin mor.

Dagen efter besökte han henne i häktet.

Den dagen började hon också tala.

Det var den 3 november 1994.

Just den morgonen låg det frost över landskapet kring Ystad.

Skåne
4–5 december 1994

Epilog

På eftermiddagen den 4 december talade Kurt Wallander med Yvonne Ander för sista gången. Att det var sista gången kunde han dock inte veta, även om de inte hade avtalat att de skulle mötas igen.

Den 4 december hade de nått en provisorisk slutpunkt. Det fanns plötsligt inget mer att tillägga. Inget att fråga om, inget att svara på. Och det var först då som hela den långa och komplicerade utredningen började glida bort ur hans medvetande. Trots att det gått mer än en månad sedan de grep henne hade utredningen fortsatt att dominera hans liv. Aldrig tidigare under sina många år som brottsutredare hade han upplevt ett så intensivt behov av att verkligen förstå. Brottsliga gärningar utgjorde alltid en yta. Ofta var denna yta sedan sammanvuxen med sin egen undervegetation. Ytan och botten hade en direkt förbindelse. Men ibland, när man väl hade lyckats knacka sig igenom denna brottets yta, öppnade sig avgrunder som man tidigare inte ens kunnat ana. I fallet Yvonne Ander var det detta som skedde. Wallander slog hål på en yta och insåg omedelbart att han blickade ner i en avgrund. Han bestämde sig då för att knyta ett symboliskt rep om livet och påbörja en nerstigning som han inte visste vart den skulle leda, varken för henne eller för honom själv.

Det första steget hade varit att överhuvudtaget få henne att bryta sin tystnad och börja tala. Han hade lyckats när han för andra gången hade läst de brev hon under hela sitt vuxna liv hade utväxlat med sin mor och sedan noggrant sparat. Wallander hade då intuitivt anat att det var här han kunde börja dyrka upp hennes otillgänglighet. Och han hade haft rätt. Det var den 3 november, mer än en månad tidigare. Wallander hade fortfarande varit nerstämd över att Ann-Britt Höglund blivit skjuten. Han visste då att hon skulle överleva, hon skulle dessutom bli frisk, och inte heller få några andra men än ett ärr på vänster sida av buken. Men skulden tyngde honom så svårt att den hotade att kväva honom. Den som hade varit hans bästa stöd under den tiden hade varit Linda. Hon hade kommit ner till Ystad, trots att hon egentligen inte hade haft tid, och hon hade fått ta hand om honom. Men hon hade också pressat honom, tvingat honom att inse att skulden faktiskt inte var hans utan tillfälligheternas. Genom hennes hjälp hade han lyckats kravla sig igenom de första förfärliga novemberveckorna. Vid sidan av ansträngningen att överhuvudtaget hålla sig uppe hade han ägnat all tid åt Yvonne Ander. Det var hon som hade skjutit, hon som kunnat döda Ann-Britt Höglund om slumpen hade velat så. Men det var bara i början som han fått anfall av aggressivitet och känt lust att slå henne. Sedan blev det viktigare att försöka förstå vem hon egentligen var. Han var också den som till slut hade lyckats tränga sig igenom tystnaden. Som hade fått henne att börja tala. Han knöt repet om sig och började nerklättringen.

Vad var det han hittade där nere? Länge var han tveksam om hon trots allt var galen, om allt det hon sa om sig själv var förvirrade drömmar, sjukligt deformerade inbillningar? Han litade inte heller på sitt eget omdöme under den här tiden, och han lyckades dessutom dåligt dölja sin misstro mot henne. Men någonstans anade han hela tiden att hon faktiskt inte gjorde annat än sa som det var. Hon talade sanning. Någon gång i mitten av november började Wallanders föreställningar vrida sig ett varv runt sin egen axel. När han kom tillbaka till utgångspunkten var det som om han hade fått nya ögon. Han tvivlade inte längre på att hon talade sanning. Han insåg dessutom att Yvonne Ander var något så sällsynt som en människa som faktiskt aldrig någonsin ljög.

Han hade läst breven från hennes mor. I den sista bunten han öppnat hade legat ett egendomligt brev från en algerisk polis som hette Françoise Bertrand. Först hade han inte alls lyckats tyda brevets innehåll. Det hade legat i en samling oavslutade brev från modern, brev som aldrig hade skickats, och de hade alla varit från Algeriet, skrivna året innan. Françoise Bertrand hade skickat sitt brev till Yvonne Ander i augusti 1993. Det tog honom flera timmar en natt att grubbla sig fram till svaret. Sedan hade han förstått. Yvonne Anders mor, hon som hade hetat Anna Ander, hade blivit mördad av misstag, av en meningslös tillfällighet, och den algeriska polisen hade mörklagt alltsammans. Det fanns tydligen en politisk bakgrund, en terroraktion, fast Wallander kände sig inte kapabel att helt förstå vad det rörde sig om. Men Françoise Bertrand hade i största förtroende skrivit och berättat vad som verkligen hade hänt. Utan att han då ännu hade fått någon hjälp från Yvonne Ander, hade han tagit upp med Lisa Holgersson vad som hänt modern. Lisa Holgersson hade lyssnat, och sedan tagit kontakt med rikskriminalen. Då försvann ärendet för tillfället från Wallanders horisont. Själv hade han sedan läst alla brev en gång till.

Wallander hade träffat Yvonne Ander på häktet. Hon hade långsamt insett att han var en man som inte jagade henne. Han var annorlunda än de andra, de män som befolkade världen, han var nersjunken i sig själv, verkade sova mycket lite, och tycktes dessutom plågad av oro. För första gången i sitt liv upptäckte Yvonne Ander att hon faktiskt kunde ha förtroende för en man. Det sa hon också till honom vid ett av deras sista möten.

Hon frågade honom aldrig rakt ut, men hon trodde ändå att hon visste svaret. Han hade nog aldrig slagit en kvinna. Hade han gjort det så hade det skett en enstaka gång. Inte mer, aldrig igen.

Det hade varit den 3 november som nerstigningen börjat. Samma dag genomgick Ann-Britt Höglund den sista av de tre operationer läkarna varit tvungna att utföra. Allt gick bra och hennes definitiva tillfrisknande kunde börja. Wallander inrättade under denna novembermånad en rutin. Efter sina samtal med Yvonne Ander for han alltid raka vägen till sjukhuset. Han stannade sällan länge. Men han berättade för henne om Yvonne Ander. Ann-Britt Höglund blev den samtalspartner han behövde för att förstå hur han skulle tränga vidare ner i den avgrund han redan då hade börjat se ner i.

Hans första fråga till Yvonne Ander hade handlat om det som utspelat sig i Algeriet. Vem var Françoise Bertrand? Vad var det egentligen som hänt?

Ett blekt ljus hade fallit in genom fönstret till det rum där de befann sig. De satt mitt emot varandra vid ett bord. På avstånd hördes en radio och någon som borrade i en vägg. De första meningarna hon yttrade uppfattade han aldrig. Det hade varit som ett våldsamt dån när tystnaden äntligen bröts. Han hade bara lyssnat på hennes röst. Den som han tidigare inte hade hört, bara försökt föreställa sig.

Sedan började han lyssna på det hon sa. Han förde mycket sällan anteckningar under deras möten och hade heller ingen bandspelare påslagen.

– Någonstans finns en man som dödade min mor. Vem söker efter honom?

– Inte jag, hade han svarat. Men om du berättar vad som hände, och om en svensk medborgare har blivit dödad utomlands, måste vi naturligtvis reagera.

Han hade inte sagt något om det samtal han några dagar innan hade haft med Lisa Holgersson. Om att moderns död redan höll på att efterforskas.

– Ingen vet vem som dödade min mor, hade hon fortsatt. Det var en meningslös slump som utvalde henne till offer. Dom som dödade henne kände henne inte. Dom rättfärdigade sig själva. Dom ansåg att dom kunde döda vem som helst. Även en oskyldig kvinna som använde sina äldre dar till att göra alla dom resor hon aldrig tidigare haft tid eller råd med.

Han uppfattade hennes förbittrade vrede. Hon gjorde inget försök att dölja den.

– Varför hade hon stannat hos nunnorna? frågade han.

Plötsligt hade hon sett upp från bordet, rakt mot hans ansikte.

– Vem gav dig egentligen rätt att läsa mina brev?

– Ingen. Men dom tillhör dig. En människa som har begått flera grova mord. Annars hade jag naturligtvis inte läst dom.

Hon vände bort blicken igen.

– Nunnorna, upprepade Wallander. Varför bodde hon hos dom?

– Hon hade inte mycket pengar. Hon bodde där det var billigt. Inte kunde hon ana att det skulle bli hennes död.

– Det här hände för mer än ett år sen. Hur reagerade du när brevet kom?

– Det fanns ingen orsak för mig längre att vänta. Hur skulle jag kunna rättfärdiga att jag inget gjorde? När ingen annan tycktes bry sig.

– Bry sig om vad då?

Hon svarade inte. Han väntade.

Sedan ändrade han frågan.

– Vänta med vad?

Hon svarade utan att se på honom.

– Döda dom.

– Vilka?

– Dom som hade gått fria trots allt dom hade gjort.

Det var då han insåg att han hade tänkt rätt. Det var när hon mottog Françoise Bertrands brev som någon hittills instängd kraft hade släppts lös inom henne. Hon hade gått omkring och burit på tankar om hämnd. Men hon hade fortfarande kunnat kontrollera sig själv. Sedan hade fördämningarna brustit. Hon hade börjat ta lagen i egna händer.

Wallander tänkte efteråt att det egentligen inte var någon större skillnad på det som hade hänt i Lödinge. Hon hade varit sitt eget medborgargarde. Hon hade ställt sig utanför allting och skipat sin egen rättvisa.

– Var det så? hade han frågat. Du ville skipa rättvisa? Du ville straffa dom som orättmätigt aldrig hamnat inför rätta?

– Vem söker den man som dödade min mor, svarade hon. Vem?

Sedan hade hon försjunkit i tystnad igen. Wallander hade tänkt tillbaka på hur allting hade börjat. Några månader efter det att brevet hade kommit från Algeriet gjorde hon inbrott hos Holger Eriksson. Det var det första steget. När han frågade henne rent ut om det stämde verkade hon inte ens överraskad. Hon tog för givet att han visste.

– Jag hade hört om Krista Haberman, sa hon. Att det var den där bilhandlaren som dödat henne.

– Av vem hörde du det?

– En polsk kvinna som låg på sjukhus i Malmö. Det är många år sen nu.

– Du arbetade på sjukhuset då?

– Jag har arbetat där i olika omgångar. Jag talade ofta med kvinnor som blivit misshandlade. Hon hade haft en väninna som känt Krista Haberman.

– Varför gick du in i Holger Erikssons hus?

– Jag ville visa för mig själv att det var möjligt. Dessutom sökte jag efter tecken på att Krista Haberman funnits där.

– Varför grävde du graven? Varför pålarna? Varför den avsågade spången? Hade hon som känt Krista Haberman misstänkt att kroppen låg nergrävd vid det där diket?

Det svarade hon aldrig på. Men Wallander förstod ändå. Trots att utredningen hela tiden hade varit svårgripbar hade Wallander och hans kollegor varit inne på riktiga spår utan att ha det helt klart för sig. Yvonne Ander hade mycket riktigt gestaltat männens brutalitet i sitt sätt att ta livet av dem.

Under de fem eller sex första möten Wallander hade med Yvonne Ander gick han metodiskt igenom de tre morden, klarade ut otydliga detaljer och monterade ihop de bilder och sammanhang som tidigare varit så vaga. Han fortsatte att närma sig henne utan bandspelare. Efter mötena satt han i sin bil och gjorde minnesanteckningar. Dessa blev sedan renskrivna. En kopia gick till Per Åkeson som förberedde det åtal som aldrig skulle kunna leda till något annat än en trefalt fällande dom. Men Wallander visste hela tiden att han fortfarande bara skrapade på en yta. Det egentliga nedstigandet hade ännu knappast börjat. Den övre avlagringen, bevisbördan, skulle sända henne i fängelse. Men den egentliga sanningen som han var ute efter skulle han komma fram till först senare när han hade nått allra längst ner. Om ens då.

Hon blev naturligtvis tvungen att genomgå en rättspsykiatrisk undersökning. Wallander visste att det var ofrånkomligt. Men han insisterade på att den skulle uppskjutas. Just nu var det viktigast att han kunde tala med henne i lugn och ro. Ingen hade heller något att invända. Wallander hade ett argument ingen kunde bortse ifrån. Alla förstod att hon sannolikt skulle återvända till sin tystnad igen om hon blev störd.

Det var tillsammans med honom och ingen annan som hon var beredd att tala.

De gick vidare, långsamt, steg för steg, dag för dag. Utanför häktet djupnade hösten och drog dem vidare mot vintern. Varför Holger Eriksson åkt och hämtat Krista Haberman i Svenstavik och sedan nästan genast slagit ihjäl henne fick Wallander aldrig svar på. Förmodligen var det så att hon hade vägrat honom något han var van att få. Kanske ett gräl övergått i våld.

Sedan hade de gått vidare till Gösta Runfeldt. Hon var övertygad om att Gösta Runfeldt hade mördat sin hustru. Dränkt henne i Stångsjön. Och även om han inte hade gjort det hade han ändå förtjänat sitt öde. Han hade misshandlat henne så svårt att hon egentligen inget annat önskat än att dö. Ann-Britt Höglund hade haft rätt när hon anat att Gösta Runfeldt hade blivit överfallen inne i affären. Hon hade tagit reda på att han skulle göra sin resa till Nairobi och lockat honom till affären med förklaringen att hon behövde köpa blommor till en mottagning tidigt nästa morgon. Hon hade sedan slagit ner honom, blodet på golvet hade mycket riktigt varit hans. Det sönderslagna fönstret hade varit en skenmanöver för att locka polisen att tro att det varit ett inbrott.

Efteråt följde en beskrivning av det som för Wallander var det mest förfärande momentet. Intill den punkten hade han försökt förstå henne utan att låta sina känslomässiga reaktioner ta överhanden. Men då gick det inte längre. Hon berättade alldeles lugnt hur hon hade klätt av Gösta Runfeldt, bundit honom och tvingat in honom i den gamla bakugnen. När han inte längre hade kunnat kontrollera sina behov hade hon tagit bort hans underkläder och lagt honom på en plastduk.

Sedan hade hon fört honom ut i skogen. Han var då alldeles kraftlös, hon hade bundit honom vid trädet och sedan strypt honom. Det var först då, i det ögonblicket som hon hade förvandlats till ett odjur i Wallanders ögon. Om hon var man eller kvinna spelade ingen roll. Hon blev ett monster som han var glad att de hade lyckats stoppa innan hon hade hunnit döda Tore Grundén eller någon annan på den makabra lista hon upprättat.

Det var också det enda misstag hon hade gjort. Att hon aldrig hade bränt upp den anteckningsbok där hon hade upprättat sina kladdar innan hon förde in det i huvudboken. Den liggare hon inte hade i Ystad utan förvarade i Vollsjö. Wallander frågade henne aldrig. Men ändå bekände hon detta misstag. Det var den enda av sina handlingar hon inte kunde förstå.

Wallander funderade efteråt på om det betydde att hon egentligen hade velat att det skulle finnas ett spår. Att hon innerst inne hade haft en önskan om att bli upptäckt och förhindrad att fortsätta.

Men han vacklade. Ibland trodde han det var så, ibland inte. Han nådde aldrig någon absolut klarhet om vare sig det ena eller det andra.

Om Eugen Blomberg hade hon inte haft mycket att säga. Hon hade beskrivit hur hon blandade papperslappar där en enda hade ett kryss. Sedan hade slumpen avgjort när den kommit upp. Precis på samma sätt som slumpen hade dödat hennes mor.

Det var en av de gånger han bröt in i hennes berättelse. I vanliga fall lät han henne tala fritt, understödde bara med frågor när hon inte fann någon egen fortsättning. Men nu avbröt han henne.

– Du gjorde alltså samma sak som dom som dödade din mor, hade han sagt. Du lät slumpen peka ut dina offer. Tillfälligheten rådde.

– Det kan inte jämföras, hade hon svarat. Alla dom namn jag hade förtjänade sitt öde. Jag gav dom tid med mina lappar. Jag förlängde deras liv.

Han hade inte gått vidare eftersom han insåg att hon på ett dunkelt sätt hade rätt. Han tänkte motvilligt att hon hade sin alldeles egna och svårforcerade sanning.

Han hade också tänkt, när han läste igenom utskrifterna av minnesanteckningarna, att det han hade i sina händer förvisso var en bekännelse. Men det var också en berättelse som ännu var ytterst ofullständig. Den berättelse som skulle kunna förklara bekännelsens verkliga innebörd.

Lyckades han någonsin med sin föresats? Wallander var efteråt alltid mycket fåordig när han talade om Yvonne Ander. Han hänvisade alltid till de utskrivna minnesanteckningarna. Men där stod naturligtvis inte allt. Sekreteraren som skrev ut dem klagade inför sina kollegor över att de ofta var ytterst svårlästa.

Men det som ändå framgick, det som blev Yvonne Anders testamente, var berättelsen om ett livsöde med förfärande upplevelser i barndomen. Wallander tänkte gång på gång, att den tid han levde i, den han nästan på årtalet delade med Yvonne Ander, handlade om en enda och avgörande fråga: Vad gör vi egentligen med våra barn? Hon hade berättat hur hennes mor ständigt hade misshandlats av den styvfar som efterträtt hennes biologiske far som i sin tur bara försvunnit och bleknat i hennes minne som ett oskarpt och själlöst fotografi. Men det värsta var att styvfadern hade tvingat hennes mor till en abort. Hon hade aldrig fått uppleva den syster som hennes mor hade burit på. Hon hade inte kunnat veta om det verkligen var en syster, kanske var det en bror, men för henne var det en syster, som hårdhänt aborterades bort, mot moderns vilja, i hennes lägenhet en natt i det tidiga 1950-talet. Hon kunde minnas den natten som ett blodigt helvete. Och när hon berättade om just det för Wallander, lyfte hon blicken från bordet och såg honom rakt in i ögonen. Hennes mor hade legat på ett lakan på det utdragna köksbordet, abortläkaren hade varit berusad, styvfadern instängd i källaren, förmodligen också han drucken, och där hade hon blivit berövad sin syster och för alltid kommit att se på framtiden som ett mörker, hotfulla män väntande bakom varje gathörn, våld lurande bakom varje vänligt leende, varje andetag.

Sedan hade hon barrikaderat sina minnen i ett hemligt inre rum. Hon hade utbildat sig, blivit sjuksköterska, och hon hade alltid burit på den oklara föreställningen om att det var hennes skyldighet att en gång hämnas den syster hon aldrig fått, den mor som inte fått föda henne. Hon hade samlat på berättelser från misshandlade kvinnor, hon hade letat upp de döda kvinnorna i leråkrar och småländska sjöar, hon hade ritat upp sina mönster, fört in namn i en liggare, lekt med sina papperslappar.

Och sedan hade hennes mor blivit mördad.

Hon beskrev det nästan poetiskt för Wallander. *Som en stilla flodvåg*, sa hon. *Mer var det inte. Jag insåg att tiden var inne. Sen gick det ett år. Jag planerade, fulländade den tidtabell som gjort att jag överlevt i alla dessa år. Sen grävde jag om nätterna ett dike.*

Sen grävde hon om nätterna ett dike.

Just de orden. *Sen grävde jag om nätterna ett dike.* Kanske de orden bäst sammanfattade Wallanders upplevelse av de många samtalen med Yvonne Ander i häktet den hösten.

Han tänkte att det var som en bild av den tid han levde i.

Vilket dike gick han själv och grävde?

En enda fråga blev aldrig besvarad. Varför hon plötsligt, någon gång i mitten av 1980-talet, hade omskolat sig till tågmästare. Wallander hade förstått att tidtabellen var den liturgi hon levde efter, regelbundenhetens handbok. Men han såg aldrig någon egentlig orsak att tränga djupare. Tågen förblev hennes egen värld. Kanske den enda, kanske den sista.

Kände hon någon skuld? Per Åkeson frågade honom om det. Många gånger. Lisa Holgersson mindre ofta, hans kollegor nästan aldrig. Den enda förutom Åkeson som verkligen insisterade på att få veta det var Ann-Britt Höglund. Wallander svarade som sant var, att han inte visste.

–Yvonne Ander är en människa som påminner om en spänd fjäder, svarade han henne. Jag kan inte uttrycka det bättre än så. Om skulden ingår. Eller om den är borta.

Den 4 december tog det slut. Wallander hade inget mer att fråga om, Yvonne Ander inget mer att säga. Bekännelseskriften var klar. Wallander hade nått slutet av den långa nerstigningen. Nu kunde han rycka i det osynliga rep han hade runt midjan och återvända upp. Den rättspsykiatriska undersökningen skulle ta sin början, advokaten som vädrade uppmärksamhet kring målet mot Yvonne Ander började vässa sina pennor, och det var bara Wallander som anade hur det skulle gå.

Yvonne Ander skulle åter börja tiga. Med den bestämda vilja som bara den kan ha som inte har något mer att säga.

Just innan han gick frågade han henne om två saker han fortfarande inte hade fått svar på. Det ena var en detalj som inte längre hade någon betydelse. Som mera var ett utslag av hans nyfikenhet.

– När Katarina Taxell ringde till sin mor från huset i Vollsjö var det nåt som dunkade, sa han. Vi lyckades aldrig förstå var ljudet kom ifrån.

Hon såg oförstående på honom. Sedan sprack hennes allvarliga ansikte upp i det leende som var det enda Wallander upplevde under alla sina samtal med henne.

– En lantbrukare hade kört sönder sin traktor på åkern intill. Han stod och slog med en stor hammare för att få nåt att lossna från underredet. Kunde det verkligen höras i telefonen?

Wallander nickade.

Han tänkte redan på sin sista fråga.

– Jag tror det är så att vi faktiskt har träffats en gång, sa han. På ett tåg.

Hon nickade.

– Söder om Älmhult? Jag frågade dig när vi skulle komma fram till Malmö.

– Jag kände igen dig. Från tidningar. Från i somras.

– Förstod du redan då att vi skulle gripa dig?

– Varför skulle jag ha gjort det?

– En polisman från Ystad som stiger på ett tåg i Älmhult. Vad gör han där? Om han inte följer i spåren av det som en gång hände Gösta Runfeldts hustru?

Hon skakade på huvudet.

– Jag tänkte aldrig på det, svarade hon. Men det borde jag naturligtvis ha gjort.

Wallander hade inget mer att fråga om. Han hade fått veta det han ville. Han reste sig, mumlade ett avsked och gick därifrån.

På eftermiddagen besökte Wallander som vanligt sjukhuset. Ann-Britt Höglund sov när han kom dit. Hon låg på övervakningen efter sin sista operation. Hon hade ännu inte vaknat upp. Men Wallander fick den bekräftelse han sökte av en vänlig läkare. Allt hade gått bra. Om ett halvår skulle hon nog kunna gå i tjänst igen.

Wallander lämnade sjukhuset strax efter klockan fem. Det var redan mörkt, en eller två minusgrader, vindstilla. Han körde ut till kyrkogården och gick till sin fars grav. Vissna blommor hade frusit fast mot marken. Ännu hade det inte gått tre månader sedan de lämnade Rom. Resan kom honom nära där vid graven. Han undrade vad hans far egentligen hade tänkt när han gjort sin ensliga nattpromenad, till Spanska trappan, till fontänerna, och haft ett blänkande märke i sina ögon.

Det var som om Yvonne Ander och hans far hade kunnat stå på varsin sida av en flod och vinka till varandra. Trots att de inte hade något gemensamt. Eller hade de det? Wallander undrade vad han själv hade gemensamt med Yvonne Ander. Något svar hade han naturligtvis inte.

Den kvällen, där ute vid graven på den mörka kyrkogården, upphörde också utredningen. Ännu skulle det finnas papper som han måste läsa igenom och skriva under. Men ingenting återstod att utforska. Fallet var klart, avslutat. Den rättspsykiatriska undersökningen skulle förklara henne vara vid sina sinnens fulla bruk. Om de nu fick någonting ur henne. Sedan skulle hon dömas och gömmas undan på Hinseberg. Utredningen av vad som hade hänt när hennes mor dog i Algeriet skulle också fortsätta. Men det berörde inte hans eget arbete.

Natten mot den 5 december sov han mycket dåligt. Dagen efter hade han bestämt sig för att se på ett hus som låg strax norr om staden. Dessutom skulle han besöka en hundkennel i Sjöbo där de hade ett antal svarta labradorvalpar till salu. Den 7 december skulle han sedan resa upp till Stockholm för att dagen efter berätta om sin syn på polisarbete vid några lektioner på Polishögskolan. Varför han plötsligt hade gett med sig när Lisa Holgersson på nytt frågat honom visste han inte. Och nu när han låg vaken och undrade vad i helvete han egentligen skulle tala om, förstod han inte hur hon hade lyckats övertala honom.

Men mest av allt tänkte han på Baiba den där oroliga natten mot den 5 december. Flera gånger steg han upp och stod vid köksfönstret och stirrade på den vajande gatlyktan.

Just när han kommit tillbaka från Rom, i slutet av september, hade de bestämt att hon skulle komma, dessutom snart, inte senare än november. Nu skulle de på allvar ta ställning till om hon skulle flytta till Sverige från Riga. Men hon kunde plötsligt inte komma, resan blev uppskjuten, först en gång, sedan ytterligare en gång. Det fanns hela tiden skäl, till och med utmärkta skäl, till att hon inte kunde komma, inte än, inte riktigt än. Wallander trodde henne naturligtvis. Men någonstans uppstod också en osäkerhet. Fanns den redan där, osynlig emellan dem? En spricka som han inte sett? Varför hade han i så fall inte sett den? För att han inte ville?

Nu skulle hon i alla fall komma. De skulle mötas i Stockholm den 8 december. Han skulle fara ut till Arlanda direkt från Polishögskolan för att möta henne. De skulle träffa Linda på kvällen och sedan dagen efter resa ner till Skåne. Hur länge hon kunde stanna visste han inte. Men den här gången skulle de på allvar tala om framtiden, inte bara om när de kunde träffas nästa gång.

Natten till den 5 december blev en lång och utdragen vaknatt. Det hade blivit mildare igen. Men meteorologerna hade varslat om snö. Wallander vandrade som en osalig ande mellan sängen och köksfönstret. Då och då satte han sig vid köksbordet och gjorde några anteckningar i ett fåfängt försök att hitta en ingång till det han skulle tala om i Stockholm. Samtidigt tänkte han oavbrutet på Yvonne Ander och hennes berättelse. Hon var hela tiden närmast i hans medvetande och hon skymde till och med tankarna på Baiba.

Den han däremot tänkte mycket lite på var sin far. Han var redan långt borta. Wallander hade upptäckt att han ibland hade svårt att återkalla alla detaljer i hans fårade ansikte. Då var han tvungen att gripa till ett fotografi och se på det för att minnesbilden inte alldeles skulle glida undan. Under november hade han ibland åkt ut till Gertrud på kvällarna. Huset i Löderup var mycket tomt. Ateljén kall och avvisande. Gertrud gav alltid intryck av att vara samlad. Men ensam. Det verkade på honom som om hon förlikat sig med att det varit en gammal man som dött. Och som dessutom fått en död som var att föredra framför ett långsamt borttynande i en sjukdom som gradvis tömde hans medvetande.

Kanske sov han några timmar i gryningen. Kanske var han hela tiden vaken. När klockan var sju hade han i alla fall redan klätt sig.

Halv åtta körde han sin bil som hackade misstänkt till polishuset. Just denna morgon var det mycket stilla. Martinsson var förkyld, Svedberg befann sig motvilligt på tjänsteuppdrag i Malmö. Korridoren låg övergiven. Han satte sig på sitt kontor och läste igenom utskriften av minnesanteckningarna från det sista samtalet han haft med Yvonne Ander. På hans bord låg också en utskrift av ett förhör som Hansson haft med den man, Tore Grundén, som hon hade bestämt sig för att knuffa framför tåget på Hässleholms järnvägsstation. I hans bakgrund fanns samma ingredienser som hos alla de andra namnen i hennes makabra dödsliggare. Tore Grundén, som var banktjänsteman, hade till och med en gång avtjänat straff för kvinnomisshandel. När Wallander läste igenom Hanssons papper, noterade han att Hansson med eftertryck hade klargjort för honom att han varit mycket nära att slitas i stycken av det framrusande tåget.

Wallander hade märkt att det funnits en antydd förståelse bland hans kollegor för det Yvonne Ander hade gjort. Det hade förvånat honom. Att denna förståelse funnits överhuvudtaget. Trots att hon hade skjutit Ann-Britt Höglund. Trots att hon hade angripit och dödat män. Han hade svårt att förstå hur det kom sig. Normalt sett var en samling polismän ingen självklar supporterskara för en kvinna som Yvonne Ander. Man kunde fråga sig om poliskåren var särskilt vänligt stämd mot kvinnor överhuvudtaget. Om de inte hade den speciella motståndskraft som både Ann-Britt Höglund och Lisa Holgersson besatt.

Han krafsade ner sin namnteckning och sköt pappren ifrån sig. Klockan hade blivit kvart i nio.

Huset som han skulle se på låg strax norr om staden. Dagen innan hade han hämtat nycklarna hos mäklaren. Det var ett tvåvånings stenhus som tronade i mitten av en stor gammal trädgård. Huset hade många vinklar och utbyggnader. Från övre våningen hade man utsikt mot havet. Han låste upp och gick in. Den förre ägaren hade tagit bort sina möbler. Rummen var tomma. Han gick runt i stillheten, öppnade altandörrarna till trädgården, och försökte föreställa sig att han bodde där.

Till hans förvåning gick det lättare än vad han hade trott. Tydligen var han inte så sammanvuxen med Mariagatan som han hade fruktat. Han frågade sig också om Baiba skulle kunna trivas där. Hon hade talat om sin egen längtan ut från Riga, ut på landet, men inte alltför avlägset, inte alltför isolerat.

Det tog inte lång tid för honom den där morgonen att bestämma sig. Han skulle köpa huset om Baiba var positiv. Priset var också sådant att han skulle orka med de nödvändiga lånen.

Strax efter tio lämnade han huset. Han for raka vägen till mäklaren och lovade att ge definitivt besked inom en vecka.

Från att ha sett ett hus for han sedan vidare för att se på en hund. Kenneln låg längs vägen mot Höör, strax utanför Sjöbo. Hundar skällde från olika burar när han svängde in på gårdsplanen. Ägarinnan var en ung kvinna som till hans förvåning talade utpräglad göteborgska.

– Jag skulle se på en svart labrador, sa Wallander.

Hon visade dem för honom. Valparna var fortfarande små och fanns med sin mamma.

– Har du barn? frågade hon.

– Tyvärr inget som bor kvar hemma, svarade han. Måste man ha det för att få köpa en valp?

– Inte alls. Men det finns nästan inga hundar som går bättre ihop med barn.

Wallander sa som det var. Han kanske skulle köpa ett hus utanför Ystad. Om han bestämde sig så skulle han också kunna ha en hund. Det ena hängde ihop med det andra. Men det började med huset.

– Ta tid på dig, sa hon. Jag ska hålla en av valparna till dig. Ta tid på dig. Men inte för länge. Jag har ständigt köpare till labradorerna. Det kommer alltid en dag när jag måste sälja dom.

Wallander lovade på samma sätt som till mäklaren att ge besked inom en vecka. Han häpnade över det pris hon nämnde. Kunde verkligen en hundvalp kosta så mycket?

Men han sa ingenting. Han visste redan nu att han skulle köpa hunden om husaffären blev av.

Han lämnade kenneln när klockan blivit tolv. När han kom ut på huvudvägen visste han plötsligt inte längre vart han var på väg. Var han överhuvudtaget på väg någonstans? Han skulle inte träffa Yvonne Ander. För tillfället hade de inget mer att säga till varandra. De skulle mötas igen. Men inte nu. Den provisoriska slutpunkten gällde tills vidare. Kanske Per Åkeson skulle be honom komplettera med detaljer? Men han tvivlade. Åtalet var redan mer än väl underbyggt.

Sanningen var att han ingenstans hade att åka. Just denna dag, den 5 december, var det ingen som verkligen på allvar behövde honom.

Utan att han egentligen var klar över det själv for han till Vollsjö. Stannade utanför Hansgården. Vad som skulle hända med huset var oklart. Yvonne Ander ägde det och skulle förmodligen fortsätta med det under alla de år hon tillbringade i fängelse. Hon hade inga närmare släktingar, bara sin döda syster och sin döda mor. Frågan var om hon ens hade några vänner. Katarina Taxell hade varit beroende av henne, fått hennes stöd, liksom de andra kvinnorna. Men vänner? Wallander rös vid tanken. Yvonne Ander hade inte en enda människa som verkligen stod henne nära. Hon steg fram ur ett tomrum och hon dödade människor.

Wallander klev ur bilen. Huset andades övergivenhet. När han gick runt det märkte han att ett fönster stod på glänt. Det borde det inte göra. Inbrott kunde lätt ske. Yvonne Anders hus kunde bli föremål för attacker från troféjägare. Wallander hämtade en träbänk och ställde den under fönstret. Sedan tog han sig in. Såg sig runt. Ingenting tydde på inbrott än så länge. Fönstret hade bara av slarv lämnats öppet. Han gick runt i rummen. Betraktade med obehag bakugnen. Där gick en osynlig gräns. Bortom den skulle han aldrig förstå henne.

Han tänkte igen att utredningen nu var över. De hade dragit ett slutstreck i den makabra listan, tolkat mördarens språk och till slut hittat rätt.

Det var därför han kände sig överflödig. Han behövdes inte mer. När han återvände från Stockholm skulle han åter gripa fatt i utredningen om bilarna som smugglades till de forna öststaterna.

Först då skulle han egentligen bli verklig för sig själv igen.

Telefonen ringde i tystnaden. Först vid andra signalen insåg han att det ringde ur hans jackficka. Han tog upp telefonen. Det var Per Åkeson.

– Stör jag? frågade han. Var är du?

Wallander ville inte avslöja var han befann sig.

– Jag sitter i bilen, sa han. Men jag står parkerad.

– Jag antar att du ingenting vet, sa Per Åkeson. Men det blir ingen rättegång.

Wallander förstod inte. Tanken föll honom helt enkelt inte in. Fast den borde ha gjort det. Han skulle ha varit förberedd.

– Yvonne Ander har begått självmord, sa Per Åkeson. Nån gång i natt. Tidigt i morse fann dom henne död.

Wallander höll andan. Ännu var det något som spjärnade emot, vägrade att brista.

– Hon tycks ha haft tillgång till tabletter. Vilket hon inte borde ha haft. Åtminstone inte så många att hon kunde ta livet av sig. Riktigt illvilliga personer kommer naturligtvis att fråga sig om det var du som gav henne dom.

Wallander hörde att det inte var någon förtäckt fråga. Men han svarade i alla fall.

– Jag hjälpte henne inte.

– Det hela gav tydligen intryck av fridfullhet. Allt var i bästa ordning. Hon tycks ha bestämt sig och genomfört det. Somnat bort. Man kan naturligtvis förstå henne.

– Kan man? frågade Wallander.

– Hon hade lämnat ett brev. Med ditt namn på. Jag har det här framför mig på bordet.

Wallander nickade stumt in i telefonen.

– Jag kommer, sa han. Jag är där om en halvtimme.

Han blev stående med den tysta telefonen i handen. Försökte bestämma sig för vad han egentligen kände. Tomhet, kanske ett vagt stråk av orättfärdighet. Något annat? Han lyckades inte nå klarhet.

Han kontrollerade att fönstret var ordentligt stängt och lämnade sedan huset via ytterdörren som hade patentlås.

Decemberdagen var mycket klar. Vintern lurade redan någonstans alldeles i närheten.

Han for till Ystad och hämtade sitt brev.

Per Åkeson var inte inne. Men sekreteraren var informerad. Wallander gick in i hans rum. Brevet låg mitt på bordet.

Han tog med sig det och åkte ner till hamnen. Gick ut till Sjövärnets röda byggnad och satte sig på bänken.

Brevet var mycket kort. *Någonstans i Algeriet finns en okänd man som dödade min mor. Vem söker honom?*

Det var allt. Hon hade en vacker handstil.

Vem söker honom?

Brevet hade hon undertecknat med hela sitt namn. I det övre högra hörnet hade hon skrivit datum och klockslag.

5 december 1994. 02.44.

Den näst sista angivelsen i hennes tidtabell, tänkte han.

Den sista skriver hon inte själv.

Det gör läkaren som anger det han tror vara tidpunkten när döden inträtt.

Sedan är det ingenting mer.

Tidtabellen stängd, livet avslutat.

Avskedet formulerat som en fråga eller en anklagelse. Eller båda delarna?

Vem söker honom?

Han blev inte sittande på bänken länge eftersom det var kallt. Brevet rev han långsamt i strimlor och kastade ut över vattnet. Han påminde sig att han en gång för några år sedan hade rivit sönder ett misslyckat brev till Baiba på samma ställe. Också det hade han kastat ut över vattnet.

Skillnaden var dock stor. Henne skulle han träffa igen. Dessutom mycket snart.

Han blev stående och såg pappersbitarna försvinna över vattnet. Sedan lämnade han hamnen och for upp till sjukhuset för att besöka Ann-Britt Höglund.

Något var nu kanske äntligen över.

Den skånska hösten gick mot vinter.

Efterskrift

Många har bidragit, många bör tackas. Till exempel *Bo Johansson* i Alafors som känner fåglarnas värld och delade med sig av denna kunskap. *Dan Israel* som läser först och sist, upptäcker hålrummen, föreslår utvägarna och alltid kritiserar hårt men med obändig entusiasm. Och sedan måste tacket inte minst riktas till *Eva Stenberg* för hennes beslutsamma sätt att ta kommando över allt korrekturarbete, *Malin Svärd* som bildade baktrupp och såg till att tidtabellerna, verkliga och symboliska, stämde, samt *Maja Hagerman* för att hon berättade om grannfruarnas ändrade betydelse från 1950-tal och fram till nutid.

Det finns också andra att tacka. De är inbegripna.

I romanens värld existerar en frihet. Det som skildras kunde ha hänt precis som det står skrivet. Men kanske det ändå skedde på ett något annorlunda sätt.

I denna frihet ingår också att man kan flytta på en sjö, ändra en vägkorsning och bygga om en BB-avdelning. Eller lägga till en kyrka som kanske inte finns. Eller en kyrkogård.

Vilket jag har gjort.

Maputo i april 1996
Henning Mankell